CORNELIA KEMPF

Die Gärten von Damaskus

CORNELIA KEMPF

DIE GÄRTEN VON DAMASKUS

KaMeRu Verlag

www.kameru.ch – Spannende Unterhaltung beginnt hier!

Lektorat: lic. phil. Ruben M. Mullis
Korrektorat: Mullis & Mullis
Buchgestaltung und Herstellung: diaphan Gestaltung Zürich
Druck: Hubert & Co. Göttingen
Printed in Germany

ISBN 978-3-906739-06-9

Bibliographische Information der Deutschen Bibliothek:
Die Deutsche Bibliothek verzeichnet diese Publikation in der Deutschen Nationalbibliographie; detaillierte bibliographische Daten sind im Internet über http://dnb.ddb.de abrufbar.

Personenverzeichnis

Nasrin	die Tochter des Emirs Suleyman al-Dir
Bernhard	der Kreuzfahrer
Suleyman	ehrenwerter Emir und *Hafiz* aus dem Haus al-Dir
Jamal	Hauptmann der Stadtwache aus dem Haus al-Aziz
Yasid	Nasrins kleiner Bruder
Salah ad-Din *	Feldherr und mächtiger Sultan
Hassan	Suleymans jüngerer Bruder, *Alim* des Glaubens
Jafar	Stallmeister im Haus al-Dir
Fatimah	Nasrins Dienerin im Haus al-Dir
Asiya	verstoßene Dienerin des Hauses al-Dir
Bassam Kadin	ehrgeiziger Wesir des Statthalters von Damaskus
Ameer Kardal	General der Streitmächte Salah ad-Dins
Jaida	Suleymans zweite Frau
Alima	Suleymans dritte Frau
Jasmina	Nasrins kleine Schwester
Jehan	Bernhards Freund
Ludivine	Jehans Frau
Aisha	Nasrins zweite Dienerin
Abuchar	Wächter des *Harim* im Haus al-Dir
Richard Löwenherz *	der König von England
El-Afdal *	Statthalter von Damaskus und Salah ad-Dins ältester Sohn
Riyad ibn Abu Baha'uddin	Jamals Stellvertreter und Soldat der Stadtwache
Yusuf ibn Ameer Kardal	Sohn des Generals Ameer Kardal

Die mit * bezeichneten Personen sind historisch verbürgt.

PROLOG

Der Widerhall schwerer Schritte, begleitet vom Klirren eines Kettenhemdes, füllte den Saal und durchbrach das leise Murmeln der Anwesenden.

Der Mann, der den Raum betrat, trug eine prachtvolle Rüstung. Wie seine Stiefel war sie vom Staub der Wüste bedeckt, so, als wäre er tagelang, auf dem Rücken eines Pferdes oder eines Kamels, durch die Einöde geritten. Er wollte scheinbar keine Zeit mit dem Wechseln der Kleidung verlieren, sondern beschloss, gleich nach seiner Ankunft diese Unterredung zu führen. Bedächtig legte er den Helm auf einen Tisch und sah sich um. Sein Blick glich dem eines Adlers, der die Beute erfasst hatte, als er ihn auf einen Gefangenen richtete, der, von Soldaten umringt, am Fuß der Steinstufen kniete.

«Selbstlosigkeit! Mut! Ehre! Die Armen und Schwachen zu schützen! Für Gott und seinen Sohn Jesus Christus zu streiten und zu sterben!» Sultan Salah ad-Dins Stimme, mit beißendem Spott erfüllt, zerschnitt wie ein Schwerthieb die bleierne Stille. «Ihr Christen habt ähnlich hehre Ziele wie wir! Und eine hohe Meinung von euch selbst!»Er schürzte verachtend die Lippen, hielt inne, verschränkte seine Hände auf dem Rücken und schritt bedächtig auf der Empore auf und ab.

«So beweise es mir, Christ! Beweise mir, wie viel Ehre und Selbstlosigkeit wirklich in einem von euch steckt!», fuhr er fort und blieb plötzlich stehen. Seine Blicke wanderten forschend durch den Saal. Er neigte den Kopf zur Seite und hob düster eine Augenbraue. Ein unheilvoller, grausamer Gedanke schien in ihm aufzukeimen.

«Ich werde prüfen, wie stark dein Glaube wirklich ist und wie mutig du bist!», sagte er schließlich. «Ich frage mich, was einem Christen ein Leben wert ist.»

Bei Salah ad-Dins letzten Worten hob der Kniende den Kopf und starrte voller Bitterkeit in das Gesicht des Herrschers. Im flackernden Licht der Fackel warf die Gestalt des Sultans bedrohliche Schatten auf die kalten Steinplatten und der berechnende Ausdruck seiner Miene ließ den Gefangenen erschaudern. Erst jetzt wurde ihm wirklich bewusst, welche Verderben bringende Macht der Sultan besaß. Erfüllt vor Zorn und Wut, vor beschämender Hilflosigkeit ballte er seine Hände zu Fäusten. Er hatte geglaubt, seine Lage könnte nicht noch schlimmer, noch bitterer werden. Doch jetzt sollte er erkennen, dass er sich getäuscht hatte.

Salah ad-Din trat an den Tisch heran, auf dem für ihn ein üppiges Mahl aufgetragen war, nahm einen Laib Brot in die Hand, roch kurz daran und wandte sich fragend an den Christen: «Wessen Leben, wessen Seelenheil ist dir wichtiger, dein eigenes oder das eines anderen?»

Ein elendes Gefühl erfasste den Gefangenen und er glaubte, sein Herz müsse zerreißen.

Die Spitze von Salah ad-Dins Krummschwert fuhr klirrend über die Steinquader, als der Herrscher die Stufen herabschritt.

Der Christ wandte den Kopf zur Seite und blickte zu einem Jungen, der neben ihm kauerte, die schwarzen Augen voller Angst und Flehen, während die umstehenden Soldaten in ein abfälliges Gelächter ausbrachen. Mit einer herrischen Geste brachte Salah ad-Din sie wieder zum Schweigen. Doch es waren nicht ihr Hohn und nicht ihre verachtenden Blicke, die den Gefangenen schmerzten; es waren die schmachvollen Worte aus dem Mund des Sultans, die einen grenzenlosen Hass in ihm aufsteigen ließen. Sein Herz raste, als er wieder in das von Erbarmungslosigkeit, Gleichgültigkeit und Härte gezeichnete Gesicht des Fürsten sah und er fragte sich, warum ihn der Allmächtige nicht von diesem Elend erlöste. Warum ließ er nicht wenigstens diesen Kelch an ihm vorübergehen? Warum durfte er nicht endlich sterben? Hatte er noch nicht genug gebüßt?

Salah ad-Din musterte ihn ernst, während er an sein Bauchband griff und einen Dolch herauszog. Eine wertvolle Klinge aus hartem Damaszener Stahl blitzte auf, ein elfenbeinerner Griff, mit kostbaren Edelsteinen verziert. Der Christ kannte solche Klingen, er hatte sie schon einmal zu spüren bekommen. Sie waren scharf. Schärfer als alle anderen Waffen. Schärfer als die Schwerter, die Schmiede für ihn und seine Mitstreiter zu schleifen vermochten. Dieser Dolch würde ihm keinen allzu großen Schmerz zufügen.

Salah ad-Din nickte beiläufig und einer seiner Diener eilte unterwürfig über die Stufen auf seinen Herrn zu. Ohne ihn anzublicken, übergab der Sultan ihm den Dolch – und das Brot. Gleich einer Reliquie oder einem anderen kostbaren Schatz nahm der Sarazene sie entgegen, verbeugte sich tief und stieg die Stufen hinab. Er trat auf den Gefangenen zu und blieb voller Verachtung vor ihm stehen. Mit einer geschickten Bewegung drehte er die Waffe in der Hand und streckte ihm den Griff des Dolches und das Brot entgegen.

«Es liegt in deiner Hand, wer von euch beiden den heutigen Tag überlebt und satt wird!», höhnte Salah ad-Din und deutete mit dem Kinn auf den Gefangenen und den Jungen. «Nun, wie entscheidet sich wohl ein Christenritter?»

Der Gefangene sah den Dolch und den Laib ungläubig an. Seine Machtlosigkeit raubte ihm den Atem, das Blut rauschte in seinen Ohren.

Mit schweißnassen Händen griff er nach dem Brot und Salah ad-Dins Mundwinkel hoben sich triumphierend. Doch plötzlich hielt der Christ inne, er schien zu überlegen. Schließlich zog er seine Hand langsam wieder zurück und, wie von einer unsichtbaren Kraft geführt, fasste er nach dem Dolch. Salah ad-Dins Lächeln schwand.

Bernhard von Markward zitterte, als seine Finger den Griff umschlossen. Der Dolch wog schwer, er fühlte sich glühend heiß an, so als könnte er seine Hand verbrennen.

Salah ad-Din strich sich, seine stechenden Blicke weiter auf ihn gerichtet, nachdenklich über den Bart und wartete neugierig auf seine Entscheidung.

«Welches Leben bedeutet dir mehr?» Die Stimme des Sultans klang noch fordernder, noch unbarmherziger.

Bernhard schluckte leer, biss die Zähne zusammen und nach einem weiteren tiefen Atemzug drehte er die Klinge so, dass die Spitze gegen ihn selbst zeigte, während Salah ad-Din seine Miene verzog, als sei er enttäuscht. Das Herz des Christen flackerte wie ein Flammenmeer. Hastig, fiebrig hämmerte es wie Pferdehufe in einem wilden Galopp. Und schon bald würde es verstummen.

Er versuchte, nicht zu denken, versuchte, die Welt um ihn herum zu vergessen; eine Welt aus hässlichen Fratzen. Das Ende seines Elends, seines Leidens und der Schmerzen war nah, und gleich würde er vor seinen Schöpfer treten. Er setzte die Klinge an seine linke Brust, einen Finger breit unterhalb des Herzens, fühlte, wie die Spitze über seine Rippe glitt, unter der er zustoßen musste, um sein Ziel nicht zu verfehlen.

Die Stille war unheimlich. Nur eine Fackel knisterte, ein Schwert schabte gegen einen Schild oder gegen eine Rüstung. Die Zeit schien zu verharren wie eine Spinne, die in ihrem Netz auf Beute wartete.

Ein leises Röcheln an seiner Seite ließ ihn wieder zur Besinnung kommen und er starrte den Jungen neben sich an, als hätte er ihn nie zuvor gesehen. In dessen Augen lag ein Flehen und seine Lippen bebten.

«Gott sieht zu und er weiß, wie es in deinem Herzen aussieht», flüsterte der Junge mit erstickter Stimme. «Deine Zeit ist noch nicht gekommen! Noch nicht! Aber die meine! Dir hat der Herr ein anderes *Kismet* auferlegt!» Er hustete trocken, bevor er weitersprach: «Der Allmächtige hat nicht so lange dein Leben geschützt, damit du es dir jetzt selbst nimmst! Dich erwartet ein anderes Schicksal!» Er stockte, richtete sich auf und kroch mit letzter Kraft näher. Überwältigt vom Schmerz, schloss der Christ die Augen. Die Worte des Jungen hatten ihn mehr getroffen als jeder Schwertstoß. Doch es gab nichts mehr, was er für ihn tun konnte. Trotzdem ließ ihn seine Stimme erschaudern: Sie verriet Stärke und Bestimmtheit, die er nur bei kampferprobten Rittern zu finden gewohnt war.

«Du selbst hast mir einst gesagt, du wirst alles versuchen, um zu leben, solange auch nur ein Tropfen Blut in deinen Adern fließt! Und dies hier soll dich an den Schwur erinnern, den du geleistet hast!» Verzweifelt griff der Junge nach ihm und seine mageren Finger fühlten sich eiskalt an, als er einen Gegenstand in seine Hand gleiten ließ.

Bernhard erkannte sofort, was es war: Ein Erinnerungsstück, das er verloren geglaubt hatte. Mit der Faust umschloss er es, hielt es fest. Und plötzlich fühlte er, wie eine unerklärliche Kraft seinen Körper durchströmte. Mit grimmigen Blicken hob er den Kopf und funkelte Salah ad-Din voller Hass an, der stumm und mit ernster Miene wartete.

Unendlich lange starrten sich die beiden an – der Gläubige und der Ungläubige, der Sieger und der Besiegte. Und doch ebenbürtig. Dann drehte der Christ blitzschnell den Dolch in der Hand und beugte sich ebenso schnell zu dem Jungen hinüber.

Wie eine glühende Schwertklinge, die ich durch Schnee ziehe, dachte er, während er die Klinge über die Kehle des Jungen gleiten ließ. Und er wandte seinen Blick auch dann nicht von Salah ad-Din ab, als ihm warmes Blut ins Gesicht spritzte.

Ein leises Röcheln war zu hören, als der Junge gegen seine Brust fiel: Zuerst der Kopf, danach der Körper, der sich anlehnte und nachher langsam zu Boden glitt. Noch ein letztes Zucken und bald war alles Leben in ihm erstorben.

Bernhard atmete schwer; seine Kiefer mahlten, seine Kehle war trocken. Beschämt senkte er den Blick, richtete ihn auf seine geballte Faust, die er langsam öffnete. In seiner Hand ruhte ein kleines, silbernes Kreuz. Ein Rinnsaal Blut rann darüber.

Die Miene des Sultans zeigte zuerst keine Regung, doch allmählich überzog sie Achtung und Anerkennung, und schließlich begann der Herrscher zu lachen.

Seine Heiterkeit erschien dem Christ wie ein einziger Triumph und jetzt wusste er, dass er mit dieser Tat sein Schicksal besiegelt hat. Ein Schicksal, das ihm niemals Frieden schenken würde, sondern sein Dasein für immer bestimmte. Sein Leben war verwirkt und kein Gott würde ihn aus dieser Verdammnis befreien.

Bitter sah er wieder auf und seine Hand umfasste den Griff des Dolches wieder fester. «Sultan, Eure Großmut ist selbst bei Euren Feinden bekannt!», rief er, griff zornig nach dem Brot und biss gierig hinein. Erst dann richtete er sich wieder auf und drohend fügte er hinzu: »Aber dieses Blut hier, das Blut dieses Jungen klebt nicht an meinen Händen allein! Es befleckt auch die Euren! Eure Hände und Eure Seele!» Mit einem wütenden Aufschrei holte er aus und schleuderte die blutige Klinge auf den Herrscher. Salah ad-Din rührte sich nicht. Der Dolch zischte an ihm vorbei und blieb wippend in der Lehne eines Stuhles stecken.

Metall klirrte bedrohlich auf, als die Soldaten ihre Schwerter aus den Scheiden rissen und auf den Gefangenen zustürmten.

«Zurück!», schrie Salah ad-Din und seine Stimme ließ sie inne halten. «Er soll leben! Er hat mehr Mut bewiesen, als ich von einem Christen erwartet habe!» Langsam schritt er die über die letzte Stufe und beugte sich unheildrohend vor. «Er soll leben, denn ich habe andere Pläne mit ihm!»

«Hätte ich gewollt, hätte die Klinge ihr Ziel nicht verfehlt», flüsterte Bernhard Salah ad-Din zu, »und ich schwöre dir, ich …» Ein dumpfer Schlag auf seinem Hinterkopf brachte ihn zum Schweigen. Das Brot entglitt seiner Hand, das Gesicht des Herrschers verzog sich vor seinen Augen zu einer Fratze und er spürte, wie er die Besinnung verlor und in eine undurchdringliche Dunkelheit sank.

Eine Dunkelheit, die er schon in den Kerkern von Akkon kennengelernt hatte. Doch diesmal sollte sie noch schmerzlicher werden: Es sollte die ewige Dunkelheit eines Fremden in einem fremden Land sein.

1

Safar 587 nach der Hedschra (März 1191)

Klänge und Düfte erfüllten die hereinbrechende Nacht, drangen durch Mauern, Minarette, Paläste und Türme, schlängelten sich um Stadttore, Bögen und Säulen und legten sich über die Springbrunnen und Gärten von Damaskus.

Ein warmer Abendwind trug die Stimmen der Dienerschaft durch das Fenster; sie klangen so emsig wie das Summen aus einem Bienennest. Nasrin nahm die Aufregung im Garten kaum wahr. Sie atmete verträumt die süßliche, von Jasmin und dem Duft der Orangenblüten erfüllte Luft ein und kämmte sich versonnen ihr Haar. Allein, denn ihre Dienerin Fatimah war nicht hier. Sie schien wieder einmal anderes im Sinn zu haben als sich um sie, ihre Herrin, zu kümmern. Die Sklavin war ein Geschenk ihres Vaters, Suleyman Ibn Masud Talib Ibn Nusair Ibn Kardal Ibn Asadel Sharif, Emir und *Hafis* aus dem alten und ehrenwerten Hause al-Dir.

Eigentlich müsste Nasrin sie dafür, dass sie ihren Pflichten so ungewissenhaft nachkam, bestrafen lassen, doch die Tochter des Hauses war froh darüber, einige Zeit allein zu sein. Sie genoss diese seltenen Momente der Ruhe, ohne das aufdringliche Geschnatter ihrer Dienerin oder der anderen Frauen aus dem *Harim*.

Gelangweilt sah Nasrin in den bronzenen Spiegel, den ihr Vater einst von einer Pilgerreise aus Mekka mitgebracht hatte. Der kunstvoll gearbeitete Rahmen war reich mit Perlen, Smaragden, Saphiren und Rubinen verziert und schimmerte in allen Farben des Regenbogens. Der polierte, von Meisterhand gefertigte Spiegel war von ausgesuchter Qualität und seine Oberfläche ähnelte einem ruhenden, silbernen See.

Seufzend musterte sie das Gesicht, das ihr entgegenblickte. Große, geheimnisvolle Augen sahen sie an. Sie hatten die Farbe jenes seltsamen Getränkes, das aus den gemahlenen Samen eines Strauches zubereitet wurde. Ihr Vater erwarb die Samen, deren Form den Bohnen glich, von einem ägyptischen Händler. Dieser nannte sie *Bunchum* und *Hakim* Yusuf Ibn Mussad empfahl, sie mit heißem Wasser aufzubrühen und als Arznei gegen Müdigkeit einzunehmen. Dunkel, fast schwarz war das Getränk und es schmeckte bitter, doch mit Honig oder Zucker gesüßt umschmeichelte es den Gaumen so wohlig wie der Kuss einer wahren, innigen Liebe. Manchmal naschte Nasrin heimlich davon und versüßte den bitteren Geschmack mit dem Honiggebäck, das die *Seldschuken* nach Damaskus brachten.

Noch immer in Gedanken an dieses Gebräu versunken, blinzelte sich Nasrin im Spiegel zu, der ihre Gesichtszüge einfing: jugendlich, fein und ebenmäßig. Ein strahlendes Antlitz, hohe Wangenknochen und eine reine Stirn. Eine Fremde schien ihr entgegenzulächeln und seufzend schloss sie ihre Lider, versuchte sich vorzustellen, wie es wohl wäre, wenn sie anders aussehen würde – dunkler, orientalischer, nicht wie eine zu lange gekochte Dattel. Sie war blass, zu blass für eine Frau aus Damaskus, zu blass für eine Muslimin, die von einem Nachkommen der ersten Kalifen Mohammeds, des großen Propheten Allahs, abstammte. Sie war heller als die anderen Frauen, heller als ihre Dienerinnen und auch heller als die Sklavinnen im *Bait.* Sie hatte zu ihrem und zum Leidwesen des Emirs zu viel vom Blut ihrer Mutter geerbt. Sie sah ihr, die aus dem nördlichen byzantinischen Kaiserreich stammte, so ähnlich. So zumindest behauptete es der Emir, denn Nasrin konnte sich nicht mehr an den viel beschworenen Liebreiz ihrer Mutter erinnern. Da diese noch im Kindbett verstarb, kannte Nasrin nur die beiden anderen Frauen, die sich Suleyman zu Gattinnen genommen hatte. Sie schenkten ihm noch weitere Kinder und Nasrin zwei Geschwister, die Allah in seiner Güte am Leben ließ. Ein Bruder und eine Schwester machten das Familienglück vollkommen. Doch die Erstgeborene war Nasrin und neben ihrem Bruder Yasid der Liebling des Emirs. Als Sohn hätte sie sein Erbe angetreten, doch nun würde Yasid wie sein Vater ein gerechtes Familienoberhaupt werden, wenn er erst einmal alt genug war.

Nasrin musste schmunzeln, als sie an ihn dachte. Immer quirlig, immer zu Streichen aufgelegt, war er gerade zehn geworden, benahm sich aber manchmal wie ein Pascha. Sie schaffte es jedoch meist, ihn gut im Zaum zu halten, aber nicht selten musste er sich vor ihrer raschen Hand in acht nehmen.

Suleyman stammte von den mächtigen Kalifen ab und schon seit Generationen war die Familie al-Dir in Damaskus hoch angesehen. Masud Talib, Nasrins Großvater, hatte dem Haus al-Dir als großer Krieger und Feldherr Ruhm und Ehre gebracht, der Emir hingegen zog es vor, sich eingehend mit den Lehren Allahs zu befassen und ein treuer Diener und Bewahrer des Islams zu sein. Dieser Verpflichtung wurde Nasrin – so glaubte sie manchmal zu spüren – weder durch ihre Hautfarbe noch durch ihr Wesen gerecht.

Wenigstens ihre Haarpracht unterschied sich nicht von jener der anderen Frauen aus ihrer Heimat. Auch ihr Haar hatte die Farbe von Pech, schwarz und glänzend. In langen Flechten fiel es ihr über die Schultern und reichte bis zu den Hüften; es roch nach Rosenwasser und Zimt, und wenn sich Sonnenstrahlen darin verfingen, schimmerten einzelne Strähnen bräunlich.

Nachdenklich griff Nasrin nach ihrem Kamm, fuhr mit den Fingern darüber und entlockte den Zinken Geräusche, die nach einer verstimmten Harfe klangen.

«Allmächtiger Allah, wenn der Lärm nicht bald ein Ende hat, stürzt noch das ganze Gemäuer zusammen!», maulte sie, als die Stimmen im Garten immer lauter wurden, als ob sie wirklich um den alten Palast bangen würde. Verärgert warf sie den Kamm auf einen Tisch und legte den Spiegel behutsam daneben. Was ging dort unten vor, dass die ganze Dienerschaft wie eine Gänseschar schnatterte?

Sie erhob sich und trat ans Fenster. Ihr Halsschmuck klirrte leise, ihr Kleid aus erlesener Seide raschelte bei jeder Bewegung und der edle, feine Stoff schmiegte sich kühl an ihren Körper.

Durch die *Maschrabiya*, die mit kunstvollem Schnitzwerk versehenen Fenstergitter, drangen die letzten Strahlen der untergehenden Sonne, und Schatten tanzten über den polierten Marmorboden, als würden sie miteinander spielen. Kunstfertige Hände eines Tischlers hatten diese orientalischen Ornamente in Rosenholz geschnitzt; die Verzierungen brachen das Licht in unzählige feine Strahlen, die magische Muster in den Raum warfen.

Nasrin blieb am Fenster stehen und flocht eilig ihr Haar zu einem dicken Zopf. Als sie damit fertig war, öffnete sie mit einem Ruck die Läden und lugte hinaus.

Die Wipfel der Palmen wiegten sich im Wind, und die abendliche Kühle vertrieb die drückende Wärme des Tages. Noch einmal loderten die weiß getünchten Mauern des Hofes wie Feuer im Abendrot und tauchten den Garten in warmes Licht. Bald würde sich der Schleier der Nacht über die Stadt legen.

Nasrin schaute in den Hof hinunter, suchte nach dem Grund der Unruhe. Ihre Blicke wanderten über den vorderen Hofgarten und folgten dem Weg, der von dem Haupttor zum Haus führte. Scheinbar hatte sich die ganze Dienerschaft versammelt und bestimmt würde sie auch Fatimah dort entdecken.

Ein Soldat der Stadtwache, von den Dienern und Sklaven des Hauses umringt, versuchte sich einen Weg durch die raunende Menge zu bahnen. Mehr konnte Nasrin nicht erkennen und sie wusste noch immer nicht, was die Dienerschaft so in Aufruhr brachte. Ein Soldat im Hause ihres Vaters war nichts Ungewöhnliches, nichts Besonderes. Es musste einen anderen Grund für die ungewohnte Aufregung geben. Nasrins Neugier wuchs und sie beschloss, selbst nachzusehen.

Sie wandte sich vom Fenster ab und wollte gleich loseilen, doch dann fiel ihr Blick auf das Bett. Dort lag mahnend ihr *Khimaar*, jener zarte Schleier, der ihre Tugenden wahren und sie an die Pflichten einer jungen Muslimin erinnern sollte. Er bewegte sich leicht, als ein sanfter Windhauch durch das Zimmer strich. Nasrin verzog bitter die Lippen und griff nach dem ihr so verhassten Schal. Sie wollte ihren Vater nicht verärgern, zumindest nicht heute. Die Zeiten, als sie ohne *Khimaar* durch das Haus laufen durfte, wenn sich fremde Männer im *Bait*, dem Palast, befanden, waren vorbei.

Sie legte sich den Schleier über ihr Haar und lief los.

Die Gänge des alten Palastes waren menschenleer. Keine Dienstmagd, keine Sklavin, nicht mal der Eunuch Abuchar, der gewöhnlich den Eingang zum Frauenhaus wie eine lebendige Statue bewachte, waren zu sehen. So schlich sie unbemerkt aus dem nur für Frauen bestimmten Teil des Gebäudes und huschte den *Tarma*, den balkonähnlichen, von Säulen getragenen Gang entlang, der den Blick auf den inneren Hofgarten freigab. Sie glitt am Geländer der großen Treppe hinunter, so wie sie es früher immer – zum Verdruss ihrer alten Amme Salma – getan hatte und wie sie es auch heute noch mit Yasid tat, wenn alle Bewohner des Hauses schliefen.

Nasrin lachte leise, als sie sich daran erinnerte, wie ihre Pflegemutter tobte und sie sich zusammen mit Yasid irgendwo im Palast verkrochen. Das Gezeter der Frau hallte dann so laut durch die Gänge, dass jeder es vernehmen konnte, und der Vater sich oft bemühte, nicht die Fassung zu verlieren.

«Ihr seid eine Strafe Allahs, Nasrin!», schallt die alte, schrumpelige Salma immer, rang nach Atem und versuchte, die Kinder einzuholen. Doch Yasid kannte ein Versteck, wo sich die Geschwister stundenlang aufhalten, unbemerkt miteinander spielen oder sich Geschichten erzählen konnten. Das Haus war groß und alt, voller geheimer Gänge, Türen, unbekannter Nischen und Verstecke.

Nasrin, nun im heiratsfähigen Alter, durfte sich solche Späße nicht mehr erlauben, was Yasid sichtlich missfiel. Er tollte weiterhin durch den Palast und brachte seine Schwester oft genug in Verlegenheit. Suleyman versuchte, seine liebste Tochter zu tadeln, doch es gelang ihm nicht wirklich. Der Emir konnte ihr keine Bitte abschlagen, denn ihre Augen würden selbst einen Stein zum Weinen bringen, wie er immer sagte. Von ihnen ging ein Zauber aus, dem sich weder der Wesir, noch der Sultan – und vermutlich nicht mal Allah selbst – entziehen konnten.

Nasrin glitt das Geländer hinunter und hielt rasch inne, als sie wieder den Marmorboden unter ihren Füßen spürte. Aus dem mächtigen Eingangsbereich, der an das Atrium eines alten römischen Palastes erinnerte, drangen Stimmen zu ihr. Sie drückte sich lautlos an eine Säule und verharrte regungslos.

Nur das friedliche Plätschern des steinernen Springbrunnens begleitete die Sprechenden.

«Vom Sultan persönlich?» Es war die überrascht klingende Stimme ihres Vaters.

Vorsichtig lugte Nasrin hinter der Säule hervor und erblickte den Emir und einen Soldaten. Ihr Vater trug einen prächtigen Kaftan aus feinstem Damast. Im Gürtelband um seinen Bauch steckte ein Dolch, dessen Griff mit wertvollen Edelsteinen und Perlen bestückt war; eine goldene Brosche schmückte den Turban. Der weiße Bart war wie immer sorgfältig gepflegt. Suleyman hatte sein dreiundfünfzigstes Lebensjahr bereits überschritten, und manchmal schien es Nasrin, als wäre er für sie Vater und Großvater zugleich.

Nun erkannte Nasrin auch den anderen Mann. Es war Jamal Ibn Harun Nasser, Hauptmann der Stadtwache aus dem Geschlecht der al-Aziz, einer alten Familie mit langer Tradition und ehrenhaftem Ansehen. Er trug eine prächtige Rüstung, einen kunstvoll getriebenen Helm, einen sorgsam polierten Brustharnisch, der über dem feingliedrigen Kettenhemd in den Farben der Stadt leuchtete. Doch seine stattliche Erscheinung vermochte Nasrins Abneigung und ihre Abscheu ihm gegenüber nicht zu mildern. Ihre Blicke hefteten sich auf seinen Krummsäbel, wie ihn die Sarazenen des Sultans trugen, und sie war überzeugt, dass er Jamal nicht nur als Zierde diente.

Nasrin kannte ihn schon viele Jahre. Obwohl Jamal der jüngere Bruder von Hussein war – jenem Mann, dem sie seit ihrer ersten *Naiz*, dem Frauwerden vor drei Jahren, versprochen worden war –, blieben ihre Gefühle ihm gegenüber gleich: kalt wie die Wasser in den Tiefen des Meeres.

Voller Sehnsucht erinnerte sie sich immer wieder an ihren Verlobten, der vor einem halben Jahr in Akkon während der Belagerung eines christlichen Heeres gefallen war. Er diente dem großen Sultan Salah ad-Din, welchen die Ungläubigen Saladin nannten, und gehörte zu den Verteidigern der wichtigsten Hafenstadt in Palästina. Nasrin hatte ihren Bräutigam nur ein einziges Mal gesehen, trotzdem trug sie Trauer, als wäre sie eine Witwe. Es war *Kismet* und Allah der Gütige hatte es so bestimmt.

Doch nicht mal der Tod ihres Verlobten vermochte es, sie mit Jamal zu versöhnen. Sie würde ihn nie leiden mögen, und auch seine hohe Stellung als Hauptmann der Stadtwache, die ihm in Damaskus beachtliches Ansehen verlieh, änderte nichts an ihren Gefühlen. Nicht mal Allah würde es schaffen, ihr Herz für diesen Mann zu erwärmen.

«Vom Sultan persönlich?», wiederholte der Emir ungläubig, starrte das Stück Papier in seiner Hand an und begann langsam auf und ab zu schreiten.

Jamal nickte nur, rührte sich nicht und verzog seine farblosen Lippen. Seine flackernden Blicke folgten dem Emir, und Nasrin war sich sicher, dass sie sich nicht irrte, wenn sie ihn für gerissen, gemein, hinterhältig und unberechenbar hielt.

«Der Sultan soll von ihm sehr angetan gewesen sein, *Hazrat*», erklärte Jamal und deutete eine ehrfurchtsvolle Verneigung an, als stünde der große Salah ad-Din selbst vor ihm.

Der Emir rollte das Schreiben bedächtig zusammen, musterte den Hauptmann, reichte ihm die Nachricht und sah sich um, als er ein Geräusch vernommen hatte. Nasrin hielt erschrocken den Atem an.

«Nun gut, dann bringt ihn in den Stallungen unter, ich will ihn sehen», befahl Suleyman mit fester Stimme.

Jamal verneigte sich kurz und Nasrin vernahm, wie seine Schritte in der weiten Halle langsam verebbten, als er sich entfernte.

Kaum war er verschwunden, drehte sich Suleyman um und rief: «Ich weiß, dass du da bist, meine Tochter! Und jetzt komm heraus!»

Sie stockte, verwundert darüber, dass ihr Vater sie bemerkt hatte, obwohl sie so vorsichtig gewesen war. Nasrin vergewisserte sich, ob ihr Schleier nicht verrutscht war und trat hinter der Säule hervor.

«Vater», grüßte sie den Emir freundlich, denn trotz seiner Macht kannte sie ihn als einen gütigen Mann, der seine manchmal unzähmbare Tochter tapfer und mit Liebe ertrug.

«Du hast schon wieder gelauscht. Das ziemt sich nicht für eine ehrbare Frau!», schallt Suleyman sie streng. Doch ein Lächeln auf den dünnen Lippen und ein warmer Blick straften seine Worte Lügen.

Nasrin nestelte verlegen am Saum ihres Ärmels und mit dem Zauber ihrer Augen versuchte sie ihren Vater zu versöhnen: «Ich hörte Lärm im Garten, da wollte ich wissen, was dort vor sich geht!»

Der Emir seufzte und reichte ihr die Hand. Zurückhaltend trat sie näher und ergriff die dunklen, vom Alter gezeichneten Finger ihres Vaters. Ihre Haut hingegen schimmerte hell, unreifen Haselnüssen gleich. Vielleicht sollte sie doch die Ratschläge ihrer alten Amme annehmen und sich mit dieser geheimnisvollen Mischung aus Mandel-, Nussöl und unbekannten Wurzeln aus fernen östlichen Ländern einreiben, damit sie nachdunkelte.

«Du hast diese Neugierde von deiner Mutter geerbt», erwiderte der Emir mit sanfter Stimme, «möge mich Allah davor bewahren, dass du auch ihren Starrsinn geerbt hast!»

Nasrin blickte tugendhaft zu Boden. Yasid mochte ihren Starrsinn, ihre stürmische Art, mit ihm zu spielen, während der Vater hoffte, sie würde irgendwann sanfter, zahmer und sittsamer werden. Wenn Suleyman jedoch seine Tochter in die Schranken wies, leuchteten seine Augen, als wollten sie sagen: «Wärst du nur ein Sohn geworden!»

«Der Sultan hat mir einen Sklaven geschenkt», begann der Emir und musterte sie. Immerhin trug sie diesmal ihren *Khimaar*.

«Einen Sklaven?» Nasrin blickte auf. Ihr Vater besaß so viele Sklaven und Diener, dass er nicht einmal wusste, wie er sie alle beschäftigen sollte, auch wenn der *Bait* groß war. Und nun schenkte ausgerechnet Salah ad-Din ihm noch einen.

«Einen Sklaven? Einen gewöhnlichen Sklaven?» Ihre Stimme klang enttäuscht.

Der Emir tätschelte die Hand seiner Tochter und schenkte ihr ein Lächeln. «Nein, keinen gewöhnlichen Sklaven.»Er hielt inne. «Einen Christen, einen *Nasranî*!»

«Einen Ungläubigen, einen *Kafir*?» Nasrin riss die Augen auf und trat einen Schritt zurück. Wollte Salah ad-Din den Frieden im Haus al-Dir zerstören?

«Ja, einen *Kafir.*» Suleyman nickte und wandte sich zum Gehen. «Er soll ein Ritter aus dem Land der Abendsonne sein. Ein Ungläubiger, ein Heide, ein Barbar, wenn du so willst. Aber dennoch ein Mensch.»

Nasrin verzog voller Abscheu ihr Gesicht. Sie hatte sich vor Schreck auf die Zunge gebissen und spürte nun, wie Blut aus der kleinen Wunde rann.

«Es ist nicht so, wie du denkst, Tochter», Suleyman schritt durch die Tür zum großen Empfangssaal, während Nasrin ihm nur zögernd folgte. «Das Geschenk ist eine Ehre. Eine sehr große sogar. Als das restliche Heer eines großen Herrschers vor den Toren von Akkon aufgerieben wurde, ließ Salah ad-Din Hunderte christlicher Ritter hinrichten.» Der Emir blieb stehen und schwieg, als er den traurigen Blick seiner Tochter bemerkte. Mitfühlend strich er ihr über die Hand. «Hussein ist ehrenhaft gefallen, er ist ein wahrer *Shahid*, ein Märtyrer des Glaubens. Sein Tod ist mit dem Blut vieler Christen gesühnt worden!»

Nasrin schluckte. Sie dachte nicht an Hussein, sondern an Jamal, der sich nun um sie bemühte. Glücklicherweise hatte ihr Vater andere Sorgen, als sich um eine neue Bindung für seine Tochter zu kümmern.

«Die Beschützer von Akkon haben Unzählige der *Nasranî* gefangen genommen», fuhr Suleyman fort. «Viele von ihnen wurden zur Abschreckung auf den Mauern der Stadt enthauptet. Dieser Christ hier ist einer der wenigen, die überlebt haben.»

Der Palast al-Dir, den mächtigen Bauten der römischen Besatzer nachempfunden, war einer der ältesten *Bait*s in Damaskus. Der prächtig geschmückte Saal öffnete sich nun nach Süden hin in den inneren Garten. Starke Säulen, zwischen denen in den Wintermonaten schwere Vorhänge hingen, um die Kälte abzuwehren, säumten den Gang. Jetzt war er offen und das letzte Licht der Abendsonne fiel auf die Fliesen aus poliertem Stein und ließ lange Schatten über den Boden wandern.

Suleyman wollte eben die Stufen zum Garten hinabsteigen, als ihn Nasrin zurückhielt.

«Dass er überlebt hat – das soll eine Ehre für dich sein?» Sie stutzte. Sie kannte genug Geschichten über die Krieger aus dem Abendland. Schreckliche Geschichten, grausame Geschichten, die sie manchmal ihrem Bruder erzählte, der ihr dann mit weit aufgerissenen Augen zuhörte und schwor, die Christen zu vernichten. Allah würde ihm die Kraft für den Sieg geben, ihm, einem wahren Enkel des großen Masud Talib.

Der Emir schüttelte den Kopf. «Dieser hier soll sich durch seine Tapferkeit und durch seinen Mut, nicht nur im Kampf, hervorgehoben haben. Der Sultan allein weiß, weshalb er ihn verschonte und Allah der Gütige muss ihm wohlgesinnt sein, wenn selbst er seine schützende Hand über diesen Ungläubigen hält!»

«Schützende Hand?» Nasrin runzelte die Stirn.

«Er hat wahrlich einen weiten und gefährlichen Weg hinter sich. Er ist weiter gereist, als wenn du zwanzig Mal den Weg nach Mekka und zurück antreten würdest.» Suleyman wusste genau, was seine Tochter dachte. Ihrer Meinung nach kamen die Christen vom Ende der Welt, vom Abgrund der Hölle.

Er fuhr mit seiner Erzählung fort: «Nach dem Tod des rotbärtigen Kaisers ist die Mehrheit des Heeres umgekehrt, nur ein kleiner Rest zog weiter und erreichte Akkon. Was hat Allah wohl mit solch einem *Nasranî* vor, wenn das *Kismet* ihm so lange wohlgesinnt ist?»

Nasrin schluckte. Sie fürchtete sich vor den Christusanbetern, die einem Propheten und nicht Allah allein huldigten und diesen Künder auch noch Gottes Sohn nannten. Außerdem gingen sie barbarisch mit sich selbst um und ihr gekreuzigter Gott verlangte gar von ihnen, sich selbst zu kasteien und zu strafen, hatte sie gehört. Jeder Muslim wusste von den Grausamkeiten der Christenritter, wie sie in Jerusalem herrschten, wie viel Blut sie vergossen und wie sie die heilige Moschee entweihten. Und so strafte Allah mit all seiner Macht die Gottlosen und sandte seine Heerscharen über sie. Der mächtige Gott hatte die Gebete erhört und seinem Diener, dem großen Sultan Salah ad-Din, den Sieg über die ungläubigen Horden geschenkt. Dieser hatte die Stadt und die Heiligtümer wieder befreit. Allah ist groß. Er sei gepriesen.

«Aber die Christen sind Dämonen und Teufel», wandte Nasrin ein und betrachtete ihren Vater.

Suleyman lächelte wieder. «Nein, Tochter. Sie sind Menschen wie wir, aber sie leben ohne das Wort Allahs und seines Propheten Mohammed. Sie sind *Kafir*, aber keine Teufel oder Dämonen!»

«Ich habe gehört, sie würden Blut trinken und das Fleisch ihrer Brüder essen.»Nasrin schauderte – Barbaren, gottlose Barbaren.

«Es ist nur Wein, den sie während ihren Messen trinken und ihn als das Blut Christi bezeichnen. Und das Fleisch ihrer Brüder essen sie auch nicht. Das ist Aberglaube, dummer Aberglaube.» Der Emir tätschelte die kalte Hand seiner Tochter, als versuche er, ihr die Furcht zu nehmen. «Dein Onkel Hassan verbrachte einige Zeit bei ihnen, in Konstantinopel, im Reich des byzantinischen Kaisers. Sie sind schmutzig, haben schlechte Angewohnheiten und manche von ihnen benehmen sich wie Unmenschen, aber nochmals: Sie sind keine Teufel!»

Nasrin blickte auf die marmornen Fliesen, in denen einzelne Granitkristalle in der untergehenden Sonne wie bunte Edelsteine, wie Sterne oder Feuer funkelten.

Vater und Tochter blieben am Eingang zum Garten, der immer noch von Jasminduft erfüllt war, stehen.

«Möchtest du ihn sehen?», fragte Suleyman.

Nasrin fuhr erschrocken herum. Sie sollte einem Teufel begegnen? Beim Barte des Propheten, nein! Nein!

«Du brauchst dich nicht zu fürchten, Tochter, er wird dir nichts anhaben können», beschwichtige der Emir, als er die Furcht in ihrem Gesicht sah. «Ich bin bei dir!»

Nur zögernd gab Nasrin nach, befestigte den *Khimaar* fester an ihrem Haar, zog noch einen weiteren Schal über den Kopf, damit die Dienerschaft und der Ungläubige sie nicht unverschleiert sahen, und streckte die Hand aus. Mit einem einladenden Lächeln nahm Suleyman sie entgegen, und gemeinsam schritten sie durch den Garten.

Der *Bait* des Emirs war vor langer Zeit erbaut worden, noch bevor die Kalifen der Umayyaden über Damaskus herrschten. Suleyman hatte ihn immer wieder erweitern und erneuern lassen. Zwei *Talare* wurden in das Mauerwerk eingebaut, der verwilderte Garten in ein Paradies auf Erden verwandelt. Zitrusbäume, Palmen, Zypressen und bunte Blumenbeete zierten jetzt den weitläufigen Hof und ehrten so Allahs Schöpfung. Kaum ein anderer *Bait*, mit Ausnahme des Regierungspalastes des Statthalters, war größer als jener des Hauses al-Dir.

Der Garten duftete tagsüber warm nach einem Blütenmeer; der Gesang der Vögel begleitete das Plätschern eines Brunnen, erfüllte die flirrende Luft, gleich einer paradiesischen Musik und erfreute die Sinne. Der Gärtner hatte den Hof in ein glitzerndes Juwel verwandelt. Er gehörte zu den schönsten in Damaskus, zu den schönsten in einer Stadt, die umgeben war von Sand, Staub und Dürre. Eine Oase für Gläubige inmitten einer unwirtlichen Welt.

Der Weg zu den Stallungen, wo der Emir den neuen Sklaven unterbringen ließ, erschien Nasrin auf einmal unendlich.

Schweigend ging sie neben ihrem Vater her und versuchte die unheilvollen Stimmen in ihrem Kopf zu besänftigen, die unentwegt zischten: «Teufel, Dämonen, Gottlose, Barbaren. Sie wateten im Blut der Gläubigen, knöcheltief, als sie Jerusalem einnahmen! Sie, die Mörder Husseins!» Sie zitterte am ganzen Leib, als sie die Stallung sah und blieb plötzlich stehen, als hätte jemand warnend an ihrem Gewand gezerrt. Doch da war niemand.

Suleyman drehte sich verwundert um und sah seine Tochter an. «Du hast das Herz einer Löwin und nun verlässt dich der Mut?»

Nasrin schluckte. Sie spürte, dass sie noch blasser wurde. «Und wenn er doch ein Dämon ist?»

«Allah schützt seine Kinder doch auch vor Dämonen!» Der Emir drückte ihre Hand. «Aber wenn du nicht willst, dann kehren wir um!»

Nasrin seufzte und blickte forschend in das Gesicht ihres Vaters. Sie war immer so stolz darauf, eine mutige Frau zu sein. Und jetzt fürchtete sie sich vor einem Ungläubigen?

Suleyman zuckte mit den Schultern, ließ ihre Hand los und ging auf die Stallungen zu. Dort versammelten sich alle Diener, drängten sich vor dem Eingang, murmelten und raunten einander zu.

«Warte, ich komme mit!» Nasrin hat neuen Mut gefasst und griff wieder nach der Hand des Emirs, der sich mit einem zufriedenen Lächeln über seinen Bart fuhr, der im Licht der untergehenden Sonne rötlich schimmerte.

Die Dienstboten vor den Stallungen reckten die Hälse, jeder von ihnen versuchte einen Blick auf den Ungläubigen zu erhaschen. Sie bemerkten nicht, dass der Herr des Hauses sich ihnen näherte. Erst als er sich räusperte und in die Hände klatschte, traten sie erschrocken zurück. Verwunderte Blicke streiften Nasrin, die hoffte, dass niemand ihre Angst bemerkte. Sie war die Tochter des Emirs, sie war die Erstgeborene im Hause und in ihren Adern floss das Blut der Kalifen des großen Mohammed – sie durfte keine Angst haben!

So sehr Nasrin ihre Kopfbedeckung hasste, war sie diesmal froh, ihre Furcht hinter ihr zu verbergen, als sie mit ihrem Vater durch die raunende Menge schritt. Sie entdeckte Fatimah, die ihr verschmitzt zunickte.

«Er ist vermutlich außerordentlich hässlich, so wie die meisten Christen. Ihr Äußeres, ihr Benehmen – gar nicht zu vergleichen mit dem eines Muslims», flüsterte Suleyman ihr väterlich zu. «Aber dir wird er nichts tun, das verspreche ich!»

Die Diener verbeugten sich vor dem Hausherrn, ohne ihre Missbilligung über das Erscheinen der Tochter zu verbergen. Es gehörte sich für eine ehrbare Frau nicht, sich einen Sklaven anzusehen, wenn auch Nasrins Neugier allerseits bekannt war. Doch sie ignorierte die Blicke, hob stolz den Kopf, um allen zu zeigen, wie furchtlos sie sich einem Ungläubigen nähern konnte. Er war ein Sklave, ein Rechtloser, er war das Eigentum ihres Vaters, selbst der *Qur'an*, das heilige Buch des Propheten, erlaubte es einer Muslimin, sich vor Sklaven und Dienern unbedeckt zu zeigen. Und doch – dieser hier war ein Fremder und ein Christ.

Verschiedenste Gerüche schlugen ihr entgegen, als sie den Stall betraten: der süßliche Schweiß der Pferde, die alle aus edelstem Geblüt und reinster Zucht stammten, der beißende Ammoniakgestank, der Geruch wohlriechender Kräuter und gefüllter Sandelholzsäckchen, die im Gebälk aufgehängt waren. Fliegen summten lästig umher und ärgerten die prächtigen Pferde, auf die Suleyman genauso stolz war wie auf seine Tochter.

Schweigend folgte Nasrin ihrem Vater, der ihre Hand noch fester umklammerte, als fürchtete er, sie würde es sich vor der versammelten Dienerschaft anders überlegen. Jetzt gab es kein Zurück mehr, sie musste dem Dämon gegenübertreten, als sei es eine Prüfung.

Das friedliche Schnauben der Pferde besänftigte sie. Das Murmeln der Diener war verstummt. Nasrin erblickte zwei Soldaten der Stadtwache, die vor einem Unterstand warteten, in dem der Ungläubige hauste. Die Männer grüßten den Emir und traten zur Seite.

Nun entdeckte Nasrin Jamal, der mit bissiger Miene auf den Boden starrte, und dann, als sie noch einen Schritt näher trat, ein elendes, armseliges Stück Mensch, einen schmutzigen Christen – oder eben doch einen Dämon? Der Mann kauerte zu Jamals Füßen, die schmutzigen Beine an den Leib gepresst, den Kopf zwischen den Knien versteckt.

«Hässlich sind sie», hallten Suleymans Worte in ihrem Kopf wider. «Unsagbar hässlich!»

Der Emir blieb stehen, während Nasrin sich schutzsuchend hinter seinem Rücken versteckte. Ungläubig und neugierig blinzelte sie hervor. Ihre Blicke streiften Jamal, der überrascht eine Augenbraue hob und ein Lächeln auf seine fahlen Lippen zu zaubern versuchte, als er sie entdeckte. Nasrin tat so, als hätte sie den Hauptmann übersehen.

Die Dienerschaft steckte die Köpfe zusammen und tuschelte miteinander. Ein Kind trat neugierig nach vorne, wurde aber von seiner Mutter rasch zurückgezogen.

Nasrin musterte den Ungläubigen mit einer Mischung aus Neugierde und Verachtung. Sie rümpfte die Nase, denn Salma erzählte immer, Christen würden fürchterlich stinken und nach Schwefel und Pech riechen, da sie für die Hölle bestimmt waren. Doch alles, was sie roch, waren die scharfen Gerüche des Stalls. Erleichtert atmete sie auf.

Der Christ schien weder Nasrin noch den Emir wahrzunehmen. Er hielt seinen Kopf gesenkt, als würde er schlafen. Zusammengekauert wie ein wildes Tier, aber doch bereit, seine Fänge, wenn der richtige Augenblick gekommen war, in ein ahnungsloses Opfer zu schlagen.

Nasrin schluckte: So sahen also Christen aus. Unter rußigem Schmutz schimmerten weiße Hände, heller als ihre eigene Haut, an manchen Stellen so weiß wie die Blüten der Akazien. So helle Haut wie diese hatte sie noch nie gesehen. Jene der Männer, die sie kannte, war viel dunkler. Die Haut derer, die aus dem fernen Afrika stammten, sogar schwarz wie Ebenholz.

Doch dieser Sklave hier erschien ihr mit seiner weißen Haut farblos, bleich, krank. War er am ganzen Leib so hell? So weiß wie Elfenbein? Sie konnte nichts mehr entdecken, denn der übrige Körper war mit Staub, Schmutz und trockenem Blut bedeckt – genauso wie sein Hemd und seine übrige Kleidung.

Mit einer Stiefelspitze stieß einer der Soldaten dem Ungläubigen in die Seite. Doch der Christ rührte sich immer noch nicht. Erst als der zweite Wächter an einer Kette zerrte, sprang er wutentbrannt auf, riss den Kopf herum, als wolle er die Soldaten, gleich einer wilden Bestie, anfallen. Jamal griff schnell an den Schaft seines Säbels, bereit, den *Kafir* im nächsten Augenblick zu töten. Das Murmeln der Diener verstummte schlagartig, nur eine Sklavin raunte: «Allmächtiger Allah», während sich andere entsetzt abwandten.

Erschrocken wich Nasrin zurück und betrachtete den hochgewachsenen Fremden, der alle, ihren Vater wie auch Jamal, überragte. Das zerrissene Hemd ließ eine wohlgeformte Brust erkennen, die durch eine große Narbe, die sich quer über seinen Leib zog, entstellt wirkte. Der Christ ballte seine mächtigen Hände zu Fäusten. Verzweifelt versuchte er, sich zu beherrschen, denn er war sich seiner Ausweglosigkeit bewusst.

Aber vielleicht ist er einfach nur gerissener und wartet auf einen günstigeren Augenblick, um sich auf die Wachen zu stürzen oder zu fliehen, dachte Nasrin und musterte ihn weiter mit ruhelosen Blicken. Seine Körpergröße erschien ihr unglaublich und sie fragte sich, ob alle Männer aus dem Abendland von solchem Wuchs und Aussehen waren. Sie wusste, dass in Damaskus Christen, meist Sklaven lebten, aber da sie selten den Palast verließ, konnte sie sich kein richtiges Bild von ihnen machen.

Neugierig wanderte ihr Blick über den Körper des Mannes und blieb an seinem Hals hängen, um den ein Ring aus Eisen lag, befestigt an einer Kette. Die Soldaten hatten ihn wie einen räudigen Hund an der Leine in diese Stallung geschleppt, ihn jeglicher Würde beraubt und aus einem Menschen einen Sklaven, gar ein Tier gemacht. Nasrin schauderte plötzlich.

«Lass dich ansehen, *Nasranî*», befahl der Emir.

Nasrin war verwundert. Verstand dieser Mann ihren Vater? Sprachen die Christen überhaupt arabisch?

Der Ungläubige rührte sich nicht. Jamal schlug ihm erbarmungslos in den Magen und stöhnend krümmte er sich, rang nach Atem und als er taumelte, wirkte er noch magerer, noch ausgemergelter und erschöpfter.

Jener Soldat, der die Kette hielt, packte den Fremden an den Haaren, riss ihn hoch und zwang ihn, den Emir anzublicken.

Nasrin erschrak erneut, als sie so unerwartet in sein bärtiges, schmutziges Gesicht blickte. Zottig fielen seine verfilzten Haare über die Stirn, ihre wirkliche Farbe war durch Schmutz und Ruß kaum mehr zu erkennen. Der Hunger hatte sich in die knochigen Wangen eingegraben und die Augen saßen in tiefen Höhlen. Doch diese Augen waren groß und ungewöhnlich hell, so blau wie das klare Wasser einer Oasenquelle, so blau wie der Himmel nach einem Sandsturm, so strahlend wie ein fein geschliffener Saphir.

Gebannt starrte sie ihn an. Bei Allah, solche Augen hatte sie noch nie gesehen.

«Versteht er uns? Spricht er unsere Sprache?» Unzufrieden betrachtete der Emir Salah ad-Dins Geschenk.

Jamal nickte. «Er kann einige Worte Arabisch, nicht viel, aber genug, um ihm mehr beizubringen, *Hazrat*! Und er ist gelehrig – wenn er will.»

Suleyman verzog die Lippen, ließ die Hand seiner Tochter los und ging auf den Ungläubigen zu. In dessen Gesicht war ungezügelter Hass zu lesen.

Nasrin bebte, als sich ihre Blicke trafen und rasch zog sie den *Khimaar* vors Gesicht, um nicht befleckt zu werden. Sie spürte seine unglaubliche Wut, aber auch seine demütigende Hoffnungslosigkeit.

«Du, Christ, kannst du mit uns reden? Wie heißt du?» Der Emir musterte den Fremden nun genauer, doch dieser sah ihn schweigend an, als verstünde er kein Wort.

Der Soldat zerrte wieder an der Kette und blitzschnell fuhr der *Kafir* herum, ohne aber seinen Peiniger anzugreifen. War dies bewundernswerte Beherrschung oder Angst? Für einen Augenblick zögerte der Soldat, dann rammte er ihm den Schaft einer Peitsche in den Magen.

«Genug jetzt», fuhr Suleyman dazwischen und riss gebieterisch seine Hand hoch, als der Soldat ein weiteres Mal zuschlagen wollte, während Jamal nur schweigend danebenstand.

Der Fremde krümmte sich, stöhnte laut, zitterte am ganzen Leib, vor Hunger und vor Schmerzen. Es war ein erbärmlicher Anblick, und Nasrin wandte sich ab.

«Nun gut, du wirst bald lernen, mit uns zu reden, *Nasranî*. Und du wirst Allahs Großmut erkennen und mir sicherlich gut dienen», fügte der Emir hinzu und wies Jamal an, den Mann allein in den Stallungen zu lassen.

Die Lippen gespitzt, gab der Hauptmann den Soldaten ein Zeichen.

Nasrin wagte erst wieder aufzublicken, als sie das Rasseln der Kette vernahm und erleichtert erkannte, wie das Ende an einem der eisernen Ringe, die gewöhnlich für die prächtigen Pferde bestimmt waren, befestigt wurde.

Nasrin blickte den Fremden wieder verstohlen an. Ein Ungläubiger, der mit seiner Anwesenheit das Haus des ehrwürdigen und gottgefälligen Emirs al-Dir befleckte. Einen Christen zu Suleyman zu schicken – Salah ad-Din, dieser gottesfürchtige Mann, der die Frömmigkeit des Emirs schätzte, musste wahrlich gute Gründe dafür gehabt haben.

Dieser Fremde hier, der sich schweigend und widerstandslos in sein Schicksal fügte, sollte ein Ritter, ein Krieger sein? Kein Muslim würde sich einfach so erniedrigen lassen, er würde eher sterben, mit dem Namen des großen Gottes als letztem Laut auf seinen Lippen.

Als hätte der Ungläubige ihre Gedanken lesen können, hob er den Kopf und stierte sie schamlos an. Diese Augen, bei Allah, diese Augen! Nur ein Dämon, kein gewöhnlicher Mensch konnte solche Augen haben – so klar und rein wie das kühle Wasser aus einem tiefen Brunnen. Doch da war etwas in ihnen – etwas Schreckliches, etwas Geheimnisvolles.

«Habt ihr ihm schon zu essen gegeben?», hörte Nasrin die Stimme ihres Vaters.

Die Soldaten zuckten nur mit den Schultern, während Jamal gelangweilt seine Fingernägel prüfte. «Unser Auftrag war es, ihn hierher zubringen! Was bisher mit ihm geschah, wissen wir nicht und wir wollen es auch nicht wissen!»

Nasrin bemerkte, wie die beiden Soldaten sich vielsagend ansahen, als ob sie mehr wüssten, aber in Anwesenheit des Hauptmannes, aus Furcht vor ihm, schwiegen.

Jamal trat vor und stieß den Christen rüde zur Seite. «Der Hund hat beinahe sechs Monate im Kerker von Akkon geschmort! Ein Wunder, dass er überhaupt noch lebt!»

Suleyman schüttelte den Kopf. «Wie auch immer, in meinem Hause wird niemand hungern. Und er wird lernen, die Regeln und Gesetze eines gottgefälligen Hauses zu beachten! Und jetzt bringt ihm etwas zu essen!»

Doch niemand rührte sich. Keiner der Diener entfernte sich, lief los, um den Befehl auszuführen. Sie standen alle schweigend da, selbst das leiseste Murmeln war bei den Worten des Emirs erstorben.

Langsam drehte sich Suleyman um, betrachtete schweigend die Umstehenden, dann fuhr er sie wütend, mit ungewohnter Heftigkeit an: «Es ist Allahs Gesetz, einem Hungernden Essen zu geben! Geht und bringt ihm etwas! Und wenn er genug hat, dann wascht ihn! Ich will keinen schmutzigen Sklaven in meinem Haus, hört ihr! Und jetzt verschwindet! Alle!»

Die Dienerschaft stob auseinander, während der Emir tief Atem holte, sich wieder beruhigte und auf seine Tochter zuging, die sich noch immer nicht von der Stelle rührte, unfähig, ihren Blick von dem Gefangenen abzuwenden.

«Er ist ein *Kafir*», flüsterte sie.

«Ja, er ist ein *Kafir*. Und er hat Hunger. Ich lasse in meinem Hause niemanden hungern – egal, ob Muslim oder Christ!», erwiderte der Emir bestimmt.

Nasrin nickte. Erst jetzt fiel ihr auf, dass die Pferde sich ganz ruhig verhielten. Das Schnauben der Stuten klang wie immer. Sie schienen den Fremden nicht zu fürchten, dabei sagte man, Tiere würden das Böse schneller erkennen als Menschen. Konnte der Christ zaubern? Oder hatte er die Pferde vielleicht verhext?

«Ich weiß nicht, ob er es versteht, aber er soll merken, wie viel Großmut in uns ist», erklärte Suleyman und blickte zu seinem neuen Diener – ein wenig argwöhnisch, aber auch ein wenig unschlüssig, als ob er nicht wusste, was er mit dem Geschenk des Sultans nun anfangen sollte. «Der Prophet Mohammed, der Segen Allahs auf ihn, hat uns vor Allah beschworen, unsere Sklaven rücksichtsvoll zu behandeln und gottgefällig zu strafen. Der Mann hat nichts getan, wofür er hungern müsste», fügte er mit Nachdruck hinzu.

Nasrin stimmte der Gläubigkeit ihres Vaters schweigend zu. Der Koran verbot es, Sklaven zu misshandeln, ungerecht oder grundlos zu strafen. Aber dieser hier war kein gewöhnlicher Sklave. Er betete neben Allah noch einen weiteren Gott, den Gott der Christen an. Ein Gott, der ihr so fremd war wie die Welt, aus der dieser fremde Ritter kam. Der *Kafir* erschien ihr wertloser als die anderen Diener des Hauses, denn sie waren alle gläubige Muslime und hatten Allahs Wohlwollen. Er aber war wie ein Tier ohne Seele, rechtlos, unberechenbar und gefährlich. Wollte Allah wirklich, dass sie eine solche Missgeburt so gütig behandelten?

«Er ist das Geschöpf des einzigen Gottes», murmelte Suleyman einem Gebet gleich, als könne er die Zweifel seiner Tochter hören.

«Der *Qur'an* lehrt uns aber auch, die Welt von den Ungläubigen reinzuwaschen!», stellte Jamal mürrisch fest, als er neben Nasrin getreten war.

Verlegen rückte sie zur Seite, näher zu ihrem Vater, der seine Stirn in Falten zog.

«Deutet für mich nicht den *Qur'an*, Jamal!», entgegnete Suleyman streng. «Ist nicht schon genug Blut geflossen?»

«Es wird wohl noch mehr Blut fließen, Emir!» Der Hauptmann blickte hasserfüllt auf den Ungläubigen und verzog seine Mundwinkel zu einem gemeinen Lächeln. «Denkt daran, nicht wir haben damit begonnen! Und Ihr wisst auch, der *Djihad* ist noch lange nicht vorbei!» Er verbeugte sich rasch und verließ, ohne sich nochmals umzudrehen, den Stall.

Nasrin hörte den byzantinischen *Lorikion* unter seinem Waffenrock rasseln und war erleichtert, ihn nicht länger neben sich ertragen zu müssen.

Eine Dienerin mit einer Schüssel Essen eilte nun herbei. Ängstlich überreichte sie das Gefäß einem Soldaten und wich zurück.

Die Augen des Sklaven weiteten sich, als er das Essen roch. Doch der Soldat hielt die Schüssel fest in den Händen, streckte sie dem Gefangenen aufreizend hin und zog sie wieder zurück.

«Genug jetzt! Gib ihm endlich das Essen!», befahl der Emir und strafte den Soldaten mit missbilligenden Blicken.

Nur zögernd reichte dieser dem Christen das karge Mahl aus Gerstenbrei und *Pitha*. Vorsichtig, fast ungläubig, als fürchtete er, es wäre nur ein grausamer Spaß, tastete der Sklave mit seinen knochigen Fingern nach der Schüssel. Er packte zu, verkroch sich in einer Ecke und begann gierig, den Brei mit den Fingern in den Mund zu stopfen.

«Hier, Wasser!» Der andere Soldat stieß den Fremden mit seiner Stiefelspitze wieder an und reichte ihm einen Krug, den er zuvor in das Tränkebecken der Pferde getaucht hatte.

Der Ungläubige hielt inne, versteckte die Schüssel in der Dunkelheit und lugte misstrauisch, immer noch kauend, hervor. Dann griff er nach dem Krug und trank in großen Zügen. Das Wasser rann über seinen schmutzigen Bart und über die Kleidung. Er verschluckte sich, hustete, spuckte aus, verkroch sich erneut in die dunkle Nische und vertilgte seine Kost.

Er musste seit Tagen nichts mehr zu essen und zu trinken bekommen haben, dachte Nasrin, und zum ersten Mal glaubte sie nicht mehr Abscheu oder Angst zu empfinden, sondern Mitleid. Und plötzlich war sie sich nicht mehr so sicher, was sie von diesem Mann halten sollte.

«Was werdet Ihr mit ihm nun machen?», fragte einer der Soldaten.

«Ich weiß es noch nicht», erwiderte der Emir und griff nach der Hand seiner Tochter, um sie wieder ins Haus zurückzuführen. «Er soll erst einmal gewaschen werden, denn er stinkt wie eine Grube voller Schweine. Ich werde sehen, wofür ich ihn gebrauchen kann. Vielleicht weiß er mit den Pferden umzugehen. Es wird sich schon eine Arbeit für ihn finden. Es wird sich zeigen!» Er atmete tief aus. «Bei Allah, es wird sich zeigen!»

Mit diesen Worten zog er Nasrin mit sich, um endlich wieder aus der bedrückenden Dunkelheit des Stalles in die strahlende Pracht seines Hauses zurückkehren zu können.

«Eure Großmut ist weit über Damaskus hinaus bekannt, Emir», hielt ihn die Stimme des einen Soldaten zurück. «Aber seid vorsichtig, er ist gefährlich und listig. Ich selbst war Zeuge, wie siegreich er gegen die Unseren gekämpft hatte, bis ihn endlich der Schwertstreich eines Sarazenen bezwang. Und doch ist er unverwundbar! Warum wohl hat er sechs Monate im Kerker überlebt? Ich sage Euch, er ist kein Ritter.» Die Stimme des Soldaten wurde lauter und warnender: «Er ist ein Teufel – ein Teufel aus dem Heidenland!»

2

Nasrin schloss die Augen und genoss das Bad.

Versonnen summte sie ein Lied vor sich hin. Sie spürte das wohlriechende Wasser auf ihrer Haut, hörte, wie Fatimah irgendwo am Rande des Beckens die Spuren eines Missgeschicks wegräumte. Die kläglichen Überreste einer dunkelblauen Glasphiole, die der Sklavin aus der Hand gefallen war, lagen überall auf dem Fußboden verstreut.

Fatimah fluchte, als sie sich an einer spitzen Scherbe verletzte. Sie steckte sich den blutenden Finger in den Mund und sammelte mit der anderen Hand ungeschickt die restlichen Scherben auf. Das kostbare Öl rann über die Kacheln in das Becken und breitete sich in glänzenden Streifen über der Wasseroberfläche aus.

Nasrin tippte ein Spielzeugschiffchen mit einem Stück Seife an. Langsam glitt es über die schimmernden Fäden des duftenden Öles, vorbei an dahintreibenden Rosenblüten.

Das warme Bad duftete sinnlich nach Magnolie und umnebelte die Sinne.

«Habt Ihr ihn gesehen?», fragte Fatimah neugierig und nahm den Finger aus dem Mund.

«Wen?» Nasrin legte den Kopf in ein Kissen auf dem Beckenrand.

«Wen wohl? Diesen Ungläubigen, diesen *Nasranî!*» Fatimah erhob sich, als sie endlich alle Scherben des Fläschchens eingesammelt hatte. Sie war eine einfache Dienerin, im Haus des Emirs geboren und die Tochter einer nubischen Sklavin und eines syrischen Dieners. In ihrer Unwissenheit glaubte sie an Zauberei, hatte eine lose Zunge und schien in einem einzigen Atemzug Tausend Worte ausplappern zu können.

Nasrin griff nach einer der Blüten, nahm sie in die Hand, roch an ihr und schwieg. Natürlich wusste Fatimah, dass sie ihn gesehen hatte. Warum fragte sie also danach?

«Habt Ihr?», bohrte die Sklavin weiter. Sie kniete nieder und wusch mit einem Schwamm behutsam die Schultern ihrer Herrin.

Das wohlige Kribbeln des Wassers auf ihrer Haut erregte Nasrin. Sie genoss es, um diese Zeit – es war schon lange Nacht – allein im Badehaus zu verweilen und ausgiebig zu baden. Und die anderen Frauen hier nicht anzutreffen.

«Also, habt Ihr?»

«Natürlich habe ich.»

«Hattet Ihr keine Furcht?»

«Nein», log Nasrin und starrte auf die gegenüberliegende, mit blauen Kacheln bedeckte Wand. Sie war mit arabischen Schriftzeichen verziert und zeigte Bilder aus dem Alltag.

«Also, ich hatte Angst vor ihm!», plauderte Fatimah vor sich hin, während sie mit dem Schwamm weiter über Nasrins Schulter fuhr. «So groß und schmutzig! Und diese mächtigen Hände! Wie die Pranken eines Tigers, findet Ihr nicht? Und hässlich ist er! Wenn alle Christen so sind, möchte ich keinem von ihnen begegnen! Allah sei Dank, dass ich noch nie einem von ihnen begegnet bin! Ich hab schon so viele schlimme Dinge über sie gehört, wie grausam sie sind. Aber warum der große Salah ad-Din diesen *Kafir* überhaupt nach Damaskus geschickt hat, steht in den Sternen.»

Nasrin zuckte gleichgültig mit den Schultern. Irgendwann trieb Fatimahs endloses Geschwätz, gleich ihrem Schiffchen, davon, entfernte sich und die Worte erreichten sie nicht mehr, verhallten ungehört im Nebel ihrer eigenen Gedanken.

Was sie empfand und dachte, würde sie ihrer geschwätzigen Dienerin bestimmt nicht erzählen. Ja, er war hässlich und schmutzig. Aber was oder wer verbarg sich hinter dieser ungepflegten Erscheinung? War es wirklich die Fratze eines Teufel, so wie der Soldat es ihnen zugerufen hatte? Die Augen des Christen verrieten etwas anderes. Was es war, hatte sie noch nicht herausgefunden. Und sie wusste auch nicht, ob sie es herausfinden wollte. Doch die Gedanken an ihn ließen sie nicht mehr los.

Wie alt mochte er sein? Sie schätzte ihn auf weit über dreißig, bestimmt nicht jünger. Ein alter Mann, dachte sie, während sie den warmen Magnolienduft einatmete.

Sie schloss ihre Augen und versuchte angestrengt, nicht mehr an den *Kafir* zu denken. Das kostbare Öl. Schade um das kostbare Öl. Es war rar und nicht leicht zu beschaffen. Aber der Emir kannte einen Händler in Damaskus, der ihm nicht nur die besten und edelsten Seidenstoffe aus den fernen Ländern des Ostens, sondern auch diese Blüten, aus denen der Duft hergestellt wurde, besorgte. Die Reise in diese Gebiete war lang, beschwerlich und gefährlich, berichtete der Händler und seit die christlichen Ritter immer wieder in das Land einfielen, erreichten Karawanen Damaskus viel seltener.

«Sollte ich einen solchen Mann treffen – und erst recht bei Nacht

-, ich glaube, ich würde vor Furcht gleich sterben», schwatzte Fatimah weiter. Ihre sprudelnde Stimme und ihr lästiges, langweiliges Geschwätz rissen Nasrin aus den Gedanken. Seufzend drehte sie sich um, stützte sich am Rande des Beckens ab und legte ihr Kinn auf die verschränkten Arme. Das Wasser perlte an den wohlgeformten Rundungen ihres Körpers ab und die Blüten umspielten sie.

«Du fürchtest dich vor allem und jedem», bemerkte sie spöttisch.

«Habt Ihr seine Augen gesehen?» Fatimah drückte sorgfältig den Schwamm aus. Kleine Schaumblasen flirrten durch die Luft, schillerten farbig im Licht und zerplatzten sogleich.

Nasrin deutete auf ein Leinen, das auf einem Stuhl lag. Tief seufzend gehorchte Fatimah, erhob sich und kehrte mit dem Tuch zurück.

Nasrin stieg aus dem Bad. Einen Augenblick fröstelte sie. Wie Perlen rannen die Wassertropfen über ihre Haut, benetzten die Marmorfliesen und bildeten kleine Pfützen zu ihren Füßen.

Fatimah hüllte die Herrin in das Tuch und begann, sie zu trocknen. «Also seine Augen!», wiederholte sie. «Solche Augen habe ich noch nie gesehen. Farblos wie der ganze Christ. Er sieht aus, als hätte Allah vergessen, ihn zu bemalen.»

«Vergessen, ihn zu bemalen?» Nasrin lachte leise, während sie sich ihr Haar selbst trocknete. Schmunzelnd sah sie Fatimah an. Die Sklavin hatte recht: Auch sie konnte die Augen des Ungläubigen nicht vergessen.

Alle im Haus sprachen seit Tagen von ihm, von seiner Anwesenheit, doch noch immer wusste niemand etwas Genaueres über ihn. Selbst der Emir schwieg sich aus, als wolle er ihn einfach vergessen. Und für Fatimah wurde der Fremde mit jedem Tag, den er im Palast verbrachte, geheimnisvoller.

Ein Aufschrei ließ die beiden Frauen herumfahren.

Ein nackter Junge rannte durch das Badehaus, sprang ins Becken und platschte geräuschvoll darin herum.

«Yasid, du ungezogener Bengel», fuhr Fatimah den Sohn des Emirs an.

Seine dunklen Augen funkelten, er schien etwas auszuhecken und schon bespritzte er die Dienerin mit Wasser, während sein fröhliches Lachen das Badehaus erfüllte.

Nasrin konnte gerade noch rechtzeitig zurückweichen, doch Fatimahs Kleid war klitschnass geworden. Nun bespritzte sie ihn mit Wasser. Yasid tauchte unter, doch die Dienerin erahnte schon, wo er wieder auftauchen würde und umrundete eilig das Becken. Nasrin beobachtete, wie ihr Bruder durch das Blütenmeer schwamm und vor Fatimah auftauchte. Blitzschnell packte die Sklavin Yasid am Schopf und drückte ihn unter Wasser.

«Das wagst du kein zweites Mal», lachte sie den Jungen an, der versuchte, sie ins Becken zu ziehen. Fatimah ließ ihn los, bevor es ihm gelang.

Nasrin zog sich ihr Kleid über und verfolgte vergnügt das ausgelassene Treiben. Da ihr Bruder erst zehn war, durfte er das Frauenhaus noch immer ungestört betreten. Sie liebte ihn, denn er tobte im *Harim* herum, war aufgeweckt und manchmal die einzige Freude und Abwechslung in ihrem sicheren, aber auch eintönigen Alltag im *Bait*. Und auch Yasid suchte sie gerne auf; er spürte ihre Zuneigung.

Behände sprang er aus dem Becken und jagte Fatimah nach, die kreischend zu fliehen versuchte und schließlich hinter einem Vorhang verschwand.

«Du bist eine Plage Allahs», keifte sie mit gespielter Empörung aus ihrem Versteck, doch ihr Lachen verriet, dass auch sie es genoss, mit ihm zu spielen.

«Yasid, du sollst solche Späße unterlassen», schallt Nasrin ihn, als er auf sie zukam. Wassertropfen glitzerten in seinem schwarzen Haar. Ein kühler Nachtwind ließ den Jungen plötzlich erzittern, und Nasrin hüllte ihn in ein Tuch. «Die alte Salma würde vor Wut kochen, wenn sie wüsste, dass du hier bist!»

«Sie ist schon lange zu Bett gegangen, das weißt du doch!» Yasids Gesicht strahlte vor Freude und seine Augen funkelten vor Übermut.

Nasrin war glücklich, ihren Bruder endlich wieder einmal zu sehen. Die letzten Tage hatte er beim ehrwürdigen *Imam* Ibn al-Quasili verbracht, um mit ihm den Koran zu studieren. Gewöhnlich übernahm Hassan, der Bruder des Emirs, den Unterricht. Aber er war noch nicht von seiner fünften Pilgerfahrt nach Mekka zurückgekehrt, sondern nach Aleppo gegangen, um dort einige Angelegenheiten zu erledigen. Doch das Studium des Jungen durfte sich nicht verzögern und so schickte Suleyman seinen einzigen Sohn in Hassans Abwesenheit in die Schule des *Imams*.

Nasrin hatte Yasid und sein manchmal aufdringliches Wesen schon vermisst. Jetzt ließ er sich von ihr trocken reiben und ankleiden, während Fatimah die herumliegenden Tücher und Kleidungsstücke einsammelte und sich dann zurückzog.

«Weiß deine Mutter, dass du hier bist?» Nasrin sah ihren Bruder forschend an. Sie wusste genau, dass Jaida ihn schelten würde. Und sie auch. Denn sie duldete ihre Halbtochter nur missbilligend.

Yasid schüttelte den Kopf, und die letzten Wassertropfen besprenkelten Nasrins knöchellange Tunika.

«Yasid, es wird doch wieder nur Ärger geben …»

«Ach, Nasrin, alle schlafen schon. Doch in meinem Bauch ist es so, als würden dort Tausende von Ameisen herumkrabbeln. Solange sie nicht schlafen, kann ich auch nicht.»

«Soso, Ameisen …» Sie hob den Kaftan des Jungen und berührte seinen Bauchnabel.

«Lass das, ich bin kitzelig!» Er zog kichernd den Bauch ein.

«Da sind keine Ameisen, sondern Hornissen – und die werden wir jetzt vertreiben!» Ihr schelmischer Blick entging Yasid nicht. Er wich zurück und als Nasrin andeutete, ihm nachzusetzen, kreischte er los.

Langsam kniete sie sich auf die warmen Steinfliesen des Badehauses und sah ihn liebenvoll an. Seine Fröhlichkeit schwand plötzlich und ungewöhnlich ernst fragte er: «Hast du mich vermisst?»

Nasrin nickte. «Und du?»

Yasid nickte auch.

Sie lächelte ihn an, erinnerte sich an damals, als sie noch als Kind mit ihm im Garten spielte. Doch diese sorglosen Zeiten gehörten längst der Vergangenheit an, nun war sie eine junge Frau von siebzehn Jahren, die sich in Demut und Ergebenheit üben und sich auf ein Leben vorbereiten musste, das Allah gefiel.

Wie wäre es wohl, überlegte Nasrin, als Mann in diese Welt geboren worden zu sein. Ohne Schleier durch die Stadt zu gehen, sich mit anderen Männern abends an einen Tisch zu setzen, die Verse des Propheten zu rezitieren und über die Schöpfung zu philosophieren. In die große Moschee zu gehen, um den Allmächtigen anzubeten, allein durch das Land zu reisen und die Pilgerfahrt nach Mekka und Medina anzutreten.

Nun, sie war eine Frau, die ihrem Vater zu gehorchen hatte – und eines Tages ihrem Mann. So wollte es Allah…

Auch Yasid sehnte sich nach diesen vergangenen, unbeschwerten Jahren. Er hatte keinen anderen Bruder und Jasmina, seine zweite Schwester, war noch zu klein, um mit ihm zu spielen. Außerdem erzog ihre Mutter sie zu einem züchtigen, ehrbaren Mädchen. So musste sich Yasid mit den Kindern der Diener und Sklaven vergnügen, doch je älter er wurde, umso weniger mochte Salma diese. Ein Sohn des Emirs, der mit Sklaven spielte…

«Erzähl mir von Ibn al-Quasili», forderte Nasrin ihn auf, als die Stille unerträglich wurde.

«Oh, er ist ein weiser Mann.» Yasid deutete eine Verbeugung an, als würde der Gelehrte vor ihm stehen. «Er reist fast jedes Jahr nach Mekka, war schon in Jerusalem und morgen wird er nach Medina aufbrechen.»

«Und was hat er dich gelehrt?»

Ein Nachtfalter, der durch eines der Fenster in das Badehaus eingedrungen war, flatterte, angezogen vom Licht der flirrenden Öllämpchen, auf die Flammen zu. Draußen im Garten zirpten die Grillen und stimmten ihr nächtliches Lied an.

«Er lehrte mich die *Suren* des Korans, ist mit mir zum Gebet in die große *Masdschid* der Umayyaden gegangen. Und er lehrte mich das Schreiben.» Die Hand des Jungen schien ehrfurchtsvoll vor dem großen Gelehrten zu zittern, als er heilige Zeichen in die Luft schrieb.

Nasrin seufzte auf. Es war ihr ewiger Traum, schreiben zu lernen und die gesegnete Schrift, die Allah den Menschen geschenkt hatte, zu lesen. Ein Traum, der wohl nie in Erfüllung gehen würde.

So hatte sie sich einige Worte und Verse aus dem Koran gemerkt. Gleich einem unsichtbaren, nie auszulöschenden Brandmal hatten sie sich in ihrem Gedächtnis eingeprägt. Manchmal lehrte Yasid sie ein neues Wort, wenn sie allein waren. Im Verborgenen, von niemandem beobachtet. Dann rezitierte er Strophen aus dem großen Buch, das Muhammad von Allah erhalten hatte.

«Der *Imam* ist ein strenger Lehrer, Nasrin», stellte Yasid fest, «er lehrt mich jeden Tag nur wenige Verse. Nicht einmal eine *Sure.* Aber diese Verse muss ich vorsprechen – immer und immer wieder, damit ich sie nie mehr vergesse.»

Die Gedanken des Jungen schienen in die Weite der Wüsten, über Berge und Meere zu fliegen, und es waren nicht mehr Yasids Worte, sondern jene des *Imams*, als er sagte: «Es ist das Wort Gottes, das dir der Herr in seiner Barmherzigkeit geschenkt hat. Du hast die Ehre, sie rezitieren zu dürfen, ein Erdklümpchen wie du! Du darfst sie wiederholen, aber mit deiner Nachlässigkeit entweihst du sie!»

Nasrin wusste, die Gelehrten duldeten keine einzige falsch zitierte Silbe des Korans, der wahrhaftigen Worte des Herrn. Bestimmt würde Ibn al-Quasili jeden Fehler, jede Unachtsamkeit des Jungen bestrafen.

Yasid schien plötzlich aus seiner fernen Reise wieder zurückgekehrt zu sein; die Nachdenklichkeit wich einer Neugierde und der schimmernde Glanz der Ausgelassenheit und Freude überzog seine Augen.

«Ich habe gehört, es gibt Neuigkeiten», sprudelte es unerwartet aus ihm heraus. Nasrin blickte ihn enttäuscht an, sie hatte gehofft, er würde sie vielleicht wieder ein weiteres Wort lehren, sie tiefer in die Geheimnisse der Schrift einweihen.

Es war lange her, seit Hassan auch sie gelehrt hatte, ein wenig aus dem Koran zu lesen. Doch er hatte sich nie so um sie gekümmert wie um Yasid. Sie war nur eine Frau, sie musste die Schriften nicht verstehen. Sie musste lernen, den Haushalt ordentlich zu führen und sich darauf vorbereiten, eine gute, fürsorgliche Mutter zu werden. Und eine treue Ehefrau. Ihr Bruder hingegen würde das heilige Buch lesen, bis er jede *Sure,* jeden Vers auswendig rezitieren konnte. Eines Tages sollte er, wie sein Vater, ein gelehrter Mann werden – ein *Hafis,* vielleicht gar ein *Alim*. Und erst dann würde er Recht sprechen können.

«Stimmt es?» Yasid sah seine Schwester forschend an. «Der *Imam* hat davon erzählt und er war nicht begeistert!»

«Neuigkeiten?» Sie tat so, als wüsste sie nicht, wovon ihr Bruder sprach.

«Vater soll einen neuen Sklaven bekommen haben. Von unserem großen Sultan. Er soll ein Christ sein.»

«Warum fragst du, wenn du schon alles weißt?» Nasrin blickte nachdenklich ins Becken, auf das Schiffchen, das jetzt von Rosenblüten eingekreist war. Ja, der Sklave, der Christ, dieser Ungläubige. Schon seit einigen Tagen hielt er sich nun im Haus auf und sie wusste nicht, was er tat und wie es ihm erging.

«Er ist einer dieser *Freng*, die die heilige Stadt entweihen wollten.»

«*Freng*?» Nasrin runzelte überrascht die Stirn. Ihr Bruder schien viel mehr über diesen Fremden zu wissen als sie selbst.

«Ja, Ibn al-Quasili nannte ihn so. Ich weiß nicht, was es heißt, aber so sollen sie sich nennen.» Er versuchte, das ungewohnte Wort auszusprechen: «Fr… Fre… Fra… Franken. Ja, so hatte sie der *Imam* genannt! Sie sollen aus einem kalten Land im Norden kommen, das grün und fruchtbar ist. Und dort soll es so viel Wasser geben, dass man darin ertrinken kann!»

Nasrin schüttelte zweifelnd den Kopf. Warum sollte Allah in seiner Güte den Ungläubigen solch ein reiches Land geschenkt haben? Yasid hat bestimmt nicht richtig zugehört. Aber vielleicht war es wirklich so

– schließlich hat sie ihn gesehen, seine Gestalt, die helle Haut, die ungewöhnlichen Augen – Augen wie Wasser.

«Ist er hier?» Die Stimme des Jungen zitterte vor Neugierde.

«Wer?»

«Wer wohl? Der *Nasranî*, der Ungläubige!» In die Aufregung ihres Bruders mischte sich jetzt Ungeduld.

«Er ist im Stall. Vater hat ihn dort unterbringen lassen. Ich war dabei. Aber seither bin ich ihm nicht mehr begegnet.»

«Du hast ihn gesehen?», rief Yasid begeistert.

«Alle im Haus haben ihn gesehen, glaube ich.»

Der Junge hüpfte von einem Bein auf das andere und Nasrin glaubte zu hören, wie die Ameisen in seinem Bauch umhertrippelten und ihn immer ruheloser werden ließen.

«Da geschieht endlich etwas in unserem Haus und ich bin nicht da!», maulte er beleidigt, nestelte an seinem Kaftan und verzog die Lippen. «Und wie sieht er denn aus?»

«Hässlich!» Es war das Einzige, was Nasrin einfiel. Auch wenn sie wusste, dass es nicht die ganze Wahrheit war.

«Alle haben ihn gesehen, nur ich nicht!» Yasids Stimme klang jetzt so traurig wie das Lied, das der Eunuch Abuchar immer wieder anstimmte.

«Vater wird ihn dir morgen bestimmt zeigen», versuchte Nasrin ihren Bruder zu beruhigen.

«Morgen?»

«Er wird dir sicher nicht davonlaufen, Yasid.» Sie strich eine Haarsträhne aus seiner Stirn. Flehend und gleichzeitig enttäuscht sah er sie an. Sie kannte diesen Blick nur zu gut.

«Nein, Yasid!», wehrte sie mit Nachdruck ab. «Nein, ich werde es nicht tun!»

«Bitte, Schwester, niemand wird es erfahren», drängte er. «Außerdem ist es schon spät.» Seine Wangen schienen vor Aufregung zu glühen. Er wollte den Sklaven sehen, jetzt, in dieser Stunde, in dieser Nacht, und er bettelte und flehte, so, wie er es immer getan hatte. Und er würde keine Ruhe geben und Nasrin nicht erlauben, schlafen zu gehen, bis sie nicht endlich einwilligte.

Vielleicht sollte sie Salma doch wecken lassen, damit sie ihn endlich ins Bett brachte. Doch dann müsste sie die strengen Blicke der Amme und ihre Schelte ertragen. Und noch schlimmer: Sie würde am nächsten Morgen auch noch Vater Rechenschaft ablegen müssen.

«Ich bekomme Ärger, Yasid, das weißt du genau!», erwiderte sie. Doch es war nur ein hilfloser Versuch, ihren Bruder von seinem Vorhaben abzubringen. Andererseits war auch ihre eigene Neugierde wieder geweckt worden: Wie erging es wohl dem Fremden?

«Wir gehen einfach durch den geheimen Gang», schlug Yasid vor, «dann sieht uns bestimmt niemand. Und es ist auch schon dunkel.»

«Allah möge dich strafen für deine ...» Sie hob drohend den Zeigefinger, seufzte auf. Noch zögerte sie. Doch der vom schweren Aroma des Magnolienöls geschwängerte Duft der Nacht schien sie zu besänftigen und schließlich gab sie nach. «Na gut, du kleiner Unhold! Aber wehe, du plapperst es aus!»

Yasid unterdrückte einen Schrei der Freude.

«Warte draußen auf mich», flüsterte sie ihm plötzlich zu, als könnte jemand sie hören, «ich ziehe mir nur etwas über.»

Der Junge nickte aufgeregt, verließ hastig das Badehaus und sie hörte, wie das Tapsen seiner nackten Füße langsam verstummte.

Nasrin blickte ihm nach. Sie fragte sich, wie Yasid es wieder geschafft hat, sie zu überreden, ihm zu gehorchen. Und sich selbst in Schwierigkeiten zu bringen.

Was, wenn sie entdeckt würden? Was, wenn der *Nasranî* ihnen etwas antun würde?

3

Der Wind der Wüste liebkoste die alten Olivenbäume im Garten des *Bait*, spielte vergnügt in den Blättern der Hibiskussträucher und erfüllte dieses irdische Paradies mit dem sanften Rauschen der Palmwipfel. Das Wasser des Teichs, vereinzelt mit Seerosen überwuchert, glitzerte und lockte erste Libellen an, die sich von den hüpfenden Wellen necken ließen. Die Glut des Sommers schien noch fern und der Garten erblühte in voller Pracht, leuchtete, roch und gedieh.

Nasrin nahm seine Schönheit nicht wahr. Sie blickte zu dem nach Süden ausgerichteten *Talar*, wo sich Suleymans Frauen und seine Töchter vergnügten und dachte angestrengt über den letzten Schachzug ihres Vaters nach. Yasids kindliches Lachen war zu hören; er tollte mit einem Kind der Dienerschaft herum.

Versonnen griff sich Nasrin ans Kinn. Ihr Vater war sehr klug, er machte seine Züge jeweils bedächtig und sie musste mit größter Sorgfalt und Vorsicht die nächste Figur führen.

Suleyman hat endlich wieder einmal Zeit und Muse gefunden, mit seiner Tochter das Spiel der Könige zu spielen. Dabei verfolgte er jede ihrer Bewegungen, versuchte, in ihrem Gesicht zu lesen, als könne er dadurch ihre Gedanken und ihre Absichten erraten. Nasrin ließ sich nicht beirren, ergriff rasch eine Bauernfigur und verdrängte den gegnerischen Springer von seiner Position.

Die Finger des Emirs, die mit den Barthaaren gespielt hatten, verharrten plötzlich reglos. Er fuhr sich mit der Zunge über die Lippen, richtete sich auf dem Teppich auf, überlegte kurz, dann schob er den Turm vor Nasrins König und rief genüsslich: «Schach!»

Kopfschüttelnd blickte Nasrin auf. Ihr Zug schien trotz allen Überlegungen übereilt gewesen zu sein: Der Springer war nur ein Köder, der sie angelockt hatte. Und sie war auf ihn hereingefallen! Gedankenverloren fuhr sie sich über das Gesicht und spielte mit einer Haarsträhne, die ihr in die Stirn fiel. Angestrengt versuchte sie, die Positionen aller Figuren auf einmal zu erfassen und die nächsten drei, vier möglichen Züge durchzugehen. Plötzlich erhellte sich ihr Gesicht und mit einem Lächeln griff sie nach ihrem Springer. «Schach matt!» Der König wankte, aber er fiel nicht um.

Suleyman stutzte. Er konnte die Niederlage nicht fassen. Seine Finger berührten die wenigen verbliebenen Figuren. Er überprüfte ihre Positionen und zeichnete mögliche Züge nach. Umsonst – er war wirklich schachmatt.

Verstimmt runzelte er die Stirn. «Du bist ein guter Stratege, Nasrin.»Der Emir nickte anerkennend, blickte sich verstohlen um, als ob er prüfen wollte, ob jemand seine Niederlage bemerkt hat.

«Genau so, wie du es mir beigebracht hast!» Sie lächelte triumphierend.

Suleyman seufzte und beugte sich vor. «Als Mann, mit der entsprechenden Ausbildung, würdest du einen großartigen General abgeben.»

Nasrin versuchte, sich nichts anmerken zu lassen, doch in ihr Herz schlich sich Wehmut ein. Ich bin auch als Frau ein guter General, dachte sie trotzig und stolz.

«Und – wer hat gewonnen?» Unerwartet ließ sich Yasid neben sie plumpsen und sie fuhr erschrocken zusammen.

«Vater», log sie.

«Ich hätte schwören können, dass du besser spielst!» Er winkte enttäuscht ab und Suleyman hustete verlegen.

«Hast du deine Verse für heute schon gelernt?» Der Emir begann, die Schachfiguren einzusammeln, in der Hoffnung, der Junge würde nicht merken, wer wirklich gewonnen hatte.

«Zwei *Suren*, Vater.» Yasid kratze sich am Kopf.

«Gut.»Suleyman nickte zufrieden. «Du sollst dich Allahs Lehre widmen, auch wenn kein *Mullah* da ist.»

Der Junge sah Nasrin Hilfe suchend an und sie wusste sofort, er hatte keinen einzigen Vers gelernt. Der Emir würde sich bestimmt vom Fleiß seines Sohnes überzeugen wollen. Sie beschloss, Yasid zu helfen. Bereitwillig begann sie, die restlichen Schachfiguren einzusammeln, bemüht, ihren Vater abzulenken. Sie waren aus fein gearbeitetem Ebenholz und Elfenbein geschnitzt und schon viele Male hatte sie ihren Vater mit ihnen besiegt. Ein Geheimnis, das nur sie beide kannten.

Eigentlich genoss Nasrin es, ihren Bruder so leiden zu sehen. Denn ihr nächtlicher Ausflug vor einigen Tagen hätte schlimm enden können: Der Stallmeister Jafar war plötzlich in den Stallungen aufgetaucht und hatte Yasid und Nasrin beinahe entdeckt. Der Fremde hatte sie nicht bemerkt – er schlief, zusammengekrümmt, auf dem Stroh.

Wie ein Ertrinkender sich an Treibholz klammert, so hefteten sich Yasids flehende Blicke auf seine Schwester, hofften auf ihre Warmherzigkeit und stimmten sie wieder versöhnlich.

«Ich hörte, dieser *Nasranî* macht sich», begann sie, um Suleymans Gedanken zu zerstreuen. Der Emir sah erstaunt auf und Nasrin spürte seine fragenden Blicke.

«Er spricht mehr arabisch, als wir dachten», sagte er schließlich, «und er lernt schnell. Vor einigen Tagen half er bei der Geburt eines Fohlens. Es war falsch gelegen, aber der *Kafir* wusste genau, was zu tun war und er allein rettete es. Sonst wäre es wohl gestorben. Und die Stute auch.»

Ungewohnt schweigsam lauschte Yasid seinen Worten und Nasrin versuchte, die Erinnerungen an den Ungläubigen zu verdrängen.

«Er soll die ganze Nacht und den nächsten Tag gewacht haben», fuhr Suleyman fort, «denn das arme Fohlen war nach der schweren Geburt zu schwach, um von der Mutterstute zu trinken. Auch sie selbst war viel zu erschöpft und Jafar befürchtete schon, sie würden die Nacht nicht überstehen.» Der Emir legte die letzten Schachfiguren in die wertvolle, mit kostbaren Intarsien geschmückte Schatulle, ein Meisterwerk ägyptischer Tischler. «Es scheint, der Christ versteht was von Pferden und ich denke, er soll sich um sie kümmern. Sonst wüsste ich nicht, womit ich ihn beschäftigen sollte!»

«Ich habe gehört, er liegt nachts immer noch in Ketten», bemerkte Nasrin wie beiläufig. Sie wusste, irgendwann würde ihre Neugierde sie verraten.

Suleyman sah überrascht. «Woher weißt du das?»

«Yasid hat mir davon berichtet!» Ihr Herz pochte bis zum Hals und sie versuchte, sich nichts anmerken zu lassen. Diesmal war sie es, die sich Hilfe suchend umblickte, doch ihr Bruder schnitt nur eine Grimasse und schüttelte kaum merklich den Kopf.

Noch ahnte ihr Vater nicht, dass sie ohne seine Erlaubnis den Stall aufgesucht hatten. Noch nicht…

«Du warst bei ihm?», wandte sich der Emir stirnrunzelnd an seinen Sohn.

Jetzt musste sich Yasid rechtfertigen. Er richtete sich auf und entgegnete mit fester Stimme: «Jafar wollte mir das Fohlen zeigen!»

Suleyman zuckte mit den Schultern. «Nun gut. Wenn du es sagst, wird es so sein. Jamal hat mich vor dem Ungläubigen gewarnt. Er meinte, es sei notwendig, ihn anzuketten. Ich selbst finde es übertrieben. Aber niemand kann genau wissen, wie sich ein *Kafir* verhält! Nicht in diesen Zeiten!»

Nasrin atmete erleichtert auf, ihr Vater schien nichts von ihren Lügen bemerkt zu haben. Sie wich den vorwurfsvollen Blicken Yasids aus. Seltsam, dachte sie, vor einigen Tagen empfand sie Abscheu, Ekel und Hass dem Fremden gegenüber – und jetzt? «Er ist doch bloß ein Sklave, was soll er denn schon ausrichten? Fürchtet Jamal, er könne fliehen? Aber wohin denn? Die Stadt ist der falsche Ort für einen entlaufenen Sklaven und ich denke, er weiß das genau! Und sollte er es auch schaffen, die Stadt zu verlassen, so erwartet ihn die Wüste.»

Suleyman schlug den Deckel der Schatulle mit einem lauten Knall zu. Er strich sich über den weißen Bart, so wie er es immer tat, wenn er nachdachte und musterte seine Kinder eindringlich. Seine wissenden Blicke wandten sich seinem Sohn zu, der immer noch schweigend dasaß. «Was sagst du dazu?», erkundigte sich der Emir.

«Ich?», stammelte Yasid und schluckte.

«Was sagt der *Qur'an*? Der *Qur'an* ist Gesetz! Also, was sagt er?» Die

Worte des Emirs klangen plötzlich hart, seine Stimme donnerte, gleich dem Lärm einschlagender Geschosse, abgefeuert von einer gigantischen Steinschleuder.

Yasid zuckte zusammen und blickte verlegen zur Seite. Er grübelte, suchte verzweifelt nach einer Antwort. Nasrin tat er leid, doch sie konnte ihm diesmal nicht helfen. Immer wieder setzte er an, um den richtigen Vers zu zitieren, zermarterte sich den Kopf, doch seine Lippen blieben stumm.

«Soso, zwei *Suren* also!» Suleyman lächelte wissend und stand auf, die Schatulle noch immer in den Händen haltend. Er blickte seine Kinder an. Im strahlenden Licht des Tages glich er einem Heiligen, und Nasrin glaubte zu sehen, dass ein seltsamer Schein ihn umgab. Doch wahrscheinlich waren es nur die goldenen Sonnenstrahlen, die ihre Augen täuschten.

«Nun gut, ich werde anordnen, dem Ungläubigen auch nachts die Ketten abzunehmen. Es scheint, er hat bedeutende Fürbitter. Ob er sich wohl euerer *Shafaat* würdig erweisen wird?»

Wortlos blickten Nasrin und Yasid ihrem Vater nach, der auf das Haus zustrebte. Auf halbem Weg blieb er nochmals stehen, wandte sich um und rief: «Jamal wird den Christen überwachen. Und sollte sich der Ungläubige würdig erweisen, werde ich befehlen, ihn von seinen Fesseln zu befreien.»

«Jamal!», flüsterte Nasrin verstimmt und wusste nicht, ob sie sich über die Entscheidung ihres Vaters freuen sollte.

Es war einer der seltenen Abende, an dem der Emir das Mahl gemeinsam mit seiner Familie einnahm. Keine gesellschaftlichen Empfänge standen an, keine unvorhergesehen Ereignisse verlangten seine Anwesenheit.

Yasid saß neben ihm und sie teilten sich das Essen aus einer großen Schüssel, während die Frauen des *Bait* sich ein wenig abseits aufhielten. Nasrin kostete nur zögernd von den Köstlichkeiten: gesottenes Hammelfleisch, gebratenes Huhn, Kichererbsenbrei, Okraschoten, Reis mit Gemüse und Pinienkernen, dazu duftende und frische *Pitha*, das Fladenbrot, das schon die Nomaden gebacken hatten. Nachdenklich tunkte sie ein Stück Brot in die fette Soße des Fleischs, schob es sich in den Mund und musterte ihren Vater, der sich angeregt mit Yasid unterhielt. Dic gutmütigen Augen des Emirs glänzten, als er davon erzählte, wie der große Sultan Salah ad-Din die Verbrechen der Ungläubigen bitter rächte, wie unzählige Tränen geflossen waren, wie tief die Sarazenen im Blut der Feinde wateten und wie sie Allah dem Allmächtigen für den großen Sieg dankten. Er erzählte Geschichten von Jerusalem, von Hattin. Von Haifa und von Akkon. Und Yasid hörte ihm zu, Augen und Mund vor Faszination und Abscheu weit aufgerissen.

Wie gerne hätte auch Nasrin diesen Geschichten gelauscht – stattdessen musste sie neben den Frauen sitzen und ihr langweiliges Geplapper über Stoffe und Speisen ertragen, sich anhören, welche Öle die Haut besonders zart machten und wie Jasmina, die noch unsicher auf den Beinen stand und immer wieder Halt bei ihrer Mutter Alima suchte, heranwuchs. Jaida, Yasids Mutter, klatschte freudig in die Hände, als wäre es ihr eigenes Kind. Nasrin konnte sich ein schadenfreudiges Lächeln nicht verkneifen, als die Kleine stolperte und unsanft hinfiel. Das Kind stand wieder auf und torkelte unsicher zu Suleyman, der es warmherzig in die Arme nahm.

«Allah ist gütig, dass er mir solch prächtige Töchter schenkt», pries er den Allmächtigen, strahlte über sein ganzes Gesicht und hielt sie hoch. Und sie lachte ausgelassen, ließ es zu, in die Luft geworfen zu werden.

Als das Mahl sich dem Ende neigte, setzte sich Nasrin neben den Emir und lauschte begierig seinen Worten, als er von Mekka zu erzählen begann. Ausführlich beschrieb er die Pilgerreise mit all ihren Regeln, die jedem Gläubigen vorschrieben, wie er sich der *Ka'ba* zu nähern hatte.

«Sieben Mal soll der Pilger die *Ka'ba* umrunden», schilderte Suleyman den Ablauf und legte seine Hände andächtig in den Schoß. Er selbst war schon dreimal nach Mekka gereist. «Dann soll er wiederum sieben Mal den Weg von Safa nach Marwa zurücklegen, im Gedenken an Abrahams Frau Hagar, die für ihren Sohn Ismael verzweifelt nach Wasser gesucht hatte. Schließlich soll er aus dem Brunnen Zamzam trinken, wo Hagar das ersehnte Wasser gefunden hatte!»Als wolle er diese Handlung unterstreichen, griff Suleyman nach seinem Becher, leerte ihn und fügte hinzu: «Am neunten *Zu'l-Hidscha* soll er sich auf den Weg in die Ebene von Arafat machen, wo er vom Mittag bis zur Abenddämmerung in Andacht zu verweilen hat. Dort wird er die Anwesenheit von Allah spüren.»

Schweigsam und andächtig lauschten die Frauen und Yasid den Worten Suleymans. Als er mit seinen Ausführungen über die festgelegten Riten fortfahren wollte, unterbrach ihn eine wohltönende Stimme: «Und am nächsten Tag soll der Pilger nach Mina wandern, wo er sieben Steinchen auf eine Säule wirft. Diese sollen ihn daran erinnern, dass Abraham, Hagar und Ismael den Einflüsterungen des Satans widerstanden hatten!»

Nasrin, Yasid und die Frauen blickten sich überrascht um. An der Tür stand ein Mann. Er trug die Kleider eines Pilgers. Langsam kam er näher, lächelte und gemeinsam sprachen der Neuankömmling und Suleyman: «Schließlich wird zusammen ein Opfertier geschlachtet, davon ein Teil an die Armen verteilt, damit auch sie an der Großherzigkeit Allahs teilhaben können.»

Mit einem breiten Lachen ging der Emir auf den Mann zu und rief: «Hassan!», während Jaida den *Khimaar* rasch vor ihr Gesicht zog.

Die Brüder umarmten sich überglücklich und küssten sich auf die Wangen. Yasid eilte auf den Besucher zu, während Nasrin ihren Onkel unverwandt anlächelte.

«Sei gegrüßt, Bruder, Allah sei mit dir! Ich überbringe euch den Frieden!» Hassan segnete das Haus und sein Gesicht strahlte dabei vor Zufriedenheit und Freude.

Nasrin – die älteste Tochter des Hauses – erhob sich als erste Frau, um den Bruder ihres Vaters willkommen zu heißen.

Hassan war ein großer Gelehrter, ein weiser Mann, ein *Hafis*, der den gesamten *Qur'an*, ähnlich wie Suleyman, auswendig konnte. Doch er befolgte die Lehren des Propheten noch strenger. Er hatte viele Reisen unternommen, wurde als *Alim* geehrt und galt in der Familie al-Dir fast als Heiliger.

Als Nasrin ihn gebührend geehrt hatte, hob er seine Hände und segnete sie, von Suleyman wohlwollend beobachtet. Nachdem er auch die anderen Familienangehörigen gesegnet hatte, zogen sich die meisten von ihnen zurück. Nasrin jedoch wartete auf die Neuigkeiten, die Hassan von seiner Reise mitbrachte; sie wollte sich nicht wegschicken lassen und Suleyman und Hassan willigten schließlich ein.

«Komm, Bruder, du hast sicher Hunger!» Der Emir bat ihn, sich zu setzen, und eine Dienerin eilte herbei, um seine Füße zu waschen. Doch Nasrin nahm ihr die Schüssel aus der Hand, bereit, diese Arbeit selbst zu verrichten, denn es war eine Ehre, einem *Alim* die Füße zu waschen.

Wohlwollend blickte Hassan seine Nichte an. «Sie wird immer schöner, Suleyman! Eine wahre Perle der Wüste.»

«Eine Perle, die wächst und noch strahlender und wertvoller wird.» Suleyman nickte zustimmend und reichte seinem Bruder einen Brotlaib.

Hassan nahm ihn entgegen, während er Nasrin immer noch gutmütig betrachtete. «Du bist jetzt eine erwachsene Frau geworden. Ich hätte es gerne gesehen, wäre Hussein al-Aziz dein Mann geworden! Er hätte sich an dir erfreut!»

Bei diesen Worten senkte Nasrin züchtig die Lider und der Emir bemerkte erfreut die ungewohnte Scheu seiner Tochter. Endlich ist sie erwachsen geworden, dachte er, und fügt sich in ihre Bestimmung. Vielleicht musste er sich selbst rügen, vielleicht hatte er seine Pflicht als muslimischer Vater in den ersten Jahren vernachlässigt. Aber irgendwie erinnerte sie ihn zu sehr an ihre stolze und tapfere Mutter.

«Wir haben dich schon vor Monaten erwartet.» Suleyman reichte Hassan ein Stück Hammelfleisch. «Die Reise war sicher beschwerlich!»

Der Pilger nickte. «Die ganze Welt ist wegen diesen Kreuzrittern in Aufruhr! Allah sei gepriesen, dass Salah ad-Din sie aufgehalten hat. Sein *Djihad* war gerecht, der Gott mit den neunundneunzig Namen ist ihm beigestanden!»

«Warst du in Gefahr, Onkel?» Aufgeregt rückte Yasid näher.

«Nein, eigentlich nicht», beruhigte ihn Hassan. «Aber es hätte schlimm enden können. Boten hatten uns mitgeteilt, die Christen beabsichtigten, nach Mekka aufzubrechen. Doch die Muslime unter Salah ad-Din vereinigten sich wieder und so hat Allah die Ungläubigen vernichtend geschlagen, bevor ihr Plan aufging.»

«Genau wie bei Hattin vor fünf Jahren.» Suleyman erinnerte sich an die Niederlage der Christen und Yasid nickte. «Der *Imam* erzählte, der Sultan habe viele Tausende köpfen lassen.»

«Die Erde vor Hattin saugte das Blut der Ungläubigen auf und färbte sich so rot, als wäre es rostendes Eisen», erklärte Hassan ernst, «aber der Sultan in seiner Gnade hatte nicht alle getötet und so kamen viele der Unwürdigen mit ihrem erbärmlichen Leben davon.»

«Sie hatten meine Stadt, gleich einer Flut, überschwemmt», Suleyman hielt nachdenklich inne, als ob der Strom dieser Ungläubigen eben jetzt durch seinen Garten an ihm vorbeiziehen würde, «Salah ad-Dins Soldaten kamen mit einem ganzen Heer von christlichen Gefangenen hier in Damaskus an und senkten die Preise für Sklaven auf drei Dinare. Die Stadt konnte dieses Überangebot an Sklaven kaum ertragen. Erst nach Jahren beruhigte sich die Lage, denn ein Großteil der Christen hatte Damaskus wieder verlassen. Einige von ihnen aber, die sich ihre Freiheit erkaufen konnten, waren geblieben. Sie hängen noch heute ihrem Glauben an und leben zum Glück weit weg von den Heiligtümern und Moscheen der Gläubigen in einem abgeschotteten, armseligen Teil der Stadt. Der Statthalter, Salah ad-Dins Sohn El-Afdal, duldet sie, doch sie müssen hohe Steuern zahlen.»

Nasrin lauschte schweigsam und angespannt den Worten der beiden Brüder. Auch sie kannte die Geschichten von Hattin: Wie Salah ad-Din an den Kreuzfahrern für ihre Gräueltaten, die sie in Jerusalem begangen hatten, blutige Rache übte. Die christlichen Ritter, die ihr Leben in der Ebene von Galiläa verloren, sollen unzählbar gewesen sein.

Der Christ!, fiel Nasrin ein. Auch wenn sie sich bemühte, nicht an ihn zu denken – er war immer da. Und seit Yasid sie zu jenem heimlichen Besuch gedrängt hatte, schlich er wie ein *Dschin* durch ihre rastlosen, unruhigen Gedanken.

«Die Nachricht über diesen Sieg hatte sich in der Stadt wie ein Lauffeuer ausgebreitet. Tagelang feierten die Menschen in den Straßen», fügte Suleyman hinzu, «und Salah ad-Din hatte vor Hattin etwas Bedeutendes erbeutet. Etwas…» Er brach ab und als die Erinnerungen immer klarer, immer drängender wurden, sagte er: «Es war etwas Heiliges.»

Hassan uberlegte kurz. Dann fiel ihm ein, worüber sein Bruder sprach: «Ja! Ein Kreuz aus Holz! Sie nennen es ihre Kreuzreliquie und beten es an. Sie werfen sich davor nieder, als ob sie Allah huldigen würden!»

«Sie beten ein Holzkreuz an?» Nasrin richtete sich neugierig auf.

«Nein», Hassan lächelte über die Unwissenheit seiner Nichte. «Es ist das Symbol ihres Gottes, den sie Christus nennen. Sie glauben, dass Jesus, dieser Prophet – der Friede und Segen Allahs sei mit ihm – vor langer Zeit an ein Kreuz genagelt wurde und einen grauenvollen Tod starb.» Er deutete eine Verbeugung vor dem ehrwürdigen Künder an. «Doch wir Muslime wissen es besser. Er war reinen Herzens, Allah täuschte die Römer und Jesus wurde in das Reich der Himmel aufgenommen. Er starb nicht so ehrlos. Die *Nasranî* aber verehren diesen Propheten, als sei er der Sohn Gottes. Das Kreuz ist ihr Gleichnis!»

«Sie beten einen Propheten an? So wie wir Allah anbeten?» Nasrins Verwunderung wuchs und Hassan nickte betrübt.

«Wir haben auch einen *Nasranî* hier», platzte Yasid plötzlich heraus und Suleyman strafte ihn mit einem mahnenden Blick.

«So?»Hassan wollte eben nach einem weiteren Fladenbrot greifen.

«Salah ad-Din hat ihn mir geschenkt. Nur Allah allein weiß, warum», erwiderte der Emir ungewohnt mürrisch.

«Er sieht so seltsam aus, Onkel», warf Nasrin ein. Sie wollte mehr über diese Ungläubigen erfahren: Woher sie kamen, wie sie waren, was sie dachten.

«Du hast ihn gesehen?»

«Ja, als er in den Stallungen untergebracht wurde. Vater hat mich mitgenommen.»

Hassan hob sein Kinn. «Seltsam? Wie seltsam? Wie meinst du das?»

«Er ist ganz weiß, als wäre er farblos, seine Augen sind blau, wie das Wasser eines tiefen Sees.»

«Er ist ein *Freng*», mischte sich Yasid wieder ein, «ein Franke!»

Hassan zog die Stirn in Falten. «In Konstantinopel am Hofe des byzantinischen Kaisers bin ich vielen Christen begegnet. Einige waren dunkelhäutig, die meisten von ihnen jedoch hellhäutig. Sie kommen aus einem Land, wo die Sonne anders scheint als bei uns, daher wohl diese helle Haut und diese Augen. Ich habe sogar eine Frau getroffen, deren Haar so golden war wie Stroh. Und wenn die Sonne schien, schimmerte es wie pures Gold.»

«Haar wie pures Gold? Und sie trug keinen Schleier?»Nasrin fühlte sich von dieser fremden Welt angezogen und gleichzeitig irritiert.

«Ihr Glaube verlangt es nicht. So sind sie den lüsternen, unreinen Blicken der Männer ausgesetzt!»

Verlegen griff sich Nasrin an den Kopf, prüfte, ob der Schal nicht verrutscht war; eine mittlerweile unbewusste Bewegung, fast so wie Atmen, Hören, Sehen. Doch vor Familienangehörigen brauchte sie ihr Haar nicht zu verstecken, außerdem war Hassan ein heiliger Mann – er würde sie niemals lüstern anblicken.

«Was ist ein *Freng*, Onkel?» Nasrins Neugierde wuchs mit jedem Wort, wuchs, je länger das Gespräch dauerte und sie fragte sich, warum sie bis jetzt so wenig von dieser fremden, grausamen, unerklärlichen Welt erfahren hatte.

«In Byzanz nannten die Gelehrten jene, die über das Meer nach Palästina kamen und das Land mit Tod und Verderben überzogen, Franken. Manche von ihnen gelangten aber über Konstantinopel nach Palästina. Der Christ in diesem Haus – er ist wohl einer der wenigen, die Akkon überlebt haben.»

Suleyman nickte.

«Dann gehört er zu den Rittern, die mit einem rotbärtigen Kaiser aus den deutschen Landen versuchten, zu uns vorzudringen. Einige Sarazenen, die ich in Mekka traf, nannten den Kaiser Barbarossa – der mit dem roten Bart eben. Er soll ein mächtiger Herrscher gewesen sein und als er im Saleph ertrank, hatten seine Ritter ihre Blutspur schon über Ikonion hinaus gezogen!» Hassan kostete von dem Reis und fuhr fort: «Der Großteil des Heeres marschierte wieder in seine Heimat zurück. Einige wenige – keine Tausend Mann – zogen weiter. Doch nicht einmal ein Zehntel der über fünfzigtausend Franken erreichte Akkon!»

«Ein rotbärtiger Kaiser?», hakte Nasrin ungeduldig nach.

«Viele Ungläubige sehen merkwürdig aus», Hassan lächelte milde und griff jetzt nach einem Becher mit gesüßtem und aromatisiertem Wasser, den er in einem Zug leerte. «Die Belagerung vor Akkon dauerte nur kurz. Die Franken konnten die Verteidiger der Stadt nicht besiegen und so zogen einige von ihnen weiter nach Jerusalem. Doch ihre eigene Überheblichkeit und ihr falscher Stolz haben sie vernichtet. Denn in den Weiten der erbarmungslosen Wüste sind sie kläglich verdurstet oder wahnsinnig geworden. Die restlichen haben sich irgendwann ergeben – auch sie waren vor Durst fast verrückt geworden. So werden die wenigen Christen, die von diesem mächtigen Heer übrig geblieben sind, ihre Heimat nie mehr wieder sehen!»

Suleyman blickte nachdenklich in den Garten, dann erwiderte er, gleich einem Seher: «Und Allah wird auch sie bestrafen!»

«Allah ist groß!», rief Hassan und reckte seine Hände in die Höhe.

«Und Mohammed sein Prophet!», vollendete sein Bruder den Vers.

Nasrin schwieg und dachte daran, dass aus dem Teufel und Dämon, dem *Dschin* in den Stallungen ein Mensch geworden war.

4

Nach unermüdlichem Betteln erlaubte Suleyman Nasrin schließlich, den überfüllten, abenteuerlichen Bazar von Damaskus, *Suq Al-Buzuriya*, zu besuchen.

Doch der Emir ließ seine Tochter nur unter einer Bedingung ziehen: Fatimah und ein Vertrauter mussten sie begleiten. Dass dieser Vertrauter ausgerechnet Jamal al-Aziz war, konnte Nasrins Freude darüber, endlich wieder einmal über den Markt zu schlendern, nicht trüben. Auch Fatimah war glücklich über diese Abwechslung, auch wenn der Vorwand für diesen Ausflug ihr Missgeschick war – der Verlust des kostbaren Öls im Badehaus.

Nasrins Augen leuchteten, als sie den *Suq* erreichten.

Der Duft der Kräuter und Gewürze, die in große Säcke abgefüllt auf ihre Käufer warteten, reizte die Sinne und füllte, zusammen mit dem Feilschen und Gebrüll der Marktschreier, die Gassen. Glücklich sog sie den Geruch des Muskats ein, der sich mit dem scharfen Aroma des roten Pfeffers und dem würzigen Geschmack von Kardamom, Nelke und Zimt mischte.

Ein Händler bot ihnen dunkelgelbes Safranpulver an; es färbte die Finger von Nasrin und Fatimah, als sie die Qualität des Gewürzes prüften, doch es erschien ihnen nicht frisch genug und sie konnten sich nicht entscheiden, was sie kaufen wollten. Der Händler bot auch unzählige Pülverchen und Salben an, welche die Frauen noch schöner, noch verführerischer machten sollten. Fatimah bat ihre Herrin um ein wenig Henna und da auch die Emirtochter kunstvoll bemalte Hände mochte und ihre Dienerin geschickt darin war, diese zu verzieren, stimmte sie zu.

Der Lärm und die Gerüche lockten die Bewohner des *Bait* al-Dir an und trieben sie weiter auf einem Strom der Köstlichkeiten in ein Meer von Menschen. Und es gab so viel zu sehen, zu riechen, zu bestaunen und zu entdecken. Der Bazar – er glich einem Bienennest, war ein einziges, lärmiges Fest der Sinne.

Damaskus war ein Umschlagplatz für Allerlei aus dem Morgenland, und der *Suq* im Herzen der Stadt zog neben den einheimischen Händlern auch fremde Käufer und Verkäufer an, die mit ihren Karawanen weiter durch die Wüste zogen, um dort die erworbenen Güter aus der ganzen Welt feilzubieten.

Nasrin bewunderte die unzähligen, angepriesenen Waren; ihre größte Neugier galt den fein gearbeiteten Schmuckstücken, doch sie konnte sich für keines entscheiden und so zog sie mit ihrer Dienerin weiter.

Jamal folgte den beiden Frauen schweigend und wachte aufmerksam über sie. Mit drohenden Blicken prüfte er das Gewimmel von Händlern und Marktbesuchern. Es tummelte sich hier allerlei Gesindel: Betrüger, Diebe, Sklavenhändler bis hin zu Mördern. Doch die Insignien der Macht und die eindrucksvolle Erscheinung des Hauptmanns ließen die Bazarbesucher zur Seite weichen und so konnten Nasrin und Fatimah ohne große Anstrengungen durch die Gassen schlendern und das vielfältige Angebot in den einzelnen Läden betrachten. Ein Diener wich nicht von ihrer Seite; er würde ihre Einkäufe in den Palast zurücktragen.

Ein blau schillernder Stoffballen feinsten Brokats zog Nasrin und Fatimah unwiderstehlich an und gewissenhaft prüften sie die Beschaffenheit des sorgsam gewebten, mit filigranen Gold- und Silberfäden kunstvoll durchwirkten Stoffes. Mit blumigen Worten rühmte der Händler die besondere Qualität seiner Ware, die mit dem seltenen, kostbaren *Annil*, dem Farbstoff der Indigopflanze gefärbt war. Nasrin entschied sich, einige Ellen davon zu kaufen. Der Händler verneigte sich unzählige Male vor ihr und überreichte schließlich dem Diener vorsichtig den kostbaren Stoff.

Nasrin gefiel es scheinbar, Jamals Geduld auf die Probe zu stellen und so verweilte sie meist länger als nötig an den verschiedenen Verkaufsständen. Doch das Gesicht des Hauptmanns zeigte zunächst keine Regung, erst als sie das Geschäft des Parfümverkäufers erreicht hatten, seufzte er auf und sagte: «Wenn ich mir diese Bemerkung erlauben darf, die Art und Weise, wie Ihr Eure Einkäufe tätigt, ist ermüdend!»

Nasrin blickte ihn herausfordernd an, während sie unbeeindruckt erwiderte: «Ich glaube, nicht nach Euch verlangt zu haben, Jamal.»

Fatimah hatte sich in dem engen Laden bereits umgeschaut, ließ sich eine Phiole nach der anderen öffnen. Da sie als Sklavin ihr Antlitz auf dem Bazar nicht mit einem Schleier verhüllen musste, konnte die Emirtochter die Entzückung über die wohlriechenden edlen Düfte im Gesicht der Dienerin deutlich lesen.

«Eine hohe Frau wie Ihr sollte nie allein den Palast verlassen!» Jamal winkte ab, als Nasrin ihm ein Fläschchen mit dem süß duftenden Sandelholzöl hinhielt.

Sie zuckte mit den Schultern, verschloss es wieder und griff nach dem nächsten Gefäß. «Guter Jamal, ich bin doch nicht allein unterwegs. Fatimah begleitet mich und dieser Diener hier aus dem Hause meines Vaters und …»

«Das genügt nicht! Nicht bei dem Gesindel, das sich gegenwärtig in der ganzen Stadt wie die Pest ausbreitet! Und vergesst nicht, Ihr seid die Tochter eines Emirs!», unterbrach sie Jamals harte Stimme. Er blickte sie an. Sein Helm glänzte im Licht. Durch das löchrige Dach des Ladens fielen Sonnenstrahlen auf seinen polierten Brustharnisch und schienen dessen farbenfrohen Ornamente zum Leben zu erwecken.

«Gesindel? Von welchem Gesindel sprecht Ihr?», fragte Nasrin gelangweilt, öffnete eine weitere Phiole und atmete genussvoll den schweren Duft des Muskats und der Vanille ein, der aus ihr entwich.

«Diebe!», hörte sie Jamal zischen.

Verärgert verschloss Nasrin das Fläschchen wieder. Missgelaunt tippte sie mit den Fingern auf das Glas und kniff gereizt die Lippen zusammen. «Die habt Ihr doch schon alle in den Kerker geworfen!»

«Mörder!»

«Ich weiß, wie streng und gnadenlos Ihr seid und die Menschen, die hier leben, wissen es auch», erwiderte sie unbeeindruckt.

«Christenpack!»

Nasrin blickte irritiert auf. «Ich glaube, Ihr überschätzt diese Christen, vor allem jene, die in der Stadt leben», bemerkte sie.

Starrköpfig richtete sich der Hauptmann auf und er erschien Nasrin noch größer und bedrohlicher. Er musterte sie finster, als sie dem Händler die Phiole wieder zurückgab. Der gedrungene, rundliche Parfümverkäufer verbeugte sich und verschwand geschäftig, um einen besonders außergewöhnlichen Duft auszusuchen, der dieser scheinbar verwöhnten Frau eher zusagen würde.

«Und ich glaube, Ihr unterschätzt sie! Nur weil Euer Vater so großherzig ist, muss ich vor dieser Gefahr nicht die Augen verschließen!» Jamals Stimme war voller Verachtung und Hass und seine Worte klangen wie eine eindringliche Warnung. Nasrin erinnerte sich wieder an Hussein al-Aziz, Jamals Bruder, der bei dem Angriff der *Freng* vor Akkon gefallen war.

Der Hauptmann schien seinen Tod noch immer nicht verkraftet zu haben. Dieser Verlust steckte wie ein Pfeil in seiner Brust, vergiftete sein Blut und sein Herz. Er hinterließ eine Wunde, die sich immer wieder öffnete und nicht heilen wollte. Nur eines versprach Milderung: Die Vernichtung aller Ungläubigen.

«Sie sind wie Tiere», knurrte Jamal, als hätte er die Gedanken seiner Auserwählten gelesen. «Sie schlachten alles ab, was sich ihnen in den Weg stellt, und machen keinen Unterschied, ob es ein Mann, eine Frau oder ein Kind ist! Selbst vor ihren eigenen Glaubensbrüdern …»

«Jamal», unterbrach ihn Nasrin, «es ist genug. Eure Phantasie …»

Der Hauptmann beugte sich vor und starrte sie an. «Phantasie?» Er verzog die Lippen zu einem gefährlichen Lächeln und bleckte die Zähne, gleich einem Raubtier. «Ihr seid eine Frau! Wie wollt Ihr davon eine Ahnung haben?»

Doch noch bevor sie etwas erwidern konnte, trat Fatimah mit einer weiteren Phiole heran, öffnete diese und hielt sie ihr hin. Der liebliche Geruch der Magnolien umschmeichelte ihre Nase und sie nickte dem Händler zu.

Nasrin verstand Jamals Trauer und Wut, doch der abgrundtiefe Hass, der in seinen Augen loderte und vor dem sie sich am meisten fürchtete, würde nur noch mehr Verderben bringen. Glücklicherweise unterstand er ihrem Vater und befolgte, trotz seiner manchmal aufrührerischen Worte, dessen Befehle. Würde Jamal über Damaskus herrschen und sein Verständnis von Recht anwenden – Nasrin wagte kaum, daran zu denken, was wohl dann mit den Fremden geschehen würde.

Wieder erinnerte sie sich an das Versprechen des Emirs, das er ihr und Yasid im Garten gegeben hatte: den Ungläubigen in seinem Hause auch nachts von den Ketten der Demütigung zu befreien. Dessen Überwachung wollte er aber trotzdem Jamal anvertrauen, ausgerechnet jenem Mann, der alle Christen am liebsten vernichten würde. Unruhe stieg in ihr auf und sie blickte forschend in die reglosen Gesichtszüge des Hauptmannes, der den Diener anwies, dem Kaufmann die ausgehandelte Summe auszuzahlen.

«Wir gehen», beschloss Nasrin eilig, griff nach Fatimahs Hand und zog sie mit sich. Und bevor die Sklavin etwas einwenden konnte, waren die beiden Frauen im Gedränge des Bazars verschwunden. Mit grimmiger Miene stieß Jamal die umstehende Marktbesucher zur Seite und hetzte ihnen nach.

Das kleine, silberne Kreuz schimmerte im Licht des einzigen Lämpchens.

Nachdenklich hielt der Christ es mit einer Hand fest, während er in die andere seine Stirn stützte. Er betrachtete es so, als hätte er es nie zuvor gesehen und es schien ihm Stärke zu verleihen. Ein erlösendes Gefühl durchflutete ihn und er lehnte sich gegen die hölzerne Wand, die seine Schlafstätte vom angrenzenden Pferdeunterstand trennte. Er zog die Beine an und hielt das Kreuz vor sich in die Höhe. Es erschien ihm plötzlich viel größer als es wirklich war.

Es war schon spät, und die Nacht würde bald dem Licht der Morgendämmerung weichen. Aber noch immer fand er keinen Schlaf, noch immer hielten ihn seine Gedanken wach. Die Gedanken an die Tochter des Emirs: Er war gerade damit beschäftigt gewesen, dem Schmied beim

Beschlagen der Pferde zu helfen, als sie zusammen mit einer Sklavin und einem Diener aus dem Haus trat. Gleichzeitig sprengte Jamal al-Aziz über den Hof. Er ritt auf die Stallungen zu, stieg hastig vom Pferd und rief ihn herrisch zu sich. Er warf ihm die Zügel, befahl ihm, das Tier zu tränken und eilte der Emirtochter entgegen.

Hasserfüllt führte er das Pferd davon. Er würde Jamal umbringen, wenn sich ihm die Gelegenheit böte, denn er hasste den Hauptmann genau so glühend wie dieser ihn. Und der Sarazene ließ es ihn mit all seiner Macht spüren und wartete ebenfalls nur darauf, einen Grund zu finden, um ihn zu töten.

Während das Tier trank, spie er Tausend Flüche gegen Jamal aus, verdammte ihn, und erst der Anblick der Emirtochter vermochte ihn zu besänftigen. Er beobachtete sie verstohlen und glaubte trotz des Schleiers, den sie trug, in ihren Augen Abscheu aufblitzen gesehen zu haben, als der Hauptmann sie begrüßte. Nach einem kurzen, erzwungen freundlichen Gespräch steuerten sie schließlich auf das Eingangstor zu; sie wollten wohl die Märkte aufsuchen.

Verbittert hatte er ihr nachgesehen und war schmerzerfüllt zusammengezuckt, als ihn die Peitsche Jafars traf. Grimmig kehrte er zum Schmied zurück, doch bevor das Tor sich geschlossen hatte, konnte er einen letzten Blick auf die schöne Emirtochter erhaschen. Dann war sie verschwunden. Zurück blieben die schnaubenden Pferde, der fluchende Stallmeister und der launische Schmied.

Er seufzte. Die Erinnerungen an ihr liebliches Gesicht mit den dunklen Augen ließen ihn seit jenem Tag, als er in diesen Palast gebracht wurde und sie das erste Mal erblickt hatte, nicht mehr los. Noch nie zuvor hatte er eine unverschleierte Muslimin gesehen. Die meisten Ritter und Soldaten aus seiner Heimat bedachten diese Heidenfrauen mit derben Scherzen: Sie würden ihre Gesichter nur deshalb verhüllen, weil sie so hässlich seien und die Priester bezeichneten sie als Hexen und Teufelsweiber. Aber die Tochter dieses Emirs – sie war weder hässlich noch eine Teufelsbuhlerin.

Und er durfte bereits mehr als einmal ihre Schönheit bewundern. Wie an jenem Abend, als sie zusammen mit dem Sohn des Emirs heimlich die Stallungen aufgesucht hatte, scheinbar getrieben von kindlicher und ungezügelter Neugierde. Er hatte sich schlafend gestellt, als die beiden ihn betrachteten, als wäre er ein Tier, ein neues Pferd, das ihr Vater geschenkt bekommen hatte. Doch dann tauchte unerwartet Jafar auf und gerade noch rechtzeitig konnten sie in einen verlassenen Pferdeunterstand kriechen und blieben so unentdeckt.

Der Stallmeister jedoch hatte ihm, dem vermeintlich Schlafenden, in die Seite getreten und ihn mit unzähligen Flüchen bedeckt, da er, statt über die hochträchtige Stute zu wachen, eingenickt gewesen war.

Als er sich erhoben hatte, spähte er vorsichtig in die Dunkelheit, wo die Kinder des Emirs kauerten und hofften, dass Jafar die Stallungen bald wieder verlassen würde. Er konnte die junge Frau nicht sehen, aber er glaubte zu spüren, wie sie ihn musterte, glaubte zu hören, wie sie atmete und wie ihr Herz heftig schlug. Und während Jafar tobte und ihn anbrüllte, nutzten die beiden die Unachtsamkeit des Stallmeisters und schlichen hinter seinem Rücken vorbei. Der Junge eilte lautlos davon, doch die junge Frau zögerte, blieb beinahe stehen. Er nickte ihr kaum merklich zu, als sie sich ansahen. Nur einen Augenblick lang. Es war ein Augenblick, der so zeitlos erschien wie die Ewigkeit und so unendlich weit wie das Sternenmeer. Er wandte sich Jafar zu, versuchte, seine zornigen Worte zu verstehen und als er wieder an ihm vorbeisah, war sie mit der Nacht verschmolzen.

Seit jenem Abend verfolgte ihn dieses Gesicht und er wusste, er würde es nicht mehr vergessen. Es strahlte Güte und Wärme aus, etwas, das er schon so lange nicht mehr gespürt hatte.

Schmerzhaft verzog er seine Lippen, als er sich fester gegen die Holzwand drückte und den frischen Striemen, den er Jafar zu verdanken hatte, wieder spürte. Der Schmerz verdrängte die Gedanken an die Tochter des Emirs. Er setzte sich aufrecht und sah auf das Kreuz in seiner Hand.

«Möge der Herr dich schützen, Agnes», flüsterte er, als hätte das Kreuz eine schreckliche Erinnerung zurückgebracht, die nichts mehr auszulöschen vermochte. Er schloss die Augen, saß bewegungslos da und ein leises Klingeln, das von draußen zu ihm drang, ertönte in seinen Ohren wie das Schlagen einer Glocke, ließ ihn unmerklich erzittern. Andächtig faltete er seine Hände zum Gebet, küsste das Kreuz und flehte: «Christus, gib mir die Kraft, all das zu erdulden!»

Als eine Fledermaus an der Decke des Stalls einer Fliege nachjagte, schreckte er hoch, kroch in eine Ecke und das Klirren der Kette, die sich jede Nacht um seinen Hals schloss, begleitete ihn. Er löste einen lockeren Ziegelstein aus dem Mauerwerk, berührte das Kreuz nochmals mit seinen Lippen und legte es eilig in die Nische.

Unheilvolle Schritte näherten sich dem Stall. Gleich darauf war ein ebenso unheilvolles Rasseln zu vernehmen.

Der Christ schluckte, schob den Stein wieder vorsichtig ins Mauerwerk, legte ein wenig Stroh davor, kroch auf sein Lager zurück und wartete. Er ahnte schon, wer der nächtliche Besucher sein würde. Und dass sein Erscheinen nichts Erfreuliches mit sich bringen würde.

Die Palmenzweige der Dattelbäume schimmerten silbern im weichen Licht des Mondes, während der laue Wind, gleich einer zarten Hand, sanft Nasrins Wangen streichelte. In Nächten wie diesen spazierte sie oft, auf unerklärliche Weise vom Mond angezogen, durch den Garten. Schon als Kind war sie, wenn das Mondlicht in ihr Zimmer drang und alle schliefen, heimlich in die Nacht hinaus geschlichen, und niemand, nicht mal Fatimah, wusste davon. Seit sie denken konnte, wollte sie die Strahlen des Mondes einfangen, sich seiner Magie ganz hingeben, im Zauber seines Lichts ertrinken. Auch ihre Mutter soll diese seltsame Zuneigung gegenüber dem wachsenden und schwindenden Nachtgestirn verspürt haben.

Mit geschlossenen Augen atmete Nasrin den Duft der Dunkelheit ein, der vom honigsüßen Aroma der reifenden Datteln und der Jasminblüten getränkt war. Hier im Garten, wo das Rauschen der Palmen im Wind besonders friedlich klang und die klare Nacht sie wie ein unsichtbarer Mantel umhüllte, fühlte sie sich dem Mond nahe und ungewöhnlich glücklich – er war wie ein stummer Geliebter am Sternenhimmel, der sie nie enttäuschte. Wahrlich, in einer solchen Nacht zeigte Allah seine ganze Schöpferkraft; er war wahrhaftig groß!

Versonnen berührte sie die Blätter einer jungen Palme, die, wie mit Wachs überzogen, glänzten. Irgendwo zirpten Grillen und die Musik der Dunkelheit zog mit ihrem Zauber die Emirtochter in den Bann.

Ein unerwartetes Geräusch im Dickicht ließ Nasrin innehalten. Manchmal jagten streunende Katzen Mäuse und allerhand Getier kroch zu dieser späten Stunde herum, angezogen von den Früchten und dem Frieden des Gartens. Das Gurren einer Taube war zu hören, die wohl durch ihre Anwesenheit aufgeschreckt wurde.

Erleichtert lief Nasrin weiter. Sie wusste, hier konnte ihr nichts geschehen, hier im Haus ihres Vaters war sie sicher. Aber als sie den Schein eines Öllämpchens in den Stallungen erblickte, blieb sie stehen. Wie ein unheilvoller Schatten legte sich der Gedanke an den Ungläubigen über ihr Gemüt. Vorsichtig näherte sie sich seiner Unterkunft und vernahm sogleich das Schnauben der Pferde, auf die der Emir so stolz war. In ihren Adern sollte das edle Blut der fünf treuen Stuten des großen Propheten pulsieren. Hassan hatte ihr immer wieder die Geschichte dieser tapferen Stuten erzählt, wie sie ihrem Herrn Mohammed gehorchten und, obwohl durstig, nicht von seiner Seite wichen. Ihre Namen lauteten Abayyah, Saqlawiyah, Kuhaylah, Hamdaniyah und Hadbah, und sie waren voller Anmut und von seltener Schönheit. Und als ob die Pferde des Emirs von ihrer edlen Abstammung wussten, so benahmen sie manchmal auch – feurig, stolz, eigensinnig.

Nasrin drückte sich an die Wand der Stallungen und Jaidas warnende Worte fielen ihr ein: «Deine Neugierde wird dir irgendeinmal zum Verhängnis!», prophezeite die Frau des Emirs, als diese sie wieder mal beim Lauschen ertappt hatte. Dabei war Nasrin damals nur zufällig am Zimmer ihres Vaters vorbeigelaufen. Und da die Tür offen stand, hat sie auch nur ganz zufällig die Worte von Hassan und Suleyman vernommen, die über die Ruhmestaten von Sultan Salah ad-Din erzählt hatten. Oh, wie hatte sie sich wieder mal gewünscht, ein Mann zu sein!

Doch jetzt hielt sie absichtlich inne und lauschte. Da war mehr als nur das Schnauben der Pferde. Stimmen. Aber es waren nicht jene des Stallmeisters oder seiner Knechte. Und während der Garten friedlich und still vor ihr lag, lockten diese Stimmen sie einerseits an, anderseits rieten sie ihr, umzukehren.

Sie wusste, Vater würde ungehalten werden, sollte er erfahren, dass sie heimlich und in dieser unpassenden Kleidung nachts im Garten herumlief. Aber heute hatte sie nichts zu befürchten: Der Emir war bei El-Afdal, dem Statthalter von Damaskus und ältesten Sohn Salah ad-Dins, zu einem Festmahl eingeladen und würde erst kurz vor der Morgendämmerung zurückkehren. Und die Diener schliefen schon längst.

Außerdem trieb ihre Neugierde sie unaufhaltsam vorwärts, auf die Stalltür zu.

Nur bis zum Eingang, sagte sie sich, nur schnell nachsehen, wer da spricht.

Das leise Wiehern eines Pferdes begrüßte sie und klang wie ein Lockruf in ihren Ohren. Sie lugte um die Mauer und bemerkte am Ende der düsteren Stallgasse ein Licht.

«Du Bastard einer räudigen Hündin!», rief eine zornige Stimme. «Du bist es nicht wert, den Großmut des Emirs zu erfahren! Und jetzt steh auf, wenn ich mit dir rede!»

Nasrin wusste genau, wem die Stimme gehörte. Sie würde sie unter Tausenden von Stimmen erkennen: Jamal. Vorsichtig schlich sie in den Stall, immer darauf bedacht, im Schutz der Dunkelheit zu bleiben. Was wollte der Hauptmann zu dieser Stunde hier?

«Dein Kopf sollte von den Zinnen dieser Stadt prangen», hörte sie Jamal toben, «deine Gedärme den Vögeln als Fraß dienen und deine Gebeine in der Sonne bleichen, bis nur noch Staub von ihnen übrig ist!»

Nasrin drückte sich an den Pferden vorbei, schlich weiter und blieb schließlich neben einer dunklen Stute stehen. Beruhigend strich sie ihr über die warmen Nüstern. Das Pferd ließ sie gewähren und verhielt sich ruhig.

Nun konnte sie endlich erkennen, was vorging. Jamal stand drohend dem Ungläubigen gegenüber, und im Schein des Lämpchens warfen die Gestalten der beiden lange Schatten auf die Wände. Die Augen des Hauptmannes blitzten böse auf.

Nasrin schluckte ungläubig, als sie den Christen genauer betrachtete. Gewaschen und rasiert, schimmerte seine Haut weiß wie Elfenbein und seine blauen Augen strahlten heller als zuvor. Das Gesicht trug gleichmäßige Züge, war anziehend, von seltsamer, trauriger Schönheit. Ohne Bart wirkte er viel jünger; er war kaum dreißig, vielleicht sogar erst Mitte zwanzig. Bestimmt nicht viel älter.

«Du ungläubiger Hund weißt mehr, als du verrätst!» Jamals Stimme zitterte zornig, während der *Kafir* immer noch regungslos und schweigend dastand. Bebend vor Wut holte der Hauptmann plötzlich aus und schlug dem Ungläubigen ins Gesicht. «Jetzt rede endlich, du Bastard!»

Nasrin zuckte erschrocken zusammen und entsetzt hielt sie sich die Hand vor den Mund, damit kein Laut über ihre Lippen kam und sie verriet. Was wollte Jamal von dem Christen?

Er blickte den Hauptmann drohend an, trat einen Schritt nach vorne, doch die Kette um den Hals hinderte ihn daran, sich auf seinen Peiniger zu stürzen. Heftig atmend versuchte er, seinen Zorn zu zügeln und sich zu beherrschen.

Jamal lächelte zufrieden, als er Blut über die Lippen des Ungläubigen rinnen sah.

«Rede!», brüllte er erneut, und Nasrin drückte sich noch fester an die Stute. Ein zweiter Schlag folgte, und diesmal tropfte Blut aus der Nase des Sklaven. Zitternd, aber ohne sich zu rühren, nahm der Christ auch diesen Hieb und diese Demütigung hin.

Jamal hob seine Hand, um ein drittes Mal zuzuschlagen, doch dann schien er sich anders zu besinnen. «Verlangt es nicht euer Glaube, ihr sollt eure rechte Wange hinhalten, wenn ihr auf die linke geschlagen werdet? Predigen eure Priester es nicht so?»

Der Gefangene schwieg beharrlich. Jamal griff nach seinem Säbel und zog ihn aus der Scheide. «Ich sollte dich umbringen, damit du die Erde nicht mehr mit deinem unnutzen Leben befleckst!»

Nasrin riss entsetzt die Augen auf, als das kalte Metall der Klinge im Schein des Lämpchens aufblitzte. Jamals Gesichtszüge wurden vom ungezügelten Hass zu einer hässlichen Fratze verzogen und sie wusste, er würde seine Drohung wahrmachen. Nur ein Wunder konnte den Christen jetzt noch retten, und sie rang mit sich selbst. Sollte sie dazwischen gehen? Sollte sie versuchen, den Hauptmann zurückzuhalten?

«Also töte mich», hörte sie den Ungläubigen plötzlich sagen. Sein Arabisch war fehlerhaft, aber dennoch verständlich. Er sprach leise und doch bedrohlich. «Tu, was du seit Anfang an tun wolltest! Tu, wonach es dich verlangt! Deine Tat aber wird mich erlösen!»

Nasrin erstarrte, als sie die Stimme des Fremden vernahm; eine Stimme voller Überzeugung, Entschlossenheit und Eifer. Und sie spürte, wie ihr Gänsehaut über den Rücken lief.

«Töte mich und es wird vorbei sein», hörte sie ihn fortfahren, «aber was sagt dein Gott, was sagt Allah dazu, wenn du einen Wehrlosen erschlägst?»

«Er wird mich hundertfach belohnen! Dafür, dass ich sein Heiliges Land von einem Ungläubigen befreit habe!»

«Dann tu es endlich und befreie mich!», zischte der Christ und blickte den Hauptmann voller Verachtung an. Dieser hielt den Säbel bereits in die Höhe.

Wie gelähmt, verharrte Nasrin in ihrem Versteck, unfähig, sich zu rühren, unfähig, etwas zu rufen, unfähig, das Schlimmste zu verhindern.

«Nein, das wäre ein zu leichter Tod für dich», erwiderte Jamal schließlich und ließ die Waffe sinken. Er grinste boshaft, als er die Klinge zurück in die Scheide schob.

Lange und feindselig sahen sich die beiden Männer an, und Nasrin schauderte, als ihr bewusst wurde, wie unendlich tief ihr Hass war. Trotzdem atmete sie erleichtert auf.

Der Fremde leckte mit der Zunge das Blut von seinen Lippen. Er war der Unterlegene, der Willkür des Hauptmannes ausgeliefert, machtlos. Und doch, auch wenn es gefährlich war, bekämpfte er ihn – mit seinem Zorn, seinem Trotz, seinem Stolz.

Jamal schien nachzudenken, dann wandte er sich, noch immer verächtlich lachend, ab und verließ den Stall.

Nasrin wich unwillkürlich noch tiefer in die Dunkelheit zurück. Das Herz schlug ihr bis zum Hals, als er an ihr vorbeistürmte. Was hatte er wohl vor? Sie wusste, er war zu allem fähig, aber er hatte kein Recht, einen Sklaven so zu behandeln. Was würde Vater wohl dazu sagen? Sein Hass würde den Hauptmann irgendwann mal umbringen, seine Leidenschaft ihn verbrennen.

Der Christ wusch sich mit dem Handrücken das Blut vom Mund und von der Nase. Und als würde er plötzlich ohnmächtig werden, sank er in die Knie.

Vorsichtig reckte Nasrin in ihrem Versteck den Hals und beobachtete erstaunt, wie der Ungläubige die Hände faltete, die Augen schloss und andächtig auf den Knien liegend verharrte. Seine Lippen bebten vor Aufregung, als er leise zu sprechen begann. Es waren Worte, die, obwohl sie diese nicht verstand, in ihren Ohren lieblich klangen.

«*Domine, exaudi orationem meam et clamor ad te veniat …*» In Demut versunken, verrichtete er seinen *Shirk*. Nasrin wusste, dass die Christen neben dem wahren, dem einzigen Gott noch seinem Sohn, den sie Jesus Christus nannten, huldigten. Aber noch nie sah sie einen Ungläubigen beten.

«*Haec me consolata est in humilitate mea, quia eloquinum tuum vivcafit me!*» Die Stimme des Fremden wurde flehender, eifriger, aber auch, so schien es ihr, hasserfüllter. Seine Hingabe beeindruckte Nasrin und sie schämte sich, das Zwiegespräch mit seinem Gott zu belauschen. Dennoch hörte sie ihm weiter zu, angezogen von diesen unverständlichen Worten, von dieser Leidenschaft, mit welcher der Fremde sie aussprach.

Vielleicht sollte ich jetzt besser gehen, überlegte sie schließlich und kroch leise hinter der Stute hervor. Sie spürte ihre Wärme und hörte das Schnauben. Doch als sie an der Kruppe des Tieres vorbeihuschen wollte, traf unerwartet ein dumpfer Schlag ihr Bein – das Pferd schlug mit dem Hinterhuf aus, um eine lästige Fliege zu vertreiben.

Der Schmerz war unerträglich, brannte in Nasrins Oberschenkel. Ihr wurde schwarz vor Augen und sie glaubte zu stürzen.

Aufgeschreckt durch den Schrei, den sie nicht unterdrücken konnte, hob der Ungläubige den Kopf und blickte Nasrin verwundert an. Seine strahlenden blauen Augen starrten sie an, als wäre sie ein Geist oder ein Dämon. Betreten wandte sie sich ab, hinkte auf den Ausgang zu, doch dann blieb sie stehen. Aber es war nicht der Schmerz, der sie zurückhielt. Es waren Schritte, die sich rasch näherten.

Ihr stockte das Blut in den Adern. Jamal! Er kehrte zurück. Angsterfüllt sah sie sich um. Die Tochter des Emirs – mitten in der Nacht in den Stallungen, allein mit einem Ungläubigen – wie sollte sie es dem Hauptmann erklären? Und wie ihrem Vater? Wollte sie nicht entdeckt werden, musste sie an dem Christen vorbeihuschen und sich nochmals in der Dunkelheit verstecken.

Das metallische Klirren des Kettenhemdes kam bedrohlich näher; Jamals Schatten kroch, gleich dem düsteren Vorboten eines Unheils, über den Boden.

Der *Kafir* erkannte ihre Angst und Unentschlossenheit. In seinem mangelhaften Arabisch flüsterte er ihr zu: «Dort, versteckt Euch dort!»Seine Finger deuteten in eine Ecke, wo sich allerlei Unrat türmte. Ohne weiter zu überlegen, gehorchte sie ihm. Nur ein Augenblick später stürzte Jamal wieder in die Stallungen.

Allah sei Dank, er hat mich nicht bemerkt! Nasrin atmete auf und horchte angespannt. Sie wartete.

Der Ungläubige stand regungslos da, blickte Jamal ungerührt an und nichts in seinem Gesicht verriet, dass noch jemand sich in den Stallungen aufhielt.

Als der Hauptmann ins Licht trat, duckte sich Nasrin ängstlich und betete inbrünstig, der Christ möge sein Geheimnis für sich bewahren.

Jamal sah sich misstrauisch um. Sein ewig finsterer, hasserfüllter Blick und das gefährliche Schweigen, als er vor dem Ungläubigen stehen blieb, ließen nichts Gutes erahnen. Hatte er es sich doch anders überlegt und war nun zurückgekehrt, um seine Drohung wahr zu machen und den Christen zu töten?

Nasrin hielt den Atem an. Niemand würde den Hauptmann davon abhalten können, auch sie nicht. Mutlos, zitternd, mit schmerzverzerrtem Gesicht kauerte sie in der Ecke. Dies war nun der Preis für ihre Neugierde – Zeugin des Todes von diesem Menschen zu sein. Einem Menschen, der sie durch sein Schweigen geschützt hat. Er ist bloß ein Ungläubiger, hätte sie noch vor wenigen Tagen zu sich selbst gesagt.

Doch jetzt fühlte sie sich unglücklich und wünschte sich, sie wäre diese Nacht nicht hierhergekommen. Es war ihr, als ob der Hauch des Todes unerbittlich an ihr hochkriechen würde. Allah möge ihr beistehen!

Es war unheimlich still geworden, selbst die Pferde schienen nicht mehr zu atmen. Und in diese Stille hinein ertönte ein Klirren. Nasrin beugte sich vor und sah, wie Jamal an den Schaft des Säbels griff.

Der Christ verharrte, gleich einer steinernen Statue; nur das scheinbar unauslöschliche Strahlen in seinen blauen Augen verriet, dass Leben in ihm pochte. Wenn das Schicksal es so bestimmt hatte, dann sollte dies jetzt seine letzte Stunde sein.

Jamals Hand umschloss noch immer den Griff der Waffe. Der Hauptmann zögerte. Er lächelte. Und plötzlich zog er statt des Säbels einen Schlüssel heraus und befreite den Ungläubigen wortlos von dem eisernen Halsband. Kette und Ring fielen zu Boden.

Erstarrt beobachtete Nasrin, wie sich der Sklave an den Hals griff und gleichzeitig argwöhnisch die Augen zusammenkniff. Jetzt wäre der Moment gekommen, um Jamal anzugreifen und ihn mit seinen mächtigen Händen zu erwürgen.

Schweigend musterte ihn der Hauptmann, er schien genau darauf zu warten – auf einen Angriff oder einen Fluchtversuch. Aber nichts geschah, und als der Fremde sich nicht rührte, schlug Jamal ihm ein drittes Mal ins Gesicht.

Wutentbrannt schnellte der *Kafir* nun vor, wollte sich auf den Hauptmann stürzen. Sofort griff dieser an den Schaft seines Säbels. Die Klinge blitzte auf.

Nasrin wich einen Schritt zurück, als ob Jamal sie bedrohen würde. Sie spürte eine spitze Kante in ihrem Rücken und hörte, wie der Stoff ihres Kleides riss.

Der Christ ließ die Arme wieder sinken und ballte die Hände zu Fäusten.

Voller Verachtung steckte Jamal die Waffe ein und ein Grinsen huschte über seine fahlen Lippen. «Du wirst einen grausamen Tod sterben, *Nasranî*. Einen unvorstellbar grausamen Tod! Und ich werde zusehen!»Aufgebracht verließ er den Stall und der Ungläubige sah ihm nach, sah, wie der Schatten des Hauptmanns schrumpfte, sich in der Dunkelheit auflöste und hörte, wie seine Schritte verklangen.

Nasrins Herz pochte bis zum Hals. Sie war es gewesen, die ihren Vater gebeten hatte, den Christen von den Ketten zu befreien. Und nun, nachdem der Vater ihre Bitte erhört hatte, war sie selbst die Gefangene, allein mit diesem Fremden. Niemand würde ihr helfen, sollte er sie angreifen. Und sie konnte nicht um Hilfe rufen, wollte sie sich nicht verraten. Aber warum sollte er sie angreifen? Er hatte sie doch durch sein Schweigen vor Jamal geschützt.

Vorsichtig humpelte sie hervor. Der Ungläubige musterte sie schweigend, nachdenklich und unverwandt. Erst jetzt wurde ihr bewusst, dass sie weder Schleier noch *Khimaar* trug. Ihre Knie zitterten und zaghaft drückte sie sich an die Wand, versuchte, der Mauer entlang zum Ausgang zu gelangen. Er beobachtete sie noch immer, verfolgte jede ihrer Bewegungen, jeden Schritt. Er brauchte nur seine Hand auszustrecken, um sie zu berühren, um sie zu ergreifen und mit ihr zu tun, was ihm beliebte. Doch nichts geschah. Stattdessen setzte er sich langsam hin.

Wachsam, einen Fuß vor den anderen setzend, ging Nasrin weiter, die Hände hinter ihrem Rücken an die Wand gepresst, Halt suchend, doch mit der Gewissheit, schutzlos zu sein. Sie war zu angespannt, um den Schmerz in ihrem Bein noch zu spüren.

«Eine unpassende Zeit und ein noch unpassender Ort für die Tochter des Emirs. Ihr seid doch die Tochter des Emirs, nicht wahr?», bemerkte er und ein kaum wahrnehmbares Lächeln umspielte seinen Mund.

Nasrin erstarrte, als er sie ansprach. Seine blauen Augen erschienen ihr plötzlich wie kaltes Feuer und sie glaubte diese seltsame Kälte zu spüren, die von ihnen ausging und sie bannte. Doch welcher gottgefällige Mann hatte solche Augen? Trotzdem – seine Gesichtszüge waren weich, sonderlich angenehm. Es konnte unmöglich das Gesicht eines Dämons sein!

Der *Kafir* sah sie fragend. «Also, seid Ihr?»

Sie nickte kaum merklich. Der Fremde lächelte wieder, streckte einladend die Hand aus, ließ sie aber wieder sinken, als Nasrin zurückwich.

«Ich werde Euch nichts antun!», sagte er ruhig.

«Du – du sprichst meine Sprache?» Sie wusste nicht, ob es ihre eigene Stimme oder die einer Fremden war.

«Ein wenig – nicht sehr gut, aber gut genug, um zu verstehen, dass ich das hier Euch zu verdanken habe.» Er griff nach der Kette, hob sie auf, drehte den Ring in den Händen.

Nasrin schwieg. Er blutet, dachte sie, als sie auf seine geschwollenen Lippen sah. Er blutet genau so wie jeder andere Mensch. Wie ein Muslim. Ein Dämon oder ein Teufel konnte nicht bluten.

«Ihr habt den Emir gebeten, mich davon zu befreien.»

«Ich… ich… ich muss gehen», stammelte Nasrin und hinkte auf den Ausgang zu. Der Schmerz wurde wieder stärker, und sie glaubte, ohnmächtig zu werden.

«Warum tatet Ihr das?», versuchte die sanfte Stimme des Fremden sie zurückzuhalten.

Sie wusste nicht, was sie ihm antworten sollte, denn ihre Augen hätten mehr verraten als sie je gewagt hätte zu sagen. Und sie wagte nicht, sich umzudrehen.

Erst als sie die Stallungen hinter sich gelassen hatte, atmete sie auf, blieb stehen.

Der Nachtwind fuhr über ihr mit Schweißperlen übersätes Gesicht. Und der Garten lag noch immer so friedlich da, als ob all das nicht geschehen wäre.

5

Die Sonne neigte sich langsam gegen Westen und die Schatten wurden wieder länger. Nasrin kümmerte sich im Pavillon um ihre jüngste Schwester Jasmina. Die Kleine machte die ersten unsicheren Gehversuche und griff Hilfe suchend nach ihrem Arm. Doch Nasrin vermochte es nicht, ihre ganze Aufmerksamkeit dem Kind zu widmen. Immer wieder blickte sie verstohlen zu Yasid hinüber, der zusammen mit Hassan am großen Teich saß. Suleymans Bruder, der in Glaubensfragen genau so bewandert war wie ein *Imam*, hatte wieder die Unterweisung Yasids in den Koran übernommen. Der Emir legte großen Wert darauf, dass sein Sohn dem Studium der heiligen Schriften gewissenhaft nachkam, außerdem wollte er ihn noch in andere Geheimnisse der Gelehrten einweihen lassen: in die Lehren der Medizin, in die Wissenschaft der Mathematik und die Erforschung der Astronomie. Und es würde viele Jahre des Studiums erfordern, bis sein Sohn den Titel eines *Hafis* erben konnte.

Doch an Yasids Haltung und an seinen Gesichtszügen konnte Nasrin ablesen, dass er sich langweilte und es scheinbar aufregender fand, den Flug der Vögel zu verfolgen als seinem Lehrer zuzuhören. Der melodische Sprechgesang, mit dem Hassan einige Verse aus dem Koran vortrug, schien ihn überhaupt nicht zu fesseln.

Nasrin seufzte auf. Wie gerne würde sie jetzt an seiner Stelle den Worten des *Alim* zuhören.

Jasmina riss sie aus den Gedanken, als sie über ihr verletztes Bein stolperte und sich unbeholfen an ihrem Unterarm festkrallte. Sogar durch den Stoff ihres Kleides konnte Nasrin die kleinen spitzen Nägel des Mädchens spüren und sie musste jäh den Schmerz unterdrücken, als das Kind die verletzte Stelle auf ihrem Oberschenkel mit seinen Füßchen berührte. Einige Tage konnte sie den Bluterguss, der jetzt in allen Farben des Regenbogens leuchtete, verbergen. Doch dann entdeckte ihn Fatimah und sie musste der Sklavin eine Lüge auftischen: Sie sei nachts gestolpert und gegen einen harten Gegenstand gestoßen. Einen Stuhl oder eine Kiste. Und im Stillen dankte sie Allah, dass nichts gebrochen war.

Ein klatschendes Geräusch ließ sie auffahren und erschrocken blickte sie zum Teich. Hassan hatte die Teilnahmslosigkeit seines Schülers nun doch bemerkt und ihm auf die Wange geschlagen. «Es ist eine Ehre, den *Qur'an* studieren zu dürfen», schimpfte er aufgebracht, «Allah hat uns in seiner Güte diese Schrift gegeben, und du – du entehrst sie, wenn du sie nicht erlernen willst!»

Yasid hielt sich die rot angelaufene Wange und beugte sich über den vor ihm ausgebreiteten Koran. Seine Stirn berührte fast das Pergament und er las, sich an Hassans Tonfall erinnernd, laut die Verse einer *Sure* vor.

Nasrin merkte, dass er sich bemühte, die Tränen zurückzuhalten. Mit einem tiefen Seufzer wandte sie sich wieder Jasmina zu, die sich mehr krabbelnd als gehend durch den Garten fortbewegte. Da Alima, die Mutter der Kleinen, schon seit Tagen krank war und die anderen Frauen, darunter auch Jaida, sie pflegten, hatte man die Betreuung des Mädchens nun ihr aufgetragen.

Jasmina stolperte wieder und Nasrin konnte sie gerade davor bewahren, umzufallen und sich zu verletzen. Das Kind begann bitterlich zu weinen, doch sie hielt es fest, streichelte es und versuchte, seine Tränen zu trocknen. Sie wiegte das Mädchen in den Armen und schaute gedankenverloren in den Garten. Plötzlich blieb ihr Blick an einem Strauch hängen. Doch es war nicht seine Blütenpracht, die ihre Aufmerksamkeit erregte. Da war noch etwas anderes. Ein Schatten. Sie kniff die Augen zusammen und starrte auf den Strauch. Seine Äste bewegten sich leicht. Irgendetwas oder irgendjemand schien sich hinter ihm zu verstecken.

«Ist meine jüngste Tochter auch folgsam?»

Nasrin fuhr erschrocken herum. Neben ihr stand unerwartet Suleyman. Sie hatte ihn nicht kommen hören. Hat er sich einen Spaß mit ihr erlaubt und sich hinter dem Strauch versteckt? Verunsichert sah sie nochmals zu dem Gewächs, doch nichts bewegte sich mehr. Nur die Blüten schienen plötzlich noch heller zu leuchten als eben. Das redest du dir nur ein, schalt sie sich in Gedanken, du siehst Schatten und *Dschins* am helllichten Tag! Und sie hoffte, der Vater hatte ihre Unruhe nicht bemerkt.

Der Emir betrachtete begeistert das Kind in ihren Armen und rief freudig: «Jasmina, du wirst eine Schönheit werden wie deine Schwester!»

Nasrin senkte verlegen die Lider, setzte Jasmina auf den Boden, die sogleich aufstand und begann, die sichere, farbenprächtige Welt des *Bait* wieder zu erkunden.

«Ich habe ein Geschenk für dich», wandte sich der Emir seiner ältesten Tochter zu.

«Ein Geschenk?»

Suleyman lächelte geheimnisvoll. «Aber ich werde es dir erst nach dem *Salât ul Maghrib*, dem Abendgebet zeigen», raunte er verschwörerisch und verschwand genau so lautlos, wie er aufgetaucht war.

Aufgeregt und voller Ungeduld sehnte Nasrin den Abend herbei und als endlich Salma erschien und Jasmina mitnahm, machte sie sich sofort, begleitet vom Licht der untergehenden Sonne, auf den Weg zu ihrem Vater. Ein Geschenk – was würde es wohl sein? Und warum?

Als sie aber neugierig die Wohnhalle betrat, hielt sie beschämt inne und drückte sich leise an die Wand.

Suleyman und Hassan huldigten gemeinsam Allah und verrichteten andächtig das von Mohammed gelehrte Gebet an den einzig wahren Gott. Dem Glaubensritus folgend, hatten sich die beiden Männer in Richtung Mekka verbeugt und rezitierten Verse aus dem Koran. Fünfmal am Tage priesen sie Allah, ließen kaum ein Gebet aus und verbeugten sich demütig vor dem Allmächtigen. Den Gebetsteppich ihres Vater hatte sie geknüpft, doch längst schon trug er die Spuren Suleymans Frömmigkeit: Die kräftigen Farben von einst waren verblasst und der Teppich sah alt und abgenützt aus. So begann Nasrin bereits, einen neuen zu knüpfen. Doch es würde noch eine Weile dauern, bis dieser fertig war.

Auch Hassan verharrte in gottesfürchtiger Verneigung, heute sogar länger als Suleyman. Seine Stirn berührte dabei den Boden und ein melodisches Murmeln erfüllte den Raum. Der Emir richtete sich endlich auf und schloss für ein letztes Gebet die Augen. Nach einer Weile folgte Hassan seinem Beispiel und auch er beendete das Zwiegespräch mit Gott. Gemeinsam erhoben sich die beiden Männer und rollten andächtig ihre Gebetsteppiche zusammen – sie waren von ihrer geistigen Pilgerfahrt zu Allah zurückgekehrt.

Nasrin musste an den Ungläubigen denken, daran, wie er gebetet hatte, wie er, so schien ihr, weniger demutsvoll seinem Gott huldigte. Waren die Christen zu stolz, um sich vor ihrem Gott in den Staub zu werfen? Zu hochmütig, um jene Erde, die der Allmächtige erschaffen hatte, mit dem Gesicht zu berühren?

«Du kommst rechtzeitig, meine Tochter», unterbrach Suleyman ihre Überlegungen, «aber du solltest deine Ungeduld trotzdem etwas mehr zügeln.»

«Es ist der Frauen Eigenart, ungeduldig und zu neugierig zu sein», fügte Hassan freundlich nickend hinzu, überreichte behutsam wie ein kostbares Schmuckstück seinen Gebetsteppich einem Diener und winkte seine Nichte heran.

Verlegen presste Nasrin die Lippen zusammen und trat schweigend näher. Hatte sie sich nicht den ganzen Tag über in Geduld geübt, gehorsam auf den Abend gewartet und war nur wenige Augenblicke zu früh erschienen?

«Wir wollen aber nicht zu streng mit ihr sein», Hassan lächelte, «denn ihr Anblick allein lässt uns Nachsicht walten!»

«Du hast mir aufgetragen, nach dem Abendgebet zu dir zu kommen», erwiderte sie, an ihren Vater gewandt. «Du erinnerst dich doch, das Geschenk.»

«Das Geschenk», der Emir kraulte nachdenklich den Bart, «genau, das Geschenk, das ich dir versprochen habe. Also komm mit!»Lächelnd trat Suleyman auf seine Tochter zu, nahm sie an der Hand und führte sie durch das Haus. Hassan folgte ihnen schweigend und so gingen sie durch einen von Säulen getragenen Gang in den inneren Hofgarten. Öllämpchen brannten bereits in kleinen Nischen, die in das Mauerwerk eingefügt waren, und ihr Licht zauberte ein geheimnisvolles Schattenspiel auf die farbigen Steinfliesen.

«Ich habe lange überlegt, was ich dir schenken soll», erklärte der Emir, als sie den Garten betraten. Die letzten Strahlen der eben untergegangenen Sonne tauchte den Himmel in purpurne Töne – märchenhaft, wunderschön und voller Sehnsucht –, und auch die weiß getünchten Mauern schienen zu glühen wie Feuer.

«Es war wahrlich nicht leicht für mich, die richtige Wahl zu treffen. Ein Schmuckstück, wertvolle Stoffe aus dem fernen China oder kostbare Edelsteine aus Indien?»Suleyman schritt gemächlich weiter, während Nasrin angestrengt darüber nachdachte, was es wohl sein würde. Erst jetzt bemerkte sie, dass sie den Garten hinter sich gelassen hatten und auf die Stallungen zusteuerten. Hassan folgte ihnen noch immer.

«Dann aber hat Allah mir einen Wink gegeben und mir das richtige Geschenk für dich gezeigt!»Er blieb stehen und Nasrin sah sich unruhig um. Was wollte Vater hier?

«Das richtige Geschenk? Hier?»Sie musterte den Emir eindringlich.

Doch dieser schwieg geheimnisvoll und betrat den Stall. Nasrin folgte ihm mit pochendem Herzen. Mit Wiehern und Schnauben begrüßten die Pferde die Besucher.

Sie würde bestimmt den Ungläubigen antreffen. Würde er, in Anwesenheit des Emirs, etwas preisgeben? Würde er sie verraten? Doch niemand war zu sehen, so, als hätte der Emir alle Diener fortgeschickt. Und nichts deutete daraufhin, dass dort im Verschlag ein Sklave untergebracht war. Aber wo war er? Wo war er hingebracht worden? Ob Jamal ihn gar wirklich …

«Ist es nicht wunderbar?»Suleymans Stimme riss Nasrin aus ihren Gedanken. Auf dem Gesicht ihres Vaters lag ein sonderlicher Glanz, es schien vor Entzückung zu strahlen. Freudig zeigt er auf ein Fohlen, das, auf zittrigen Beinen stehend, die Muttermilch saugte. Es musste erst wenige Tage alt sein.

«Dies hier ist mein Geschenk an dich», erklärte Suleyman mit weicher Stimme, «der prächtigste Hengst für die schönste Perle von Damaskus!»

«Ein Pferd? Nur für mich allein?»

Nasrin lächelte ihren Vater gerührt an. Ein schöneres Geschenk hätte er ihr wirklich nicht machen können. Die Pferde des Emirs waren im ganzen Land hoch geschätzt und wertvoll und auch dieser hübsche Junghengst, ein weiterer Nachkomme aus dem edlen Blut der Stuten Mohammeds, schien schon jetzt vor Kraft und Lebensfreude nur so zu strotzen. Vorsichtig streckte Nasrin die Hand aus, um das weiche Fell des Fohlens zu berühren, sprach beruhigend auf die Stute ein, um sie nicht zu ängstigen.

«Er ist wundervoll», flüsterte sie überglücklich.

«Ja, das ist er wahrlich», pflichtete ihr Hassan bei und fuhr voller Rührung fort: «Als Allah das Pferd schaffen wollte, sprach er zum Südwind: ‚Ich will aus dir eine Kreatur erschaffen – zur Ehre meiner Heiligen, zur Demütigung meiner Feinde und zum Vorteil aller, die mir ergeben sind.' Der Südwind sprach: ‚Tue das, mein Schöpfer.' Daraufhin nahm Allah eine Handvoll Südwind und schuf daraus das Pferd. Und zu ihm sprach er: ‚Dein Name sei arabisch, das Gute sei gebunden an deine Stirnlocke, die Beute an deinen Rücken. Ich habe deinen Besitzer zu deinem Freund gemacht und ich habe dich vor allen anderen Lasttieren begünstigt.'»

Für einen Augenblick schienen selbst die Pferde den überlieferten Worten des Propheten Mohammed zu lauschen, als wäre ihnen bewusst, welch edle Geschöpfe sie waren. Nur der kleine Hengst trank weiterhin gierig die Muttermilch und ließ sich selbst von Nasrins Streicheln nicht stören.

«Ich habe dir die Kraft verliehen, ohne Flügel zu fliegen, sei es im Angriff oder im Rückzug. Ich will auf deinen Rücken Männer setzen, die mich preisen», beendete Suleyman die Legende und fragte neugierig: «Hast du schon einen Namen für ihn?»

Nasrin kraulte die Kruppe des kleinen Hengstes und ohne Scheu ließ er es sich gefallen. Sie seufzte auf. Welchen Namen würde sie ihm geben? Er war schon kräftig und seine langen Beine würden ihn eines Tages wirklich über die Wüste fliegen lassen. Und plötzlich fiel er ihr ein: «Buruk! Der einzig richtige Name für ihn ist Buruk! Ich nenne ihn Buruk!»

Suleyman lächelte. «Gut gewählt, meine Tochter. Der Name jenes geflügelten Pferdes, mit dem Mohammed in den Himmel aufbrach.»

Sie nickte eifrig.

«Buruk», wiederholte Hassan wohlwollend, «ein wahrlich stolzer Name. Und ein wahrlich prächtiges Geschenk für eine Braut.»

«Für eine Braut?»Nasrin riss die Augen auf. Ihr Herz stockte und sie rang nach Luft.

Mit einem zufriedenen Lächeln streckte ihr der Onkel seine Hände entgegen. «Jamal al-Aziz hat deinem Vater die Ehre erwiesen und um dich angehalten», erklärte er mit sanfter Stimme.

Nasrin wich einen Schritt zurück und starrte erschrocken und entsetzt ihren Vater an.

«Die Familie al-Aziz ist von hohem Stand und edlem Blut», begründete der Emir seine Entscheidung. «Du hättest Hussein heiraten sollen, aber Allah hat ihn zu sich gerufen, bevor er sich binden konnte. So will

Jamal die Verpflichtungen seines Bruders erfüllen. Auch er ist ein Mann von Ehrgefühl und Pflichtbewusstsein. Es ist eine hohe Ehre. Für dich und für die Familie al-Dir.»

Nasrin konnte nicht glauben, was sie hörte. Es war unfassbar! Hussein war noch kein Jahr tot und jetzt schon sollte sie seinen Bruder zum Mann nehmen? Nein, bei Allah, nein! Sie wollte ihn nicht! Sie würde ihn niemals heiraten! Plötzlich erinnerte sie sich wieder daran, wie Jamal den Sklaven behandelt hatte. Wie er ihn grundlos geschlagen hatte. Auch wenn der Fremde nur ein *Kafir* war, hatte der Hauptmann kein Recht, ihn zu demütigen!

«Ich», stammelte sie, unfähig, einen klaren Gedanken zu fassen, «ich weiß nicht, was ich dazu sagen soll.»Doch sie wusste es genau und sie wollte es herausschreien: «Nein, ich will Jamal nicht heiraten!» Trotzdem schwieg sie.

«Deine tiefe Trauer um Hussein ist verständlich», sagte Hassan, «aber sie wird vergehen. Denn du bist eine junge Frau und ein langes Leben erwartet dich. Und ein Mann wie Jamal wird genau so gut für dich sorgen wie Hussein es getan hätte.»

Als Nasrin schwieg, erwiderte der Emir voller Freude: «So wird die glückliche Verbindung der Häuser al-Dir und al-Aziz wahr!»Er schien nicht zu merken, wie traurig und wütend seine Tochter war und wie hilflos sie auf den Boden starrte.

«Eine Ehe ist etwas Ernstes», bemerkte Hassan stirnrunzelnd, als Nasrin noch immer nicht antwortete, «und sie sollte nicht ohne reifliche Überlegungen eingegangen werden. Selbst Mohammed hätte nie geheiratet, ohne Liebe zu empfinden. Also frage dich selbst, ob du deinen zukünftigen Mann lieben kannst, bevor du ihn ehelichst!»

Nasrin stockte der Atem. Wie sollte sie Jamal je lieben können?

Die Worte ihres Onkels klangen in ihren Ohren wie Hohn, wie eine Beleidigung. Eine Eheschließung wurde von Männern beschlossen, ohne das Recht der Mitsprache der Töchter. Selten wagte es eine Braut, die Ehe mit dem ihr vorbestimmten Mann abzulehnen. Die meisten Frauen schwiegen aus Angst und ihr Schweigen wurde als Zustimmung verstanden. Die Tradition forderte von ihnen Gehorsam und diese Tradition war stärker als Gefühle. Hassans Mahnung sollte sie nur daran erinnern, dass es ihre Pflicht war, den für sie ausgewählten Mann zu lieben. Ob sie ihn wollte oder nicht. Aber sie wollte nur eines – der Stimme ihres Herzens folgen.

Doch die Männer hatten scheinbar schon längst entschieden und sie konnte nichts dagegen tun. Und wenn sie ehrlich war, würde sie es auch nicht wagen. Sie grub die Hände in ihr Kleid, damit niemand sah, wie sie zitterten.

«Ich werde es versuchen», stieß sie verzweifelt, mit heiserer Stimme hervor. «Ich werde es versuchen.»Wut und Traurigkeit stiegen in ihr auf. Mit aller Kraft zwang sie sich, die Tränen zu unterdrücken, denn sie spürte, dass diese wie ein reißender Fluss aus ihren Augen strömen würden.

Ein so mächtiger Fluss, dass er selbst die Wüste in einen blühenden Garten verwandeln würde.

6

Nasrin war, seit der Emir ihr Eheversprechen Jamal gegeben hatte, verbittert wie ein altes Weib und die Frauen im *Bait* mussten diese Bitterkeit ertragen. Selbst Yasid schaffte es nicht, seine Schwester mit seinen Späßen und seiner Anwesenheit aufzuheitern.

Doch die Hochzeit würde warten müssen: Wenn auch Nasrin nun Jamal al-Aziz versprochen war, bestand sie darauf, noch ein ganzes Jahr um Hussein trauern zu dürfen.

So verzögerte sich ihre Eheschließung, aber sobald diese Gnadenfrist endete, würde die bedingungslose Unterwerfung beginnen.

Suleyman nahm die Bedingung seiner Tochter an und teilte sie dem neuen Bräutigam mit. Und auch der für gewöhnlich aufbrausende, ungeduldige Hauptmann zeigte diesmal Verständnis. Er wusste, er musste sich nicht mehr um die *Mahr*, das Brautgeld kümmern, denn Suleyman hatte dieses schon im Ehevertrag mit Hussein geregelt.

Nasrin fühlte sich verkauft wie ein Stück Vieh, preisgegeben wie eine Sklavin, und seit Tagen ließ sie sich nicht mehr blicken, verließ den *Harim* nur noch selten. Sie hatte Fatimah angewiesen zu erzählen, sie sei krank und benötige viel Ruhe. Eigentlich war es nicht mal eine Lüge, sondern die Wahrheit – sie war krank, tief in ihrem Herzen, und selbst der *Hakim*, den Vater ihr schicken wollte, konnte daran nichts ändern. Nasrin wies ihn zurück, denn sie wollte allein sein. Und sie verließ ihr Zimmer nur, um nachts in den Garten zu gehen, wo sie bestimmt niemand antreffen würde. Sie hasste sich, hasste sich dafür, eine Frau zu sein, der nicht erlaubt war, freie Entscheidungen zu treffen und die nicht den Mut aufbrachte, sich zu wehren. Sie würde immer auf die Gunst eines Mannes angewiesen sein. Sie hatte ihm zu gehorchen und ihm zu gefallen – als wäre sie sein Eigentum.

Seufzend und voller trüber Gedanken setzte sich Nasrin auf das Bett und starrte abwesend zum Fenster hinaus. Sie starrte auf die kleinen, glitzernden, wie hingeworfene Lichtpunkte am Himmel. Sie starrte in die endlose Nacht. Ihre Augen brannten und sie wollte weinen. Über die Ungerechtigkeit dieser Welt, über ein Leben, das sie nicht führen durfte, nicht wählen konnte. Und plötzlich fiel ihr jene Frau mit dem strohblonden Haar, das angeblich golden in der Sonne glänzte, ein. Wie erging es wohl ihr in jenem kalten Land? Durfte sie allein über ihr Schicksal entscheiden? Oder musste auch sie sich den Befehlen der Männer beugen wie Nasrin ihrem Vater oder Jamal? Wenn sie den Ungläubigen sah, würde sie ihn danach fragen.

Schluchzend strich sich Nasrin über die Augen und über ihre Wange kullerten Tränen. Sie benetzten ihre Lippen, schmeckten salzig, als wollten sie ihr sagen: So wird deine Ehe mit Jamal werden.

Während sie sich die Tränen trocknete, klopfte es unerwartet und leise an ihrer Tür. Es war sicher wieder Fatimah. Warum konnte die törichte Sklavin ihr nicht einmal gehorchen? Nur dieses eine Mal.

«Lass mich allein!» Nasrin versuchte, ihr Schluchzen zu unterdrücken. «Lass mich zufrieden und geh! Verschwinde! Lasst mich einfach alle in Ruhe!»

Das Klopfen ertönte wieder, wurde drängender. Wütend stand Nasrin auf, wollte eben die Tür aufreißen, als sie ein zaghaftes Flüstern vernahm: «Herrin – Naia – bitte öffnet!»

Naia? Nasrin erstarrte. So hatte sie schon lange niemand mehr genannt. Sie kannte nur einen Menschen, der sie so rief: Asiya, eine ehemalige Dienerin ihres Vaters. Doch es konnte nicht Asiya sein! Sie musste vor vielen Jahren das Haus des Emirs verlassen, da sie dem Ansehen der Familie al-Dir schadete. Denn sie gebar einen unehelichen Sohn und ihn konnte und wollte der Emir in seinem gläubigen Haus nicht dulden. Nasrin erinnerte sich noch gut, wie sich Asiya mit verweintem Gesicht bei ihr für diese angebliche Schande entschuldigte und dann für immer aus ihrem Leben verschwand – ausgestoßen, mittellos und allein gelassen.

«Herrin, lasst mich ein», flüsterte die Stimme wieder.

Zögernd öffnete Nasrin die Tür und glaubte noch immer, sich zu täuschen. Das schwache Licht flackernder Öllämpchen fiel auf eine dunkel gekleidete, unheimliche, in einen schweren Mantel gehüllte Gestalt, die einem Geist glich.

Bei Allah, ein *Dschin*, schoss es der Emirtochter durch den Kopf. Und sie erschrak noch mehr, als magere Finger die Kapuze zurückschoben und sie das Gesicht der Frau erblickte. Es war tatsächlich Asiya. Aber nicht jene Dienerin, die sie gekannt hatte, sondern eine fremde, unwirkliche, kranke Asiya. Die einst fröhlichen Augen erzählten von Unglück und Leid, ihre Lebensfreude war erloschen. Die Wangen waren eingefallen, das Gesicht ausgezehrt und gelbbraune, faulende Zähne zeigten sich zwischen blassen Lippen.

«Herrin, ich bin es – Asiya.»Die Stimme zitterte.

«Asiya?», hauchte Nasrin. Sie konnte nicht fassen, was sie sah. Aber als sie in ihre traurigen Augen blickte, wusste sie es. Sie beugte sich vor und lugte in den *Tamar* vor ihrem Zimmer, wo Licht und Schatten sich bekämpften. Keiner war zu sehen, kein Laut zu vernehmen. Wahrscheinlich saßen die Bewohner des Palastes unten im großen Saal, führten langweilige Gespräche oder hielten sich in den unzähligen Zimmern auf.

«Schnell, komm herein», flüsterte Nasrin. Sie wagte es nicht, auszudenken, was geschah, würde jemand Asiya hier entdecken. Schon einmal war die Dienerin schandvoll aus dem *Bait* gejagt worden, ein weiteres Mal würde man sie wohl noch viel strenger bestrafen.

Die Besucherin schlüpfte durch den Türspalt, blieb aber gleich stehen, als ob sie fürchtete, mit ihrer Unehre das Zimmer zu beschmutzen.

Nasrin zündete ein weiteres Lämpchen an. Der Schein der hüpfenden Flamme fiel auf das Gesicht der Frau und Nasrin erschauderte wieder. Geisterhaft und dämonisch wirkten Asiyas Augen, ihre dünnen knochigen Finger zitterten. War es vor Kälte oder vor Angst? Oder vor Hunger? Sie roch nach Mist, Gerbersäure und Tod.

Nach der Vertreibung aus dem Hause al-Dir hatte sie bestimmt jede Arbeit angenommen, um zu überleben und unverheiratet, mittellos, mit einem fünfjährigen Kind war sie wohl auch betteln gegangen. Ein Bild des Elends, ein hungernder Mensch ohne Ehre und ohne Stolz. Ohne Hoffnung.

«Wie bist du hierhergekommen?», fragte Nasrin erschüttert.

Ein schwaches Lächeln huschte über Asiyas eingefallenes Gesicht, die blutunterlaufenen Augen der erschöpften, kranken Frau begannen zu glänzen und erste Tränen rannen über die Wangen. «Ich kenne fast jeden Winkel dieses Hauses, Herrin», flüsterte sie, «selbst den Geheimgang, den Ihr so oft mit Yasid gegangen seid. Und da sich noch einige hier an mich erinnerten, fand ich am Hintertor Einlass. Bitte verlangt von mir nicht ...»Sie begann zu schluchzen und ein Zittern erfasste ihren ganzen Leib.

Nasrin schluckte. Sie ekelte sich vor dem Geruch und dem Schmutz Asiyas, doch ihr Mitleid war stärker. Langsam trat sie näher, wollte sie berühren, sie umarmen, doch die Verstoßene wich zurück und winkte mit ihrer knochigen Hand ab. «Nein, Herrin, bitte nicht! Berührt mich nicht und beschämt mich nicht! Ich bin Eurer nicht würdig!»

Nasrin schüttelte den Kopf. «Ich werde dir nichts tun! Denn ich weiß, du hast viel erlitten!»

«Meine Strafe ist gerecht vor Allah, aber mein Sohn hat nichts begangen, wofür er so bestraft werden sollte!», erwiderte sie heftig. Aber ihr unerwarteter Stolz verwandelte sich schnell wieder in Traurigkeit und sie versuchte, die Tränen abzuwischen.

«Die Strafe war ungerecht! Du bist zu hart bestraft worden!», widersprach ihr Nasrin. Zusammen mit ihr war Asiya als die frei geborene Tochter einer Dienerin im *Bait* al-Dir aufgewachsen und gemeinsam hatten sie im Garten des Emirs gespielt. Doch Asiya reifte rasch heran und irgendwann erlag sie dem Werben eines fremden Mannes aus dem *Suq* und wurde mit sechzehn schwanger. Nasrin war gerade zwölf geworden. Lange konnte Asiya ihren Zustand verbergen, doch als ihre Leibesfrucht heranwuchs, zeigte Salma die Dienerin beim Emir an.

Der Koran bestimmte die Strafen für Ehebruch und Geschlechtsverkehr vor der Ehe und Suleyman richtete, der Heiligen Schrift folgend: fünfzig Peitschenhiebe für ihre Unkeuschheit und die sofortige Verbannung aus seinem Haus. Der Emir hätte auch hundert Hiebe anordnen können, doch er fand, Asiya sei schon genug bestraft, da der Vater des Kindes nicht mehr aufzufinden war. Sie würde allein sein, eine Vertriebene aus einem gläubigen Haus und Nasrin durfte sie nie mehr sehen.

«Ihr seid so schön geworden, Nasrin. Ich wusste schon immer, dass Ihr eines Tages eine wundervolle Frau werden würdet. Genau so wie Eure Mutter!», flüsterte Asiya plötzlich mit erstickter Stimme. Sie schien sich kaum mehr aufrecht halten zu können.

Verlegen wandte sich Nasrin für einen Augenblick ab.

Asiya war immer eine bescheidene Dienerin gewesen, die gewissenhaft ihren Pflichten nachkam. Nie gab es Anlass zu Tadel oder Klage. Bis zu jenem Tage, als die verräterische Amme Suleyman von ihrer Schwangerschaft erzählte. Und dennoch – Nasrin hatte sie viel mehr gemocht als Fatimah.

«Du weißt, es ist gefährlich, hierherzukommen», redete ihr Nasrin eindringlich zu und trat an den Tisch. In einer wertvollen, silbern und golden glitzernden Schale lag frisches Obst.

«So nimm schon, ich sehe doch, dass du seit Tagen nichts mehr gegessen hast!», forderte die Emirtochter sie auf.

Asiya zögerte einen Augenblick, dann griff sie rasch nach einer Feige und schob sie sich gierig in den Mund. Sie schluckte beschämt und als Nasrin ihr lächelnd zunickte, nahm sie eine Orange aus der Schale und versteckte die Frucht in ihrem Umhang.

«Warum bist du zu mir gekommen?», erkundigte sich Nasrin verwundert.

Asiya schwieg zuerst, als suchte sie nach Worten und Tränen traten wieder in ihre Augen. «Ich wusste einfach nicht, an wen ich mich wenden soll, Herrin», schluchzte sie und lehnte sich mit gesenktem Kopf an den Tisch. Sie musste so schwach sein, dass sie bald vor Hunger sterben würde, wenn sie nicht schnell genügend Nahrung erhielt. Warum strafte Allah sie so hart? Asiya hatte ihren Verführer innig und aufrichtig geliebt und jetzt musste sie für seine Ehrlosigkeit bitter büßen – und vielleicht sogar mit ihrem Leben bezahlen.

«Schon seit Tagen halte ich mich in der Nähe Eures Palastes auf, versuche, Euch zu sprechen. Ich wollte Euch auf dem Bazar ansprechen, aber als ich Jamal al-Aziz sah, habe ich mich versteckt. Bettler verabscheut er, außerdem kennt er mich. Einmal hat er mich erwischt, als ich einen Händler um etwas Essen bat. Bei Allah, ich schwöre, ich wäre weitergegangen, hätte der Händler mir nichts gegeben! Aber Jamal», ihre Stimme zitterte und es war, als würden Schatten über ihr Gesicht huschen, «Jamal glaubte, ich wollte den Mann bestehlen.»

Nasrin blickte Asiya besorgt an. Sie kannte die Härte und Gnadenlosigkeit des Hauptmanns. Aber einer hungernden Bettlerin zu drohen, war unehrenhaft und beschämend.

Ihr Hass auf diesen Mann wuchs. Gesindel – so nannte er die Leute auf dem Bazar. Doch diese Frau, sie war allein, verloren, hilflos, ein Mitleid erregendes Geschöpf mit einem unsäglich traurigen *Kismet*.

Asiya mied es, Nasrin in die Augen zu sehen und schluchzte und zitterte immer stärker, als sie kaum verständlich hervorstieß: «Jamal drohte, mir die linke Hand abzuhacken. Selbst als der Händler ihm erklärte, ich hätte nichts gestohlen, ließ er mich einfach ins Gefängnis werfen – für drei lange Tage. Und das nur deswegen, weil ich auf dem Bazar bettelte!»

Jamals Verständnis von Gesetz deckte sich nicht immer mit jenem eines Muslims und er unterschied nicht zwischen einem Dieb und einem Bettler. Die Armen hätten ihr Los zu tragen und von der Güte der Reichen zu leben. Dabei war der Hauptmann selbst kein eifriger Spender von Almosen.

Vorsichtig trat Nasrin wieder auf ihren unerwarteten Gast zu. Asiyas Schluchzen ließ ihr Herz bluten.

«Drei lange Tage! Und Faruq war allein, hungernd, frierend und krank! Und niemand war da, der für ihn gesorgt hätte!»Die Unglückliche verbarg ihr gezeichnetes Gesicht vor Scham in den Händen. Nasrin nahm sie in die Arme, auch wenn der übelriechende Geruch sie ekelte, und Asiyas Schluchzen erstarb.

«Bei Allah, ich schwöre dir, wenn ich könnte, würde ich alles ungeschehen machen», flüsterte Nasrin ihr zu. Sie spürte Asiyas knochige Schultern, ihren abgemagerten Rücken und mit Schaudern dachte sie daran, wie die Frau wohl ohne Kleidung aussah. Ein skelettähnlicher Körper, gleich einem trockenen Ast in der sengenden Sonne des Lebens.

Asiya sank langsam in die Knie und blickte mit geröteten, verweinten Augen auf. «Herrin, bitte, ich flehe Euch an, helft mir! Im Namen Allahs, helft mir!»

Nasrin schluckte beschämt. Noch nie war jemand vor ihr auf die Knie gefallen. Noch nie hatte sie jemand aus ganzem Herzen und mit einer solchen Verzweiflung angefleht. Als sie in die Augen der ehemaligen Dienerin sah, wusste sie, dass sie ihre einzige Hoffnung war. Die Tränen, die auf ihre Hand tropften, als sie versuchte, Asiya zum Aufstehen zu bewegen, erschienen ihr plötzlich wie Blut.

«Bitte, helft meinem Sohn! Wenn ihn kein *Hakim* behandelt, wird er sterben!»Asiyas letzte Worte gingen in einem erneuten Schluchzen beinahe unter.

Auch Nasrin kniete nieder, fasste nach den Händen der verzweifelten Frau. «Mein Vater hat dich vertrieben und dem Schicksal überlassen», sagte sie mit bebender Stimme, «also werde ich dir helfen. Ich werde dir helfen, dein Leid zu lindern.»

Weinend sank Asiya bei ihren Worten nach vorne, in Nasrins Schoß, und küsste ihre sauberen, wohlduftenden Hände. Es waren die heißen Küsse der Ehrerbietung und der Dankbarkeit.

Nasrin erhob sich und öffnete eine kostbare Schatulle, die auf dem Tisch lag.

Sorgfältig gearbeitete Geschmeide und Schmuckstücke sowie wertvolle Ohrringe glitzerten wie die Sterne der Nacht; alles Geschenke, die sie vom Emir, im Andenken an ihre Mutter, erhalten hatte. Mit dem Geld, das bereits eines dieser Stücke gekostet hatte, würde Asiya mehr als ein Jahr sorglos leben und sich und ihren Sohn ausreichend ernähren können.

«Es gibt da ein Problem!»Nasrin stutze. «Ich habe zwar diesen wertvollen Schmuck, aber keinen einzigen Dinar!»

Asiya schüttelte entsetzt den Kopf, erhob sich langsam und mit ihren ungläubigen Augen sah sie Nasrin an, als wäre sie ein Dämon. «Nein, bei Allah, keinen Schmuck! Wenn ich dem *Hakim* Schmuck gebe, wird er glauben, ich hätte ihn gestohlen.»

Asiya hatte recht. Jeder würde Verdacht schöpfen. Wie sollte eine Bettlerin zu einem solch kostbaren Schmuckstück kommen? Und jeder würde den gleichen Schluss ziehen: Sie war eine gemeine Diebin.

«Wir werden eine Lösung finden», beruhigte Nasrin die aufgewühlte Frau und dachte nach.

Es musste einen Weg geben – aber welchen? Vater konnte sie auf keinen Fall fragen und auch seinen Schatzmeister Arsalan nicht. Dieser musste dem Emir über jeden Dinar und jedes Schmuckstück Rechenschaft ablegen: Wo er sie anlegte, wem er sie auslieh und wozu. Noch weniger mochte es Suleyman, wenn sein Geld durch die zarten Hände einer Frau – und vor allem durch jene seiner Tochter – floss. Dieser Meinung war auch Hassan. Und Yasid vorzuschicken, war ebenfalls nicht klug. Der neugierige Junge würde nach dem Grund fragen und sie womöglich, wenn auch nur aus Versehen, verraten. Nein, es musste ihr etwas anderes einfallen.

Plötzlich huschte ein Strahlen über Nasrin Gesicht. «Asiya», sagte sie erleichtert, «ich werde übermorgen nachts zu dir kommen. Schicke nach dem *Hakim*. Er wird keinen Verdacht schöpfen, wenn ich ihn mit Schmuck bezahle.»

«Aber wie denn, Herrin? Ihr könnt nicht zu mir kommen. Es ist ein düsteres, gefährliches Viertel, wo ich lebe. Und als Frau nachts ...»

«Es ist der einzige Weg, Asiya», widersprach Nasrin. «Du hast gesagt, jemand aus dem Palast hätte dich an der kleinen Pforte hinter dem Garten eingelassen.»

Asiya nickte, doch ihre Augen füllten sich mit Furcht.

«Wer war es?»

«Ich habe versprochen, es nicht zu sagen. Bitte, verlangt es nicht von mir!»

«Wenn du es nicht sagst», erwiderte Nasrin drohend, «wird dein Sohn sterben!»

Vielleicht war der Tod für Faruq die Erlösung, doch Asiya war verzweifelt und bangte so um das Leben ihres Kindes. Nasrin musste versuchen, ihr zu helfen. Sie musste ihr Hoffnung geben.

«Kareem Abu Bouchar», flüsterte die Dienerin.

«Kareem?»Nasrin erinnerte sich nur schwach an ihn. Er war ein ungefähr vierzigjähriger, unauffälliger Mann und arbeitete als Gärtner und Hausmeister im Palast. Und er verwahrte die Schlüssel für sämtliche Türen und Pforten des Gartens und der Außenbereiche.

«Gut, dann haben wir einen Verbündeten», erwiderte sie voller Hoffnung.

Asiya schüttelte ungläubig den Kopf. «Das dürft Ihr nicht tun!»

«Was darf ich nicht? Dir helfen, deinen Sohn zu retten? Das soll ich nicht dürfen?»

«Nein, nachts zu mir zu kommen!»Sie begann wieder zu schluchzen und wandte sich ab. «In meine Behausung, die Eurer unwürdig ist!»

«Sieh mich an, Asiya!»Nasrin packte sie ungeduldig und unsanft an den Schultern. «Nun sieh mich an!»

Asiya hob zitternd den Kopf und Tränen liefen wieder über ihr Gesicht.

«Ich bin Naia und du kennst mich! Wenn ich ein Ziel vor Augen habe, werde ich es erreichen! Du hast es gewagt, zu mir zu kommen, also komme ich zu dir! Es gibt nur einen einzigen Weg und wir werden ihn gehen, ganz gleich, wie gefährlich er ist!»

Verzweifelt versuchte Asiya noch immer, Nasrin von ihrem Plan abzubringen. «Ihr wisst nicht, wohin Ihr geht! Ihr wisst nicht, was Euch dort erwartet! Die Straßen sind unsicher und überall lauern Diebe, die nur darauf warten, jeden auszurauben oder ihn gar umzubringen. Eine Frau wie Ihr ist ihnen hilflos ausgeliefert. Bitte, ladet nicht noch mehr Schuld auf mich, wenn Ihr Euer Leben dort verwirkt!»

Nasrin hielt inne. Asiya hatte recht. Sie war in Damaskus noch nie ohne einen Soldaten oder einen Diener unterwegs gewesen. Außerdem hatte ihr der Emir nur selten erlaubt, den *Bait* überhaupt zu verlassen. Und jetzt – ausgerechnet jetzt wollte sie das Viertel der Armen, Bettler und Diebe aufsuchen. Allein und mit wertvollem Schmuck in ihren Taschen. Es war tatsächlich ein wahnsinniger Plan.

Sie atmete tief durch und sagte trotzig: «Ich werde einen Weg finden. Und ich werde übermorgen bei dir sein. Jedes *Kismet* ist vorbestimmt, aber es kann auch, mit Allahs Hilfe, ein klein wenig verändert werden.»

Beschämt starrte Asiya sie an, doch Nasrin schüttelte bloß trotzig den Kopf und befahl mit weicher Stimme: «Geh jetzt und schickte nach dem *Hakim.*»

7

Asiyas Erscheinen, ihre flehenden Bitten und ihr Unglück ließen Nasrin nicht mehr zur Ruhe kommen und die Nacht über hatte sie kaum noch Schlaf gefunden.

Grübelnd saß sie am nächsten Morgen am Teich und blickte ins Wasser, wo unzählige Seerosen leuchteten und Fische sich tummelten. Sie dachte nach. Sie hatte Asiya ein Versprechen gegeben, das sie unmöglich einhalten konnte. Erst bei Tagesanbruch wurde ihr das bewusst, aber sie war trotzdem nicht bereit, die Frau im Stich zu lassen. Sie musste es schaffen, sie aufzusuchen, gleich wie.

Kareem würde ihr bestimmt die Türe, die auf die Straße führte, öffnen. Denn sie wusste, was er besser nicht getan hätte: Jemanden einlassen, der nicht zum *Bait* gehörte. Ein Vergehen, das ihm mehr als nur seine Arbeit kosten konnte. Er war dafür verantwortlich, dass alle Türen und Tore verschlossen waren und niemand eingelassen wurde. Allah allein wusste, wen er nachts sonst noch einließ. Freunde, Diebe, vielleicht gar eine Geliebte?

Nasrin hatte ihn in der Hand; sich aus dem Palast zu schleichen war nun ihre geringste Sorge.

Aber wie sollte sie unbehelligt durch die Straßen von Damaskus zu

Asiya gelangen? Wieder dachte sie an Kareem. Aber dann fiel ihr ein, dass der Gärtner sein rechtes Bein nachzog. Er hatte schon seit Geburt ein steifes Knie, hatte nie richtig laufen gelernt und daher konnte er im Palast nur einfache Arbeiten ausführen. Er würde ihr kaum eine Hilfe sein und falls sie vor Dieben fliehen mussten, würde er sicher ihr erstes Opfer werden.

Und die anderen Diener würden ihr, da sie dem Hausherrn ergeben waren, wohl kaum helfen. Nasrin verzweifelte. Es gab wirklich niemanden im Haus, der sie durch die Straßen und die Nacht begleiten konnte. Niemanden.

Bedrückt las sie einen kleinen Stein vom Boden auf und warf ihn in den Teich. Er hüpfte heiter über die Wasseroberfläche. Wellen breiteten sich ringförmig aus und schwappten leise an das Ufer. Nasrins Spiegelbild zerfloss, löste sich auf, so wie ihre Hoffnung, Asiya zu helfen. Sie konnte nicht allein durch die Stadt laufen, würde nicht einmal die Straße finden. Seufzend warf sie einen zweiten Stein ins Wasser, doch er sank bereits nach dem ersten Aufsetzen, und bald lag der Teich wieder ruhig und still da.

Hier hatten Asiya und Nasrin als kleine Mädchen oft gespielt, ihre Späße getrieben und die Fische geärgert – misstrauisch von Salma beobachtet, die es nicht mochte, wenn eine Emirtochter ihre Zeit mit dem Kind einer Dienerin verbrachte. Erst als Asiya begriff, dass sie die Tochter einer Bediensteten war, Nasrin hingegen das Kind des Hausherrn, kühlte ihre Freundschaft ein wenig ab. Und doch waren es glückliche, sorglose Zeiten gewesen und die Bilder der Vergangenheit blieben in ihren Gedanken zurück wie ein langsam verblassender Traum.

Erschrocken fuhr Nasrin hoch, als ein Krug klirrend auf dem Boden aufschlug, gefolgt vom wütenden Geschrei eines Mannes. Die Worte konnte sie nicht verstehen, aber die Stimme hatte sie sofort erkannt. Nur einer im Palast tobte und fluchte so: Jafar, der Stallmeister.

Nasrin stand von der kleinen, steinernen Bank auf und schlich neugierig auf ein dichtes Buschwerk zu, das, gleich einer Mauer, den Innenhof vor neugierigen Blicken schützen sollte. Es war Suleymans Wunsch gewesen, den größten Teil des Mauerwerks im *Bait* mit Hecken zu verzieren, um einem Besucher das Gefühl zu geben, in einem Garten und nicht in einer Stadt zu weilen.

«Du nichtsnutziger Tölpel! Möge Allah dir für diese Ungeschicklichkeit das Augenlicht nehmen!», donnerte Jafars Stimme über den Hof.

Nasrin lugte vorsichtig zwischen den Ästen eines Busches hindurch, dessen dichtes Laubwerk wegen der Dürre des vergangenen Sommers welk geworden war. Der Stallmeister zog gerade einen Diener am Ohr. Dem Jungen war ein tönerner Krug eingelegter Datteln aus den Händen gerutscht und auf den Boden gefallen. Der Saft bespritzte Jafars Kaftan und die süßen Früchte lockten die Bienen nun in Scharen an.

«Dafür wirst du bezahlen!», herrschte Jafar ihn an, ließ sein Ohr los und verpasste dem Jungen einen Tritt in den Hintern.

Nasrin verzog vergnügt die Lippen, während Jafars Kopf hochrot anlief. Sein Turban rutschte ihm in die Stirn und mit den Händen wild fuchtelnd, versuchte er, die Bienen zu verscheuchen, die sich auf die Datteln stürzten.

Der junge Diener begann hastig, Scherben und Früchte einzusammeln, während er verzweifelt gegen die summenden Insekten ankämpfte. Neben ihm stand ein hölzerner Wagen, gefüllt mit Krügen und Kisten, bereit, um abgeladen zu werden. Die Küche schien auf neue Lebensmittel zu warten.

Nasrin schmunzelte. Jafars hilflose Versuche, die Bienen zu verscheuchen oder ihnen gar zu entkommen, wurden immer ausgefallener. Er sprang auf, hüpfte, duckte sich, kroch gar und glich so einem Tänzer, der mit seinem massigen Körper die verrücktesten Figuren darzustellen versuchte, als ob er dafür einen Preis gewinnen würde.

«Sieh nur, was du angerichtet hast! Jetzt hast du die ausgehungerten Bienen der ganzen Stadt angelockt!», brüllte der Stallmeister.

«Es tut mir leid, Herr», jammerte der Junge entschuldigend, «aber der Krug ist mir plötzlich aus den Händen gerutscht und …»Er schrie auf, drehte sich um, eilte zu einem Brunnen und hielt die gestochene Hand in das kühlende Wasser.

Nasrin wollte sich gerade abwenden, als sie erstarrte.

Im Schatten des Hofes, an eine Mauer gelehnt, stand eine hochgewachsene Gestalt, hielt die Arme verschränkt und beobachtete regungslos das Geschehen, das sich um den Karren abspielte. Sie trug schäbige Kleidung und Nasrin wusste, dass nur ein Diener im Hause al-Dir so gekleidet war: der Christ. Seine Augen schienen selbst im Schatten zu leuchten.

«Du», stieß Jafar zornig hervor, als die Bienen endlich von ihm abgelassen hatten, und ging auf den Ungläubigen zu, «du, steh nicht einfach so herum, sondern hilf ihm, die Waren in die Küche zu bringen!»

Doch der Christ rührte sich nicht, sah den Stallmeister nur grimmig an.

«Hast du nicht verstanden? Du sollst die Sachen da in die Küche tragen!», fluchte Jafar, betastete vorsichtig seine Nase, die, von einem Bienenstich getroffen, bereits rot anschwoll und schmerzte.

Unmutig stieß sich der Ungläubige von der Mauer ab, trat in das grelle Sonnenlicht und schritt auffallend langsam auf den Wagen zu. Jafar verschwand währenddessen in Richtung Stallungen.

Im gleißenden Licht der erbarmungslos brennenden Mittagssonne erschien Nasrin der Christ, der unbeeindruckt zwischen den umherschwirrenden Bienen schritt, als würde er sie gar nicht wahrnehmen, noch strahlender. Es war für sie das erste Mal, dass sie ihn bei Tage sah. Seine Haut schimmerte wie ihr Kamm aus Elfenbein und seine Haare hatten die Farbe von Walnüssen; ein kaltes, helles Braun.

Scheinbar unverwundbar trat der Ungläubige an den Wagen, packte einen der tönernen Krüge, hob ihn mit Leichtigkeit hoch und ging barfuß, ohne Mühe, auf die Küche zu – vorbei an den süßen, klebrigen Datteln, die umschwärmt waren von summenden Bienen, vorbei am staunenden Diener, der ihn mit offenem Mund anstarrte.

Nasrin konnte ihre Blicke nicht von ihm abwenden und flüsternd erinnerte sie sich: «Er ist ein ungläubiger Sklave, aber auch ein Ritter und ein Krieger.» Und als sie diese Worte aussprach, wusste sie es. *Er* war es. Er würde sie nachts sicher durch Damaskus begleiten und zu Asiya führen. Er wusste zu kämpfen, er würde sie beschützen, und er würde schweigen. Allah hatte ihr Flehen erhört, obwohl sie nicht verstehen konnte, warum er ausgerechnet einen Ungläubigen zu ihrem Schutz ausgesucht hatte. Jetzt musste sie den Christen nur noch überreden.

Und sie war überzeugt, Allah würde ihr auch noch die richtigen Worte zuflüstern.

Ein kühler Nachtwind, der durch das offene Fenster in ihr Zimmer drang, ließ Nasrin aufgewühlt erwachen.

Sie war eingeschlafen. Dabei wollte sie doch wach bleiben, bis es im Haus still sein würde, um dann unbemerkt den Christen aufzusuchen. Sie musste das Versprechen, das sie Asiya gegeben hatte, erfüllen.

Müde blieb sie auf dem Bett liegen, starrte zur Decke, wo silbernes Mondlicht die Schatten der Palmen im Garten auf die bemalten Wände warf und seltsame Reigen tanzen ließ. Ein dünner Rauchfaden stieg in die Höhe und zeichnete ein geisterhaftes Gesicht in die Dunkelheit. Nasrin legte ihren Kopf zur Seite und sah auf den noch glühenden Docht des Öllämpchens, das eben erst ausgegangen war und sanft glimmte. Verträumt lauschte sie den Klängen der Nacht: Einsam sang eine Nachtigall und unzählige Grillen wetteiferten mit ihrem Gesang.

Nur nicht einschlafen, sagte sie zu sich selbst, jetzt nur nicht einschlafen.

Doch nicht mal ein Schluck *Bunchum* würde ihr helfen, diese Müdigkeit abzustreifen. Erst als ein weiterer Windhauch, gleich einer Feder, ihr Gesicht umschmeichelte, richtete sie sich auf. Sie trat an das geöffnete Fenster, blickte zum Himmel, wo die Sterne wie Diamanten in der Nacht funkelten und ein silberner Mond ihr hoffnungsvoll zulächelte.

Sie seufzte auf, wandte sich vom Fenster ab, griff nach einem wollenen Umhang, legte ihn sich um, schlich zur Tür und öffnete sie. Weiches Licht floss über die Fliesen und fiel auf Nasrins Abendmahl, das immer noch unberührt auf dem Tisch stand.

Sie folgte dem Gang, bog nach links ab, um nicht auf den Eunuchen zu treffen, huschte die Wand entlang. Vanilleduft drang ihr entgegen, als sie am Badehaus vorbeilief. Niemand war zu hören, friedlich lag die Stille der Nacht über dem Haus.

Bald hatte sie den verborgenen Gang erreicht und schlüpfte eilig hindurch. Klebrige Spinnweben streiften ihre Wangen. Mit einer hastigen Bewegung strich sie diese beiseite. Bevor sie den Garten betrat, hielt sie nochmal in einer Nische inne und lauschte in die Dunkelheit. Ein irrsinniger Plan, Nasrin! Es ist ein irrsinniger Plan! Und du bist verrückt, Nasrin!, versuchte eine warnende Stimme sie zurückzuhalten. Doch sie wollte ihr nicht zuhören. Stattdessen schloss sie für einen Moment die Augen und tauchte in die Dunkelheit des Paradieses.

Der Garten duftete nach Jasmin und nach frisch geschnittenem Zedernholz.

Schimmernde, hüpfende Lichter der Glühwürmchen flirrten durch die Luft. Irgendwo im Gebüsch blitzen die grünen Augen einer Katze auf, die sogleich erloschen, als Nasrin schattengleich weiter schlich, angelockt von den einladenden Flammen einer Fackel, die einen hellen Kreis auf das Mauerwerk der Stallungen zeichnete.

Vor dem Gebäude blickte sie sich nochmal um und betrat dann vorsichtig den Stall. Zunächst hüllte sie die Dunkelheit ein und nur der schwache Schein der Fackel warf von draußen ein wenig Licht auf den gepflasterten Boden.

Es war so still, dass Nasrin glaubte, ihr einziges Herz pochen zu hören. Sie spürte die Wärme der Pferde und atmete den würzigen Geruch der Stallung ein. Zögernd ging sie weiter. Mit jedem Schritt schien die drohende Dunkelheit das Licht zu verschlingen. Irgendwann blieb sie stehen. Lauschte. Neben ihr schnaubte ein Pferd friedvoll. Buruk musste auch hier stehen. Aber vielleicht war er bereits, zusammen mit seiner Mutter, bei den Herden draußen in den Steppen und würde erst in einem Jahr wieder zurückkehren. Unwillkürlich fiel Nasrin die abgesprochene Ehe mit Jamal ein und es gelang ihr nur schwer, den Gedanken an sie wie eine lästige Fliege zu verscheuchen. Sie musste jetzt diesen Christen finden und ihn davon überzeugen, sie zu begleiten. Noch hatte sie keine Ahnung, wie sie es anstellen würde, sie wusste nur, sie musste es schaffen. Asiyas Leben, das ihres Sohnes und ihre Ehre als Tochter des Emirs standen auf dem Spiel.

Die Dunkelheit erschien Nasrin wie der drohende, offene Rachen eines Raubtieres, dann wieder wie der verborgene Zugang zu einer anderen Welt – unheimlich und doch lockend. Zögernd überschritt sie die unscharfe Grenze zwischen dem spärlichen Schein der Öllampe und der unbekannten Schwärze und es war, als würde die Nacht sie aufnehmen und nicht mehr ans Licht zurückkehren lassen.

Ihr Herz pochte immer heftiger und sie spürte eine nie gekannte Anspannung und Aufregung. Doch dann stockte sie. Schritte kamen eilig näher und jemand betrat den Stall.

Rasch duckte sie sich hinter einen Bretterverschlag, wartete und lugte nach einigen Augenblicken behutsam hervor. Ein Lichtschein schwebte über den Boden; der Schatten blieb stehen. Nasrin kroch noch weiter in die Finsternis, als fürchtete sie jetzt mehr das Licht als die samtene Dunkelheit. Sie schloss ihre Augen und lauschte. Doch nichts war zu hören, nur das Scharren der Pferde, das Mahlen ihrer Zähne, als sie kauten, das Rascheln von Einstreu.

Vorsichtig kroch sie hinter dem Verschlag wieder hervor und zuckte zusammen, als sie den warmen Atem aus den Nüstern eines Pferdes spürte. Das Tier beschnupperte sie neugierig und Nasrin atmete erleichtert auf. Doch dann plötzlich hörte sie ein Schwirren, spürte die Hitze von Feuer, Licht blendete sie und erschrocken zuckte sie zurück.

«Was macht Ihr hier?», fragte eine Männerstimme hart. Diese Stimme und diese Aussprache – sie konnten nur einem gehören. Nasrin blinzelte ertappt in das Licht der Laterne und erkannte nur allmählich den aufragenden Schatten des Christen.

«Also, was macht Ihr so spät noch hier?», fragte er erneut und sah sie prüfend an. Erst jetzt bemerkte sie, dass er in der anderen Hand ein Holzscheit hielt, als wolle er jemanden erschlagen. Sie blickte den Ungläubigen mit großen Augen an. Im flackernden Licht tanzten Schatten über sein anmutiges Gesicht und verwandelten es in eine dämonische Fratze.

Angezogen von der Laterne, schwirrten auch schon die ersten Motten durch die Luft und verbrannten in der Flamme.

Nasrin stand langsam auf und wich zurück. Während sie versuchte, sich zu beruhigen, spürte sie, wie die fragenden Blicke des Christen sie wieder fesselten.

Er ließ das Holzscheit unerwartet fallen, trat näher und legte seine Hand auf die Kruppe des Pferdes. «Nun sagt mir endlich, was Ihr hier sucht! Ihr seid doch bestimmt nicht immer so schweigsam?»

Erstaunt über seine Worte, sah sie ihn unverwandt an und trat ein wenig vor.

«Kommt näher! Mabaruk ist nicht ungefährlich, er scheut leicht», fügte der *Kafir* in einem sanfteren Ton hinzu und streckte ihr die Hand entgegen.

«Mabaruk?»Nasrin runzelte die Stirn.

«Dieser Hengst», antwortete der Christ und klopfte erneut auf die Kruppe des Rappens, «hat heute morgen einen Stalljungen getreten. In dieser Ecke ist er liegen geblieben. Und ich glaube nicht, dass er in den nächsten Tagen arbeiten können wird!»

Ungläubig sah Nasrin das Pferd an. Es wirkte ruhig, hatte gutmütig dreinblickende Augen und seine Nüstern drückte es neugierig an ihre Schultern. Es roch an ihr. Dass es ein Hengst war, hatte sie nicht gewusst. Und als ob er es beweisen wollte, begann er aufgeregt mit dem Vorderhuf zu scharren, wieherte plötzlich tief und durchdringend. Sie schaffte es gerade noch, dem Huf auszuweichen und sich an dem Hengst vorbeizudrängen.

Das Pferd scharrte noch heftiger und blitzschnell packte der Ungläubige Nasrin am Arm, riss sie an sich, während der Rappe mit seinen Vorderhufen aufstieg. Erschrocken und gleichzeitig gefesselt von der Kraft des Hengstes, griff sie nach der Hand des *Kafirs* und drückte sich an ihn. Erst als das Pferd sich wieder beruhigt hatte, ließ sie ihn los.

Der Christ klopfte dem Hengst wieder beruhigend auf die Kruppe, ohne Nasrin aus den Augen zu lassen. «Nun, Ihr habt nicht geantwortet.» Er musterte sie fragend. «Was treibt Euch so spät in der Nacht hierher?» Als sie immer noch schwieg, wandte er sich seinem Lager aus Stroh und alten Pferdedecken zu. «Mabaruk hätte Euch schwer verletzen können. Oder noch schlimmer: Er hätte Euch gar töten können! Eine verletzte oder eine tote Emirtochter und ein Christ, mitten in der Nacht, hier in diesem Stall! Wie würde ich das wohl Eurem Vater erklären können?»

Nasrin rang mit sich und suchte nach Worten. Die Stimme der Vernunft befahl ihr, zu gehen, doch angetrieben von der Neugierde, harrte sie aus. Und auch die Blicke des Ungläubigen hielten sie zurück; sie hielten sie gefangen wie unsichtbare Ketten und Nasrin sah sich verlegen um. Auf einer Pferdedecke lag eine tönerne Schüssel mit kaltem Gerstenbrei, auf dessen Rand schon Fliegen sassen. Ein angebissenes Stück *Pitha* versank halb im Stroh, daneben stand ein Krug Wasser. Jemand hatte den Christen scheinbar während seines Abendmahls zur Arbeit gerufen.

«Solltet Ihr keinen besonderen Grund gehabt haben, hierherzukommen, dann solltet Ihr vielleicht wieder gehen», sagte der Christ nun gereizt und setzte sich. Er griff nach dem Krug.

«Warum schläfst du nicht – so spät in der Nacht?» Nasrin zwang sich, ihn wieder anzusehen.

«Weil nicht ich bestimmen kann, wann ich schlafen darf!», erwiderte er ungewöhnlich scharf.

Sein weites Hemd war jetzt über die rechte Schulter gerutscht und Nasrin entdeckte eine breite, dunkle Schramme, die von einem Stock herrühren musste. Ein blau-rot-schwarzer Bluterguss zog sich vom Hals des *Kafirs* über das Schulterblatt bis zum Rücken hin. Erst als er Nasrins Blicke spürte, richtete er sein Hemd.

«Was ist geschehen?», fragte sie leise und deutete mit dem Finger auf die Wunde an seinem Hals.

Ohne zu antworten, griff der Christ wieder nach dem Krug und trank, als hätte er unstillbaren Durst. Dann stellte er das Gefäß missmutig hin, dass es beinahe zu Bruch gegangen wäre, verzog die Lippen, starrte auf die speckig glänzenden Steine der Stallgasse und erwiderte mürrisch: «Die Euren sind in der Arbeit nicht so geübt, dafür mit dem Stock umso mehr!»

«Dann hast du bestimmt etwas getan, dass …»

«Was kümmert es Euch, was ich getan habe und was nicht!», fauchte er und sah sie zornig an.

Nasrin trat näher. Sie musste vorsichtig sein. Und klug. Sie, eine Tochter des Hauses al-Dir, musste einen Sklaven, einen Christen, einen Barbaren, einen Unwürdigen bitten, ihr zu helfen. Wie würde sie die richtigen Worte finden, wenn der *Kafir* voller Hass war und sein Herz verstockt?

«Wer hat dich geschlagen?», fragte sie und beugte sich ein wenig vor.

Nur langsam hob er den Kopf und sah zu ihr hoch. Gereizt und gefährlich. Sie hörte seinen Atem und roch seinen Schweiß.

«Es war der Hauptmann», erwiderte er, griff nach dem Krug und benetzte seine Wunde mit Wasser.

«Jamal al-Aziz?»

Der Christ nickte müde. «Ich möchte Euch bitten, jetzt zu gehen. Wenn Euch jemand hier sieht, wird es nicht bei diesen Schlägen bleiben!»

«Ich bin nicht gekommen, damit du mich wieder fortschickst», bemerkte Nasrin ungewöhnlich streng, von ihrem Mut selbst überrascht. Aber die Zeit würde knapp werden, sie musste ihn für sich gewinnen.

Er blickte verwundert auf. «Ich habe Euch nicht fortgeschickt, ich habe Euch darum gebeten. Vielleicht habt Ihr mich falsch verstanden, vielleicht liegt es daran, dass mein Arabisch noch unbeholfen klingt.»

«Ich habe dich sehr wohl verstanden, *Kafir*, und ich sage dir, ich bleibe!»Nasrin versuchte, ihre Unruhe zu verdrängen. Sie durfte jetzt nicht aufgeben, musste stark sein.

«Ich dachte, die Zierde einer muslimischen Frau sei es, sich sittsam zu benehmen und die Blicke zu senken!»

«Nicht einem Sklaven gegenüber, wie du es bist!», entgegnete sie trotzig.

«Auch wenn Ihr in mir einen Sklaven seht und Ihr glaubt, mir die Ehre genommen zu haben, so bin ich noch immer ein Ritter!»

Er wird mir nicht helfen, dachte Nasrin verzweifelt und Asiya und Faruq werden sterben.

Vielleicht war es wirklich ihrer aller *Kismet* – so zu leben und so zu sterben. Sie zögerte, wollte sich abwenden, dann sie sagte sie leise: «Ich – ich bin hier, weil ich die Hilfe eines Ritters brauche.»

Die Stille, die sie plötzlich umfing, war bedrohlich und erwartungsvoll zugleich, war voller Hoffnung und es schien, als wären die Pferde, ihr Schnauben, die Stallungen, die Dunkelheit unwirklich und nur Teil eines wirren Traumes.

Der Christ erhob sich langsam, ohne seine Blicke von ihr abzuwenden und Verwunderung zeichnete seine Gesichtszüge. Nasrin zog verlegen die Kapuze des Mantels tiefer in die Stirn und bemühte sich, ihre Aufregung zu verbergen. War sie es wirklich, die diese Worte ausgesprochen hatte? Sie zuckte zusammen, als der Schatten des Sklaven sich über sie legte. Er schien im Schein der Laterne zu wachsen.

«Verzeiht», begann er ungewöhnlich ruhig, «ich glaube, ich habe Euch nicht richtig verstanden. Ausgerechnet Ihr bittet mich, Euch zu helfen?»

Wollte er sie verspotten, sie erniedrigen oder sich über sie lustig machen? Sie hob den Kopf,und ungeduldig erwiderte sie: «Wenn die Zunge eines *Nasranî* immer solche Worte voller Spott und Hohn spricht, sollte man sie ihm vielleicht herausschneiden, damit sie nie wieder lästern kann!»

Ich habe mich in ihm getäuscht, dachte sie verärgert und traurig zugleich. Es würde keine Rettung für Asiya und ihren Sohn geben. Sie drehte sich um und wollte die Stallungen verlassen.

«Bleibt», rief er ihr plötzlich nach. «Ihr habt mir noch nicht gesagt, wie ich Euch helfen soll. Bevor Ihr mir also die Zunge herausschneiden lasst, solltet Ihr noch warten, was ich Euch antworten werde. Ohne sie werdet Ihr es nie erfahren.»

Dieser Stolz, dieser Mut!

Nasrin blieb stehen und ihre Verachtung für ihn verwandelte sich in Bewunderung. Vor ihr stand ein Rechtloser, ein Unfreier, ein Christ, und doch sprach er aus, was er dachte und fühlte und nichts an ihm erinnerte an die Demütigungen und Erniedrigungen. Waren alle Christen so? Oder wagte er nur so zu sprechen, weil sie eine Frau war?

«Du würdest dich nicht fürchten, deine Zunge zu verlieren?»Sie drehte sich um, blickte ihn neugierig an.

«Ich habe nichts mehr zu befürchten. Denn ich habe Menschen gesehen, die einander Dinge antun, die Ihr mir nicht glauben würdet», erwiderte er voller Bitterkeit. «Grausame und ehrlose Dinge. Da ist das Herausschneiden einer Zunge, um einen Mann zu verstümmeln, eine Gnade!»

Nasrin schwieg bedrückt.

«Aber Ihr seid nicht gekommen, um mit mir darüber zu reden», fügte der Christ hinzu. Er stand nun genau vor ihr und plötzlich erschien seine Gestalt nicht mehr wie eine Bedrohung, sondern wie ein Schutz, hinter dem sie sich verstecken konnte. Sie schüttelte den Kopf, sah wieder Asiya, ihr eingefallenes, trauriges, totengleiches Gesicht.

«Ich brauche deine Hilfe», stieß sie hervor.

«Ihr wiederholt Euch!»Er sah sie ungeduldig an.

«Und du hast eine respektlose, spitze Zunge!»

«Ihr seid nicht die Erste, die das sagt! Wenn es so ist, dann lasst sie mir doch herausschneiden!»

Er ist deine einzige Hoffnung, sagte sie zu sich selbst und versuchte, ihre Verärgerung zu unterdrücken. Tu so, als ob du ihn nicht verstanden hättest!

Ohne auf seine Worte einzugehen, fragte sie: «Wie gut kennst du dich in Damaskus aus?»

Er zuckte mit den Schultern. «Ein wenig – die Stadt ist groß. Und ich bin nur ein Fremder hier.»

Nasrin zögerte. Schließlich sagte sie leise: «Ich brauche jemanden, der mich durch Damaskus begleitet.»

«Einen Begleiter?»Der *Kafir* verzog verwundert den Mund. «Euer Vater hat doch genügend Diener, die Euch begleiten können.»

«Aber es darf keiner von ihnen sein!», erwiderte sie beinahe schüchtern, «und mein Vater – er darf nichts davon erfahren.»

«Ihr wollt das Haus also ohne die Erlaubnis des Emirs verlassen? Wozu? Ihr wollt doch nicht etwa fliehen?»Er lächelte zunächst belustigt, doch als er merkte, dass es ihr ernst war, fragte er: «Erzählt, was habt Ihr vor?»

Und Nasrin erzählte. Von Asiya, vom Unglück, das ihr widerfahren war. Und von ihrem Versprechen. Sollte der Ungläubige von ihr denken, was er wollte – sie wusste, ihr Vorhaben war edel. Edel, unüberlegt und gefährlich.

Schweigend und regungslos lauschte er ihren Schilderungen und als sie geendet hatte, sagte er nachdenklich: «Und niemand kann also mit Euch gehen und auch niemand darf es erfahren.»

Nasrin nickte kaum merklich.

«Und darum wendet Ihr Euch an mich. An mich, einen», er zögerte, suchte nach den richtigen Worten, dann blickte er sie unverwandt an, «einen Sklaven. Selbst die Tatsache, dass ich ein Christ bin, in Euren Augen gar ein Barbar, ein Ungläubiger, schreckt Euch nicht ab?»

Nasrin nickte wieder.

Er schwieg lange, wandte seinen Kopf zur Seite, dem Licht der Laterne zu. «Vielleicht sollte mich Euer Vertrauen ehren, vielleicht sollte ich stolz darauf sein. Vielleicht aber sollte ich Euch jetzt wegschicken. Denn Euer Vorhaben ist dumm, riskant und töricht!»

Nasrin sah wütend zu ihm auf und am liebsten hätte sie ihn für diese Worte geschlagen. Ihr Lippen bebten vor Enttäuschung, als sie erwiderte: «Hätte ich gewusst, welch furchtsames Herz in euch *Nasranî* schlägt, wie wenig euch das Wort ‹Barmherzigkeit› bedeutet, ich wäre eher zu einem Hund gegangen, als dich um Hilfe zu bitten! Ich habe mich in dir getäuscht! Hier finde ich nicht, was ich hoffte zu finden!»Aufgewühlt wandte sie sich zum Gehen. Wie sie ihn für seine Feigheit hasste, wie sie ihn verachtete! Wie konnte sie nur je Mitleid für ihn empfinden? Er war es nicht wert!

Sie drehte sich um, als der Christ sie am Arm packte, sie zurückhielt und mit funkelnden Augen ansah.

«Jeder Eurer Diener weiß – falls Ihr ihn darum bitten würdet, mit Euch zu gehen – , wie gefährlich es werden könnte! Ich weiß, Ihr haltet mich für feige! Aber seid Ihr es nicht auch? Fragt doch Euren Vater oder den Hauptmann, ob er Euch begleitet! Würdet Ihr es tun, um diese Menschen zu retten? Würdet Ihr?»Sein Arabisch wurde fehlerhafter, je zorniger er weitersprach. «Warum seid Ihr wohl zu mir gekommen? Weil Ihr hofft, dass ich nichts verraten werde, weil Ihr vermutet, dass ich schweigen werde. Bei Christus und meiner Ehre, Ihr habt recht! Ich werde schweigen, ich werde nichts verraten! Aber ich bin nicht feige! Eure Diener werden vielleicht entlassen, aus dem Haus gejagt, wenn sie entdeckt werden! Für mich aber würde es den Tod bedeuten! Habt Ihr je daran gedacht?»Er atmete wütend und ließ ihren Arm los.

Nasrin stockte und sah ihn mit großen Augen an. Sie hatte es verdrängt, hatte immer nur an Asiyas Schicksal gedacht und nicht daran, was geschehen würde, sollten sie entdeckt werden. Nun, der Emir würde toben, mit seiner Tochter fürchterlich schimpfen und sie für Tage oder Wochen in ihr Zimmer verbannen. Eine milde Bestrafung, die bald vergessen war. Aber der *Kafir*, er würde weit schlimmer bestraft werden und vielleicht wirklich einen grausamen Tod sterben.

Nasrin rieb sich verlegen den Arm. Sie spürte, dass die kräftigen Finger des Mannes trotz des Mantels Spuren auf ihrer Haut hinterließen. Beschämt nickte sie. «Du hast recht, ich kann dir nicht befehlen, mich zu begleiten und ich werde es auch nicht von dir verlangen. Ich glaubte nur, dass du mich verstehen würdest. Da ich mich getäuscht habe, werde ich allein gehen. Aber Allah der Gütige wird seine schützende Hand über mich halten und mich führen!»

Schwermütig schritt sie auf den Ausgang des Stalles zu.

«Wartet!»

Sie hörte seine Stimme, doch sie blieb nicht stehen.

«So wartet doch», rief er noch mal und unerwartet sanft fügte er hinzu: «Ich stehe in Eurer Schuld.»

Erst jetzt blieb sie stehen, ohne sich umzudrehen.

«Ihr habt Euch beim Emir für mich eingesetzt. Ich möchte nicht, dass Ihr mich für undankbar oder mutlos haltet. Unsere Wege sind vorbestimmt und unabänderlich. Daher», er zögerte, und als er weitersprach, klang seine Stimme noch milder, «daher werde ich Euch begleiten.»

Nasrin schloss erleichtert die Augen.

Es war, als wären die Sorgen der ganzen Stadt von ihr gefallen. Sie wollte sich umdrehen, wollte ihm danken, doch dann spürte sie, wie Tränen in ihren Augen brannten. Tränen des Glücks und der Freude. Trotzdem – er sollte sie nicht sehen.

Beherrscht erwiderte sie: «Morgen Nacht, wenn alle schlafen, werde ich an der kleinen Tür, die in den Garten führt, auf dich warten. Wenn du nicht kommst, werde ich allein gehen.»

Dann eilte sie aus dem Stall, um nicht die Besinnung zu verlieren.

8

Die Straßen von Damaskus waren trotz später Stunde noch belebt und Laternen beleuchteten jene Gassen der Stadt, wo die prächtigen *Bait*s der hohen, wohlhabenden Familien standen.

Nasrins Blicke musterten aufmerksam jeden vorbeieilenden Schatten, während sie mit ihrem hochgewachsenen Begleiter durch die Straßen huschte und jetzt der *Shari'a Bab Shagri* folgte. Es war die Hauptstraße, die vor Tausend Jahren von den römischen Erobern erbaut wurde; nun erzählten nur noch vereinzelte Ruinen von ihrer einstigen Pracht. Über Jahrhunderte hinweg dienten ihre Steine und Säulen den Häusern und Palästen der Stadt als Baumaterial.

Ein mächtiger Torbogen von damals ragte, wie ein mahnender Zeuge der Geschichte, immer noch beeindruckend in die Höhe, auch wenn die Spuren der Zeit deutlich sichtbar waren. Im Dämmerlicht eines anbrechenden Tages oder einer hereinbrechenden Nacht schien es manchmal, als würde er jeden Augenblick zum Leben erwachen, um wieder einen gewaltigen Triumphzug der römischen Eroberer zu empfangen, der unter ihm hindurchmarschierte.

Nasrin trug einen alten, schäbigen Umhang; so konnte niemand in ihr die Emirtochter vermuten. Sie sah aus wie eine einfache Frau, eine Dienerin oder eine Sklavin. Sklaven waren in dieser Stadt so zahlreich wie streunende Hunde und keiner interessierte es, wer sie wirklich war und welches Ziel sie hatte. In gebührendem Abstand folgte ihr der Christ.

Kareem hatte Nasrin bereitwillig den Schlüssel für die hintere Pforte gegeben, als sie ihm vom nächtlichen Besuch Asiyas erzählte. Er war ein einfacher Gärtner und sie wusste, er würde schweigen, denn neben seinem verkrüppelten Bein hatte ihn Allah auch noch mit einem wortlosen Mund gestraft – er war stumm. Und er war allein, mittellos und somit auf die Großmut des Emirs angewiesen.

Und der Christ? Würde er wirklich nichts verraten? Vielleicht würde ihm ein Verrat Vorteile bringen: ein angenehmeres Leben, besseres Essen, bessere Unterkunft und, wenn die Kriege endlich vorüber waren, gar die Freiheit. Bis jetzt hatte er geschwiegen und nun begleitete er sie durch die Nacht. Es war eine ihr fremde Nacht mit fremden Lauten, Gerüchen, Bildern, Stimmungen. Nicht friedlich und wohl duftend wie der Garten des *Bait,* sondern unheimlich, schmutzig, bedrohlich.

Vorsichtig, damit der Christ es nicht sehen konnte, griff sie unter ihren Umhang, um sich zu vergewissern, dass sie den Schmuck noch immer auf sich trug. Wusste er davon, würde er sie vielleicht berauben und fliehen. Wer konnte schon ahnen, was im Kopf eines Ungläubigen vor sich ging?

Unauffällig blickte Nasrin sich um, um zu sehen, ob der Christ noch da war und hob ein wenig den *Niqab*. Schweigend und wachsam, mit erhobenem Kopf, folgte er ihr. Seine stolze Erscheinung passte nicht zu einem Unfreien, nur seine abgetragene Kleidung und seine nackten Füße erinnerten an einen Sklaven oder einen Bettler.

Die beiden nächtlichen Wanderer bogen in eine weitere der unzähligen Gassen ein. Bald würden sie den Stadtrand erreicht haben, wo die Laternen immer spärlicher brannten und die Bewohner es vermieden, um diese Zeit ihre Häuser zu verlassen.

Nasrin zog ihren Umhang tiefer ins Gesicht, als sie glaubte, an der Ecke einen Schatten entdeckt zu haben. Auch der Christ schien etwas zu bemerken und lief jetzt dicht hinter ihr. Sie spürte seine Gegenwart – beschützend und bedrohlich zugleich.

Nasrin versuchte, sich an Asiyas Worte zu erinnern: Ärmliche, einfache Häuser und Hütten würden ihr den Weg weisen, Unrat und Schmutz die Gassen säumen und streunende Hunde, die sich um Abfälle stritten, sie zu Asiyas Behausung begleiten. Und Nasrin glaubte, Hunderte von Augenpaaren zu spüren, die auf ihr ruhten und ihr folgten, als sie weiter in das Labyrinth der Armut eindrangen.

«Ich halte Euer Vorhaben noch immer für töricht», hörte sie den Christen plötzlich flüstern.

«Wenn du umkehren willst, werde ich dich nicht aufhalten», erwiderte sie trotzig und schritt unbeirrt weiter.

Er folgte ihr schweigend und bald umhüllte sie die Dunkelheit ganz. Irgendwo knurrte ein Hund hinter einem Verschlag, ein anderer rannte schattengleich, mit lautem Gebell, an ihnen vorbei und verschwand an der nächsten Biegung. Fast sehnte sich Nasrin jetzt nach der Stimme des Ungläubigen, deren Klang sie in diesen unheimlichen Gassen wie ein Licht führte. Fast war sie glücklich, ihn in ihrer Nähe zu wissen.

«Warum hast du dich doch entschieden, mich zu begleiten?», erkundigte sie sich und noch bevor sie zu Ende gesprochen hatte, bereute sie, ihm diese Frage gestellt zu haben. Doch sie wollte einfach dieses bedrückende Schweigen brechen und ihre Angst verscheuchen, die sie begleitete, seit sie den *Bait* verlassen hatte.

«Ich hoffte, Ihr würdet es Euch anders überlegen! Ich hoffte wirklich, Ihr würdet nicht so töricht sein und hierherkommen!», erwiderte er gereizt.

«Und warum begleitest du mich dann doch?»

«Ihr wisst es genau! Ich schulde Euch etwas!»

«Es gibt nichts, was du mir schuldest!»

«Ihr habt Euch beim Emir für mich eingesetzt. Und dafür schulde ich Euch Dank!»

Nasrin griff an den Saum ihres *Khimaar*, um ihn tiefer in die Stirn zu ziehen. «Woher weißt du, dass ich es war?»

«Ich weiß es eben!», entgegnete er abweisend. Scheinbar war er nicht gewillt, ihr mehr zu verraten.

Trotzdem fragte sie nach einer Weile neugierig: «Wie kommt es, dass du so gut arabisch kannst?»

«Ich lernte es, um zu überleben.»Seine Stimme klang noch immer eisig.

Sie sah sich um, versuchte, seine Gesichtszüge auszumachen, doch es war zu dunkel. Wie aus dem Nichts tauchte eine Katze auf und sauste fauchend an ihnen vorbei. Erschrocken wich Nasrin einen Schritt zurück und konnte es nicht mehr vermeiden, mit dem Ungläubigen zusammenzustoßen. Sie erstarrte, als sich ihre Körper berührten. Auch der Atem des Christen schien zu stocken.

«Wo hast du arabisch gelernt? In deinem Land?», stammelte sie und schritt hastig vorwärts.

Der Christ folgte ihr. «Ich hatte einen arabischen Diener. Er hat mir einige Worte beigebracht», antwortete er.

«Du hattest einen Diener?»Nasrin biss sich auf die Lippen, als ihr bewusst wurde, dass auch er eine Vergangenheit hatte. Auch dieser Christ war mal ein freier Mann gewesen.

«Und ich war in Akkon», ergänzte er bitter und hielt inne, als wollte er sich nicht mehr daran erinnern. Doch nach einer Weile fügte er hinzu: «Ich war in Akkon. In einem Kerker!»

Auch dies hatte sie verdrängt: Dass er monatelang im Gefängnis saß, bevor er zu ihrem Vater nach Damaskus gebracht wurde. Nur Allah allein und der Christ selbst wussten, was dort vorgefallen war, welche Not er gelitten hatte.

«Wie nennt man dich eigentlich? Du hast doch einen Namen?»Nasrin verlangsamte ihren Schritt, bis er sie eingeholt hatte und nun neben ihr ging.

«Ihr fragt viel!», erwiderte er schroff. «Ihr seid es gewesen, die mir meinen Namen genommen habt.»

«Ich?»Nasrin musterte ihn fragend an.

«Die Euren. Euer Hauptmann!»

«Und wie hast du zuvor geheißen?»

«Bernhard!»

«Bern'ard? Einfach nur Bern'ard? Und weiter?», fragte sie erstaunt. Den Namen auszusprechen, seine Laute richtig wiederzugeben, schien ihr Schwierigkeiten zu bereiten. Wie seltsam!, dachte sie. Muslime tragen wohlklingende Namen, die ihre Ahnen und gleichzeitig ihr Geschlecht ehren, so wie bei ihrem Vater: Suleyman Ibn Masud Talib Ibn Nusair Ibn Kardal Ibn Asadel Sharif al-Dir. Ein großer, edler Name, ein eindrucksvoller Name. Bern'ard hingegen klang nüchtern ....

«Bern'ard? Dein Name klingt so merkwürdig.»

«Nicht merkwürdiger als Eure Namen für uns!»

«Also einfach nur Bern'ard?», hakte sie ungeduldig nach. Ein störrischer Esel von der Stelle zu bewegen, wäre wohl einfacher gewesen als diesen verschlossenen *Kafir* dazu zubringen, mehr preiszugeben als nötig.

«Bernhard von Markward.»Diesmal war er es, der sie anblickte.

Nasrin versuchte sich vorzustellen, woher er kam, wie er als freier Mann wohl gelebt hatte, was er alles verloren hatte – eine Frau, Kinder, Land? Bernhard von Markward, der Ritter eines großen Herrschers aus einem fernen Land, ein Christ, vielleicht ein adeliger Ehrenmann. Und jetzt ein Sklave. Allah hatte diesen Weg für ihn bestimmt.

«Und warum glaubst du, man hätte dir deinen Namen weggenommen?»

«Ihr habt mich zu einem Rechtlosen, zu einem Unfreien gemacht», erwiderte er vorwurfsvoll.

«Und du – du bist in ein Land gekommen, das nicht dir gehört!»

«Es wäre mir lieber gewesen, wenn Ihr mich getötet hättet!», zischte der Christ, ging auf sie zu und beugte sich bedrohlich über sie.

«Jamal al-Aziz wird dir diesen Wunsch schneller erfüllen, als du dir vorstellen kannst! Er will deinen Tod!»Aufgebracht schob Nasrin das Kinn vor.

«Jamal», knurrte er aufgewühlt und voller Verachtung, «ist er so mächtig?»

«Er ist der Hauptmann der Stadtwache! Er sorgt dafür, dass die Menschen in dieser Stadt in Frieden leben können!»Sie wusste selbst nicht, warum sie ihn verteidigte. Vielleicht wollte sie nur deswegen das Bild ihres zukünftigen Gemahls schönen, um ihr Los leichter zu ertragen.

Er schüttelte verächtlich den Kopf. «Keiner kann in Frieden leben, solange es Manner wie Jamal gibt. Er ist ein gemeiner Hund und verdient es nicht, Euer Haus zu betreten.»Respektvoll fügte er hinzu: «Aber Euer Vater ist ein guter, weiser und ehrenwerter Mann.»

«Und was erzeugt soviel Hass zwischen euch?»

«Ich bin ein Christ – versteht Ihr jetzt?»

«In dieser Stadt leben unzählige christliche Sklaven. Aber keinen von ihnen scheint Jamal so zu hassen wie dich. Das kann nicht der einzige Grund sein. Also, was ist es?»

«Glaubt mir, er behandelt jeden Christen gleich abschätzig. Bevor er mich zum Emir brachte, hatte ich am eigenen Leib seine Verachtung und Macht zu spüren bekommen. Im Gefängnis im Damaskus.»

Nasrin stutzte. «Ich dachte, du wärst von Akkon direkt in den *Bait* meines Vaters gebracht worden. Aber warum …»

«Zwei Tage», fiel Bernhard ihr ins Wort, «zwei lange Tage voller Demütigungen im Kerker Eurer Stadt. Er war es, der mir das Halseisen anlegen ließ.»Er schwieg lange, bevor er schließlich nachdenklich bemerkte: «Wir sollten uns jetzt beeilen, Eure Dienerin erwartet Euch bestimmt schon ungeduldig.»

In Nasrins Kopf tobte es. Welchen Grund hatte der Hauptmann gehabt, ihn noch zwei Tage im Kerker von Damaskus festzuhalten und einen Befehl des Sultans zu missachten? Entschlossen, alles zu erfahren, blieb sie stehen.

«Jamal wollte etwas von dir», begann sie scharf und versuchte ihm, den Weg zu versperren. Doch er lief mit großen Schritten an ihr vorbei auf das einsame Licht am Ende der Gasse.

«*Farflough* … Himmel noch eins!», fluchte er. «Warum seid Ihr bloß so neugierig?»

«Er wollte etwas von dir! Er wollte etwas von dir wissen!», rief sie ihm nach.

Erst jetzt blieb er stehen, drehte sich wütend um und wartete, bis sie ihn eingeholt hatte. «Ja, bei der Heiligen Mutter Gottes, das wollte er!»

«Dann sag mir was!», drängte sie.

«Werdet Ihr dann schweigen?»

«Ja! Ich schwöre es!», beteuerte sie eifrig, obwohl sie wusste, dass sie ihr Wort nicht halten würde.

Sein Blick war starr auf sie gerichtet, als er entgegnete: «Er glaubt, ich habe seinen Bruder getötet!»

Nasrin riss die Augen auf und ungläubig hauchte sie: «Was?»

«Er verdächtigt jeden, der aus Akkon kommt, der Mörder seines Bruder zu sein! Weiß die Hölle, warum!»

Sie spürte, wie sich ihr Magen zusammenzog. Ihr wurde übel und sie glaubte, sich übergeben zu müssen. Ihre Gedanken rasten. Das Gesicht eines jungen Mannes tauchte aus der Dunkelheit auf: Hussein.

«Und hast du?»Nasrins Stimme bebte. Stand sie wirklich dem Mörder ihres Verlobten gegenüber? War er ausgerechnet der Mann, den sie um Hilfe gebeten hatte und der sie nun durch die nächtliche Stadt führte, an ihrem Unglück schuld?

Als er schwieg, trat sie näher. Die Angst wich einem unbeschreiblichen Zorn und erneut zischte sie: «Hast du es getan? Hast du ihn umgebracht?»

«Was geht es Euch an? Ihr habt mir geschworen, zu schweigen!»

«Ich, Nasrin aus dem Haus al-Dir, frage dich, ob du Hussein al-Aziz getötet hast!»

Bernhard sah sie verwirrt an. «Welches Spiel treibt Ihr? Hat Jamal Euch beauftragt, mich auszufragen?»

Nasrin schlug zu. Sie traf seine Wange, hämmerte mit Fäusten auf seine Brust.

Bernhard griff nach ihren Händen, hielt sie fest und der unerwartete Schmerz raubte ihr fast die Besinnung. Tränen traten ihr in die Augen, doch sie wusste nicht, ob sie von der Erinnerung an Hussein, von dem eisernen Griff des Christen oder von der Möglichkeit, dass er der Mörder ihres Verlobten war, herrührten.

«Nennt mir einen Grund für diese Schläge.»Er hielt sie noch fester. Seine Augen funkelten zornig.

Sie sah ihn an, als sie flüsterte: «Hussein al-Aziz sollte mein Mann werden.»

Er ließ sie los, so schnell, als stünde sie in Flammen, als wäre sie aus Feuer und stolperte zurück.

«Hast du ihn getötet?»

Er schüttelte den Kopf. «Ich habe so viele Männer getötet, dass ich aufgehört habe, sie zu zählen. Ich bin es leid, zu töten.»

«Bei Allah, ich frage dich nur: Hast du Hussein al-Aziz getötet?»

«Bei der Heiligen Jungfrau, ich weiß es nicht! Ich weiß nicht, wen ich in Akkon getötet habe. Viele Männer starben auf beiden Seiten und ich erinnere mich an keines ihrer Gesichter.»

Er streckte ihr seine Hände entgegen, und die Haut schimmerte hell und unbefleckt. «Ich habe mit diesen Händen schon so viele Männer getötet, dass es noch für ein weiteres Leben reichen würde!»

Seine Worte schnürten Nasrin den Atem ab, ein unsichtbarer Ring aus Eisen schien sich um ihre Brust zu legen. Sie glaubte, zu ersticken und ein Irrbild narrte ihre Sinne: Blut schien plötzlich über die Hände des Christen zu fließen, und aus dem Rinnsaal wurde ein Strom.

Bis zu Asiyas Behausung liefen sie schweigend nebeneinander her.

Nasrin wusste nicht, was sie von Jamals Vermutungen halten sollte. Sie hätte von Bernhard gerne die Wahrheit über den Tod ihres Verlobten erfahren, um endlich Frieden zu finden.

Erst als sie das schäbige, aus Brettern zusammengebaute Häuschen erreicht hatten, blickte Nasrin ihren Begleiter wieder an und in seinem

Gesicht glaubte sie die Antwort zu finden: Er war ehrlich zu ihr gewesen, seine Verzweiflung nicht gespielt. Wahrscheinlich hatten ihn die schrecklichen Erlebnisse wirklich müde gemacht; er versuchte zu vergessen und hoffte auf Erlösung durch seinen Gott. Und vielleicht fügte er sich darum in sein Schicksal, verstand sein irdisches Dasein als Busse, auch wenn sein Seelenheil in alle Ewigkeiten verwirkt war.

Das Haus – eher ein erbärmlicher Verschlag – lag in einem von Unrat übersäten Stadtteil von Damaskus. Es bestand höchstens aus einem kleinen Raum, gerade groß genug für einen Bewohner, aber viel zu klein für Mutter und Kind. Asiyas Behausung war viel schlimmer, als Nasrin es sich vorgestellt hatte. Nur die Ärmsten der Armen lebten so. Dagegen war der Palast ihres Vaters ein wahres Paradies.

Zögerlich klopfte Nasrin an die Tür und das flackernde Licht, das hinter den einfachen Vorhängen eines Fensters schimmerte, bewegte sich im Nachtwind. Ein Schatten huschte vorbei, das Schloss sprang knarrend auf und ein schmaler Lichtstrahl floss auf die schmutzige Straße.

Ein Paar rot unterlaufener Augen blickte die nächtlichen Besucher an.

«Ich habe Allah beschworen, Euch nicht hierher zu führen!», begrüßte Asiya Nasrin. Sie zog entsetzt den *Khimaar* über den Kopf, als sie den Mann bemerkte, der neben der Emirtochter stand. Seine Erscheinung jagte der Dienerin Angst ein.

«Ein Dämon», flüsterte sie.

«Sei unbesorgt, er ist nur ein Christ, ein Sklave», beruhigte Nasrin sie und trat entschlossen ein.

«Ein Christ begleitet Euch?», fragte Asiya ungläubig. «Ihr seid mit einem christlichen Sklaven gekommen?»

«Er gehört meinem Vater. Wo ist der *Hakim*? Und wo ist Faruq?» Nasrin sah sich um.

Noch bevor Asiya, die ihre Blicke nicht von dem Fremden abwenden konnte, antwortete, ertönte aus dem Nebenzimmer ein klägliches Husten. Hinter einem dünnen Vorhang lag auf einer Holzbank ein Junge. Schweißperlen glänzten auf seiner Stirn, seine Augenlider zitterten, die Wangen waren eingefallen, die Haut aschfahl. Nasrin schauderte.

Von draußen drang kühle Nachtluft ins Haus.

«Komm endlich rein!», forderte die Emirtochter den Christen gereizt auf. «Der Zug ist Gift für den Jungen!»

Nur unwillig gehorchte er ihr, trat vor, duckte sich und spähte in das Zimmer. Die Schatten des Lämpchens geisterten über sein Gesicht. Er schwieg, die Augen auf den Vorhang geheftet, hinter welchem das kranke Kind lag.

«Ich werde draußen warten», beschloss er und zog sich zurück.

Sichtlich erleichtert machte Asiya die Tür hinter ihm zu.

Bernhard sah zu, wie die Schatten der beiden Frauen über den Stofffetzen, der das Fenster verhängte, huschten. Er lehnte sich an die Mauer des gegenüberliegenden Hauses, verschränkte seine Arme und wartete. Noch immer erfüllten ihn Wut und Hass. Noch immer spürte er den Schlag der Emirtochter im Gesicht. Mit Leichtigkeit hätte er ihr das Genick brechen können, so wie er es in zahlreichen Schlachten mit seinen Feinden getan hatte. Aber der Blick ihrer Augen genügte, um wieder zur Besinnung zu kommen.

Ihre Fragen beschworen jene Ereignisse herauf, die er längst zu verdrängen und zu vergessen versuchte. Er bewunderte sie, sah ihr heimlich nach, wenn sie durch den Garten spazierte und immer häufiger ertappte er sich dabei, dass er an sie dachte. Denn sie war die einzige im Haus des Emirs, die ihn wie einen Menschen behandelte. Sie war die einzige, die nach seinem Namen fragte. Sie war es auch, die den Emir gebeten hatte, ihm die Kette abzunehmen. Er war ihr für all das dankbar und er zollte ihr Respekt dafür, dass sie sich so selbstlos für eine mittellose Bettlerin einsetzte und bereit war, sogar den Zorn ihres Vaters auf sich zu laden, sollte dieser davon erfahren. Sie hatte ihre Furcht vor ihm, dem *Kafir,* überwunden, ihn aufgesucht und gebeten, sie zu begleiten. Sie war mutig. Je länger desto mehr erinnerte sie ihn an eine andere Frau. An eine Frau, die zu einem anderen Leben gehörte. Zu seinem früheren Leben, das jetzt zerstört war, in den Staub getreten.

Er sah ihr Gesicht vor sich. Agnes' Gesicht: ihre langen, honigblonden Haare, die strahlenden Augen, ihr warmes Lächeln. Und voller Sehnsucht schloss er die Augen, die plötzlich brannten. Sein Eid fiel ihm wieder ein, der ihn so weit gehen ließ. Dieses Gelöbnis, das seinen Schmerz nicht linderte, sondern sein Leben noch trostloser machte. Es wurde ihm deutlich, welche Last er sich selbst auferlegt hatte und dass diese ihm nie erlauben würde, zu vergessen und zu verzeihen.

Und nun war Nasrin in sein Leben getreten, gleich einem strahlenden Licht, das die Dunkelheit und die Gräuel der Kerker von Akkon vertrieb, gleich einer Sonne, von der er glaubte, sie niemals mehr zu sehen. Als Salah ad-Din ihn nach Damaskus schickte, hatte er mit allem gerechnet: mit weiteren Qualen, mit unzähligen Jamals, nur nicht mit ihr. Sie war ein Engel, vom Allmächtigen geschickt, und trotzdem eine weitere Strafe. Sie war eine Muslimin, eine Heidenfrau, eine Feindin, die sein Schicksal noch bitterer schmecken ließ, denn allein bei ihrem Anblick regte sich ein gefährliches, verzehrendes Gefühl in ihm. Die Sünde, die er auf sich geladen hatte und für die der Herr ihn so strafte, musste schwerwiegender sein als er je vermutete!

Eilige Schritte, die näher kamen, brachten Bernhard wieder in die Wirklichkeit zurück. Eine dunkelgekleidete Gestalt steuerte auf das Haus zu und er drückte sich noch tiefer in den Schatten der Lehmwand.

«Wo ist der *Hakim*?»Nasrin legte hastig ihren Umhang ab und trat an das dürftige Bett des Jungen, der von heftigem Fieber geschüttelt wurde.

«Er wird nicht kommen», flüsterte Asiya und blickte sorgenvoll auf ihren Sohn.

«Hast du ihm nicht gesagt, dass er bezahlt wird?»

Ein Schluchzen war die Antwort.

Seufzend setzte sich Nasrin neben das Kind und ergriff seine Hand. Sie fühlte sich kalt an und war mit seltsamen, rötlichen Flecken übersät. Er liegt im Sterben, blitzte es ihr durch den Kopf, vielleicht ist dies der Grund, warum sich der *Hakim* nicht mehr hierher bemüht.

Neben dem Bett stand eine mit kaltem Wasser gefüllte Schale, aus ihr hing ein schmutziger Stofffetzen. Nasrin griff nach dem Lappen, tauchte ihn ins Wasser, wrang ihn aus und betupfte damit Faruqs Stirn. Nach einer Weile öffnete der Junge die Augen. Sie glänzten fiebrig, die Pupillen waren geweitet.

«Wie lange ist er schon so krank?», fragte sie besorgt.

«Lange, sehr lange», erwiderte Asiya flüsternd. Sie schien sich wirklich nicht mehr daran erinnern zu können, «vergangenen *Ramadan* ist es noch schlimmer geworden. Er war immer schon kränklich gewesen, aber der Hunger, der Schmutz – Ihr versteht. Und seit ich dem *Hakim* kein Geld mehr für die Medizin geben kann …»

«Was für eine Medizin?»

Asiya zuckte mit den Schultern. «Ich weiß es nicht, Herrin. Aber Faruq fühlte sich immer besser, wenn er diesen Sirup trank. Der *Hakim* meinte, er würde helfen, das Fieber zu senken. Er leidet immer an Fieber und er will einfach nicht gesund werden. Seit Jamal mich auf dem Bazar erwischt hat …» Sie stockte, begann zu schluchzen und erst als sie sich wieder gefasst hatte, fügte sie hinzu: «Ich hatte ihn angefleht, mich gehen zu lassen, da mein Sohn krank sei und er nicht allein bleiben könne. Aber dieser Mann, bei Allah, kennt kein Mitleid, keine Liebe – er hat ein Herz aus Stein!»

Nasrin biss sich auf die Unterlippe. Wieder musste sie von Jamals Boshaftigkeit und seiner Grausamkeit erfahren und sie fragte sich, was sie eigentlich über diesen Mann wusste. Ja, was wusste sie wirklich über ihn? Sie kannte ihn kaum, hatte nur wenige Worte mit ihm gewechselt, obwohl sie ihn eigentlich öfters gesehen hatte als Hussein. Als Hauptmann der Stadtwache war Jamal ein gern gesehener Gast im Haus ihres Vaters. Gut aussehend, prächtig gekleidet in der Uniform der Stadtwache, von edler Herkunft und dem Emir und Sultan Salah ad-Din treu ergeben – Suleyman schätzte ihn über alles. Doch seine andere, dunkle Seite schien ihm bisher verborgen geblieben zu sein, dachte Nasrin bedrückt. Wusste er überhaupt etwas davon? Oder wollte er es gar nicht wissen?

Alles, was sie bisher über Jamal erfahren hatte, zeichnete ein immer hässlicheres Bild dieses Mannes, den sie einmal heiraten sollte. Bei diesem Gedanken wurde ihr unheimlich zumute.

«Drei Tage hatte er mich eingesperrt, ohne Nahrung, ohne Licht», fuhr Asiya mit zitternder Stimme fort und schlug vor Verzweiflung die Hände vors Gesicht, «ich hatte ihn angefleht, ihn auf den Knien gebeten, meinen Sohn aufsuchen zu dürfen. Nach drei Tagen ließ er mich endlich gehen. Ich hatte die Hoffnung schon aufgegeben, Faruq überhaupt noch lebend vorzufinden!»

Sie war eine gebrochene Frau und der Mensch, den sie am meisten liebte, würde diese Nacht vielleicht nicht mehr überleben. Möge Allah in seiner Güte die Seele des Kindes zu sich nehmen, flehte Nasrin stumm, so wäre er von seinem Leiden erlöst.

Ein seltsames Fiepen ließ Nasrin aufblicken und sie entdeckte in einer Ecke eine Ratte, die vorwitzig ihre spitze Nase in die Höhe reckte, als wittere sie Nahrung. Asiya griff nach dem Lappen und warf ihn nach dem Nagetier. Rasch verschwand es in einem Handteller großen Loch, wo vermutlich seine ganze Sippe nistete.

Asiya wandte sich beschämt ab, als sie Nasrins Entsetzen bemerkte und begann zu weinen. Ihr ausgemergelter Körper zitterte, von Weinkrämpfen geschüttelt. Nasrin glaubte plötzlich, am ganzen Körper ein Jucken zu spüren und verstohlen kratzte sie sich am Arm.

Ein unerwartetes, heftiges Klopfen an der Tür ließ die beiden Frauen hochfahren, und eine Männerstimme rief bellend: «Lass mich rein, du Bettlerin!»

Asiya schlurfte so schnell sie konnte zur Tür und unterwürfig, fast demütig, begrüßte sie den Besucher: «Ehrenwerter *Hakim*! Ich hatte schon befürchtet, Ihr würdet nicht mehr kommen! Aber Allah sei Dank, nun seid Ihr da!»

«Danke, wem du willst!»Der Arzt trat kopfschüttelnd ein. «Kein gottesfürchtiger Mensch ist um diese Zeit in diesem Teil der Stadt noch unterwegs. Ich weiß nicht, welcher Dämon mich hierher geführt hat! Aber eines weiß ich genau: Mein gutes Herz wird eines Tages mein Untergang sein!»

Neugierig betrachtete Nasrin den seltsamen Ankömmling, der Kaftan und *Kippa* trug. Der *Hakim* war ein Jude, nicht älter als fünfzig. In seinem Bart glitzerten, Silberfäden gleich, bereits einige weiße Strähnen. Die Blicke seiner dunklen Augen glitten forschend über die Frauen und den Jungen.

Ein arabischer Heiler kostete viel Geld, während die jüdischen Ärzte, die den Künsten der *Hakim*s in nichts nachstanden, für ihre Dienste weit weniger verlangten.

«Seltsame Gestalten schleichen draußen herum. Sie können einem rechtschaffenden Mann wirklich Furcht einflößen», murmelte er vor sich hin.

Sicher hatte er draußen den Christen gesehen, dachte Nasrin. Sie stand vom Bett des Jungen auf und begrüßte den Heilkundigen: «Wir dachten wirklich, Ihr kommt nicht mehr.»

Er kniff die Augen zusammen und fragte argwöhnisch: «Habe ich Euch schon einmal gesehen?»

Sie schüttelte den Kopf. Yusuf Ibn Mussad war der einzige *Hakim*, der die Bewohner des Hauses al-Dir behandelte; nach einem jüdischen Arzt würde der Emir niemals schicken.

«Ich muss mich täuschen!», sagte er und schritt auf den Jungen zu, der schwer atmend dalag und im Fieberwahn den Kopf hin- und herbewegte. Der Heiler runzelte die Stirn, schüttelte kaum merklich sein Haupt. Nasrin wusste, auch er fürchtete, der Junge würde sterben.

Der Jude stellte seine Tasche auf den Boden und während er sie öffnete, bemerkte er: «Alles, was wir noch tun können, ist, seine Schmerzen zu mildern. Mehr nicht.»

Asiyas Augen füllten sich mit Tränen und sie waren voller Hoffnungslosigkeit, voller Schmerz.

Nasrin schluckte und strich über die eingefallenen Wangen des Kindes, das bald von seinem Leiden erlöst sein würde.

Der *Hakim* griff nach einem kleinen Fläschchen, das mit einer dunklen Flüssigkeit gefüllt war, und hob den Laken, der Faruqs Körper bedeckte. Nasrin schloss entsetzt die Augen und wandte sich ab. Der Körper des Jungen war bis auf die Knochen abgemagert, über die sich eine bleiche Haut spannte. Die Rippen schimmerten hindurch, der Bauch war aufgedunsen.

«Gibst du ihm überhaupt noch etwas zu essen?», fragte der *Hakim*, und Asiya, die ihre Tränen nicht mehr zurückhalten konnte, schlug die knochigen Hände vors Gesicht. «Ich habe nichts mehr, was ich ihm geben könnte», wimmerte sie, «und das wenige, was ich finde, kann er nicht mehr essen! Er kann nicht mehr schlucken!»Ihre letzten Worten gingen in einem entsetzlichen Schluchzen unter.

Nasrin presste die Lippen aufeinander. Warum strafte Allah seine einfache Dienerin so hart?

«Er wird sterben», sagte der Heiler betroffen, mit leiser Stimme. «Ich kann ihm nicht mehr helfen. Niemand kann ihm mehr helfen.»

Asiya sank weinend auf einen Schemel, krümmte sich nach vorne, und ihr erschütterndes Weinen erfüllte das schmutzige Haus.

Der Jude öffnete das Fläschchen, aus dem ein süßlicher Duft entwich, hob den Kopf des Jungen und versuchte, ihm ein wenig von der lebensspendenden Medizin einzuflößen.

Doch der dickflüssige Saft rann über seine Lippen. Faruq schaffte es nicht mehr, zu schlucken. «Das Fieber hat seinen schwachen Körper aufgefressen, irgendwann musste es soweit kommen.»Der Heiler machte ein mürrisches Gesicht. «Hätte sie mich früher aufgesucht, hätte ich sein Leben um einige Wochen, vielleicht gar um Monate verlängern können. Aber verhindern, dass er stirbt – niemand kann es. Viele Kinder sterben so, und er wird nicht der einzige bleiben! So sieht der Tod der Ärmsten der Armen aus! Möge Jahwe ihm beistehen und seine arme Seele bei sich aufnehmen.»

Erschüttert wusch Nasrin das Rinnsaal von den Wangen des sterbenden Kindes ab, versuchte, ihm einige Tropfen einzuflößen.

Der Heiler ergriff ihre Hand und sagte flüsternd: «Wenn er die Medizin nicht schluckt, wird es schneller gehen.»

Asiyas bitterliches Schluchzen war verstummt, unsicher trat sie neben das Bett ihres Sohnes zu und bat den Juden: «Ich weiß, Ihr seid ein guter *Hakim*. Bestimmt könnt Ihr …»

«Frau, ich bin ein Arzt, kein Zauberer. Aber ich lasse dir die Medizin da. Versuche es, vielleicht nimmt er sie an. Mehr kann ich nicht tun!» Er schnürte seine Tasche zu und erhob sich.

Nasrin folgte seinem Beispiel und kratzte sich dabei wieder verstohlen am Arm. Dieses Jucken bilde ich mir doch nur ein, dachte sie ungläubig, nahm das Schmuckstück aus ihrem Umhang und reichte es dem Arzt. «Eure Bezahlung, *Hakim*», flüsterte sie noch immer fassungslos.

Wortlos stellte er ein weiteres Fläschchen auf den Tisch. «Lasst es gut sein, ich verlange nichts dafür.» Er sah zu Asiya hinüber, die vor dem Bett ihres Sohnes kniete. «Gebt es ihr, sonst überlebt sie ihren Sohn keine Woche!»

Er hing umständlich die Tasche über seine Schulter und wandte sich zum Gehen. An der Tür blieb er nochmals stehen. «Sollte er durch ein Wunder seine Augen nochmals öffnen und etwas zu sich nehmen, so komm zu mir, und ich werde dir die Medizin auch so geben.»

«Wo werde ich Euch finden?»

Der *Hakim* öffnete die knarrende Tür und wollte in die Nacht hinaustreten, doch dann drehte er sich noch mal um. «Ihr findet uns immer», sagte der Jude und schloss hinter sich die Tür.

Nasrin starrte auf das Schmuckstück in ihrer Hand. Sie wusste nicht, wie kostbar es war, aber sie wusste, selbst damit würde sie das Leben des Jungen nicht mehr zurückkaufen können. Alle Reichtümer Damaskus', der ganzen Welt würden ihm nicht mehr helfen, gesund zu werden. Nur Allahs Großherzigkeit, die er jedem Menschen jeden Tag schenkt, wäre die richtige Medizin, dachte Nasrin. Eine unbezahlbare Medizin, die alles zu heilen vermochte.

Die Tür wurde aufgestoßen. Bernhard stand im fahlen Schein des Lichtes. «Wir sollten aufbrechen, es dämmert bald!», bemerkte er besorgt.

Nasrin trat auf Asiya zu, legte das Schmuckstück in ihre schmutzige, ausgemergelte Hand. «Ich kann dir damit nicht das Leben deines Sohnes zurückbringen, aber ich kann die Schuld, die das Haus al-Dir auf sich geladen hat, ein wenig sühnen. Nimm es an!»

Die Dienerin blickte zuerst verwirrt auf den Schmuck, dann auf Nasrin. «Wie soll ich Euch nur danken! Ihr seid eine großmütige Frau! Möge Allah Euch für diese Großmut nur Gutes tun!»Sie küsste innig die Hand der Emirtochter, wollte auf die Knie sinken, doch Nasrin hielt sie fest.

«Danke mir nicht, Asiya! Ich habe dir nicht geholfen. Ich konnte dir nicht helfen. Ich …»

«Wir müssen gehen!», drängte Bernhard erneut.

Nasrin nickte. In Asiyas Gesicht konnte sie Dankbarkeit erkennen. Keine Anklagen, keine Anschuldigungen. Obwohl Nasrin die Tochter jenes Mannes war, der für dieses Leid die Schuld trug.

Sie warf sich den Umhang über und verließ, ohne sich nochmals umzudrehen, das Haus. Bernhard sah ein letztes Mal Asiya an, die, mit dem Schmuck in ihren Händen, weinend neben dem Bett zusammengesunken war. Tränen tropften auf die Edelsteine und Perlen und ließen sich noch mehr glänzen. Es war der Glanz der Vergänglichkeit.

Sie liefen wieder durch die Dunkelheit, doch ihre Schritte waren schneller, hastiger, denn die Nacht drohte bald der Morgenröte zu weichen.

«Warum konntest du nicht warten? Nur ein wenig! Du warst so un höflich!», schalt ihn Nasrin. Sie war wütend, doch sie musste sich zugestehen, dass ihr ohnmächtiger Zorn sie nicht gegen den Christen richtete, sondern gegen die Erkenntnis, dass sie nichts für Asiya tun konnte.

«Ich habe gesehen, dass der *Hakim* gegangen ist», entgegnete Bernhard ebenso erbost. «Und ich habe den Tod schon gerochen, als wir hierher gekommen sind. Ihr konntet dem Kind nicht mehr helfen, Ihr konntet nichts mehr tun! Es lag nicht in Eurer Hand!»

Die Wut beschleunigte Nasrins Schritte, und sie ließ ihn hinter sich. Warum hatte sie immer das Gefühl, er wolle sie belehren und recht haben? Es war wirklich Zeit, zurückzukehren, und danach wollte sie ihn nicht mehr sehen! Sie wollte ihn vergessen – möge ihn die Hölle doch verzehren!

Erste Vorboten des Morgens kündigten sich am Himmel bereits an, es begann zu dämmern und die wenigen, zerzausten Wolken kleideten sich in ein sanftes Purpur, während es in den Gassen selbst noch dunkel blieb. Schweigend bogen Nasrin und Bernhard in die nächste Straße ein, und die Emirtochter atmete erleichtert auf. Bald würden sie wieder die sichereren Stadtteile erreicht haben.

Doch plötzlich wurden Männerstimmen laut. Rufe erschollen, gefolgt vom Klirren einiger Tonkrüge, die zu Bruch gingen, und dem Geräusch davoneilender Schritte. Nasrin blieb stehen und sah sich ängstlich um. Was war geschehen? Waren es Diebe, gar Mörder, die flohen? Jamals Worte auf dem Bazar fielen ihr wieder ein: Das Gesindel breitet sich wie die Pest in der ganzen Stadt aus. Damals erschien es ihr wie eine maßlose Übertreibung, doch vielleicht würde der Hauptmann an diesem Morgen wirklich Recht bekommen.

Sie reckte den Hals, um in der Dämmerung die Verursacher der Unruhe auszumachen, als kräftige Hände sie von hinten packten. Der Christ zerrte sie in eine dunkle Nische, presste sie beschützend an sich und legte den Arm um sie. Seine Anspannung erfasste auch sie. Nasrin wehrte sich nicht. Nicht gegen seine Umarmung und nicht gegen seine Berührung.

Sie hörte, wie unzählige Schritte und das Getrampel von Pferden immer lauter wurden und näher kamen. Als der Christ sie noch fester an sich drückte, ließ sie es zu. Ihr stockte der Atem, ihr Herz pochte und obwohl sie nichts sehen konnte, blickte Bernhard sie mit geweiteten Augen an. Er hielt ihr seine Hand auf den Mund und flüsterte: «Keinen Laut!»

Die Schritte waren jetzt ganz nah, und nur einen Wimpernschlag später huschte eine Gestalt an ihnen vorbei, gefolgt von zwei Reitern.

«Bleib stehen, du Hund!», schrie eine Stimme herrisch.

Eines der Pferde geriet auf den glatten Pflastersteinen ins Straucheln, es konnte sich aber gerade noch aufrichten und preschte schnaubend weiter. Mit gezückten Säbeln hetzten Soldaten den Reitern nach. Ihre Kettenhemden rasselten bedrohlich. Bernhard drückte sich und Nasrin noch tiefer in die Dunkelheit. Auch er wagte kaum zu atmen.

«Verfluchter Dieb, haltet ihn auf!», rief eine andere Stimme. Der nächste Mann rannte an ihnen vorbei. Ihm folgten tapsende Schritte. Ein Japsen und ein Keuchen war zu hören und eine behäbige Gestalt blieb erschöpft stehen – genau vor Bernhard und Nasrin. Der Mann rang nach Atem, stützte sich mit den Händen auf den Knien ab und keuchte immer wieder: «Du verdammter Hund! Ich bring Dich um! Du verdammter Hund! Ich …»Endlich erhob er sich wieder, reckte die Faust in die Höhe und tappte weiter.

Langsam kehrte die Stille zurück, und Bernhard nahm zögernd seine Hand wieder von Nasrins Mund. Sie fühlte, wie seine Anspannung nachließ und bemerkte erleichtert: «Sie haben doch nur einen Dieb gejagt.»

«Glaubt Ihr etwa, sie würden einen Mann wie mich weiter an Eurer Seite durch die Stadt ziehen lassen?»

«Was regst du dich auf, sie kennen mich doch gar nicht!»Nasrin schüttelte den Kopf.

«Ihr habt ihn nicht gesehen, nicht wahr?»

«Wen? Wen meinst du?»Sie spürte, wie Bernhard sie entrüstet anstarrte.

«Den Hauptmann!»

«Den Hauptmann?»Nasrin stockte. Es war alles so schnell gegangen. Wie hätte sie erkennen sollen, wer im Dämmerlicht an ihnen vorbeijagte? Wie hätte sie Jamal bemerken sollen, wenn der Christ sie so fest an sich gedrückt hatte? Sie blickte beschämt zu Boden. Warum in Allahs Namen hatte der Christ wieder recht? War sie wirklich so einfältig? Seine Kühnheit musste es sein, durch die sie sich zu unüberlegten Antworten hinreißen ließ.

«Ich glaube nicht, dass Euer zukünftige Mann erfreut gewesen wäre, Euch zu dieser Stunde hier mit mir anzutreffen», sagte er nun in einem sanften Ton und spähte auf die Straße.

Nasrins Augen weiteten sich. «Du weißt es?»

Er nickte. «Ich war da, als Euch Euer Vater das Fohlen schenkte.»

«Du hast gelauscht?»

«Ich habe nicht gelauscht, ich war einfach da! Bei Gott, wo hätte ich sonst sein sollen!»

Nasrin blickte an ihm vorbei auf die weißgetünchte Wand des gegenüberliegenden Hauses. Wo hatte sich Bernhard bloß versteckt?

«Liebt Ihr ihn?»fragte er plötzlich.

Sie sah ihn wieder an. Für gewöhnlich hätte sie ihn für diese Unverschämtheit beschimpft, ihn gar geschlagen. Doch nun schwieg sie, rührte sich nicht. Er hatte ihr jene Frage gestellt, die sie nie gewagt hätte, ihrem Vater gegenüber zu verneinen. Beschämt starrte sie zu Boden, als würde sie dort eine Antwort finden. Niemanden, nicht mal ihrer Dienerin Fatimah würde sie es verraten. Und sie verstand nicht, warum sie bereit war, sich gerade ihm anzuvertrauen.

Zaghaft hob sie den Kopf und flüsterte: «Ich werde es lernen müssen.»

Der Morgen graute bereits, als sie endlich in den Palast zurückkehrten. Es war höchste Zeit, denn schon bald sollte der *Mu'adhdin* die Gläubigen zum *Salât ul Fajr*, dem Morgengebet, rufen. An Schlaf war nicht mehr zu denken, und mit quälendem Gewissen schloss Nasrin die Pforte zum

Garten auf. Das kleine Tor öffnete sich leise quietschend und schweigend, vom Gesang der Vögel begrüßt, traten sie und der Christ ein.

Nasrin sog gierig den Duft des Gartens ein, bemüht, den derben, übelriechenden Geruch der Straßen von Damaskus zu vergessen. Sie wünschte sich, die sicheren Mauern des *Bait*s nicht mehr so schnell verlassen zu müssen. Die vergangene Nacht hatte ihr soviel Elend offenbart; ein Elend, das ihr bis jetzt nie bewusst gewesen war.

Bernhard folgte ihr, den erforderlichen Abstand wahrend. Mit gebeugtem Kopf drängte er sich durch die Tür, während Nasrin stehen blieb und anschließend die Pforte verschloss. Der kunstvoll gearbeitete Schlüssel, den sie Kareem wieder zurückgeben würde, lag schwer in ihrer Hand, gleich einer unsichtbaren Last, die sie nun zu tragen hatte.

«Ich wollte mich noch bedanken», flüsterte sie und hoffte gleichzeitig, Bernhard hätte ihre Worte nicht gehört. «Du hättest vergangene Nacht alles mit mir tun können. Mich allein durch die Straßen ziehen lassen, mich meinem Schicksal überlassen. Du hättest fliehen können. Du hättest mich umbringen können. Doch du hast dich ehrenhaft verhalten.»

Bernhard blieb stehen und entgegnete kalt: «Ihr müsst mir nicht danken! Ich stand in Eurer Schuld, und diese habe ich nun beglichen.»

Nasrin konnte nichts mehr von der Sanftheit in seiner Stimme erkennen. Er klang wieder rau und unzugänglich und es stimmte sie seltsam traurig. Vielleicht ist es nur deswegen, weil er unserer Sprache nicht wirklich mächtig ist, versuchte sie sich zu beruhigen. Er wandte sich zum Gehen, als plötzlich eine erschrockene Frauenstimme ertönte: «Oh, bei Allah, Herrin! Herrin!»

Nasrin fuhr überrascht herum. Vor ihr stand Fatimah mit aufgerissenen Augen und starrte den Christen an, als wäre er der Teufel in Menschengestalt.

«Hat er Euch was getan? Hat er Euch bedroht? Ich rufe sofort nach Jafar!»Sie wirbelte herum, wollte wieder davoneilen, doch Nasrin schaffte es gerade noch, sie am Arm zu packen und festzuhalten.

«Fatimah, bleib sofort stehen!»

Entsetzt zeigte die Dienerin mit ihren Fingern auf den Christen, der regungslos dastand. «Er wollte sich an Euch vergreifen, ich habe es genau gesehen! Aber Jafar wird ihm schon zeigen, was ...»Fatimah brach ab, stöhnte, überrascht von dem unerwarteten Schmerz, als Nasrin ihr Handgelenk noch fester umschloss.

«Hör mir jetzt gut zu, Fatimah! Du wirst keinem Menschen etwas erzählen! Hörst du, niemandem!», herrschte Nasrin sie drohend an und wunderte sich, warum ihre Sklavin bereits wach und im Garten unterwegs war. Für gewöhnlich schlief sie tief und es kostete sie immer unendliche Überwindung, morgens aufzustehen. Nasrin hat immer etwas geahnt und ihre Ahnung hatte sich jetzt, wenn auch nur teilweise, erfüllt: Fatimah hatte einen Geliebten im *Bait*.

«Aber ich habe doch gesehen …», erwiderte sie aufgebracht.

«Du hast nichts gesehen und du wirst mir jetzt auf den Propheten schwören, hörst du?»

Fatimah sah ihre Herrin ungläubig an.

«Du wirst mir jetzt schwören», befahl Nasrin erneut, ohne die Hand der Dienerin loszulassen.

«Aber …»

«Schwöre jetzt oder willst du, dass ich deinem kleinen Geheimnis nachgehe?»

Die Blicke der beiden Frauen trafen sich und die Sklavin sah ertappt zu Boden.

«Ich schwöre», flüsterte sie ängstlich.

Nasrin zog Fatimah rüde zu sich, zwang die Dienerin, sie anzusehen und zischte: «Ich habe dich nicht verstanden!»

«Beim Propheten, ich schwöre Euch, niemandem etwas zu erzählen!» rief die Frau diesmal und ihre Gesichtszüge verzerrten sich vor Schmerz, als Nasrin ein letztes Mal zudrückte und erst dann ihre Hand losließ.

«Und ich schwöre dir, in der gleichen Stunde, in der du dein Wort brichst, werde ich dich an den Erstbesten verkaufen. Und es ist mir gleich, wer das sein wird. So wahr ich die Tochter von Suleyman al-Dir bin! Und jetzt verschwinde!»

Durch die bedrohlichen Worte eingeschüchtert, gehorchte Fatimah. Sie schluchzte laut und lief aus dem Garten.

«Ich bin überrascht, wie streng Ihr zu Euren Dienern sein könnt», bemerkte der Christ, der die ganze Zeit schweigend neben ihnen stand und jetzt Fatimah nachsah.

«Es musste sein», verteidigte sich Nasrin verärgert. «Sie würde …»

«Uns verraten?» Er trat einen Schritt auf sie zu. Der Gesang der Vögel wurde jetzt lauter; erste Sonnenstrahlen krochen über die Dächer und Mauern des Palastes und brachten den Garten zum Leuchten. Tautropfen glitzerten wie Edelsteine und mahnten gleichzeitig zur Eile: Bald würde der *Muezzin* zum Morgengebet rufen.

«Jetzt schulde ich Euch wieder etwas!»Der Christ deutete eine Verbeugung an und nur langsam machte er sich auf den Weg zu den Stallungen. Er würde, genau wie Nasrin, keinen Schlaf mehr finden.

Nachdenklich sah sie ihm nach. Ein Name würde einem Wesen eine Seele einhauchen, hatte sie einmal gehört. Nun war aus dem fremden, namenlosen Ungläubigen ein Mensch mit einem Namen geworden.

Bernhard von Markward.

Allah war ihr auch diese Nacht gnädig gewesen.

9

Die große Geschäftigkeit im Hause al-Dir kündigte den zwölften *Rabi al-Awwal* an – den Tag, an dem der Prophet Mohammad geboren wurde. Er sollte gebührend gefeiert werden und so begannen die Frauen des Palastes in der Küche, in der es nach Kreuzkümmel, Safran, Zitronengras und anderen Gewürzen und Zutaten roch, die *Mezze* vorzubereiten – süße und scharfe Köstlichkeiten. Nicht nur die Dienerinnen, auch Jaida und Nasrin halfen mit, denn es wurden viele Gäste erwartet.

Sogar Yasid ging an diesem Tag öfters als gewöhnlich in der Küche ein und aus, um mal dort, mal da ein Häppchen zu stibitzen. Die Köstlichkeiten luden ja gerade zum Naschen ein. Nasrin biss in ein mit Dattelmus gefülltes Teigtäschchen und leckte sich den Rest der Honigsauce genüsslich von den Lippen. Es mundete wunderbar.

«Yasid, verschwinde jetzt endlich! Du wirst noch genug davon kriegen!» Bereits zum fünften Mal versuchte Jaida, ihren Sohn aus der Küche zu verjagen, als er wieder nach einem Bissen griff.

Mit gespieltem Missmut und hängenden Schultern wandte sich Yasid ab, langte im Vorbeigehen noch rasch auf den Tisch, schnappte sich ebenfalls ein Teigtäschchen und rannte aus der Küche. Nasrin schmunzelte.

«Er ist manchmal eine richtige Plage», seufzte Jaida und strich sich über die Stirn.

Ihr *Khimaar* bedeckte jetzt nur den Hinterkopf und das schwarze Haar lugte neckisch hervor. Hier in der Küche trug sie immer ein schlichtes Gewand und auch die safrangelbe Tunika, die sie heute anhatte, ließ sie wie eine Dienerin aussehen.

«Du solltest mit ihm nicht so streng sein, Jaida», riet Nasrin, während sie aus dem Teig kleine Bällchen für die gebratenen Fleischtaschen rollte. «Er ist jung und wird sicher noch ruhiger werden.»

«Das hoffe ich. Ich weiß sonst nicht, wie ich zwei Kinder groß ziehen soll.»

Überrascht sah Nasrin Jaida an. Sagte sie wirklich zwei Kinder? Yasid war ihr einziges Kind. In elf Jahren Ehe war sie nur dreimal schwanger geworden: Die erste Tochter starb, wie so viele Kinder, plötzlich und ohne erkennbare Krankheit, im Alter von zwei Jahren. Ihr zweites Kind war Yasid, ihre dritte Schwangerschaft endete nach fünf Monaten mit einer Fehlgeburt.

«Mein *Haiz* ist überfällig», verriet Jaida und eine verhaltene Freude huschte über ihr Antlitz.

«Jaida, das ist ja wunderbar!»Nasrin lächelte ihre Stiefmutter herzlich an, die sich mit mehlverschmierten Fingern eine Strähne aus dem Gesicht strich. Ein Klümpchen Teig blieb an ihrer rechten Wange kleben.

«Ja, wunderbar», wiederholte Jaida, doch es klang wehmütig, «aber ob es Allah in seiner Güte gefällt, uns einen zweiten Sohn zu schenken, wird sich erst zeigen.»

«Ein Emir wie Suleyman müsste mehr Söhne haben!», brummte Salma, die eben die Küche betrat. «Nur ein Sohn und zwei Mädchen im Haus, ich weiß nicht ...»Sie schüttelte den Kopf, stellte einen Krug Milch auf den Tisch und verzog ihren Mund dabei so, dass die Falten in ihrem Gesicht tiefen Gräben glichen.

Nasrin musterte die Amme mürrisch.

Ihr Gesicht war mit unzähligen Runzeln übersät und ihr linkes blindes Auge war ein einziger weißer Fleck und blinzelte wissend. Sie war die älteste Bewohnerin des *Bait,* diente der Familie al-Dir schon ihr ganzes Leben und hatte noch den großen Nusair, Suleymans Großvater, gekannt. Selbst in ihrem hohen Alter half sie, rastlos und immer brummig, noch im Palast mit.

«Nusair hatte elf Söhne und sieben Töchter», fuhr die Alte vorwurfsvoll fort, «und alle seine Söhne waren große, einflussreiche Männer geworden. Es ist eine Schande für das Haus al-Dir, dass Suleyman nur einen einzigen Sohn hat! Und Hassan...»

«Salma, Hassan ist ein *Alim*», warf Nasrin ein.

«Und wenn schon! Auch ein *Alim* sollte Frauen und Kinder haben!», widersprach die Amme und winkte ab.

«In seinem Leben ist kein Platz für Frauen und Kinder, denn er dient

Allah allein!», entgegnete Nasrin und musste sogleich Salmas strafenden Blick erdulden.

«Allah, seine neunundneunzig Namen seien gepriesen, zeugt aber keine Erben für das Haus al-Dir! Dafür müssen dein Vater oder dein Onkel schon selbst sorgen!»

«Salma!», rief Nasrin entrüstet, doch die Alte grunzte nur und entgegnete: «Wenn Nusair wüsste, wie es um seine Familie steht …»

«Nusairs Reichtum an Söhnen hatte auch nicht ewig gedauert», mischte sich nun Jaida ein, «viele von ihnen starben zu jung, um selbst welche zu zeugen!»

«Und genau darum ist es so wichtig, dass Suleyman mehr Söhne hat!»Die Amme nickte nachdrücklich und ihre Worte klangen fast wie ein Befehl.

«Es wird sich zeigen, Salma. Es wird sich zeigen.»Jaida seufzte auf. Eigentlich teilte sie die Bedenken der Alten, aber vielleicht würde ihre Monatsblutung wieder einsetzen.

«Es wird Zeit für einen zweiten Sohn; Yasid braucht einen Bruder!» Salma setzte sich auf einen Schemel, um sich kurz auszuruhen.

«Allah in seiner Allwissenheit wird entscheiden», erwiderte Jaida ausweichend. Ihre Finger gruben sich in den Teig.

Nasrin kostete von dem Fleischgemisch, würzte es noch mit ein wenig Kreuzkümmel nach und mischte Pinienkerne unter. Dann wandte sie sich an ihre einstige Ziehmutter: «Vater ist mit seinen Kindern zufrieden. Yasid ist ihm als Sohn geschenkt worden und er wird sich über jedes gesunde neugeborene Kind freuen, gleich, ob es ein Junge oder ein Mädchen ist!»Und in einem schärferen Tonfall fügte sie hinzu: «Und es ist ihm gleich, was du dazu meinst, Salma!»

Salma stand murrend auf, und ihre alten Knochen knackten. «Wenn es ein Mädchen wird wie du, wird er wohl kaum Freude haben!»

Nasrin war Streitigkeiten mit der Amme, die nach solchen Bemerkungen folgten, gewohnt. Sie hatte es schon unzählige Male erlebt und hatte genug davon. So schwieg sie.

«Dein Mann wird seine Freude an dir haben, Nasrin», schmunzelte Jaida, während Salma verschwörerisch lachte und gebeugt die Küche verließ.

«Du kannst dich glücklich schätzen, einen Mann wie Jamal zu bekommen», fügte Jaida hinzu und begann wieder, den Teig zu kneten. «Er sieht gut aus, ist jung und als Hauptmann der Stadtwache ein einflussreicher Mann. Man sagt, er soll sogar in El-Afdals Gunst stehen. Wenn das wahr ist, kann er eines Tages vielleicht Wesir werden!»

Nasrin zuckte mit den Schultern. Sie hatte schon lange nicht mehr an Jamal gedacht, hatte ihn aus ihrem Gedächtnis verdrängt. Ihn, den dunklen Schatten, der sie eines Tages einholen und alles Licht in ihr ersticken würde.

Es war bekannt, dass El-Afdal, der Sohn des Sultans und Statthalter von Damaskus, sich mehr der Muse und den schönen Künsten widmete als den Staatsgeschäften. Da Jamal die alltäglichen Unannehmlichkeiten von ihm fern hielt und sie auf seine Art löste, war es klar, dass der Hauptmann in der Gunst El-Afdals stand. An der Seite des Statthalters standen noch zwei weitere wichtige Männer: der Wesir Bassam Kadin und Suleyman al-Dir. Auch Nasrins Vater sorgte als geschätzter Berater von El-Afdal dafür, dass der Sohn des Sultans ein unbeschwertes Leben führen konnte.

«Hm, Jamal ...» Nasrin biss sich auf die Lippen.

«Sei nicht so mürrisch», Jaida stupste sie mit dem Ellenbogen an, bevor sie nach dem Krug Milch griff, «einen besseren Mann kannst du dir in ganz Damaskus kaum wünschen, und soviel ich weiß, soll er ein besserer Liebhaber sein als es sein älterer Bruder gewesen war!»

Nasrin blinzelte sie entrüstet an: «Jaida!»

«Nun sei nicht so», flüsterte ihre Stiefmutter und lächelte ihr zu. «Eigentlich hat Salma recht. Würde Suleyman, statt immer nur zu beten, ein wenig mehr mit seinen Frauen schlafen, hätte er mehr als nur drei Kinder!»

Nasrin bemühte sich, nicht zu erröten. Verlegen füllte sie die Teigtaschen mit der Fleischmasse und hoffte, Jaida würde nicht mehr über den Emir reden. Mindestens nicht so! Schließlich ging sie das Liebesleben ihres Vaters nichts an. Er war ein gottesfürchtiger Mann und das war gut.

Doch Jaida ließ keine Gnade walten. «Glaubst du etwa, es ist in Ordnung, in elf Jahren Ehe nur drei Mal schwanger zu werden?»

Nasrin blickte wieder auf und versuchte, teilnahmslos zu wirken. Wie sollte sie von diesen Dingen eine Ahnung haben? Verlegen erwiderte sie: «Was ist schon in Ordnung?»

«Auch du wirst es noch lernen», schmunzelte Yasids Mutter schelmisch, «und ich glaube, dass es auch dir gefallen wird. Die Liebe ist wunderbar, sie ist ein Geschenk Allahs.»

Nasrin schwieg beharrlich.

«Und sollte dein Mann einmal nicht so wollen wie du, dann koche ihm einfach öfters *Beid Gahnam*, die verstärken nicht nur die Manneskraft!»Jaida zwinkerte vielsagend und sie deutete auf die frischen Hammelhoden, die in einer Schüssel darauf warteten, zubereitet zu werden.

Nasrin schüttelte es. Sie kannte sehr wohl die Eigenschaften aller Lebensmittel, aber Jamals Manneskraft zu stärken war das letzte, was sie wollte!

«Nun ja», meinte Jaida und ihre Worte klangen mitleidig und neidisch zugleich, «ich glaube, du wirst öfters schwanger sein als die Frauen deines Vaters und auch mehr Kinder haben.»

«Noch ist es nicht soweit», erwiderte Nasrin bestimmt und für sich selbst rechnete sie aus, wie lange es noch dauerte, bis sie Jamals Frau sein würde. Noch sieben Monate. Nur noch sieben Monate und die Zeit raste, als hätte sie es noch nie eiliger gehabt!

Für einen kurzen Augenblick stellte sie sich vor, wie es wäre, schwanger zu sein. Doch auch dieser Gedanke erfreute sie nicht wirklich. Sie liebte ihre Geschwister, allen voran Yasid, aber selbst Kinder zu haben – sie konnte es sich nicht vorstellen. Noch nicht. Und nicht mit dem Mann, den sie heiraten sollte.

«Kinder sind eine Freude und Allahs Segen für jede Frau», erklärte Jaida, als hätte sie Nasrins Gedanken gelesen. Sie hatte Salmas spitze Worte scheinbar bereits vergessen und befriedigt seufzend knetete sie weiter den Teig, aus dem, zwischen ihren Finger hindurch, Fäden quollen und sich kräuselten.

«Ich dachte, Yasid wäre für dich eine Plage», reizte Nasrin sie, um von Jamal abzulenken.

«Eine Plage und ein Segen zugleich. Die beiden liegen so nahe beieinander wie Glück und Leid», sinnierte Jaida mit einem sonderlichen Lächeln auf ihren mit Mehl bestäubten Lippen.

«Aber der Segen und die Freude überwiegen, glaube mir. Es gibt nichts, was mehr Glück und Erfüllung bringt als eine große Familie, in der sich jeder wohl fühlt und seinen Platz einnimmt. So Allah will, wird die Familie des Emirs wachsen und ich werde ihm einen zweiten Sohn schenken.»

«Ob der Segen Allahs dem Hause al-Dir so wohlgesinnt ist, wird sich noch zeigen!», erwiderte eine Stimme voller Bitterkeit. Die beiden Frauen drehte sich erstaunt um.

Neben ihnen stand, mit einer Schale frischer Feigen in den Händen, Fatimah. Sie war gereizt, mürrisch, in den letzten Tagen kaum zu ertragen und erledigte ihre Aufgaben nur widerstrebend.

«Fatimah, du sollst nicht so reden», schallt Jaida sie.

«Ich habe so ein merkwürdiges Gefühl», entgegnete die Sklavin und stellte die Schale auf ein Tischchen und griff nach einer Feige.

«Und was soll das wieder für ein Gefühl sein? Dazu noch von einer einfältigen Dienerin wie dir?», fragte Jaida verärgert.

«Merkt Ihr es denn nicht?», begann Fatimah, drehte die Feige in ihren Fingern und meinte geheimnisvoll: «Über dem Hause des Emirs schwebt eine dunkle Wolke, aus der großes Unheil auf uns herabregnen wird!»

«Fatimah!», rief Nasrin aufgebracht und sah ihre Dienerin wütend an. «Rede nicht soviel Unsinn und geh an die Arbeit!»

«Was für Unheil?»Jaida neigte den Kopf zur Seite und langsam rutschte der *Khimaar* auf die Schulter.

Ohne sie anzublicken, erwiderte Fatimah kalt: «Ich bin keine Hellseherin, aber ein düsterer Stern wird über diesem Haus aufgehen!»

Nasrin bemerkte, wie Jaidas Augen ängstlich und ungläubig zugleich funkelten. Sie wusste, Fatimahs Mutter hatte die Gabe, Dinge vorauszusehen, auch wenn sich nicht alle ihre Prophezeiungen erfüllten. Aber vielleicht hatte Fatimah diese Gabe geerbt, auch wenn Nasrin es sich nicht vorstellen konnte. Die Sklavin war dumm, einfältig und launisch. Und seit die Emirtochter sie gezwungen hatte, diesen Schwur im Garten abzulegen, war die Dienerin noch unerträglicher. Ich hätte meine Drohung gleich wahrmachen und sie verkaufen sollen, dachte Nasrin. Was hatte sie wohl gesehen oder gehört, das niemand sehen oder hören sollte?

«Und Ihr wisst, worüber ich spreche. Und ich glaube, das Böse ist schon im Hause», fügte Fatimah unheilverkündend hinzu und verließ, unter den besorgten Blicken der Frauen, so lautlos wie sie gekommen war, die Küche.

Nasrin wusste genau, worüber Fatimah sprach, und ihr Magen zog sich zusammen. Eine plötzliche Übelkeit überfiel sie und sie konnte all die Wohlgerüche, von denen sie für gewöhnlich nicht genug kriegen konnte, auf einmal nicht mehr ertragen.

«Dumme Schwätzerin!»Jaida zuckte mit den Schultern und schüttelte den Kopf, als wollte sie alle Zweifel und Bedenken vertreiben.«Wie konnte Suleyman dir bloß eine solch dumme Sklavin schenken?»

«Vielleicht, weil er ein frommer Mann ist und den Dummen und Schwachen helfen möchte?»

«Papperlapapp!»Jaida formte aus dem Teig kleine Taschen. «Er sollte sie verkaufen, dann würde wieder Frieden einkehren. Fatimah ist nicht nur eine dumme Schwätzerin, sie ist auch noch unehrenhaft! Warum sagst du deinem Vater nicht, er soll dir zur Hochzeit eine neue Dienerin schenken?»

«Vielleicht werde ich es tun», hörte sich Nasrin sagen, denn auch sie wollte die Sklavin nicht länger um sich haben. Aber der Schwur, den sie ihr abverlangt hatte, schützte die Dienerin. Fatimah würde ihr Schweigen an dem Tag brechen, an dem Nasrin sie verkaufte. Dessen war sich die Emirtochter bewusst.

Unwillkürlich musste Nasrin an Hassan denken, der ihr einmal gesagt hatte: «Es gibt drei Dinge, die Eile erfordern: eine Jungfrau, ein Toter und ein Gast!»

Eigentlich müsste diesem alten Sprichwort noch etwas hinzugefügt werden, dachte Nasrin betrübt. Nämlich: eine eigensinnige, launische Sklavin!

Als hätte Fatimah tatsächlich die Gabe ihrer Mutter geerbt, suchte das Unheil den *Bait* al-Dir wenige Tage später heim, so wie die Sklavin es prophezeite: Alima, die zweite Frau des Emirs und Mutter von Jasmina, verstarb plötzlich und unerwartet.

Sicher, sie war in den letzten Wochen geschwächt gewesen, aber nichts deutete darauf hin, dass sie ernsthaft krank wäre. Manchmal klagte sie über Magenschmerzen, musste sich übergeben, aber auf den *Hakim* angesprochen, winkte sie immer wieder ab. Alima war eine starrköpfige Frau gewesen, die neben Suleyman keinen einzigen Mann in ihrer Nähe duldete – nicht mal einen Arzt. Immer wieder beteuerte sie, es sei nichts Ernstes, sie habe schon seit ihrer Kindheit an diesen Beschwerden gelitten.

Nun war sie tot, war eingeschlafen und einfach nicht mehr aufgewacht. Erst am nächsten Morgen wurde sie aufgefunden, und da die Vorbereitungen für die Bestattung Eile verlangten, fand die Familie kaum Zeit, wirklich um sie zu trauern. Nur Nasrin konnte über sie und ihren Tod nachdenken, denn ihre Aufgabe war es nun, sich um Jasmina zu kümmern.

So saß Nasrin im Wohnsaal des *Bait* und wachte über den Schlaf ihrer kleinen Schwester. In einer Ecke, ein wenig abseits, stickte Fatimah unbeholfen an einem Tuch.

Währenddessen bereiteten Jaida und einige anderen Frauen alles für die Trauerfeier vor. Ein Toter musste nach dem Gesetz Allahs am selben Tage beerdigt werden, wenn er zur Ruhe kommen sollte. Er musste dem *Ghusl*, der heiligen rituellen Waschung, unterzogen und nachher in die *Kafans*, die Totentücher, gewickelt werden. Erst dann konnte das *Janaasa Salât*, das Gebet für den Toten, erfolgen.

Nasrin hatte Fatimah zu sich gerufen, um zu verhindern, dass ihre Sklavin diesen traurigen Tag mit unpassenden Worten und Andeutungen entehrte. Wortlos gehorchte sie und saß nun da, schwieg und stickte. Jasmina, auf einem edlen Teppich liegend, räkelte sich im Schlaf; sie wusste noch nichts von all dem, was geschehen war.

Nasrin berührte die Stirn des Kindes, die schweißbedeckt war.

Der erste heiße Tag hatte sich langsam angekündigt, nun war er da und selbst der träge Wind, der durch die Säulengänge zog, vermochte die Wärme nicht zu mildern. Es dauerte nur noch einen Monat, bis der wirkliche Sommer da sein würde, doch die Hitze der Wüste ließ die Luft der Stadt jetzt schon flirren.

Nasrin trug schon Trauer und wartete auf die *Dafan*, die Beerdigung, um von Alima Abschied zu nehmen. Diese Zeremonie sollte in den kühlen Abendstunden stattfinden. Trotzdem würden sich die heißen Sonnenstrahlen in ihrem dunklen Gewand verfangen, wenn sie auf den Friedhof ging, und sie schauderte davor.

Auf Fatimahs Stirn glänzten ebenfalls Schweißperlen. Die Spitze ihrer Zunge lugte vorwitzig aus dem rechten Mundwinkel hervor, so, als müsse sie sich selbst bei dieser einfachen Strickarbeit anstrengen. Sie ist wirklich zu nichts zu gebrauchen, dachte Nasrin.

«Fatimah», begann sie nachdenklich und musterte ihre Sklavin. «Was hast du gemeint, gestern in der Küche?»

Die Dienerin blickte träge auf. «Ich verstehe nicht. Was soll ich gemeint haben?»

«Du erzähltest von einem Unheil», erwiderte Nasrin. Sie hatte das Gespräch nicht vergessen können und auch Jaidas Beteuerungen, es wäre nur das Gerede einer einfältigen Dienerin, konnte sie nicht wirklich beruhigen. Seit dem Morgen fragte sie sich, ob Fatimah vielleicht Alimas Tod gemeint hatte. Und gleichzeitig hatte sie das Gefühl, dies wäre nicht alles gewesen.

«Unheil?»Fatimah gluckste, als hätte sie nicht verstanden.

«Tu nicht so, als wärst du wirklich so dumm!», zischte Nasrin ungeduldig, und die Sklavin zuckte zusammen. Die Worte der Emirtochter hatten sie wie Rutenschläge getroffen. «Du hast etwas von einem dunklen Stern gesagt! Von einem dunklen Stern, der über diesem Haus aufgehen soll! Und jetzt ist Alima tot!»

Fatimah legte unsicher den Stoff beiseite. «Ihr glaubt doch nicht, ich hätte ihren Tod vorausgesehen?»

«Doch! Mir scheint es so!», sprudelte Nasrin nach kurzem Zögern heraus. «Und wenn es wirklich so gewesen war, hättest du es nicht verschweigen dürfen! Alima war allein, sie starb im Schlaf und so konnte sie das *Kalima Shahaadat*, das Glaubensbekenntnis, nicht aussprechen. Du weißt doch, ein sterbender Gläubiger sollte in seinen letzten Stunden nicht allein sein und die Welt mit dem *Kalima* auf den Lippen verlassen. Vielleicht hätte der *Hakim* sie noch gerettet, hätte er rechtzeitig von ihrer Krankheit erfahren.»

Fatimah schüttelte heftig den Kopf und ihre Augen waren vor Entsetzen geweitet. «Oh Herrin, bei Allah und seinem Propheten Mohammed, ich schwöre, ich habe das nicht vorausgesehen! Ich kann nicht einmal die nächste Stunde voraussagen!»

«Was sollte dann dein Geschwätz? Du hast Glück, dass nur Jaida und ich es gehört hatten!»

«Das war nur Gerede, dummes Gerede», versuchte die Dienerin Nasrin zu beschwichtigen und ihre Finger spielten aufgeregt mit dem Stoff, den sie besticken sollte. Sie schien sich zu fürchten, dass Nasrin dem Emir davon berichten würde.

«Nur dummes Gerede? Dafür, dass es nur dummes Gerede sein soll, klang es überzeugend!»

«Ich war nur böse!»

«Böse? Worauf?»

Die Sklavin suchte krampfhaft nach richtigen Worten. «Möge Allah mich für meine Dummheit bestrafen! Ich ...»

«Dafür werde ich sorgen, wenn du jetzt nicht deinen Mund aufmachst!», herrschte Nasrin sie ungehalten an.

«Wegen dem Christen!», gab Fatimah endlich zu.

«Wegen dem Christen?»

«Oh Herrin, er ist ein *Kafir*, ein gottloser Ungläubiger! Und er ist es, der Unheil bringt! Er hat einen unheiligen Zauber in dieses Haus gebracht!»

«Er ist doch nur ein Sklave, Fatimah! Außerdem hat er niemandem etwas getan.»Nasrin sah ihre Dienerin unbeherrscht an.

«Herrin, ich bin nicht die einzige, die das sagt», begann Fatimah plötzlich zu schluchzen und Tränen der Furcht füllten ihre Augen. «Auch Salma verflucht ihn, wünscht, dass der Teufel das Haus verlässt! Ich habe doch selbst gesehen ...»

«Du hast gar nichts gesehen, hörst du?»fuhr Nasrin sie an, doch dann erinnerte sie sich daran, welch ein trauriger Tag es war. Sie wollte ihn nicht mit einem Streit entehren und so senkte sie die Stimme. «Du hast nichts gesehen, hast du mich verstanden?»

Fatimah stand die Angst ins Gesicht geschrieben, als sie zustimmend nickte.

«Ich war im Garten, da ich nicht schlafen konnte», log die Tochter des Emirs vorsichtig. Sie wusste nicht, wie viel Fatimah an jenem Morgen mitbekommen hatte. Auf jeden Fall schien die Dienerin nichts davon zu wissen, dass sie in jener Nacht mit dem Christen den Palast verlassen hatte. «Der Ungläubige ist mir einfach über den Weg gelaufen, als er Futter für die Pferde geholt hatte.»

Fatimah nickte, ohne sie anzusehen. «Es wird so sein, wie Ihr es sagt. Und ich werde nichts erzählen, wie ich geschworen habe.»

«Und auch ich halte mein Versprechen», entgegnete Nasrin und blickte zu Jasmina, die sich wieder regte. Fatimah starrte demütig auf den Stoff, der ihr aus der Hand gefallen war und zerknittert auf dem Boden lag. Sie würde wirklich schweigen.

«Und jetzt geh und lass mich allein!», befahl Nasrin. Sie konnte Fatimah an diesem Tag nicht länger in ihrer Nähe ertragen.

Die Dienerin gehorchte, stand auf und ging auf die Tür zu. Dort wandte sie sich nochmals um und fragte plötzlich: «Warum schützt Ihr diesen Christen bloß?»

Nasrins Gesicht wurde hart. Weil er nichts getan hatte, wofür er bestraft werden müsste, wollte sie sagen, weil niemand ihn verstehen wollte, weil – «Ich schütze ihn nicht», erwiderte sie und wunderte sich gleichzeitig, dass sie einer Sklavin überhaupt antwortete.

Fatimah sah sie herausfordernd an. «Bei Allah, ich hoffe, Ihr habt einen guten Grund, ihn zu schützen.»

Nasrin spürte Unbehagen in sich aufsteigen. «Verschwinde jetzt, du undankbares Ding! Lass mich endlich allein!», schrie sie wütend. Fatimah wird nicht nur immer unerträglicher, sondern auch noch unverschämter, dachte sie und versuchte angestrengt, sich wieder zu beherrschen.

Endlich verließ die Dienerin die Wohnhalle. Doch Nasrin hatte das Gefühl, als wäre sie noch immer da und säße ihr gegenüber. Und ihr wurde bewusst: Fatimah hatte doch mehr gesehen, als sie zugab. Wie ein schwerer, gewaltiger Anker zog diese Erkenntnis Nasrin in die Tiefe.

Alimas Tod war nur der erste Unglücksfall im Haus al-Dir gewesen.

Wenige Wochen nach ihrem Dahinscheiden erkrankte auch noch Jasmina, Salma hatte sich, als sie ausgerutscht war, einen Arm gebrochen und Jaidas *Haiz* hatte wieder eingesetzt. Sie war sich sicher, dass sie erneut eine Fehlgeburt erlitten hatte.

«An all dem ist nur dieser Christ schuld», keifte Salma, den gebrochenen Arm in einer Schlinge, als sie neben Jasminas Bett stand und über Nasrins Schulter auf das Mädchen blickte. Es hatte seit beinahe einer Woche hohes Fieber und der *Hakim* erschien jeden Tag, um nach ihr zu sehen. Alle sorgten sich um sie, und Nasrin wachte neben ihrer Schwester, so oft sie konnte.

Jasmina war jetzt, als sie die Medizin geschluckt hatte, eingeschlafen. Ihr kleiner Brustkorb hob und senkte sich gleichmäßig, und Nasrin glaubte fast, Faruq vor sich liegen zu sehen. Sie schluckte betrübt, als sie sich an jene traurige Nacht erinnerte. Asiyas Sohn war inzwischen sicher schon gestorben, und sie fragte sich wieder, wie es wohl der Dienerin ergangen wäre, hätte man sie nicht aus dem Palast gejagt.

«Ich sage dir, der Christ ist an allem schuld!», krächzte Salma noch einmal und strich über die heiße Wange des Kindes. Waren sie allein, so sprach die alte Amme mit der Tochter des Emirs offen über alles. Sie sprach aus, was sie dachte, ohne Geheimnisse vor Nasrin zu haben. Warum sollte sie es nicht tun? Sie war bei Nasrins Geburt dabei gewesen, hatte sie groß gezogen und war für sie über Jahre hinweg wie eine Mutter gewesen.

«Aber wie soll er an allem schuld sein?»Nasrin war die Bitterkeit in der Stimme ihrer Ziehmutter nicht entgangen. «Glaubst du etwa, er war es, der dir den Arm gebrochen hat und dafür gesorgt hat, dass Jasmina jetzt krank ist?»

«Er nicht! Aber Allah straft das Haus des Emirs, weil er bei uns ist! Darum hatte Jaida auch eine Fehlgeburt!»

«Eine Fehlgeburt? Salma, sie hat ihre *Haiz* nach zwei Monaten wieder bekommen. Das heißt noch lange nicht, dass sie schwanger gewesen war.»Nasrin schüttelte über die Verbohrtheit der Amme verständnislos den Kopf.

«Du wirst es schon noch sehen, Kind! Das Unglück kam mit ihm in das Haus al-Dir und wird es erst wieder verlassen, wenn auch der Christ nicht mehr da ist!»Salma hob warnend den Zeigefinger, dann tupfte sie mit einem Lappen die Stirn des Mädchens ab. «Dein Vater sollte ihn wegschicken. Allah allein weiß, was Salah ad-Din sich dabei dachte, uns einen *Kafir* zu schenken. Solange ich deiner Familie diene, hat noch nie ein Christ das Haus al-Dir betreten!»

«Er ist doch nur ein Sklave», versuchte Nasrin sie zu beschwichtigen. «Er versorgt die Pferde, er ...»

«Es spielt keine Rolle, was er ist und was er tut! Er hat einen unheiligen Zauber in dieses Haus gebracht!»Die Alte ließ sich nicht überzeugen. Sie hielt sich den Arm, der in der Schlinge ruhte, und keifte: «Wenn dein Großvater Masud Talib das wüsste!»Sie liebte es, die Namen der großen Vorfahren des Hausherrn zu erwähnen, wenn ihr etwas missfiel.

«Was würde er denn tun?»

«Dein Großvater hatte gegen die Christen gekämpft! Er hatte sie verabscheut und er hatte viele von ihnen besiegt!»

Nasrin konnte sich nicht mehr an den Großvater erinnern, da dieser schon früh gestorben war. Aber er musste ein ruhmreicher Feldherr gewesen sein, der siegreich gegen Ungläubige gestritten hatte. Und es waren nicht nur Christen, gegen die er in den Krieg zog. Masud Talib war nicht im Entferntesten so gottgefällig gewesen wie sein ältester Sohn Suleyman. Er war ein Mann des Krieges und des Lebens gewesen. Nasrin vermutete, es hätte ihm besser gefallen, wäre der Emir seinem Beispiel gefolgt und nicht ein allzu gläubiger Gelehrter und *Hafis* geworden.

«Du übertreibst!» Nasrin winkte ab. Wahrscheinlich suchte Salma einfach nur nach einem Grund für diese Unglücksfälle. Und es lag auf der Hand, dass ein ungläubiger Sklave, ein heidnischer Christ die Erklärung dafür sein würde. Glaubte sie wirklich daran? Und was glaubte sie, Nasrin, selbst?

«Ich glaube eher», fügte sie rasch hinzu, «der Sultan wollte Vater mit dem Fremden ein besonderes Geschenk der Anerkennung machen.»

«Ein schönes Geschenk!», maulte die Alte. «Einen Ungläubigen in das Haus eines gottesfürchtigen Muslim zu schicken, ist kein Geschenk. Es gibt Tausend andere Geschenke, die uns würdiger sind.»

«Hör auf, vor Jasmina so zu reden!», unterbrach Nasrin sie. «Der Christ soll ein Ritter gewesen sein. Sein Sklavendasein straft ihn schon genug, also musst du ihn nicht auch noch mit Worten strafen!»

Die Amme stutzte und spitzte die Lippen. «Höre ich aus dir die Worte deines Vaters? Warum setzt du dich für diesen Christen ein? Er war ein Ritter, sagst du? Dann ist es um so gerechtfertigter, ihn fortzuschicken – oder ihn zu töten!»

«Salma, das ist es nicht! Aber dein Mundwerk ist bitter und voller Hass!», erwiderte eine männliche Stimme in strengem Tonfall. Suleyman hatte das Zimmer betreten. Die Amme drehte sich erschrocken um und verneigte sich schwerfällig.

Der Emir sah sie mit einer Mischung aus Missbilligung und Traurigkeit an. «Dieses Haus ist schon genug mit Unglück gestraft, da soll deine böse Zunge nicht noch mehr Unheil heraufbeschwören!»

Bevor Salma etwas erwidern konnte, winkte Suleyman ab und befahl: «Geh jetzt, ich will mit meinen Töchtern alleine sein.»

Unverständliche Worte murmelnd, humpelte die Alte davon. Nasrin sah ihr nur kurz nach, dann wandte sie sich dem Emir zu. Er wirkte erschöpft und niedergeschlagen, als er sich über den Nasenrücken fuhr.

«Ich dachte, du fürchtest dich vor dem *Kafir*», bemerkte er wie beiläufig und setzte sich auf das Bett. «Dabei verteidigst du ihn sogar vor Salma!»

Nasrin wurde es plötzlich heiß und kalt. «Ich versuche nur, deiner Großmut zu folgen und Verständnis aufzubringen», erklärte sie fast atemlos.

Suleyman hob die Augenbrauen und lächelte: «Verständnis aufbringen? Die Worte habe ich doch schon einmal gehört.»Er legte zwei Finger auf seine Nasenspitze und dachte nach. Seine Augen funkelten glücklich, als er sich wieder erinnerte: «Ja, genau. Deine Mutter bemühte sich auch immer, für alles Verständnis aufzubringen. Ich sehe, du wirst ihr immer ähnlicher.»

«Ich bin ihre Tochter», versuchte Nasrin zu scherzen.

Der Emir schenkte ihr ein warmes Lächeln, das langsam versiegte, gleich einer sterbenden Flamme. «Wie auch immer», erwiderte er traurig, «Salma hat ein böses Mundwerk. Viele alte Frauen werden verbittert, je mehr sie vom Leben erfahren. Nur keine meiner Frauen. Keine von ihnen wird alt genug.»

Alimas Tod lag immer noch wie ein schweres Trauertuch über dem

Haus. Nur langsam kehrte der scheinbar unbeschwerte Alltag zurück, floss der Strom des Lebens durch die Gemächer des Palastes.

«Vater?»Nasrin konnte nicht glauben, was sie eben gehört hatte. Solche Worte aus dem Mund ihres Vaters waren ungewohnt und fühlten sich wie der Stoß eines scharfen Schwertes durch ihr Herz an.

«Ich hoffe nur, die Alte hat nicht recht!»Suleyman erhob sich wieder und blickte traurig auf seine dahinsiechende Tochter. «Der *Hakim* meinte, Jasmina sei an einem Fieber erkrankt, das nur Kinder bekommen. Und es befällt nur die Ärmsten der Armen. Die meisten Kinder sterben daran. Aber er kann sich nicht erklären, wie und wo sie sich angesteckt haben könnte. Jasmina hat den Palast noch nie verlassen, sie hat noch nie Bettler oder Arme getroffen.»

Asiya! Faruq! Nasrin erstarrte und bei dem Gedanken an ihren nächtlichen Besuch überkam es sie siedend heiß. Bei Allah, hatte sie ihre kleine Schwester angesteckt? Wie ein Höllenfeuer brannte dieser Verdacht in ihr und plagte ihr Gewissen. Das musste es gewesen, dieses Jucken! Als sie heimgekehrt war, hatte sie ihre Kleidung ausgezogen und war ins Badehaus gegangen, um sich zu waschen. Sie glaubte, überall an ihrem Körper ein Jucken zu spüren. Erst nach dem Bad hörte das Jucken auf und sie fühlte sich wieder besser.

Sie erinnerte sich wieder an die Ratte, die in Asiyas Behausung über den schmutzigen Boden gehuscht war. Und an den Lappen. Und …

«Vater», begann sie, doch ihre Stimme versagte.

Suleyman griff beruhigend nach ihrer Hand. «Sei unbesorgt, Nasrin! Der *Hakim* meinte, das Fieber könne geheilt werden, da wir es früh genug erkannt haben. Aber es wird lange dauern, bis sie wieder bei Kräften ist.»

Nasrin blickte erleichtert zu Boden, trotzdem tobten ihre Gedanken, einem Gewitter gleich, aus dessen Wolken Blitze schossen und ihr Herz marterten.

«Vater», begann sie erneut leise und faltete ihre zitternden Hände im Schoß. «Ich muss dir etwas gestehen!»

Suleyman strich Jasmina über ihre blassen Wangen.

«Ich glaube, ich war es», sagte Nasrin mit bebender Stimme, ohne aufzublicken, «ich habe Jasmina angesteckt.»

Es dauerte einige Augenblicke, bis der Emir die Bedeutung ihrer Worte verstanden hatte. «Du? Aber Nasrin, das kann nicht sein! Keiner in unserem Haus wurde von dieser Krankheit befallen – nicht mal Diener und Sklaven!»Er schüttelte gütig den Kopf. «Es ist edel von dir, die

Schuld für Jasminas Krankheit auf dich zu nehmen. Ich weiß doch, wie sehr dir deine Geschwister am Herzen liegen, wie sehr du sie liebst. Yasid gehorcht dir gar besser als Jaida. Aber du bist nicht schuld an Jasminas Krankheit. Nicht du!»

Nasrin schien, ein riesiger Erdspalt würde sich unter ihr auftun. Sie rutschte, fiel, fiel in die Tiefe und es war ein Fallen ohne Ende. Und nichts würde sie auffangen, nichts würde sie retten. Erinnerungen loderten vor ihr auf und aus ihren Flammen tauchte eine elende, schmutzige Hütte auf, tauchten Asiya und Faruq mit ihren bleichen, totengleichen Gesichtern auf – und eine hässliche Ratte, die Nasrin höhnisch anzugrinsen schien.

«Vater, ich glaube, ich war es wirklich», gestand sie leise. Tränen rannen aus ihren Augen, als der Emir ihr Kinn zwischen seinen Daumen und Zeigefinger nahm und sie ansah.

«Es tut mir so leid», hauchte sie. «Ich weiß, ich war ungehorsam, aber ich dachte, es wäre ehrenvoll und achtbar!»

Nun runzelte Suleyman die Stirn. «Was wäre ehrenvoll und achtbar?»

«Asiya war vor einigen Wochen hier im Haus!»

«Asiya?»Der Emir dachte kurz nach. «Die Dienerin, die ich fortgejagt hatte?»

Nasrin nickte und eine weitere Träne rann über ihr Kinn. «Sie war verzweifelt, da ihr Sohn krank war. Sie hatte solche Angst, er müsse sterben und so kam sie zu mir.»Schluchzend erzählte sie, was alles geschehen war, und Suleyman hörte ihr aufmerksam zu.

Seine Miene verfinsterte sich erst dann, als sie zugab, nachts allein durch Damaskus gegangen zu sein, um Asiya und Faruq beizustehen.

«Du warst mitten in der Nacht, ohne einen einzigen Begleiter, in der Stadt unterwegs?», rief er entsetzt.

«Ich hatte Angst, die Diener würden dir von meinem Vorhaben erzählen und du würdest mir verbieten, den Palast zu verlassen. Deswegen bin ich alleine gegangen», verteidigte sich Nasrin. Sie schämte sich dieser Lüge. Doch wollte sie nicht, dass ihr Vater Bernhard bestrafen ließe. Sie durfte ihm die Wahrheit nicht sagen. Sie durfte den einzigen Menschen, der ihr geholfen hatte, nicht verraten.

«Es tut mir so leid, Vater», wimmerte Nasrin und begann schließlich hemmungslos zu weinen.

Suleyman unterdrückte ein Seufzen, als er aufstand. Seine Blicke wanderten von Nasrin zu Jasmina. Er strich der Kleinen abermals über die

Wangen, die nicht mehr glühten. Die Medizin schien zu wirken, das Fieber sank.

Nasrin schämte sich. Es war ihre Schuld und niemand würde sie trösten können, sollte Jasmina sterben. Sie wollte ein Leben retten, stattdessen hatte sie ein anderes in Gefahr gebracht. Bei Allah, was hatte sie bloß getan?

«Wie konntest du mir das nur antun, Tochter?», fuhr Suleyman sie an. «Dein Mitgefühl ehrt dich, nicht aber die Dummheit, die du begangen hast! Du hättest zu mir kommen sollen, Nasrin! Hältst du mich denn für so herzlos? Du weißt doch, was der *Qur'an* sagt! Ich hätte der Frau die *Denare* für die Medizin gegeben!»

Nasrin sank auf dem Bett zusammen und die Tränen flossen noch heftiger, als sie auf ihre schlafende Schwester blickte. Sie fühlte sich verloren, hilflos, allein gelassen und sie wusste jetzt, wie Asiya gelitten haben musste.

«Dein Ungehorsam ist nicht nur eine Plage, er ist auch eine Schande», schalt Suleyman sie weiter. Wie glühende Eisen brannten seine Vorwürfe in ihrer Seele. «Wie konntest du mich nur so entehren? Wie konntest du das Haus al-Din so beschmutzen?»Sein vorwurfsvoller, enttäuschter Blick traf sie bis ins Mark.

«Geh», grollte er, und seine Stimme bebte vor Zorn, «geh in dein Zimmer! Ich werde dich die Strafe wissen lassen, nachdem ich gebetet habe!»

Nasrins Schluchzen erstarb mit seinen letzten Worten. Sie erhob sich langsam und zog den *Khimaar* über den Kopf. Bei Allah, sie hatte es verdient, bestraft zu werden. Nicht nur, dass sie ungehorsam gewesen war – sie hatte auch Unheil über ihre Schwester gebracht. Lautlos weinend ging sie an ihrem Vater vorbei, wagte es nicht, ihn anzusehen. Sie wusste, er verstand ihr Mitgefühl und ihre guten Absicht, zu helfen. Nicht aber ihr Verhalten. Beim großen Propheten Mohammed, wie recht er doch hatte! Sie hätte ihn fragen sollen!

Er war ein gutmütiger Mann, er hätte Asiya geholfen, unbeachtet dessen, welche Schuld die ehemalige Dienerin auf sich geladen hatte.

Die Tür fiel leise ins Schloss und Nasrin schlug die Hände vors Gesicht, als würde sie so ihre Tränen zurückhalten können. Niedergeschlagen schlich sie auf ihr Zimmer, warf sich aufs Bett und starrte mit verweinten Augen zur Decke. Sie schwor sich, sie würde jede Strafe auf sich nehmen, die der Emir ihr auferlegte. Jede!

Wenn Jasmina nur wieder gesund wurde.

10

Nasrin saß im Garten auf der Steinbank vor dem Teich und genoss die Sonnenstrahlen, die sie so lange entbehren musste. Es schien ihr eine Ewigkeit her zu sein, als sie das letzte Mal das Licht und den Wind spürte und den strahlenden Himmel sah.

Vier Wochen lang ließ Suleyman sie in ihrem eigenen Zimmer als Strafe für ihr törichtes Verhalten einsperren, vier Wochen lang durfte sie ihr Gemach nicht verlassen, durfte nicht einmal das Badehaus aufsuchen. Sie war allein, behandelt wie eine Aussätzige, verdammt zur einsamen Besinnung. Selbst die Mahlzeiten, die Fatimah – schweigend wie ein stummer Schatten – ihr jeden Tag zweimal brachte, hatte Nasrin allein einnehmen müssen. Suleyman hatte der Dienerin gedroht, auch sie zu bestrafen, sollte sie auch nur ein einziges Wort mit Nasrin wechseln.

Nasrin fügte sich dem Willen ihres Vaters, doch bereits am dritten Tag fühlte sie sich unendlich einsam und verlassen.

Die zweite Woche wurde noch unerträglicher: Der Emir befahl, sogar die Fenster mit Brettern zu verschlagen. Sie ließen sich nicht mehr öffnen, und neben der Einsamkeit breitete sich nun auch eine lähmende Langeweile aus: Keine Kinder mehr, die im Garten spielten, keine Diener, die über den Hof eilten – keine Welt mehr da draußen. Nasrin saß einfach nur noch da und kämmte sich stundenlang das Haar, bis ihre Hand schmerzte. Irgendwann begann sie, mit sich selbst zu reden, erzählte sich Geschichten, um wenigstens so diese unerträgliche Stille zu durchbrechen. Als Fatimah wieder einmal erschien, flehte Nasrin sie mit Tränen in den Augen an, ihr mindestens den eigenen Namen zu nennen. Doch diese hatte nur verzweifelt den Kopf geschüttelt und sie voller Mitleid angelächelt. Dann schloss sie die Tür wieder sorgfältig hinter sich ab. Suleyman forderte jedes Mal den Schlüssel zurück und Fatimah gehorchte dem Herrn des Hauses bedingungslos, so wie sie es Nasrin gegenüber nie tat.

Als die dritte Woche anbrach, verweigerte Nasrin das Essen. Sie trank nur wenig, lag den ganzen Tag abgestumpft auf dem Bett, hörte sogar auf, ihre Haare zu pflegen. Selbst ihr eigenes Spiegelbild konnte sie nicht mehr ertragen und aus Wut, Enttäuschung, Traurigkeit und Verzweiflung hatte sie den Spiegel gegen die Wand geworfen. Er zersprang in Tausend Splitter und Nasrin hatte das Gefühl, selbst zu zerbrechen, gleich dem

Spiegel oder einer Tonfigur, die auf unsichtbare Steinfliesen aufgeprallt war und deren Scherben sich nie mehr zusammen fügen lassen würden. Sie weinte stundenlang, bis sie schließlich vor Schmerz und Leid einschlief. Sie glaubte, den Verstand zu verlieren, wenn nicht endlich jemand mit ihr sprechen würde. Die Stille wurde immer bedrückender. Sie wurde Nasrins erbittertster Feind. In Gedanken begann die Emirtochter, mit Yasid zu spaßen, mit Salma zu streiten, mit Asiya zu klagen, mit Bernhard … Mit ihm würde sie wohl auch streiten …

Die vierte Woche schien sie in den Wahnsinn zu treiben. Die Einsamkeit und die Stille ihres Zimmers waren Freunde geworden. Hier zu sitzen war keine Strafe mehr, es war ihr Leben geworden. Sie hatte sich ihrem Vater ergeben, sich seinem Willen gefügt. Vielleicht lag es auch daran, dass sie schon tagelang fastete, keine Mahlzeit mehr anrührte, wie Fatimah mit Bestürzung feststellen musste. Nasrin hatte keinen Hunger mehr, weder nach der Nahrung noch nach dem Leben.

Eines Tages, als sie sich im Halbschlaf ihren Träumen hingab, die bunt und voller Leben waren, hörte sie plötzlich jemanden ihren Namen rufen. Hier bin ich, erwiderte sie stumm, ließ die Augen geschlossen und lächelte glücklich. Es war ein Traum, aus dem sie nie mehr aufwachen wollte – weich und voller Geborgenheit.

Wieder drang ihr Name zu ihr und erst als eine Hand ihre Schulter berührte, blickte sie erschrocken auf. Ein Gesicht beugte sich über sie, verschwommen, fast unkenntlich und eine Stimme rief: «Nasrin! Herrin, der Emir hat Eure Strafe aufgehoben!»

Es war Fatimah und vor Freude hätte Nasrin sie beinahe umarmt, doch sie war zu schwach, um sich aufzurichten. Eines hatte sie gewusst: Noch zwei weitere Tage, und sie wäre vor Einsamkeit gestorben.

Nun saß sie also da, im Garten, und genoss den Duft der Blumen, das säuselnde Flüstern des Windes, das träge Summen der Hummeln und den Gesang der Vögel. Sie atmete mit vollen Zügen die frische Luft ein und spürte, wie das Leben zu ihr zurückkehrte.

Sie war schwach geworden und sah bleich und abgemagert aus. Obwohl sie allein im Garten saß und der Emir ihr noch immer grollte, erfüllte schon der Anblick einer blühenden Blume oder das Glitzern der kleinen Wellen im Teich ihr Herz mit Freude, Mut und Dankbarkeit. Ihre Seele fühlte sich frei, denn Jasmina genas und dies wog die Einsamkeit der letzten vier Wochen tausendfach auf. Doch dass Suleyman sie noch immer nicht sehen wollte, stimmte sie traurig.

Einmal hatte Nasrin ihn heimlich, während er betete, beobachtet, um mindestens sein Gesicht zu erblicken und seine gutmütig rollende Stimme zu hören. Sie vermisste ihren Vater und gerne hätte sie gewusst, ob es ihm auch so erging. Warum hegte er noch immer diesen Groll gegen sie? Wollte er sie für immer in ein Gefängnis des Schweigens einsperren?

«Ihr seht nicht gut aus», vernahm Nasrin plötzlich eine Stimme hinter sich und drehte erschrocken den Kopf. Wie ein Turm, ein mächtiger Schatten ragte Bernhard vor ihr auf und sah sie an. Verlegen zog sie ihren *Khimaar* vors Gesicht; sie wusste ja selbst, wie elend sie aussah.

«Ihr hättet dem Emir die ganze Wahrheit sagen sollen», bemerkte er und kauerte neben ihr nieder, um ihr in die Augen sehen zu können. Vielleicht aber auch, um nicht entdeckt zu werden.

«Was hätte es genützt?», erwiderte Nasrin leise. Dennoch war sie froh um jedes Wort, um jede Silbe, selbst wenn sie aus dem Mund eines Christen kamen.

«Vielleicht wäre es nicht so schlimm für Euch ausgegangen!»

«Vielleicht!» Sie überlegte. «Vielleicht aber auch noch schlimmer – ich habe einen Christen als Begleiter mitgenommen. Und deine Strafe wäre weit bitterer gewesen als die meine!»

Bernhard zuckte mit den Schultern, als könnte ihn nichts mehr erschüttern. «Ich hätte es ertragen.»

Nasrin sah ihn lange an. Seine blauen Augen erschienen ihr heller als je zuvor. Oder war es nur das Licht, das sie so strahlen ließ? Seine Haut war über die Wochen hinweg braun geworden, viel dunkler als damals, als er in den Palast gebracht wurde: ein namenloser Sklave, ein Barbar und ein Christ, verschmutzt und unsagbar hässlich. Jetzt wirkte er männlicher und beeindruckender. Nasrin wandte rasch den Kopf zur Seite, als in ihr ein seltsames, ungewohntes Gefühl aufstieg.

«Warum habt Ihr es verschwiegen?», hörte sie ihn fragen.

«Du solltest froh darüber sein», erwiderte sie gereizt und hoffte, er würde bleiben und sich mit ihr weiter unterhalten. Sein Arabisch war besser geworden; er sprach fast akzentfrei und sie mochte seine Stimme.

«Ich muss mich bei Euch entschuldigen!», begann er.

Oh danke Allah, er ist nicht gegangen! Nasrin war erleichtert. «Entschuldigen? Wofür?», fragte sie verwundert.

Er antwortete nicht gleich. Sein Schweigen erschien ihr unendlich und sie glaubte fast, mit sich selbst gesprochen zu haben, wie sie es in den letzten Tagen so oft getan hatte. Doch sie täuschte sich. Er kauerte noch immer neben ihr und musterte sie aufmerksam.

«Ich nannte Euer Vorhaben riskant, dumm und töricht», sagte er.

«Ja, und du hattest recht», entgegnete sie leise. Sie ließ den *Khimaar* fallen, entblößte ihr Gesicht und wehrte sich nicht gegen seinen Blick.

«Ich täuschte mich», meinte er und zupfte eine Jasminblüte ab. «Ihr habt sehr ehrenhaft und mutig gehandelt.»

«Mutig?»Nasrin überlegte, wie sie dies verstehen sollte, doch er schien nicht vorzuhaben, es ihr zu erklären. Stattdessen lächelte er sie warm an.

«Dumm und töricht ist es von dir, am helllichten Tage mit mir im Garten zu reden! Und mutig auch …»

Bernhard schmunzelte. «Dann haben wir wohl mehr gemein als wir zuerst dachten!»

«Vielleicht.» Nasrin wandte sich verlegen ab und fügte ernst hinzu: «Es könnte für uns beide gefährlich werden.» Unsicher lächelte sie zurück und spürte, wie Röte über ihr Gesicht flog.

«Wenn Ihr wünscht, gehe ich», schlug Bernhard vor, verneigte sich und wollte sich erheben.

Nasrin wurde heiß und kalt zugleich. Nach der langen Einsamkeit und Stille war seine Anwesenheit wohltuend. Sie wollte, dass er bliebe, sehnte sich nach seiner Gesellschaft, dennoch entkam ihr trotziger als beabsichtigt: «Tu, was du willst!»

Fast unmerklich verzog er den Mund und stand langsam auf. «Nun denn!»

Nasrin schnellte hoch und beinahe hätte sie flehend nach seiner Hand gegriffen. «Nein, bitte, bleib!» Kaum waren ihr diese Worte über die Lippen gekommen, erstarrte sie. War wirklich sie es gewesen, die sie ausgesprochen hatte?

Über Bernhards Mund huschte ein Lächeln. Er kniete sich nieder, als würde er einer Königin huldigen. Sein Hemd öffnete sich dabei und entblößte eine große Narbe, die sich, gleich einer weißen Akazienblüte, scharf von seiner sonnengebräunten Brust abhob.

«Du kniest vor mir?»Nasrin setzte sich wieder und ließ die Hände in den Schoß sinken. Seine Ehrerweisung verwunderte sie und erschien ihr seltsam. Sie wünschte sich, er hätte sich neben sie gesetzt.

«Vor einer edlen Herrin, die Ihr wohl seid, ja!», entgegnete er.

Mit gespielter Geschäftigkeit strich Nasrin über die Falten ihres Gewandes, fieberhaft bemüht, das Gespräch in eine andere Richtung zu lenken. «Diese Wunde, woher stammt sie?» Sie deutete auf seine halb entblößte Brust.

Er öffnete das Hemd ein wenig mehr und erst jetzt erkannte Nasrin, wie groß die Verletzung wirklich war. Die Narbe zog sich vom linken Schlüsselbein bis zum Bauchnabel hin. Sie war unregelmäßig verwachsen; die Wunde wurde vermutlich schlecht, wenn überhaupt, versorgt. Ein Wunder, dass er eine solche Verwundung überhaupt überlebt hatte.

«Ein Andenken», entgegnete er, «es hätte mich fast das Leben gekostet!» Er sah zu ihr auf und in seinen Augen lag Trauer.

Plötzlich spürte Nasrin ein seltsames Verlangen, über die Narbe zu streifen, ihn zu berühren und sie faltete die Hände, um zu widerstehen.

«Ein Andenken», wiederholte sie seine Worte betroffen und es war, als fühlte sie den Schmerz, den er erlitten hatte. «An einen Kampf?»

Er nickte.

«Eine große Schlacht?»

Wieder ein Nicken.

«Akkon?»

Diesmal schüttelte er den Kopf. «Nein. Ein Feldzug gegen die Feinde meines Herzogs in meinem Land! Lange vor Akkon.»

«Bestimmt ein schlimmes Gefecht.»

«Ja, es war meine erste Schlacht und sie war schlimm! Aber Akkon war viel schlimmer!»

«Erzähl mir davon!»

Nasrin hatte viele Geschichten über die Grausamkeiten der christlichen Ritter gehört. Es waren Hassans und Jamals Schilderungen und sie zeigten, wie Muslime, nicht aber wie Christen die Kriege erlebten. Und Nasrin kannte nur ein Bild dieser Ungläubigen: Sie waren langbärtige, hässliche Bestien mit bösen Blicken und finsteren Mienen, die alles niedermähten, was sich ihnen in den Weg stellte und keinen verschonten. Erstaunt musste sie feststellen, wie wenig Bernhard diesem Bild entsprach. Er wirkte höflich, rasierte sich sorgfältig, sprach ihre Sprache, war hilfsbereit und nichts deutete darauf hin, dass er grausam sein konnte.

Bernhard räusperte sich. «Erzählen? Wovon?»

Von deinem Land, deinem Leben, von deinen Reisen, den Pferden, erzähl mir einfach irgendetwas, wollte sie ihm antworten, damit ich deiner Stimme lauschen kann. Damit ich Worte höre. Einfach nur Worte.

«Von Akkon», erwiderte sie und im gleichen Augenblick wurde ihr bewusst, wie unüberlegt ihr Vorschlag war.

«Akkon?» Alle Wärme wich plötzlich aus Bernhards Stimme. Er reckte den Kopf, als ob er etwas Bedrohliches erblickt hätte. Nasrin wandte sich besorgt um. Vielleicht war jemand in der Nähe, der sie belauschen wollte. Aber da war niemand. Außerdem konnten sie von hier aus den ganzen Garten überblicken, ohne selbst entdeckt zu werden.

«Von Akkon?», wiederholte er unwillig, als wollte er sich an den Namen dieser Stadt nicht einmal erinnern.

«Du bist ein Ritter und warst in der Schlacht vor Akkon dabei.» Nasrins Neugierde wuchs, doch Bernhard schwieg.

«Erzähl mir einfach davon, wie ...»Sie unterbrach sich selbst und überlegte kurz, bevor sie fortfuhr: «Erzähl mir, was du dort erlebt hast!»

Bernhards Miene verfinsterte sich. Akkon. Ein einziger Augenblick schien die unsäglichen Schrecken dieser Schlacht zurück gebracht zu haben. Akkon – das Ende seiner Freiheit, der Beginn seines Sklavendaseins.

«Glaubt mir, das ist keine gute Geschichte!»

«Dann erzähl von den Kämpfen.»

«Diese Geschichte ist noch schlimmer!» Seine Stimme wurde immer bitterer.

In Nasrin rief der Gedanke, ihn so unbedacht an etwas erinnert zu haben, was ihn schmerzte und was er sicher am liebsten vergessen hätte, Unbehagen hervor. Vermutlich hatte er Dinge gesehen, die sie sich nicht mal vorstellen konnte, so grausam und abscheulich mussten sie gewesen sein.

«Du hast einmal gesagt, du hättest Dinge gesehen, die ich nicht glauben würde», sprach sie ihre Gedanken aus. «Lass mich selbst urteilen, ob es so ist.»

Seufzend wandte er sich ab und begann, die Jasminblüte, die er die ganze Zeit in den Händen hielt, mit den Handflächen zu zerreiben, bis die einzelnen Blätter zu Boden fielen und der Blütenstaub seine Finger färbte.

«Wenn Ihr es wünscht, soll es so sein!», sagte er.

Nasrin nagte verstohlen an ihrer Unterlippe. Auf einmal war sie sich nicht mehr sicher, ob sie es wirklich wünschte.

Bernhard setzte sich ins Gras, zog die Knie an sich und umschloss sie mit seinen Armen. Er starrte auf den Teich, als müsse er die Bilder aus den Tiefen seiner verdrängten Erinnerungen ausgraben und sie wieder beleben. Er schien nachzudenken, welche Worte er wählen sollte. Endlich begann er in einem düsteren Tonfall: «Unsere Belagerung vor Akkon dauerte nur kurz. Wir waren müde, ausgezehrt, fast am Ende unserer Kräfte, als die Hafenstadt endlich wie ein Licht vor uns auftauchte. Jeder unseres Heeres war kurz davor, zu verdursten. Die Zunge klebte uns am Gaumen, als wäre sie ein trockener Schwamm. Die Angriffe der Sarazenen und Seldschuken, die uns während der ganzen Reise zusetzten, ließen unsere Streitmacht schrumpfen, und so erreichten keine tausend Mann mehr Akkon. Wir wussten alle, eine Belagerung mit so wenigen, vollkommen entkräfteten Rittern wäre aussichtslos. Doch wir hatten nichts mehr zu verlieren. Alles, was wir konnten, war zu wählen: zwischen einem Tod im Kampf oder einem Sterben in der Wüste.» Er brach ab, schloss die Augen und durch Nasrins Gedanken schleppte sich ein Heer sterbender christlicher Ritter.

«Die Garnison von Akkon setzte uns schwer zu. Mit der Verbissenheit der Verzweifelten griffen wir an, ohne große Hoffnung, die Stadt auch wirklich erobern zu können. Noch immer plagten uns Durst und Hunger wie Dämonen und trieben viele von uns in den Wahnsinn. Einige der Ritter glaubten, in der sengenden Hitze Oasen und das Glitzern des Wassers zu sehen; vor Verzweiflung liefen sie in die Wüste hinaus. Das Trugbild lockte sie immer weiter, bis sie schließlich zusammenbrachen und elend verdursteten. Bevor der Herzog, dem ich diente, vor Akkon seinem Fieber erlag, übergab er mir den Befehl über seine Ritter. So ließ ich sie jeden Tag kämpfen, jeden Tag diese Stadt angreifen, obwohl ich genau wusste, wir würden alle sterben.» Die Augen noch immer geschlossen, griff er sich an die Stirn, als würden ihn die Erinnerungen mit ungeahnter Kraft überwältigen. «Wir griffen verwegen an, errangen wie durch ein Wunder immer wieder kleine Siege, um wieder geschlagen zu werden. Eure Reiter beherrschen die Armbrust meisterhaft. Und sie hatten schnell unsere Schwachstellen erkannt. So rieben sie uns auf und viele meiner Gefährten starben in ihrem Pfeilhagel oder fielen in ihre Hände. Als auch noch die letzten Vorräte aufgebraucht waren, berieten sich die wenigen Feldherren, die noch am Leben waren, und alle waren sich einig: Entweder würden wir uns zurückziehen, was der sichere Tod bedeutete, oder sich ergeben und auf die Gnade der Eueren hoffen. Hunger und Durst machten uns die Entscheidung leicht und so wählten wir die letztere der beiden Möglichkeiten.»

Bernhard öffnete wieder die Augen und Nasrin las in ihnen unendliches Leid. Es fiel ihm schwer, mit der Erzählung fortzufahren. Die Hand, in der er die spärlichen Überreste der Jasminblüte hielt, hatte er zu einer Faust geschlossen. Sie zitterte.

«Als die Verteidiger von Akkon unsere Kapitulation annahmen, strömten sie herbei und beraubten uns all unserer Waffen. Lechzend nach Wasser und Nahrung ließen wir uns in die Stadt führen, doch es gab nichts – kein Wasser, kein Brot, nichts. Stattdessen befahlen uns die Sarazenen, niederzuknien und wir ließen uns erniedrigen, wie wir es uns als Ritter niemals hätten vorstellen können. Alle hofften wir auf die Erlösung vom quälenden Durst, was die Eurigen auch versprachen. Aber statt Wasser zu bringen, schritten die Sarazenen an uns vorbei und töteten wahllos fast die Hälfte der noch Lebenden.»

Er sah Nasrin an, als wolle er sich versichern, dass sie ihm wirklich zuhörte. Sie schwieg betroffen und spürte, wie ihr Herz hämmerte, wie seine Worte sich in Bilder verwandelten, wie diese lebendig wurden und näher kamen, sie einholten – gleich einem Wüstensturm, der den Himmel verdunkelte und Sandwolken über eine Ebene jagte.

«Neunhundert», Bernhards Stimme bebte, «neunhundert von ehemals fünfzigtausend Rittern erreichten Akkon. Ich schwöre Euch, ich würde alles dafür geben, um die Zeit zurückzudrehen und an jenem Tag, nach dem Unglück am Fluss Saleph, mit dem restlichen Heer wieder in mein Land zurückkehren zu können. Doch einige meiner Landsleute, mein Lehnsherrn und ein Versprechen hatten mich dazu bewegt, weiterzureisen.»

Schwer atmend starrte er in den Teich, wo die Libellen ihren sorglosen, heiteren Reigen tanzten. «Ich höre noch jetzt, ob ich schlafe oder bete, ob ich dasitze und nachdenke, ihre Schreie! Ich glaubte, der Tod würde auch mich endlich erwarten, als einer der Krieger auf mich zuschritt. Ich hörte das Surren seiner Säbelklinge, spürte ihren Windhauch, ich fühlte, wie warmes Blut auf mein Gesicht spritzte und der Leib eines Getöteten zu meiner Linken in den Staub sank. Gleich darauf hauchte auch der Mann zu meiner Rechten röchelnd sein Leben aus. Sein Kopf rollte vor meine Knie – der Kopf meines besten Freundes. Seine sterbenden Augen, die sich gespenstisch bewegten und mich voller Verzweiflung ansahen und seine Lippen, die bebten, als wollten sie noch etwas sagen, werde ich nie mehr vergessen. Ich schloss meine Augen, denn ich war sicher, der nächste Hieb würde mir gelten. Die Schreie der Sterbenden drangen kaum noch an meine Ohren. Ich wollte beten, doch mein Mund blieb stumm. Ich wollte Gott um Verzeihung für all meine Sünden anflehen, doch starr vor Furcht, konnte ich meiner Seele keinen Frieden schenken. So wartete ich auf den Hieb, doch nichts geschah. Als ich die Augen öffnete, war der Sarazene nicht mehr da. Er hatte mich mit dem erbärmlichen Rest meines Lebens und mit einer unsühnbaren Schuld zurückgelassen.»

Bernhard öffnete langsam die Faust und das letzte Blütenblatt fiel zu Boden. «Über die Hälfte von uns hatten sie getötet, die Überlebenden brachten sie in den Kerker der Stadt. Der letzte Funke Hoffnung erstarb in seiner Dunkelheit. Die Soldaten pferchten uns wie Tiere in Zellen. Nicht mal stehend hatten wir genug Platz und wir alle wussten, wir würden das Sonnenlicht nie mehr wieder sehen.»

Nasrin schluckte. In den letzten Wochen hatte sie in der erbarmungslosen Stille ihres Zimmers um ein einziges Wort gebettelt und jetzt wünschte sie sich, keines mehr zu hören. Sie wünschte sich, Bernhard möge schweigen.

Er sah sie feindselig an, als er fragte: «Wollt Ihr noch mehr erfahren?»

Am liebsten hätte sie geschrien: «Nein, bei Allah, dem Allmächtigen, nein!» Doch sie blieb stumm. Sie hatte das Feuer der Erinnerungen entfacht, als sie ihn aufgefordert hatte, zu erzählen und nun loderten seine Flammen auf und es schien, als würde sie nichts ersticken können. Überwältigt von den grauenvollen Bildern, die ihre Gedanken marterten, hörte sie schweigend zu, als er fortfuhr: «Sie hatten fünfzig von uns in eine Zelle gesteckt, ließen uns darben und wir glaubten, sie würden uns erbarmungslos verdursten lassen. Irgendwann, als einige schon tot waren und ihre stinkenden Körper uns fast die Besinnung raubten, brachten sie uns endlich Wasser und Brot.»

«Nein, das ist eine Lüge», hauchte Nasrin. «Kein Muslim würde einen Hungernden oder einen Durstenden leiden lassen, wenn es in seiner Macht steht, ihm Speis und Trank anzubieten!»

Bernhard lächelte ein bitteres Lächeln. «Es erschreckt Euch, nicht wahr?»

«Kein Muslim würde so etwas tun! Ganz gleich, welchem Glauben der Notleidende angehört!», wehrte sie sich. Es waren die Worte ihres Vaters, so hatte er es immer wieder gepredigt. Voller Empörung wollte sie sich erheben und gehen, als Bernhard nach ihrer Hand griff und sie unsanft zurückhielt.

«Ihr wolltet es hören! Dann hört mir auch zu! Lasst mich zu Ende erzählen und bildet Euch dann Euer Urteil!»

Langsam setzte sie sich wieder, während Bernhard ihr Handgelenk noch immer nicht losließ. Wie eine Kette umschloss seine Hand die ihre und Nasrin fühlte sich gefangen.

«Irgendwann kehrten die Euren zurück. Sie boten jedem die Freiheit an, der sich zum Islam bekennen würde. Doch keiner von uns wandte sich von unserem Gott und seinem Sohn Jesus Christus ab. Erbost darüber schritten die Sarazenen wieder durch unsere Reihen und hieben erneut wahllos Köpfe ab.»

«Warum habt ihr euch nicht zu Allah bekannt?», fragte sie, ohne ihn anzublicken. Warum wollten diese Christen nicht Muslime werden, da doch in Allahs Gesetz die einzige Wahrheit zu finden war?

«Warum bekennt Ihr euch nicht zu Jesus Christus, dem Sohn Gottes?», beantwortete er ihre Frage ruhig mit einer Gegenfrage und sein Griff wurde noch fester. Er tat ihr weh, aber sie wehrte sich nicht. Sie verstand selbst nicht, warum sie überhaupt noch immer dasaß und ihm zuhörte statt ihn einfach fortzuschicken.

«Eines Tages fragten sie jeden Einzelnen, ob er bereit wäre, Muslim zu werden. Jeden, der sich nicht einschüchtern ließ, erschlugen sie. Und jene, die zu schwach in ihrem Glauben waren, brachten sie fort. Das Abschlachten ging weiter, bis nur noch fünf von uns übrig blieben.»

Nasrin blickte noch immer nicht auf. Ein Gedanke jagte den anderen: Es war Allahs Wille, denn der Glaube an ihn und seinen Propheten ist der einzig wahre! Aber dieser Christus führt seine Anhänger ins Verderben und lässt sie sterben!

«Als die Zelle voller lebloser Körper war und das Blut meiner Gefährten mir bis zu den Knöcheln reichte, hörte das Töten auf. Trotzdem drohten sie, jeden Tag einen weiteren von uns umzubringen. Und schließlich machten sie diese Drohung wahr, denn die letzten fünf Männer hielten betend an ihrem Glauben fest. So töteten sie alle – bis auf mich. Ich war der Letzte, der übrig blieb. Sie drohten, wieder zu kommen. Aber sie kamen nicht mehr!»

Nasrin hob verunsichert den Kopf.

Warum sollte ausgerechnet er am Leben geblieben sein, wenn alle anderen, die sich nicht zum Islam bekannt hatten, getötet wurden? Sie wagte nicht, danach zu fragen.

«Fast ein halbes Jahr schmorte ich in diesem verdammten Verlies. Allein gelassen, dem Wahnsinn nahe, flehte ich jeden Tag um den erlösenden Tod! Mit Ratten kämpfte ich um jeden Bissen schimmeliges Brot, um jeden Tropfen faules Wasser. Eines Tages kam der Sultan nach Akkon und ließ nach mir rufen!»

«Siehst du», entgegnete Nasrin ausweichend, aber es klang wenig überzeugend, «jene Männer, die sich zum Islam bekannt hatten, leben noch.»

«So, glaubt Ihr das wirklich?»Bernhard schüttelte aufgebracht den Kopf. Er ließ sie immer noch nicht los und in seinen Augen brannte das Feuer des aufrichtigen Hasses so heftig, wie sie es bei ihm noch nie zuvor gesehen hatte. «Mir nahm Salah ad-Din die Ritterehre und das Recht eines freien Mannes. Er übte seine eigene Rache an mir aus und schickte mich nach Damaskus. Als sie mich, in Ketten geschlagen, aus dem Kerker holten, sah ich, welchen Preis jene Männer zu zahlen hatten. Ich erkannte die Großmut, welche die Euren gegen diese Ritter zeigten, die ihren Glauben verloren hatten und den Islam annehmen wollten: Sie schlugen ihnen die Hände und Füße ab und steckten sie in Käfige, wo sie elendig verreckten! Die Körper dieser Häretiker prangten als mahnendes Zeichen über den Zinnen der Stadt! Ich kann den fauligen Geruch ihrer verwesenden Körper noch immer riechen!»

Erst jetzt ließ er Nasrin los und sie spürte, wie ihr übel wurde, unsagbar übel, und nur mit größter Anstrengung konnte sie den Brechreiz unterdrücken.

Bernhard erhob sich. Seine Gestalt warf einen drohenden Schatten auf Nasrin. «Jetzt wisst Ihr, was Ihr zu wissen begehrtet und könnt Euch das Urteil bilden, das Euch beliebt!»

Er verneigte sich und verließ mit eiligen Schritten den Garten.

Nasrin sah ihm mit weit aufgerissen Augen nach. Sie zitterte und als die Übelkeit unerträglich wurde, beugte sie sich vor und erbrach. Und während sie von Krämpfen geschüttelt wurde, glaubte sie zu sehen, wie sich der Teich rot färbte.

Rot wie das Blut der Ritter und Sarazenen, die vor Akkon fielen.

11

Die kleine Stickerei, mit der sich Nasrin abmühte, erfüllte ihren Zweck – die Ereignisse der letzten Woche zu vergessen – nur dürftig.

Die Emirtochter saß allein in einem Gemeinschaftsraum des *Harim*.

Da die Mittagshitze drückend über dem Garten lag – kein Windhauch bewegte die Äste der Bäume und Blumen – wusste sie, dass sie bis zum Abend warten musste, bis es endlich etwas kühler werden würde und sie einen Spaziergang wagen durfte.

Nachdenklich betrachtete Nasrin ihre Handarbeit und dachte dabei an Jasmina, die inzwischen genas. Wie gerne hätte sie ihre kleine Schwester besucht! Doch der Emir verbot es ihr immer noch; sein Groll wollte nicht weichen. Stillschweigend gehorchte sie und mied es, ihn zu reizen. Irgendwann würde es so weit sein, irgendwann würde er ihr verzeihen. Irgendwann.

Außerdem schienen sich Fatimahs Prophezeiungen nicht mehr zu bewahrheiten; seit Jasminas Erkrankung hatte kein Unheil mehr das Haus al-Dir heimgesucht. All diese traurigen Ereignisse waren wohl doch nur unglückliche Zufälle gewesen und gerieten allmählich in Vergessenheit. Und als Nasrin am frühen Morgen mit Jaida im Badehaus gewesen war, unterhielten sie sich so, als wäre in den letzten Wochen nichts geschehen. Selbst über den Ungehorsam ihrer Stieftochter verlor Yasids Mutter kein Wort.

Nasrin schreckte auf und ließ Tuch und Nadel fallen. In Gedanken versunken, hatte sie sich in den Finger gestochen und nun perlte das Blut aus der kleinen Stichwunde und ehe sie sich versah, hatte es ihr Stickwerk verunstaltet. Tiefrot hatte sich der Fleck auf dem hellen Tuch zwischen zwei reich verzierte Krieger gedrängt. Nasrin leckte das Blut von ihrem Finger und versuchte eilig, ihre Stickerei zu retten. Sie begann, den Stoff mit den Fingern zu bearbeiten, doch statt ihn zu säubern, verschmierte sie das Blut noch mehr und so ließ sie davon ab. Es war sinnlos, sie würde Wasser und Seife brauchen, um den Fleck auszuwaschen.

Kann man Blut leicht auswaschen?, schoss es ihr plötzlich durch den Kopf, als sie die verschmutzte Stickerei betrachtete, und wieder kehrten die Erinnerungen an Bernhards Erzählung zurück. Lange hatte sie über seine Worte nachgedacht, sie verdrängt und als Lügen abgetan, doch tief in sich spürte sie, dass er die Wahrheit gesagt hatte. Es war eine schreckliche, eine grausame und eine blutige Wahrheit und sie ähnelte in vielen der, die Hassan über die Christen zu berichten wusste.

Unentschlossen blickte Nasrin die mit schwarzen, gelben und weißen Mauersteinen verzierte Wand an, deren Muster die eigentümliche Stimmung des hohen Raumes bestimmten. In einer Mauernische stand eine kunstvoll gearbeitete Lampe, die, wenn es Nacht wurde, durch das Licht einer Kerze wundervolle Schatten auf die Wände zauberte. Als kleines Mädchen hatte sie sich diese Schatten immer als lebendige Wesen vorgestellt – Menschen, Tiere, Geister –, so, wie sie es mit den eigentümlich gestalteten Wolken am Himmel immer tat. Mit ihnen vertrieb sie sich die Zeit, begab sich auf Reisen in ferne Zeiten und geheimnisvolle Königreiche, aus denen sie nie mehr zurückkehren wollte.

«Herrin», hörte sie plötzlich eine schüchterne Stimme.

Fatimah stand neben dem kleinen Schrank, in dem alle Stoffe und Tücher des Hauses aufbewahrt wurden. Das Möbelstück, eines der Prunkstücke dieses Raumes, war mit wertvollen und feinen Intarsien verziert.

«Der Emir will, dass Ihr zu ihm kommt», flüsterte die Dienerin.

Nasrin seufzte überglücklich auf. Wie lange hatte sie auf diesen Augenblick gewartet, wie lange hatte sie ihn herbeigesehnt! Jetzt durfte sie ihren Vater endlich aufsuchen, ihm zeigen, dass sie seinen Groll und Unmut verstanden hatte und ihm künftig gehorchen würde.

«Ich komme, Fatimah! Ich komme gleich!»Ihre Stimme zitterte vor Aufregung und sie hob das Tuch und die Nadel auf, während sich die Sklavin entfernte.

Nasrin fühlte sich noch immer schwach und ausgezehrt. Ihr Körper gewöhnte sich nur langsam wieder an Nahrung und nahm nur zögernd die weiblichen Formen wieder an. Wie so oft in letzter Zeit, breitete sich in ihrem Kopf ein dumpfes Gefühl aus. Der Magen schmerzte wieder und sie krümmte sich. Jaida hatte sie gescholten, weil sie noch immer so mager war und ihr befohlen, jeden Tag mindestens fünf Mal die Küche aufzusuchen, um etwas zu essen. Sie sollte wieder zu Kräften kommen, doch Nasrin befolgte ihren Rat kaum.

Die Schwäche schwand nur schleppend und erst nach einigen tiefen Atemzügen fühlte sie sich besser. Sie legte das Stickwerk auf eine Truhe und strich ihr seidenes, smaragdgrünes Gewand glatt, als sie plötzlich inne hielt. Sie hatte Fatimah gar nicht gefragt, wo sie ihren Vater finden würde. Um diese Zeit konnte er überall im Palast sein – im Garten, in den Stallungen, in der Empfangshalle, einfach überall. Verärgert über ihre Nachlässigkeit, entschied Nasrin, zuerst im Schlafzimmer des Emirs nachzuschauen.

Sie beeilte sich; sie wollte ihren Vater, der sie endlich zu sich rief, nicht warten lassen. Die mächtigen Säulen warfen ihre Schatten auf die Fliesen in den Gängen, doch sie nahm diese genau so wenig wahr wie die Diener, die an ihr vorbeihuschten. Der Weg zum Gemach des Emirs führte durch die große Empfangshalle. Als sie die Tür, die in diesen großen Saal führte, erreicht hatte, blieb sie stehen.

Stimmen waren zu vernehmen: die eine von ihnen gehörte Suleyman, die andere Jamal.

«Und wie sieht die Lage aus?», erkundigte sich der Emir besorgt.

«Sie greifen von der See aus an. Ungefähr zweitausend Ritter auf großen Schiffen.» Jamal klang wie immer kämpferisch, aber auch ungeduldig.

«Wird die Stadt halten?»

«Ich habe gehört, sie kämpfen tapfer, aber auch die Christen sind voller Kampfeslust, *Hazrat*!»

«Ich habe gefragt, ob die Stadt halten wird!», erwiderte Suleyman ungewohnt gereizt. Dem Klang seiner Schritte nach schien er auf und abzugehen.

«Wenn keine Verstärkung anrückt, wohl kaum! Und das kann noch Wochen dauern! Akkon wird immer wieder von einem Christenheer angegriffen. Dieser Krieg wird niemals enden, wenn …»

«Und was ist mit dem Sultan?», fuhr der Emir dazwischen und blieb stehen.

«Salah ad-Din soll seine Streitmacht zusammengerufen haben. Die Nachricht ereilte ihn zu spät und so sind nur einige Truppen auf dem Vormarsch. Er selbst ist auf dem Weg nach Damaskus, um von El-Afdal weitere Soldaten anzufordern!»

Der Emir atmete so laut aus, dass selbst Nasrin es hören konnte. «Das bedeutet, auch die Stadtwache wird nach Akkon ziehen!»

«So wird es geschehen, ehrwürdiger Emir!»

Die Lage ist wirklich ernst, wenn Salah ad-Din so handeln muss, dachte Nasrin und sah sich um. Doch niemand schien bemerkt zu haben, dass sie lauschte. Und da Vater sie hatte rufen lassen, würde sie ihn nun auch sprechen. Aber gerade, als sie die Empfangshalle betreten wollte, begann Jamal erneut: «El-Afdal sagte, ihr Anführer sei ein König aus dem Reich der Engländer und er sei zu allem entschlossen. Er nannte ihn Löwenherz.»

Suleyman strich sich nachdenklich über den Bart. «Ich habe von ihm gehört. Ein großer und gefährlicher Herrscher, berüchtigt für seinen wachen Geist und seine strategischen Künste. Er soll auf Zypern in Schwierigkeiten geraten sein. Vermutlich wollte er seine Seemacht mit dem Heer des deutschen Kaisers vor Akkon vereinen.» Diesmal hatte nicht der gottesfürchtige Gläubige Suleyman gesprochen, sondern der erfahrene Feldherr. In jungen Jahren, bevor er sich allein Allah und dem Koran zuwandte, war er mit seinem Vater unterwegs gewesen und hatte so das Kriegshandwerk erlernt.

«Das stimmt», gab ihm Jamal recht. «Hätten unsere Soldaten Akkon nicht so tapfer verteidigt, müssten nun tausend *Nasranî* mehr bekämpft und getötet werden!»

Nasrin erstarrte. Sie wusste, worüber der Hauptmann sprach: über das aufgeriebene Heer von Bernhard von Markward. Wieder kehrten die schrecklichen Bilder zurück, die sie in vielen Nächten heimgesucht und ihr Alpträume beschert hatten.

Einige Augenblicke lang herrschte Stille und als wäre es ein Zeichen, fasste Nasrin Mut, zog sich den *Khimaar* über den Kopf, klopfte sachte an die Tür und öffnete sie vorsichtig einen Spalt breit. Auch wenn sie sich vor Jamal ekelte, trat sie ein.

«Komm, Tochter, komm näher», forderte der Emir sie mit gutmütiger Stimme auf und in seinen Augen lag ein Glanz der Erleichterung. Auch er hatte sie vermisst und ihm wurde bewusst, dass die Strafe, die er ihr auferlegt hatte, zu hart gewesen war.

Nasrin lächelte ihm schüchtern zu, während sie näher trat und Jamal eine Verneigung andeutete.

«Es freut mich, zu hören, dass du dich von deiner langen Krankheit erholt hast», bemerkte Suleyman und sah seine Tochter eindringlich an.

Nasrin stutzte zunächst, doch dann verstand sie. Ihr Vater wollte sie nicht vor Jamal bloßstellen und ihrem zukünftigen Ehemann von ihrem nächtlichen Besuch bei Asiya erzählen.

«Ja, es geht mir besser», erwiderte sie und blieb vor dem Emir stehen. Zärtlich nahm er ihren Kopf in seine Hände und küsste sie auf die Stirn. «Allah war gnädig mit mir, er hat meine Töchter wieder geheilt!», rief der Emir erleichtert und Nasrin nickte schweigend.

Der Kuss der Befreiung, dachte sie und er erwärmte ihr Herz mehr als jeder Sonnenstrahl. Ihr Vater zürnte nicht mehr.

Jamal stand regungslos da. Er trug wieder seine Uniform, den polierten Helm, das fein gearbeitete Kettenhemd und den mächtigen Säbel. Alles an ihm funkelte und strahlte und Nasrin überlegte, ob sie ihn jemals ohne diese Rüstung der Stadtwache, in gewöhnlichen Kleidern, gesehen hatte. Besaß ein Hauptmann der Stadtwache überhaupt gewöhnliche Kleider?

«Ihr seht immer noch mitgenommen aus», bemerkte Jamal in ungewöhnlich besorgtem Tonfall. «Ich habe mir Sorgen gemacht, als ich von Eurer Krankheit erfuhr. Aber ich hoffe nun, Ihr habt alles gut überstanden.»

Von Suleyman wohlwollend beobachtet, senkte Nasrin den Blick, wie es sich für eine sittsame Muslimin gehörte. «Ich danke Euch für Eure Anteilnahme, aber seid unbesorgt, es geht mir wirklich schon viel besser.»

«Es war bestimmt die Aufregung der letzten Wochen», entgegnete Jamal. «Ich wollte Euch schon vor Tagen mein Beileid aussprechen.»

«Ja, die Aufregung der letzten Wochen …» Sie hielt inne und wandte sich rasch dem Emir zu: «Vater, Ihr habt mich rufen lassen?»

Suleyman nickte. «Ich habe dich rufen lassen, weil Jamal sich nach deinem Befinden erkundigt hatte.»

Nasrin sah betroffen auf. Die Augen des Hauptmannes funkelten erregt. Sie schienen sie hämisch anzulachen und ihr zu sagen: Nur noch wenige Monate, und dann wirst du mein, wirst du mir gehorchen!

Angewidert blickte sie zur Seite und sie wusste nicht, ob Jamal es bemerkt hatte. Vielleicht sollte sie sich mit ihrem Schicksal abfinden, vielleicht würde er ein guter Ehemann sein. Er war immer höflich zu ihr und gehorchte Suleyman bedingungslos. Aber dann erinnerte sie sich an Bernhard, an Asiya – wie viele Menschen hatte er noch gedemütigt, geschlagen, misshandelt, umgebracht? Sie wusste, dass sich hinter dieser strahlenden Rüstung noch ein anderer, ein gefühlloser Jamal verbarg.

«Ihr solltet Euch schonen», hörte Nasrin ihn sagen, «die Hitze des Sommers …»

«Diebe! Gemeine, hinterhältige Diebe!», brüllte plötzlich jemand, «hier im ehrenwerten Haus al-Dir!»

Nasrin, Suleyman und Jamal fuhren gleichzeitig herum und starrten verständnislos zur Tür, die in den Garten führte. Die Hand des Hauptmannes fuhr zum Schaft seines Säbels.

«Diebe!», brüllte die Stimme erneut und nur wenige Augenblicke später stürzte ein Mann in die Empfangshalle. Es war jener Diener, der den Emir einkleidete, sich um dessen wertvolle Gewänder kümmerte und für die Schmucksachen verantwortlich war.

Demütig warf er sich vor dem Emir nieder und stöhnte: «Herr, ein gemeiner Dieb ist in Eurem Haus!»

«Ein Dieb in meinem Haus?» Suleyman runzelte die Stirn.

«*Hazrat*, ich wollte Euren Dolch zum Goldschmied bringen lassen, da der Stein aus der Fassung gefallen war. Doch die Schatulle, in der man ihn aufbewahrt hatte, war leer!»

«Leer?» Suleyman sah sich ungläubig um und befahl dem Mann mit ernster Stimme: «Steh auf!»

Der Diener erhob sich und blickte noch immer untertänig auf die steinernen Fliesen. «Gestohlen, mein Herr, gestohlen! Der Dolch und der Stein, sie sind beide verschwunden!»

Nasrin wusste, dass der Dolch ein Familienerbstück war. Er wurde von Generation zu Generation an den Erstgeborenen weitergereicht, und eines Tages sollte ihn Yasid als neues Familienoberhaupt der al-Dir erben.

«Und du hast keine Ahnung, wer es gewesen sein könnte?»

Der Diener schüttelte verzweifelt den Kopf.

«Wenn Ihr wünscht, *Hazrat*, werden meine Männer den Dolch finden – und mit ihm den gemeinen Dieb!», schlug Jamal vor. Er kam selten allein in den Palast, meistens begleiteten ihn zwei oder drei seiner Soldaten.

Suleymans Blick war voller Unmut. Der Dieb musste ein Fremder gewesen sein, denn keiner seiner Diener und Sklaven würde eine solch schändliche Tat begehen. Er war bestimmt schon längst verschwunden und die Männer des Hauptmanns würden ihn im Straßengewirr von Damaskus niemals finden. Trotzdem beschloss der Emir, Jamals Angebot anzunehmen. «Ich bitte darum! Der Dolch ist nicht nur wertvoll, sondern unbezahlbar und dieser schändliche Diebstahl entehrt mich und mein Haus!»

Der Hauptmann verneigte sich, schenkte Nasrin einen vielsagenden Blick und verließ eilig, zusammen mit dem Diener, den Saal.

«Diebe in meinem Haus!» Suleyman war fassungslos.

Die Nachricht vom Diebstahl breitete sich so schnell aus wie Heuschrecken, die über ein Feld herfielen.

Fast alle Diener hatten sich neugierig vor der Tür, die in die Empfangshalle führte, versammelt. Erst als der Emir auf sie zuschritt, stoben sie auseinander.

Die Soldaten des Hauptmanns durchsuchten jedes Zimmer, jeden Gang, jeden Schrank, jeden Teil des Palastes. Sie suchten im Garten; einer von ihnen kletterte gar auf die Dächer, doch sie fanden nichts. Sie befragten die Bewohner des Hauses, doch niemand wollte etwas gesehen oder gehört haben. Der Dolch und der Stein blieben spurlos verschwunden.

Aber kurz vor der Abenddämmerung erhob sich erneut das Stimmengewirr der Diener im Hof; sie schrien wild durcheinander und wenn auch Nasrin ihre Worte nicht genau verstehen konnte, so wurde ihr klar: Der vermeintliche Dieb war gefasst worden. Sie hatte sich geirrtt und verwundert schüttelte sie den Kopf. War der Dieb wirklich so dumm gewesen und hielt sich noch immer im Palast auf? Noch dümmer war es gewesen, den Emir überhaupt zu berauben!

Ein Großteil der Dienerschaft hatte sich im großen Empfangssaal versammelt. Sie reckten neugierig ihre Köpfe, als die Soldaten den Dieb herbeischleppten und vor dem Emir auf den Boden warfen. Mit einem triumphierenden Lächeln stellte sich Jamal neben ihn und trat ihm ihn die Seite.

Nasrin drängte sich zwischen den Gaffenden hindurch und ihr Atem stockte, als sie den Mann erkannte, der zu Suleymans Füßen lag.

«Der Dieb ist gefunden!», rief Jamal und ging siegesgewiss auf Suleyman zu. Er streckte dem Emir die zur Faust geballte Hand entgegen. Als er sie öffnete, schimmerte ein blutrot leuchtender Rubin auf seiner Handfläche. «Diesen Edelstein hier haben wir bei dem *Kafir* gefunden!»

In Suleymans Gesicht zeichneten sich Zorn und Enttäuschung ab.

Der Christ ein Dieb?

Jamal trat näher und reichte ihm den Stein. Nachdenklich betrachtete ihn der Emir, drehte ihn zwischen den Fingern, so dass er aufblitzte, wenn Licht auf ihn fiel. Dann nickte er. Es war der Rubin, der aus der Fassung gefallen war.

Nasrin starrte auf Bernhard. Er lag immer noch bäuchlings auf dem Boden und atmete schwer. Die Soldaten hatten ihm die Hände auf dem Rücken gefesselt und feindselig und voller Verachtung blickten sie auf ihn hinab, als wäre er ein verendender Hund.

Sie konnte es nicht fassen. Warum sollte ausgerechnet er den Emir bestehlen? Wo er doch gesagt hatte, wie sehr er ihn für seine Großmut und Weisheit ehre?

«Und der Dolch?», fragte Suleyman und der Edelstein verschwand, als er die Hand zu einer Faust schloss.

Jamal verneigte sich. «Der ist noch nicht gefunden worden, ehrenwerter Emir. Der *Kafir* ist verstockt. Er behauptet immer wieder, er hätte weder den Dolch noch den Stein gestohlen.»

«Wo ist der Dolch, *Nasranî*?», wandte sich der Emir aufgebracht an den Christen und trat einen Schritt auf ihn zu.

Bernhard versuchte, sich aufzurichten, aber es gelang ihm nicht. Erst als Jamal nickte, zerrten ihn die Soldaten auf die Knie. Er schwankte wie ein Feigenbaum im Wind und versuchte angestrengt, sich aufrecht zu halten.

Nasrin hielt sich entsetzt die Hand vor den Mund, um einen Aufschrei zu unterdrücken, als sie in Bernhards Gesicht sah. Man hatte ihn geschlagen: Seine Nase und Mund waren geschwollen, die Unterlippe aufgeplatzt. Aus einer Wunde über dem linken Auge quoll noch immer Blut und verklebte seine Haare.

«Wo ist der Dolch?», wiederholte Suleyman ungerührt.

Doch der Christ schwieg beharrlich und einer der Soldaten trat ihm in die Rippen. Bernhard krümmte sich vor Schmerz. Der andere Soldat packte ihn blitzschnell am Schopf, riss ihn hoch und schrie: «Antworte, wenn der Emir dich fragt, du elender Barbar!»

Jamal trat neben Bernhard und die beiden Männer sahen sich an. Nasrin wusste, der Hauptmann würde den Christen jetzt am liebsten gnadenlos schlagen und ihn wieder erniedrigen, so wie er es schon einmal getan hatte. Doch in der Anwesenheit des Emirs verbarg er geschickt seine Gnadenlosigkeit, mit der er Wehrlose zu behandeln pflegte. Aber seine Soldaten wussten genau, was er verlangte und sie führten seine stummen Befehle mit bedingungsloser Ergebenheit aus.

«Hast du dir selbst die Zunge abgebissen, du verfluchter Köter?», fauchte der Hauptmann. Der Christ schwieg noch immer.

Stattdessen ertönte Suleymans Stimme: «Ich habe dich in meinem Haus aufgenommen, ich habe dir zu Essen und zu Trinken gegeben und dafür dankst du mir mit einer solch unehrenhaften Tat?»

Als wäre er von einem fernen Ort zurückgekehrt, sah Bernhard ihn an. «Ehrenwerter Emir, ich habe weder den Dolch noch den Stein gestohlen! Ich bin kein Dieb!», erwiderte er, wandte den Kopf zur Seite und spuckte auf die Stiefel des Hauptmannes. Jamal griff ohne zu zögern nach dem Säbel, ließ ihn aber stecken, als er den ernsten Blick des Emirs bemerkte.

«Und wie kommt es, dass der Stein bei dir gefunden wurde?»Suleyman klang jetzt fast traurig.

«Der Hauptmann kennt meine Antwort! Und Ihr kennt sie auch, Herr!»

Jamal lachte verachtungsvoll auf. «Er behauptet, er hätte den Stein vor den Stallungen gefunden! Eine bessere Lüge war ihm nicht eingefallen!»

«Das ist keine Lüge», fauchte Bernhard, während einige Blutstropfen von seinem Kinn auf die Steinfliesen fielen. «Ich habe ihn vor den Stallungen gefunden und wollte ihn Euch bringen lassen. Doch die Männer des Hauptmanns bezichtigten mich des Diebstahl, bevor sie überhaupt wussten, dass ich den Stein habe!»

«Und ein Edelstein liegt einfach so vor einem Stall?» Jamals Lachen klang noch gemeiner.

«Bei Jesus Christus und der Heiligen Mutter Gottes, ich schwöre Euch, so ist es und nicht anders!», rief Bernhard verzweifelt.

«Der Schwur auf deinen Gott zählt bei uns nicht!», entgegnete der Emir kalt.

Nasrin schüttelte den Kopf und ihre Fingernägel krallten sich in den Stoff ihres Gewandes. Er konnte kein einfacher Dieb sein. Nicht nach alldem, was sie von ihm erfahren hatte.

Erst jetzt ließ der Soldat Bernhard los, stieß ihn von sich und trat ihm erneut in die Seite. Der Christ krümmte sich, unterdrückte einen Schrei, fluchte in seiner Sprache und wollte sich erheben, doch die Soldaten drückten ihn wieder gnadenlos auf den Boden.

«Dann schwöre ich bei meiner Ehre, ich habe weder den Stein noch den Dolch gestohlen!», rief er dem Emir zu, der sich bereits zum Gehen gewandt hatte. Nun blieb er stehen und drehte sich schweigend um.

«Die Ehre eines Sklaven ist soviel wert wie die Ausscheidungen eines Hundes!», knurrte Jamal verächtlich.

«Ihr habt mich zu einem Sklaven gemacht, mir meinen Namen und meinen Ritterstand genommen, aber meiner Ehre kann ich mich nur selbst berauben!», keuchte Bernhard.

«Du kennst die Strafe für einen Diebstahl?», fragte Suleyman plötzlich, während die Soldaten den Christen wieder aufrichteten.

«Ich habe viele Eurer Strafen kennen gelernt.»

«Halte deine spitze Zunge im Zaum, du ungläubiger Hund!», zischte Jamal und Nasrin bemerkte entsetzt, wie er seine Hände zu Fäusten ballte, bis die Knöchel weiß hervortraten.

«Kennst du sie?», wiederholte der Emir die Frage diesmal mit einer kühlen und gefährlich klingenden Stimme.

Der Christ nickte. Aus seiner Nase rann wieder Blut, und es blieb an seinen Lippen und an seinem Kinn hängen.

Suleyman wog den rot glühenden Stein in seiner Hand und Nasrin wusste genau, was er dachte: Er glaubte dem Christen nicht. Ihr Vater war es, der in diesem Haus Recht sprach. Er bestimmte die Strafen für ungehorsame Sklaven und Diener und er würde auch über den Christen richten. Nasrin gefror das Blut in den Adern. Bei Allah, ihr Vater würde ein großes Unrecht begehen.

«Antworte mir! Welche Strafe steht auf Diebstahl?», befahl der Emir.

Das Gemurmel der Diener verstummte schlagartig und die bedrohliche Stille, die folgte, schien jeden Atemzug gelähmt zu haben. Nur der Wind blähte die Vorhänge, sonst bewegte sich nichts.

«Ihr schlagt einem Dieb die Hände ab», erwiderte Bernhard. Nasrins Herz begann zu rasen, als sie die Gleichgültigkeit bemerkte, mit der er diese Worte aussprach.

Suleyman nickte und winkte Jamal zu: «So sei es!»

Der Hauptmann grinste hämisch, verneigte sich vor dem Emir und befahl seinen Soldaten, den Christen abzuführen.

Bernhard wehrte sich nicht.

Widerstandslos ließ er sich fortzerren. Als er Nasrin zwischen den Dienern entdeckte, blieben seine Blicke an ihr hängen, riefen ihr etwas zu. Und er sah ihr noch immer nach, als die Wachen ihn bereits hinausstießen und seine stummen Worte klangen so laut in ihrem Herzen, dass es sie fast umbrachte: «Du weißt, dass ich es nicht war! Du weißt, bei meinem Gott und deinem!»

Dann war er verschwunden.

Nasrin verharrte, unfähig sich zu rühren, während sie von draußen murmelnde Stimmen vernahm.

«Sie sollten ihn töten!»

«Die Hölle für ihn!»

«Er bringt nur Unheil ins Haus!»

Sie spürte, wie ein Kloß ihr den Hals zuschnürte und Gewissensbisse sie plagten.

Auch Suleyman stand immer noch regungslos da und sah Jamals Männern und der Dienerschaft nach, die in den Garten drängten.

«Mutig! Ihr seid töricht gewesen, aber mutig!», hörte Nasrin Bernhard sagen. Mutig! Wo ist ihr Mut nun geblieben? Wie ein kleiner, verängstigter Vogel kauerte er irgendwo tief in ihr, wollte sich nicht zeigen, wartete auf aufmunternde Worte, die ihr nicht einfallen wollten. Erst als Suleyman sich abwandte, um sich ebenfalls in den Garten zu begeben, verwandelte sich der Vogel endlich in einen kräftigen Falken.

«Vater!», rief sie und lief dem Emir nach. «Vater, ich glaube … Nein, ich bin sicher, er war es nicht!»

Überrascht neigte Suleyman den Kopf zur Seite. «Wenn es so ist, bring mir einen besseren Beweis als das Ehrenwort eines Christen!», entgegnete er und legte den Edelstein, der warm und blutrot leuchtete, in Nasrins Hand.

Dann ließ er seine Tochter stehen und trat in den Garten.

Nasrin starrte auf den Rubin und sie glaubte zu spüren, wie er in ihrer Hand zu brennen begann. Einen Beweis, bei Allah! Wie sollte sie es beweisen? Sie wusste ja nicht mal, was wirklich vorgefallen war. Und von Bernhard würde sie nur die eine Wahrheit erfahren. Wahrheit! Wahrheit! Er hat die Wahrheit bereits gesagt, echote es in ihren Gedanken.

Eine Wahrheit ohne Beweise. Und bald ein weiterer Ritter ohne Hände. Ohne jene Hände, die sie so sicher durch die Nacht von Damaskus geführt hatten.

Der Strom der Verzweiflung schien sie fortzureißen und bedrückt folgte sie dem Emir.

Die Soldaten hatten Bernhard in den Garten geführt, wo das Urteil zur Abschreckung der übrigen Diener und Sklaven des Hauses vollstreckt werden sollte.

Sie hatten sich schon alle versammelt, verängstigt, neugierig und schaulustig zugleich, als Nasrin mit hängenden Schultern zu ihnen stieß. Noch immer hielt sie den Edelstein fest umschlossen, als hoffte sie, er würde ihr im letzten Moment doch noch sein Geheimnis preisgeben. Doch der Rubin schwieg. Und er würde noch in tausend Jahren schweigen. Und niemand würde je die Wahrheit erfahren. Sie brauchte keinen Beweis. Sie glaubte Bernhard, glaubte seinen stummen Worten. Aber ihr wurde schmerzhaft bewusst, dass sie die einzige war.

Nur ein Wunder konnte ihn jetzt noch retten. Wenn sie ihm seine Hände abhackten, würde er für das Haus al-Dir nutzlos geworden sein und der Emir würde ihn wahrscheinlich in das Gefängnis der Stadt bringen lassen, wo er der Grausamkeit Jamals für immer ausgeliefert sein würde.

Voller Abscheu blickte sie sich um. Der Frieden des Gartens wird, getränkt mit dem Blut eines Unschuldigen, auf alle Zeit verdammt sein. Und dieser Ort wird nie mehr derselbe sein, schoss es ihr durch den Kopf.

Üblicherweise wurden Dieben in Damaskus öffentlich, auf dem Bazar, die Hände abgehackt, und je nach der Schwere des Vergehen, war es nur eine Hand oder gar beide. Jedes Mal strömten die Leute herbei, ergötzen sich an der Vollstreckung der Strafe. Da in diesem Fall der vermeintliche Dieb ein Sklave des Hauses al-Dir war, beschloss man, das Urteil gleich hier zu vollstrecken. Schnell, ohne große Hindernisse, und auch die Anwesenheit eines *Kadi* war nicht notwendig.

Bernhard verharrte regungslos vor einem eilig herbeigeschafften Holzpflock. Auf ihm schlugen für gewöhnlich die Diener den Hühnern, die für das nächste Mahl benötigt wurden, die Köpfe ab. Das trockene Blut des geschlachteten Federviehs hatte sich schwarz gefärbt und war in das Holz eingedrungen.

Jamal steckte seinen Säbel in eine mit glühenden Kohlen gefüllte Schale, die genau vor dem Christen stand. Die Klinge begann sich kirschrot zu verfärben und Nasrin rang nach Luft, als sie wieder die helle Narbe auf Bernhards Brust entdeckte, nachdem ihm die Soldaten das Hemd vom Leib gerissen hatten. Ein verräterischer Bluterguss zeichnete sich auf seiner linken Seite ab; die Wachen hatten ihm immer wieder in die Rippen getreten.

Nun kniete er da, in zerschlissenen, alten Beinkleidern. Sein Körper bebte und Schweißperlen rannen an ihm hinab. Nasrin ahnte, dass es nicht nur wegen der Hitze war, die von den Kohlen ausging. Einen Beweis! Einen einzigen Beweis!, hämmerte es wieder in ihrem Kopf.

Verzweifelt sah sie zu ihrem Vater hoch, der regungslos dastand. «Du begehst ein Unrecht», flüsterte sie. «Er war es nicht.»

Doch Suleyman sah sie nur teilnahmslos an. «Hast du einen Beweis gefunden, Tochter?»

Nasrin öffnete ihre Hand, in der immer noch der Rubin lag. «Nein. Aber wo ist der Dolch? Wenn er den Dolch gestohlen hat, hätte Jamal ihn bestimmt auch bei ihm gefunden!»

«Nasrin, du glaubst doch nicht, er wäre so dumm und würde seine Beute in seinem Lager aus Stroh verstecken?»

«Und du glaubst, er wäre so dumm, mit diesem Rubin mitten am Tag einfach so durch den *Bait* zu spazieren?»Sie streckte ihm den Edelstein entschlossen entgegen.

Sie musste an Yasid denken und sie war froh, dass er nicht hier war und diese ehrlose Tat mit ansehen musste. Arsalan, der Schatzmeister des Emirs, hatte noch einige Dinge auf dem *Suq* zu erledigen und hatte den

Jungen, als er dessen endloses Betteln nicht mehr aushielt, mitgenommen.

Jamal überprüfte die Beschaffenheit des Säbels und zog ihn aus der Glut. Kleine Funken stoben auf, flirrten wie kleine, glühende Höllenfeuer um Bernhard, der Nasrin und den Emir unverwandt anblickte. In seinen Augen lag kein Flehen, keine Angst, sondern der Ausdruck einer bitteren Anklage.

Der Hauptmann nickte einem seiner Männer zu, drückte ihm die Klinge in die Hand. Ihm wird niemand vorwerfen können, einen Wehrlosen gequält zu haben, dachte Nasrin. Dazu hat er seine Soldaten.

Bernhards Atem ging stoßweise, als ihm einer der Wachen die Fesseln durchschnitt und ihn zum Pflock zerrte, wo zwei Männer seine Arme ergriffen und sie ausstreckten. Die Nägel krallten sich in das Holz, als würde ihm dies in seiner auswegslosen Lage Halt geben. Er blickte zum Scharfrichter auf, der das rot glühende Eisen drohend vor seinem Gesicht hin- und herschwang, spannte die Muskeln und seine Augen glänzten fiebrig vor Erregung. Auf die Stirn traten Schweißperlen, die sich mit dem Blut der Platzwunde vermischten und über sein Gesicht rannen.

Nasrin konnte das Zischen des glühenden Metalls hören und glaubte die Hitze gar zu spüren, die von diesem Geräusch ausging. «Bitte, Vater …», flüsterte sie.

Suleyman nahm ihr den Rubin wieder aus der Hand, musterte angestrengt den wertvollen Stein. Er seufzte schwer, während Jamal ungeduldig auf den Befehl wartete, das Urteil zu vollstrecken.

Ein hoher, ein zu hoher Preis – zwei Hände für einen Diebstahl, der nicht ganz bewiesen war.

Suleymans Blicke wanderten unsicher zwischen seiner Tochter und dem Ungläubigen hin und her. Er rang mit sich selbst und stumm flehte er: Möge Allah mir doch ein Zeichen geben!

«Schlagt ihm nur eine Hand ab!», rief er plötzlich und Nasrin sah ihn ungläubig an. «Der Dolch ist noch nicht aufgetaucht! Wird er gefunden, könnt Ihr mit ihm immer noch so verfahren, Jamal!»

Der Hauptmann stockte. Dann verneigte er sich ergeben und gab einen neuen Befehl. Die Soldaten entschieden, die rechte Hand abzuhacken – jene Hand, mit der ein feindlicher Ritter für gewöhnlich sein Schwert führte. Den anderen Arm drehten sie ihm auf den Rücken.

Bernhard schloss seine Augen und biss die Zähne zusammen. Er hoffte so, die bevorstehenden Schmerzen besser ertragen zu können. Kein Laut sollte über seine Lippen kommen, kein Winseln, kein Klagen, kein Flehen. Der Stolz untersagte es ihm, um Gnade zu bitten.

Der Scharfrichter hob sein Schwert, nahm Maß: Er würde die Hand nicht auf der Höhe des Gelenks abtrennen, sondern gleich den ganzen Unterarm.

Das Zischen, das die Luft erfüllte, als er zum Schlag ausholte, mischte sich jedoch mit Schritten, die eilig näher kamen. Es war Yasid. Seine Augen funkelten vor Freude, als er auf seine Schwester zulief, um ihr zu zeigen, was er auf dem Bazar alles erworben hatte. Als er die versammelte Dienerschaft, Jamal und die Soldaten, den Scharfrichter und den knienden *Kafir* sah, blieb er stehen.

Nasrin hätte ihm diesen Anblick gerne erspart.

«Was ist los?», fragte er heiser.

Sie kniete neben ihm nieder und begann hastig zu erzählen, was geschehen war.

Währenddessen hob der Soldat erneut den Säbel. Die Fingernägel des Christen krallten sich noch tiefer in das Holz, und das Murmeln der Dienerschaft verstummte.

Yasids kindliche, dünne Stimme ertönte wie ein Donner, als er plötzlich aufgeregt schrie: «Bei Allah und seinem Propheten, haltet ein!»

Der Soldat sah sich verwirrt um, doch der Hieb sauste bereits nieder und die Klinge zerschnitt pfeifend die Luft.

Was folgte, war Stille. Kein Schrei, kein Wimmern, nichts.

Und in diese Stille hinein erschall Suleymans erzürnte Stimme. «Yasid! Was fällt dir ein?!»

Wütend ging er auf seinen Sohn zu.

Der Säbel hatte nur den Holzpflock gestreift und blieb in der Erde stecken. Durch Yasids Ruf abgelenkt, hatte der Soldat die Hand des Christen verfehlt.

«Yasid», tadelte der Emir seinen Sohn erzürnt. Doch obwohl der Junge seinem Vater vor der versammelten Dienerschaft widersprach und ihn dadurch beschämte, ließ er sich nicht einschüchtern. Nasrin hatte ihn noch nie so erlebt.

«Ihr hättet ein großes Unrecht begangen, Vater», erklärte er ernst und alle wandten sich ihm zu.

«Was Recht und Unrecht ist, entscheide in diesem Hause nur ich, Yasid!», tobte Suleyman, außer sich vor Wut.

Der Junge stellte sich entschlossen vor den Christen, als wolle er ihn schützen. «Er hat den Dolch nicht gestohlen!», rief er. «Niemand hat den Dolch gestohlen!»

Jamal mischte sich ein: «Kleiner Emir, das ist nichts für Euch!»

Verärgert blickte Yasid den Hauptmann an und an seinen Vater gewandt, sagte er: «Ich bin vielleicht noch nicht alt genug, um Recht zu sprechen, das gestehe ich ein! Aber der *Qur'an* hat mich gelehrt, das Unrecht zu erkennen, es auszusprechen und zu verhindern!»

Suleyman grollte. Sein eigener Sohn, gerade zehn Jahre alt, wagte es, ihn, einen Gelehrten, einen *Hafis*, mit dem Koran zu belehren?

«Arsalan hat den Dolch! Arsalan wollte ihn zum Goldschmied bringen», sprudelte es plötzlich aus dem Jungen heraus, und das Gemurmel der Diener begleitete seine Worte, «er wollte einen Stein wieder einpassen lassen! Und wenn Ihr mir nicht glaubt, dann fragt ihn selbst!»

Nasrin sah erleichtert auf Bernhard, dessen Arm noch immer auf dem Pflock ruhte. Er schien der Ohnmacht nahe zu sein und nur mit letzter Kraft sammelte er sich wieder. Er wollte keine Schwäche zeigen. Nicht hier, nicht vor den Dienern, vor allem aber nicht vor Jamal. Sie fragte sich, ob er auch gehört hatte, was Yasid sagte. Ihr Bruder hatte eben den Beweis erbracht, dass der Christ unschuldig war. Bei Allah, sie würde Yasid alle Scherze, die er noch mit ihr vorhatte, verzeihen.

Arsalan, der alte Schatzmeister, trat vor und verneigte sich steif. Sein ergrautes Haupthaar lugte vorwitzig unter seinem Turban hervor.

«Meister Arsalan», bat Yasid demütig, «Ihr wisst doch, wo der Dolch meines Vaters sich befindet, nicht wahr?»

Verständnislos musterte er zuerst den Jungen, dann die anderen Anwesenden und erwiderte empört: «Natürlich weiß ich es! Ich habe ihn heute zum Goldschmied gebracht! Ihr wisst doch, Emir, der große Rubin war aus der Fassung gefallen!»

Suleymans Gesicht wurde aschfahl.

«Und was ist mit dem Stein?», warf Jamal zürnend ein, bevor der Emir etwas entgegnen konnte. So nahe war der Hauptmann der Rache für seinen Bruder noch nie gewesen und jetzt hatte ausgerechnet der Sohn des Emirs das unnütze Leben dieses *Kafirs* gerettet.

Der Emir fasste sich wieder und hielt Arsalan schweigend den Rubin hin.

Über das Gesicht des Schatzmeisters ging ein Strahlen. «Allah sei Dank, Ihr habt ihn gefunden! Yasid und ich hatten schon die ganze Stadt nach ihm abgesucht und als wir ihn nicht fanden, dachten wir, er sei für immer verloren! Ich bemerkte das Loch im Beutel zu spät! Der Edelstein muss rausgefallen sein!»

«Wir haben den Edelstein bei diesem Hund gefunden», zischte Jamal und zeigte auf den Christen.

«Wo hast du ihn her?», wandte sich Yasid an Bernhard.

«Vor den Stallungen … Keine Stunde her …» Bernhards Stimme klang müde, sein Arabisch fehlerhaft.

«Sicher ist der Stein aus meinen Beutel gerutscht, als wir aufsaßen. Der *Kafir* war es ja auch, der uns die Pferde gebracht hatte», fügte der Schatzmeister hinzu.

«Da hört Ihr es!» Yasid nickte zufrieden. «Es war genau so, wie Arsalan vermutet hatte!»

Nasrins Augen füllten sich mit Tränen. Wie konnte sie ihrem Bruder nur danken?

«Er wollte den Stein stehlen», fauchte der Hauptmann.

«Jamal, genug jetzt!», donnerte Suleyman plötzlich, der bis dahin den Schilderungen seines Sohnes und des Schatzmeisters schweigend zugehört hatte. «Wir hätten beinahe einen Unschuldigen bestraft!» Und während die Soldaten zurückwichen, trat der Emir auf den Christen zu und half ihm, unter dem Gemurmel der Diener, aufzustehen.

Jamal konnte nicht glauben, was er eben sah. Es war demütigender, schmerzhafter und verletzender als jeder Faustschlag, jeder Schwerthieb eines Feindes. Ein gottesfürchtiger Muslim wie Suleyman al-Dir es war, beugte sich zu einem unwürdigen *Kafir* nieder und half ihm auf!

Die Einsamkeit der letzten Wochen, der Groll ihres Vaters, Bernhards Geschichte, dieses Urteil – all dies war Nasrin zu viel geworden. Endlich ist es vorbei, dachte sie dankbar. Für einen Augenblick wurde ihr schwarz vor Augen und hastig ergriff sie Yasids Hand. Sie hielten sich fest und stumm betrachteten sie ihren Vater und Bernhard, die sich immer noch regungslos gegenüber standen.

Der Christ, obwohl leicht nach vorne gebeugt, überragte den Emir um weit mehr als einen ganzen Kopf, und es schien, als wollte seine hochgewachsene Gestalt den schmächtigen Suleyman beschützen.

«Wir sollten Allah für seine Güte danken, dass er uns vor einem großen Unrecht bewahrt hat!», rief Suleyman. «Ich danke dem wahren Gott dafür, dass er mir einen solch mutigen Sohn geschenkt hat! Ich kann wahrhaft stolz auf dich sein, Yasid al-Dir!»

Der Junge hob zufrieden den Kopf und der Emir sah ihn liebevoll an. Glücklich über diese göttliche Fügung. Das Wissen, das Recht falsch angewandt zu haben, hätte sein Seelenheil für immer vernichtet – auch wenn der unschuldig Bestrafte nur ein Sklave, ein Christ gewesen wäre.

«Allah der Barmherzige, der Gütige, der Allwissende, hat sich uns durch diesen Jungen mitgeteilt», lobte der Emir Yasid noch mal und strich über seine dunklen Haare. Dann wandte er sich an den Christen: «Geh jetzt und danke Allah oder deinem Gott für dieses Glück, das dir widerfahren ist!»

Bernhard senkte schweigend sein Haupt, um dem Emir die Ehre zu erweisen, die ihm zustand und verließ anschließend den Garten, ohne Nasrin noch einmal anzusehen.

Sie blickte ihm nach, und wieder erfasste sie Mitleid. Sie fragte sich, was er wohl schon in seinem Leben durchgemacht hatte.

Unsicher taumelte er weiter, ging niedergeschlagen, allein und entkräftet auf die Stallungen zu. Als er sich erschöpft an einem Baum festhielt und fast zusammenbrach, blutete Nasrin das Herz.

«Komm jetzt, Tochter», forderte der Emir sie auf, nachdem er die Diener wieder an ihre Arbeit zurückgeschickt hatte.

Sie folgte ihm.

Im Vorbeigehen streifte ihr Blick Jamal, der vor Zorn mit den Zähnen knirschte. Er war tief getroffen, seine Ehre und sein Stolz waren verletzt worden, aber er wagte es nicht, sich gegen den Emir oder seinen Sohn aufzulehnen. Aber der Hass in seinen Augen, den sie so fürchtete, schien noch unversöhnlicher geworden zu sein; er glühte wie eine Sonne, die alles verbrennen würde.

Hastig zog sie den *Khimaar* vors Gesicht, um jede ihrer Regungen zu verbergen. Hatte er etwas bemerkt? Hatte er bemerkt, wie sie Bernhard nachgeschaut hatte?

Erleichtert spürte sie, wie Suleyman sie am Arm nahm. Sie genoss seine Berührung, seine Wärme, die sie so lange vermisst hatte und sie wusste, ihr Vater hatte ihr verziehen.

12

«Deine Schwester spielt viel besser als du», tadelte Suleyman Yasid scherzhaft, als er den Kleinen bei einer Schachpartie mit Leichtigkeit geschlagen hatte. Der Junge zuckte gleichgültig mit den Schultern und begann, die kunstvollen Figuren wieder auf dem Brett aufzustellen.

Nasrin schmunzelte und schwieg. Bevor der Emir von einem Besuch bei dem Sohn des Sultans zurückkehrte, hatte sie mit ihrem Bruder gespielt – und gewonnen.

El-Afdal hatte Suleyman und weitere Berater zu sich gerufen, um mit ihnen über den Angriff der Kreuzfahrer vor Akkon zu reden. Denn schon bald sollte Salah ad-Din selbst in Damaskus eintreffen, um seiner Forderung nach mehr Soldaten Nachdruck zu verleihen. Da El-Afdal sich nicht gerne mit solchen Angelegenheiten befasste und auch nicht vorhatte, in eine Schlacht gegen die Ungläubigen zu ziehen, überließ er es seinen Beratern, sich um den Krieg zu kümmern. Suleyman al-Dir gehörte zu diesen Beratern. Seiner reichen Erfahrungen, seines Wissens über Kriegsführung und seines gottgefälligen Lebens wegen war er ein gerngesehener Gast im Palast des Statthalters.

«Noch ein Spiel!»Yasid hatte alle Figuren wieder aufgestellt und klatschte nun in die Hände.

Nasrin setzte sich neben ihn. Sie wollte ihm als Ratgeberin zur Seite stehen, doch sie nahm seinen ersten Zug nur beiläufig wahr. Stattdessen wandte sie sich ihrem Vater zu.

«Wie war es bei El-Afdal?», fragte sie.

Suleyman zwirbelte seinen Bart zwischen Zeigefinger und Daumen zu einem unansehnlichen Faden. Er überlegte einen Augenblick, griff schlussendlich nach seinem Läufer, rückte ihn vor einen Bauern und zog wissend den linken Mundwinkel hoch. «Anstrengend!», antwortete er schließlich.

Nasrin kannte diese Eröffnung. So begann ihr Vater jedes Spiel.

Neben ihr überlegte Yasid angestrengt. Er wollte gerade den nächsten Zug mit einem Bauern tun, als er ihr Kopfschütteln bemerkte. Verunsichert nahm er einen Springer und stellte ihn vor den Läufer.

Nasrin zwinkerte ihm ermutigend zu, obwohl sie mit ihren Gedanken woanders war. Sie wurde von einer rastlosen Neugierde angetrieben, wollte wissen, was in Damaskus vor sich ging. Schließlich war es ihre Stadt: Sie war in Damaskus geboren, sie war in Damaskus aufgewachsen und sie würde irgendwann Mal in Damaskus sterben. Es war alles vorbestimmt.

«Was wollte El-Afdal von dir?», erkundigte sie sich ungeduldig.

Suleyman sah kurz auf, um sich sogleich wieder dem Spiel zu widmen.

«Der Sultan braucht Soldaten und hat El-Afdal angewiesen, ihm diese – oder einen Teil von ihnen – zur Verfügung zu stellen!»

«Und? Habt ihr eine Lösung gefunden?»Nasrin beobachtete aufmerksam den Zug des Emirs und ersann drei, vier mögliche Gegenzüge.

Suleyman nickte abwesend und wartete, wie sich nun sein Sohn verhalten würde.

«Wozu Soldaten?», fragte Yasid überrascht. Für einen Augenblick hatte er das Spiel vergessen. «Gibt es Krieg?»

Suleymans Gesicht verdüsterte sich, als er in kurzen Worten die Lage vor Akkon schilderte. Yasid hörte ihm gespannt zu und Nasrin erinnerte sich an all das, was sie erfuhr, als sie im Geheimen mancher Unterhaltung zwischen dem Emir und Jamal lauschte.

«Löwenherz? Der Anführer der Ungläubigen heisst Löwenherz?»Yasid kicherte. «Was für ein seltsamer Name.»

«Ein passender Name», erwiderte Suleyman ungewöhnlich nachdenklich.

«Ist er denn so gefährlich?», fragte Yasid neugierig.

«Gefährlich genug.»Der Emir griff nach dem Bauern seines Sohnes und schlug ihn mit einem Turm.

Nasrin blickte angestrengt auf das Brett und überlegte.

Yasid wäre beinahe in die Falle, die der Emir ausgelegt hatte, reingetappt. Sie konnte ihren Bruder gerade noch davon abhalten, den Turm mit dem Läufer wegzunehmen und somit Suleyman einen Angriff auf den Springer zu ermöglichen. Danach wäre Yasid in wenigen Zügen matt gewesen.

«Gegen wen spiele ich eigentlich?»Suleyman lehnte sich zurück, sah Tochter und Sohn an und lächelte.

Doch Yasid schien das Spiel auf einmal nicht mehr zu interessieren. «Dieser Löwenherz – was für ein Ritter ist er?», hakte er nach.

«Er ist mehr als ein Ritter!», verbesserte Suleyman. «Er ist ein mächtiger Herrscher und ein großer Kriegsherr! Er kommt aus einem Land, das weit im Norden liegt. Aus England, so habe ich gehört. Andere sagen gar, vom Ende der Welt.»

«Vielleicht solltest du einmal gegen ihn spielen», mischte sich Nasrin ein und der Emir sah sie ungläubig an. Trotzdem fuhr sie belustigt fort: «Dann hättest du vielleicht endlich Mal einen ebenbürtigen Gegner und müsstest dich nicht mit so ungeübten Spielern wie wir es sind langweilen.»

Suleymans Lippen überzog ein dünnes Lächeln, das seine Tochter verschwörerisch erwiderte.

«Warum können diese verdammten Christen nicht dort bleiben, wo sie hingehören?», warf Yasid in kindlichem Zorn ein und schüttelte verständnislos den Kopf.

Nasrin zuckte mit den Schultern. Warum eigentlich nicht?, überlegte sie.

Es war ein endloser Krieg um ein Land, in dem der Gott der Christen als Mensch und der Prophet Mohammed gelebt hatten. Ein Krieg, der keine Sieger hervorbrachte. Nur Opfer, nur Leid und Blut.

Suleyman verzog verärgert die Lippen, als er einen Läufer verlor, nach einem geschickten Zug, zu dem Nasrin Yasid geraten hatte.

«Denkst du, sie werden nach Damaskus ziehen, wenn …» Nasrin brach ab und biss sich auf die Lippen. Sie wagte es nicht, den Gedanken, der ihr soviel Unbehagen bereitete, zu Ende zu denken. Geschweige denn ihn auszusprechen.

«Wenn Akkon fällt?», vollendete Suleyman ihre Überlegungen, während er gleichzeitig mit seiner Dame einen geschickten Zug machte und nun Yasids Springer und Läufer bedrohte.

Nasrin nickte besorgt.

«Akkon wird nicht fallen, wenn Salah ad-Dins Verstärkung rechtzeitig eintrifft. Die Stadt ist gut befestigt und schwierig einzunehmen; sie ist einerseits durch das Meer, andrerseits durch eine unwirtliche, feindliche Wüste geschützt. Um sie zu erobern, benötigt es den Verstand und den Geist eines wirklich glanzvollen Feldherren.» Suleyman hielt inne, als ob er nach passenden Worte suchte. «Leider ist die Versorgung der Garnison nicht mehr gesichert. Das ist der einzige Schwachpunkt», fuhr er fort. «Die Vorräte werden irgendwann mal knapp und das Meer und die Wüste, die Akkon vor Feinden schützen, könnten dann selbst zu einem Feind werden.»

Nasrin dachte schweigend an den Christen und an seine Erzählung über die Belagerung Akkons, über die Grausamkeiten, über das Sterben und das Töten.

«Die Ungläubigen werden nicht gegen Damaskus ziehen», versuchte Suleyman sie zu beruhigen. «Sie wollen nach Jerusalem!», beteuerte er, bemüht, seine Worte möglichst glaubwürdig klingen zu lassen.

Noch bevor Nasrin antworten konnte, bemerkte sie, dass Yasid mit einem unüberlegten Zug ihren geschickten Plan zunichte gemacht hatte.

Mit einem strengen Blick strafte sie ihren Bruder, während der Emir triumphierend lächelte und den Turm vom Brett schob.

Yasid hob verlegen die Schultern und versuchte, sich mit einem Augenzwinkern zu entschuldigen.

«Und in Jerusalem wird Salah ad-Din auf sie warten und es verhindern, dass die Stadt eingenommen wird», warf der Junge überzeugt und voller Begeisterung ein.

Suleyman musste ernüchtert feststellen, dass sein Sohn sich mehr für Kriegsführung als für die Schriften des Korans interessierte. Es musste das kämpferische Blut von Masud Talib sein, das heftig in seinen Adern pochte.

«Nein», erwiderte Suleyman scharf, «sie werden überhaupt nicht soweit kommen, sie dürfen es nicht! Der Sultan wird ihnen entgegen ziehen und sie schon weit vor Jerusalem vernichten!»

«Und darum benötigt er mehr Soldaten», folgerte Nasrin aus seinen Worten und überflog mit einem Blick das Brett. Sie hatte Mühe, sich in diesem Gewirr der Figuren zu recht zu finden und einen hilfreichen Zug zu ersinnen. Es sah schlecht aus und sie entschied, mit dem König anzugreifen.

«Den König?» Yasid sah sie entrüstet an. «Da kann ich doch gleich aufgeben!»

Suleyman schmunzelte schweigend.

«Vertrau mir, ich weiß, was ich tue», flüsterte Nasrin ihm zu, doch er schüttelte den Kopf.

«Tu es», herrschte sie ihn plötzlich an, keine Widerrede duldend.

Nur zögernd gehorchte Yasid, rückte den König nach vorn und verschränkte beleidigt die Arme vor der Brust.

«Du solltest deine Stimme nicht so oft gegen einen Mann erheben», bemerkte Suleyman mahnend und doch gutmütig, ohne seine Tochter anzusehen.

Nasrin verdrehte die Augen. «Er ist doch gerade einmal zehn Jahre alt! Außerdem, wenn er so weiter spielt, wird er …» Sie brach ab, als der verstohlene Blick ihres Vaters sie streifte, hob abwehrend ihre Hände, um anzudeuten, sie wolle sich nicht mehr einmischen.

«Eher werde ich ein Feldherr, als dass du gewinnst», murmelte sie gekränkt, als Yasid grinste. Doch sein triumphierendes Grinsen verwandelte sich sofort in ein verlegenes Lächeln, als er bemerkte, dass sie drohend die Augen zusammenkniff.

Der Emir schob langsam seine Dame zwei Felder nach vorn und rief: «Schach!»

Yasid blickte Nasrin flehend an. Es würde ein kurzes, ein sehr kurzes Spiel werden, wenn er jetzt nicht überlegt handelte – und wenn sie ihm nicht beistand.

«Spiel allein weiter!», erwiderte seine Schwester gekränkt, «ein Mann wie du braucht die Hilfe einer Frau doch nicht!»

In ihrem Inneren jedoch lachte sie. Sie hatte ihren Zug genau geplant, den Gegenzug des Emirs erwartet und wusste, wie sie Yasid weiterhelfen würde.

Nur Suleyman wusste es nicht. Er schmunzelte noch immer zufrieden, hoffend, sie würde sich beleidigt zurückziehen. So würde er nicht ein weiteres Mal das Spiel der Könige gegen sie verlieren. Und noch dazu in Gegenwart seines Sohnes. Dennoch erfüllte ihn ein gewisser Stolz über Nasrins Schachkünste. Sie war eine ebenbürtige Gegnerin und er genoss es, sich mit ihr zu messen.

Yasid grübelte noch immer, suchte händeringend nach einem Ausweg.

Doch Nasrin hatte sich abgewandt und blickte in den Garten, wo die sengende Sonne das Gras ausgedörrt hatte. Der seichte Wind, der durch die Baumwipfel strich, brachte kaum Abkühlung. Ein Spatz hüpfte über die Steine und suchte, wachsam und neugierig, nach Krümeln.

«Matt!», hörte sie den Emir rufen. Sie seufzte. War ja nicht verwunderlich, dachte sie und spürte, wie Yasid grollend an ihrem Kleid zupfte. «Siehst du nun?», warf er ihr verärgert vor.

Nasrin zuckte gleichgültig mit den Schultern, drehte sich ihnen wieder zu und sah aufmerksam auf das Schachbrett.

Ihr Bruder hatte es unterlassen, den König mit seinem Springer zu schützen, hatte ihn wieder auf seinen angestammten Platz geführt und sich so dem Emir ausgeliefert.

Suleyman seufzte erleichtert. «Noch ein Spiel?»

Yasid überlegte unentschlossen, dann antwortete er: «Nein!» Für heute hatte er genug Niederlagen eingesteckt.

Nur kurz war Nasrin der Versuchung erlegen, den Emir herauszufordern. Doch der Blick ihres Vaters war eindeutig und sie hatte keine Lust, mit Absicht zu verlieren, nur weil Yasid dabei war. Daher ließ sie Suleyman, auf dessen Lippen ein Schmunzeln lag, die Figuren in die Schatulle legen.

«Diese Geschichten über Löwenherz hatten dich ganz schön verwirrt!», maulte Yasid. Die Niederlage schien ihn tief getroffen zu haben.

«Ohne meine Hilfe wärst du schon nach dem dritten Zug matt gewesen!»

«Wäre ich nicht!», keifte Yasid. Er sprang auf und stemmte seine Fäuste in die Hüften.

Feindselig blickten sich die Geschwister an.

«Wärst du doch! Wer verliert hier denn andauernd?», antwortete Nasrin gereizt.

Seit den Ereignissen im Garten zeigte sich ihr kleiner Bruder immer öfters überheblich und sie fand, es war an der Zeit, ihn zurechtzuweisen. Auch wenn er damals Bernhards Hand gerettet hatte.

Bernhard ...

Sie schreckte hoch, als ein Diener plötzlich erschien und sich tief vor Suleyman verneigte.

«Emir!», keuchte er.

Der Hausherr verschloss die Schatulle mit den Schachfiguren und legte sie auf die Seite. Erst dann wandte er sich dem Mann zu. «Was ist geschehen?»

«Emir, hoher Besuch ist gekommen!»

Nasrin drehte sich neugierig um. Augenblicklich war der Streit mit Yasid vergessen, als hätte es ihn nie gegeben.

«Besuch?», wiederholte Suleyman überrascht.

Der Diener nickte. Mit ehrfürchtiger Stimme und fast flüsternd erklärte er: «Der edle Salah ad-Din beehrt Euer Haus, *Hazrat*!»

Yasid ließ die Arme sinken und riss die Augen auf. Nasrin schluckte, als hätte sie nicht richtig gehört. Der Emir hingegen wirkte kaum überrascht, fast unberührt und keine Regung in seinem Gesicht verriet, welch bedeutender Gast seinen Palast betreten hatte.

«Gut, ich komme», entgegnete er und als der Diener wieder gehen wollte, fügte er fragend hinzu: «Hast du ihn in die große Empfangshalle geführt und ihn mit Essen und Trinken versorgt?»

Der Mann verneigte sich tief. «Es war Allahs Wille, auch Salah ad-Din dienen zu dürfen», entgegnete er und verschwand eilig.

Suleyman saß regungslos da, die Augen geschlossen. Er sammelte sich, um dem großen Sultan gegenüberzutreten. Seit Jahren hatten sie sich nicht mehr gesehen und er wusste, sein unerwarteter Besuch verhieß nichts Gutes.

Das Zimmer erfüllte andächtige Stille, in die Nasrin und Yasid gleichzeitig mit ihren Fragen platzten.

«Der Sultan hier?», stieß der Junge hervor.

«Was will er von dir?», wunderte sich Nasrin.

«Vielleicht ist er gekommen, um den *Kafir* zu holen», vermutete Yasid.

«Das glaube ich nicht», widersprach seine Schwester. «Er ist sicher wegen Löwenherz hier!»

Suleyman hob die Hände. «Schweigt! Schweigt, ihr beiden!», gebot er. Noch immer trug er das feine, wertvolle Gewand aus bestem Damast und edler Seide. In seinem Bauchband blitzte ein Dolch und er fand, er war angemessen gekleidet, um Salah ad-Din zu empfangen. «Ich werde euch später alles erzählen», winkte er ab. «Fast alles», verbesserte er sich und trat an die Tür.

Yasid und Nasrin sprangen auf.

«Darf ich mitkommen?», fragte der Junge aufgeregt.

«Das ist nichts für Kinder!», entgegnete der Emir scharf und Yasid verzog unwillig den Mund. Auch Nasrin blieb enttäuscht stehen. Ihre Hoffnung, den Sultan endlich sehen zu dürfen, schwand.

Ohne ein weiteres Wort verließ Suleyman den Raum.

Nasrin murrte. Wie gerne hätte sie Salah ad-Din gesehen! Wie gerne hätte sie mehr über ihn erfahren: Wie er war und was ihm die Macht verlieh, Soldaten zu führen, Reiche zu beherrschen und die Christen zu besiegen. So viel hatte sie schon über ihn und seine Heldentaten gehört. Und nun hielt er sich im Haus al-Dir auf. Nur wenige Mauern trennten sie und Yasid von ihm und sie durften ihn nicht sehen! Sie spürte, wie das gefährliche Feuer der Neugierde in ihr aufloderte, welches sie schon so oft zu unüberlegten Taten verleitete. Als Yasid vorsichtig die Türe öffnete, sah sie ihn entgeistert an.

«Was hast du vor?»

«Was wohl!» Ihr Bruder zuckte mit den Schultern .

«Das wagst du nicht!»

«Und ob ich das wage! Wetten?»

Nasrin wusste genau, wohin er gehen wollte: Über der Empfangshalle thronte ein kleiner Balkon, eingelassen in das Mauerwerk und geschickt verdeckt mit kunstvoll geschnitzten Holzgittern. Sein Zugang lag über dem *Harim.* Man erzählte sich, vor langer Zeit sollten so die Frauen und

Töchter des Hauses die Gelegenheit gehabt haben, unbemerkt an Feiern und Festlichkeiten teilzunehmen. Die kleine Nische war inzwischen fast in Vergessenheit geraten, obwohl man sich kein besseres Versteck wünschen konnte, wollte man das Geschehen in der Empfangshalle beobachten oder den Gesprächen der Gäste lauschen, ohne selbst entdeckt zu werden.

Yasid zwinkerte Nasrin zu und bevor sie ihn zurückhalten konnte, stob er davon. Behände rannte er die Treppen hinauf. Nasrin versuchte, ihn einzuholen.

Sie stürzten an Salma vorbei, die die Treppe herunterstieg. Sie trug noch immer den Arm in der Schlinge, was sie noch mürrischer werden ließ als sonst.

«Bei Allah, wann werdet ihr endlich einmal erwachsen?», krächzte sie lauthals und konnte sich gerade noch am Geländer festhalten, als Yasid sie anrempelte.

Nasrin rannte an ihr vorbei, ohne sie zu beachten. Während sie ihrem Bruder nachjagte, rutschte ihr *Khimaar* von den Schultern, doch sie kümmerte sich nicht darum.

Yasid drängte sich an einem Eunuchen vorbei, der ihm fragend nachblickte. Als Nasrin auftauchte, schüttelte er nur noch den Kopf. Sie schenkte ihm ein flüchtiges Lächeln und rannte weiter. Endlich blieb Yasid keuchend stehen, beugte sich vor und stützte seine Hände auf den Oberschenkeln ab.

«Verflucht, du bist aber schnell!», bemerkte er nicht ohne Neid, als Nasrin ihn erreichte.

«Dich werde ich in tausend Jahren noch einholen!», entgegnete sie, auch außer Atem.

Yasid schmunzelte. Mit dem Kopf zeigte er verheißungsvoll zur Wand. Nichts an ihr verriet die eingelassene Tür zu jenem Balkon. Da war nur ein unscheinbares Loch, in das gerade mal ein Finger passte.

Die Geschwister blickten sich verschwörerisch an.

«Komm schon, ich weiß, dass du auch neugierig bist!» Yasid blinzelte.

«Wenn Vater das erfährt, kriegen wir mächtigen Ärger! Und ich mehr als du!», erwiderte Nasrin besorgt. Noch waren die Erinnerungen an ihre letzte Strafe lebendig, die unsichtbaren Wunden noch nicht verheilt.

Yasid blickte sie mitleidsvoll an. «Verstehe! Dann gehe ich eben allein! Aber du verrätst es keinem! Du hast nichts davon gewusst!»

Nasrin überlegte. Sie rang mit sich selbst: Was war schon falsch daran, dem mächtigsten Mann und größten Herrscher der islamischen Welt zuzuhören? In seiner Nähe zu sein, ihn zu beobachten? Ungesehen und heimlich!

«Dir sollte man den Hintern versohlen, bis du nicht mehr sitzen kannst», sagte sie gereizt. «Aber du wirst da nicht allein rein gehen!»Sie deutete herrisch auf die versteckte Tür.

Yasid lächelte triumphierend. Vorsichtig hantierte er mit seinem Zeigefinger an der Öffnung in der Wand, während Nasrin sich beunruhigt umsah. Doch hier in diesen Gang verirrte sich so gut wie niemand. Nur einen Augenblick später ging die Tür mit leisem Quietschen auf und der kleine düstere Balkon hatte sie beide verschluckt.

Modriger Geruch schlug ihnen entgegen, Motten stoben von einem vergessenen Polster auf und eine Spinne krabbelte davon. Der Staub in der Luft reizte Nasrins Nase. Gerade noch konnte sie ein Niesen unterdrücken. Auch wenn niemand sie sehen würde – hören würde man sie umso besser!

Sie schlichen an die Brüstung des Balkons. Durch die Schnitzereien der Holzabdeckung fielen einzelne Lichtstrahlen aus dem Saal herein und blendeten sie kurz, als sie behutsam die Stirn an das Gitter drückten, um zwischen den Verzierungen hindurchzulugen.

Nasrin blickte durch ein rautenförmiges Loch in den Saal.

Auf den Diwans saßen vier prächtig gekleidete Männer. Es mussten Reiter sein: Ihre Beine, die auf kostbaren Kissen aus Brokat ruhten, steckten in staubbedeckten Stiefeln. Nasrin fragte sich, welcher von ihnen wohl Salah ad-Din sei.

Die Männer unterhielten sich leise, während sie sich mit den dargebotenen Köstlichkeiten bedienten. Sie schienen zu warten.

Dann endlich öffnete sich die Tür. Drei der vier Männer erhoben sich und begrüßten ehrerbietend den eintretenden Hausherrn. Suleyman verneigte sich seinerseits vor jenem Mann, der als einziger immer noch auf dem Diwan saß und leidenschaftslos ein Stück Brot in die fette Soße des Bratens tunkte.

«*Salamu alaikum*, ehrenwerter Salah ad-Din! Vergebt mir, Erhabener, ich habe Euch warten lassen!», entschuldigte sich der Emir, ohne sich aufzurichten.

Der Sultan blickte auf und schob sich das Stück Brot in den Mund.

Neugierig reckte Nasrin den Hals, um ihn besser sehen zu können.

Salah ad-Din war in einen mit zarten Mustern durchwirkten Kaftan aus feinster Seide gekleidet. Er trug feste Stiefel und auf dem Kopf einen mächtigen Turban, verziert mit einem wertvollen Schmuckstück, in das ein Saphir eingelassen war. Ein leicht ergrauter, sorgfältig gepflegter Bart umrahmte sein beeindruckendes Gesicht, das Entschlossenheit und Tatkraft verriet. Schwarze, ruhelose Augen blickten wachsam auf den Emir.

«Ist das der Sultan?», fragte Yasid flüsternd.

Nasrin nickte und kauerte geräuschlos nieder. Durch den Spalt, der jetzt auf Augenhöhe war, hatte sie eine bessere Sicht auf die versammelten Männer.

«Ja, das ist Salah ad-Din», flüsterte sie zurück.

Der Sultan ließ sich Zeit. Während der Emir noch immer in demütiger Haltung verharrte, leckte er sich die Finger ab. Erst dann blickte er auf und erwiderte mit tiefer, durchdringender Stimme: «*Alaikum salam*, Suleyman al-Dir! Ihr hattet mich nicht erwartet, Emir, und so warteten wir auf Euch! Tretet näher und setzt Euch!» Er machte eine einladende Geste und Suleyman richtete sich auf.

«Ihr ehrt mich und mein Haus durch Eure Anwesenheit, Erhabener!» Der Emir verneigte sich nochmals. Nur zögernd folgte er der Einladung des Sultans. Er setzte sich. Die drei anderen taten es ihm gleich.

«Ich hoffe, mein Haus ist Euch nicht zu bescheiden, *Bey*!»

«Emir», der Sultan lächelte, «ich habe die Hälfte meines Lebens in lausigen Feldbetten und überfüllten Kriegslagern verbracht! Glaubt mir, dagegen ist Euer Haus ein einziges Paradies! Außerdem machen Überfluss und Annehmlichkeiten einen Mann weich und schwach!»

Nasrin seufzte erleichtert auf. Der Sultan schien nicht so hart zu sein, wie man es sich erzählte. Sie hatte davon gehört, wie grausam er gegen seine Feinde vorging. Als Vasall des mächtigen Nuraddin war er berüchtigt. Nachdem dieser erbarmungslose Herrscher starb und Salah ad-Din zum Sultan ernannt wurde, fürchteten sich die Regenten von Damaskus vor ihm genau so wie vor Nuraddin. Ein grausamer Krieger aus dem kurdischen Reich mit einer ebenso grausamen Vergangenheit erschien ihnen nicht unbedingt vertrauenswürdig. Doch Salah ad-Dins erfolgreiche Schlachten gegen die Ungläubigen – vor allem sein großer Sieg über die Kreuzfahrer bei Hattin, die vor vier Jahren gegen Damaskus gezogen waren – machten ihn zu einem Helden und zum Befreier der Stadt. Seit diesen Siegen folgte ihm ganz Damaskus. Ihr Vater war einer seiner treuesten Untertanen. Trotzdem schien ihn dieser unerwartete Besuch überrascht und mit Unbehagen erfüllt zu haben.

Nasrin beobachtete, wie er mit schüchterndem Lächeln auf den Lippen antwortete: «Ihr ehrt mich, mächtiger Sultan!»

«Die Zeit drängt», begann der Herrscher ohne Umschweife. «Ich bin Tage geritten, um Euch aufzusuchen, bevor ich meinen Sohn treffe. Ich weiß, Ihr seid ehrlicher als er!»

«Herr!»Suleyman musterte den Sultan verlegen. «Wie soll ich Eure Worte verstehen?»

«Genau so, wie ich sie meine! Ihr braucht El-Afdal nicht in Schutz zu nehmen, nur weil er mein Blut ist!», winkte Salah ad-Din ungeduldig ab.

Nasrin glaubte, die Unsicherheit ihres Vaters zu spüren, und ein beklemmendes Gefühl erfasste sie: Dass El-Afdal ein unfähiger Statthalter war, wusste jeder in Damaskus. Sie verstand es aber, dass ihr Vater nicht in den Strudel dieser Machtspiele und dieser schwelenden Familienfehde geraten wollte.

«Hat sich mein Sohn Mühe gegeben, die angeforderten Truppen zu stellen?», fragte der Sultan eisig.

Der Emir überlegte. Er schien nach den richtigen Worten zu suchen. «Euer Sohn hat versucht, einige Soldaten zu bekommen», entgegnete er endlich.

«Versucht? Er hat es versucht? Das ist nicht genug!» Die Stimme des Sultans klang wie ein Donnergrollen, das über die Ebene rollte. «Vor Akkon steht Löwenherz! Als dieser mächtige König Zypern erreicht hatte, flehte ich Allah an, ihn zum Umkehren zu bewegen! Denn er ist ein großartiger Stratege und Feldherr. Sein entschlossenes Ritterheer ist eine Gefahr für Akkon! Ihr wisst, was geschehen wird, wenn Akkon fällt! Daher brauche ich Krieger! Viele Krieger!»Er hielte inne, bevor er nachdenklich hinzufügte: «Ich hatte gehofft, Löwenherz nicht unter solchen Vorzeichen zu treffen!»

Nasrin sah Yasid besorgt an, der genau so angespannt dem Gespräch lauschte wie sie selbst und seine Stirn noch fester als sie an das Holzgitter presste.

«Damaskus hat nicht viele Krieger», entgegnete der Emir. Auch er war in Kriegskunst bewandert und daher wusste er genau, wie die Lage einzuschätzen war. «Die Mehrzahl der Soldaten sind Angehörige der Stadtwache. Außerdem halten sich einige Söldner zur Zeit in Damaskus auf. Aus befreundeten Städten können wir auch Hilfe erwarten. Aber Euer Sohn hat kein Heer! Kein Heer, wie Ihr es wünscht!»

Die Stille, die folgte, war bedrohlich. Sie glich einem unsichtbaren Vorboten, der das kommende Unheil ankündete.

Langsam tunkte Salah ad-Din ein Stück *Pitha* in die fette, würzige Hammelfleischsoße. Sie rann über seine wettergegerbten Finger, an denen ein tiefgrüner Smaragdring funkelte, als er den Bissen in den Mund schob. Salah ad-Dins Begleiter folgten seinem Beispiel und griffen auch nach den dargebotenen Speisen.

«Ihr seid wenigstens ehrlich zu mir», stellte Salah ad-Din ernüchtert fest. «Mein Sohn hat sich also keine Mühe gegeben.»

«Edler Sultan, wo keine Soldaten sind, da gibt es auch keine Armee!», versuchte Suleyman ihn zu beschwichtigen.

«Wie viele Männer kann El-Afdal stellen?»

«Nicht mehr als dreihundert.»

Salah ad-Din richtete sich auf. Plötzlich begann er lauthals zu lachen. Es war ein hässliches, gefährliches und verzweifeltes Lachen zugleich. «Dreihundert? Glaubt Ihr, ich könnte mit einer Handvoll Soldaten gegen Löwenherz ziehen? Die Männer, die mich auf meiner Pilgerreise nach Mekka begleiteten, waren zahlreicher. Trotzdem verhinderten die verfluchten Christen, dass ich mein Ziel erreiche.»

Suleyman wusste, wie sehr Salah ad-Din seinen eigenen Sohn verachtete. Statt sich um den Krieg mit den Ungläubigen zu kümmern, vergnügte sich El-Afdal im Palast und ließ sich beim Klang der Musik von den Reizen der Frauen bezaubern. Und er war auch kein tief gläubiger Muslim wie sein Vater, der die Gesetze des Korans streng befolgte.

«Ich brauche, nein, ich verlange mindestens tausend!», drängte der Sultan.

Suleyman seufzte. Tausend Soldaten würde Damaskus niemals stellen können. Die seiner Zeit in der Stadt zusammengezogenen Krieger hatten sich wieder ihren Stämmen angeschlossen, waren im ganzen Land verstreut. Es würde viel Zeit brauchen, sie wieder zu sammeln. Und Zeit, das wussten alle, hatten sie nicht mehr. Selbst wenn Salah ad-Din die gesamte Stadtwache aufbieten würde, hätte er nicht mehr als achthundert Mann. Außerdem wäre Damaskus jedem feindlichen Angriff schutzlos ausgeliefert.

«Tausend ist eine hohe Zahl, *Bey*», wandte der Emir vorsichtig ein und zog sofort die misstrauischen Blicke von Salah ad-Dins Begleiter auf sich.

«Wollt Ihr etwa behaupten, Ihr hättet nicht soviel Soldaten in Eurer Stadt?», fragte einer der Männer ungeduldig.

Suleyman schüttelte den Kopf. «Ich behaupte es nicht, ich weiß es! Ich habe achthundert Männer. Diese benötige ich für die Verteidigung der Stadt!»

Salah ad-Din lachte spöttisch auf. «Und ich dachte immer, Damaskus wäre eine reiche Stadt.»

«An Güter ja, aber nicht an Soldaten», wehrte sich der Emir.

Unwillig spitzte der Sultan seine Lippen. «Eure Worte sind scharf wie die Klinge meines Säbels. Ihr beeindruckt mich, Emir! Genau so wie es Euer Vater getan hat. Er war ein großer Krieger.»

«Ihr ehrt sein Andenken.»

Salah ad-Din griff nach einem Becher und trank gierig; das salzige Fleisch hatte ihn durstig gemacht. Dann musterte er nachdenklich den getriebenen Goldbecher. «Und er hat keine Soldaten hier gelassen?»

Suleyman schwieg.

Er wurde nicht gerne an die Vergangenheit erinnert. Er hoffte, sie endlich hinter sich gelassen zu haben.

Masud Talib hatte, zusammen mit Suleyman und Hassan, an Nuraddins Seite in Ägypten gekämpft und war auf dem Schlachtfeld gefallen. Als die Kämpfer des Talib unter die Befehlsmacht Nuraddins fielen, wandten sich die Brüder al-Dir vom Krieg und seinen Grausamkeiten ab. Ihnen war bewusst geworden, dass die Welt der Waffen und des Tötens nicht die ihre war. Doch Masud Talibs Getreue und Krieger kehrten nie wieder nach Syrien zurück.

«Ah, ich sehe, Ihr habt nichts vergessen.»Salah ad-Din hatte das Schweigen des Emirs richtig gedeutet. Er beugte sich herausfordernd vor. «Doch jetzt bin ich Sultan!»

Suleyman sah den Herrscher bestimmt an. «So ist es», entgegnete er. «Doch die Zeiten, die Ihr erwähnt, Erhabener, sind vorbei.»

Nasrin lehnte sich zur Seite und stieß dabei Yasid an, der sie wütend anfunkelte. Sie fühlte sich unbehaglich. Sie wusste, diese Unterhaltung zwischen ihrem Vater und Salah ad-Din war für niemanden außer für sie selbst bestimmt. Was, wenn man sie und Yasid entdecken würde?

«Kann mein unfähiger Sohn überhaupt was tun?», fragte Salah ad-Din abschätzig, während er nach einem Stück gesottenen Hammelfleischs griff.

«Das hängt davon ab, was Ihr meint.»

«Gelder, Waffen, Pferde! Alles, was für eine Streitmacht notwendig ist!» Salah ad-Din fuchtelte mit dem Fleischstückchen hin und her.

«Ich sagte schon, Damaskus ist eine reiche Stadt», wiederholte der Emir ruhig.

Er muss sich wie ein Samenkorn, das zwischen zwei Mühlesteine zu geraten drohte, fühlen, überlegte Nasrin. Zwei Mühlsteine, welche die Namen Salah ad-Din und El-Afdal trugen.

«Und was hat diese Stadt zu bieten?»

«Alles, was Ihr begehrt. Alles, um eine Armee auszustatten. Ich selbst habe eine bescheidene Zucht edler Pferde.»

«Ich habe davon gehört. Eure Pferde sollen von edelstem Geblüt sein.»Salah ad-Dins Interesse war geweckt. «Und Waffen! Was ist mit Waffen?»

«Die Schmiede können alles herstellen, was Ihr benötigt. Schwerter, Säbel, Rüstungen für Reiter und Pferd!»

«Und die Gelder dafür hat mein Sohn?»

«Ja!»Suleyman nickte.

El-Afdals Vermögen übertraf das des Sultans bei weitem. Denn alle Reichtümer, die der Sultan nicht für seine Männer und Armeen verwendete, verteilte er als Almosen unter die Armen. So besaß er selbst nicht viel. Seine Siege und seine Großmut hatten ihn berühmt gemacht und das Volk verehrte ihn als einen Heiligen und Krieger zugleich.

Salah ad-Din stand auf und wandte sich zum Gehen. «Nun gut, dann werde ich jetzt meinen unnützen Sohn aufsuchen. Er wird mich belügen und sich beklagen, dass er kein Geld hat!»

Suleyman, der sich ebenfalls erhoben hatte, folgte dem Sultan. «Ich habe mir erlaubt, nach dem Hauptmann der Stadtwache zu schicken, damit er Euch sicher zum Palast Eures Sohnes geleitet.»

Nasrin spürte, wie ihr Herz schwer wurde. Jamal besuchte das Haus ihres Vater in den letzten Tagen gar häufig. Sicher, seine Stellung als Hauptmann der Stadtwache bot ihm manche Gelegenheit, den Emir aufzusuchen. Die bedrohlichen Ereignisse vor Akkon waren auch Grund genug. Dennoch hoffte sie, ihren ungeliebten Verlobten nicht zu oft anzutreffen.

Salah ad-Dins Gefährten lächelten sich belustigt zu. Diese Vorsichtsmaßnahme schien ihnen überflüssig zu sein, doch der mahnende Blick des Sultans ließ ihr Lächeln erstarren.

«Wo ist dieser Mann?», fragte Salah ad-Din.

«Jamal al-Aziz wird gleich eintreffen, Erhabener! Vielleicht weilt er schon im Haus!»

Salah ad-Din zog die Stirn in Falten. Er schien den Namen schon mal gehört zu haben. Doch zu welchem Gesicht passte er? «Sagtet Ihr Al-Aziz?»

Suleyman nickte. «Jamal al-Aziz, Sohn des Harun Nasser! Sein Bruder Hussein Ibn Harun Nasser al-Aziz hatte an Eurer Seite in Jerusalem gekämpft. Ihr habt ihn danach beauftragt, nach Akkon zu ziehen.»

Das Gesicht des Sultans hellte sich auf und ein dünnes Lächeln huschte über seine staubgrauen Lippen. «Jetzt erinnere ich mich. Ein tapferer Mann, ein guter Soldat. Und jetzt ist er Offizier, nicht wahr?»

Der Emir zögerte. «Er war Offizier, *Bey*.»

«War?»

Nasrin setzte sich langsam hin. Für einen Augenblick schloss sie die Augen. Hussein. Er hatte Jamal sehr ähnlich gesehen. Er hatte die gleichen markanten Gesichtszüge und die gleiche ausnehmend dunkle Haut. Aber er war größer und kräftiger gewesen. Seine Augen hatten sie gutmütig angesehen. Sein Wesen war angenehmer und rücksichtsvoller gewesen. Sie hatten sich nur einmal getroffen, kurz bevor er in den Krieg gezogen war, aber diese Begegnung hatte ihre Erinnerung an ihn für immer geprägt.

Ein Diener brachte endlich die Nachricht, Jamal wäre eingetroffen.

Der Sultan und seine drei Begleiter hatten sich erhoben. Eine plötzliche Unruhe erfüllte den Saal.

«Er starb vor fast einem Jahr», bemerkte Suleyman.

«Wer?»Salah ad-Din sah ihn überrascht an. Seine Gedanken schienen bereits bei seinem Sohn zu sein. Und bei einer Armee, die es noch nicht gab.

«Hussein al-Aziz!»

«Hussein war ein tapferer Kämpfer! Was ist mit ihm geschehen?»

Als Suleyman bedrückt schwieg, fragte Salah ad-Din nochmals: «Also, was ist mit ihm geschehen?»

«Er fiel vergangenen *Ramadan* bei der letzten Belagerung vor Akkon», entgegnete Suleyman endlich.

Salah ad-Din nickte anerkennend und als er ein Klopfen vernahm, forderte er, als wäre er der Herr des Hauses, den Wartenden auf, einzutreten.

Jamal betrat den Raum, legte seinen rechten Arm auf die Brust und verneigte sich tief. «Erhabener Sultan!»

Mit einem Handwink forderte Salah ad-Din ihn auf, sich wieder aufzurichten und sah dann verwundert in sein Gesicht. «Al-Aziz? Es war Euer Bruder, nicht wahr?

«Ja, Erhabener! Es war mein Bruder Hussein!»

«Ein vorbildlicher Kämpfer, voller Pflichtbewusstsein und Ehrgefühl!»

Nasrin hob überrascht den Kopf. Salah ad-Din sprach über Hussein, als wäre er einer seiner engsten Vertrauten gewesen. Er bezeichnete ihn als pflichtbewusst und ehrenvoll – Eigenschaften, die man bei Jamal vergebens suchen würde.

«Eure Worte ehren nicht nur ihn», erwiderte Jamal und senkte untertänig den Blick.

Salah ad-Din trat auf ihn zu. «Ihr seid also Hauptmann der Stadtwache!» Er musterte Jamal aufmerksam, während er um ihn herumschritt. «Wenn Ihr nur die Hälfte des Mutes Eueres Bruders besitzt, könnte ich Euch gut gebrauchen», meinte er. «Aber die Stadt benötigt Euch vermutlich ebenso.»

«Ich bin vier Jahre jünger als mein Bruder es war. Aber ich versuche, ihm nachzueifern, so gut ich kann! Ich würde mich geehrt fühlen, Euch dienen zu dürfen.»

Salah ad-Din verschränkte die Hände hinter dem Rücken. «Ihr könnt mir in Damaskus genau so gut dienen wie vor Akkon. Bleibt zunächst hier und habt ein Auge auf meinen Sohn. Wenn ich Euch brauche, lasse ich es Euch wissen.»

Jamal verbeugte sich zustimmend und schwieg.

Als hätte er sich plötzlich an etwas erinnert, wandte sich der Sultan dem Emir zu. «Habe ich Euch nicht einen Sklaven geschickt?»

«Ja, *Bey*, einen *Nasranî*», bestätigte Suleyman, während die Augen des Hauptmanns erbost aufblitzten.

Nasrin war verwirrt.

Wieso erinnerte sich Salah ad-Din noch immer an Bernhard? Nach dem Sieg in Hattin ließ er über tausend christliche Ritter nach Damaskus schicken und würde sich jetzt bestimmt an keinen einzigen von ihnen mehr erinnern.

«Und? Wie ist er?», erkundigte sich Salah ad-Din neugierig. Er schien es plötzlich nicht mehr eilig zu haben.

«Widerspenstig, Erhabener! Und gefährlich!», entgegnete Jamal, bevor Suleyman antworten konnte.

«Ihr mögt Christen nicht?»Der Sultan nahm seine Hände wieder vom Rücken.

«Wie könnte ich auch! Sie haben meinen Bruder getötet.»Da war sie wieder – Jamals hasserfüllte Stimme.

Salah ad-Din zuckte gleichgültig mit den Schultern. «Ich mag die Christen auch nicht. Sie jagen mich, ich jage sie. Aber von diesem war ich irgendwie angetan. Darum ließ ich ihn hierherschicken, denn hier, so war ich mir sicher, würde ihm so schnell nichts zustossen.»

Nichts zustossen?

Nasrin schüttelte den Kopf und wollte beinahe rufen: Fast wären ihm die Hände abgehackt worden und der Willkür Jamals ist er machtlos ausgeliefert!

«Euer Vertrauen ehrt mich», antwortete Suleyman, doch es klang nicht überzeugend.

«Er ist schlau und lernt schnell, aber er hat auch eine lose Zunge», entgegnete Salah ad-Din, «ich habe mir oft überlegt, sie ihm herausschneiden zu lassen. Aber in irgendeiner Weise waren seine Worte durchaus unterhaltsam.»

Nasrin nickte dem Sultan zu, als würde er vor ihr stehen. Wie recht er hatte! Auch sie hatte Bernhards scharfe Zunge schon oft genug erleben müssen.

«Vielleicht sollte man es tun», hörte sie Jamal sagen und reckte den Hals, um zu sehen, was Salah ad-Din darauf entgegnen würde.

«Ihr mögt die Christen wirklich nicht!»Der Sultan drehte sich wieder um. «Nur diesen oder alle?»

«Alle! Und diesen einen besonders!», gab Jamal offen zu.

Salah ad-Din schob das Kinn nach vorne und begann, vor seinen schweigenden Begleitern auf- und abzuschreiten. «Er hat immer die Wahrheit gesagt! Warum sollte ich ihm da die Zunge herausschneiden lassen?», fragte er nachdenklich.

Jamal schwieg, nur seine Hand, die jetzt den Griff des Säbel umschloss, zeigte, wie empört er war.

«Ihr könnt mit ihm verfahren, wie Euch beliebt. Er ist mein Sklave, aber auch Euer Gefangener!», erwiderte Suleyman.

«Er ist hier?» Salah ad-Din schien überrascht zu sein. Er blieb stehen.

«Ja, Erhabener, er ist hier.» Der Emir hakte einen Daumen in seinem Bauchband ein. Der Dolch an seiner Seite funkelte und der wieder eingesetzte Rubin blitzte auf, als wäre er zum Leben erwacht. Warum fragte der Sultan ausgerechnet nach diesem Sklaven, obwohl Wichtigeres anstand? Wollte er ihn wieder mitnehmen?

«Er ist also noch hier …» Salah ad-Din tippte mit dem Zeigerfinger mehrere Male auf seine Lippen, dann befahl er: «Bringt ihn hierher, ich will ihn sehen!»

«Sofort, Herr!» Die Lippen des Hauptmanns umspielte ein gemeines Lächeln, als er davon eilte. Bald war der Klang seiner Schritte verstummt.

Nasrin beobachtete aufmerksam jede Bewegung der Männer, jede Regung in ihren Gesichtern. Doch wie sie den Sultan einschätzen sollte, wusste sie noch immer nicht. Für die Gläubigen war er ein wohltätiger Almosenstifter, für die Heiden und Ungläubigen ein grausamer Tyrann. Und doch hatte er Milde gezeigt und Tausende christlicher Sklaven die Freiheit versprochen, wenn sie sich freikaufen konnten. So füllten sich seine Schatzkammern immer wieder und mit diesen Reichtümern bezahlte er seine Armeen, beschenkte die Armen.

«Lass uns gehen», flüsterte Yasid hinter ihrem Rücken mit dünner Stimme.

Fürchtet er sich plötzlich oder hat er einfach genug gesehen und gehört?, überlegte Nasrin und verzog den Mund. Sie wollte noch nicht gehen, denn sie hatte Bernhard seit dem Zwischenfall mit dem Dolch nicht mehr getroffen und wollte unbedingt wissen, wie es ihm ging.

«Noch nicht», erwiderte sie leise.

Yasid seufzte und sah wieder in den Saal hinunter.

Jamal kehrte unerwartet schnell zurück. Ihm folgten zwei seiner Soldaten, die in ihrer Mitte den Christen festhielten und ihn rüde hereinstießen. Er überließ es auch diesmal seinen Untergebenen, den Gefangenen zu misshandeln.

Nasrins Herz pochte und ein seltsames Gefühl breitete sich in ihrem Magen wieder aus, als sie Bernhard erblickte. Es war jenes Gefühl, das immer mächtiger wurde, je mehr sie ihm begegnete. Und es wurde immer unbarmherziger, je mehr sie versuchte, es zu verdrängen.

Bernhard hatte die Qualen des letzten Vorfalls scheinbar gut überstanden, nur eine Narbe über dem Auge und ein verblassender gelblicher Fleck auf der Wange erinnerten an jenen Tag. Eine kleine Schramme über der Lippe ließ ihn verwegen aussehen, aber auch sie würde bald verschwinden.

Überrascht sah er auf, als er Salah ad-Din gegenübertrat.

Die beiden Männer musterten sich schweigend.

«Du Unwürdiger, wirf dich vor dem mächtigen Salah ad-Din, dem edlen Diener Allahs, in den Staub!», rief einer der Soldaten plötzlich und schlug gegen Bernhards Beine, sodass er zu Boden sank und sich an die linke Seite griff.

«Ich hätte nicht gedacht, dich so schnell wieder zusehen», begrüßte Salah ad-Din ihn.

«Wenn ich ehrlich bin, ich auch nicht!», erwiderte Bernhard und sah zum Sultan auf.

«Du räudiger Köter wagst es!» Jamal preschte vor, doch Salah ad-Din hob gebieterisch die Hand. Er lächelte. «Wie mir scheint, ist deine Zunge nicht zahmer geworden.»

«Wie ich mich erinnere, wolltet Ihr sie mir herausschneiden lassen! Dann müsstet Ihr Euch jetzt nicht mehr an ihr stören!» In Bernhards Stimme klang jene Gleichgültigkeit, die Nasrin so wütend machte. War es ihm wirklich gleich, was mit ihm geschah? War es Furcht, die er so zu verstecken versuchte? Oder war es Teil seiner Sühne?

Der Sultan trat erheitert auf ihn zu. «Warum sollte ich? Dein Arabisch ist besser geworden. Ich werde es dann befehlen, wenn du unsere Sprache fehlerlos beherrschst!»

Bernhard sah ihn herausfordernd an. «Damit ich Euren Wunsch erfüllen kann, werde ich mich bemühen, Eure Sprache so schnell wie möglich fehlerlos zu beherrschen …» Er brach ab und es klang fast spöttisch, als er hinzufügte: «Erhabener!»

Wieder wollte sich Jamal voller Entrüstung auf den Christen stürzen, doch Salah ad-Din lachte unverhohlen auf. «So viel Frechheit und so viel Mut! Du beeindruckst mich immer wieder! Es wäre schade um dich!»

Diesmal schwieg Bernhard.

Nasrin stockte der Atem. Wie konnte er den großen Herrscher nur so beleidigen?

«Und – wie schmeckt dir das Leben als Sklave? Nicht besonders?» Salah ad-Din lächelte hämisch und drehte sich zu Suleyman. Seine Blicke folgten einer Fliege, die über seinen Arm trippelte. «Wisst Ihr, Emir, wen ich Euch geschickt habe?» Der Sultan schlug plötzlich zu und die Fliege fiel tot zu Boden. «Hat er es Euch verraten?», fragte er.

«Er hat es uns nichts gesagt und wir haben ihn nicht gefragt, *Bey*», erklärte Suleyman ehrlich. Warum sollte er einen Sklaven, einen Christen – dazu noch ein Geschenk des großen Herrschers selbst – nach seiner

Herkunft oder nach seinem Namen fragen? *Nasranî* nannten sie ihn alle und mehr brauchten sie nicht zu wissen.

«Er nennt sich Bernhard von Markward», begann Salah ad-Din und seine Stimme klang fast feierlich, während der Christ seinen Blick senkte. «Er ist, nein, er war einer der Vasallen des Herzogs von Schwaben, ein sehr gewichtiger, einflussreicher Vasall, soweit ich mich erinnern kann. Er nahm an vielen Verhandlungen teil, die immer wieder scheiterten und neue Schlachten heraufbeschworen. Als die Christen vor Akkon kämpften und beinahe die Hälfte ihrer Männer verloren hatten, gehörte er zu den Rittern, die den Unseren am meisten zusetzten. Er kämpfte entschlossen wie ein Löwe!»

Bernhard blickte noch immer nicht auf, als ahnte er, was folgen würde.

«Doch als sich die Kreuzfahrer ergeben mussten, schien sein Herz nicht mehr so entschlossen zu sein. Ja, in der Schlacht war er ein ausgezeichneter Ritter! Tapfer, mutig, voller Ehre!» Salah ad-Din hielt inne und seine Stimme nahm einen spöttischen Klang an, als er weiterfuhr: «Aber da war noch sein junger Knappe, ein abtrünniger, arabischer Bauerntölpel aus Edessa! Auch ihn nahmen wir gefangen.»

Nasrin spürte, wie Übelkeit in ihr aufstieg. Ihre Kehle wurde mit einem Mal trocken. All das, worüber der Sultan berichten würde, hatte sie bereits von Bernhard selbst erfahren und seither immer wieder zu verdrängen versucht.

Jamals Miene verfinsterte sich zunehmend. Bereits die Erwähnung des Namens dieser Stadt ließ seinen Hass anschwellen.

Salah ad-Din trat auf Bernhard zu, befahl ihm, aufzublicken, und wartete.

Als sich der Christ nicht rührte, packten ihn die Soldaten und zwangen ihn, den Sultan anzublicken.

«Nun, dieser Junge! Wie hieß er doch gleich?»

«Abdul», flüsterte Bernhard mit halb geschlossenen Augen.

Sich erinnernd, nickte Salah ad-Din. «Abdul. Genau so hieß er. Er war dem *Kafir* ein treuer Diener gewesen und dieser hatte ihn für diese Treue auch entsprechend belohnt!»

Nasrin wagte kaum mehr, zu atmen.

Suleyman blickte stirnrunzelnd auf den Christen. Dennoch, es war nichts Ungewöhnliches, dass christliche Ritter die Dienste von Arabern in Anspruch nahmen. Vielleicht hatte dieser hier den Jungen irgendwo auf einem Sklavenmarkt erworben oder im Hafen, in einem Dorf oder in der Wüste aufgegriffen.

«Es ist schon seltsam, wie die viel gerühmte Ritterehre der *Freng* schwindet, wenn man sie einige Tage hungern und dürsten lässt.» Salah ad-Din faltete die Hände und ließ die Arme dann sinken. Der Smaragd besetzte Ring funkelte erneut auf.

«Was war geschehen?» Suleyman sah den Sultan neugierig, aber verwirrt an. Was bezweckte er mit diesen Fragen, diesen Andeutungen?

«Einer meiner Männer brachte ihn zu mir, erzählte mir von seinem ungewöhnlichen Kampfesmut, seiner Stärke gegenüber gewissen Behandlungen. Aber auch von seinem Starrsinn, seinem Todesmut.»

«Ihr sprecht von Folter?»

«So ist es, Emir. Er war nicht besonders gesprächig. Vielleicht war es sein Glück, dass er unsere Sprache schon damals ein wenig beherrschte, sonst würde er wohl nicht mehr leben. Nach eindringlichen Befragungen verriet er uns die Pläne für den Vormarsch von Löwenherz. So gewannen wir Zeit. Zeit, die es uns möglich machte, wichtige Vorkehrungen zu treffen.» Salah ad-Din spielte abwesend mit dem Ring an seinem Finger. «Als er wieder zu mir gebracht wurde, war er hungrig. Ich wollte ihn prüfen, wollte wissen, wie es um seine Ehre, seine Stärke nach den Monaten in Akkon steht. Als ich erfuhr, dass er einen Diener hat, ließ ich auch diesen zu mir bringen.»

Bernhards beharrliches Schweigen erfüllte Nasrin mit Angst. Keine Worte des Zorns, keine spitzen Bemerkungen. Er wehrte sich nicht, verteidigte sich nicht. In seinem Gesicht lag der Ausdruck ungewöhnlicher Demütigung, als würde der Sultan etwas in ihm aufwecken, das bisher tief in seiner Seele schlummerte, das sein Gewissen nie allein lassen würde.

«Abdul war wirklich ein treuer Diener gewesen. Selbst nach monatelanger Kerkerhaft blieb er seinem Herrn treu ergeben. Ich hätte ihn laufen lassen wollen, immerhin war er einmal ein Muslim gewesen!» Salah ad-Din blickte plötzlich zum Balkon hoch, als hätte er dort ein Geräusch vernommen.

Nasrin und Yasid erstarrten. Und sie atmeten erst erleichtert auf, als der Sultan sich Suleyman zuwandte und fort fuhr: «Ich ließ einen Laib Brot und einen Dolch bringen. Der Christ hatte die Wahl: Sich selbst das Leben zu nehmen und so jenes des Jungen zu retten oder das Leben des Jungen gegen seines und den Laib Brot einzutauschen.»

Nasrins Herz pochte, sie atmete immer schwerer, glaubte in der stauberfüllten Luft des Balkons zu ersticken. Ein Schauder lief über ihren Rücken.

«Was denkt Ihr, welche Wahl hat er wohl getroffen?»

«Ihr werdet es uns bestimmt gleich sagen.» Suleyman spürte, wie ihn ein seltsames Gefühl der Unruhe erfasste.

Salah ad-Din nickte und seine Stimme war scharf wie eine gewetzte Klinge. «Er hat dem Jungen ohne mit der Wimper zu zucken die Kehle durchgeschnitten und das Brot gierig vor meinen Augen verschlungen, während sein Diener in seinem eigenen Blut erstickte!»

Nasrin hielt sich die Hände vor den Mund, um nicht aufzuschreien. Sie spürte, wie ihre Knie nachgaben. Sie sank zur Seite und mit geweiteten Augen blickte sie Yasid an. Verzweifelt, mit zitternden Lippen, hob sie den Kopf und schauderte, als sie sah, wie Bernhard regungslos verharrte, die Blicke auf den Boden gerichtet.

«Nasrin, lass uns gehen», flehte Yasid. Die Neugierde in seinen Augen war verschwunden.

«Und Ihr habt ihn nicht getötet?» Überrascht vernahm Nasrin Jamals verhasste Stimme.

Salah ad-Din blickte halb verachtend, halb triumphierend auf Bernhard. «Nein», bemerkte er schließlich. «Ich hatte andere Pläne mit ihm. Es erschien mir falsch, ihm einen schnellen Tod zu schenken. Wäre er ein Soldat gewesen, hätte ich es wohl getan. Aber einem hohen Edelmann und großen Ritter sollte ein anderes Schicksal bestimmt sein. Ein Schicksal wie dieses. Er soll das kennen lernen, was sein Diener gekannt hatte: ein Leben als Rechtloser, als Sklave mit allen Ängsten, mit allen Qualen!»

Suleyman schluckte benommen. «Und warum habt Ihr ihn ausgerechnet zu mir geschickt?»

«Bei Euch kann ich mir sicher sein, dass er jenes Leben fristen wird, das ich für ihn bestimmt habe! Bei Euch muss ich nicht befürchten, dass er seinem Schicksal zu schnell entfliehen wird! Genau darum!»

Salah ad-Din richtete den Dolch an der Seite und, gefolgt von seinen Begleitern, ging er an Bernhard vorbei auf die Tür zu. «Jamal, ich will jetzt meinen Sohn sehen!», befahl er, ohne sich noch mal umzudrehen.

Der Hauptmann gehorchte und zusammen mit seinen Soldaten verließ auch er hastig den Saal.

Zurück blieben Suleyman und der Christ.

Vorwurfsvoll blickte der Emir ihn an und fauchte: «*Nasranî!* Bernhard von Markward, du selbst sagtest mir: Seine Ehre kann sich ein Mann nur selbst nehmen!»

Niedergeschlagen verharrte der Angesprochene, auf den Steinfliesen kauernd, während sich die Schritte des Emirs in den Gängen des Palastes verloren.

Und auch der Balkon mit den verzierten Holzgittern war wieder leer.

13

Der Sommer überzog Damaskus mit seiner Glut, sandte den heißen Wind der Wüste in die Stadt und ließ die Bewohner des *Bait* al-Dir träge und launisch werden. Während des Tages nistete sich die Hitze gar beharrlich im ganzen Haus ein und machte jede noch so leichte Arbeit unerträglich. Nur abends, wenn ein lauer Wind die Luft zum Zittern brachte, war es angenehm kühl, im inneren Hofgarten zu verweilen, der in diesen Stunden vom Duft des lieblichen Jasmins und Hibiskus durchtränkt war. Häufig trafen sich dort nach dem *Salât ul Maghrib* die Frauen und Kinder des Palastes unter einem kleinen Baldachin, um zu plaudern oder sich mit Spielen die Zeit zu vertreiben.

Seit Salah ad-Dins Besuch und den Ereignissen vor Akkon war Suleyman kaum mehr im Palast anzutreffen. Er musste häufig die Residenz des Statthalters aufsuchen. Wie Nasrin erfahren hatte, weilte der Sultan noch immer in der Stadt. Manchmal lauschte sie bis tief in die Nacht den Neuigkeiten, die der Emir aus dem Palast El-Afdals mitbrachte.

Und immer mehr drängte sich ihr der Verdacht auf, Salah ad-Din wolle seinen Sohn absetzen. Ihr Streit glich einem mottenden Feuer, das jeden Augenblick ausbrechen konnte. Und der Krieg war der Wind, der es anfachen würde. Sollten sich die Gerüchte bewahrheiten, stellte sich für Damaskus die entscheidende Frage: Wer würde das Schicksal der Stadt bestimmen? Das Geschlecht der al-Dir war eines der ältesten und einflussreichsten und schon immer dem Sultan treu ergeben. Doch auch andere Häuser würden ihren Anspruch geltend machen. Die Entscheidung lag bei Salah ad-Din und er würde die Verantwortung seinem treuesten Untergebenen in die Hände legen. Eine Verantwortung, die Suleyman nur ungern tragen wollte. Sie wäre ihm eine zu große Last gewesen, denn er zog es vor, mit seiner Familie in Frieden zu leben und

Allah, dem Allmächtigen, gottgefällig zu dienen. Doch sollte der Sultan sich für ihn entscheiden, würde er sich dessen Willen fügen.

Auch El-Afdals Einfluss war nicht zu unterschätzen. Sollte er wirklich von seinem Vater abgesetzt werden, würde er seine ganze Macht aufbieten, um sich zu rächen. Aber vielleicht würden sich die Wogen wieder glätten, wenn Salah ad-Din aus Damaskus wieder abzog, um die Kreuzfahrer aus dem Land zu jagen.

Die Neuigkeiten über die Belagerung Akkons, die das Haus erreichten, waren nur bruchstückhaft und unklar. Fünfundzwanzig Kriegsschiffe lagen vor dem Hafen, so erzählte man, und die Stadt, mit schwerem Gerät vom Land wie vom Meer aus umkämpft, war von der Versorgung völlig abgeschnitten. Löwenherz' Ritter bekämpften Akkon aufs Bitterste, fest entschlossen, die Festung zu nehmen. Noch hielten die mächtigen Mauern dem Drängen der Christen stand und die Bewohner hofften auf das baldige Eintreffen von Salah ad-Dins Truppen. Doch der Sultan hatte Mühe, ein Heer aufzustellen. Die Entschlossenheit und den Eifer der muslimischen Krieger, so wie man sie von der Schlacht von Jerusalem kannte, waren über die Jahre hinweg geschwunden. Die Soldaten waren nun nur schwer zu vereinen.

Die knochige Hand des Krieges vor Akkon griff allmählich auch nach Damaskus. Denn wenn auch das übliche rege Treiben den Alltag in den Straßen und Gassen der Stadt beherrschte, machten sich Anspannung und Unruhe bemerkbar. Salah ad-Din hatte mehr als die Hälfte der Stadtwachen für seine Truppen angefordert, was bedeutete, dass Damaskus im Falle eines Angriffs kaum mehr zu verteidigen wäre. So ordnete El-Afdal immerhin an, die Stadtmauern auszubessern und zu verstarken. Einen Großteil dieser Arbeiten erledigten vornehmlich christliche Sklaven der Stadt.

Eines Tages war Jamal im *Bait* erschienen, um auch den Christen mitzunehmen. Seither hielt sich Bernhard nur noch selten im Haus des Emirs auf und Nasrin war sich nicht sicher, ob sie sich darüber freuen sollte oder nicht. Die Geschichte über Abdul und seinen Tod beschäftigte sie noch immer. Bei den Gedanken daran, was geschah, war es ihr unangenehm, den *Kafir* im Haus zu wissen. Ihre Furcht vor ihm kehrte wie eine schleichende Krankheit zurück. Und immer häufiger kreisten ihre Gedanken in letzter Zeit um Salah ad-Din, um El-Afdal, um die Geschehnisse vor Akkon, um einen Krieg, der so fern schien und doch so nah war.

Nun saß sie im Garten unter einem Baldachin und genoss die erquickende, würzige Abendluft. Das Gras war ausgedörrt, hatte sich braungelb verfärbt. Es hatte lange nicht mehr geregnet, doch nun versprachen die dunklen, lang ersehnten Wolken Regen, versprachen Erlösung. Vielleicht würden sie diese Nacht endlich ihre segenbringende Fracht über Damaskus entladen.

«Suleyman sagt, der Sultan wolle Jamal vielleicht nach Akkon mitnehmen», bemerkte Jaida, die sich zu Nasrin gesetzt hatte.

Die Emirtochter seufzte auf. Sie hatte Jasmina eben gerade zu Bett gebracht und die Hitze des Tages hatte auch sie müde gemacht. Sie zuckte nur gleichgültig mit den Schultern und schwieg.

Jaida hob nachdenklich eine Braue und ihre Stimme klang besorgt und mitfühlend: «Hoffentlich kehrt er unversehrt zurück!»

Von mir aus soll er dort bleiben, wollte Nasrin trotzig erwidern, schämte sich aber im gleichen Atemzug für ihren Gedanken. «Allah hat sein Schicksal schon bestimmt!», sagte sie ausweichend.

Inzwischen hatte Fatimah eine Karaffe kalter Limonade, das mit Zitronen und Rosenwasser angenehm abgeschmeckt war, hingestellt, sich hingesetzt und begonnen, einige Kleidungsstücke auszubessern.

Jaida schenkte ein Glas ein und überreichte es Nasrin, bevor sie sich selbst bediente.

Dankbar nahm Nasrin das Getränk entgegen und fühlte, wie einige kühle Tropfen über ihre Finger rannen.

«Du bist nicht glücklich über die Wahl deines Vaters, nicht wahr?» Jaida drehte nachdenklich ihren Becher in den Händen.

«Wärst du es?», seufzte Nasrin und blickte unbehaglich zur Seite. Sie beobachtete Fatimah, die ungeschickt mit Nadel und Faden umging.

Jaida nahm abwesend einen Schluck. «Jamal ist keine schlechte Wahl, er ist jung, stattlich und hier in Damaskus angesehen.»

«Oh, bitte, nicht wieder, das hatten wir ja schon!», entgegnete Nasrin ungehalten und rollte die Augen.

Jaida stellte verärgert das Glas ab und herrschte sie an: «Du bist ein undankbares, ein ungehorsames Kind! Jamal steht in der Gunst des Sultans und wenn er wirklich in den Krieg gegen die Ungläubigen zieht und dabei Salah ad-Dins Wohlwollen erlangt, wird er in einen Rang aufsteigen, der weit über dem eines Hauptmanns steht!»

«Wenn er in der Gunst des Sultans steht, fällt er bei El-Afdal in Ungnade!», erwiderte Nasrin laut und Fatimah sah auf. Du hast keine Ahnung von dieser Familienfehde und Suleyman erzählt bestimmt auch nichts, wollte sie wütend hinzufügen, doch dann beschloss sie, zu schweigen.

«Was redest du da?»Jaida runzelte die Stirn. «Salah ad-Din ist der Sultan und El-Afdal wird seine Entscheidungen hinnehmen. Und wenn Jamal tapfer gegen die Ungläubigen kämpft, wird der Sultan dies anerkennen.»

Nasrin überlegte. Vielleicht war Jamal ein so gerissener Schakal, dass er sich bei Vater und Sohn gleichermaßen einschmeichelte. Er wusste sicher, es konnte gefährlich werden, würde Salah ad-Din nicht mehr in Damaskus weilen.

«Der Sultan und sein Sohn sind nicht immer der selben Meinung», erklärte Nasrin.

Fatimah horchte erwartungsvoll auf. Sie schien sich mehr für die Machtspiele der Männer zu interessieren als für das Geschwätz der Frauen. Vor allem, wenn der Name Jamal fiel.

«Und was bringt dich auf diesen Gedanken?», erkundigte sich Jaida ungeduldig.

«Was denkst du, warum El-Afdal wohl nie mit seinem Vater in den Krieg zieht?»

«Er ist der Statthalter von Damaskus, er kann nicht in die Schlachten ziehen!» Jaida entdeckte einen Tropfen an ihrem Glas, der langsam herunterperlte. Sie fing ihn mit einem Finger auf und leckte ihn ab.

«So, denkst du?»Nasrin sah sie verstimmt an. «Vater war Masud Talib immer wieder in die Feldzüge gefolgt und dennoch hat die Familie al-Dir lange in Damaskus geherrscht!»

«Das ist lange her, Nasrin», versuchte Jaida ihr zu widersprechen. «Jetzt ist Salah ad-Din der Sultan und sein Sohn Statthalter. Es sind andere Herrscher in einer anderen Zeit.»

Nasrin winkte ab. Sie wusste genau, dass Jaida weder über Politik noch über diplomatisches Geschick Bescheid wusste, es aber nie eingestehen würde.

Jaida war die Tochter eines wohlhabenden Kaufmanns aus Medina, der sich glücklich schätzte, dass sie in die ehrenwerte Familie al-Dir einheiraten durfte. Sie war dazu erzogen worden, ihren Kindern eine gute Mutter und ihrem Mann eine liebevolle Frau zu sein und ihm zu gehorchen. Politik, Diplomatie, Strategie gingen sie und die anderen Frauen nichts an.

«Es wird Jamal nicht gefallen, wenn du dich so sehr in die Angelegenheiten der Männer einmischst!»Jaida hat sich erhoben. «Er wird es lieber sehen, wenn du ihm Söhne schenkst und dich um die Familie kümmerst!»

Nasrin schluckte. Wie recht Jaida hatte!

Jamal würde ihr nicht erlauben, über Politik zu sprechen. Er wäre erzürnt darüber, dass sich seine zukünftige Frau für Staatsangelegenheiten interessierte. Auch wenn sie keine Entscheidungen fällen, keine Ereignisse beeinflussen konnte. Aber Suleyman hatte sie oft in die Welt der Politik und in die Kriegskunst eingeführt, ihr in seiner Weisheit erklärt, wie Macht gewonnen wurde und wieder verloren ging.

Vielleicht, weil er in ihr immer einen Sohn sah. Vielleicht, weil er sie so liebte.

«Es tut mir leid, wenn ich dich gekränkt habe», hielt Nasrin Jaida zurück, als sie sich zum Gehen wandte.

«Du hast mich nicht gekränkt!» Ihre Stiefmutter winkte hastig ab und als sie sich umsah, entdeckte Nasrin in ihrem Gesicht Enttäuschung und noch einen seltsamen Zug. War es vielleicht Neid? Als sie Suleyman mit achtzehn Jahren geheiratet hatte, war der Emir bereits ein alter Mann. Jetzt war sie fast dreißig und hatte Suleyman ein einziges Kind, einen einzigen Sohn geschenkt. Nasrin hingegen würde bald einen gut aussehenden, jungen Hauptmann heiraten und wohl eine ganze Schar Kinder haben.

«Du solltest endlich lernen, dich wie eine fromme Muslimin, wie die Tochter eines ehrwürdigen Emirs zu benehmen und deinem Vater Ehre zu machen! Du bist nun einmal eine Frau, so wie Allah dich geschaffen hat! Er hat es so gewollt! Versuche nicht, mit deinem Schicksal zu feilschen! Das ist Gotteslästerung! Also sei froh und dankbar dafür, was dein Vater und der Allwissende dir gegeben hat und dir noch geben wird!» Jaidas Worte prasselten wie Pfeile auf Nasrins Herz nieder.

«Aber ich bin doch froh und dankbar», erwiderte Nasrin heißer, doch ihre Stimme klang nicht überzeugend.

Jaida schüttelte den Kopf und verließ aufgewühlt den Garten, während Fatimah ihr stumm nachblickte.

Ein sanftes Grollen am Himmel begleitete sie ins Haus, das Zirpen der Grillen verstummte und langsam wurde es dunkel. Bald würde es zu regnen beginnen und den Staub der vergangenen Tage wegwaschen, damit das Firmament wieder so herrlich blau und rein schimmern konnte wie an jenem Tag, als Allah es erschaffen hatte.

Nasrin saß immer noch schweigend da, nippte abwesend an ihrem Glas.

«Ihr macht es Euch nicht leicht, Herrin», bemerkte Fatimah plötzlich. Sie legte ihre Näharbeiten weg. In der hereinbrechenden Dunkelheit konnte sie den Saum einer Tunika, den sie ausbessern wollte, nicht mehr erkennen.

Nasrin musterte sie verwundert.

«Glaubt mir, Jamal al-Aziz ist wirklich keine schlechte Wahl!»

«Wahl? Habe ich dich danach gefragt?», fauchte sie, wütend über die Unverschämtheit ihrer Dienerin und setzte den Becher ab. Mit den Fingern tippte sie gereizt auf das Glas.

«Habt Ihr nicht.» Fatimah zuckte mit den Schultern.

«Dann halte deine Zunge im Zaum!»

Die Dienerin senkte rasch den Kopf. Schon seit Tagen war ihre Herrin gereizt, ihre Launenhaftigkeit unerträglich. Aber schuld daran war nicht diese Hitze, die Damaskus in einen Glutofen verwandelt hatte. Die Tochter des Hauses war nun achtzehn und vor drei Jahren Hussein versprochen worden. Es ist nicht gut für eine junge Frau, so lange auf einen Mann zu warten, dachte Fatimah, es ist Zeit, sie zu verheiraten.

«Ich glaube, Ihr werdet mit Jamal glücklich», versuchte es Fatimah noch mal in der Hoffnung, die Furcht ihrer Herrin vor der Ehe zu mindern.

Nasrin schwieg, blickte lange in den Garten und ihre Stimme klang gefährlich, als sie nach einer Weile fragte: «Wie glücklich wärst du, wenn ich dich verkaufen würde? Verkaufen, aus diesem Haus?»

«Oh, Herrin!»Fatimah hob entsetzt den Kopf. «Bitte nicht! Habe ich je etwas getan, was Euch dazu veranlassen könnte, mich zu verkaufen?»

«Verstehst du jetzt, was ich meine? Ich werde verkauft! Oh ja, Jamal zahlt gut für mich, er hat ja auch alle Pflichten seines Bruder übernommen.»Nur mühsam konnte Nasrin die Tränen zurückhalten.

«Das ist nicht dasselbe, Herrin», versuchte Fatimah sie zu besänftigen. «Nach der Heirat seid Ihr die Frau eines angesehenen Mannes aus alter Familie.»

«Du verstehst einfach nicht!» Nasrin schüttelte verzweifelt den Kopf.

«Ihr hättet sowieso einen Sohn aus dem Hause al-Aziz geheiratet.»

«Halte endlich dein loses Mundwerk!», zischte Nasrin. «Du bist so dumm, Fatimah, so dumm! Es ist doch nicht gleich, ob ich Jamal oder Hussein heirate! Sie sind so verschieden wie es nur zwei Brüder sein können!»

Es war eine unglückliche Fügung des Schicksals gewesen. Nasrin war sich sicher, Hussein hätte sie ehren und lieben können. Aber Jamal …

Die Nacht zog langsam ihr dunkles Tuch über den Garten, während das bedrohliche Grollen näher kam.

«Geh!», befahl Nasrin ihrer Dienerin plötzlich. «Geh und lass mich allein!»

Mit eingezogenem Kopf erhob sich Fatimah und begab sich zum Haus.

Nasrin sah ihr nach und als sie verschwunden war, atmete sie erleichtert auf. Das Brennen in den Augen wurde stärker, doch sie versuchte, nicht zu weinen. Es half nichts, eine Träne rann verstohlen über ihre Wange.

Sie war unglücklich. Jaida hatte einmal von Liebe, von wahrer Liebe gesprochen. Von einer Liebe, die sie Jamal niemals schenken konnte. Nicht jetzt und nicht in Tausend Jahren. Vielleicht würde sie ihn irgendwann mal achten lernen. Als ihren Ehemann. Aber sie würde ihn niemals lieben und begehren können. Die Traurigkeit in ihr war wie ein Meer, auf dem sie dahintrieb, in einem Sklavenschiff, verkauft und um ihre Gefühle, um ihr Leben betrogen. Aber der Wunsch ihres Vaters war ihr heilig und sie würde ihn erfüllen. Irgendwann musste sie heiraten, daran konnte sie nichts ändern. Noch nie fühlte sie sich so verloren und allein und niemand war da, der ihr beistand.

Sollte Jamal mit Salah ad-Din wirklich in den Krieg gegen die Christen ziehen, würde der Emir den Tag ihrer Hochzeit wahrscheinlich vorverlegen. Eine Entscheidung, der Jamal, der letzte Sohn aus dem Haus al-Aziz, sicher zustimmte. Und er würde alles tun, um seinen Samen in ihren Schoß zu legen, damit diese ruhmreiche Familie nicht ausstarb.

Seufzend versuchte sie, den Gedanken zu verscheuchen.

Der Wind kam auf und es schien, als würde er die Bilder und Erinnerungen an Jamal davontragen. Aus diesem Palast, aus dieser Stadt, hinaus in die Wüste und übers Meer.

Mächtige Wolken trieben über den Garten, hüllten ihn in eine tiefe Dunkelheit. Eine Windböe erfasste den Baldachin und zerrte an dem festen Stoff.

Nasrin wusch sich die Träne ab und erhob sich. Sie beschloss, ins Haus zurückzukehren, bevor das Gewitter mit all seiner Wucht losbrechen würde. Es würde nicht mehr lange dauern, bis der Himmel seine Schleusen öffnete.

Eilig betrat sie den Garten. Am Nachthimmel züngelten bereits die ersten Blitze; sie erhellten die weiß getünchten Mauern und leuchteten ihr den Weg. Ein Donnerrollen folgte.

Vor einem Buschwerk ragte ein Feigenbaum auf. Nasrin mochte seine süßlich duftenden Früchte und sie stellte sich auf die Zehenspitzen, um einige von ihnen zu pflücken. Sie musste sich strecken und konnte sie trotzdem kaum mit den Fingerspitzen berühren. All die, welche einfach zu erreichen gewesen wären, hatte Yasid bereits vor einigen Tagen stibitzt. Endlich schaffte sie es, eine Feige zu pflücken, doch die weiche Frucht fiel ihr aus der Hand.

Schimpfend wollte Nasrin sich bücken, als sie plötzlich umgerissen wurde.

Durch den Aufprall verlor sie beinahe das Bewusstsein. Als sie sich wieder fasste, spürte sie, wie sie jemand auf den Boden drückte. Nasrin versuchte, sich zu wehren, sie versuchte zu schreien, doch kräftige Arme bändigten sie und eine große Hand hielt ihr den Mund zu.

Woher war der Angreifer gekommen, wer war er, was wollte er? Sie glaubte zu ersticken, doch bebend vor Angst und Entsetzen wagte sie nicht, sich zu rühren. Plötzlich vernahm sie hastige Schritte; jemand lief über das ausgedorrte Gras auf sie und auf den Fremden zu.

Mit aller Kraft, die sie aufbringen konnte, stemmte sich Nasrin gegen den schweren Körper, der auf ihr lag, doch sie schaffte es nicht, sich zu befreien. Sie spürte den keuchenden Atem des Unbekannten auf ihrem Gesicht. Die Augen vor Angst geweitet, horchte sie in die Nacht. Die Schritte kamen näher. Bei Allah, wer es auch immer ist, er möge ihr helfen!

«Wo ist dieser verdammte Hund?», hörte sie Jamals herrische Stimme rufen und als sie wieder versuchte, sich aufzubäumen, vernahm sie über sich ein sanftes «Sch!»

Ihr stockte der Atem, als sie das vertraute Funkeln blauer Augen erkannte: Bernhard!

«Ich werde ihm seine lästige Zunge herausschneiden, wenn ich ihn finde!», brüllte der Hauptmann durch den Garten. «Und dann schneide ich ihm die Kehle durch!»

Nasrin rührte sich nicht. Was war bloß geschehen?, überlegte sie und legte den Kopf zur Seite, als der Hauptmann noch näher kam.

Ein Windstoß blies ihr Sand in die Augen und sie rang nach Atem, als Bernhards Hand auf ihrem Mund sich verkrampfte und sein ganzer Körper sich anspannte.

Jamals Schatten tauchte auf. «Verfluchter *Kafir*», grollte der Hauptmann, nur noch einige Schritte von ihnen entfernt. Und er kam noch näher.

Nasrin erstarrte, während Bernhard seine Wange an die ihre legte.

Jamal blieb endlich stehen. Er blickte auf den Boden. Er blickte sie an, doch er konnte sie nicht sehen. Die schützende Dunkelheit verhüllte sie.

Plötzlich erhellte das Leuchten des nächsten Blitzes den Garten und Nasrin sandte ein Stoßgebet zu Allah. Und er erhörte sie: Im gleichen Augenblick drehte sich der Hauptmann um und lief fluchend davon. Seine Worte gingen im Lärm des Donners unter.

Nasrin spürte, wie Bernhard ausatmete; seine Anspannung ließ nach. Doch noch immer bewegte er sich nicht.

Noch nie hatte sie den Körper eines Mannes so nahe gespürt. Im Licht des nächsten Blitzes sah sie sein Gesicht nun deutlicher. Es wirkte müde, erschöpft und blass.

Erst ein Donnerschlag, gleich einem Peitschenhieb, brachte Bernhard wieder zur Besinnung. Langsam nahm er die Hand von ihrem Mund.

«Was fällt dir ein?», zischte sie wütend.

Er antwortete nicht, sah sie nur schweigend an. In seinen Augen lag Verlangen. Verzehrendes, hungriges Verlangen.

Nasrins *Khimaar* hatte sich geöffnet, als sie hinfiel und war ihr über die Schultern gerutscht. Sie spürte, wie Bernhards Blicke über ihren Hals wanderten und am Ansatz ihrer Brüste hängen blieben. Ihr wurde unbehaglich: Noch nie hatte ein Mann sie so angesehen. So lüstern.

«Laß mich los!», flüsterte sie verärgert und verlegen zugleich.

Er war ihr so nah. Sie schluckte und versuchte das seltsame Gefühl, das sie beschlich, zu unterdrücken. Es gelang ihr nicht. Stattdessen wurde es noch stärker, als sie in seine Augen sah.

Bernhard stützte sich mit beiden Händen ab. Seine Blicke glitten über Nasrins Körper, über ihr stummes Gesicht, über ihren seidig schimmernden Hals. Er sog ihren Duft ein, bewunderte ihre schwarzen Haare.

Dann erhob er sich, ohne sie noch einmal zu berühren, setzte sich neben sie und murmelte: «Verzeiht.»

Nasrin drehte sich zur Seite und richtete sich langsam auf. «Dafür sollte man dir die Haut vom Leib ziehen», erwiderte sie aufgebracht.

«Bei Jesus und der Heiligen Mutter Gottes! Ich hatte Euch nicht gesehen! Es war ein unglücklicher Zusammenstoß!», verteidigte er sich.

«Was treibst du hier?»

«Was ich hier treibe? Das wollte ich eigentlich Euch fragen!»

«Hast du wieder was angerichtet?»

«Warum glaubt Ihr immer, ich hätte irgendwas angerichtet?»

«Warum wohl würde Jamal sonst nach dir suchen? Wenn du es mir nicht sagst, kann ich gleich nach ihm rufen. Und glaube mir, er wird kommen!», drohte sie und bereute im gleichen Augenblick ihre Worte.

«Nun, ich glaube, er wäre nicht sehr erfreut, Euch hier anzutreffen!» Er musterte sie herausfordernd und ein Donnergrollen untermalte die Ironie in seiner Stimme.

«Er wäre noch weniger erfreut, dich hier zu sehen!», stichelte Nasrin. «Nun, was ist geschehen?»

Ohne aufzublicken, erklärte er: «Ich habe heute schon genug Demütigungen von ihm erleiden müssen.»

Der ohrenbetäubende Lärm eines Donners ließ Nasrin zusammenzucken und sie spürte die ersten dicken Regentropfen auf ihrer Haut. Hastig suchte sie im Gras nach dem *Khimaar* und als sie ihn gefunden hat, zog sie sich ihn sorgsam über, bedeckte ihren Hals und ihre Brust. Hatte der Christ sie durch seine Blicke befleckt oder gar entehrt?

«Was ist geschehen?» Sie neigte den Kopf zur Seite.

Ein feuchtwarmer Windstoß fegte durch den Garten und ein weiterer Tropfen fiel auf ihre Wange. Es würde nicht mehr lange dauern, bis der Wolkenbruch sich über ihnen entlud.

«Seit Tagen schon sind die Arbeiten an der Stadtmauer erledigt, doch der Hauptmann lässt mich trotzdem immer wieder holen», entgegnete Bernhard barsch.

«Aber warum? Wozu?» Nasrins Stimme klang erstaunt.

Er wandte sich hastig ab und stieß gereizt hervor: «Fragt ihn doch selbst!»

Ein Blitz fegte über sie hinweg. In seinem Licht bemerkte Nasrin, dass Bernhard sich an die Seite fasste und sein Gesicht sich für einen kurzen Augenblick vor Schmerz verzog.

«Was ist mit dir?», fragte sie besorgt.

Doch er antwortete nicht. Stattdessen stand er schwerfällig auf und reichte ihr die Hand. «Ihr solltet ins Haus gehen, Herrin», sagte er tonlos.

Sie erhob sich, stand regungslos vor ihm. Er ließ ihre Hand nicht gleich los, hielt sich ungewöhnlich lange in der seinen.

In der Dunkelheit konnte sie sein Gesicht nicht erkennen, trotzdem hatte sie das Gefühl, genau in seine Augen zu schauen.

«Etwas stimmt mit dir nicht», brach sie schließlich das verlegene Schweigen.

Die ersten warmen Tropfen rannen über ihre Gesichter. Sie wurden immer mehr, immer zahlreicher, und dann prasselte der Regen nieder, auf die Blätter der Bäume und Büsche, auf die Dächer des Palastes, trommelte auf den ausgetrockneten Boden und auf die Steinfliesen. Es plätscherte, gluckerte, sprudelte; der Garten sog das kostbare Wasser in sich auf, trank sich satt, begann zu leben und das Geräusch des fallenden Regens klang wie ein Loblied auf den Schöpfer.

«Was ist mit dir?», rief Nasrin laut, um den Wolkenbruch zu übertönen.

«Es ist nichts.» Bernhard ließ ihre Hand los.

«Du bist störrischer als ein Esel, weißt du das?» Nasrin wurde noch lauter. «Ich bin kein kleines Mädchen mehr! Ich sehe doch, dass du Schmerzen hast!» Sie trat näher an ihn, doch er streckte abwehrend den Arm aus.

«Ihr könnt gar nichts sehen!», erwiderte er. «Obwohl Ihr wirklich kein Kind mehr seid, seht Ihr nichts.»

Nasrin beschloss, die wirkliche Bedeutung seiner Worte nicht wahrzunehmen. «Gehen wir in den Stall!», befahl sie.

«Wo uns der Hauptmann erwartet?» Er schüttelte heftig den Kopf.

Bernhard hatte recht, das wusste sie. Im Stall würde sie Jamal bestimmt finden. Und wenn er sie so sehen würde, gemeinsam und durchnässt … Nein, das war wirklich kein guter Vorschlag.

«Dort hinten in einem kleinen Schuppen bewahrt Kareem seine Geräte auf.» Sie zeigte in die Dunkelheit.

«Und was soll ich dort?»

«Willst du etwa die ganze Nacht hier im Regen stehen bleiben?»

«Warum denn nicht? Euer Land ist ein trockenes und meines ein wasserreiches. Ich bin an Regen gewöhnt.»

Nasrin zwang sich zur Ruhe. Seine Unnachgiebigkeit, seine Sturheit würden sie noch in den Wahnsinn treiben. Wieso ließ sie es zu? Weil es ein Wahnsinn war, der sie glücklich zu machen schien?

Bald würden sie völlig durchnässt da stehen. Sie spürte schon, wie die Nässe unter ihr Gewand kroch, wie das Wasser warm ihren Rücken hinunterglitt.

«Dann bleibe ich auch hier!»Sie verschränkte herausfordernd ihre Arme vor der Brust und wartete. Sie wusste, seine Antwort würde sie wahrscheinlich wieder beleidigen, aber auch neugierig machen und verwundern.

Doch Bernhard schwieg.

Nur das Donnergrollen des Gewitters, das sich langsam entfernte und der rauschende Regen waren zu hören.

Umso erschrockener fuhr Nasrin zusammen, als er plötzlich in seiner Sprache verärgert losfluchte und ihren Arm ergriff. «Ich soll störrisch sein wie ein Esel? Ihr seid verflucht noch einmal stur wie eine ganze Horde von Eseln!»

Heftig zog er sie mit sich und zwei durchnässte Gestalten hetzten durch den Garten, bis sie Kareems kleinen, fensterlosen Holzverschlag erreicht hatten. Ein im Wind schaukelndes Öllämpchen hing an der Wand und warf ihnen seinen Schein entgegen. Der Gärtner musste vergessen haben, es zu löschen oder er würde nochmals vorbeikommen.

Bernhard nahm das Lämpchen herab, drückte gewaltsam die Tür auf und stieß Nasrin unsanft in die Hütte.

Harken, Schaufeln und andere Gartengeräte lagen auf dem Boden oder lehnten an den Wänden. Irgendwo raschelte eine Maus und trippelte davon.

Als die Tür ins Schloss fiel, drehte sich Nasrin erschrocken um. Bernhards Augen funkelten zornig, aus seinem Haar tropfte das Regenwasser. Er hing das Lämpchen an einem Balken auf und blieb vor ihr stehen.

Sie trat langsam auf ihn zu. Im Licht des Öllämpchens erkannte sie einen dunklen Fleck auf seinem Hemd. An der linken Seite, auf der Höhe der Rippen, war der Stoff vom Blut verfärbt. Wortlos schob sie das Hemd hoch und ihr Blick fiel auf eine eitrige Wunde. Der säuerlich-süße Gestank von *Ghislin* schlug ihr entgegen. Die Schwellung und die bläulich-schwarze Verfärbung verhießen nichts Gutes.

Entsetzt starrte sie ihn an. «Warum hast du nichts gesagt?» Vorsichtig betastete sie den entzündeten Rand der Wunde.

Bernhard wich ihrer Berührung aus und zischte: «Lasst das!»

«Das muss behandelt werden, du verstockter …»

Er verzog verächtlich seine Lippen. «Eine gebrochene Rippe, mehr nicht.»

«Eine gebrochene Rippe, ja!», stimmte Nasrin zu. «Doch der Bruch ist nach außen gegangen. Er hat dein Fleisch verletzt und eine böse Entzündung entstehen lassen. Die Wunde muss behandelt werden, sonst verheilt sie nie!»

«Sie kann nicht verheilen – wegen den Schlägen Eures verdammten Hauptmanns!»

Nasrins Gesicht versteinerte vor Entsetzen. Sie wurde bleich und es lief ihr heiß und kalt über den Rücken.

«Wann?», fragte sie ungläubig.

Bernhard blickte beschämt an ihr vorbei. «Immer wenn er mich holen ließ, um an der Stadtmauer zu arbeiten.»

«Mit dieser Verletzung hättest du niemals so schwere Arbeiten verrichten dürfen.»

«Glaubt Ihr, er schert sich darum?» Er sah Nasrin an und sie bemerkte eine tiefe Traurigkeit in seinen fiebrig glänzenden Augen.

«Die Verletzung muss behandelt werden!», entgegnete sie entschlossen. «Wenn dir niemand hilft und du zu stolz bist, darum zu bitten, werde ich es meinem Vater sagen!»

«Und was wollt Ihr ihm sagen? Dass der edle Jamal al-Aziz mich schlägt? Dass Ihr mir zufälligerweise über den Weg gelaufen seid und ich Euch die Wunde zeigte? Habt Ihr Eure letzte Strafe bereits vergessen?»

«Es ist nicht nötig, mich daran zu erinnern!», brauste Nasrin auf. Sie strich sich eine Strähne aus dem Gesicht, warf den nassen *Khimaar* über die Schulter und betastete nochmals die Wunde.

Bernhard wand sich vor Schmerz und fluchte leise.

«Du musst behandelt werden!», wiederholte sie unnachgiebig. «Wenn du Fieber bekommst und Wundbrand entsteht, könntest du …» Sie hielt inne.

«Könnte ich daran sterben», beendete er den Satz für sie. Er ergriff ihr Handgelenk und beugte sich vor. «Ich habe schon viel Schlimmeres überlebt.»

Mühevoll entwand sich Nasrin seinem Griff. «Ja, ich weiß, den Kerker von Akkon! Du lebst noch, weil du deinem eigenen Diener die Kehle durchgeschnitten hattest!»

Die Stille, die sich nach ihren Worten ausbreitete, schien sie beide zu erdrücken.

Bernhards Gesicht wurde aschfahl. Sein Zorn war verschwunden, der Stolz in seinen Augen erloschen.

Nasrin sah ihn an, wütend über sich selbst. Wütend über ihn. Wieso hatte er ihr nicht über seine feige Tat berichtet? Er, der sich immer stark und heldenhaft gab. Ausgerechnet aus dem Mund des großen Herrschers Salah ad-Din musste sie diese erschreckende Wahrheit erfahren.

Bernhard fuhr sich mit der Hand durch das nasse Haar und schüttelte den Kopf. «Ihr wisst es also», sagte er ungewöhnlich leise. «Hat es Euch Euer Vater erzählt?»

«Ich weiß es nicht von ihm», entgegnete sie, noch immer aufgebracht, während Bernhard sich erschöpft und fassungslos auf einer staubigen Truhe niederließ. Nachdenklich fingerte er am einem schorfigen Kratzer auf seiner Hand herum, bis sich die Wunde wieder öffnete. Dann sah er auf. «Ihr habt gelauscht! Ihr wart da!»

«Ich habe nicht …» Nasrin stockte. In ihrer Wut und Enttäuschung ist sie unvorsichtig geworden. Sie handelte unüberlegt wie Buruk, ihr Fohlen, wenn es einfach übermütig davon galoppierte. Ja, sie hatte gelauscht und sich und Yasid nun verraten. Ertappt ließ sie ihre Arme sinken.

«Eure Neugierde treibt Euch ins Verderben, wisst Ihr das?» Er schien plötzlich zu frösteln, rieb sich die Oberarme.

«Du hast ihn getötet», entgegnete sie bitter, mit zitternder Stimme, ohne ihn anzusehen. Von ihrem fein geschwungenen Kinn perlten die letzten Regentropfen.

Bernhard schlug seine mächtigen Hände vors Gesicht. «Ja, ich habe ihn getötet.»

«Und warum? Weil du Hunger hattest?» Zornig stampfte Nasrin mit dem Fuss auf den Boden. «Wegen einer einzigen verfluchten Krume Brot?»

Er ließ die Hände wieder langsam sinken und fast höhnisch sagte er: «Oh, ich merke, Ihr habt gut zugehört! Doch was Ihr gehört habt, ist nicht die ganze Wahrheit!»

«Ich habe genug gehört! Hätte ich gewusst, was du deinem Diener angetan hattest, hätte ich …» Sie sprach nicht zu Ende, schüttelte den Kopf und starrte benommen an ihm vorbei.

«Was hättet Ihr?»

Sie schwieg.

«Was hättet Ihr?», wiederholte er. «Verraten, dass ich Euch zu Eurer Dienerin begleitet habe? Oder hättet Ihr nicht versucht, mir zu helfen, als Euer Hauptmann mir die Hände abschlagen wollte? Ja, was hättet Ihr getan?»

Sie blickte ihn widerstrebend an. «Du hast wirklich eine lästerliche Zunge! Und er ist nicht mein Hauptmann!»

Er zuckte die Schultern und mit ruhiger Stimme fuhr er fort: «Ich weiß, was ich gesehen habe. Ich weiß, dass nur Ihr mir geglaubt habt. Nur Ihr wart überzeugt, dass ich den Dolch nicht gestohlen hatte. Trotz des Grolls, denn Euer Vater noch gegen Euch hegte, trotz der Gefahr, er könnte Euch wieder bestrafen, habt Ihr versucht, mir beizustehen, mir zu helfen. Mir, einem Christen!» Er kniff die Augen zusammen, als würde er die Antwort auf die Frage, die er jetzt stellen wollte, bereits kennen. «Warum?»

Nasrin hob hilflos ihre Arme und versuchte zu lächeln. «Ich weiß es nicht. Wahrscheinlich wollte ich nicht, dass mein Vater sich mit einem ungerechten Urteil befleckt.»

Sie schwiegen, während der Regen eintönig auf das Holzdach trommelte und es schienen Stunden vergangen zu sein, bis Bernhard unvermittelt begann: «Wollt Ihr nun wissen, wie es in Akkon wirklich gewesen war?»

Nasrin nickte kaum merklich und verschränkte die Arme vor der Brust. Das nasse Gewand klebte auf ihrer Haut. Ein Windhauch drang durch einen Spalt und ließ sie frieren. Plötzlich ahnte sie, dass es mehr als nur eine Wahrheit gab.

Bernhard griff nach einem Strohhalm, der vergessen auf dem Boden lag, spielte mit ihm, die Ellbogen auf den Knien abgestützt. «Salah ad-Din hat die Geschichte so erzählt, wie er sie erzählen wollte. Ich werde sie Euch so erzählen, wie sie sich zugetragen hatte.» Er knickte den Halm in der Mitte. «Ich habe Abdul in Edessa aufgegriffen: ein gewitzter Junge, keine sechzehn Jahre alt, hilfsbereit, treu. Ich mochte ihn sehr.»

Während er sprach, setzte sich Nasrin auf einen verstaubten, durchlöcherten Binsenkorb, der in der Ecke stand. Ihr Herz schlug schnell und laut, sodass sie das Gefühl hatte, er musste es hören.

Bernhard blickte kurz auf und schnippte den geknickten Halm von sich. «Ich werde Euch nicht noch mal von Akkon erzählen. Sondern davon, was es mit Abdul auf sich hat. Nun, nachdem Salah ad-Din alles, was er über Richard Löwenherz wissen wollte, erfahren hatte, ließ er mich zu sich bringen.» Bernhards Stimme versagte, als schäme er sich für den Verrat, den er unter Folter begannen hatte. Er schloss die Augen und als er sie wieder öffnete, glänzten Tränen in ihnen. «Ich war dem Tod näher als dem Leben und flehte Jesus um ein erlösendes Ende an. Doch der Kelch, den ich zu trinken hatte, war noch nicht leer. Salah ad-Din fragte mich, was es für einen Christen hieße, Ritter zu sein. Ich antwortete ihm:

In Ehre und Edelmut zu leben, den Schwachen und Armen beizustehen, nach der Lehre von Jesus Christus zu leben, für ihn zu kämpfen und zu sterben. So lautet der Kodex unseres Ritterstandes. Der Sultan verspottete mich, sagte, er würde mich prüfen. So ließ er Abdul bringen, den ich schon tot geglaubt hatte. Sie hatten ihn grausam misshandelt.»

«Aber Salah ad-Din sagte, er wollte ihn frei lassen, weil er ein Muslim war», warf Nasrin verwirrt ein.

Verachtung legte sich über Bernhards Gesicht und er senkte die Stimme, als er weiter berichtete: «Der Sultan hätte ihn vielleicht frei gelassen, nicht aber seine Sarazenen. Abdul war kein Muslim mehr. Er war Christ geworden, hatte sich taufen lassen. In Euren Augen ein Abtrünniger, ein Häretiker. Ich ahnte, was geschehen würde, wenn ich auf Salah ad-Dins Vorschlag nicht einginge: ein leichter Tod für mich, aber ein umso grausamerer für meinen jungen Diener!»

Das Öllämpchen flackerte bedrohlich und der Korb knarrte, als Nasrin sich nach vorne lehnte, als wolle sie ihm näher sein, um alles, was er erzählte, noch genauer zu verstehen. Und je länger er erzählte, umso unheimlicher wurde ihr zumute.

«Ihr wisst, was er mir anbot?» Bernhards Stimme klang düster. «Mein Leben oder das meines Dieners.»

«Ein Stück Brot und dein eigenes Leben für das deines Dieners!», verbesserte ihn Nasrin beklommen.

«Glaubt Ihr das wirklich? Glaubt Ihr, ich hätte einen sechzehnjährigen Jungen wegen eines verfluchten alten Brotlaibes getötet?», herrschte Bernhard sie vorwurfsvoll an. «Nur um mein Leben zu retten, das ich schon lange aufgegeben hatte? Ein Leben, das nichts mehr wert war? Ich betete jeden Tag, es möge enden!»

«Du lebst aber noch und er ist tot!»

«Es ging mir nicht um das Brot. Selbst wenn ich mich anders entschieden hätte, wäre Abdul einen viel entsetzlicheren Tod gestorben. Die Euren behandeln einen Apostat grausam! Sein Sterben wäre ein unsägliches, unendliches Leiden geworden. Das wollte ich ihm ersparen.» Er sah auf. «Ich wollte ihm ersparen, dass er durchmachen musste, was sie mir angetan hatten. Er war fast noch ein Kind. Ich weiß, sein Tod hat meine Seele bis in alle Ewigkeit befleckt. Ich tötete ihn, weil er es von mir erbeten hatte.»

«Das Wort des Sultans hätte ihn beschützt!», wandte Nasrin ein. «Woher willst du wissen, was mit Abdul wirklich geschehen wäre?»

«Niemand ist vor der blutgierigen Eifrigkeit Salah ad-Dins Soldaten und Sarazenen geschützt! Ich habe gesehen, wie sie mit den Apostaten umgehen. Glaubt mir, den schnellen Tod, den ich meinem Diener gegönnt habe, war eine Gnade!» Bernhard stand auf und sie musste den Kopf in den Nacken legen, um zu ihm hochzusehen.

Der Schein des Öllämpchens wurde schwächer, ließ unheimliche Schatten über die groben Holzbretter der Kammer kriechen, löste sie auf und erlaubte ihnen, wieder miteinander zu verschmelzen.

Bernhards Schatten fiel wie eine unheilvolle Wolke auf Nasrins Gesicht und als hätte sich die Hölle mit dem Christen verbündet, ertönten das Zischen eines Blitzes, der in der Nähe einschlug und ein lautes Donnern.

Nasrin schluckte leer, überwältigt von Bernhards Worten. Der Koran schrieb die Strafe für einen Abtrünnigen vor. Die Qualen aber, die ihn in der Ewigkeit erwarteten, waren weit schlimmer. Gleich, welchen Tod Abdul erlitten hätte, er wäre für alle Zeiten verdammt. Der Gott der Christen aber hätte ihn bestimmt in sein Paradies aufgenommen.

«Und du hattest keine Furcht davor, die Strafe anstelle von ihm erleiden zu müssen?», fragte sie vorsichtig.

Bevor er antwortete, stützte sich Bernhard mit einer Hand an der Wand ab und legte die Stirn auf seinen Arm, als könne er die Last, die er sich aufgebürdet hat, nicht mehr tragen. «Meine Furcht war groß, umso größer, da ich wusste, es würde mir noch viel mehr bevorstehen, als ich bereits erfahren hatte. Ich wollte sogar den Dolch gegen mich selbst richten.»

«Aber du hast es dennoch nicht getan! Warum? Salah ad-Din gab dir die Möglichkeit, das Schicksal in die eigene Hand zu nehmen und dein Ende selbst zu wählen! Warum hast du sie nicht angenommen?»

Bernhard lachte bitter auf. «Ihr wisst nicht viel über uns Christen, nicht wahr?»

Nasrin presste verlegen die Lippen zusammen. Er hatte recht. Was wusste sie eigentlich über die Christen? Wenn sie ehrlich war, nicht viel. Nur das, was Suleyman ihr über die Christusanbeter erzählt hatte. Und das, was Hassan über seine Zeit in Konstantinopel berichtete. War es wirklich genug, um Bernhard und seine Welt zu verstehen?

«Unser Glaube verbietet es uns, sich selbst zu richten! Jedes Leben, und sei es noch so unbedeutend oder schmachvoll, ist ein Geschenk Gottes. Er hat es uns gegeben und nur Er kann es uns wieder nehmen!

Jeder, der seinem Leben selbst ein Ende bereitet, sündigt und wird dafür auf ewig in der Hölle schmoren! Davor fürchtete ich mich mehr als vor der Folter oder vor den Demütigungen, die ich durch die Euren erleiden musste! Salah ad-Din wusste es. Er wusste, dass ich meinem Glauben folgen würde. Dadurch ist die Strafe, die er mir auferlegt hat, noch schrecklicher und bitterer!» Er brach ab. Die Erinnerungen an seine Tat schienen es ihm unmöglich zu machen, weiterzuerzählen. Erst nach einer Weile fasste er sich wieder. «Abdul wusste, was ihn erwartete. Als er mich flehend ansah, besann ich mich. Und ich tat, was ich tat! Ich schenkte ihm einen schnellen Tod und mir bürdete ich eine Schuld auf, die ich auf ewig zu tragen habe.»

Ein dumpfer Schlag ließ Nasrin zusammenfahren.

Bernhard hat mit aller Kraft mit der Faust gegen einen Holzbalken geschlagen, dann stürzte er, ohne ein weiteres Wort und ohne sich nochmals umzudrehen, aus der Kammer.

Draußen fiel der Regen noch immer unablässig nieder, die Blitze zuckten über den Nachthimmel. Doch der Donner verhallte in der Ferne, das Gewitter zog weiter.

Nasrin blickte lange regungslos zur Tür. Bernhards Worte hallten in ihrem Kopf und sie fühlte, dass sie begann, ihn nach der heutigen Nacht zu verstehen. Ja, seine Tat war ehrenhaft und eine Gnade für seinen Diener. Aufgewühlt und verunsichert musste Nasrin erkennen, dass ein Christ und ein Muslim von einer Wahrheit sprachen, die nie die gleiche sein würde.

Durchnässt und nachdenklich erhob sie sich und schlüpfte durch den Türspalt. Als sie das Haus erreicht hatte, drang ein heftiger Windstoss in den Schuppen und blies die Flamme des Öllämpchens aus.

14

Yasid saß gelangweilt neben Hassan, dessen Stimme über den Garten schwebte. Ehrfürchtig trug der Gelehrte einen Vers aus dem Koran vor: «Und diejenigen von euch, die nicht so bemittelt sind, dass sie ehrbare gläubige Frauen zu heiraten vermögen, von euren gläubigen Mägden, die ihr als Sklavinnen besitzt ...» Er hielt plötzlich inne und forderte Yasid auf: «Rezitiere du jetzt weiter!»

Die Finger des Jungen fuhren hilflos über die schwungvoll geschriebenen Wörter. Verstohlen schaute er sich um.

«Welche *Sure* rezitieren wir?», fragte Hassan gereizt und blickte ihn streng an.

«Die *Sure An-Nisa*, Onkel! Das Kapitel ‹Die Frauen›!»

«Dann suche dort!»

Yasid gehorchte. Endlich hatte er die richtige Stelle gefunden, nicht aber den Vers, den Hassan von ihm forderte.

Die Miene seines Onkels verdunkelte sich und er packte den Jungen am Ohr. «Vers fünfundzwanzig Yasid, Vers fünfundzwanzig! Bei Allah, wann lernst du endlich, dich im *Qur'an* zurechtzufinden?»

Der *Alim* ließ das Ohr des Jungen los und versetzte ihm eine Kopfnuss.

Nasrin, die auf einer Steinbank am Teichufer saß, musste heimlich schmunzeln, als der widerstrebende Blick ihres Bruders sie streifte.

«…und Allah weiß sehr wohl über euren Glauben Bescheid», fuhr Hassan an der Stelle, wo er abgebrochen hat, fort und wartete, bis sein Schüler endlich den richtigen Vers finden und einsetzen würde.

«…ihr gehört als Gläubige zueinander», begann Yasid voller Eifer, «ungeachtet der Unterschiede der sozialen Stellung. Heiratet sie also mit der Erlaubnis ihrer Herrschaft und gebt ihnen ihren Lohn in rechtlicher Weise! Dabei sollen sie sich als ehrbare Frauen betragen, nicht als solche, die Unzucht treiben und sich Liebschaften halten. Und wenn sie durch die Eheschließung ehrbare Frauen geworden sind und dann etwas Abscheuliches begehen, kommt ihnen die Hälfte der Strafe zu, die für die frei geborenen ehrbaren Frauen vorgesehen ist. Dies ist für diejenigen von euch, die fürchten, in Bedrängnis zu kommen. Doch ist es besser für euch, Geduld zu üben und auf die Heirat von Sklavinnen zu verzichten.»

«Allah ist barmherzig und bereit zu vergeben», beendete Hassan den Vers.

Der *Alim* war zwar ein strenger Lehrer, trotzdem zog ihn Yasid dem *Imam* vor. Nun aber hatte Hassan angekündigt, für einige Zeit nach Aleppo zu reisen, um dort dringende Geschäfte zu erledigen. Sehr zum Leidwesen Yasids. Denn er wusste, Suleyman würde ihn wieder zum *Imam* in den Unterricht schicken.

Der Emir hatte keine Zeit, ihn selbst zu unterrichten. Er war nur noch selten zu Hause, da El-Afdal und Salah ad-Din immer häufiger nach ihm verlangten. Unruhe breitete sich über das ganze Land aus; Soldaten, Söldner, Krieger zogen durch Dörfer und Städte, durchquerten Wüsten, bereiteten sich auf den Krieg gegen die Christen vor. Selbst eine Reise nach Mekka wäre jetzt gefährlich gewesen.

«Genug für heute!» Nickend entließ Hassan seinen Schüler. «Ich will, dass du mindestens die Hälfte des *Qur'an*s auswendig lernst, bis ich zurückgekehrt bin!», fügte er hinzu, erhob sich und sah Yasid ernst an, der sich wieder das Ohr rieb.

«Ich werde dich nicht enttäuschen, Onkel», beteuerte der Junge und zog hastig den Kopf ein, als der *Alim* an ihm vorbeischritt und im Haus verschwand.

Dann prustete er los und begann sorgfältig, die Schriftstücke zusammenzurollen.

Nasrin konnte sich eines schelmischen Lächelns nicht erwehren.

«Lach nicht! Frauen haben es viel leichter!», zürnte Yasid.

Nasrin erhob sich von der Steinbank und setzte sich neben ihren Bruder auf den kostbaren Teppich.

«Du wirst einmal der Herr dieses Hauses sein», erwiderte sie und legte ihm zärtlich ihre Hand auf den Arm.

Er hielt inne. «Und wenn schon! Warum soll ich den *Qur'an* auswendig können, wenn alles schon geschrieben steht und ich es jederzeit nachlesen kann?»

«Genau darum! Vater kann das ganze Buch auswendig! Er kennt jede *Sure*, jeden einzelnen Vers! Er ist ein *Hafis* und darum kann er auch Recht sprechen! Und kein *Qadi* würde es wagen, seine Entscheidungen anzuzweifeln!»

«Aber Vater ist viel älter als ich! Er studiert den *Qur'an* schon sein ganzes Leben!»

«Und darum solltest du dich glücklich schätzen, ihn auch lernen zu dürfen!» Nasrin entrollte andächtig ein Pergament. Ihre Augen leuchteten auf und verträumt fuhr sie mit den Fingern über die Schrift, den elegant geschwungenen Zeichen nach, welche die Meister der Kalligraphie mit schwarzer Tinte niedergeschrieben hatten.

Sie setzte am rechten Rand des Pergaments an und begann stockend zu lesen, von rechts nach links, wie es der Prophet die Gläubigen gelehrt hatte.

«Oh, Pr… Pro… Prophet! Sprich… zu... zu dein… zu …»

«…Sprich zu deinen Frauen und Töchtern», las Yasid weiter, «sowie allen gläubigen Frauen, dass sie ihre Übergewänder über sich ziehen sollen. Damit werden sie als ehrbare Frauen erkannt und nicht belästigt werden.»

Enttäuscht zog Nasrin die Finger wieder zurück. Sie hatte lesen und schreiben gelernt, doch es war so lange her und sie war darin nicht mehr so geübt wie ihr Bruder.

Yasid griff nach ihrem Finger und hielt ihn wieder auf das Pergament. Gemeinsam fuhren sie fort: «Aber, Allah ist gewiss allverzeihend und eine Quelle der Gnade.»

Als sie fertig gelesen hatten, sahen sie einander an.

«Du solltest es öfters tun», riet Yasid.

«Wozu?» Nasrin versuchte, gleichgültig zu klingen. «Es gibt ja wichtigere Dinge als Lesen und Schreiben!»

Ihr Bruder schwieg und band geschickt einen Knoten um die lederne Schutzhülle der Schriften.

«Warum, Yasid, warum?», fragte sie plötzlich. «Warum soll sich eine Frau immer hinter einem Schleier verstecken, wenn Allah uns so geschaffen hat wie wir sind?»

Der Junge blickte auf. «Vater würde dir antworten: Damit ihr ehrbar bleibt. Zu eurem Schutz, damit keine lüsternen Blicke auf euch ruhen und euch beflecken.»

Nasrin schluckte.

Sie erinnerte sich wieder an Bernhard, an seine Blicke in jener Gewitternacht. Ihr Mitleid und ihre Gewissensbisse hatten sie gleich am nächsten Morgen zum Emir getrieben mit der Bitte, den Christen behandeln zu lassen. Seltsam unberührt willigte Suleyman ein. Er suchte sogar Bernhard in den Stallungen auf, um sich selbst ein Bild von seiner Verletzung zu machen und noch am selben Tag versorgte ein *Hakim* den Rippenbruch des Christen. Und als später Jamals Soldaten erschienen, um Bernhard zur Arbeit an der Stadtmauer abzuholen, schickte der Emir sie weg.

«Warum hat Allah Mann und Frau so geschaffen? Wozu hat er den Frauen ihre Schönheit geschenkt, wenn sie befürchten müssen, durch sie die Aufmerksamkeit der Männer zu erregen? Warum hat er uns dann nicht», sie stockte und rang nach dem richtigen Wort, «nicht hässlich gemacht?»

Yasid lehnte sich ein wenig zurück, musterte sie und lächelte neckisch. «Also, ich finde dich hässlich! Wirklich, ich finde dich sogar sehr hässlich!»Er duckte sich blitzschnell, um gerade noch einer Ohrfeige seiner Schwester ausweichen zu können.

«Oh, Yasid, du bist so schrecklich! Schrecklich und unverschämt und entsetzlich!», tadelte sie ihn mit gespielter Empörung.

Der Junge richtete sich wieder auf und lachte. Doch sein Lachen schwand plötzlich und ungewöhnlich ernst erwiderte er: «Und wenn du die hässlichste Frau auf der ganzen Welt wärst – für mich wärst du immer die schönste Schwester.»

Nasrin blickte verlegen zu Boden. Sie konnte ihrem Bruder nicht wirklich böse sein. Doch die Frage, die sie umtrieb, war noch nicht beantwortet. «Warum also, Yasid?», hakte sie nach.

Der Junge zuckte mit den Schultern. «Warum fragst du nicht Vater oder Hassan? Sie werden dir bestimmt antworten können.»

Nasrin seufzte. «Vater ist nicht mehr oft im Haus, seit …»

«Seit Salah ad-Din in Damaskus ist.» Yasids Augen blitzten abenteuerlustig auf. «Der Krieg vor Akkon wird immer wahrscheinlicher. Wäre ich nur einige Jahre älter, ich würde dem Sultan folgen!»

«Das wird Vater nicht gern hören. Du bist erst zehn Jahre alt. Ich glaube nicht, dass er dir erlaubt, in den Krieg zu ziehen.»

«Nicht mal das Fechten hat er mir beigebracht!», bemerkte Yasid enttäuscht.

«Yasid», Nasrin legte ihm beruhigend die Hand auf die Schulter, doch er schlug sie gekränkt zur Seite.

«Lass das! Du verstehst es ja doch nicht! Du bist nur eine Frau!»

«Und was verstehst du, kleiner Bengel, schon von Frauen?» Verärgert verzog Nasrin die Lippen. Als sie jedoch bemerkte, dass seine Augen feucht glänzten, fuhr sie behutsam über seine Wange, um noch rechtzeitig eine Träne abzutrocknen.

«Sei unbesorgt! Er wird dich alles lehren: die Kriegskunst, das Reiten, das Kämpfen, das Fechten und …» Das Töten, wollte sie hinzufügen, stattdessen sagte sie schnell: «Du bist ein Enkel des tapferen Masud Talib und jeder Sohn des *Bait* al-Dir wurde ein Krieger. Also übe dich in Geduld!»

Tapfer unterdrückte Yasid ein Schluchzen und während er schweigend die Schriftrollen weglegte, durchzuckte Nasrin ein bedrückender Gedanke: Bei Allah, er wird schneller erwachsen als ich.

Plötzlich ließ eine schrille Stimme die Kinder des Emirs herumfahren.

«Komm her, du unglückseliges Geschöpf Allahs!», rief eine Küchenmagd. Die Frau lief einer Ziege nach. Das Tier war ausgerissen. Es trug noch immer einen Strick um den Hals, an dem es vorher angebunden war. Nun schleifte es das lose Ende über den Boden, trottete gemächlich durch den Garten, bediente sich an den zarten Blättern der verschiedenen Büsche und Bäume und ließ sich nicht mehr einfangen.

«Ich werde dir den Hals umdrehen, wenn ich dich erwische!», drohte die Magd, trat langsam näher und versuchte, nach dem Strick zu greifen. Doch als ob die Ziege ihre Absicht erahnte, stieß sie ein spöttisch klingendes Meckern aus und lief davon.

Nasrin und Yasid schmunzelten, als die Dienerin schwer atmend näher kam.

«Verzeiht, junger Emir!» Sie verneigte sich. Schweißperlen standen auf ihrer Stirn und die hellblaue, einfache Tunika, die sie trug, wölbte sich über den Bauch. Vermutlich würde sie schon bald ein Kind gebären, half aber trotzdem noch immer in der Küche aus.

«Diese von Allah verdammte Ziege macht mich noch wahnsinnig!», keuchte sie. «Ich wollte sie melken, da hat sie sich losgerissen und ist einfach aus dem Stall geflüchtet. Aber ich werde sie kriegen und wenn ich ihr bis nach Mekka folgen muss!»

«Ja, dann wirst du sehr lange unterwegs sein.» Nasrin sah auf den gewölbten Leib der Magd, die das Kreuz durchbog und sich sanft über den Bauch strich.

«Wir helfen dir!», bot Yasid bereitwillig an und sprang auf. «Und du setzt dich hin und ruhst dich aus!»

«Ich kann doch nicht …»

«Tu, was ich dir sage!»Der Junge hob die Hand, so wie es der Emir immer tat, wenn er keinen Widerspruch duldete.

Während sich die Dienerin erleichtert auf die Steinbank setzte, pirschten sich die Geschwister an die Ziege heran. Nasrin lachte auf, als Yasid nach dem Tier hechtete, das Seil verfehlte und wie ein getroffener Vogel in den Sand klatschte. Regungslos blieb er zunächst liegen, während die Ziege meckernd davonrannte, dann sprang er wieder auf und klopfte seinen Kaftan ab. Staub tanzte im Licht der tiefstehenden Sonne.

«Nein, so geht das nicht!» Entschieden schüttelte Nasrin den Kopf. «Allein wirst du sie nie erwischen. Ich schlage vor, du treibst sie auf mich zu und ich versuche, sie zu fangen!»

«Nein, du jagst sie auf mich zu!», beschloss der Junge gebieterisch. «Und ich fange sie!»

Nasrin wollte widersprechen, doch schließlich lief sie los.

Es war ein ungewohntes Bild, das sich einem zufälligen Beobachter geboten hätte: Die Tochter des Hauses jagte einer Ziege durch den Garten nach, versuchte, sie auf den jungen Emir zu treiben, der von einer Stelle zur anderen hüpfte.

«Da drüben, Nasrin!»

«Nein, dort, Yasid!»

«Jetzt ist sie hier!»

«Schneller! Sie entkommt!»

«Du stellst dich an wie ein Tölpel!»

Es war umsonst. Die Beute schlug Haken und entkam und ihr Meckern klang wie ein Hohnlachen in den Ohren der Geschwister.

Außer Atem, hielt Nasrin inne. «Wenn der junge Emir so gütig wäre und nicht einfach nur da stehen würde!»

«Du hast doch gesagt, einer jagt sie und der andere fängt sie!»

«Ja, Yasid! Ich sagte fangen! Fangen!», entgegnete sie zornig.

Herausfordernd näherte sich die Ziege, blieb hinter Nasrin stehen und beäugte sie neugierig.

«Schnell, jetzt!», flüsterte Yasid aufgeregt.

Nasrin drehte sich vorsichtig um. Nur noch ein beherzter Griff … Langsam beugte sie sich vor, sprach beruhigend auf das Tier ein und ihre Hand berührte beinahe den Strick, als Yasid sie anrempelte. Erschreckt stürmte die Ziege davon und verschwand hinter einem Busch.

«Gut gemacht, Yasid, wirklich gut gemacht!», fauchte Nasrin und blickte sich verärgert um. «Ich hätte sie fast gehabt, aber du …»

Er hob entschuldigend die Schultern und wollte gerade etwas erwidern, als die laute Stimme der Dienerin wieder ertönte. Die Frau sprang auf und schlug die Hände überm Kopf: «Oh nein, jetzt läuft das dumme Vieh auch noch ins Haus!»

Gemächlich zottelte die Ziege die marmornen Stufen hinauf, verschwand hinter den Säulen des Saales und bald waren nur noch ihr Meckern und das Klappern ihrer Hufe zu hören, die von den Wänden des Palastes widerhallten.

«Sollte sie auch nur einen Teppich beschnuppern», grollte Yasid, «landet sie morgen im Kochtopf!»

Nasrin schmunzelte. «Das wollen wir verhindern! Sonst haben wir keine Milch mehr.»

Ohne etwas zu erwidern, rannte der Junge los, die Treppe hinauf, zwei

Stufen auf einmal nehmend. Nasrin jagte ihm nach. Die Magd folgte ihnen schwerfällig.

Als sie den Palast betraten, deutete ihnen Yasid, sich zu verteilen, um so die Ziege einzukreisen. Diese hatte sich inzwischen hinter einer Truhe versteckt, stierte neugierig hervor und als Nasrin näher kam, hörte sie ein verräterisches Plätschern. Gleichzeitig stieg ihr der beißende Geruch von Urin in die Nase. Das Tier hat eine unangenehme Spur auf den Marmorfliesen hinterlassen und trabte nun von einer offenen Tür zur anderen, immer weiter in den Palast hinein.

«Ist die gerissen!», stellte Yasid erstaunt fest.

«Und unverschämt!», fügte Nasrin hinzu. Es war peinlich: Drei Bewohner des *Bait* jagten einer Ziege hinterher, ohne sie zu fangen. Sie würden wirklich bis nach Mekka laufen müssen …

«Trennen wir uns, sonst erwischen wir sie nie und sie rennt durch das ganze Haus», schlug Yasid vor. Und gleich einer Antwort, erklang das Meckern der Ziege, die in irgendeinem Gang auf sie wartete, um sie weiter zu necken.

Der Junge lief los. Die Magd versuchte, mit ihm Schritt zu halten.

Nur Nasrin rührte sich nicht von der Stelle. Sie wartete und lauschte. Von den Stufen vernahm sie die gehetzten Schritte ihres Bruders. Er jagte in das erste Stockwerk hinauf, um dort nach dem Tier zu suchen.

Aber die Ziege blieb verschwunden.

Nasrin beschloss, zuerst den Wohnraum zu durchsuchen. Aufmerksam lief sie an den Gemächern ihres Vaters vorbei und blieb plötzlich vor dem Empfangssaal stehen: Da war es – das Klacken von Hufen!

Vorsichtig lugte sie um die Ecke und konnte ein Lachen kaum unterdrücken. Sorglos knabberte die Ziege an einer jungen Palme, die in einem großen Messingkübel stand. Das Tier riss ein Blatt nach dem anderen ab, stellte sogar dreist seine Vorderhufe auf den Rand des Topfes und reckte den Hals, um an die zarten Blätter zu gelangen. Es kaute genüsslich, meckerte leise und es klang, als summte es ein Lied.

Die Emirtochter hielt den Atem an und schlich geräuschlos näher. Doch alles nützte nichts. Wieder war die Ziege schneller und stob davon. Nasrin gab nicht auf. Sie hetzte ihr zweimal um den eingelassenen Springbrunnen nach und ließ sich auch von den Haken, die das Tier schlug, nicht beirren.

«Na warte, dich erwische ich noch!», rief sie, als sie sah, wie die Ziege drohte, auf den glatten Steinfliesen auszugleiten. Doch als sie die Tür, die in den Empfangssaal führte, erreicht hat und die Ziege jetzt endlich nah genug war, um sie zu fangen, war die Jagd zu Ende.

«Nasrin!», donnerte eine Stimme und die Emirtochter zuckte zusammen. Sie blieb verdattert stehen. Die Ziege meckerte noch einmal und verschwand in einem Gang.

«Nasrin! Was, beim Propheten, ist in dich gefahren, dass du wie ein aufgescheuchtes Huhn durch das Haus rennst?» Suleymans Augen musterten sie scharf und missbilligend.

Nasrin stand reglos da, biss sich beschämt auf die Lippen und wagte es nicht, ihren Blick zu heben. Erst jetzt bemerkte sie, dass ihr Vater nicht allein war. Sein Begleiter trug kostbare, dunkle Stiefel, deren Spitzen sie bedrohlich anstarrten.

«Nasrin!» Suleyman bebte vor Wut.

Erst jetzt sah sie auf.

Ein Mann stand neben dem Emir. Er war hager, hatte dünne Lippen, eine schmale Nase und hohe Wangenknochen. Sein Gesicht erinnerte Nasrin an einen Totenschädel. Seine Augen blickten kalt, waren trotzdem voller Feuer. Er reckte hochmütig das Kinn, als er sie mit ausdrucksloser Miene musterte.

Nasrin kam er bekannt vor. Sie hatte ihn schon einmal gesehen, doch sie wusste nicht mehr, wo, konnte sich nicht mehr erinnern, wer er war.

«Verzeiht, Vater, ich wusste nicht, dass Ihr Besuch habt.» Sie zog rasch den *Khimaar* über ihr Haar und vors Gesicht.

Suleyman sah sie noch immer wütend an. Die Ereignisse der letzten Tage, der mögliche Angriff auf Damaskus machten ihn gereizter und verstimmter als gewöhnlich. Und nun auch noch eine Tochter, die sich wie eine Irre aufführte und seinen Gast mit ihrem ungebührlichen Verhalten beleidigte.

«Dies ist meine Tochter Nasrin», stellte er sie dem Unbekannten vor. Dann wandte er sich ihr zu und seine Stimme schwoll an: «Und dies ist der ehrenwerte Wesir Bassam Kadin!»

Bassam Kadin war, wie Suleyman, einer der engsten Vertrauten El-Afdals. Nasrin erinnerte sich plötzlich, dass ihr Vater ihn einst das rechte Ohr und die rechte Hand des Statthalters genannt hatte. Der Emir hatte auch von dessen Ehrgeiz gesprochen und davon, dass es nicht ratsam war, sich ihn zum Feind zu machen. Sein *Bait* war genauso alt und ehrenwert wie jener der al-Dir, nur verstanden sich Bassam und Salah ad-Din nicht so gut wie Suleyman und der Sultan.

«*Hazrat*», begrüsste Nasrin den Wesir und verneigte sich ehrenvoll vor ihm.

«Also, was hatte das eben zu bedeuten?», fragte Suleyman, bemüht, Bassam zu beweisen, dass seine Familie ihm gehorchte und er streng sein konnte und kein Vergehen duldete.

«Eine Ziege ist entlaufen, Vater», versuchte Nasrin kleinlaut ihr Benehmen zu entschuldigen.

«Eine Ziege? Und du jagst ihr hinterher?»

«Sie ist in den Palast gelaufen.»

In Bassams Gesicht zuckte kein Muskel, als er sich spöttisch erkundigte: «Besitzt Ihr so wenige Diener, dass es Eurer Tochter zukommt, einer entlaufenen Ziege nachzujagen?»

«Das Haus al-Dir hat genügend Diener», erwiderte der Emir beherrscht. Seine Hand zitterte unmerklich, als er sich durch den Bart fuhr. «Aber Allah in seiner Güte lässt uns manchmal seltsame Dinge tun!»

Bassam wollte etwas antworten, doch dann schien er sich anders zu besinnen. Fragend wandte er sich Nasrin zu: «Ihr seid Jamal al-Aziz' Braut?»

Sie stimmte ihm zu und ohne aufzublicken, erwiderte sie: «Ja, er wird mein Mann werden.»

«Ihr werdet ihm bestimmt eine Freude sein!»

«Sie ist eine gute Tochter und wird noch eine bessere Frau werden», nahm Suleyman Nasrin in Schutz. Der höhnische Tonfall des Wesirs war ihm nicht entgangen.

«Dann ist Jamal al-Aziz zu beglückwünschen!», erwiderte Bassam und bedachte den Emir mit einem merkwürdigen Blick. «Ich nehme an, die Hochzeit findet statt, bevor er mit Salah ad-Din nach Akkon zieht.»

Nasrin erstarrte. Sie spürte einen Stich im Herzen.

Suleyman zögerte. «Sie wird stattfinden, wenn Jamal al-Aziz wieder zurückkehrt», erwiderte er endlich und Nasrin hätte ihn für diese Worte umarmen können.

Die Augen des Wesirs wurden schmal. «Und sollte er fallen?», fragte er tonlos.

«Erhabener Bassam, das sind nicht die Worte, die eine Frau hören sollte», gab Suleyman sichtlich beunruhigt zurück.

Bassam winkte ab. «Ihr habt recht.» Er unterbrach sich kurz und musterte Nasrin neugierig, bevor er abweisend hinzufügte: «Ich glaube, wir haben jetzt alles besprochen.»

Der Emir runzelte unwillig die Stirn. Der plötzliche Aufbruch seines Gastes schien ihn zu überraschen. Er wandte sich Nasrin zu. «Lass uns allein, Tochter!», forderte er sie auf.

Unverzüglich gehorchte sie und verneigte sich vor den beiden Männern; zuerst vor ihrem Vater, dann vor dem Wesir: «Ehrenwerter Bassam Kadin!»

Während sie langsam auf die Tür zuschritt, hoffte sie, doch noch einige Worte von ihrem Gespräch zu erhaschen. Als sie den Gang erreichte, blieb sie neben einer Säule im Halbdunkel stehen.

«Ihr werdet mir eine Nachricht zukommen lassen, Emir?», vernahm sie Bassams Stimme.

«Ich werde mich zu nichts zwingen lassen», antwortete ihr Vater, «aber ich werde Euer Angebot überdenken!»

«Ich hoffe, Ihr tut es bald! Ihr wisst, die Zeit drängt!»

«Der Sultan wird wissen, was für Damaskus richtig ist.»

«Ich hoffe, Ihr wisst es auch …»Bassams weitere Worte verhallten. Die beiden Männer entfernten sich und ihre Stimmen wurden immer leiser.

Nasrin lugte vorsichtig hinter der Säule hervor. Sie sah, wie der Emir und der Wesir davonschritten. Kurz darauf war es wieder still.

Sie dachte angestrengt nach. Worüber haben Bassam und ihr Vater wohl gesprochen? Was hat der Wesir angedeutet? Und ist nicht eine Spur von Besorgnis in der Stimme ihres Vaters mitgeschwungen?

Eines wusste sie genau: Sie mochte den Wesir nicht. Nicht seine Erscheinung, nicht seinen Ehrgeiz und auch nicht seine Worte. Nur für eines war sie ihm dankbar: Für die Gewissheit, dass sie Jamal erst heiraten musste, wenn er wieder von Akkon zurückgekehrt war. Ein Gedanke keimte in ihr auf. Ein beschämender, ein verbotener Gedanke.

Sie konnte ihn nur mit Mühe vertreiben.

15

Es waren kaum einige Tage vergangen, als der Emir erfuhr, dass wieder ein hoher Gast dem Haus al-Dir die Ehre erweisen wollte. Salah ad-Din selbst ließ ihn durch Jamal einen Brief überbringen.

«Geschätzter Emir», schrieb der Sultan, «es würde mich freuen, Euren *Bait* am einundzwanzigsten *Jumaada al-Thaany* aufzusuchen und in Eurer Gesellschaft den Krieg und die unseligen Christen, die uns bedrohen, für einige Stunden zu vergessen.»

Das Schreiben überraschte Suleyman und versetzte den ganzen Palast in Aufruhr. Um seinem Gast die gebührende Achtung zu erweisen, beschloss der Emir, ein Festmahl vorbereiten zu lassen, obwohl er ahnte, dass dieser Besuch nur ein Vorwand war. Vielmehr würde Salah ad-Din mit ihm ungestört reden wollen. Und so antwortete Suleyman dem Sultan, dass er sich geehrt fühle, für ihn die Tore des bescheidenen Hauses al-Dir zu öffnen.

Jamal, der immer öfters Botengänge für den Sultan übernahm, überbrachte ihm die Antwort des Emirs.

Je näher der einundzwanzigste *Jumaada al-Thaany* rückte, desto aufgeregter wurde auch Nasrin. Sie half bei den Vorbereitungen für das Festmahl und hoffte, die Gäste bedienen zu dürfen. Nach langem Bitten willigte ihr Vater ein. Schließlich war es eine weitere Ehre für das Haus, wenn die Tochter des Emirs einen so hohen Besuch bewirten durfte.

Salah ad-Din erschien in Begleitung von Jamal und fünf weiteren Männern, alle hochrangige Offiziere und Berater. Unter ihnen befand sich Ameer Kardal, einer der scharfsinnigsten Kenner der Kriegskunst. Er war ungefähr so alt wie der Sultan. Seine warmen Gesichtszüge und die behäbige Statur ließen nicht den fest entschlossenen, unerschrockenen General erkennen, der er in Wirklichkeit war. Auch Ameer hatte viele Jahre unter Nuraddin gedient und nach dessen Tod dem neuen Sultan den Eid geleistet. Und bald schätzte ihn Salah ad-Din nicht nur als einen erfahrenen Kriegsherrn und Berater, sondern auch als einen treuen Freund.

Auch jetzt saß er an der Seite des Herrschers und unterhielt sich leise mit ihm. Nach einer Weile hob er seinen Becher, ließ den Blick in die Runde schweifen und erklärte mit einer tiefen Stimme: «Die Stadtmauer wird sicher noch einige Wochen halten!»

Salah ad-Din schüttelte zweifelnd den Kopf. «Ich hoffe, Ihr behaltet Recht. Die letzten Meldungen über die Lage vor Akkon sind beunruhigend; die Garnison hat um unverzügliche Verstärkung gebeten.»

«Ein Teil der Streitkräfte hat schon vor Akkon Stellung bezogen», entgegnete Ameer und leerte erst jetzt den Becher.

«Ja, jene Tausend Männer, die ich losgeschickt habe, bevor ich Jerusalem verließ. Ich wollte nichts riskieren. Dieser Löwenherz und seine Ritter sind zu allem entschlossen.»

«Vergebt meine Neugierde, Erhabener», mischte sich Jamal unerwartet ein, «aber Ihr habt in Jerusalem bestimmt noch mehr Krieger.»

Salah ad-Din blickte ihn verstimmt an. Als wäre es ein Säbel, fuchtelte er mit einem triefenden Hühnerspieß hin und her und erwiderte streng: «Ihr seid ein tapferer Soldat und ein ebenso tapferer Hauptmann der Stadtwache! Als solcher habt Ihr Befehlen zu gehorchen und diese auszuführen! Die Kunst des Kriegführens hingegen überlasst Ihr uns! Glaubt Ihr wirklich, ich wäre so dumm, sämtliche Männer aus Jerusalem abzuziehen, während Löwenherz beabsichtigt, die Heilige Stadt anzugreifen?»

Jamal blickte beschämt nieder. «Vergebt mir, Ihr habt natürlich recht, *Bey!*»

Nasrin schmunzelte. Nachdem sie die Gäste bewirtet hat, harrte sie schweigend in einer Ecke. Keiner kümmerte sich mehr um sie. Die Männer schienen sie schlichtweg vergessen zu haben, denn aus ihrem anfänglich belanglosen Geplauder wurden ernste Gespräche über das Schicksal ihres Landes.

«Aber Ihr erwägt, alle Truppen aus Damaskus abzuziehen», wandte Suleyman ein. Er hatte bisher mehr zugehört als gesprochen, lauschte den Schilderungen des Sultans und den Meinungen seiner Begleiter und versuchte, sich ein eigenes Bild über die Lage vor Akkon zu machen.

«Ah, der Hausherr lässt uns an seinen Überlegungen teilnehmen», erwiderte Salah ad-Din herausfordernd und biss ein Stück Hühnerfleisch vom Spieß ab.

«So ist es, Erhabener!» Suleyman war besorgt über Salah ad-Dins Absicht, fast alle Soldaten der Stadt nach Akkon zu verschieben.

Auch wenn die letzte Belagerung Damaskus' fast fünfzig Jahre zurücklag und er damals noch ein Kind war, hatte der Emir nichts vergessen. Zu jener Zeit wäre die Stadt den Christen beinahe in die Hände gefallen und nur knapp war sie dem Schicksal entronnen, welches Jerusalem hundert Jahre zuvor ereilt hatte. Macht, Glaube und Gier trieben die Kreuzfahrer immer weiter und mit eisernen Krallen griffen sie nach der reichen Stadt zu Füßen des *Jabal Qasyûn*. Mit Allahs und Salah ad-Dins Hilfe wurden sie geschlagen und vernichtet. Doch es war kein Sieg für die Ewigkeit und manchmal schien es Suleyman, als ob das Blut der tapferen Gotteskrieger noch immer über die Fliesen und Pflaster von Palästen und Burgen fließe, im Wüstensand versickere und Rüstungen und Kleider dunkelrot färbe.

Salah ad-Din kaute nachdenklich, während er seinen Berater Ameer anblickte. Der General schien seine Gedanken zu lesen und erklärte ruhig: «Seid unbesorgt, Emir! Damaskus wird kaum das Ziel der Christen sein!»

«Kaum? Habt Ihr vergessen, Damaskus ist nicht weiter von Akkon entfernt als Jerusalem und war schon mehrmals Ziel der Kreuzfahrer!»

«Mein bester Suleyman», Salah ad-Din sah mürrisch auf, «habe ich Eure Stadt nicht schon einmal vor den *Nasranî* gerettet?»

«Das habt Ihr, *Bey*, und dafür bin ich Euch ewig dankbar!»

«Seht Ihr! Sollte es den Christen wirklich gelingen, Akkon zu stürmen und als nächstes Ziel Damaskus statt Jerusalem zu wählen, werde ich meine Truppen losschicken, um Eure Stadt zu schützen.»Salah ad-Din griff nach einer gegrillten Okraschote und schob sie sich in den Mund. «Aber um nach Damaskus zu ziehen, müssen sie meine Armeen überwältigen!»

«Erhabener, viele teilen meine Bedenken», erwiderte Suleyman nervös, «Euer Sohn ...»

«El-Afdal hat mir zu gehorchen!», fuhr Salah ad-Din verärgert dazwischen. «Außerdem wird er schon bald nach Aleppo reisen, um dort Truppen zur Verstärkung zu holen. Truppen, die dringend vor Akkon gebraucht werden. Und zwar jetzt und nicht in einigen Wochen. Und wenn mein Sohn aus Aleppo zurückgekehrt ist, wird Eure Stadt jedem Angriff widerstehen.»

«El-Afdal verlässt die Stadt? Ihr schickt ihn nach Aleppo?»

«Ja! So ist es!»

«Und wer wird dann hier die Angelegenheiten regeln?»Suleyman war aufrichtig überrascht.

Ameer und der Sultan schenkten einander ein verschwörerisches Lächeln. Der General legte bedächtig eine Hand auf seinen Bauch und sagte: «Wer wäre da geeigneter als ein treuer Diener des Sultans?»

«Einen treueren Diener als Euren leiblichen Sohn, erhabener Salah ad-Din, kann ich mir nicht vorstellen!», räusperte sich Suleyman verlegen.

«Ehrenwerter Emir, Ihr seid ein Heuchler, auch wenn ich zugeben muss, ein sehr liebenswerter.» Der Sultan lächelte, wusch sich die Hände in einer Wasserschüssel und verfolgte besonnen, wie die Tropfen von seiner Haut auf die verstreuten Rosenblätter perlten.

«Wer soll also die Stadt verwalten, während Euer Sohn in Aleppo verweilt? Bassam Kadin etwa?», hakte Suleyman ungeduldig nach.

Salah ad-Din sah ihn gekränkt an. «Bassam Kadin? Habt Ihr den Verstand verloren? Ich würde eher einem Ziegenhirten als ihm die Befehlsgewalt über Damaskus geben!»

Der Emir atmete erleichtert auf. Auch wenn Bassams Macht immer größer zu werden drohte, war es so, wie er erahnt und gehofft hatte: Bassam stand nur in der Gunst von El-Afdal, während der Sultan vom ehrgeizigen Wesir nicht unbedingt angetan war. Aber vielleicht würde die Not und die Gefahr Vater und Sohn vereinen – wenigstens für den Augenblick.

«Ihr aber, Emir, müsst mit Bassam Kadin auskommen», fügte Salah ad-Din tonlos hinzu und trocknete seine Hände mit dem Tuch ab, das ein Diener ihm hinhielt.

Suleyman riss die Augen auf. «Wie? Soll das heissen, Ihr übertragt mir die Befehlsgewalt?»

«Wem sollte ich sonst trauen können, wenn nicht Euch?» Der Sultan warf das Tuch dem Diener achtlos zu.

Suleyman atmete tief durch. Jetzt war genau das eingetreten, was er immer vermeiden wollte: hineingezogen zu werden in diesen Strudel der Machtspiele. Ja, er war ein Berater des grossen Herrschers, aber noch mehr war er ein Mann des Geistes und des Glaubens.

«Erhabener Sultan», meldete sich Jamal wieder zu Wort, «dieser Aufgabe ist ein Mann allein nicht gewachsen!»

«Keiner verlangt dies von einem einzigen Mann», entgegnete Ameer ruhig. Sein Zeigefinger kreiste jetzt über den Tellern voll süßer Köstlichkeiten und nach einigem Überlegen griff er nach einem Pistazienküchlein und biss genüsslich hinein. Schmatzend fuhr er weiter: «Solange El-Afdal nicht hier ist, übernimmt der Emir die Regierungsaufgaben und Bassam Kadin die Aufsicht über die Stadtwache!»

«Bassam Kadin?», fragte Jamal ungläubig.

«Ihr habt doch nichts dagegen?» Salah ad-Din sah ihn kalt an.

Der Hauptmann schüttelte hastig den Kopf, rang nach den richtigen Worten. «Aber was ist mit ...»

«Mit Euch?», fiel ihm Salah ad-Din ins Wort. «Mein lieber Jamal, das haben wir doch schon besprochen. Oder habt Ihr etwa Angst, mich nach Akkon zu begleiten?»

«Bei Allah!» Jamal richtete sich auf und straffte die Schultern. Mit entschlossener Miene entgegnete er: «Ich bin ein al-Aziz! Zweifelt Ihr an meinem Mut, Sultan?»

«Zweifelt ein al-Aziz an meinen Befehlen?»

Plötzlich war es still geworden und Nasrin wagte kaum zu atmen. Salah ad-Dins Überlegenheit gefiel ihr, seine Zurschaustellung der Macht, während Jamal, der an diesem Abend keine Rüstung trug, ihr verloren und unsicher vorkam. Er war in seinen feinsten Gewändern erschienen und glich eher einem wohlhabenden Kaufmann als einem tapferen Soldaten. Nur seine kräftige Erscheinung und die entschlossenen Gesichtszüge verrieten den Krieger in ihm.

«Wenn Jamal Euch nach Akkon folgt, ist die Stadtwache ohne Hauptmann!», brach Suleyman das bedrückende Schweigen.

Salah ad-Din legte die Fingerkuppen aufeinander und gereizt erwiderte er: «Werter Emir, jetzt verwirrt Ihr mich doch! Ich halte Euch für einen fähigen und klugen Mann! Ist Damaskus nicht die Stadt der tapferen Kämpfer?» Seine Stimme wurde ungeduldiger und lauter. «Also, beim wahrhaftigen Propheten, werdet Ihr Jamal wohl ersetzen können! Denn ich brauche vor Akkon jeden Mann!»

«Ersetzen? Durch wen? Durch Bassam Kadin?», fragte der Emir ebenso scharf.

Ameer griff schlichtend ein: «Wohl kaum! Bassam Kadin soll zwar die Wache im Auge behalten, befehligen muss sie ein anderer fähiger Mann. Ihr müsst einen neuen Hauptmann der Stadtwache finden!»

«Aber Bassam ist der Wesir, Erhabener …»

«Genug jetzt, Emir!», grollte der Sultan. «Ihr wisst so gut wie ich, dass wir Bassam Kadin nicht die Befehlsgewalt über die Stadt geben können, solange mein Sohn nicht in Damaskus weilt! Befolgt einfach meine Befehle! Die Familie al-Dir hat vor langer Zeit diese Stadt verwaltet und jetzt soll sie es wieder tun!»

Suleyman schwieg betreten.

«Und wie ich schon sagte, werdet Ihr für diese Zeit Eure Schwierigkeiten mit Bassam Kadin vergessen! Es geht um das Schicksal dieser Stadt! Eurer Stadt!», forderte der Sultan ihn eindringlich auf. «Versteht es als Bewährungsprobe!»

«Bewährungsprobe?» Suleyman holte tief Luft. Mit dieser Bürde hatte er nicht gerechnet.

Ameer schürzte die Lippen. «Euer Hauptmann kennt bestimmt einen fähigen und tapferen Mann, der ihn vertreten kann.»

Jamal nickte eifrig. «Riyad, Sohn des Abu Baha'uddin. Eigentlich hatte ich gehofft, er würde mit uns nach Akkon ziehen.»

«Nun, das wird er jetzt wohl nicht», erwiderte Salah ad-Din ungeduldig. «Um unseren Emir zu beruhigen, wird er Euren Rang einnehmen. Und Ihr kommt mit mir!»

Jamal widersprach nicht. Er hielt sogar dem strengen Blick des Sultans stand. Erst nach einer Weile neigte er ergeben den Kopf. «Es ist eine Ehre, an Eurer Seite kämpfen zu dürfen, Erhabener! Mein Leben gehört Euch!»

«Ich brauche nicht Euer Leben, ich brauche Euren Mut und Eure Stärke! Als Toter nützt Ihr mir nichts. Wenn Ihr Riyad also vertraut, soll er die Stadtwache befehligen!»

«Eine Stadtwache mit weniger als zweihundert Mann», wandte Suleyman bissig ein.

Salah ad-Din sah verärgert drein, ließ seinen Blick ungewöhnlich lange auf dem Emir ruhen. «Plötzlich bin ich mir nicht mehr sicher, ob meine Wahl richtig war. Vielleicht habe ich mich getäuscht. Ist es Euer Wunsch, dass Bassam Kadin allein über Damaskus herrschen soll? Ist es das, was Ihr wollt?»

Nasrin lief es kalt über den Rücken und sie spürte, wie ihr Herz plötzlich schneller schlug. Ihr Vater beschwor Salah ad Dins Zorn herauf, sollte er diese große Ehre, die ihm der Sultan erwies, nicht annehmen.

«Nein, Erhabener, das ist es nicht.» Suleymans Miene war voller Demut. «Ich wollte Euren Zorn nicht auf mich lenken. Aber was bei Hattin geschehen ist, erfüllt mich noch immer mit Trauer und Sorge!»

Nachdenklich neigte Salah ad-Din den Kopf zur Seite. «Ich verstehe Eure Bedenken», entgegnete er besänftigend. «Aber wenn wir nicht gegen den Löwenherz ziehen, wird er nach einem möglichen Fall von Akkon auch Damaskus einnehmen. Fürchtet Euch trotzdem nicht! Meine Truppen sind schnell wie der Wind,und sie werden in wenigen Tagen hier sein, solltet Ihr bedroht werden!»

«Mit zweihundert Mann kann Damaskus fast ein halbes Jahr gehalten werden», erklärte Jamal, entschlossen, sich in die Gunst des Sultan einzuschmeicheln. «Die Stadtmauern sind ausgebessert und verstärkt worden und nicht so leicht zu stürmen.»

Salah ad-Din hob erleichtert die Arme. «Ausgebesserte Stadtmauern, meine Truppen, Verstärkung aus Aleppo – mehr Sicherheiten kann ich Euch nicht bieten, Emir!»

«Ihr habt wiederum recht», gab Suleyman unterwürfig zu. «Vergebt mir meine Unwissenheit!»

Ameer stützte sein Kinn in den gefalteten Händen ab und sah den Emir versöhnlich an. «Wir verstehen durchaus, dass Ihr vorsichtig seid, aber übertriebene Vorsicht kann auch als Schwäche verstanden werden!»

Nasrin wagte nicht, sich zu rühren. Je länger die Gespräche der Männer dauerten, umso mehr erfuhr sie, was wirklich geschah, welche Pläne der Sultan schmiedete. Ja, gewiss, all das war nicht für sie bestimmt. Doch solange sie keiner wahrnahm, beschloss sie, zu bleiben. Wie sehr wünschte sie sich wieder, ein Mann zu sein, um an den Beratungen teilnehmen zu können und ihrem Vater beizustehen. Er hatte sie in manche Angelegenheiten eingeweiht. Von ihm hatte sie gelernt, über sie nachzudenken und eigene Schlüsse zu ziehen. Wie unangenehm würde es für sie werden, wenn die Männer ihre Anwesenheit bemerkten? Nun ja, sie würde alles tun, um sich nicht zu verraten.

Eine plötzliche Unruhe, die sich im vorderen Garten des großen Saals ausbreitete, riss sie aus ihren Gedanken und sie vernahm hastiges Getrampel der Hufe, Zurufe, aufgebrachte Stimmen, dann Stiefeltritte.

Verwundert reckten die Gäste ihre Hälse und als das Stimmengewirr lauter wurde, erhoben sie sich. Salah ad-Dins Miene verdüsterte sich. Zwei seiner Begleiter zogen ihre Waffen, stellten sich zu beiden Seiten des Sultans auf, um einen möglichen Angriff abzuwehren.

Alle starrten gebannt in den Garten hinaus, von wo sich die schnellen Stiefeltritte über die Fliesen näherten. Ein Soldat stürmte heran, stolperte über die Stufen, die zum Saal führten und warf sich vor dem Sultan nieder.

«Erhabener», keuchte er und rang nach Luft. Er gehörte nicht der Stadtwache an. Seine Rüstung und sein Helm waren staubig vom Sand der Wüste; sein Gesicht glänzte vor Schweiß. Er wirkte erschöpft, als wäre er Tag und Nacht durchgeritten.

«Sprich!» Salah ad-Din sah ungeduldig auf ihn hinab.

«Welche Neuigkeiten bringst du?», drängte Ameer.

Der Mann rang noch immer nach Luft, dann endlich stieß er hervor: «Akkon ist gefallen!»

Eine unheilvolle Stille breitete sich nach seinen Worten aus, als hätte ein Erdbeben die Welt erschüttert und sie unter ihren eigenen Trümmern begraben. Nichts rührte sich mehr, kein Windhauch bewegte die Palmenblätter oder das Wasser des Teichs. Sogar die Flammen der Fackeln und Öllämpchen schienen nicht mehr zu flackern.

Alles und alle waren erstarrt, gefangen im Kerker der Zeit.

«Akkon ist gefallen!», hallte es in Nasrins Kopf wider, gleich einer Verderben bringenden Zauberformel.

«Wann?» Salah ad-Din trat gefasst auf den Boten zu.

Der Soldat schwieg, wagte nicht, aufzusehen.

«Ich habe gefragt, wann!», donnerte die Stimme des Sultans gleich einem Gewitter.

Der Bote zuckte unwillkürlich zusammen. «Vor zwei Tagen! Ich bin Tag und Nacht durchgeritten, um Euch diese Nachricht zu überbringen!»

Salah ad-Din sah seine Begleiter erschüttert an. «Hast du mir sonst noch etwas zu berichten?», fragte er schließlich, als er sich wieder gefasst hatte.

«Ja, Herr, eine Nachricht des Kommandanten der Garnison von Akkon!» Der Soldat richtete sich auf und überreichte dem Sultan eine flachgedrückte Schriftrolle. Salah ad-Din nahm das Schreiben entgegen, während er dem Boten befahl, aufzustehen.

Nasrin spürte, wie ihre Knie weich wurden, wie eine Welle schrecklicher Vorahnungen sie erfasste. Ihr Vater, Jamal, die Anderen – alle starrten gebannt auf Salah ad-Din, der das Schreiben wie eine zerbrechliche Kostbarkeit in den Händen hielt. Endlich brach er das Siegel auf, rollte zaghaft die Nachricht auf und begann zu lesen.

Seine Lippen bewegten sich lautlos und plötzlich weiteten sich seine Augen vor Entsetzen.

Schweigend überreichte er Ameer die Schriftrolle.

Nasrin erfasste Angst. Was konnte es sein, dass es selbst den mächtigen Sultan zum Schweigen gebracht hatte?

«Lest vor!», befahl Salah ad-Din dem General und wandte sich ab.

Ameer begann mit zitternder Stimme: «Erhabener Salah ad-Din, großer Herrscher und Sultan. Mächtigster und treuester Diener Allahs, dessen neunundneunzig Namen gepriesen seien. Vergebt mir, aber es werden meine letzten Zeilen sein, die ich an Euch richten kann. Wir schreiben heute den achtzehnten *Jumaada al-Thaany* 587 und ich muss Euch leider mitteilen, dass Akkon verloren ist. Die Ritter des Löwenherz haben den Hafen gestürmt und, einer Pestflut gleich, die Stadt überschwemmt. Nach erbitterten Kämpfen, in denen sich Eure Krieger tapfer geschlagen haben, mussten wir jedoch kapitulieren!»

Ameer sah erschrocken auf, während Salah ad-Dins leere Blicke durch den Saal wanderten, als würde der Sultan dem General gar nicht zuhören. Seine Augen waren voll grenzenloser Trauer. Schweigend lauschten die Anwesenden der unfassbaren Nachricht.

«Ich musste in Eurem Namen Zugeständnisse machen, um das Leben der Stadtbevölkerung zu retten. Damit der Löwenherz Eure Garnison schonte und um ihn zu besänftigen, bot ich ihm zwei …» Ameer stockte, las dann doch weiter: «…bot ich ihm zweihunderttausend Goldstücke an. Aber er wollte mehr, forderte alle Güter der Stadt, die Freilassung sämtlicher christlicher Gefangener, die in Eurer Hand sind und die Rückgabe des Kreuzes, das sie anbeten!»

Salah ad-Din schloss die Augen, als wollte er den Blicken seiner Begleiter ausweichen. Gleich todbringenden Dolchen, die sich in seinen Rücken bohrten, trafen sie ihn. Mit einem Handwink befahl er Ameer, weiterzulesen.

«Zum Zeichen seines Einverständnises, dieses Lösegeld anzunehmen, ließ er die zivile Bevölkerung von Akkon unbehelligt abziehen. Aber alle Soldaten wie auch ihre Angehörigen und Familien wurden eingesperrt – als Unterpfand.» Ameer hielt erschüttert inne.

«Wie viele sind noch in Akkon?», fragte Jamal mit düsterer Miene.

«Ungefähr dreitausend, vielleicht gar dreitausendfünfhundert!», entgegnete der Soldat.

«Der Löwenherz droht alle Geiseln – Soldaten, Frauen und Kinder – zu töten, wenn die Abmachung nicht bis zum achtundzwanzigsten *Rajab* eingehalten wird!», fuhr der General fort und ließ den Arm mit der Schriftrolle sinken, während er Salah ad-Din fassungslos ansah.

Der Sultan schlug wieder die Augen auf und starrte in die Ferne, als sähe er eine Erscheinung am Himmel. Obwohl die Sonne schon untergegangen war, funkelten noch keine Sterne; erst in einer Stunde würde die samtene Dunkelheit der Nacht über der Stadt hereinbrechen. Doch ihm schien es, als hätte sie schon längst eingesetzt und sie war schwärzer als die tiefste Nacht.

«Vergebt mir, erhabener Sultan, ich war Eurer unwürdig», las Ameer mit gedämpfter Stimme weiter. «Ich habe Euch enttäuscht und werde mein Versagen sühnen. Doch helft den gottgefälligen Gläubigen und haltet die Abmachung ein, sonst wird der achtundzwanzigste *Rajab* so sein wie Allahs Zorn über die Ungläubigen in Akkon.»

Der General brach ab.

Langsam glitt die Schriftrolle aus seiner Hand, fiel auf die Marmorfliesen. Es war so still im Saal, dass das Rascheln des Pergaments wie das Donnergrollen einer göttlichen Entscheidung klang. Oder war es der Kampflärm einer teuflischen Armee?

Tief atmend drehte sich Salah ad-Din um und musterte die schweigenden Männer.

Nasrin drückte sich an eine Säule. Ihr Magen zog sich zusammen und sie zitterte.

«Welch ein Unheil!», flüsterte Suleyman. «Welch ein schreckliches Unheil!»

«Sollst du eine Nachricht nach Akkon bringen?», wandte sich der Sultan an den Boten.

«Der Kommandant ist tot, Erhabener!», entgegnete der Mann angstvoll. «Ich werde tun, was Ihr von mir verlangt!»

Salah ad-Din zog einen Ring vom Finger und reichte ihn dem Boten. «Reite ohne Verzug zurück! Übergib Tahir Yasar, dem Befehlshaber des Lagers, diesen Ring, damit er weiß, dass ich dich geschickt habe! Er soll nicht auf mich warten und gleich mit dem Löwenherz verhandeln! Wir werden die Bedingungen annehmen!»

Der Bote verneigte sich und wollte davoneilen, doch Suleyman hielt ihn zurück. «Geh in meine Stallungen und lasse dir zwei meiner besten Pferde geben, damit sie dich rasch nach Akkon tragen!»

Der Soldat nickte, verneigte sich nochmals vor dem Emir und stürzte aus dem Saal.

«Bei Allah, dreitausendfünfhundert Männer und Frauen», flüsterte Ameer.

«Und Kinder», fügte Suleyman hinzu.

«Nun, Emir», Salah ad-Din blickte ihn voll trauriger Genugtuung an, «habt Ihr jetzt noch irgendwelche Einwände, was Eure Stadtwache angeht?»

Suleyman schüttelte niedergeschlagen den Kopf. «Nein, Erhabener. Und wenn Ihr wünscht, werde selbst ich zu den Waffen greifen und kämpfen!»

Salah ad-Din legte seine Hand auf Suleymans Schulter und lächelte schwach. «Bei Allah, und ich dachte schon, Ihr wärt nicht Masud Talibs Sohn. Nein, Emir, bleibt in Damaskus und sorgt hier für Ordnung. Hier dient Ihr mir besser als auf dem Schlachtfeld!»

Dann wandte sich Salah ad-Din Jamal zu. «Hauptmann, seid Ihr bereit?»

«Wenn Ihr es wünscht!»

«Jamal al-Aziz, ich werde noch heute aufbrechen! Vereinigt Eure Stadtwachen, übergebt Riyad die Befehlsgewalt über den Rest Eurer Männer und kommt im Verlauf von sieben Tagen nach!»

«Ich werde Euch nicht enttäuschen!»

«Wenn Ihr wahrlich der Bruder von Hussein seid, werdet Ihr es nicht!»

Salah ad-Dins Begleiter wurden unruhig. Eile war geboten und sie wollten sofort aufbrechen. Doch der Sultan wandte sich nochmals Suleyman zu. «Seid mir ein treuer Diener und betet für die Gläubigen in Akkon, für meine Armeen und für mich!»

Der Emir nickte mit verständnisvollem Ernst. «Fünfmal am Tage, Erhabener, zu jedem *Salât!* Möge Euch Allahs Hand begleiten und schützen!»

Salah ad-Din, seine Begleiter und Jamal verließen gemeinsam den Saal und eilten zu den Stallungen.

Nasrin trat aus dem Dämmerlicht auf ihren Vater zu und ergriff seinen Arm. Sie wechselten einen langen Blick und der Emir sagte verbittert: «Oh, Tochter, welch ein schrecklicher Tag für die Gläubigen!» Er fragte nicht, was sie hier noch tat und ihr schien, dass er sie gar nicht richtig wahrnahm.

Nasrin schwieg. Sie sah den davoneilenden Männern sorgenvoll nach. Nur langsam folgten sie und der Emir ihnen in den Garten.

Jamal gab barsche Befehle. Die Diener eilten über den Hof, Rufe erschallten, Wiehern wurde laut und endlich führte man die Pferde der Gäste heran.

Salah ad-Din griff nach den Zügeln seines Hengstes, doch bevor er aufstieg, blieb er einen Augenblick stehen. «Werter Emir, zögert nicht, einen Boten zu mir zu schicken, sollte Damaskus oder Euer Haus in Schwierigkeiten geraten! Und verhelft uns zu den Mitteln für das Lösegeld!» Die Besorgnis in seiner Stimme war nicht zu überhören.

Suleyman zwang sich zu einem Lächeln. «Erhabener, ich selbst werde dafür sorgen und die Gelder auftreiben. Jamal al-Aziz wird Euch einen Großteil davon nach Akkon bringen!»

Das Gesicht des Sultans war noch immer angespannt, als er endlich aufstieg. Im gleichen Augenblick führte eine hochgewachsene Gestalt Ameers Pferd heran und Nasrin trat zurück, suchte Schutz im Schatten einer Palme. Der Mann, der die Zügel des Tieres hielt, war Bernhard.

Auch Salah ad-Din erkannte ihn sofort und drückte dem Hengst die

Sporen in die Flanken. Das Pferd bäumte sich auf. «Was soll ich mit dir machen, *Kafir*?», stieß der Sultan aufgebracht hervor. «Akkon ist gefallen! Dein Löwenherz hat sich meiner Stadt bemächtigt und droht, meine Männer zu töten! Was glaubst du, soll ich nun tun?»

Bernhards Miene blieb ausdruckslos: keine Verwunderung, keine Freude.

Salah ad-Din wandte seinen Hengst um und zerrte an den Zügeln. Das Pferd tänzelte ungeduldig an der Stelle.

Bernhard sah den Sultan verächtlich an und entschlossen erwiderte er: «Ihr fragt mich, was Ihr tun sollt? Dann hört, mächtiger Herrscher! Gebt das Kreuz zurück, das Ihr in Hattin gestohlen habt!»

«Eure Reliquie? Warum ist dieses Stück Holz für Euch so wichtig?»

«Weil es das ewige Leben ist!»

«Das ewige Leben?» Salah ad-Din lachte abschätzig auf. «Ein Kreuz, an dem ein verurteilter Prophet gestorben ist? Welch ein irrsinniger Glaube!»

«Euch mag dieser Glaube irrsinnig erscheinen, doch mir gibt er Kraft! Der Sohn des Allmächtigen starb für uns, damit wir in sein Himmelreich eingehen können. Er ist der Wegbereiter für unsere Seelen, der gerechte Richter, das Lamm Gottes!» Bernhard trat noch einen Schritt nach vorn auf Salah ad-Din zu. So nah, dass er das Schnauben des Pferdes spürte.

Der Sultan kniff die Augen zusammen. «So wahr ich Salah ad-Din bin», dröhnte seine Stimme durch den Garten, «sollte der Löwenherz seine Drohung wahr machen, werde ich dein Leben als erstes auslöschen!»

Dann drückte er die Sporen unbarmherzig in die Seiten seines Rappen und preschte davon, begleitet von seinen Männern. Nur Jamal sah Bernhard nochmals verächtlich an, bevor auch er in wildem Galopp den Palast verließ.

Regungslos starrte Nasrin den Reitern nach, bis ihre Knie schließlich nachgaben, sie zusammensank und mit dem Schatten der Palme verschmolz.

16

Die Nachricht vom Fall Akkons breitete sich durch Damaskus wie eine Flutwelle, die nach einem Gewitter die *Wadis* mit Wasser füllt und sie zu Sturzbächen werden lässt.

Salah ad-Din brach unverzüglich auf, um seine Truppen vor Akkon zu treffen. El-Afdal verließ die Stadt am nächsten Tag, um in Aleppo weitere Soldaten anzuwerben und zu vereinen und Jamal sammelte die Stadtwachen, die ihn nach Akkon begleiten sollten. Suleyman, dem Wunsch des Sultans gehorchend, kümmerte sich um die Regierungsangelegenheiten, so gut er konnte. Eifrig begann er, die notwendigen Gelder zu beschaffen. Einen Großteil stiftete er gar aus seinen eigenen Schätzen. Fünfmal täglich betete er für Salah ad-Din, fünfmal inniger und fünfmal länger als gewöhnlich, um so sein Versprechen einzulösen. Hassan hatte seine Reise aufgeschoben, um seinem Bruder ein ehrlicher und weiser Berater zu sein.

Die Nachricht über die schrecklichen Ereignisse in der Hafenstadt hatte nicht nur bei Nasrin, sondern bei allen Bewohnern des *Bait* eine Bestürzung erregt. Tiefe Angst befiel sie alle.

Seit El-Afdal die Stadt verlassen hatte, war aus dem beschaulichen, friedlichen Palast al-Dir eine Residenz voller Unruhe und Geschäftigkeit geworden. Berater und verschiedene Würdenträger suchten den Emir auf und auch Jamal und Bassam Kadin erschienen immer öfters. Der Wesir schien Salah ad-Dins Befehle nun doch zu billigen, übernahm die Aufsicht über die verbleibenden Stadtwachen und unterstellte sie Riyad. Und als hätten sich alle Muslime durch den Fall Akkons wieder zusammengeschlossen, fügte sich jeder in sein eigenes *Kismet.*

Nasrin sah ihren Vater nur noch selten und ihre Unruhe ließ sie selbst im Schlaf nicht los. Oft wachte sie mitten in der Nacht auf, aufgewühlt und schweißgebadet. In ihren Träumen sah sie Ameer den unheilvollen Brief lesen: Sein Mund bewegte sich, Verderben bringende Worte fielen aus ihm, wandelten sich in einen Feuerregen und verbrannten die Stadt.

Auch Nasrin betete für die Geiseln in Akkon und hoffte, der Löwenherz würde sie freilassen. Trotzdem ertappte sie sich immer wieder bei dem Gedanken an Bernhard. Was ging wohl in ihm vor? Er zeigte weder Freude noch Trauer, obwohl ihm der Sieg der Christen bei Akkon nach all den Leiden eine unbeschreibliche Genugtuung sein musste. Er ging wie gewohnt seinen Arbeiten nach, versuchte weiterhin, Jamal aus dem Weg zu gehen, der ihn noch misstrauischer und strenger überwachte.

Auch diese Nacht fuhr Nasrin wieder hoch. In ihrem Traum waren Kreuzfahrer gegen Damaskus gezogen und in die Stadt eingefallen wie Gottes Plagen über Ägypten. Aber es waren nicht nur diese schrecklichen Bilder, die sie aus dem Schlaf gerissen hatten. Es war ein seltsames Geräusch, das sie aus dem Garten vernahm.

Mit pochendem Herzen setzte sie sich auf. Beunruhigt fuhr sie sich über die mit Schweißperlen bedeckte Stirn. Ihre Glieder waren schwer, als sie sich erhob, um die hölzernen Läden zu schließen. Barfuß schritt sie über die Fliesen. Eine vorwitzige Grille hüpfte vor ihr über den Steinboden, schlug ein melodisches, beruhigendes Zirpen an. Nasrin trat ans Fenster. Kühle Nachtluft empfing sie, ein sanfter Wind spielte mit ihrem feinen Gewand, berührte flüsternd ihr offenes Haar und unbeirrbar und sorglos strahlten die Sterne am Nachthimmel, unberührt vom Leid und den Sorgen der Menschheit.

Nasrin spähte in den Garten, der wie ein Paradies vor ihr lag. Still und friedlich. Doch als sie die *Maschrabiya* schließen wollte, glaubte sie, einen Schatten zwischen den Bäumen und Büschen hindurch huschen zu sehen. Sie lehnte sich weit aus dem Fenster. Nichts regte sich. Vermutlich war es nur eine streunende Katze gewesen. Leise schloss Nasrin die Läden, kehrte zum Bett zurück und setzte sich. Sie war zu wach, um nochmals einschlafen zu können. Nachdenklich spielte sie mit ihren Fingern, wie immer, wenn sie unruhig war. Die Ereignisse begannen, sich zuzuspitzen. El-Afdal war erst vor drei Tagen nach Aleppo aufgebrochen und in dieser kurzen Zeit schien Suleyman um Jahre gealtert zu sein. Die Staatsgeschäfte und die Sorgen um die Stadt bedrückten ihn mehr, als er zugeben wollte. Außerdem war da noch das Lösegeld – Salah ad-Din hatte es geschafft, Löwenherz zu überreden, noch weitere fünf Tage zu warten. So lange würden auch Jamal und zehn weitere Vertraute in Damaskus verweilen. Seine Soldaten hingegen sollten schon am nächsten Tag nach Akkon aufbrechen.

Der Hauptmann hatte bei seinem letzten Besuch Suleyman eindringlich gebeten, den Christen von ihm überwachen zu lassen, so lange die Verhältnisse in Akkon nicht geklärt waren. Weiter hatte er Riyad befohlen, alle christlichen Sklaven im Auge zu behalten. Auch die in Damaskus lebenden freien Christen dürften ihre Stadtbezirke nicht verlassen.

Der Emir erfüllte Jamals Bitte nicht. Er glaubte nicht, dass Bernhard eine Bedrohung für den *Bait* sein konnte. Jamal nahm den Entscheid unwillig hin. Trotzdem ließ er drei Soldaten zur Bewachung des Hauses zurück.

Aus den Gedanken gerissen, schreckte Nasrin auf. Da war es wieder. Das Geräusch. Diesmal im Haus. Sie hatte sich also doch nicht getäuscht. Es war wirklich jemand im Garten gewesen. Diebe? Oder gar eine heimliche Vorhut der Kreuzfahrer? Eilig griff sie nach einem seidenen Übergewand, das auf einer Truhe lag, zog es sich über, schlich zur Tür und öffnete sie vorsichtig.

Gedämpfte Stimmen waren zu hören. Und hastende Schritte. Und plötzlich hallte ein grässlicher, langgezogener Schrei durch die Gänge. Nasrin rannte aus dem Zimmer, den *Tarma* entlang, glitt um die Säule, eilte über die ersten Stufen der Treppe und blieb abrupt stehen.

Vor ihr stand regungslos Salma, die Augen weit aufgerissen, als hätte sie einen Dämon gesehen. Ein Öllämpchen glitt ihr aus der Hand, fiel zu Boden und erlosch.

«Salma!» Nasrin packte die Amme an den Armen und schüttelte sie. «Salma, was ist geschehen?»

Doch die Alte starrte schweigend, mit ihrem sehenden und ihrem blinden Auge, durch sie hindurch. Erst als weitere Stimmen und das Stampfen von Stiefeln laut wurden, ließ Nasrin sie los und eilte, zwei Stufen gleichzeitig nehmend, die Treppe hinunter.

«Bei Allah, er wollte den Emir ermorden!», rief Salma ihr endlich nach und sank ohnmächtig zusammen.

Nasrin erstarrte. Sie blieb unschlüssig stehen. Sollte sie jetzt der Amme zu Hilfe oder den unheilvollen Worten folgend, zum Vater eilen? Sie überlegte nicht lange, rannte los. Durch den Palast, zu Suleymans Gemächern, und bald folgte ihr das Tapsen nackter Füße – zahlreiche Diener schienen das selbe Ziel zu haben wie sie.

Auf einem Gang kam ihr Jaida, auch sie die Augen vor Angst geweitet, entgegen.

«Jaida! Beim Propheten, Jaida, was ist denn los?»

Doch die Stiefmutter stammelte nur etwas Unverständliches und verdrehte die Augen.

Immer mehr Bewohner des Hauses strömten herbei und versuchten, in das Schlafgemach des Emirs zu schauen. Im flackernden Schein der Lämpchen huschten Schatten über die glänzenden Fliesen.

«Er hat den Emir getötet! Bei Allah, er hat ihn getötet», hauchte Jaida.

Nasrin schrie sie entsetzt an: «Wer? Wer?»

«Der *Kafir* … Es war der *Kafir*.»

Nasrin spürte, wie sie am ganzen Körper zu zittern begann. Eiseskälte erfasste sie und ungläubig blickte sie zur offenen Tür. Schließlich ließ sie Jaida zurück, drängte sich an den aufgebrachten Bewohnern vorbei.

Als sie an das Bett des Emirs trat, schlug sie beide Hände vor den Mund, um nicht aufzuschreien.

Ihr Vater lag regungslos da: der Kopf auf einem Kissen, die Tunika bis zu den Knien hochgezogen, die Augen geschlossen, die Haut ungewöhnlich blass, der Körper seltsam gekrümmt. Sein graues Haar klebte vor Schweiß an den Schläfen und an der Stirn. Keine Verletzung war zu sehen, kein Blut.

Neben ihm saß Hassan und fühlte Suleymans Puls. «Allah sei dank, er lebt! Er ist nur bewusstlos!», stieß er hervor.

Nasrin bemerkte erst jetzt die drei Soldaten, die mit grimmigen Mienen und gezogenen Waffen im Raum standen. Vor ihren Füßen lag ein Mann, mit dem Kopf in einer Blutlache. Auf seinem Rücken ruhte der schwere Stiefel eines Soldaten.

Sie erkannte ihn sofort. Aber sie wusste nicht, ob sie ihn lebendig oder tot zu sehen wünschte. Ihr wurde schwindlig und erst als Hassan ihr die Hand entgegenstreckte, fasste sie sich wieder und sah noch einmal auf Bernhard. Er atmete, seine Brust hob und senkte sich schwer.

Jetzt betrat auch Yasid das Zimmer. «Vater!», schrie er auf und stürzte an das Bett. «Vater!»

Hassan packte ihn am Arm, hielt ihn zurück und zischte: «Beherrsche dich! Du bist der Sohn des Emirs!»

Der Junge versuchte, ein Schluchzen zu unterdrücken.

«Und du», befahl Hassan einem Diener, «geh und hole einen *Hakim*!» Die Übrigen schickte er fort, schloss die Tür, wandte sich wieder seinem Bruder zu und fühlte nochmals dessen Puls.

Nasrin setzte sich vorsichtig auf das Bett, während Yasid leise zu weinen begann.

Hassan blickte ihn streng an. «Er ist nur bewusstlos. Einzig Allah selbst hat uns vor einem größeren Unglück bewahrt!»

«Was ist bloß geschehen?», fragte Yasid schüchtern.

Doch bevor Hassan antworten konnte, mischte sich einer der Soldaten ein: «Wir wissen selbst nicht, was geschehen ist! Auf unserem Rundgang hörten wir Lärm. Es klang nach einem Kampf und als wir in dieses Gemach stürmten, fanden wir den *Kafir* vor, über den leblosen Körper des Emirs gebeugt! Wir konnten ihn gerade noch von seiner mörderischen Absicht abbringen!»

Hassans Gesicht verzog sich, als er auf den regungslos daliegenden Christen blickte. «Habt ihr ihn erschlagen?»

«Nein, weiser *Alim.* Er kämpfte wie ein Löwe, aber schließlich haben wir ihn überwältigt.» Der Soldat nahm seinen Stiefel von Bernhards Rücken und stieß ihn an. «Auch er ist jetzt bewusstlos.»

«Aber ihr wisst gar nicht, ob er den Emir wirklich erschlagen wollte!», fuhr Nasrin ihn zweifelnd an.

Der Soldat schüttelte den Kopf. «Ein Christ, der sich über den leblosen Körper des Emirs beugt – es war so offensichtlich. Er wollte ihn umbringen. Was hätte er sonst im Schlafgemach Eures Vater zu suchen?»

«Aber er hatte keine Waffe!»

«Verteidige ihn nicht!», unterbrach Hassan sie. «Die Zeiten zeigen uns doch, wie gefährlich ein Christ sein kann. Jamals Vorahnungen haben sich diese Nacht bewahrheitet, auch wenn dein Vater sie nicht glauben wollte.»

«Er war nie gefährlich. Warum sollte er es ausgerechnet diese Nacht geworden sein? Er hat immer getan, was von ihm verlangt wurde.»

Hassan Stimme schwankte warnend. «Vergiss nicht, Akkon ist gefallen! Und wer kann schon in die verdammte Seele eines Ungläubigen sehen? Er ist ein *Kafir* und er wird es immer bleiben. In alle Ewigkeit! Und ein *Kafir* hat genügend Gründe, um einen Emir zu töten!»

Yasid nickte zustimmend, während die Soldaten Nasrin verständnislos anblickten.

Sie schwieg, denn niemand nahm ihre Einwände ernst. Ein unwiderlegbarer Beweis für Bernhards Unschuld konnte sie nicht erbringen. In ihr regte sich jedoch das gleiche Gefühl wie damals, als der Dolch und der Edelstein verschwunden waren: Er konnte es nicht gewesen sein, er würde ihren Vater niemals umbringen wollen.

Sie griff nach der Hand des Emirs und hielt sie fest, während Hassan sich erhob. «Nun, was geschieht mit ihm?», fragte er.

«Er wird eingesperrt. Sein Urteil steht auch ohne einen *Qadi* fest.» Der Soldat grinste hämisch.

«Erwacht der Emir in den nächsten fünf Tagen nicht, wird der *Kafir* gevierteilt!», fügte ein anderer hinzu.

«Sofern er diesen Tag noch erlebt», bemerkte der dritte höhnisch und schob den Säbel geräuschvoll in die Scheide.

«Bei Allah, er soll den Tag seiner Hinrichtung erleben! Und er soll flehen und betteln für den Frevel, den er begangen hat! Und er soll leiden!», rief Hassan hasserfüllt, während Nasrin die Hand ihres Vaters noch fester umschloss. Es würde für Bernhard ein grausamer Tod werden, schmerzvoll und langsam und sie versuchte, nicht daran zu denken, versuchte, ihre Angst vor den Männern zu verbergen.

«Ehrenwerter Hassan, wir werden dafür sorgen! Und möge Allah über den Emir wachen!» Der Befehlshabende verneigte sich und verließ das Schlafgemach, gefolgt von den beiden anderen Wachen, die den leblosen Christen an den Armen hinter sich herzogen.

Nasrin blickte ihnen bedrückt nach. Als sie in das Gesicht ihres Bruder sah, wurde sie starr vor Entsetzen: Es war vor Hass und Rache verzerrt.

Die frohe Nachricht des *Hakims*, der Emir würde den Mordversuch überleben, hatte die Bewohner des Hauses von ihren düsteren und quälenden Gedanken befreit.

Trotzdem könne es Tage, gar Monate dauern, bis Suleyman wieder erwachte und sich erholte, teilte Yusuf Ibn Mussad Hassan mit. Der Emir hatte einen schweren Schlag auf den Hinterkopf erlitten und war in einen totenähnlichen Zustand gefallen. Deswegen war es nötig, mit ihm Tag und Nacht zu reden und ihn zu berühren, damit er möglichst bald zu sich kam.

So wachte Nasrin, von Gewissensbissen geplagt, die erste Nacht und den ersten Tag an der Seite ihres Vaters, bis Jaida ihr schließlich befahl, sich hinzulegen und ein wenig zu schlafen. Nur widerwillig gehorchte sie und überließ den Platz ihrer Stiefmutter.

Jetzt war es, nach einem weiteren heißen Tag, wieder so weit, Jaida abzulösen, und vorsichtig trug Nasrin eine mit kaltem Wasser gefüllte Schüssel in das Schlafgemach des Emirs. Als sie den Springbrunnen, der den Eingangsbereich mit seinem Plätschern erfüllte, erreichte, öffnete sich die Tür, die in den großen Saal führte und Nasrin blieb neugierig stehen.

Vertreter der Stadt und weitere Gäste hatten Hassan schon den ganzen Tag aufgesucht, und, bestürzt über das Unglück, das im Haus al-Dir geschah, dem Emir rasche Genesung und Allahs Segen gewünscht. Auch Jamal war unter ihnen gewesen. Seine Stimme verriet Anteilnahme und für einen Augenblick dachte Nasrin, dass er vielleicht doch nicht so schlecht war, wie sie annahm. Aber wirklich nur für einen Augenblick. Unwillkürlich musste sie an Asiya und an Bernhard denken. Und das waren nur zwei von den unzähligen Schicksalen, die Namen der anderen kannte sie nicht. Wie viele Namenlose gäbe es noch, die Jamal auch gedemütigt hatte?

Doch jener Gast, der jetzt mit Hassan durch die Tür schritt, ängstigte sie mehr als Jamal.

Bassam Kadin.

In kostbare Gewänder gekleidet, glich er einem Sultan; an seiner Seite baumelte ein mächtiger, mit unbezahlbaren Edelsteinen besetzter Dolch. Ein gewaltiger Turban ließ ihn noch eindrücklicher erscheinen. Er war reich an Schätzen, reich an Jahren, aber noch reicher an Ehrgeiz. Der Schmuck und die Kleider, die er trug, funkelten so kalt wie seine Augen. Keine Widerrede duldend, sagte er: «Ihr lasst mir sofort eine Nachricht zukommen, wenn der Emir wieder erwacht!»

Hassan nickte. «Selbstverständlich. Euer Besuch wird meinen Bruder freuen und ehren.»

Der Wesir nickte ebenfalls, während seine Blicke die davoneilende Emirtochter entdeckt hatten. «Ich bin bestürzt über das Geschehene», rief er ihr nach.

Nasrin blieb stehen und drehte sich langsam um. «Ich danke Euch für Eure Anteilnahme, ehrenwerter Bassam Kadin», entgegnete sie. Und sie wusste selbst, dass ihre Worte nicht ehrlich klangen.

«Bassam Kadin hat mich heute aufgesucht, um mir mitzuteilen, er werde alles, was er vermag, tun, um die dringenden Angelegenheiten zu erledigen», erklärte Hassan. «Salah ad-Din braucht Truppen und das Lösegeld, um die Geiseln in Akkon endlich zu befreien.»

Der Wesir legte die Handflächen aufeinander. «Euer Vater hätte Jamals Rat befolgen sollen, dann wäre dieses Unglück nicht geschehen.»

Nasrin wäre beinahe die Schüssel aus den Händen geglitten, als sie ungehalten erwiderte: «Unser *Kismet* bestimmt Allah, der Allmächtige, und nicht wir!»

Bassam lächelte kalt. «Wie auch immer.» Er wandte sich Hassan zu. «Sorgt dafür, dass Euer geschätzter Bruder bald wieder seinen Aufgaben nachkommen kann. Unterdessen werde ich mich um alles kümmern!»

Ohnmächtige Wut packte Nasrin. Ihr Onkel hätte genau so gut ihren Vater vertreten können. Auch er war ein Sohn des Hauses al-Dir. Doch

Hassan schien ihre Meinung nicht zu teilen. Stattdessen pflichtete er dem Wesir ergeben zu. «Eure Hilfe ist großzügig und ich weiß sie zu schätzen. Und seid versichert, dass ich alles tun werde, um meinem Bruder in diesen schweren Zeiten beizustehen!»

Bassam nickte zufrieden und verließ den *Bait*, ohne Hassan und Nasrin nochmals anzusehen. Sein Umhang blähte sich bedrohlich, als er durch das Tor schritt.

Erst als das Tor hinter dem Wesir zufiel, wandte sich Hassan verärgert seiner Nichte zu. «Was ist in dich gefahren, den ehrenwerten Bassam Kadin so zu beleidigen?»

«Kommt dir seine Aufopferung nicht merkwürdig vor? Bassam Kadin opfert sich gewöhnlich nur für Bassam Kadin! Mein Vater und er sind keine Freunde!»

«Er ist bestürzt über die Ereignisse der vergangenen Nacht. Genau so wie wir. Wir können uns glücklich schätzen, dass er uns hilft, all die Aufgaben zu bewältigen! Er ist ein fähiger Mann! Und wir sind alle in Gefahr! Wir alle!»

«Onkel, es geht nicht darum, dass er uns hilft, sondern darum, wie er es tut. Und es war nicht der Wunsch des Sultans, dass er meinen Vater vertritt!», entgegnete Nasrin und trat näher.

«Es war auch nicht Salah ad-Dins Wunsch, dass der *Kafir* einen Anschlag auf deinen Vater verübt!», widersprach Hassan ihr voller Bitterkeit.

Nasrin war, als würde ein unsichtbares Seil ihr die Kehle zuschnüren. Wer kannte die ganze Wahrheit? Wer außer ihrem Vater und Bernhard wusste, was wirklich geschehen war? Ihr Vater würde vielleicht nie mehr erwachen. Oder erst dann, wenn Bernhard schon vor seinen Gott getreten war oder vor den Toren der Hölle stand. Wer würde einem Christen glauben? Keiner!

Betroffen blickte Nasrin in ihr eigenes Gesicht, das sich in der Wasserschüssel spiegelte. Ihre Hände zitterten und das Bild verzog sich fast zur Unkenntlichkeit. Sie blieb noch einen Augenblick stehen, ohne die Schüssel abzustellen. Erst als sie das Gefühl hatte, Hassan hätte sie längst vergessen, ging sie.

Jaida saß schlafend am Bett des Kranken.

Nasrin musste über ihre eigene Ohnmacht weinen. Und über Hassan. Er war blind vor Wut und sah nur das, was er wollte. Seine Gefühle waren immer stärker als seine Vernunft. In seinem Leben gab es keinen Platz für weltliche Angelegenheiten oder für eine Frau. Er lebte nur für seinen Glauben, hatte nie geheiratet, um Allahs oberstes Gebot – sich die Keuschheit zu bewahren – zu befolgen. So war er nicht nur ein weiser, sondern auch ein fast heiliger Mann geworden.

Vorsichtig stellte Nasrin die Schale neben das Bett, um keinen einzigen Tropfen zu verschütten und legte ihre Hand auf Jaidas Arm. Ihre Stiefmutter öffnete nur langsam die geröteten Augen und blinzelte sie an. «Warum nur? Warum nur wollte dieser unglückselige Sklave deinen Vater töten?»

Nasrin rang mit sich selbst. Manchmal wusste sie nicht mehr, was sie glauben, fühlen, wissen sollte. Auch wenn der ganze *Bait,* ganz Damaskus von Bernhards Schuld überzeugt war, sie glaubte es noch immer nicht. Traurig hob sie die Schultern und flüsterte: «Ich weiß es nicht, Jaida. Ich weiß es wirklich nicht.»

Wasser schwappte plötzlich über den Schalenrand; Jaida war mit dem Fuß dagegen gestoßen und die Flüssigkeit färbte die Fliesen dunkel: die grauen Steine schwarz, die weißen Steine gelblich.

Mit einem Lappen versuchte Jaida, das Missgeschick umständlich zu beseitigen. Versöhnlich beugte sich Nasrin zu ihr. «Lass es sein!», sagte sie beschwichtigend. «Geh, leg dich hin und schlafe ein wenig. Ich werde hier bleiben und über Vater wachen.»

Dankbar legte Jaida den Lappen beiseite und erhob sich. Als sie die Tür erreicht hatte, wandte sie sich nochmals um. «Weckst du mich, wenn er wieder zu sich kommt?»

Nasrin spürte das Hämmern des Blutes in ihren Schläfen. Sie wollte nur noch weinen. Stumm nickte sie, während Jaida schweigend das Zimmer verließ.

«Oh, bitte, Vater», flehte sie, als sie mit Suleyman endlich allein war, «oh, bitte, wach auf und sage mir, dass es nicht Bernhard war!»

Sie legte behutsam ihren Kopf auf die Brust des Emirs und vernahm das gleichmäßige Schlagen seines Herzens.

17

Nasrin war eingenickt und als sie erwachte, fragte sie sich, wie lange sie geschlafen hatte. Es roch nach erkaltetem Essen und noch immer brannten einige Öllämpchen. Seit dem frühen Nachmittag war sie nicht von der Seite ihres Vaters gewichen, hatte gehofft, er würde wenigstens kurz seine Augen öffnen oder im Schlaf sprechen. Aber nichts war geschehen. Nichts.

Suleymans Zustand schien sich nicht verändert zu haben und niemand wusste, wie dem Emir zu helfen war. Selbst der *Hakim,* der ihn jeden Tag aufsuchte, kannte nur einen Rat: Ihn wie ein kleines Kind zu ernähren und zu pflegen und ihn nie allein zu lassen.

Nasrin richtete sich müde auf, griff zaghaft nach einem Becher, der mit kräftiger Brühe gefüllt war und setzte ihn an Suleymans blasse Lippen. Nur wenige Tropfen rannen in dessen Mund. Unwillig stellte sie den Becher wieder hin. Sie dachte an Hassan. Meist war er mit Staatsgeschäften beschäftigt, vertrat seinen Bruder so gut er konnte und zeigte Yasid, wie ein Haus zu regieren und zu führen war.

Nasrins Augen brannten. Seit Tagen bereits hatte sie Müdigkeit erfasst und sie befürchtete, sie könnte auch krank werden, sollte sich Suleymans Zustand nicht bessern. Sie erhob sich, griff nach einem Stück *Mezze*, aß es und genoss den rauchigen Geschmack von gegrilltem Fisch. Aus den Augenwinkeln beobachtete sie ihren Vater: Suleyman lag da, als würde er friedlich schlummern, als wäre er nur eingeschlafen.

Plötzlich fuhr sie zusammen. Da war etwas. Ein schwaches Zucken umspielte die Mundwinkel des Emirs, seine Lippen schienen sich zu bewegen, er öffnete ein wenig den Mund.

Langsam beugte sich Nasrin vor. Hatte sie sich getäuscht? Spielten ihr ihre übermüdeten Sinne einen Streich? Nein, Suleymans Lippen formten wirklich stumme Worte. Seine Augen waren noch immer geschlossen, doch die Lider flackerten unruhig. Und jetzt hörte sie, wie im Fieberwahn, ein Flüstern. Aus dem Flüstern wurde ein Murmeln. Ihr stockte der Atem und vorsichtig legte sie ihre Finger auf die Lippen des Emirs, als wolle sie die Worte erfühlen, die er auszusprechen versuchte.

Hinter sich vernahm sie ein Geräusch. Als sie sich umdrehte, erblickte sie Yasid, der mit hängenden Schultern an der Tür stand. «Wie geht es ihm?», fragte er niedergeschlagen und trat näher.

«Still!», zischte Nasrin aufgeregt.

Die Augen des Jungen weiteten sich. «Er hat gesprochen? Seit wann?»

«Eben erst», erwiderte sie leise und lächelte erwartungsvoll.

«Und? Hast du schon etwas verstehen können?»

«Nein.» Sie ergriff Suleymans Hand und begann sie zu streicheln. «Vater», flüsterte sie aufgewühlt, «Vater, sprich mit mir!»

Endlich wurden die stummen Worte des Emirs hörbar: «*Kafir, Kafir,* Christ ...»

Nasrin wagte kaum zu atmen und ein stechender Schmerz durchzuckte ihren Körper. Versuchte der Vater, ihnen den Namen des Angreifers zu nennen?

«Du verfluchter... du...» Seine Stimme versagte wieder, die Worte gingen in einem Gemisch wirrer, unzusammenhängender Laute unter. Doch plötzlich rief er deutlich und klar: «Nein, bei Allah, nein!»

«Vater! So sag doch, was geschehen ist!» Nasrin drückte seine Hand noch fester. Drei Tage und drei Nächte hat sie um einen einzigen Laut gebetet und jetzt war sie verzweifelt über diese Wortfetzen.

«Dolch...», stammelte der Emir, «schnell, der Dolch!»

Nasrins Gesicht wurde aschfahl, ihre Pupillen geweitet, als hätte sie Opium zu sich genommen. Schweißtropfen glänzten auf ihrer Stirn. Als Yasid ihre Hand ergriff, fuhr sie jäh zusammen und blickte ihren Bruder verunsichert an. «Er spricht von einem Dolch! Aber von welchem?»

«*Kafir*... *Kafir*... Vorsicht!», stieß der Emir deutlich hervor.

Über Nasrins Rücken rann kalter Schweiß. Am liebsten hätte sie ihren Vater an den Schultern gepackt und ihn wach gerüttelt.

«Nasrin», hörte sie Yasid sagen. «Was ist nur mit dir?»

«Hast du gehört, was Vater sagte?» Sie legte ihre Hände auf die Wangen, die zu glühen schienen.

«Er spricht über den gemeinen Mordanschlag.»

«Genau! Und was hat er gesagt? Was hat er genau gesagt?» Sie hat sich wieder gefangen, war hellwach.

Yasid rollte die Augen. «Warum fragst du? Du hast es doch selbst gehört.»

«Aber ich will wissen, ob du es auch gehört hast!»

Der Junge setzte sich auf den Bettrand und betrachtete prüfend seinen Vater, der wieder regungslos da lag und schlief. Hat er wirklich gerade eben noch gesprochen oder waren sie beide einer Täuschung erlegen?

«Was hast du gehört?», drängte sie ungeduldig.

«Ich weiß nicht, es war so wirr! Er sagte *Kafir* und Christ und...»

«Und was noch?»

«Ich glaube, er sagte noch: Dolch!»

«Genau! Dolch!» Nasrins Gesicht leuchtete auf. «Warum, glaubst du, spricht Vater wohl von einem Dolch?»

«Nasrin, das war doch alles wirres Gerede. Wir wissen nicht, was er meinte. Vielleicht sprach er über seinen eigenen Dolch, vielleicht...» Er stockte, als er in Nasrins erwartungsvolles Gesicht sah.

«Hatte der Christ eine Waffe bei sich gehabt?», fragte sie aufgeregt.

«Was?» Verwirrt runzelte Yasid die Stirn. Seine Schwester redete genauso zusammenhangslos wie der Emir selbst.

«Hast du gesehen, ob der Christ eine Waffe, ein Messer, einen Dolch bei sich hatte?»

Yasid versuchte, sich an jene unheilvolle Nacht zu erinnern. Er hatte nicht viel gesehen, nicht viel bemerkt. Die Aufregung, die Angst, sie waren zu stark gewesen. Der Christ, der am Boden lag, die Wachen, Nasrin, ihr Onkel. Und auf dem Bett, regungslos daliegend, der Vater. Aber ein Dolch? Ein Dolch?

Er zuckte mit den Schultern. «Ich weiß es nicht. Ich kann mich nicht mehr erinnern.»

«Du kannst dich nicht an einen Dolch erinnern?» Nasrins Augen blitzten triumphierend auf. «Und warum kannst du dich nicht erinnern? Weil der Christ gar keinen hatte!»

«Ich habe nicht darauf geachtet!» Ihr Bruder biss sich verlegen auf die Lippen.

«Yasid, ich sage dir, der *Kafir* war es nicht!»

«Was? Schwester, du bist von Sinnen!» Empört sprang er auf.

«Yasid, ich werde dir jetzt etwas anvertrauen und du schwörst mir, niemandem etwas zu verraten!»

«Ich soll was?»

«Du sollst schwören, dein loses Mundwerk zu halten!», fauchte sie ungehalten. «Also schwöre bei Allah!»

«Gut, ich schwöre!» Abwehrend hob er seine Hände in die Höhe.

Sie wusste, sie konnte ihm alles anvertrauen. Trotzdem fiel es ihr nicht leicht, die richtigen Worte zu wählen, als sie zu erzählen begann. Über ihre Begegnungen mit Bernhard, über seine Erlebnisse in Akkon. Darüber, warum er seinen Diener umgebracht hatte und nicht zuletzt über den nächtlichen Besuch bei Asiya. Als sie geendet hatte, fragte er heiser: «Und du glaubst ihm?»

«Warum sollte er mich belügen?»

«Warum sollte er dir die Wahrheit sagen? Er ist ein *Nasranî*, er wird dir niemals die Wahrheit sagen!»

Nasrin fuhr sich müde über den Nasenrücken. War es ein Fehler, sich Yasid anvertraut zu haben? «Du hast dich doch auch für ihn eingesetzt, als er beschuldigt wurde, Vaters Dolch gestohlen zu haben!», fuhr sie fort. «Warum?»

«Weil er ihn nicht gestohlen hatte. Ich wusste ja, wo er war!»

«Du hast ihm geholfen, auch wenn du Vaters Zorn befürchten musstest. Es hätte dir ebenso gleichgültig sein können!» Nasrin spielte aufgeregt mit dem Saum ihres *Khimaars,* ohne ihren Bruder aus den Augen zu lassen.

«Hätte ich geahnt, was er noch alles anrichten würde, hätte ich es nicht getan …» Weiter kam er nicht. Nasrin Hand klatschte auf seine Wange.

«Was fällt dir ein?», fuhr sie ihn wütend an.

«Und was ist nur in dich gefahren?», fauchte er wütend zurück und rieb sich das Gesicht. Ihre Strenge erschien ihm manchmal schmerzvoller als die Ohrfeige selbst. Verletzt wandte er sich ab und schwieg beharrlich.

Aufgewühlt faltete Nasrin die Hände und legte sie in den Schoß. Sie wusste, er war jetzt ihr einziger Verbündeter, ihre einzige Hilfe und sie hatte kein Recht, ihn so zu behandeln. «Es tut mir leid, Yasid», flüsterte sie mit aufrichtigem Bedauern in der Stimme. In ihren Augen standen Tränen.

«Nasrin», erwiderte er nach einer Weile sanft. «Selbst wenn du recht hast und er Vater nicht angegriffen hatte, wirst du sein Schicksal nicht mehr ändern können! Bevor Jamal in vier Tagen nach Akkon aufbricht, wird er den Christen hinrichten lassen. Er will ihn in Stücke reißen lassen! So hatte er es Hassan heute geschworen!»

Sie blickte ihn stumm an, zog langsam den *Khimaar* von den Schultern und wickelte ihn sorgfältig um ihre Hand, als wolle sie eine Wunde verbinden.

«Yasid», sie zwang sich zur Ruhe, «Yasid, als Sohn des Emirs hast du die Macht, diese Hinrichtung aufzuschieben!»

«Und warum sollte ich das tun?»

«Weil du, wie ich, in deinem Innersten an seiner Schuld zweifelst», erwiderte sie.

Yasid war ein gutmütiger, gutgläubiger Junge, sein Herz war voller Mut und Großzügigkeit und sie hoffte, mit ihren Worten diese geweckt zu haben.

Er überlegte ernsthaft, saß still auf dem Bett.

Zu still, dachte Nasrin.

«Ich kann das nicht», sagte er schließlich. «Ich bin dafür nicht alt genug.»

«Dann geh zu Hassan!», rief sie aufgebracht. Doch im selben Augenblick wurde ihr bewusst, welch unsinnigen Vorschlag sie gemacht hat. Ihr Onkel würde niemals vor Jamal oder gar Bassam Kadin treten, um die Aufschiebung der Hinrichtung eines verfluchten Christen zu verlangen. Und der einzige Mensch, der die Macht und das Recht hätte, Bernhards Schicksal zu ändern, lag hilflos vor ihr und versuchte verzweifelt, einen Weg aus einem Labyrinth ohne Mauern, Tore und Riegel zu finden.

Sie spürte, wie Verzweiflung und Hoffnungslosigkeit sie langsam zu zermürben begannen. Wie ein unbarmherziger Sandsturm, der an einem Palast nagte und ihn langsam in eine Ruine verwandelte.

Sie wollte schlafen, nur noch schlafen. An nichts mehr denken müssen. Keinen Schmerz mehr spüren. Doch plötzlich fuhr sie hoch und packte ihren Bruder an den Armen. «Yasid, ich muss wissen, was wirklich geschehen ist!»

Der Junge schüttelte ratlos den Kopf. «Und wie willst du das herausfinden? Nur Vater und der *Kafir* können es dir sagen!»

«Genau! Und da wir den einen nicht fragen können, werde ich mit dem anderen reden!»

«Mit dem Ungläubigen? Du willst mit dem Ungläubigen reden?»

«Wenn es sein muss, ja!» Sie wickelte die Hand wieder aus dem *Khimaar.* «Ich werde ihn im Gefängnis aufsuchen.»

«Du bist nicht nur verrückt, sondern auch noch töricht!» Yasid erhob sich.

Das behauptet der Christ auch immer, wollte sie ihm antworten, doch stattdessen sagte sie entschlossen: «Ich meine es ernst, kleiner Emir, ich werde ihn aufsuchen!»

Yasid hob warnend den Zeigefinger. «Onkel Hassan wird dich nicht für einen Monat, sondern für ein halbes Jahr in deinem Zimmer einsperren, wenn er davon erfährt!»

Nasrin presste die Lippen zusammen und dachte nach. Es würde schwierig werden. Und sie hatte noch keinen Plan. Aber vielleicht gab es trotzdem einen Weg.

«Yasid», sagte sie flehend und hoffnungsvoll zugleich, «du willst doch auch die Wahrheit erfahren, nicht wahr? Und auch Vater würde es wollen! Dann hilf mir!»

Er hob verwundert die Augenbrauen. Wie seine Schwester in das Gefängnis gelangen wollte, war ihm schleierhaft. Aber die Neugierde trieb ihn wieder an.

«Du hast ja recht», stimmte er ihr zögernd zu. «Vater würde es auch wissen wollen.» Zwischen seinen Brauen stand eine tiefe Falte, die nicht zu seinem kindlichen Gesicht passte. «Also gut», seufzte er, «ich werde dir helfen. Was muss ich tun?»

18

Es war leicht gewesen, Fatimah zu überreden, in die Außenbezirke der Stadt zu gehen und Asiya aufzusuchen. Nasrins Wissen über ihre nächtlichen Liebschaften im Palast machte die Dienerin gefügig. Und auch Kareem überließ der Emirtochter wieder bereitwillig den Schlüssel für die Pforte im Garten. So hatte Fatimah gleich am nächsten Morgen Asiya aufgesucht, um ihr eine Nachricht zu überbringen. Nasrin wusste, die verstoßene Dienerin würde ihr helfen und hoffte inbrünstig, auch der schwere Gang zum Gefängnis würde ihr so einfach gelingen wie bis jetzt alles.

Einige Stunden später wartete Nasrin, in einen einfachen Umhang gehüllt, neben der Pforte des Palastes an die Mauer gelehnt, auf Asiya. Sie wusste, niemand im *Bait* würde sie vermissen, denn alle vermuteten, sie würde beim Emir weilen. Doch diese Nacht kümmerte sich Yasid, wie er es versprochen hatte, um den Vater.

Es war schon lange dunkel geworden.

Nasrin zog ihren *Khimaar* tief in die Stirn, blickte nachdenklich die gepflasterte Straße hinab, rührte sich nicht, war längst zu einem der zahlreichen Schatten geworden, die diese Nacht füllten.

Nur manchmal griff sie unter ihren *Jilbab*, um sich zu versichern, dass die Schmuckstücke noch immer dort waren: goldene Armbänder und Ohrringe mit wertvollen Edelsteinen. Eine dazu passende Halskette aus reinstem Gold mit einem Saphiranhänger trug sie um den Hals. Sie hatte erfahren, dass die Soldaten der Stadtwache käuflich waren und zwei Dinge musste sie sich erkaufen: ihr Schweigen und den Einlass in das Gefängnis. Nur eines wusste sie nicht: Wie viel ihr Vorhaben kosten würde. Sie seufzte auf. Wenn es so weiter ging, würde sie irgendwann Jamal heiraten, ohne ein einziges Schmuckstück zu besitzen.

Nasrin erschrak, als eine dunkel gekleidete Gestalt unerwartet neben ihr auftauchte.

Es war Asiya. «Ihr könnt auf mich zählen, Naia», flüsterte sie und lächelte.

Die Emirtochter musterte sie flüchtig. Sie fühlte sich ihr gegenüber schuldig, hatte sie die Frau doch nach dem Tod von Faruq mit ihrem Kummer allein gelassen. Doch Asiya schien das Leid gefasst ertragen zu haben. Sie war kräftiger geworden, ihr Gesicht war nicht mehr so bleich und abgemagert, ihre Züge waren sanfter.

«Fatimah hat mir nicht gesagt, was Ihr von mir verlangt. Aber nach all dem, was Ihr für mich gewagt habt, würde ich für Euch sterben», schwor Asiya feierlich.

Ihre Worte berührten Nasrin seltsam und sie empfand eine tiefe Dankbarkeit der verstoßenen Diener gegenüber. Doch diese Nacht brauchte sie nicht Asiyas Leben, sondern ihr Wissen über das Gefängnis der Stadt. Sie sollte ihr verraten, wie sie in den Kerker gelangen konnte. Und vor allem, wie sie die Wachen zu bezahlen hatte.

«Asiya, ich verlange nichts von dir, ich bitte nur.»

«Was immer Ihr wollt, Herrin, ich werde es tun.»

«Versprich nichts. Hör erst, was ich dir zu sagen habe.» Und Nasrin erzählte unter Asiyas mitfühlenden Blicken, was vorgefallen war. «Ich werde es verstehen, wenn du ablehnst. Trotzdem bitte ich dich, mich zu begleiten.»

«Ihr wollt in den Kerker?», fragte Asiya ungläubig. «Nur, um diesen *Nasranî* zu finden? Ihr verlangt wahrlich viel!»

Nasrin strich sich eine Haarsträhne aus dem Gesicht. Einen Moment herrschte Schweigen. «Ich verlange nichts», wiederholte sie. «Ich bitte.» Sie wandte den Kopf ab, blickte an Asiya vorbei, als sie hinzufügte: «Du bist der einzige Mensch, der mir helfen kann!»

Asiya zögerte. Es dauerte eine Weile, bis sie sich zu einer Antwort durchrang. Diese Augenblicke der quälenden Stille raubten Nasrin beinahe den Atem. Aber sie war fest entschlossen: Sollte die Dienerin ihre Bitte ablehnen, würde sie allein gehen.

«Bei Allah», entgegnete Asiya flüsternd und rang nach Luft, als würde sie bereits die stickigen Ausdünstungen des Kerkers einatmen, «Ihr wisst nicht, wie es dort ist!»

«Du hast recht, ich weiß es nicht.»

Asiya senkte den Blick. «Nun gut, ich werde Euch helfen.»

«Ich werde dir auf ewig dankbar sein!» Nasrin war versucht, sie in die Arme zu nehmen.

«Ich stehe auf ewig in Eurer Schuld, Herrin! Ich hoffe nur, Ihr wisst, was Ihr tut. Auch wenn ich es nicht verstehe.» Ihr Blick blieb gesenkt, die Augen von den dunklen Wimpern beschattet.

Vorsichtig berührte Nasrin ihre Schulter. «Asiya …» Sie wollte der Dienerin danken, doch ihre Stimme versagte und über ihre Wangen rannen Tränen der Erleichterung.

Der Weg zur Zitadelle führte an der großen Moschee der Umayyaden vorbei. Selbst bei Nacht pries sie in ihrer reinsten Pracht Allah: Polierter Marmor und fein gehauener Sandstein schimmerten, vom Schein unzähliger Fackeln erleuchtet, in ihren edelsten Farben, als wollten sie die Dunkelheit verhöhnen.

Eine breite Straße führte unweit der Moschee zur Zitadelle, wo die meisten Verliese lagen. Die römischen Eroberer hatten diese Festung errichtet und über die Jahrhunderte hinweg wurde das mächtige Bollwerk ausgebaut. Es wurde immer größer, immer beeindruckender und war so gut wie uneinnehmbar.

Der Zugang zum Kerker befand sich im alten Teil der Festung unweit der Stadtmauer und Asiya führte Nasrin zu einem unscheinbaren Nebeneingang.

Der Wächter war ein schmutziger, behäbiger Mann. Nasrin zog ihren Schleier tiefer ins Gesicht, um ihm nicht in die Augen sehen zu müssen. Doch seine Neugierde galt sowieso mehr Asiya und den Edelsteinen, die Nasrin ihm entgegenstreckte, als ihr selbst. Ein weiterer Soldat erschien und musterte die nächtlichen Gäste misstrauisch. Die Männer traten einige Schritte zur Seite und unterhielten sich leise. Nasrin versuchte, mindestens einzelne Wortfetzen zu erhaschen, doch sie waren zu weit entfernt, um auch nur etwas zu verstehen. Endlich kamen sie zurück.

Nasrin und Asiya verständigten sich mit einem Blick und die Dienerin stellte sich schützend vor die Emirtochter. Der ältere Wächter grinste, enthüllte eine Reihe verstümmelter Zähne. «Gib her!», befahl er. «Den Schmuck!»

Asiya grinste zurück. Sie straffte sich und warf aufreizend den Kopf in den Nacken. «Den Schmuck und vielleicht noch mehr … Später … Vielleicht … Aber zuerst will meine … meine Freundin den Christen sehen!»Sie nahm Nasrin den Schmuck aus der zitternden Hand und übergab ihn dem Mann. Die Edelsteine glänzten seltsam auf seiner schmutzigen Handfläche. Er begutachtete sie aufmerksam, winkte den anderen Soldaten zu sich und sie steckten die Köpfe zusammen.

Nasrin war, als ob die Zeit stehen geblieben wäre. Ihr wurde bewusst, dass sie fast alle ihre Trümpfe auf einmal ausspielte. Sie behielt nur noch eine Kette mit einem Saphiranhänger zurück. Wie ungeschickt! Wie unvernünftig! Was, wenn die Männer mehr verlangten? Verzweifelt griff sie nach Asiyas Hand und spürte, wie diese zusammenzuckte und sich ihrer Berührung entzog.

Doch die Wächter schienen zufrieden zu sein. Lachend wandten sie sich den Frauen wieder zu. Die Bezahlung gefiel ihnen und sie waren bereit, die Pforte zu öffnen. Nasrin überlegte, ob Jamal wohl von der Verwerflichkeit seiner Männer wusste, sie gar duldete oder einfach über sie hinwegsah.

Asiya nickte ihr aufmunternd zu und deutete mit dem Kinn auf den jüngeren Soldaten: Er würde sie zu diesem Christen führen.

Widerstrebend folgte ihm Nasrin. Bevor sie leise durch das Tor schlüpfte, drehte sie sich nochmals um.

Sie sah die Dienerin neben dem anderen Mann stehen.

In ihren Augen erkannte sie Furcht und Abscheu.

Nun war Nasrin allein, allein mit ihrem Mut und dem Wächter, der ihr vorausschritt und dem sie über unzählige Treppen in die tiefsten Eingeweide des Kerkers folgte.

Er war keine dreißig Jahre alt; sein Gesicht glänzte vor Schweiß, seine Uniform war verschmutzt, abgetragen und an manchen Stellen bereits durchgescheuert – er hatte nichts gemein mit der eindrucksvollen Gestalt Jamals und dessen glänzender Rüstung. Immer wieder drehte er sich, hob die Pechfackel, um sich zu vergewissern, ob sie es sich nicht anders überlegt hat.

Das flackernde Licht der Fackel fiel dabei auf speckig glänzende Quader aus Basalt und Kalkstein. Mäuse und Ungeziefer krochen über die groben, abgenützten Stufen, welche die Spuren der Zeit trugen. Wie viele Unglückliche waren wohl schon diesen Weg der Verdammnis gegangen? Nasrin glaubte, die Wände würden sie erdrücken. Ihre Beklemmung wuchs mit jedem Schritt und sie war sich nicht mehr sicher, ob es klug war, hierherzukommen. Sie hätte alles dafür gegeben, um wieder an der Seite ihres Vaters zu sein. Jetzt aber war sie hier und es gab kein Zurück mehr. Sie fragte sich, wohin der Soldat sie wohl führte. Bis ans Ende der Welt? Oder gab bis in die Hölle?

«Deine Freundin sagt, du willst ihn noch einmal sehen?», wandte er sich ihr plötzlich zu.

«Ja, einmal noch!», erwiderte sie rasch. Sie hat sich auf dieses Spiel eingelassen, nun musste sie die Rolle, die ihr Asiya zugedacht hatte, überzeugend spielen.

«Hast wohl was mit ihm gehabt, hä?» Er grinste schmierig, als er sie aus den Augenwinkeln ansah.

Nasrin schwieg. Es war muslimischen Frauen verboten, einen Andersgläubigen zu lieben.

«Kannst es mir schon verraten! Er wird sowieso nicht mehr lange leben!» Das Lachen des Mannes wurde lauter und sie erschauderte.

Sie liefen über weitere Stufen, folgten Treppen und Windungen, bogen um Ecken, betraten noch mehr Gänge. Immer weiter, immer tiefer in den düsteren Bauch der alten Zitadelle.

Als sie schon glaubte, den Pesthauch der Hölle riechen zu können, öffnete sich vor ihnen plötzlich ein hoher, gewölbter Raum, der von wenigen Fackeln nur spärlich ausgeleuchtet war. Von ihm zweigten neue Gänge in verschiedene Richtungen ab, die nicht mal mannshohen Türen vereinzelter Verliese waren kaum zu erkennen.

Vor einer blieb der Soldat stehen, fingerte umständlich an seinem Schlüsselbund herum, bis er endlich den richtigen Schlüssel gefunden hat. Bevor er die Tür aufschloss, drehte er sich um und streckte Nasrin seine schmutzige Hand hin.

«Lass sehen!», forderte er sie auf. Als sie sich nicht rührte, trat er näher. «Na, gib schon her! Entweder du bezahlst oder du wirst ihn nicht sehen!»

Nasrin erstarrte. Also doch! Sollte wirklich alles umsonst gewesen sein? Hastig griff sie unter ihrem Gewand nach der goldenen Kette mit dem

Saphiranhänger. Sie riss sich das filigrane Geschmeide vom Hals, ließ den Saphir in ihre Hand gleiten und reichte die Kette dem Mann.

Missbilligend verzog er den Mund. «Na gut, dafür kannst du ihn gerade mal kurz sehen! Du musst schon mehr zahlen, wenn du mit ihm …» Er machte eine vielsagende Pause.

«Mehr?»Nasrin schlug das Herz bis zum Hals. Einen Augenblick fragte sie sich, ob sie losschreien oder ihm ins Gesicht schlagen sollte. Sie fragte sich sogar, ob sie ihm verraten sollte, wer sie wirklich war. Ihr wurde bewusst, der Wächter würde sie nicht zu Bernhard lassen. Sie musste ihm auch noch den Anhänger anbieten. Angsterfüllt holte sie den Edelstein hervor und reichte ihn dem Soldaten. Dessen Augen weiteten sich zunächst, doch plötzlich hielt er argwöhnisch inne. «Wo hast du den her? Hast ihn wohl gestohlen?»

«Gestohlen?» Ungläubig sah sie ihn an. Der Stein war ihr Eigentum, Suleyman hatte ihn ihr vor Jahren zum Geburtstag geschenkt.

«Es ist alles meins», sagte sie leise und spürte, wie Schweiß auf ihre Stirn trat.

Der Wärter kniff die Augen zusammen. «Deins? Wie soll eine Bettlerin wie du an einen so wertvollen Schmuck kommen?»

«Ich versichere dir, es gehört alles mir!»

«Ach so! Eine Belohnung vielleicht? Für erwiesene Dienste?» Lieblos hielt er die Kette zwischen seinen Fingern, ließ sie hin- und herschwingen. Lange. Unendlich lange. Sein spöttisches Lächeln schwand. Er packte sie am Arm und stieß sie an die Wand. «Du hast sicher noch mehr davon!»

«Was ich dir gegeben habe, wird wohl genügen!», zischte Nasrin und riss sich los.

Der Soldat hielt keuchend inne und seine Blicke wurden immer lüsterner, als er fragte: «Was hältst du davon, wenn wir euch Weiber einige Tage hier einsperren?»

Nasrin erblasste vor Furcht. Bei Allah, nein, nur das nicht! Niemand würde im Kerker der Stadt nach einer Emirtochter suchen, niemand wusste, dass sie hier war. Niemand außer Yasid! Was würde er tun? Und was sollte sie jetzt tun? Sie saß in der Falle! Ihre Schreie könnte keiner hören, keiner würde ihr helfen!

Der Soldat fasste sie wieder am Arm und sein Griff brannte wie Feuer. «Zier dich nicht so!»

Verzweifelt versuchte sie, sich zu wehren. Vergeblich. Sein Gesicht kam bedrohlich näher. Möge Allah mir helfen, möge der Prophet mir beistehen!, betete sie stumm und hoffte, aus diesem schrecklichen Traum zu erwachen. Sie konnte schon seinen stinkenden Atem riechen, spürte seine Hände, die ihren Körper betasteten. Er wollte nicht nur Schmuck, er wollte mehr.

«Lass mich los!», stieß Nasrin unverhofft hervor. Sie ließ ihren *Niqab* sinken und enthüllte ihr Gesicht. «Bei Allah, ich befehle dir, mich loszulassen!»

«Du wirst mir gar nichts befehlen!» Er lachte dreckig auf, lockerte jedoch seinen Griff.

Nasrin fasste allen Mut und im gleichen Augenblick riss sie sich los, zog den Schleier vom Kopf und rief: «Wage es ja nicht, mich nochmals anzufassen! Weißt du, wer ich bin?» Sie blickte ihn drohend an. «Ich bin Nasrin, die Tochter des Emirs Suleyman Ibn Masud Talib Ibn Nusair Ibn Kardal Ibn Asadel Sharif aus dem Geschlecht der al-Dir! Solltest du es wagen, mich noch einmal zu berühren, wirst du dein restliches Leben hier in diesen Verliesen verbringen und Allah anflehen, er möge deinen Fehler rückgängig machen!»

Sie hat gehofft, ihren Namen nicht preisgeben zu müssen, doch wie sollte sie ihn sonst zur Vernunft bringen? Der Wächter schien nachzudenken, sah sie lange an, doch dann kehrte sein verächtliches Lachen zurück.

Warnend hob sie die Hand. «Ich schwöre dir, ihr alle werdet schon morgen zur Abschreckung an den Zinnen der Stadtmauern hängen, solltest du es wagen! Mein Bruder Yasid al-Dir weiß, dass ich hier bin und du wirst den Tag deiner Geburt verfluchen, wenn du das begehen solltest, was ich jetzt in deinen Augen lesen kann! Und glaube mir, mein zukünftiger Gatte Jamal al-Aziz wird dich dafür zur Rechenschaft ziehen!»

Als hätte eine Schlange ihn gebissen oder ein Skorpion ihn gestochen, wich der Soldat zurück. Er schien zu Stein erstarrt. Nasrins zornige Worte haben ihre Wirkung nicht verfehlt und zum ersten Mal hatte Jamal oder die Erwähnung seines Namens ihr geholfen.

Endlich rührte sich der Wächter wieder. Unruhig blickte er sich um, senkte demütig den Kopf und es schien gar, als würde er sich vor ihr niederwerfen.

«Verzeiht!», murmelte er. «Hätte ich gewusst …»

«Soll ich meinem Verlobten von deinen Freveln erzählen? Davon, wie du meine Ehre verletzt hast?»

«Bitte, Herrin …» Er verstummte wieder, als er ihren drohenden Blick bemerkte. Es war ein verführerisches Gefühl, Macht auszuüben. Ein Gefühl, das Nasrin bis dahin nicht gekannt hat. Jetzt genoss sie es, zu befehlen. Nicht einer Dienerin, nicht einer Sklavin. Sondern einem Mann der Stadtwache.

Der Soldat wagte noch immer nicht, aufzusehen und unterwürfig fragte er: «Ihr wünscht?»

«Ich will jetzt sofort jenen Mann sehen, der meinen Vater ermorden wollte», erwiderte Nasrin ungehalten und fast glaubte sie, nicht sich selbst, sondern ihren Vater zu hören. «Glaube mir, Jamal al-Aziz wäre nicht erfreut, wenn ich ihm davon erzähle, was vorgefallen war», fügte sie hinzu. Doch dann stockte sie und überlegte: Es war ein gewagtes Spiel und sie musste es mit Bedacht spielen. So wie sie Schach mit ihrem Vater spielte. Denn jetzt waren sie Verbündete, der Soldat und sie. Jetzt teilten sie ein Geheimnis miteinander, das sie besser für sich behielten.

Der Soldat trat rasch an eine Tür. Vor Aufregung glitt ihm der Schlüssel aus der Hand und fiel klirrend auf den Steinboden. Hastig hob er ihn wieder auf, drehte ihn zweimal im Schloss. Knarrend sprang es auf.

«Vergebt mir, Herrin!», wandte er sich ihr nochmals zu. «Glaubt mir, hätte ich gewusst, wer Ihr seid …»

«Willst du mir sagen, du hättest mich eingelassen, ohne zu versuchen, mich auszurauben? Oder mich ...» Ihre Augen waren fest auf ihn gerichtet. «Du bist es nicht wert, bei der Stadtwache zu dienen!»

Betreten wich er ihrem Blick aus. Er öffnete die Tür, griff nach einer Fackel und schritt eifrig voraus.

Nasrin folgte ihm, bereit, nicht aufzugeben. Doch als sie an der Schwelle der düsteren Zelle stand, schien sie der Mut zu verlassen. Asiya hatte recht. Es war viel schlimmer, als sie es sich je vorstellen konnte.

Der Eingang glich einem Schlund. Der beißende Gestank menschlicher Ausscheidungen und die abgestandene Luft verschlugen ihr beinahe den Atem und erst nach einem langen Zögern trat sie endlich ein.

Stinkendes, faulendes, graues Stroh, vermutlich schon seit Jahren nicht mehr ausgewechselt, bedeckte die Steinplatten und verströmte einen ekligen Geruch. Keine Scharte, kein Fenster waren in die grob behauenen Wände eingelassen und die undurchdringliche Dunkelheit ließ nicht erahnen, ob es Tag oder Nacht war.

Auf dem Boden stand ein Krug mit brackigem Wasser gefüllt, auf dem eine Staubschicht schwamm. Daneben lag ein mit grünen und schwarzen Schimmelflecken überzogener Krumen Brot – beide nicht angerührt.

Unter einer durchlöcherten Decke, die wohl schon Ratten als Nest gedient hat, lag ein regungsloser Körper.

Nasrin erschauderte. Sie musste sich beherrschen, um nicht zu erbrechen. Entsetzt hielt sie sich eine Hand vor den Mund. Einen schrecklicheren Ort hat sie noch nie gesehen und sie wollte fliehen, davonrennen. Einfach weg aus dieser Zelle, weg aus diesem Gefängnis, zurück in den wohlduftenden Garten des Palastes, um dieses Grauen nicht mehr ertragen zu müssen.

«Wach auf! Jemand will dich sprechen!» Der Soldat stieß die Stiefelspitze in den Rücken des Gefangenen.

«Hör auf!», fuhr Nasrin ihn an. «Und lass mich mit ihm allein!»

Er gehorchte. Eilig steckte er die Fackel in einen Eisenring, verneigte sich und ging. An der Tür blieb er nochmals stehen. «Sollte er Schwierigkeiten machen, ruft nach mir!»

Sie winkte ab und horchte angespannt, als die Tür hinter ihm zufiel. Kein Schlüssel drehte sich im Schloss. Die Emirtochter atmete erleichtert auf.

Eine beklemmende, übelriechende Stille hüllte sie ein, die nur vom Knistern der Fackel gestört wurde. Und von einer Stimme, die Nasrin so lange vermisst hat.

«Ihr seid wirklich das törichtste und verrückteste Geschöpf auf Gottes heiliger Erde, das mir je begegnet ist!», begrüßte Bernhard sie. «Und wie Ihr dem Wachsoldaten gedroht habt – so was gehört sich für eine Dame Eures Standes wirklich nicht.»

Nasrin wusste nicht, ob sie lachen oder weinen sollte, als sie ihn reden hörte. Immer noch diese bissigen Worte, immer noch ein Hauch von Ungehorsam und Mut – selbst hier in dieser dunklen, stinkenden Zelle. Sie zog einen Zipfel ihres *Khimaar* vors Gesicht, um ihre Furcht zu verstecken und auch um den beißenden Gestank nicht länger ertragen zu müssen. Gierig sog sie den süßen Mandelduft ihrer Kleidung ein.

«Dies ist ein gänzlich unpassender Ort für jemanden wie Euch», bemerkte er.

«Wie ich höre, haben sie dir deine spitze Zunge noch immer nicht herausgeschnitten», unterbrach sie ihn. «Es könnte aber sehr leicht geschehen!»

«Auf meine Zunge haben sie es noch nicht abgesehen.» Er hustete stark. «Aber vielleicht wollten sie die Ehre Euch überlassen?»

Erst jetzt drehte sich Bernhard langsam um, setzte sich auf und die

Decke glitt von ihm. Die helle Narbe hob sich auf der entblößten Brust deutlich ab und die Schatten, die Nasrin und er im Licht der Fackeln an die Wand warfen, tanzten wie Dämonen um ihn herum. Er war darauf bedacht, im Halbdunkel zu bleiben und Nasrin konnte sein Gesicht nicht sehen.

Als sie endlich ihren ganzen Mut zusammennahm und näher trat, durchzuckte sie ein ungeheurer Schreck: Die Wunde auf seinem Kopf war wieder aufgeplatzt, trockenes Blut verklebte sein Haar und ein Auge war – wahrscheinlich durch unzählige Schläge – angeschwollen und fast geschlossen. Schmutz, Ruß und Blut überzogen sein Antlitz und seinen geschundenen Körper.

Sie kniete neben ihm nieder, sah ihn voller Verzweiflung an und flüsterte: «Allmächtiger Allah, wie haben sie dich zugerichtet!»

Vorsichtig berührte sie mit ihren Fingern das verletzte Auge. Bernhard biss auf die Zähne, entzog sich aber nicht ihrer Berührung, so, als würde sie ihm Trost spenden und seine Wunde gar heilen. Schweigend genoss er ihre schüchterne Liebkosung.

Doch plötzlich ergriff er ihr Handgelenk und Nasrin spürte, das er zitterte. War es vor Hunger oder vor Furcht? Seine Hand war schmutzig, aber warm und voller Leben. Bei dem Gedanken, dass sein Körper in wenigen Tagen erkaltet sein würde, starr und tot, überkam Nasrin eine tiefe Verzweiflung. Niemand, niemand konnte ihm helfen.

Er sah sie prüfend an. «Wenn Ihr nur aus Mitleid gekommen seid, dann geht! Geht bitte!»

«Bern'ard …» Sie stockte, selbst überrascht, ihn beim Namen genannt zu haben. «Bern'ard, ich kann nicht gehen! Ich muss wissen, was geschehen war!»

«Ihr habt bestimmt schon vernommen, welcher Tat ich beschuldigt werde.»

«Aber ich kann es nicht glauben! Ich will es nicht glauben! Und wenn es doch so war, will ich es aus deinem Mund hören!»

Er musste wieder husten und besorgt bemerkte Nasrin: «Du bist krank!»

Bernhard lachte spöttisch auf. «Wundert es Euch? Seht Euch doch um!»

Sie nickte betroffen. Feuchte, modrige Luft, stickig und kalt; Schimmelpilze an den Wänden und an der Decke; er selbst kaum bekleidet und abgemagert.

«Und dies hier ist eine weitere Bosheit Eures Hauptmanns!», fügte er hinzu und deutete auf den Krug und auf das Stück Brot. Schwerfällig richtete er sich auf und Nasrin hörte das Rasseln einer Kette. Wie die Klauen einer Bestie umschloss das rostige Eisen die Knöchel, die entzündet und blutig gescheuert waren.

Mühsam kroch Bernhard vorwärts, streckte sich aus und langte nach dem Krug und dem Brot. Es war umsonst. So sehr er sich auch bemühte, er konnte sie nicht erreichen. Die Kette hielt ihn zurück.

«Seht Ihr, das ist mein Schicksal: Alles, was ich begehre, ist zum Greifen nah und doch so unendlich fern!»

Fassungslos sah sie ihn an, nahm den Krug und das Brot, das sich wie ein feuchter Schwamm anfühlte und reichte sie ihm. Vorsichtig griff er danach. Das Brot legte er neben sich auf das Stroh und begann, gierig zu trinken.

«Bei Allah, ich weiß, du bist es nicht gewesen!», sagte sie bestimmt.

Bernhard setzte den Krug ab und erhob sich. «Wie kommt es eigentlich, dass Ihr als einziger Mensch in Eurem Haus anderer Meinung seid als die Übrigen?»

Ihr war der bittere Ton in seiner Stimme nicht entgangen, trotzdem war es schön, ihn reden zu hören. So lange er so sprach, hat er nicht aufgegeben.

«Euer Vater ist wohl auf?», fragte er unvermittelt und sie sah ihn überrascht an, sah in sein geschundenes Gesicht, das ihr trotz Schmutz, Blut und Verwundung ansehnlich erschien. Ihre Lippen begannen zu zittern und sie wandte sich ab, griff nach dem verdorbenen Brot und warf es zornig gegen die Wand.

«Er ist bewusstlos! Seit fünf Tagen schon! Er wird leben, aber niemand kann sagen, wann er aufwacht!», erwiderte sie aufgebracht. «Falls er je wieder aufwacht!»

«Euer Vater ist stark. Er wird genesen.»

«Aber für dich wird es zu spät sein!»

Nasrin rang mit sich. Wie sollte sie ihm erklären, dass sein Schicksal bereits besiegelt war, egal, ob der Emir leben oder sterben sollte?

«Also seid Ihr gekommen, um mir Lebewohl zu sagen?», fragte er leise.

«Ich will dich nicht belügen. Ich kann dir nicht mehr helfen.»

«Ihr wärt nicht hier, wenn Ihr keine Möglichkeit sehen würdet, es mindestens zu versuchen.» Er lächelte und hob die Hand, ihre heftige Reaktion vorausahnend und abfangend.

«Bei Allah, es ist kaum zu ertragen, wie gleichgültig dir alles ist!», schrie sie ihn verzweifelt an.

«Gleichgültig?» Seine Miene verfinsterte sich und betroffen antwortete er: «Es ist mir nicht gleichgültig, was mit mir geschieht. Auch ich hänge an meinem erbärmlichen Leben so wie jeder andere. Und auch ich habe Angst.»

«Du hast Angst?»

«Ja! Bei Jesus Christus und seiner Heiligen Mutter, welche Ängste ich ausstehe, könnt Ihr kaum erahnen! Ich fürchte nicht den Tod. Ich fürchte, vorher in dieser Zelle verrückt zu werden! Ich brauche aber meine Kraft und meinen Verstand, um darauf vorbereitet zu sein, was mich erwartet. Was Euer Hauptmann auch immer mit mir vorhat, ich werde nicht vor ihm winseln oder ihn anflehen, das schwöre ich. Eher beiße ich mir meine Zunge selbst ab!»

Nasrin wandte den Kopf zur Seite und erschüttert über seine Worte, konnte sie die Tränen nicht mehr zurückhalten. Stumm wischte sie sie ab und hasste sich selbst für ihre Schwäche.

Als sie wieder aufsah, glaubte sie, in seinen Augen ein Glänzen zu entdecken.

«Ich habe schon viele Tränen gesehen», sagte er nach einem langen Schweigen mit sanfter Stimme. «Ich habe Männer im Kerker von Akkon weinen gesehen, tapfere Ritter und mutige Krieger. Sie weinten Tränen des Hasses, des Hungers und des Durstes. Tränen des Schmerzes, der Hoffnung und der Hoffnungslosigkeit. Aber Eure Tränen …» Er hielt kurz inne, und mit den Fingern fuhr er zärtlich über Nasrins Gesicht.

Sie erstarrte vor seiner Berührung, aber sie wich nicht zurück, ließ ihn gewähren.

«Ich habe noch nie eine Frau wie Euch wegen mir weinen sehen», flüsterte er.

Nasrin unterdrückte ein Schluchzen.

«Ich weine nicht deinetwegen», sagte sie und wusste, dass sie log. Bei Allah, und wie sie log. Natürlich weinte sie seinetwegen. Wegen seiner Sturheit, wegen seines unverschämten Stolzes und wegen seines Mutes, die er selbst in diesen dunkelsten Zeiten nicht verlor. Und sie weinte über sich. Über dieses Gefühl in ihr, das jedes Mal, wenn sie ihn sah, stärker wurde.

Ein Lächeln huschte über seine Lippen. «Es war anmaßend von mir. Selbstverständlich weint Ihr nicht meinetwegen.»

Sie fasste sich wieder. «Was ist in jener Nacht geschehen? Erzähl es mir!»

Er lehnte sich an die Mauer. Sein Gesicht war zur Hälfte im Licht, zur Hälfte im Schatten. Er starrte auf den Steinboden.

«Ich war auf dem Weg in die Stallungen», begann er endlich, «als ich einen Schatten wahrnahm. Zunächst dachte ich, Ihr wärt es, aber irgendetwas sagte mir, die Nacht wäre selbst für Euch zu kühl. Also folgte ich ihm und als er im Haus verschwand, stutzte ich, denn die Soldaten, die sich zum Schutz Eures Vaters im Palast aufhielten, würden nie ohne einen Befehl das Haus betreten. Ich schlich dem Unbekannten durch die Gänge nach. Schließlich blieb er vor einer Tür stehen und ich sah etwas aufblitzen. Ich erkannte sofort, was er in der Hand hielt. Nur blankes, kaltes Metall glänzt so.» Nachdenklich hielt er inne, dann fuhr er hastig fort, als ob er fürchtete, die Zeit könnte knapp werden. «Der Fremde betrat das Zimmer. Ich blieb an der Tür stehen, nicht wissend, wem sein Besuch galt. Erst als ich die verzweifelten Rufe Eures Vater hörte, wusste ich, dass es seine Gemächer waren. Ich stürzte hinein und sah den Emir mit dem Eindringling kämpfen. Der Unbekannte wollte ihn mit einem Dolch niederstechen. Euer Vater wehrte sich tapfer, doch von seinen Schlägen getroffen, taumelte er, fiel zu Boden und blieb regungslos liegen. Ich warf mich auf den Mann, schlug ihm den Dolch aus der Hand. Er konnte sich losreissen, ergriff den Dolch und rannte aus dem Zimmer. Ich legte Euren bewusstlosen Vater auf das Bett und wollte dem Angreifer folgen. Genau in diesem Augenblick tauchten die Soldaten des Hauptmanns an der Tür auf, so, als hätte jemand sie gerufen. Sie ergriffen mich und nach einem kurzen Handgemenge spürte ich einen Schlag auf den Kopf. Mir wurde schwarz vor Augen. Als ich erwachte, fand ich mich hier wieder.»

«Wieso hast du ihnen nicht erklärt, was geschehen war?», fragte sie mit bebender Stimme und hätte sich für ihre Frage selbst ohrfeigen können.

«Ihnen erklärt? Was? Und wozu? Habt Ihr schon vergessen, dass mir die Hände abgehackt werden sollten? Menschen glauben immer nur das, was sie sehen und sie sehen nur das, was sie sehen wollen! Die Stadtwachen sahen einen Christen, der einen Emir erschlagen wollte! Nachdem ich kein Geständnis ablegte, obwohl sie mich gefoltert haben, verrieten sie mir, wie mein Ende aussehen würde.»

Nasrin wusste nicht, was sie ihm antworten sollte. Schweigend standen sie sich gegenüber, verbunden durch ein geheimes Band, das entsteht, wenn zwei Menschen ihre Gedanken nicht aussprechen, weil sie fürchten, den anderen dadurch zu belasten.

«Ihr solltet jetzt gehen», forderte er sie endlich auf und sie vernahm verstohlene Trauer in seinen Worten. «Euer Besuch ehrt mich, aber es war ein Fehler, hierherzukommen. Ihr solltet jetzt zurückkehren, bevor jemand merkt, dass Ihr hier wart. Belastet meine Seele nicht damit, der Grund Eurer Bestrafung zu sein!»Sein Gesicht war fahl und er schien zu wanken.

Nasrin zitterte, streckte ihm die Hand entgegen. «Bei Allah, ich …» Sie unterbrach sich, wissend, dass sie niemals den Mut aufbringen würde, ihm das zu sagen, was sie wirklich sagen wollte. Sie wandte sich zum Gehen. Als sie die Tür erreicht hat, blickte sie sich nochmals um.

Bernhard sah sie unverwandt an und mit gefasster Miene sagte er in einer fremden Sprache: «*Con dure departie me convendra faire pour le meillour ki onques fust amee ne servie.*» Er verneigte sich voller Hochachtung und fügte hinzu: «*Bien être de vie, grant dame.*»

Sie hat seine Worte nicht verstanden, aber sie wusste, sie waren nur für sie bestimmt. Sie klangen melodisch und sanft in ihren Ohren und sie ahnte, was sie bedeuten mussten. Sie wollte ihm ein letztes, warmes Lächeln schenken, doch sie schaffte es nicht. Hastig wandte sie sich ab, stieß die schwere Holztüre auf und trat über die Schwelle.

Der Wächter wartete bereits, um die Zelle hinter ihr wieder zu verriegeln. Wie in einem bösen Traum folgte sie ihm durch die düsteren Gänge, zum Ausgang zurück. Als sie die Pforte erreichten, hielt er sie verlegen auf.

«Herrin», sagte er unterwürfig, «Euer Schmuck.»

Sie blickte verwirrt auf seine Hand, in der er die Kette und den Saphiranhänger hielt, als ob sie nicht verstand, worüber er sprach.

«Euer Schmuck, Herrin!», wiederholte er, aber sie war bereits auf die Strasse gestürzt.

Über Damaskus strahlte der Mond. Es war eine Nacht mit Sternen, zum Greifen nah. Doch Nasrin nahm sie nicht wahr. Entkräftet lehnte sie sich an die Mauer des Kerkers und weinte lautlos.

Ihr Herz war ein zerfetztes Segel, vom Sturm des Lebens gepeitscht.

19

«Noch zwei Tage, nur noch zwei Tage, dann ist es soweit!», frohlockte Jaida. «Dann wird dieser verfluchte *Kafir* von seinem Schicksal ereilt werden und die gerechte Strafe Allahs erhalten!»

Nasrin vermied es, ihre Stiefmutter anzublicken. Stattdessen starrte sie auf ihren Vater, der immer noch regungslos in seinem Bett lag. Sein Gesicht war blasser geworden. Er hat nicht mehr gesprochen, aber der *Hakim* versicherte beim seinem letzten Besuch, der Gesundheitszustand des Emirs hat sich nicht verschlechtert.

«Ich wünschte mir so, dabei sein zu dürfen», fuhr Jaida hasserfüllt fort und Nasrin schluckte stumm. Wie sollte ihre Stiefmutter auch wissen, was sie für Bernhard empfand? Schmerzerfüllt dachte sie an die vergangene Nacht. Nach ihrer Rückkehr in den *Bait* begab sie sich gleich in das Badehaus, um den Schmutz und Gestank von sich abzuwaschen. Dabei hat sie ihre Haut geschruppt, bis diese sich rötete und schmerzte. Wie lange sie im duftenden Wasser gesessen hat und auf die kleinen Wogen und Blütenblätter starrte, wusste sie nicht mehr. Der Schmerz war so groß, dass sie glaubte, ihr Herz wäre mit einer glühenden Pfeilspitze durchbohrt worden. Sie wollte sterben. Denn niemand war da, dem sie sich hätte anvertrauen können. Niemand.

«Wenn nur Suleyman aufwachen würde, um den Tod des Ungläubigen mit eigenen Augen sehen zu können!», seufzte Jaida und streichelte besorgt die Hand des Kranken.

«Ja, wenn er nur aufwachen würde», flüsterte auch Nasrin bedrückt.

Mitfühlend sah Jaida auf, legte zärtlich den Arm um Nasrins Schulter und drückte sie an ihre Brust: «Der Christ entgeht seiner gerechten Strafe nicht und irgendwann wird dein Vater erwachen. Und alles wird gut.»

Nasrin versuchte sich zu beherrschen, um nicht wieder in Tränen auszubrechen. Bei Allah, wenn du wüsstest, was ich fühle! Wenn du wüsstest, was ich weiß!, dachte sie ohnmächtig. Nur vier Menschen kannten jetzt die Wahrheit: Suleyman, Bernhard, Yasid und sie selbst. Ihrem Bruder hat sie noch in derselben Nacht alles erzählt. Mit einer Mischung aus Bestürzung und Unglauben hörte er ihr zu und war bedrückt darüber, nichts ausrichten zu können. Immer häufiger aber stritt er mit Hassan, versuchte ihn dazu zu bewegen, die Hinrichtung hinauszuzögern. Erfolglos.

Die von Salah ad-Din benötigten Gelder lagen bereits in der Schatzkammer des Regenten unter der Obhut von Bassam Kadin und Jamal sollte demnächst nach Akkon aufbrechen. Bevor der Hauptmann Damaskus jedoch verließ, wollte er das Urteil vollstrecken lassen – in genau zwei Tagen.

Nasrin war erleichtert, als Jaida sie wieder losließ. Ihre Stiefmutter strich ihr mit einem warmen Lächeln über die Wangen und verließ das Zimmer.

Die Sonne warf bereits lange Schatten, es würde bald wieder Abend werden, doch noch immer wollte der Emir aus seinem scheinbar ewigen Schlaf nicht erwachen. Schon sieben Tage, schon sieben Tage und Nächte weilte er in einem Reich zwischen Leben und Tod, wo ihn niemand erreichen konnte.

Nasrin setzte sich auf die Bettkante, griff nach Suleymans Hand und führte sie vorsichtig an ihr Gesicht, hoffend, diese Berührung würde ihr Trost spenden. Seine Finger fühlten sich warm und lebendig an. Tag und Nacht kreisten ihre Gedanken um ihn; sie war ruhelos und fand keinen Schlaf. Verzweifelt sank sie nun an seine Brust.

«Vater», hauchte sie, «Vater, hilf mir!»

Die Erinnerungen an die Nacht im Kerker kehrten wieder zurück und überwältigt vom Schmerz betete sie zu Allah: «Du Großer, Gütiger, Allwissender, lass nicht zu, dass ein Unschuldiger verurteilt wird! Er ist nur ein Christ, aber du weißt, er hat keine Schuld an diesem Unglück!»

Sie begann, hemmungslos zu weinen und ihre Tränen benetzten die Hand des Emirs. Vor Verzweiflung geschüttelt, weinte sie sich in einen dämmrigen Schlaf.

In jenem unruhigen Traum, in den sie fiel, streichelte ihr Vater ihr über das Haar, wie damals, als sie noch ein kleines Mädchen war und sich ihrer hellen Haut so schämte.

«Auch wenn deine Haut hell ist», hatte er sie getröstet, «wirst du einmal die schönste Perle in Damaskus sein. Eine Prinzessin der Wüste. Das Kind meines Herzens. Nasrin, die Blume meines Lebens. Nasrin…»

Und sie hatte sich dankbar an ihn geschmiegt, obwohl seine Worte sie nur für kurze Zeit beruhigt hatten. Nun, Jahre später, in den dunkelsten Stunden ihres Lebens, ließ sie die Erinnerung an seine Beteuerungen für einige Augenblicke ihre Traurigkeit vergessen.

Sie wollte nicht aufwachen.

Sie wollte keine Angst mehr haben.

Sie wollte weiterschlafen, sie wollte die Stimme ihres Vaters nochmals hören, die Wärme seiner Hände auf ihrem Kopf spüren.

«Nasrin! Nasrin!»

Aber es war nicht die Stimme ihres Vaters, die nach ihr rief. Und es war auch nicht seine Hand, die sie in die Seite stieß. Benommen öffnete sie die Augen.

Neben ihr am Bettrand saß Yasid, der sie heftig schüttelte. «Wach auf! Wach endlich auf, Nasrin!»

Sie warf ihm einen abweisenden Blick zu. Die Müdigkeit in ihr war so tief! Die letzten Fetzen des Traumes flatterten durch ihren Kopf. Sie wollte nicht zurück in die Wirklichkeit. Noch nicht.

Doch Yasid schien es gleichgültig zu sein. Seine Stimme überschlug sich beinahe: «Nasrin, spürst du es nicht? Wie kannst du bloß schlafen? Spürst du es nicht?» Er nahm ihre Hand und legte sie langsam auf ihren eigenen Kopf. Nein, er legte sie auf eine andere Hand, die auf ihrem Kopf ruhte. Er legte ihre Hand auf eine große, warme Hand, deren Finger ganz, ganz sanft über ihr Haar fuhren – auf die Hand ihres Vaters.

«Was … Was ist los?», stammelte Nasrin. Sie traute sich kaum, sich zu rühren. Sie traute sich kaum, den Gedanken zu Ende zu denken, die Tage der Verzweiflung könnten endlich vorbei sein. Behutsam umfasste sie das Handgelenk ihres Vaters und setzte sich auf.

Wie von fern drang Yasids aufgeregte Stimme zu ihr: «Das ist unglaublich! Schau, Nasrin, schau!»

Sie wagte es nicht, seinen Augen zu folgen, wagte nicht, ihren Vater anzusehen. Erst als Yasid ungeduldig an ihrem Ärmel zupfte, richtete sie den Blick auf Suleyman. Plötzlich war sie ruhig, bereit, alles zu ertragen, war auf alles gefasst.

Der Emir lag noch immer still da, wie all die Tage vorher. Im Licht der anbrechenden Abenddämmerung wirkte sein Gesicht eingefallen, die Falten um seinen Mund tiefer. Trotzdem war etwas anders. Und überwältigt von einem Glücksgefühl, breitete Nasrin die Arme aus und umarmte ihn schluchzend, als ihr bewusst wurde, was es war: Die Augen ihres Vaters waren geöffnet und abwechslungsweise sah er von Yasid auf sie und zurück. Sein Atem strich warm über ihr Gesicht, als er endlich wieder ihren Namen aussprach: «Nasrin …»

An dem Tag, als der Emir wieder erwachte, priesen alle Bewohner des *Bait* Allah besonders eifrig.

Nasrin wich nicht von der Seite ihres Vaters. Sie hatte nur einen Gedanken: Allah ist groß, er hat meine Gebete erhört – jetzt wird alles wieder gut!

Yusuf Ibn Mussad, der *Hakim,* der sofort nach Suleymans Erwachen gerufen wurde, konnte seinen eigenen Augen kaum trauen. Dennoch ermahnte er den Emir, sich zu schonen und nichts zu überstürzen. Als er wieder gegangen war und auch Hassan, Yasid und Jaida Suleymans Zimmer verlassen haben, blieb Nasrin mit ihrem Vater allein.

«Vater», begann sie zögernd, «du musst ein großes Unrecht verhindern!»

Sie setzte sich zu ihm und reichte ihm ein Glas mit der Medizin, die der *Hakim* für ihn zurückgelassen hatte. Mit zitternden Händen führte Suleyman es an den Mund und trank in kleinen Schlücken. Die lange Bewusstlosigkeit hatte ihn ausgemergelt und er war noch schwach und müde. Trotzdem hörte er Nasrin aufmerksam zu. Sie erzählte ihm davon, wie Bernhard im Palast verhaftet und in den Kerker gebracht wurde und dass er bald hingerichtet werden sollte. Sie beendete ihre Schilderungen mit der Frage, vor welcher sie sich selbst am meisten fürchtete: «War es der Christ, der dich angegriffen hatte?»

Suleyman nahm den letzten Schluck, reichte das leere Glas Nasrin und sank in die Kissen zurück.

Es dauerte eine Weile, bis er antwortete: «Nein, er war es nicht. Der Christ hat mir das Leben gerettet.»

Zwei Tage waren nun bereits vergangen und die Stadtwachen suchten noch immer erfolglos nach dem Attentäter. Trotz all ihrer Bemühungen konnten sie ihn nicht fassen, da niemand wusste, wie er aussah. So blieb es nur zu hoffen, dass der Unbekannte keinen weiteren Anschlag mehr plante. Nasrin betete zu Allah, er möge das Haus al-Dir vor solch einem Unglück bewahren.

Bernhard wurde noch am gleichen Abend aus dem Kerker entlassen, als Suleyman seine Unschuld bestätigte, und kehrte in den Palast des Emirs zurück.

In den nächsten Tagen blickte Nasrin immer wieder verstohlen aus dem Fenster in den Garten und hoffte, Bernhard zu erblicken. Doch die Zeit verging und der Christ blieb unsichtbar. Sie fragte sich, ob seine Wunden heilten, ob er sich erholte, aber vor allem fragte sie sich, ob die Nacht, als sie ihn das letzte Mal sah, Wirklichkeit oder nur Traum gewesen war. Dieser Augenblick – kürzer als ein Atemzug – in dem sie sich so nah waren wie nie zuvor.

Suleyman genas überraschend schnell und schon bald versuchte er, wieder seinen Aufgaben nachzugehen. Er führte Gespräche mit seinen Beratern und bemühte sich, sich so um die Angelegenheiten in Damaskus zu kümmern, wie er es dem Sultan versprochen hat.

Einer der Ersten, der den Emir aufgesucht hat, war Jamal.

Der Tag neigte sich bereits dem Abend zu, als er erschien. Selbstbewusst betrat er den großen Empfangssaal und blieb breitbeinig vor Suleyman stehen, der auf einem Diwan lag. Die Uniform des Hauptmannes saß wie immer tadellos.

Er verneigte sich steif. «Ich danke Allah für Eure Genesung», begrüßte er den Hausherrn und wandte sich mit einem kurzen Kopfnicken Nasrin zu.

Sie goss bedächtig heißes Wasser in ein Glas und vermengte es mit den Kräutern, die der *Hakim* ihrem Vater verschrieben hat, um so Jamals Blick auszuweichen.

«Auch ich danke ihm», entgegnete Suleyman, «denn wieder wäre ein großes Unrecht geschehen!»

Jamal räusperte sich verlegen. «Erhabener, wir alle waren überzeugt, dass dieser Ungläubige …»

«Ihr habt nicht richtig gehandelt!», unterbrach ihn der Emir und griff nach einem Schriftstück, das neben ihm lag. «Allahs Gnade hat uns alle vor einer unermesslichen Schuld bewahrt. Jetzt habt Ihr die Gelegenheit zu beweisen, dass Ihr doch gerecht und mutig seid! Salah ad-Din erwartet das Lösegeld, Ihr solltet umgehend aufbrechen! Ihr tragt eine große Verantwortung! Das Leben vieler Unschuldiger hängt jetzt von Euch ab!»

Jamal nickte und griff entschlossen an den Schaft seines Säbels. «Ich werde morgen aufbrechen, *Hazrat*!»

Suleyman nahm das Glas Tee, das ihm Nasrin reichte und trank einige Schlücke, ohne Jamal aus den Augen zu lassen.

«Wenn Ihr vor Akkon gegen die Christen kämpft», sagte er, «seid mutig und entschlossen! Aber kämpft mit Verstand! Ich will nicht, dass Ihr Eurem Bruder folgt!»

Als die Tür hinter dem Hauptmann ins Schloss fiel, atmete Nasrin erleichtert auf. Es war plötzlich still, nur das aufgeregte Vogelgezwitscher, mal ganz nah, mal ganz fern, war aus dem Garten zu hören.

«Willst du mir nicht etwas sagen, meine Tochter?», fragte der Emir unerwartet und Nasrin sah überrascht auf.

«Nein», antwortete sie rasch. «Ich verschweige dir doch nichts, Vater.»

Suleyman hob die Augenbrauen. «Das hoffe ich.»

Nasrin schwieg zunächst. Erst nach einer Weile nahm sie das Gespräch wieder auf, bemüht, den Emir abzulenken. «Bassam Kadin war heute hier und hat sich nach deinem Befinden erkundigt. Er bat mich, dir seine Genesungswünsche zu überbringen.»

«Bassam Kadin war hier?» Suleyman runzelte nachdenklich die Stirn. «Wann?»

Erleichtert stellte Nasrin fest, dass ihre List erfolgreich war und eifrig antwortete sie: «Heute morgen! Er war bei Hassan. Ich glaube, er will sich auch in nächster Zeit um die Regierungsangelegenheiten kümmern. So wäre deine Genesung nicht gefährdet, meinte er.»

«So, meinte er das! Wie aufmerksam von ihm! Und wie seltsam!», argwöhnte Suleyman.

«Ich denke, er wollte nur helfen. Als du bewusstlos warst, zögerte er keinen Augenblick, auch deine Aufgaben zu übernehmen.» Sie brach ab, verwundert darüber, dass sie den Mann verteidigte, den sie eigentlich verabscheute.

«Der Anschlag auf mich scheint ihm gerade recht gekommen zu sein», bemerkte Suleyman misstrauisch.

«Aber welchen Vorteil hätte er davon?»

«Ich weiß es nicht.» Der Emir schlürfte bedächtig den Tee. «Nun gut, immerhin hat er die Gelder besorgt, die Salah ad-Din so dringend braucht!»

Nasrin suchte sich aus einem Teller mit Süßigkeiten ein Honig glasiertes Küchlein heraus und biss genüsslich hinein.

«Warum trägst du eigentlich die Kette mit dem Saphir nicht mehr, die ich dir vor Jahren zum Geburtstag geschenkt hatte?», begann Suleyman.

Sie stockte, glaubte, der Bissen würde ihr im Hals stecken bleiben. Verlegen räusperte sie sich. «Ich weiß nicht, wo sie ist, Vater. Ich habe sie schon lange nicht mehr getragen. Vielleicht habe ich sie verlegt … Ich hoffe, ich habe sie nicht verloren!», erwiderte sie, bemüht, sich nichts anmerken zu lassen.

«Würdest du sie heute für mich tragen? So wie deine Mutter sie immer getragen hatte? Sie steht dir so gut.» Er lächelte wehmütig.

Nasrin lief es heiß und kalt über den Rücken. Sie rang mit sich selbst und starrte zu Boden. «Vater, ich glaube … ich glaube, ich habe sie doch verloren!», stieß sie hervor. «Beide – die Kette und den Anhänger.»

«Verloren?» Suleyman musterte sie prüfend. «Wann und wo?»

«Das weiß ich nicht», log sie mit fester Stimme. «Ich schämte mich, es dir zu sagen. Ich wollte nicht, dass du mich für nachlässig oder undankbar hältst.»

Der Emir griff in einen Beutel, der an seinem Bauchband befestigt war und zog etwas vorsichtig hervor, ohne es ihr zu zeigen. «Jamal war sehr erleichtert, als ich wieder aufwachte», bemerkte er und sah sie lange an.

«Das waren wir doch alle!», erwiderte sie rasch, während sie argwöhnisch auf die verschlossene Faust ihres Vaters blickte.

«Er hat mich persönlich aufgesucht und mir seine aufrichtige Anteilnahme ausgedrückt. Anders als Bassam Kadin.»

«Er verehrt und achtet dich, Vater.»

«Ja, das tut er wirklich! Er achtet mich und er achtet unser Haus!» Suleyman ergriff Nasrins Hand und legte seine Faust hinein. «Für dich hat er ein Geschenk da gelassen», sagte er geheimnisvoll. «Eine Überraschung …»

Nasrin stutzte. Das letzte Geschenk, das sie erhielt, war das unglückselige Eheversprechen, welches Vater in ihrem Namen Jamal al-Aziz gegeben hat. Eine Überraschung, die von Jamal kam, ließ sie nur Böses erahnen.

«Er hat es mir heute überreicht und damit seine Hochachtung auch dir gegenüber bekundet. Er schätzt dich genau so wie mich.» Suleyman öffnete die Faust und Nasrin spürte, wie ein Gegenstand aus Metall in ihre Hand glitt. Zögernd sah sie sich Jamals Überraschung an und erstarrte: Bei Allah, ihre Kette und ihr Anhänger! Das Glas Tee wäre ihr fast aus der Hand gefallen und sie zwang sich, ein Zittern zu unterdrücken.

«Welch ein Zufall! Er ähnelt fast aufs Haar jenem Anhänger, den ich dir einst geschenkt hatte.» Die Miene ihres Vaters blieb undurchdringlich. «Anscheinend hat Jamal diesen auf dem Bazar entdeckt, lange, nachdem du deinen verloren hattest.»

Nasrins Kehle war ausgetrocknet. Wie versteinert saß sie da, das Schmuckstück brannte in ihrer Hand und sie war den Tränen nah.

«Ja, ein Zufall», erwiderte sie schließlich leise und ihr wurde klar, was es zu bedeuten hatte: Es war kein Geschenk, es war eine Drohung! Jamal wusste von ihrem Besuch im Kerker. Er wusste es! Ob der Soldat es ihm verraten hat, ob der Hauptmann den Schmuck bei ihm gefunden und ihn zur Rede gestellt hat – es spielte keine Rolle mehr. Was aber hat er ihrem Vater erzählt? Was hat er ihm erzählt?

«Vater», Nasrin leckte sich die trockenen Lippen, «ich habe dir doch etwas verheimlicht. Ich wollte dich nicht aufregen.»

Die Gesichtszüge des Emirs entspannten sich plötzlich und er sah sie warmherzig an. «Ich weiß es. Ich weiß alles. Ich weiß, was du getan hast!»

«Du weißt …» Nasrins Augen weiteten sich.

«Du hast ein großes Herz, Tochter!» Er liebkoste ihre Wangen. «Deine Großzügigkeit ehrt dich, da du mit deinem Schmuck dem *Nasrani* helfen und ihm Nahrung kaufen wolltest. Sogar solch ein schrecklicher Ort wie das Gefängnis hat dich nicht davon abgehalten, Gutes zu tun. Allah selbst hat dich geleitet! Ich weiß, Gefangene in unserem Kerker leiden Hunger. Doch glaube mir, viele von ihnen verdienen eine solch harte Strafe.» Er überlegte eine Weile, bevor er hinzufügte: «Jamal brachte deinen Schmuck zurück, da er fand, er sei für ein Almosen zu wertvoll.»

Nasrin wurde es schwindlig. Der Hauptmann hat Suleyman belogen und eine Geschichte über ihre Großherzigkeit erfunden. Das war seine Art, ihr zu zeigen, dass er sie von nun an in der Hand hatte, dass sie ihm ausgeliefert war.

Sie glaubte sich der Ohnmacht nahe.

Während sie fieberhaft nachdachte und nach einem Ausweg aus dieser Falle suchte, erschien ein Diener. Er wandte sich an den Emir, unterhielt sich flüsternd mit ihm und als er wieder ging, ließ er die Tür offen stehen.

Der Mann, der nun den Saal betrat, verneigte sich tief vor ihrem Vater und Nasrin spürte, wie Röte in ihr Gesicht stieg, als sie den Besucher erkannte. Rasch zog sie ihren *Khimaar* tiefer in die Stirn, damit keiner ihre Gefühle bemerkte.

«Ihr habt nach mir geschickt?», fragte Bernhard, den Kopf noch immer gesenkt. Der Klang seiner Stimme streichelte Nasrins Seele. Ihre Vernunft verbot ihr, sich zu freuen, doch ihr Herz pochte vor Glück, ihn wieder zu sehen. Die Spuren seiner Haft waren noch immer sichtbar: die schlecht verheilte Platzwunde über dem Auge, die schorfigen Kratzer auf der Nase und auf den Wangen. Dazu die unzähligen Wunden auf seinem Körper, die unter sauberen Beinkleidern und einem Hemd verborgen waren. Und die Wunden auf der Seele. Nasrin fragte sich, wie viel Schmerz und Ungerechtigkeit ein Mensch ertragen kann.

Suleyman winkte ihn zu sich. «Ja, ich habe nach dir geschickt», entgegnete er und bot ihm an, sich zu setzen.

Bernhard nahm auf den Kissen neben dem Diwan Platz, so, als fürchtete er, den kostbaren Brokat der Liege zu beschmutzen. Nasrin wagte kaum zu atmen. Sie hielt den Schmuck fest umschlossen in ihrer Hand und versuchte, den Blicken des Christen auszuweichen.

«Ich bedauere aufrichtig, was dir widerfahren ist. All diese Ungerechtigkeiten, all dieses Leid.» Der Emir faltete die Hände und sah den *Nasranî* an.

Bernhard holte tief Atem und erwiderte: «Es freut mich zu sehen, dass es Euch wieder besser geht!»

«Hättest du nicht eingegriffen, wäre ich nicht mehr am Leben. Allah muss dir wohlgesinnt sein, sich deiner so anzunehmen und dich zur richtigen Zeit an den richtigen Ort zu leiten.»

«Und ich wäre nicht mehr ohne Euch am Leben, Emir. So stehe ich in Eurer Schuld.»

«Du hast den gemeinen Meuchelmord vereitelt. Ich würde nichts lieber tun, als dir die Freiheit zu schenken. Doch ich kann es nicht. Noch nicht. Nicht jetzt!» Suleyman beugte sich vor. «Die Ereignisse in Akkon haben alles viel schwieriger gemacht. Gäbe es diesen Krieg nicht und wärest du ein Muslim …»

Bernhard fiel ihm ins Wort: «Der bin ich aber nicht!»

«Ich sagte, wenn du einer wärst!» Suleyman lehnte sich wieder zurück und musterte den Ungläubigen nachdenklich. «Du bist für dein junges Alter reich an Besonnenheit und Vernunft. Aber auch reich an Zorn und Hass.»

«Es war mir nicht vergönnt, zu lange sorglos und unvernünftig zu bleiben.» Als wären Erinnerungen, die er längst auslöschen wollte, wieder wach geworden, hielt Bernhard inne. Erst als der Emir ihn fragend ansah, fuhr er fort: «Der Krieg hat mich gelehrt, zu überleben! Ihr irrt jedoch: Es sind nicht Zorn und Hass, die mir Kraft geben. Es sind Hoffnung und mein Glaube!»

«In meinem Haus hast du nichts zu befürchten. Es wird dir an nichts fehlen, solange du unsere Gesetze befolgst. Die Umstände aber machen es mir unmöglich, dir mehr als dies als Zeichen meiner Anerkennung und Belohnung anzubieten.»

«Ihr seid ein weiser Mann, Emir. Ein Mann von Ehre und Großmut. Ich habe in meinem Leben nur wenige getroffen, die sich an Größe mit Euch messen können! Weder Muslime noch Christen!» Bernhard legte seine Rechte auf die Brust und deutete eine ehrenvolle Verbeugung an.

Suleyman hob beschwörend die Hände. «Ich verspreche dir, dich ziehen zu lassen, sobald dieser Krieg vorbei ist! Bis dahin bleibst du in meinem Haus. Da du aber ein Christ bist, darfst du nicht unter meinem Dach leben und schlafen wie meine gläubigen Diener und so wird der Stall weiterhin deine Unterkunft bleiben. Aber du sollst nicht darben!» Die Stimme des Emirs wurde lauter: «Du bist jetzt nicht nur ein Sklave, sondern auch eine Geisel Salah ad-Dins und so teilst du das Schicksal mit den dreitausend Gläubigen, welche der Löwenherz als Geisel genommen hat. Dein König verlangt die Freilassung der christlichen Gefangenen, doch die Verhandlungen sind noch nicht abgeschlossen ...» Er machte eine vielsagende Pause.

Nasrin sah vorsichtig auf. Trotz all der höflichen Worte, welche die Beiden bis dahin gewechselt haben, war eine unverkennbare Spannung zwischen ihrem Vater und Bernhard spürbar.

Endlich setzte Suleyman fort: «Du solltest dich bemühen, den Weg des wahren Glaubens zu finden!» Es klang mehr nach einem Befehl als nach einer Empfehlung.

Einen Moment lang herrschte eine bedrohliche Stille. Nasrin blickte angestrengt auf ihre Hände und aus den Augenwinkeln beobachtete sie Bernhard.

Sein Gesicht war voller Bitterkeit und enttäuscht entgegnete er: «Ihr bietet mir an, was ich schon vor Monaten abgelehnt habe und niemals annehmen werde!»

Der Emir nickte unbeeindruckt. «Ich rate dir, dich zum Islam zu bekennen, den reinen Glauben anzunehmen, nach den Lehren Mohammeds zu leben und ein aufrichtiger Diener Allahs zu werden! Dann wärst du ein freier Mann – noch bevor der Krieg zu Ende ist!»

«Ein freier Mann?» Bernhard lachte verächtlich auf. «Egal, was Ihr mir anbietet: meine Freiheit, Eure Schätze, Eurer Land, was auch immer! Niemals werde ich meinem Glauben an Gott und seinen Sohn Jesus Christus abschwören!»

«Der einzig wahre Glauben ist der an Allah allein! Und an den *Qur'an*, den der Prophet Mohammed von Ihm erhalten hat, damit wir nach Gottes Geboten leben und sterben!» Suleyman erhob sich vom Diwan und sein Gesicht verfinsterte sich.

Auch Bernhard stand auf und entschlossen gab er zurück: «Nur wer an Jesus Christus und seine Auferstehung glaubt, darf hoffen, dass seine unsterbliche Seele gerettet wird!» Seine Augen verrieten, welch unlöschbares Feuer des Glaubens in ihm loderte.

«Ihr *Nasranî* lebt mit brennendem Eifer für euren Irrglauben und dieser wird euch in den Tod und in die ewige Verdammnis reißen!»

«*Statue servo tuo eloquinum tuum in timore tuo! Ab insidiis daboli libera me, Domine!* Ich werde nicht auf die Verlockungen des Teufels hören!»

«Der Satan wartet schon auf deine Seele, *Kafir*!»

«Es wird sie niemals kriegen, denn an meiner Seite kämpft der Sohn Gottes!»

Nasrin sah die beiden Männer erschrocken an. Drohend und unversöhnlich standen sie sich gegenüber: ihr Vater in einer flammenden Hingabe an seinen Glauben, keine Zweifel duldend, bereit, Allah bedingungslos zu folgen; Bernhard fest entschlossen, lieber für seinen Gott zu sterben, als diesen zu verraten. Eine Versöhnung schien unmöglich.

Der Emir streckte drohend den Arm aus und wütend schnaubte er: «Geh mir aus den Augen, du Undankbarer!»

Widerwillig senkte Bernhard vor Suleyman den Kopf und schweigend, ohne Nasrin anzuschauen, verließ er den Saal.

Sie blickte ihm entsetzt nach und spürte, welch eisige Kälte er in ihr zurückließ.

20

«Bassam Kadin, ich bin nicht gewillt, den Wunsch des Sultans zu missachten!», donnerte Suleymans Stimme zornerfüllt durch den Palast und Nasrin, die, nach Yasid suchend, eben am Empfangssaal vorbei lief, blieb erschrocken stehen.

Sogar durch die geschlossene Tür waren die Worte ihres Vaters deutlich zu hören. Nur selten hatte sie ihn so wütend erlebt. Was es auch immer sein mochte, es musste ihn sehr getroffen haben.

Seit einiger Zeit genas er nur schleppend und auch sein Groll gegen den Christen versiegte nur zögernd. Weiter beunruhigte ihn das Schicksal der Gefangenen in Akkon. All dies machte ihn immer nervöser und ungehaltener. Nasrin fragte sich, womit wohl der Wesir das Feuer der Ungeduld und Gereiztheit in ihrem Vater noch mehr geschürt hat.

«Ihr sollt den Wunsch des Sultans auch nicht missachten», erwiderte nun Bassam laut und bestimmt. «Ich sagte nur, wir hätten noch einige Tage warten müssen, bis wir genügend Gelder zusammen haben!»

«Fürs Erste wird es reichen müssen! Alle Städte, sogar die weniger wohlhabenden, haben ihre Pflicht bereits erfüllt! Außerdem habe ich heute ein Schreiben von Salah ad-Din erhalten. Darin teilt er mir mit, dieser Löwenherz würde zunächst auch nur einen Teil der Summe annehmen. Der achtundzwanzigsten *Rajab* jedoch ist weiter bindend!»

«Der Sultan hat Euch geschrieben?» Bassam klang verwundert.

«Ja! Hier, lest selbst!»

Für eine Weile verstummte ihre aufgeregte Unterhaltung und Nasrin vermutete, dass ihr Vater dem Wesir das Pergament gereicht hat.

«Und warum habe ich diese Nachricht nicht erhalten?», ertönte wieder Bassams Stimme neidvoll und verärgert.

«Weil der Sultan die Angelegenheiten mir und nicht Euch übertragen hat!»

«Verzeiht, ich vergaß!» Der Spott im Tonfall des Wesirs war nicht zu überhören.

«Ihr scheint die Anweisungen des Sultans öfters zu vergessen!», antwortete der Emir ebenso spöttisch und der gleichmäßige Hall seiner Schritte verriet, dass er auf und ab lief. «Wir können nicht länger warten», fuhr er aufgeregt fort. «Wenn Euch soviel daran liegt, das ganze Lösegeld auf einmal nach Akkon zu senden, schlage ich vor, Ihr öffnet Eure Schatzkammer ein wenig mehr!»

Es dauerte ungewöhnlich lange, bis Bassam zischend antwortete: «Emir, Ihr geht zu weit! Ich habe einen Großteil meines Vermögens geopfert!»

«Almosen, mehr nicht!», rief Suleyman wütend.

«Almosen? Ich …»

Nasrin hörte, wie Schritte näher kamen und rasch huschte sie in den nächsten Gang. Im gleichen Augenblick wurde die Tür mit einem Ruck aufgerissen und Bassam Kadin erschien auf der Schwelle. Seine kalte, gefährliche Stimme ging durch Mark und Bein, als er sagte: «Emir, ich kann Eure Worte nur durch die Auswirkungen des Anschlages entschuldigen! Sonst müsste ich Eure Anschuldigungen El-Afdal melden!»

«Sollte El-Afdal davon erfahren, wie unausreichend Eure Bemühungen sind, würde er nicht einen Tag länger warten, um zurückzukehren!», antwortete Suleyman unbeeindruckt, während er auf seinen Gast zuschritt.

«Ihr wisst gar nicht, wie sehr ich diesen Tag herbeisehne, an dem El-Afdal endlich zurückkehrt!» Bassam Kadins Schritte entfernten sich eilig und sein «*Salam alaikum*!» verhallte im Gang, gefolgt vom lauten Zufallen der Pforte.

Vorsichtig lugte Nasrin hinter der Säule hervor. Ihr Vater stand im *Atrium* und sah noch lange in die Richtung, in die der Wesir verschwunden war. Dann seufzte er auf und ging schwer atmend auf den marmornen Springbrunnen zu, der sanft und friedlich plätscherte. Durch die Deckenöffnungen des Saales fiel helles Licht herein und ergoss sich über Suleymans kostbare Gewänder und über seinen Dolch.

Erschöpft stützte sich der Emir an der steinernen Umrandung des Springbrunnens ab und starrte, einem Seher gleich, in die Wasserfontänen. Das Sonnenlicht brach sich in den Tropfen und ließ sie wie Diamanten funkeln. «Allah, sei den armen Seelen in Akkon gnädig», bat er flüsternd. Als er sich wieder erhob, schritt er an Nasrin vorbei, ohne sie zu bemerken.

Sie wartete, bis sie ganz sicher war, wieder allein zu sein. Erst dann wagte sie sich aus ihrem Versteck und betrat den Empfangssaal. In seiner Pracht übte der Raum auf alle Bewohner des *Bait* eine besondere Anziehungskraft aus: die kostbaren Intarsienarbeiten der Holzverkleidungen, die symmetrischen Muster der verschiedenfarbigen Steinfliesen, alle von Meisterhand geschaffen. Nun zeichneten die Strahlen der späten Nachmittagssonne sonderbare Traumbilder auf den Boden und das verwirrende Spiel von Licht und Schatten erfüllte den Saal mit geheimnisvollem Leben.

Auf einem Tisch vor den Diwans standen zwei aus Gold getriebene Becher und eine in meisterlicher Tauschierarbeit angefertigte Karaffe, daneben ein großer Teller mit süßen und würzigen Köstlichkeiten der *Mezze*. Die Becher waren noch gefüllt, die Speisen kaum angerührt. Es schien so, als wäre Bassam Kadins Besuch nur sehr kurz gewesen. Und der Streit, den Suleyman und der Wesir ausgetragen hatten, war ganz bestimmt nicht der einzige und auch nicht der letzte. Oft genug hatte der Emir über seine Abneigung gegen Bassam gesprochen und Nasrin wusste, er wünsche sich nichts sehnlicher als die Rückkehr von

Salah ad-Din oder El-Afdal, damit wieder einer von ihnen die Staatsgeschäfte übernahm.

Suleyman war wahrlich kein Mann der Macht. Aber er schaffte es, die Bewohner von Damaskus zu überzeugen, noch mehr zu spenden. Zweihunderttausend Goldstücke waren nicht leicht zu beschaffen. Als hätte eine unheimliche Vorahnung ihn heimgesucht, gab er viel von seinem eigenen Vermögen, um den Sultan zu unterstützen und das schreckliche Los der Gefangenen in Akkon abzuwenden. Denn er traute dem Löwenherz nicht.

Bassam Kadin dagegen begnügte sich damit, den Preis der Waren um einige Dinare zu erhöhen, die er als Zollsteuer abzog. Wie viel davon in seine eigenen Schatullen floß, wusste niemand. Und wenn auch – wer würde es ihm schon nachweisen können?

Nasrin fuhr herum, als sie im sanften Windhauch das Rascheln von Pergament vernahm.

Auf dem Boden lag Salah ad-Dins Schreiben. Behutsam hob sie es auf. Die Nachricht des Sultans war in geschwungener Kaligraphie niedergeschrieben, doch sie wagte es nicht, sie zu lesen. Stattdessen begnügte sie sich damit, die kunstvoll geschwungenen Zeichen zu betrachten. Lange starrte sie auf das Pergament, als hoffte sie, es würde gleich zu reden beginnen und ihr die Worte des großen Herrschers zuflüstern.

Schließlich legte sie das Schreiben auf den Tisch und trat ans Fenster.

Durch den Garten lief ein Mann, der ein Bündel Decken auf den Armen trug und Nasrin verspürte bei seinem Anblick ein grenzenloses, bis dahin unbekanntes Glücksgefühl in sich aufsteigen. Sie verehrte und liebte ihren Vater. Sie schloß Yasid fest in ihr Herz und sie mochte Jaida aufrichtig. Aber keines dieser Gefühle ließ sich damit vergleichen, was sie ihm – Bernhard – gegenüber spürte.

Sie sehnte sich danach, mit ihm zu reden, obwohl seine zornige Auseinandersetzung mit ihrem Vater sie mit Sorge erfüllte. Sie achtete ihn für seinen brennenden Glaubenseifer, trotzdem verstand sie nicht, warum er nicht den Islam annehmen und die Gesetze des Korans befolgen wollte, um frei zu sein. Warum fiel es ihm so schwer, fragte sie sich, wenn Muslime und Christen doch den gleichen Gott verehrten?

Sie beobachtete ihn noch kurz und beschloss dann, nochmals mit ihm darüber zu reden.

Der Garten lag verlassen und regungslos in der Nachmittagssonne. Nur die Springbrunnen murmelten ihr ewiges Lied, begleitet vom Gezwitscher der Vögel. Die unbarmherzige Hitze des Tages hat sich nicht nur über Bäume und Blumen gelegt, sondern sich auch hartnäckig im Hof eingenistet. Erst lange nach Sonnenuntergang würden die anderen Bewohner des *Bait* es wagen, hinauszugehen.

Bernhard schien Nasrin nicht zu bemerken. Er strebte ohne Umwege auf die Stallungen zu. Bevor er diese erreicht hat, blieb er jedoch stehen, warf das Bündel Decken auf den Boden und lief zu einem der Brunnen, die den *Bait* mit frischem Wasser versorgten. Es war die kühlste Quelle, denn sie lag, gut geschützt vor der Sonne, hinter einem steinernen Mauerwerk.

Nasrin folgte ihm leise, verwundert über sich selbst: Warum hat sie ihn nicht einfach zu sich gerufen? Als Tochter des Emirs hätte sie es tun können, hätte ihm Befehle erteilen können wie all den anderen Sklaven auch. Aber vielleicht lag es daran, dass er für sie kein gewöhnlicher Sklave mehr war. Er war nicht mehr nur ein Krieger aus einem fernen Land.

Unter einer Palme unweit des Brunnens blieb sie stehen und wünschte sich, der Schatten würde sie unsichtbar machen. Bernhard hat inzwischen das Hemd ausgezogen und übergoss seinen Oberkörper mit Wasser. Als er sich den nächsten Eimer über den Kopf leerte, prustete er erleichtert. Er wandte ihr den Rücken zu, um nochmals zu schöpfen und sie erschauderte: Sein Oberkörper glich einem zerfurchten Feld. Narben, die von Schlägen mit einem Stock, mit einem Eisen oder mit einer Peitsche herrührten und frische, grindige Wunden übersäten seine Haut. Auf seiner linken Schulter prangte triumphierend ein Brandmal: ein sichelförmiger Mond, das Zeichen des Islams. Er, ein Christ, würde ihn für immer tragen und auf ewig mit dem Symbol jenes Glauben gezeichnet sein, den er sich weigerte, anzunehmen.

Nasrin ertrug den Anblick nicht mehr und blickte beschämt zu Boden. Sie fragte sich, ob ihr Glaube genau so stark war. Besaß auch sie ein solches Vertrauen in ihren Gott? Als er den Eimer das dritte Mal in das Wasser des Brunnens eintauchte, trat sie aus dem Schatten der Palme heraus.

«Lässt dich die Hitze des Tages auch nicht ruhen?», fragte sie, bemüht, so zu wirken, als wäre sie zufällig hier vorbeigekommen.

Bernhard fuhr herum und richtete sich auf. Misstrauisch sah er sich um, sich vergewissernd, dass sie allein war. Doch wer würde um diese Zeit freiwillig die kühlen Räume des Palastes verlassen?

«Wie soll ich ruhen? Meine Arbeit wartet nicht! Und Jafar erst recht nicht!» Er griff nach dem Hemd, zog es eilig an und lehnte sich an den Brunnen.

Sie ging auf ihn zu, in den schützenden Schatten des Mauerwerks. Seine Blicke ließen nicht von ihr ab, verfolgten jede ihrer Bewegungen.

«Was wünscht Ihr?», fragte er und strich sich eine nasse Haarsträhne aus der Stirn.

Sie blickte auf das Bündel Decken, das achtlos im ausgedörrten Gras lag und ausweichend erwiderte sie: «Es scheint dir wieder besser zu gehen. Ich hoffe, deine gebrochene Rippe ist versorgt und heilt nun endlich.»Sie wies mit dem Kinn auf seine linke Seite.

Bernhard stimmte ihr zu. «Ja. Obwohl Euer Vater wütend auf mich ist, hat er einen *Hakim* geschickt. Und dieser meinte, ich würde ganz bestimmt den Tag erleben, an dem meine Rippe wieder zusammenwächst.»

Nasrin verzog die Lippen. Seine Stimme klang wieder kalt, spottend und verletzend.

«Mein Vater ist nicht wütend auf dich», erwiderte sie, obwohl sie wusste, dass es nicht die Wahrheit war. Ihr Vater war mehr als nur wütend, er war noch immer außer sich vor Zorn, wenn er über Bernhard sprach. Er war erbost über die Unverfrorenheit eines Ungläubigen, ihm zu widersprechen, mit ihm, einem *Hafis,* über Angelegenheiten des Glaubens zu streiten – und all das in Anwesenheit seiner Tochter. Er war erbost darüber, dass der Christ den wahren Glauben, der ihm ein neues, besseres Leben versprach, ablehnte und ihn, den Emir, verhöhnte.

«Er ist nicht wütend? Wie enttäuschend! Findet Ihr nicht?» In seinen Tonfall mischte sich neben Spott jetzt auch noch Bitterkeit.

«Allmächtiger Allah, du bist so undankbar! So selbstgerecht!» Nasrin wandte sich aufgebracht ab. Plötzlich bereute sie es, hierher gekommen zu sein.

Er hob den Kopf, schob das Kinn vor und trat einen Schritt auf sie zu. «Habt Ihr ‚undankbar' gesagt? Und ‚selbstgerecht'? Oder ist mein Arabisch noch immer so schlecht, dass ich Euch falsch verstanden habe?»

«Du hast mich verstanden, Bern'ard von Markward.» Sie sah zu ihm hoch und leise fügte sie hinzu: «Du hast kein Recht, meinen Vater zu beleidigen und seine Großmut und Geduld herauszufordern.»

«Ich habe kein Recht?» Er schüttelte unwillig den Kopf. «Vielleicht gehöre ich, Euren Gesetzen nach, Eurem Vater und er mag über mich verfügen, wie er will. Aber meine Gedanken, meine Gefühle und mein

Glaube – sie gehören nur mir! Mir allein! Wann werdet Ihr das endlich begreifen?»

Er scheint sich wirklich vor nichts mehr zu fürchten, dachte sie ungläubig und versuchte sich daran zu erinnern, was er ihr im Gefängnis anvertraut hat.

«Du sagtest, du hättest Angst vor dem Tod.»

«Ich sagte, ich hätte Angst davor, in der Zelle wahnsinnig zu werden», entgegnete er ungehalten und verschränkte die Arme vor der Brust. «Das habe ich gesagt. Und dass ich an meinem Leben hänge wie jeder andere auch. Und jetzt, glaube ich, ist es besser, wenn ich zu meiner Arbeit zurückkehre.»

Nasrin biss sich verlegen auf die Lippen. Manchmal schien es ihr, er hätte zwei Gesichter: Jenes verhasste Gesicht des überheblichen, streitlustigen Christen und jenes, in dem sie glaubte, sanfte, liebevolle Züge entdeckt zu haben. Und dieses zweite, weiche Gesicht kam immer öfters zum Vorschein.

«Ich bin nicht gekommen, um mit dir zu streiten. Ich bin gekommen, um mit dir zu reden», hielt Nasrin ihn zurück, als er sich nach den Decken bückte.

Bernhard hob die Augenbrauen. «Ihr seid Euch noch immer nicht bewusst, welche Folgen es für Euch und für mich haben könnte. Habt Ihr schon vergessen: Euren Vater habe ich scheinbar beleidigt und Euer Hauptmann würde mich auf der Stelle töten, wenn er könnte. Außerdem nähert sich der Krieg Eurer Stadt. In diesen Zeiten ist es gefährlich, einen Christen zu kennen.»

«Ich sage, es wird keine Folgen haben», entgegnete Nasrin verärgert. «Ich bin die Tochter des Emirs und du ein …» Sie stockte, wütend darüber, sich von ihm wieder zu unbedachten Worten hinreißen zu lassen.

«Warum sprecht Ihr nicht aus, was ich bin? Ein Sklave, ein *Kafir*, wolltet Ihr sagen. Oder ein Barbar», erwiderte er herausfordernd.

Sie schwieg, drehte mürrisch den Kopf zur Seite und starrte auf die Palme, die neben ihr aufragte.

«Wisst Ihr eigentlich, wie wunderschön Ihr aussieht, wenn Ihr wütend seid?», sagte er plötzlich und seine Stimme klang überraschend sanft.

Nasrin richtete ihren Blick noch immer hartnäckig auf die Palme, entschlossen, ihm nicht zuzuhören, seinen Worten keine Aufmerksamkeit zu schenken. Sie war nicht bereit, sich umstimmen zu lassen. Selbst wenn die Erde ihn verschlucken würde!

Bernhard trat näher. «Und jetzt seid Ihr sehr wütend.»

Sie schluckte. Die Palme war ihr Anker.

«Und ebenso schön!», fügte er hinzu und berührte ihr Kinn. Mit einem sanften Griff zwang er sie, ihn anzusehen. Sie ließ ihn gewähren und als sie wieder in seine Augen blickte, glaubte sie, in ihnen wie in einem geheimen Buch seines Lebens lesen zu können und in ihnen jenes Gefühl zu entdecken, das sie selbst in seiner Nähe immer wieder beschlich. Ein Gefühl, das immer stärker wurde. Möge Allah ihr doch beistehen und ihr helfen! Wie konnte der Allmächtige es zulassen, dass sie so für einen verfluchten Christen empfand?

Sie stutzte und genau so sanft, wie er sie berührt hat, entzog sie sich ihm. Verlegen zupfte sie den *Khimaar* tiefer in die Stirn. «Ich… ich…», begann sie stotternd. «Ich werde jetzt gehen!» Sie hatte sich bereits umgedreht, um davon zu eilen, blieb aber dennoch stehen, als sie wieder seine Stimme vernahm.

«Seit ich Euch kenne, wart Ihr mir ein Licht, das mir in den düsteren Stunden meines Lebens Hoffnung gab», sagte er leise. «Ich habe Euch nie gesagt, dass Ihr mich an jemanden erinnert, den ich vor langer Zeit kannte …»

Langsam wandte sie sich wieder um.

«Ja, ich empfand Euren Besuch im Kerker als töricht und gefährlich», fuhr er leise fort, «aber als die Tür hinter Euch verriegelt wurde und ich in der dunklen Einsamkeit zurückblieb, wünschte ich mir nichts sehnlicher, als dass Ihr zurückkehren würdet.»

Sie schüttelte kaum merklich den Kopf und bestürzt antwortete sie: «Das hättest du von mir nicht verlangen dürfen! In jener Nacht habe ich mir geschworen, nie mehr an jenen Ort zurückzukehren.»

«Nein, das hätte ich auch nicht verlangt! Ich hätte Euch ganz bestimmt wiederum als töricht, verrückt und dumm beschimpft, wenn Ihr es erneut gewagt hättet … Und trotzdem wünschte ich es mir!» Er stand jetzt dicht vor ihr und Nasrin roch ihn, spürte seine Nähe so stark, dass sie glaubte, gar sein Herz pochen zu hören. Das Gefühl sehnlichen Verlangens wurde drängender, aber gleichzeitig schmerzte es sie und machte sie trunken vor Glück. Verwirrt wich sie einen Schritt zurück.

«Ich habe mich danach gesehnt. Nach Euch.» Seine Stimme war nur noch ein Flüstern, als er seinen Gedanken zu Ende sprach.

Nasrins Herz flatterte. Eine ungewohnte Anspannung erfüllte sie und sie versuchte, seinen Blicken auszuweichen. Jene Gewitternacht im Garten fiel ihr ein, in der er sich vor Jamal versteckt hatte. Damals hatte er sie zum ersten Mal so angesehen.

Bernhards Augen flammten noch einmal auf, doch dann wich er einen Schritt zurück und griff entschlossen nach den Decken. «Verzeiht, ich muss jetzt gehen!», sagte er und sein Gesicht wurde genau so farblos wie seine Stimme.

Nasrin glaubte zu frieren, als sie seine Nähe nicht mehr fühlte. Plötzlich beschlich sie panische Angst, sie könnte ihn für immer verlieren, ihn nie mehr wiedersehen und hastig stieß sie hervor: «Im Kerker, bevor ich dich verließ, hast du noch etwas gesagt.»

Seine Miene hellte sich augenblicklich auf. «Ich habe mich von Euch verabschiedet.»

«Ich habe nicht verstanden, was du sagtest. Spricht man so in deiner Heimat? War es deine Sprache?»

«Nein, es war die Sprache des Herzens», entgegnete er warm. Er lächelte ein wenig wehmütig und seine Lippen formten nochmals die geheimnisvollen Worte: «*Con dure departie me convendra faire pour le meillour ki onques fust amee ne servie.*»

Nasrin sog sie gierig auf und obwohl sie diese noch immer nicht verstand, glaubte sie, ihren Sinn zu erahnen. Dieser wohlklingende Klang muss von Herzen kommen, so weich, voller Gefühl und voller Anmut ist er, dachte sie.

«Es ist französisch und heißt: ‚Welch schweren Abschied muss ich nehmen von der besten Dame, der ich je gedient habe'», erklärte Bernhard. «Aber es ist nicht nur die Sprache der Liebe, sondern auch die des Krieges. Sie wird von den meisten Rittern in meiner Heimat verstanden. Sie lernen sie auf den Schlachtfeldern.»

«Französisch!» Sie war beeindruckt. Ihr Vater, Yasid und auch sie selbst sprachen nur arabisch. Bernhard hingegen schien Fremdsprachen zu beherrschen so wie Suleyman den *Qu'ran* beherrschte. Was für ein Land war es, in dem die eigene Sprache nicht genügte?

«Also sprecht ihr alle französisch?», fragte sie neugierig.

«Nein. Mich lehrte es meine Mutter, sie war Normannin.» Er drückte das Bündel fester an sich und ein Schatten verdunkelte seine Augen. «Ich bitte um Vergebung», sagte er, «aber ich muss jetzt wirklich gehen!» Er verneigte sich flüchtig und lief eilig davon, ohne sie anzublicken.

Nasrin sah ihm nach und die Worte, die sie so lange zurückgehalten hatte, brachen aus ihr heraus: «Bern'ard, warum weichst du mir immer aus? Warum streitest du mit mir? Habe ich dir je etwas angetan, dir ein Leid zugefügt? Ich spüre, dass du böse, gar wütend auf mich bist und ich weiß nicht warum!»

Nun blieb er stehen und wandte sich langsam um. Endlich sah er sie an und Nasrin wurde bewusst, dass er noch nie so verletzlich wirkte.

«Nein, Ihr habt mir noch nie ein Leid zugefügt», begann er mit großem Ernst und schien einen einsamen Kampf mit sich selbst zu führen. «Ihr habt Euch immer wieder für mich eingesetzt, mich sogar zu schützen versucht, obwohl ich ein Christ bin und Ihr Euch vor mir fürchtet. Zunächst verstand ich nicht, warum. Aber jetzt verstehe ich es und ich weiß, wie gefährlich es ist! Es ist gefährlich, was Ihr empfindet!» Er presste die Lippen zusammen und es kostete ihn unendliche Mühe, weiterzusprechen: «Ihr scheint zu vergessen, dass auch ich Gefühle habe! Nasrin, ich bin ein Mann, der fühlt, der leidet. Und der liebt.»

Mit großen Augen starrte sie ihn an, unfähig, ihm darauf zu antworten. Sie war überrascht, erschrocken, betroffen und hat nicht mal bemerkt, dass er sie zum ersten Mal beim Namen nannte.

Er trat wieder näher und sein Schatten fiel auf sie. Nasrin schauderte, als er mit harter Stimme hinzufügte: «Bei Gott und allen guten Heiligen, ich bitte Euch, mich nicht zu sehr auf die Probe zu stellen. Ihr seid eine muslimische Frau, das solltet weder Ihr noch ich je vergessen. Daher beschwöre ich Euch, mich nicht mehr aufzusuchen. Es ist eine gefährliche Zeit und das Unglück ein häufiger Gast. Und es spielt keine Rolle, wen es trifft, ob Euch oder mich! Es wird für uns beide schlimm enden.»

Er ergriff Nasrins Hand und hielt sie fest umklammert. Seine Berührung brannte wie Feuer, trotzdem hoffte sie, er würde sie nie mehr loslassen. Sie hob die Augen, deren Ausdruck freudig und elend zugleich war und wünschte sich, den Mut aufzubringen, ihm zu sagen, sie wolle all das auf sich nehmen. Doch bevor sie überhaupt etwas entgegnen konnte, ließ sein Griff nach. Wortlos wandte er sich ab und verließ sie.

Wie versteinert blieb sie am Brunnen stehen, allein mit ihren Gedanken, allein mit seiner unheilvollen Prophezeiung. Sie schwankte zwischen Traurigkeit und Freude – Traurigkeit über ihr unabwendbares Schicksal, das sie für immer an Jamals Seite fesselte, Freude darüber, dass Bernhard für sie das Gleiche empfand wie sie für ihn.

Nun verstand sie ihn. Sein barsches Verhalten, seine Streitlust – sie waren nichts weiter als ein verzweifelter Versuch zu widerstehen. Eine Flucht vor dem Gefühl, das ihnen beiden Furcht einjagte. Eine Flucht vor der Liebe. Vor einer Liebe, die wie eine Blume in ihrem Garten herangewachsen war, die aber niemals blühen durfte.

Denn sie war eine gefährliche, Unheil bringende Liebe.

21

Am Freitag vor dem *Salât ul Dschum'a* trafen sich Suleyman und Hassan im großen Hofgarten des Hauses. Sie wollten zusammen mit Yasid die große Umayyaden – Moschee aufsuchen und am Gebet teilnehmen.

Während sie sich, auf Brokatkissen sitzend, unterhielten, war Nasrin damit beschäftigt, ihnen Erfrischung zu bringen. Die Vorhänge des *Talar* bewegten sich sanft im Wind, als sie, mit dem Tablett in den Händen, den Garten betrat und gerade noch einem Stein auswich, der sich aus der Pflasterung gelöst hat.

Ihre Stiefmutter hat sich heute nicht wohlgefühlt und so war Nasrin, zusammen mit Salma, die ganze Zeit damit beschäftigt gewesen, die Dienerschaft zu beaufsichtigen. Eine Aufgabe, die sie überhaupt nicht mochte, denn sie spürte, dass die Diener sie nicht ernst nahmen und ihr nur widerstrebend gehorchten. So wie Fatimah, die sie den ganzen Tag noch nicht gesehen hat: weder morgens im Badehaus noch tagsüber in der Küche. Als sie eine Magd nach ihr fragte, zuckte diese nur ahnungslos mit den Schultern. Niemand wusste, wo Fatimah war, nur manchmal glaubte die Emirtochter, ihr Kichern in den Gängen des Palastes zu vernehmen.

Gerade als Nasrin die Getränke vor den Männern abstellte, wandte sich Yasid fragend an Hassan: «Onkel, sag, was ist Licht?»

Der *Alim* kraulte nachdenklich den Bart. «Nun, das ist eine interessante, aber auch eine sehr schwierige Frage. Ist Licht logisch betrachtet einfach nur Licht?», überlegte er laut. «Oder ist Licht die Abwesenheit von Finsternis? Darüber haben sich schon viele Gelehrte den Kopf zerbrochen.»

«Und was ist Dunkelheit?» Yasid war mit der Antwort nicht zufrieden.

Hassan nickte eifrig, als er entgegnete: «Dunkelheit ist die Abwesenheit von Licht! Ja, genau! Ich glaube, Dunkelheit ist die Abwesenheit von Licht.»

Suleyman beobachtete voller Stolz seinen Sohn. Für sein Alter machte sich Yasid ungewohnt viele Gedanken über die Erscheinungen der Natur. Sein Wissensdurst schien unstillbar geworden zu sein, seit ihn ein Astrologe in das Wesen der Gestirne und in ihre Deutung eingewiesen hatte.

«Licht ist einfach Licht», entschied der Emir, «und Dunkelheit ist einfach Dunkelheit!»

Nasrin hat sich inzwischen etwas abseits hingesetzt und lauschte aufmerksam der Unterhaltung der Männer. Auch sie war wissbegierig. Auch sie wollte Neues erfahren und hoffte, ihr Vater ließe sich nicht von seinem Bruder beeinflussen. Denn Hassan war überzeugt, dass Wissen nichts für Frauen sei. Sie könnten es weder erfassen noch verstehen und es würde sie nur belasten. Vielleicht gar krank machen! Glücklicherweise wusste er nichts von den Schachpartien, die sie mit Suleyman gespielt hat! Und von ihren Erfolgen! Denn er glaubte auch nicht, dass Frauen strategisch denken konnten.

Nasrin schmunzelte heimlich. Die Hartnäckigkeit, mit der Yasid seine Fragen stellte, amüsierte sie.

«Aber warum ist Licht weiß und Dunkelheit schwarz?», fragte er stirnrunzelnd.

«Licht hat keine Farbe, also ist es auch nicht weiß! Licht ist hell und Dunkelheit ist dunkel!», erklärte Hassan bestimmt und hörte auf, den Bart zu kraulen.

Nasrin blickte verärgert zu Boden. Sie musste sich beherrschen, um ihrem Onkel nicht zu widersprechen. Ganz bestimmt würde er sie sofort wegschicken.

Was würden die Männer nach dem *Salât* wohl tun?, überlegte sie wehmütig. Vielleicht nach dem Gebet in den *Suq* gehen oder in ein *Hammam*, ein Badehaus, um dort weitere theologische und philosophische Fragen zu erörtern – allein unter sich?

«Von einem arabischen Gelehrten habe ich gehört, Licht wäre nicht weiß, sondern es hätte so viele Farben wie der Regenbogen. Unsere Augen gaukeln uns vor, es wäre weiß!», wandte ihr Vater ein.

«Wenn es so ist, weshalb sehen wir all diese Farben nicht?», hakte Yasid ungeduldig nach.

«Weil unsere Augen sie nicht unterscheiden können. Für unsere Augen ist Licht einfach weiß. In Wahrheit aber ist es so bunt wie ein Regenbogen an Allahs Himmel.»

«Ach was!» Hassan winkte mit der Hand, als wolle er die Worte des

Emirs wie Rauch wegwedeln. «Nicht jeder, der einen Bart trägt, ist ein Philosoph! Oder gar ein Gelehrter! Und erst recht nicht, wenn er solch seltsame Theorien aufstellt! So einen Unsinn habe ich mein ganzes Leben lang noch nie gehört! Licht ist die Abwesenheit von Dunkelheit und nichts anderes!»

Suleyman hob zweifelnd die Augenbrauen. «Nun, so dachte ich lange auch. Doch erkläre mir, weshalb Licht, das durch einen Springbrunnen scheint, bunt schimmert? Woher stammen die Farben? Wie entsteht ein Regenbogen, den uns Allah manchmal schenkt, damit wir uns an seiner Pracht erfreuen?»

«Weil …» Hassan räusperte sich und suchte nach einer Antwort. «Licht ist so, wie Allah es geschaffen hat und er malt uns den Regenbogen, damit wir die Schönheit seiner Schöpfung und seiner Welt sehen können», entgegnete er schließlich. «Wir fragen doch auch nicht, wie Allah aussieht oder welche Hautfarbe er hat! Er ist einfach da, genau so wie das Licht und die Finsternis! Allah ist Allah und er ist mächtig und schenkt uns beide: das Licht und die Dunkelheit!»

«Allah ist groß!» Suleyman verneigte sich und schob sich ein Kissen unter. «Er hat den Menschen aus Erde, nicht aus Luft erschaffen. Woraus hat er das Licht erschaffen, wenn nicht vielleicht aus den Farben, welche uns die Erde schenkt?»

Diesmal schwieg Hassan und Yasid spitzte die Lippen und grinste verschmitzt. Nur selten hat er seinen Onkel so erlebt: schweigsam und um eine Antwort verlegen. Auch Sulyeman schien die ungewohnte Ratlosigkeit seines Bruders zu genießen und geduldig wartete er auf eine Erklärung.

«Nun, auch das ist wiederum eine interessante, wenngleich noch schwierigere Frage», begann Hassan zögernd. «Sie kann nicht einfach so beantwortet werden und wir sollten uns viel Zeit nehmen, um …»

«Hassan», unterbrach ihn Suleyman und winkte lachend ab, «lass gut sein! Das *Salât ul Dschum'a* erwartet uns und wenn wir uns jetzt den Kopf über eine Antwort zerbrechen, werden wir zu spät kommen!»

Nasrin erhob sich enttäuscht. So gerne hätte sie ihnen noch länger zugehört. So gerne hätte sie erfahren, ob die Sterne am Himmel wirklich nur Laternen sind, die Allah aufgehängt hat, um den Menschen nachts den Weg zu weisen. Oder verbarg sich hinter ihrem Licht doch noch etwas anderes, etwas Unvorstellbares? Sie wollte wissen, warum Wasser durchsichtig war. Und warum die Sonne nicht jeden Tag gleich schien.

Warum wanderte sie im Laufe eines Jahres wie trunken über den Himmel? Die Sonne drehte sich um die Erde. Oder tat sie es vielleicht doch nicht? Es gab so viele Fragen, auf welche nicht mal die Gelehrten eine Antwort wussten. Nur Allah selbst kannte den Ursprung aller Dinge und alle Geheimnisse des Lebens!

«Nasrin. Nasrin?» Hassans Stimme riss sie aus den Gedanken. «Dein Mann wird nicht glücklich sein, wenn du ihm so dienst wie uns!»

Sie schaute ihren Onkel verständnislos an und erst jetzt fiel ihr auf, dass sie vergessen hat, ihnen eine Erfrischung anzubieten.

«Entschuldige», lächelte sie und reichte ihm einen Becher.

«Und ich?», fragte Yasid herausfordernd.

Bediene dich doch selbst, wenn du durstig bist! Du bist ja alt genug!, wollte sie aufgebracht antworten, doch sie biss sich auf die Zunge. Warum wohl ist es für alle Männer so selbstverständlich, dass eine Frau sie bedient?, überlegte sie und füllte grollend noch einen Becher. Sie hielt ihn Yasid hin und als er zugreifen wollte, zog sie das Gefäß wieder zurück, so dass ihr Bruder beinahe vom Kissen fiel. Erst als Hassans strenger Blick sie traf, überreichte sie ihn Yasid und er nahm ihn mit einem triumphierenden Lächeln entgegen. Wie sie ihn dafür hasste!

«Ich rate dir, deinem Mann gegenüber nicht so aufsässig zu sein, Nichte. Jamal wird es nicht mögen, wenn du ihn so behandelst wie deinen Bruder!», bemerkte ihr Onkel.

«Sie ist ein gutes Kind», verteidigte Suleyman seine Tochter. «Das war doch nichts weiter als ein kleiner Scherz unter Geschwistern.»

«Ich hoffe, Jamal besitzt genügend Diener und Sklaven, die diese Pflichten übernehmen.» Hassan gab sich unversöhnlich und auch Yasid schmollte.

«Es ist keine Pflicht», entgegnete Nasrin nachsichtig. «Auch Vater hat genügend Dienstboten. Aber ich tue es gerne – für ihn und auch für dich, Onkel.»

«Und für Jamal? Wirst du es auch für Jamal tun?» Hassan sah sie prüfend an. «Deinem Mann gegenüber wirst du doch diese Pflicht auch gerne erfüllen, nicht wahr?»

«Noch ist er nicht mein Mann», erwiderte Nasrin leise und nestelte unsicher am Saum ihres *Khimaar*. Eine Grille hüpfte vorwitzig zirpend über den Teppich, als ob sie die Emirtochter warnen möchte.

Suleyman beugte sich vor. «Jamal wird dein Mann werden, daher solltest du ihm die gleiche Achtung entgegenbringen wie mir und deinem

Onkel. Er wird gut zu dir sein, er wird gut für dich sorgen und er wird dich lieben. Dafür verdient er doch deine Ehrerbietung? Oder willst du ihn vielleicht gar nicht heiraten?» Er hielt nachdenklich inne, als würde er Nasrins Zweifel und ihre Abneigung dem Hauptmann gegenüber erahnen.

Sie schwieg und erst als ihr Vater besorgt die Frage wiederholte, rang sie sich zu einer Antwort durch. «Ich weiß, es sind dein Wille und dein Wunsch, also werde ich ihn heiraten», sagte sie, obwohl ihr Herz schrie: «Nein, ich will nicht seine Frau werden! Jeder andere, jeder, selbst ein einfacher Bauer, gar ein gemeiner Sklave ist mir recht! Aber nicht Jamal!»

«Es ist lobenswert, dass du deinem Vater gehorchst», mischte sich Hassan ein. «Durch eure Heirat werden die alten Kalifenhäuser al-Dir und al-Aziz vereint. Und du wirst es ganz bestimmt lernen, deinen Mann nicht nur zu achten, sondern ihn auch zu lieben. Alle Frauen lernen es!»

Suleyman neigte den Kopf zur Seite und lächelte sie an. «Allah hat die Ehe für seine Kinder geschaffen und er sieht es mit Wohlwollen, wenn man sie eingeht. Du musst dich nicht fürchten. Wenn du erst einmal verheiratet bist und dich in Jamals Haus eingewöhnt hast, wird es dir dort bald gefallen, glaube mir. Du wirst die Herrin sein und über seine Dienerschaft befehlen.»

Nur zu welchem Preis? Und welche Opfer werde ich bringen müssen?, dachte sie bedrückt und Bernhard fiel ihr wieder ein. Sein Mut, zu widersprechen. Ihre Mundwinkel zitterten, als sie versuchte, zu lächeln. Sie wusste: Es wird nicht leicht sein, mit Jamal zu leben.

Hassan klatschte in die Hände und sie erschrak.

«Wir sollten bald aufbrechen, um nicht zu spät zu kommen!», rief er ungeduldig.

Yasid erhob sich rasch und seine Augen strahlten vor Freude. «Und nach dem Gebet? Besuchen wir noch den Bazar?»

Nasrin nahm neidisch das Leuchten in seinem Gesicht wahr. Wie gerne wäre sie mitgekommen! Warum durfte sie nicht überall hin? Warum durfte sie nicht all das tun, was ihr gefiel?

«Wir werden sehen, wir werden sehen», beruhigte ihn Suleyman. «Vielleicht werden wir auch den *Hammam* aufsuchen oder vielleicht …»

Noch bevor er zu Ende sprechen konnte, ertönten eilige Schritte und eine aufgeregte Stimme war zu hören. Die Anwesenden sahen verwundert auf: Ein Diener hastete auf sie zu, gefolgt von einigen Soldaten der Stadtwache.

«*Hazrat*, verzeiht, ich habe versucht, sie aufzuhalten, aber ...» Er verneigte sich mit entsetzter Miene vor dem Emir und verstummte, als die Soldaten ihn eingeholt haben und sich mit ernsten Gesichtern neben ihm aufstellten.

Nasrin schoss bei ihrem Anblick ein Gedanke durch den Kopf, dessen sie sich schämte und ihn trotzdem vergebens zu unterdrücken versuchte: Die Wachen brachten die Nachricht von Jamals Tod. Er ist heldenhaft vor Akkon gefallen.

Suleyman erhob sich langsam und sah die unerwarteten Gäste erstaunt und empört an. Es war ein Frevel, das Haus eines Emirs unangemeldet zu betreten und noch schlimmer war es, in den inneren Bereich des *Bait* vorzudringen, der nur für die Familienangehörigen und die Dienerschaft bestimmt war. Was also hatte ihr Erscheinen zu bedeuten? Was war so wichtig, dass diese Männer alle Regeln brachen, obwohl sie wussten, er konnte sie hart bestrafen lassen?

Hassan stand ebenfalls auf und musterte die Soldaten finster, während Nasrin Yasid umarmte, als müsse sie den Jungen beschützen.

Der Soldat, der die prächtigste Rüstung trug, trat einen Schritt vor, verneigte sich tief und als er sich wieder aufrichtete, legte er die linke Hand auf den Schaft seines Krummschwertes.

«Mein Name ist Riyad Ibn Abu Baha'uddin», sagte er. «Ich bin der Stellvertreter von Hauptmann Jamal al-Aziz und ich habe...» Er stockte einen Moment und es fiel ihm sichtlich schwer, den Grund seines Erscheinens zu nennen. «Emir, ich habe den Befehl, Euch zu verhaften!»

Nasrin schien es, die Welt wäre stehen geblieben, als hätte Allah die Zeit angehalten. Sie und Yasid sahen sich erschüttert an und auch über die Gesichter ihres Vaters und ihres Onkels legte sich Entsetzen.

Hassan fasste sich als Erster. «Den Emir verhaften?», fragte er ungläubig. Doch als er einen Schritt vortrat, griffen die Soldaten nach ihren Säbeln und ein metallisches Geräusch war zu hören, als die Klingen aus den Scheiden gezogen wurden. Nur Riyad rührte sich nicht. Unbeeindruckt blickte er Suleyman an.

Der Emir berührte besänftigend Hassans Arm. «Ihr sollt was?»

Riyad straffte die Schultern. «Ich soll Euch, im Namen von El-Afdal, verhaften!»

«Und wessen klagt Ihr meinen Bruder an?» Hassan stellte sich vor den Soldaten.

«Des Hochverrats!», stieß Riyad hervor.

Yasid riss entsetzt Mund und Augen auf. Nasrin erstarrte.

«Des Hochverrats?» Suleyman rang fassungslos nach Luft.

«Ja, des Hochverrats!», wiederholte Riyad entschlossen.

«Wie könnt Ihr es wagen, den Emir zu verhaften? Dafür sollte man Eure Gedärme den Geiern zum Fraß vorwerfen!», rief Hassan mit lauter Stimme. «Er ist der Sohn Masud Talibs, Emir aus dem Hause der al-Dir und Allahs treuer Diener. In seinen wie in meinen Adern fließt das Blut der ersten Kalifen Mohammeds!»

«Wer schickt euch? Wer hat euch befohlen, mich zu verhaften?», unterbrach ihn Suleyman und eine dunkle Vorahnung beschlich ihn. «Schickt euch wirklich El-Afdal? Oder vielleicht Bassam Kadin?»

Nasrin wurde plötzlich klar, was er meinte. Bilder schossen ihr durch den Kopf. Sie sah das abgemagerte Gesicht des Wesirs vor sich, hörte seine drohende Stimme und erinnerte sich an den Streit zwischen ihm und ihrem Vater.

«Emir, ich führe nur Befehle aus!», erwiderte Riyad ausweichend.

«Und ich habe nur gefragt, wer dir diesen Befehl erteilt hat!», rief Suleyman noch lauter. «Antworte mir! War es El-Afdal oder Bassam Kadin?»

Riyad blickte den Emir an. «Es war Bassam Kadin», sagte er. «Wir sind auf Geheiß des Wesirs hier!»

Nasrin war wie betäubt. Sie fühlte, wie Yasid zu zittern begann und drückte ihn noch fester an sich, als die Soldaten näher kamen.

Suleyman schürzte die Lippen und ein bitteres Lächeln huschte über sein Gesicht. «Ich habe es geahnt!», stellte er nüchtern fest. «Ich wusste, irgendwann wird er mir gefährlich werden. Jetzt ist es so weit. Er schickt die Wachen in mein Haus – vor dem Freitagsgebet. Er lässt mich vor den Augen meiner Kinder verhaften. Der Wesir hat keine Skrupel.»

«Aber ihr könnt nicht einfach so einen Emir abführen!», protestierte Hassan, doch der zurechtweisende Blick seines Bruders brachte ihn zum Schweigen und betroffen trat er einen Schritt zurück.

«Wie lauten deine weiteren Befehle?», erkundigte sich Suleyman.

Riyad zögerte einen Augenblick. «Wir sollen Euch zur Zitadelle geleiten, Emir.»

Nasrin erfasste ein kalter Schauer und sie glaubte, den unerträglichen Gestank in den Gängen des Kerkers zu riechen. Würde ihr Vater in eines jener Verliese gebracht werden, genauso wie damals Bernhard? Erinnerungen übermannten sie und vor Aufregung und Sorge hatte sie nicht bemerkt, dass ihr *Khimaar* heruntergerutscht war.

Suleyman sah sich um und als sein Blick sie streifte, schenkte er ihr ein Lächeln, so, als wolle er ihr versichern: Alles wird wieder gut werden, dieses Missverständnis wird sich aufklären. Sie hätte es gern geglaubt, doch irgendetwas sagte ihr, dass nichts mehr gut werden würde. Nichts mehr! Und dieser Gedanke ließ sie frieren.

Hassan wollte erneut seine Einwände vorbringen. «Der Emir ist unschuldig», begann er, doch Suleyman ließ ihn nicht ausreden.

«Kümmere dich um die Angelegenheiten meines Hauses, Bruder, solange ich nicht da bin», unterbrach er ihn besänftigend. «Und achte auf meine Familie. Ich übertrage dir sämtliche Befugnisse über dieses Haus und seine Dienerschaft! Du bist jetzt der Herr!»

Hassan nickte betreten. «Sei meiner gewiss. Ich werde alles dir zu Ehren ausführen. Und ich werde den Sultan über diese Beleidigung unterrichten!»

Der Emir legte die Hand auf seine Schulter, dann wandte er sich den Soldaten zu: «Ist noch Zeit für das Gebet in der *Masdschid*?»

Riyad dachte nach. Suleyman war ein gottgefälliger Muslim und bekannt für seine Frömmigkeit. Dem Hauptmann fiel es schwer, ihm, einem Gläubigen, eine solche Bitte abzuschlagen. Hilfe suchend sah er sich um, doch seine Männer standen nur schweigend da und warteten auf weitere Befehle. Er schluckte leer und erwiderte: «Vergebt mir, Emir, ich kann Euch nicht erlauben, in die *Masdschid* zu gehen. Wenn Ihr aber das *Salât ul Dschum'a* nicht versäumen wollt, rate ich Euch, hier in Eurem Hause zu beten.»

Nasrin musterte Riyad erstaunt. Er war jung. Jünger als Jamal und es war offensichtlich, dass ihm die Rolle des Hauptmanns nicht behagte. Aber er war Soldat. Er hatte zu gehorchen und Befehle auszuführen, auch wenn er diese mit seinem Gewissen nicht vereinbaren konnte.

Suleyman wog einen Augenblick ab, ob er Riyads Angebot annehmen sollte. «Wenn man mir gar verbietet, die Moschee aufzusuchen, um mein Freitagsgebet abzuhalten, dann ist die Lage wirklich ernst», sagte er schließlich. «Ich weiß, du darfst den Befehl des Wesirs nicht missachten und ich will nicht, dass du in Bedrängnis gerätst. Dieser Kampf betrifft nur mich und Bassam Kadin. Ich glaube, wenn wir jetzt aufbrechen, werde ich in der Zitadelle beten können.»

Der Hauptmann atmete erleichtert auf.

Die Soldaten traten nun näher und nahmen den Emir in ihre Mitte. Er ließ seinen Blick sehnsüchtig durch den Garten wandern, als ob er für immer Abschied nehmen würde. Das Licht war weich geworden, die Luft dunstig.

«Gehen wir», sagte er.

Doch bevor sich die traurige Prozession in Bewegung setzen konnte, riss sich Yasid von Nasrin los und rannte auf seinen Vater zu.

Blitzschnell richteten die Soldaten ihre Säbel auf den Jungen. Er erstarrte, als er die glänzenden Klingen bemerkte. Nasrin hielt sich entsetzt die Hand vor den Mund.

«Bei Allah! Haltet ein, er ist noch ein Kind!», rief Suleyman und seine Arme schnellten in die Höhe. «Wollt ihr jetzt etwa auch noch meinen Sohn verhaften?»

Der Hauptmann schüttelte verunsichert den Kopf und mit einer Handbewegung wies er seine Männer an, die Säbel wieder einzustecken.

Suleyman kauerte nieder, breitete die Arme aus, umarmte seinen weinenden Sohn und flüsterte ihm etwas zu. Nasrins Herz blutete. Langsam, wie einem unheilvollen Ruf folgend, ging auch sie auf ihren Vater zu.

Suleyman streichelte Yasids Haar und schluchzend presste sich der Junge an ihn. Der Emir umklammerte seine schmächtigen Schultern und sah ihn beschwörend an. Noch immer redete er ihm zu.

Nasrin blieb stehen. Es wäre schändlich gewesen, Vater und Sohn zu belauschen und noch schändlicher, ihren Abschied zu stören. Endlich nickte Yasid und mit gesenktem Kopf lief er zu Hassan. Der Emir erhob sich und streckte die Arme Nasrin entgegen.

«Kommt jetzt!», drängte Riyad und sah sich besorgt um.

Suleyman nickte und Nasrin schloss die Augen, als er sie umarmte. «Tochter, ich bin bald wieder bei euch», versicherte er ihr leise. «Kümmere dich um deinen Bruder, er braucht dich jetzt mehr denn je!»Dann ließ er sie los.

Sie sah ihm nach, wie er, umzingelt von den Wachen, erhobenen Hauptes und würdevoll davonschritt, ohne sich nochmals umzudrehen.

Einige Diener waren in den Garten geströmt, um dieses ungeheuerliche Schauspiel von nah zu verfolgen. Frauen mit aufgerissenen Mündern, entsetzten Blicken und vor Schreck geweiteten Augen standen da – unter ihnen entdeckte sie auch Fatimah.

Hassan legte schützend seinen Arm um Nasrin und für einen Moment glaubte sie sich wieder in der Umarmung ihres Vaters. Doch der Emir und die Stadtwachen erreichten bereits die Pforte und entschwanden ihren Blicken.

22

Selbst das prächtige Farbenspiel und das kunstvolle Muster des Teppichs, an dem Nasrin schon seit Monaten knüpfte, vermochten sie nicht zu beruhigen. Das eingeknüpfte Motiv des *Mihrabs* wuchs zwar unter ihren geschickten Fingern, in den Ornamenten, die den Rand des Teppichs zierten, breiteten zarte Blüten ihre Ranken aus, aber all das verscheuchte ihre trüben Gedanken nicht. Sie zogen endlose Kreise, kamen nirgendwo an, fanden keinen Ausweg.

Nasrin band die Knoten regelmäßig, einen nach dem anderen, immer in dem gleichen Rhythmus, hoffend, die Arbeit würde sie all die schrecklichen Erlebnisse der letzten Tage, mindestens für einige Stunden vergessen lassen. Doch dem war nicht so. Sie wurde immer rastloser.

Seufzend blickte sie auf und sah in die Ecke, wo Fatimah schweigend und ungewöhnlich betrübt an einem Kleid nähte. Wie die meisten Diener und Sklaven im *Bait* fürchtete auch sie sich vor der Zukunft, die nun wie ein Damoklesschwert über der Familie al-Dir schwebte. Alle Bewohner nahmen Anteil am Schicksal des Emirs, doch auch sie konnten ihm nicht wirklich helfen und so versuchten sie, so gut es ging, den täglichen Beschäftigungen nachzugehen.

Seit Suleymans Verhaftung waren bereits zwei Tage vergangen, doch niemand wusste, wie es ihm ging und was nun mit ihm geschah. Hassan hatte versucht, ihn zu besuchen, doch man gewährte ihm keinen Einlass in die Zitadelle. Und so überlegte Nasrin, ihren Vater heimlich zu treffen, obwohl sie es sich geschworen hat, die Festung nie wieder aufzusuchen. Aber ihr wurde rasch bewusst, dass ein zweiter Versuch, in den Kerker einzudringen, scheitern würde. Ein angeblicher Verräter, dazu noch ein Emir, wurde sicher strenger bewacht als jeder andere Gefangene und seit Jamal herausgefunden hat, dass die Wachen Nasrin erlaubt hatten, Bernhard zu sehen, waren diese ganz bestimmt vorsichtiger geworden.

Auch die Bewohner des Hauses al-Dir mussten vorsichtig sein. Es war eine schlechte Zeit für die Wahrheit und die Ereignisse vor Akkon überschlugen sich.

Hassan versuchte alles, um die ungeheuerliche Anschuldigung, die man gegen Suleyman ausgesprochen hatte, zu widerlegen. Er hat sogar den obersten *Qadi* von Damaskus aufgesucht, doch dieser teilte Bassam

Kadins Meinung: Über Schuld oder Unschuld des Emirs müsse das Gericht entscheiden.

Obwohl sich Hassan auf Allahs Großmut und dessen Allwissenheit berief und eifrig beteuerte, der Emir sei ein treu ergebener Diener des Sultans, konnte er den *Qadi* nicht überzeugen. Der Versuch, Bassam Kadin zu sprechen, war genau so erfolglos. Verbittert kehrte er in den Palast zurück und setzte ein Schreiben an Salah ad-Din auf. Ein Bote sollte es dem Sultan überbringen und Hassan hoffte inbrünstig, dass dieser Akkon unbehelligt und möglichst schnell erreichen würde.

Nasrin durchschnitt den roten Faden, den sie soeben geknüpft hat und arbeitete mit einem blauen weiter. Sie versuchte, ihre Gedanken zu ordnen. So sehr sie sich auch um ihren Vater und um das Ansehen des ehrwürdigen Hauses al-Dir sorgte, konnte sie es nicht verhindern, immer wieder auch an einen anderen Mann zu denken: an Bernhard.

Sie hatte versucht, sein Bild zu verdrängen, war seinem Rat gefolgt, ihn nicht mehr aufzusuchen. Und doch waren die Erinnerungen an ihr letztes Gespräch lebendiger und erbarmungsloser, ihre Gefühle stärker als je zuvor.

Es gab Tage, da wünschte sie sich, er würde den Palast verlassen, damit sie ihm nie mehr begegnen müsste. Doch dann wieder beschlich sie Angst um ihn. Sie machte sich Sorgen, wenn verwirrende und zweifelhafte Neuigkeiten über Akkon zu ihr drangen.

Aus dem Garten wehte ein sanfter Wind. Er streichelte Nasrins Wangen und für einen Augenblick, kürzer als ein Herzschlag, hatte sie das Gefühl, alles wäre wieder gut wie damals, bevor das wohlgesinnte *Kismet* sie alle verließ.

Als sie schleppende Schritte vernahm, blickte sie auf.

Es war Jaida. Mit verweinten Augen, hängenden Schultern und mit gebeugtem Rücken betrat sie den großen Wohnraum im Haus der Frauen und setzte sich schwerfällig auf die Kissen. Sie sah alt und unglücklich aus. Seit der Verhaftung des Emirs schien sie kaum mehr geschlafen zu haben.

Sie schluchzte. «Hassan hat immer noch nichts erfahren! Warum bloß hat der barmherzige Allah seine Augen von dem Haus al-Dir abgewandt?» Nasrin hielt inne und suchte nach Worten des Trostes, doch sie fand keine. «Jaida, sobald Salah ad-Din erfahren hat, was geschehen ist, schickt er seine Boten und alles wird sich aufklären!», versuchte sie ihre Stiefmutter zu beruhigen.

«Und wenn er es zu spät erfährt? Oder überhaupt nicht? Was dann? Es ist ein weiter und gefährlicher Weg bis Akkon …» Jaida brach ab und Tränen glitzerten in ihren Augen. Nasrin war beklommen zumute. Sie wusste, dass Jaida sich fürchtete und sich immer wieder fragte, ob sie nun nach Medina aufbrechen sollte, wo ihre Familie lebte und ihr Vater ihr beistehen würde, bis dieses Unglück überstanden war.

Nasrin umarmte sie. «Vater ist ein *Hafis*, ein Gelehrter, ein Bewahrer des Glaubens. Niemand wird es wagen, ihn zu richten. Selbst Bassam Kadin nicht.»

«Aber Bassam Kadin hat es gewagt, ihn verhaften zu lassen!», entgegnete Jaida weinerlich und trotzig zugleich. «Allah möge ihn dafür strafen!»

Die Hölle ist ihm dafür gewiss, dachte Nasrin und nickte grimmig.

«Was soll nun aus uns werden? Was soll aus dir werden, wenn dein Vater wirklich …» Jaidas Schluchzen verstummte, als Nasrin sie drohend ansah. Auch Fatimah zuckte erschrocken zusammen, als die Emirtochter erwiderte: «Hör auf! Das darfst du nicht einmal denken! Vater wird bald wieder bei uns sein, er hat es mir versprochen!»

»Hassan erzählte mir etwas anderes! Der *Qadi* hat bereits mit der Verhandlung begonnen.» Jaida begann nun hemmungslos zu weinen und Nasrin gefror das Blut in den Adern. Sie spürte, wie die Furcht, die sie eben noch besiegt zu haben glaubte, wieder von ihr Besitz nahm und wuchs. Bei Allah, Bassam Kadin hatte es wirklich eilig, eine Verurteilung Suleymans zu erreichen, ohne die Ankunft El-Afdals abzuwarten.

Jaidas Stimme zitterte, wurde immer leiser, glich einer Flamme, die drohte, bald zu erlöschen, als sie sagte: «Der Krieg gegen den Löwenherz – möge Allah ihn und alle Christen vernichten – ließ den *Qadi* unbarmherzig werden. Er duldet keine Feinde im Inneren seines Reiches. Er wird nicht auf El-Afdal warten, da der Wesir Recht und Gesetz in Damaskus wahren muss!»

Nasrin ließ das Knüpfmesser fallen und starrte Jaida ungläubig an. «Seit wann weißt du das?»

«Hassan hat heute Morgen erneut versucht, mit Suleyman zu reden. Wieder wurde es ihm verboten und als er nach dem Grund fragte, hatte man ihm gedroht, auch ihn zu verhaften!»

«Was?» Nasrin sah sie ungläubig an. Wie weit würde Bassam Kadin noch gehen? Würde er es tatsächlich wagen, den Emir zu verurteilen? Was hatte er wirklich vor? «Vielleicht sollte Hassan zu Riyad Ibn Abu

Baha'uddin gehen! Er ist Hauptmann und er vertritt Jamal!», schlug sie vor und zum ersten Mal wünschte sie sich, ihr zukünftiger Gemahl wäre jetzt da, um ihnen zu helfen. Jetzt würde er beweisen können, dass er der Ehreerbietung seiner Braut und des Wohlwollens des Emirs wert war.

«Riyad», Jaida atmete tief durch und wusch sich eine Träne von der Wange, «Riyad ist nicht mehr Hauptmann der Stadtwache! Bassam Kadin hat ihn durch einen anderen ersetzt! Durch jemand, der ihm treu ergeben ist!»

Erschrocken riss Nasrin die Augen auf. Der Wesir schien nichts dem Zufall zu überlassen. Nun befahl er auch über die Stadtwachen und besaß die uneingeschränkte Macht in Damaskus. Salah ad-Din war vor Akkon, El-Afdal in Aleppo und der Emir im Gefängnis. Ihr lief es eiskalt über den Rücken, als sie sich an den Streit zwischen Bassam Kadin und ihrem Vater erinnerte.

«Ich werde Bassam Kadin aufsuchen», entschied sie mit fester Stimme.

«Wie stellst du dir das vor?»Jaida unterdrückte ein erneutes Schluchzen. «Bassam Kadin hatte nicht einmal deinen Onkel vorgelassen! Glaubst du etwa, du als Frau könntest mehr ausrichten oder ihn gar umstimmen?»

«Jaida, ich muss es versuchen! Wenn er mich nicht anhört, dann eben der *Qadi*!»

«Der *Qadi*»?» Jaida sah ihre Stieftochter zweifelnd an. «Der *Qadi* wird nur das tun, was Bassam Kadin von ihm erwartet! Außerdem sind sie entfernte Vetter! Verstehst du nun?»

Nasrin fuhr sich besorgt mit der Hand über die Stirn. Sie war schweißbedeckt. Ihr Magen zog sich zusammen. Der Wesir musste mit ihr reden, er musste sie anhören. Aber würde er ihr auch wirklich zuhören? Zweifel nagten plötzlich an ihr und ein schrecklicher Gedanke erfasste sie: Er könnte auch sie verhaften lassen.

«Das ist noch nicht alles», fuhr Jaida fort. «Hassan hat alle Freunde und Verbündete der al-Dirs aufgesucht und sie um Hilfe gebeten. Doch sie weigern sich, denn sie wollen nichts mit dem Bruder eines Hochverräters zu tun haben!»

«Aber warum?» Nasrin schüttelte verständnislos den Kopf.

«Sie fürchten sich. Damaskus ist derzeit ein gefährlicher Ort für das Haus al-Dir. Wenn es nicht unbedingt nötig ist, sollte keiner von uns den *Bait* verlassen!»

Nasrin biss sich auf die Unterlippe. Ein Gefühl der Ohnmacht und Enttäuschung stieg in ihr auf. Sie fühlte sich verraten.

In Kriegszeiten wurden Urteile rascher gefällt. Bassam Kadin konnte sicher sein, dass alle treu ergebenen Untertanen des Sultans gnadenlos gegen jeden Feind vorgehen würden – welchem Rang oder Stand der Beschuldigte auch immer angehörte. Verräter waren jetzt eine besondere Gefahr.

Der Wesir hat es bestimmt nicht versäumt, Suleyman öffentlich anzuklagen, damit jeder in Damaskus seine Verbindungen zum Emir abbrach. Und es spielte keine Rolle, wie eng diese Verbindungen einmal gewesen waren.

«Hassan hat heute sogar erwogen, uns nach Aleppo bringen zu lassen», bemerkte Jaida. «Aber ich habe ihm gesagt, ich werde das Haus meines Mannes nicht verlassen!» Ihre Stimme klang plötzlich kämpferisch.

«Mein Platz ist an der Seite des Emirs und Allah möge mir meine Beine nehmen, sollte ich ihn je verlassen! Aber du, Nasrin, du und Yasid und Jasmina, ihr solltet nicht in Damaskus bleiben, solange sich dieses Unheil vom Haus al-Dir nicht wieder abgewandt hat!»

«Ich gehe nirgendwohin!», widersprach ihr Nasrin heftig. «Ich will da sein, wenn Vater zurückkommt!» Sie presste die Lippen zusammen und in Gedanken flehte sie Allah inständig an, der Bote möge den Sultan rechtzeitig erreichen. Salah ad-Din würde nicht zulassen, dass Bassam Kadin weiterhin so ehrlos und selbstgerecht über Damaskus herrschte. Aber sie wusste auch, der Wesir verzichtet nicht so leicht auf seine Macht. Er wird alles daransetzen, Suleyman zu verurteilen, um so zu verhindern, dass er selbst verurteilt wird. Bei Allah, wie weit würde er gehen, um seine Ziele zu erreichen? Plötzlich erschien er ihr gefährlicher als der Löwenherz.

«Ist Hassan noch im Haus?», fragte sie.

Jaida strich sich eine einzelne Haarsträhne aus dem Gesicht und erwiderte: «Ja. Er will noch einmal zum *Qadi* gehen und ihn um Erlaubnis bitten, Suleyman besuchen zu dürfen.» Sie verbarg das Gesicht in den Händen, als sie plötzlich bitterlich zu weinen begann. Die Ereignisse der letzten Tage, die einem Wüstensturm glichen, der alles hinwegfegte, waren für sie und auch für die anderen Bewohner des *Bait* zuviel gewesen. Jaida nahm die Hände nicht vom Gesicht und ihre Stimme klang hohl, als sie schluchzte: «Nasrin, wieso musste es soweit kommen? Wieso? Suleyman ist doch ein guter, gottgefälliger Mensch! Warum lässt Allah einen solchen Frevel zu?»

Ja, warum? Nasrin wusste nicht, was sie ihr antworten sollte. Das Unglück, dass sie heimsuchte, war unerklärlich. Es gab nur eine einzige Gewissheit und diese grub sich immer tiefer in ihr Bewusstsein: Bassam Kadin war ein erbitterter und mächtiger Feind ihres Vaters geworden.

Nur einer konnte ihnen jetzt noch helfen: Salah ad-Din. Denn sie allein konnten nichts tun.

Als sie Jaida in den Arm nahm, um ihr Trost zu spenden, bebte Nasrin vor Wut. Und ihr Mund war wie ausgedörrt.

Aber es war nicht nur der heiße Wind, der sie dürsten ließ.

23

Seit Einbruch der Dunkelheit saß Bernhard in jener abgeschiedenen Ecke, in die er sich schon oft zurückgezogen hatte, wenn er allein sein wollte, um nachzudenken. Um an *sie* zu denken. Hier würde ihn niemand so leicht finden und er konnte warten, bis die Nacht sich endgültig über Damaskus legte.

Das Zirpen der Grillen begleitete seine Gedanken, während er an der Mauer lehnte, die den inneren Garten umgab. In den gefalteten Händen hielt er das kleine Silberkreuz und Trübsinn, Schmerz und Trauer erfüllten ihn.

Doch plötzlich, wie von Zauberhand geführt, hob er den Kopf. Im östlichen Palastflügel, dem *Harim*, der den Frauen des Hauses vorbehalten war, entdeckte er ein beleuchtetes Fenster. Das samtige Licht drang durch die *Maschrabiya*, die mit orientalischen Mustern versehen waren. Obwohl er diese Räume noch nie betreten hat, sah er oft zu ihnen hinauf und wusste, dass sie dort war: Nasrin.

Er fragte sich, warum der Herr ihm all diese Prüfungen auferlegt hat. Warum ließ er ihn eine Frau lieben, die für ihn so unerreichbar war?

Salah ad-Din hat ihm eine viel bitterere Strafe auferlegt, als er es sich je vorstellen konnte. Es war keine Strafe, es war ein Fluch. Ein Fluch, von dem ihn nichts und keiner erlösen konnte – außer Nasrin selbst. Seit ihrem Zusammentreffen am Brunnen war ihm dies bewusster geworden denn je. Nur schwer hat er sich zurückhalten können, um sie nicht in die Arme zu nehmen, sie nicht an sich zu drücken und zu küssen. Als er sie gebeten hatte, ihn nicht mehr aufzusuchen, wusste er genau, dass er sie an jedem Tag, der verging, ohne sie zu sehen, schmerzhaft vermissen würde.

Als Richard Löwenherz Akkon eroberte, hätte er fliehen können. Oder damals, als Jamal ihn zur Fronarbeit an den Stadtmauern gezwungen hatte. Doch er hat sich anders entschieden: Er war geblieben und kehrte freiwillig wieder in den *Bait* al-Dir zurück, bereit, alles auf sich nehmen. Nur wegen ihr, wegen der Frau, die ihn mehr band als alle Ketten dieser Welt.

Nach ihrer Begegnung am Brunnen wurde ihm bewusst, dass er doch fliehen musste. Nicht vor Salah ad-Dins Strafe, nicht vor Jamals Bosheit, sondern vor einer Liebe, die gefährlicher und vernichtender war als jede Schlacht. Obwohl Nasrin seiner Bitte entsprach und ihn mied, fühlte er sich noch unglücklicher als zuvor. Ging sie ihm wirklich aus dem Weg, weil er sie darum gebeten hatte oder waren es all die Sorgen der letzten Tage, die sie so beschäftigten? Da er tief in ihrer Schuld stand, wünschte er sich, ihr helfen zu können, doch er wusste nicht wie und fühlte sich machtlos.

Die Ereignisse bedrohten alle Bewohner des *Bait,* gleich Gewitterwolken, die sich über den Palast legten und den Mond verdunkelten. Die Furcht schien die Kinder des Emirs und seine Frau zu lähmen. Und auch die ganze Dienerschaft schlich umher, unterhielt sich flüsternd und benahm sich seltsam.

Am frühen Morgen beobachtete er zufälligerweise Jafar, der mit einem Fremden sprach. Sie tauschten verstohlene Blicke aus; der Mann drückte dem Stallmeister etwas in die Hände und verließ eilig den *Bait.*

Bernhard konnte sich des Gefühls nicht erwehren, dass irgendetwas im Haus vor sich ging, das noch eine weitere Gefahr für alle bedeutete. Und er war überzeugt, dass hinter Suleymans Verhaftung mehr steckte.

Ein Schauder lief ihm über den Rücken, als er an die Zitadelle dachte. Bereits zweimal hatte er den dunklen Kerker kennengelernt und es beinahe mit dem Leben bezahlt. Er wusste, das nächste Mal würde Jamal seine Drohung wahrmachen und ihn wirklich töten, und was Nasrin auch immer versuchen würde, um es abzuwenden und ihm wieder zu helfen: Er würde sterben.

Nasrin. Ihr Name allein schmerzte ihn mehr als alle Demütigungen und Schläge, die Jamal ihm je zugefügt hatte. Noch mehr aber quälte ihn die Gewissheit, dass, sobald der Hauptmann nach Damaskus zurückgekehrt war, sie heiraten würde. Und er – der Christ, der Barbar, der Mann, der sie liebte – er konnte es nicht verhindern. Nach ihrer Hochzeit würde es nichts mehr geben, dass ihn in Damaskus zurückhalten konnte. So lange wollte er aber nicht warten. Er wollte nicht zusehen, wie sie die Frau eines anderen wurde und beschloss, sie und die Stadt noch diese Nacht zu verlassen. Er musste nur noch einige Stunden warten, bis der ganze *Bait* tief schlief und noch bevor der Morgen dämmerte, eines der Tore aufbrechen und fliehen.

Da die Angst wie ein unsichtbarer Dieb im Palast umging und Jamal nicht in Damaskus weilte, würde sein Vorhaben bestimmt gelingen. Niemand würde ihn vermissen, da jeder mit sich selbst und mit den eigenen Sorgen beschäftigt war. Eine günstigere Gelegenheit würde sich ihm kein weiteres Mal bieten.

Nachdenklich betrachtete er das Kreuz in seiner Hand, steckte es schließlich ein, von den Erinnerungen überwältigt. Es würde das einzige sein, was er mitnahm; sein eigenes Herz aber würde er hier lassen.

Hinter der *Maschrabiya* bewegte sich ein Schatten. Die Frau, der er gehörte, blieb am Fenster stehen und schien Bernhard anzublicken. Auch er betrachtete sie lange und flüsterte wehmutig: «Meine Liebe würde dein Leben zerstören, Nasrin. Das kann ich nicht zulassen.» Er seufzte tief. «Der Herr möge dich beschützen!»

Dann erhob er sich und tauchte in die Dunkelheit ein.

Erschrocken fuhr Nasrin hoch und lauschte in die Nacht.

Hatte sie geträumt oder vernahm sie wirklich eine vertraute Stimme – jene von Bernhard oder gar die ihres Vaters? Verunsichert kniff sie die Augen zusammen. Falls sie wirklich nur geträumt hatte, mussten es unheilvolle Träume gewesen sein. Auf ihrer Stirn glänzten kalte Schweißperlen, ihr Herz raste und ihr pochten die Schläfen. Ihr Körper fühlte sich heiß und fiebrig an, als stünde sie in Flammen und ihr Kopf schmerzte.

Neben ihr lag Yasid unter einer dünnen Decke und schlief friedlich und fest. Am frühen Abend war er zu ihr gekommen und bat sie, ihm Geschichten zu erzählen. Nasrin erschien es eine Ewigkeit her zu sein, seit sie ihrem Bruder das letzte Mal Geschichten und Legenden vortrug. Damals, als die Welt noch in Ordnung war, hatte sie für Yasid oft Geschichten von *Dschins*, Zauberern und großen, mächtigen Kalifen erfunden. Und auch jetzt verfehlten die Erzählungen ihre Wirkung nicht: Mit ihnen schienen Frieden und Gerechtigkeit zurückzukehren und bald ließen die Märchen Yasid in den Schlaf sinken. Irgendwann fiel auch sie in einen unruhigen Schlummer, aus dem sie nun jäh aufwachte.

Sie sah ihren Bruder liebevoll an und strich ihm vorsichtig eine Locke aus seiner Stirn. Yasid schien noch mehr als sie unter dem Schicksal ihres Vaters zu leiden und in den wenigen Tagen, in denen die Ungewissheit über Suleymans Schicksal an ihnen nagte, war er erwachsener und ernster geworden. Kaum jemand aus dem Palast wagte sich noch in die Stadt, um Neuigkeiten zu erfahren und selbst Hassan war vorsichtiger geworden, obwohl er sich weiter bemühte, seinem Bruder zu helfen. Mit jeder Stunde wuchsen Hoffnungslosigkeit und Angst und Nasrin glaubte, den Verstand zu verlieren, wenn nicht endlich eine Nachricht von Salah ad-Din eintraf. Der Bote hätte den Sultan schon längst erreichen müssen und sie verstand nicht, warum er noch immer nicht zurückgekehrt war. Allah allein wusste, was geschehen war. Tausend Dinge konnten schief gehen: Diebe konnten den Mann ausgeraubt oder Kreuzritter ihn getötet haben. Oder Salah ad-Din glaubte der Nachricht nicht …

Yasid räkelte sich, drehte sich zur Seite und sein dünner Arm umschloss Nasrins Taille. Eine Berührung, die ihr wohl tat. Regungslos saß sie da, um ihn nicht zu wecken und starrte in die flackernde Flamme des Öllämpchens, dessen warmes Licht Geborgenheit verbreitete. Langsam wurden ihre Lider wieder schwer und sie merkte nicht, wann sie eingenickt war.

Als sie wieder erwachte, hörte sie ein lautes Klirren.

Irgendwo im Haus war ein Krug in Brüche gegangen. Und dann noch einer. Und noch einer. Es schien, als ob jemand ein Gefäß nach dem anderen auf den Boden werfen würde. Unruhe erfullte die Gänge des Palastes. Sorgenvoll blicke Nasrin zur Tür und lauschte. Auch Yasid war nun erwacht, zwinkerte ihr verschlafen zu und sah sich um.

«Was war das?», fragte er.

Nasrin streichelte ihm beruhigend übers Haar. «Ich weiß nicht, aber ganz bestimmt nichts Schlimmes! Wahrscheinlich hat die Dienerschaft …»

Sie wurde von unheilvollen Schreien und Rufen unterbrochen und sprang auf. «Was ist los?», stammelte Yasid.

Nasrin legte einen Finger auf die Lippen und trat eilig ans Fenster. Von draußen drangen unverständliche Stimmen ins Zimmer.

Der Garten lag friedlich vor ihnen, gleich einem Paradies. Die Sterne funkelten silbern, strahlend und beständig und nur einige Wolkenfetzen verhüllten den Mond, ohne sein Licht zu schlucken. Trotzdem störte etwas das idyllische Bild: eine Bewegung im Dickicht. Dunkle Gestalten liefen umher und durch das Laubwerk schimmerten einzelne brennende Fackeln.

«Vielleicht greifen Kreuzritter Damaskus an», flüsterte Yasid, der neben ihr stand, ängstlich und klammerte sich noch fester an sie. Er zitterte und Nasrin zwang sich, ihre eigene Angst zu unterdrücken. Nun vernahm sie hastige Schritte, die näher kamen und ein Knistern, das bedrohlich anschwoll und immer lauter wurde. Der dumpfe Knall, der folgte, ließ sie und ihren Bruder jäh zusammenfahren. Das friedliche, nächtliche Paradies wurde in Licht getaucht. Funken stoben durch die Luft, schwirrten umher, stiegen höher und höher, verglühten. Yasid fest an sich drückend, betrachtete Nasrin wie versteinert das erschreckende Schauspiel. Nur allmählich wurde ihr klar, was geschah: Der *Bait* brannte! Die unverständlichen Schreie und Rufe verwandelten sich in deutlich vernehmbare Worte.

«Schnell, holt Wasser!», rief einer. «Das Lagerhaus mit den Vorräten brennt!»

«Bildet eine Kette!», befahl ein anderer.

«Weckt die Dienerschaft!», schrie jemand verzweifelt.

Mit Entsetzen stellte Nasrin fest, dass auch aus den Fenstern des Schlafgemachs ihres Vaters und der Eingangshalle bereits rotgelbe Flammen züngelten.

«Bei Allah, der ganze *Bait* brennt lichterloh!», stöhnte sie fassungslos.

Die Flammen waren überall und jeder Flügel des Palastes glich brennenden Segeln, die sich bauschten und wieder in sich zusammenfielen, begleitet von einem unablässigen Prasseln und Knacken des Feuers. Gespenstisch wogen die Bäume und Sträucher im Wind, als ob sie versuchten, den Flammen auszuweichen. Der innere Hofgarten glühte wie ein Ofen und gleich Fingern eines Dämons ragten Feuersäulen über den Dächern in den Nachthimmel.

Diener hetzten über den Hof, schleppten schwere, große Wassereimer und versuchten verzweifelt, das Feuer zu löschen. Ihre Schatten boten ein wirres Schauspiel, einem Albtraum gleich: Sie wanden sich, verschwanden, tauchten wieder auf. Unwirklich, bedrohlich, begleitet von hektischem Stimmgewirr, angetrieben von scharfen Befehlen. Einige Bewohner des *Bait* huschten wie Geister vorbei und versuchten zu retten, was noch zu retten war.

Der ohrenbetäubende Lärm des wütenden Feuers wurde immer unerträglicher; Teile des Palastes waren bereits verloren. Genau so wie die Menschen, deren grelle Schreie plötzlich verstummten, als Balken und Mauerwerk herabstürzten oder gar ein ganzer Flügel zusammenkrachte. Der Palast, einst ein Quell voller Leben und Freude, wurde ihr Grab.

Flammen leckten blitzschnell und unerwartet hoch, der Brand breitete sich schnell aus. Zu schnell in einem Haus aus Stein, dachte Nasrin entsetzt. Übelkeit stieg in ihr hoch und sie war überzeugt: Dies war kein zufälliges Unglück, das Feuer wurde absichtlich gelegt.

Erschrocken blickte sie zum *Harim* hinunter. Bis jetzt schienen ihn die Flammen verschont zu haben. Aber wie lange noch? Der *Tarma* war aus Holz. Wahrscheinlich würde er als nächster Feuer fangen und ihnen so den Fluchtweg abschneiden.

Unter dem Fenster ertönte ein bitterlicher Schrei, der gleich wieder verstummte. Irgendwo klagte eine Frau unaufhörlich. Nasrin lehnte sich an die Wand. Ihre Beine drohten nachzugeben.

Yasid zupfte ängstlich an ihrem Ärmel. «Sieh mal!» Er deutete mit dem Kinn zum Fenster.

Im Schein des Feuers erblickte sie einen Soldaten der Stadtwache. Mit gezogenem Säbel jagte er durch den Garten. Noch ein Säbel blitzte auf. Und noch einer … Weitere Soldaten tauchten auf, fielen über die Bewohner des *Bait* al-Dir her. Zielstrebig durchforschten sie den Garten, während die Diener verzweifelt versuchten, zu fliehen. Die Schreie des Entsetzens vermischten sich mit dem prasselnden Feuer und dem dumpfen Krachen des einstürzenden Palastes.

Gelähmt vor Angst, verfolgte Nasrin das schreckliche Treiben unter ihr und es dauerte einige Augenblicke, bis sie sich endlich fasste und Yasid an der Hand nahm. «Wir müssen hier raus! Sofort!» Sie zog ihn in Richtung Tür. «Ich habe Angst!» Er weinte leise. «Ich auch! Ich habe auch Angst! Aber wir müssen weg! Jetzt gleich!»

Sie hörte ihn hinter sich schluchzen und hätte ihn am liebsten in die Arme genommen und beruhigt, aber sie durfte keine Zeit verlieren. Sie wusste, es würde nicht mehr lange dauern und es gäbe für sie beide kein Entkommen. Noch bevor sie an die Tür gelangten, wurde diese mit einem Ruck aufgerissen. Trotz der ersten Rauchschwaden, die jetzt vom *Tarma* in ihr Zimmer drangen, erkannte Nasrin den großgewachsenen, kräftigen, dunkelhäutigen Mann, der an der Schwelle stand, sofort. Es war Abuchar, der Eunuch und Wärter des *Harim*. Er trug einen hellen

Kaftan, bauschige Beinkleider und hielt einen mächtigen Säbel in der Hand. Auf jeden anderen hätte er wohl bedrohlich und feindselig gewirkt, doch sie atmete erleichtert auf.

«Allah sei Dank, Ihr seid noch hier!», rief er und senkte den Säbel.

Yasid wischte sich schnell die Tränen aus den Augen und sah ihn verzweifelt an. «Was ist geschehen?»

«Der *Bait* wurde angegriffen, Ihr müsst Euch verstecken, kleiner Emir! Ihr und Eure Schwester!» Er winkte sie zu sich und seine schwarze, schweißbedeckte Haut schimmerte im flackernden Schein der Flamme.

«Was ist mit meinem Onkel?», fragte Nasrin.

«Bei Allah, Herrin, es ist keine Zeit für viele Worte! Das Feuer hat bereits diesen Teil des Palastes erreicht!» Der Eunuch sah sich besorgt um und als ob das Prasseln des brennenden Holzes seine Worte bestätigen möchte, wurde es lauter und die ersten Flammen züngelten über das Geländer des Treppenhauses und flackerten am Fenster auf.

«Wo ist mein Onkel?», wiederholte Nasrin bestimmt.

Abuchar zögerte. «Herrin…»

«Mein Onkel!», schrie sie ihn an.

«Der *Hazrat* hatte versucht, die Soldaten aufzuhalten, als sie das Haus anzündeten! Er ist ihr erstes Opfer geworden!», entgegnete er endlich und fügte aufgeregt hinzu: «Kommt jetzt! Schnell!»

Doch Nasrin rührte sich nicht. Mit aufgerissenen Augen starrte sie ihn an, ohne ihn wirklich wahrzunehmen. Stattdessen drängten sich schreckliche, unfassbare Bilder in ihre Gedanken, zerstörerischen Blitzen gleich: Hassan, mit den Soldaten kämpfend, Hassan von ihnen niedergestreckt, Hassan, in seinem eigenen Blut liegend.

«Nasrin, Nasrin!» Sie hörte Yasids weinerliche Stimme, gefolgt von Abuchars drängender. «Herrin, kommt endlich!»

Doch erst der beißende Rauch, der in ihre Lungen kroch und in ihren Augen brannte, ließ sie wieder zur Besinnung kommen. Sie zerrte Yasid an Abuchar vorbei aus dem Zimmer und wie im Rausch lief sie los.

Bereits nach einigen Schritten musste sie husten. Auch Yasid bekam kaum Luft, stolperte und begann wieder zu schluchzen. Unsanft riss sie an seinem Arm und zog den Jungen hinter sich her. Der Rauch wurde dichter und unheimlich kletterten Flammen am hölzernen Geländer des *Tarma* herum, als wären es kleine Teufel, die sie hämisch angrinsten. Überall knackte und knisterte es gefährlich, von überall her ertönten verzweifelte Hilferufe und Stoßgebete.

Beim Propheten, sie wollen das Haus al-Dir vernichten, dachte Nasrin und ihr Herz brannte wie der Palast. Plötzlich blieb sie stehen, drückte Yasid an sich und hielt sich schützend den Arm vors Gesicht, als eine Feuerwand vor ihnen aufflammte. Hastig drehte sie sich um. «Wo sind Jasmina und Jaida?», keuchte sie und starrte den Eunuchen, der ihnen folgte, entsetzt an.

Abuchar versuchte, einen Hustenanfall zu unterdrücken. «Ich weiß es nicht!», stieß er hervor, nach Luft ringend. «Vielleicht noch in ihren Zimmern! Ich suche sie später!» Er schien sich die Lunge aus dem Leib husten zu müssen.

«Nicht später! Jetzt!» Nasrin riss entschlossen an dem rechten Ärmel ihres Gewandes, bis die feine Seide nachgab. «Hier, nimm!» Sie drückte ihm den Fetzen Stoff in die Hände. «Binde es dir um die Nase und um den Mund und renn los!»

«Bei Allah, es ist meine Pflicht, zuerst Euch zu retten!», widersprach Abuchar und versuchte, sich mit zitternden Händen den Stoff umzubinden.

Wütend herrschte Nasrin ihn an. «Du wirst jetzt tun, was ich dir sage! Du holst sofort Jaida und Jasmina!» Sie riss den linken Ärmel ab, öffnete mit einem Ruck seine Seitennaht, zerriss ihn entzwei, band den einen Teil Yasid, den anderen sich selbst ums Gesicht.

«Sofort!», fauchte sie den Eunuchen erneut an, «Oder ich ...» Polternde Schritte unterbrachen sie.

Auch Abuchar fuhr herum, als das Kreischen und die Hilferufe einiger Frauen ertönten. Jäh stieß er Nasrin und Yasid in eine dunkle Nische und presste sich auch hinein. Zwei Dienerinnen hasteten über den *Tarma*, verfolgt von einem Soldaten der Stadtwache, der ihnen mit erhobener Klinge hinterherjagte.

Großer Prophet, sie sind in den *Harim* eingedrungen! Nasrins Herz raste, ihre Gedanken hämmerten und verzweifelt überlegte sie, was sie machen sollten. Abuchar trug zwar eine Waffe, aber er war kein Soldat und gegen solch eine Überzahl würde er nichts ausrichten können. Sie mussten eine andere Möglichkeit finden, um sich und auch Jaida und Jasmina zu retten. Es musste einen anderen Ausweg geben! Aber welchen? Niemand im Palast hatte gelernt, sich mit einem Schwert zu verteidigen. Niemand konnte kämpfen.

Niemand wusste, wie man eine Waffe führte.

Niemand, außer...

Bernhard!, schoss es ihr durch den Kopf. Er würde ihnen helfen! Sie mussten zu ihm! Sie mussten ihn um jeden Preis finden!

«Abuchar!», wandte sie sich entschlossen dem Eunuchen zu. «Du wirst jetzt Jaida und Jasmina suchen und…»

Er ließ sie nicht aussprechen. «Ich sagte schon, ich werde zuerst Euch in Sicherheit bringen!», entgegnete er trotzig.

«Du wirst tun, was ich dir sage!» Nasrin ballte die Hände zu Fäusten.

Unbeeindruckt blickte der Eunuch sie an und schwieg.

Nasrin verstand: Abuchar würde keinen Befehl von einer Frau entgegennehmen. Flehend sah sie ihren Bruder an. «Yasid, befiehl ihm, mir zu gehorchen!»

«Aber du bist eine Frau …» Der Junge zitterte und seine Augen füllten sich wieder mit Tränen. Er musste husten.

Nasrin verlor die Geduld. «Befiehl es ihm!», schrie sie ihn an.

Yasid fuhr zusammen, erschrocken von ihrem Ton und vom Lärm des herunterkrachenden Gebälks am anderen Ende des Ganges.

«Du… du… du wirst tun, was sie sagt», stotterte er.

Abuchar hob verzweifelt die Hand. «*Hazrat*, kleiner Emir! Eure Mutter und Eure Schwester haben den *Harim* bestimmt schon verlassen, aber wenn Ihr nicht endlich aufbrecht, kann Euch niemand mehr, selbst Allah nicht, helfen! Wir haben keine Zeit zu verlieren, sonst …»

Nasrin fiel ihm ins Wort. «Also verliere keine Zeit! Warum sind alle Diener und Sklaven dieses Palastes so stur? Du allein kannst nichts gegen das Feuer und die Soldaten ausrichten! Und wir kennen einen Weg, um unentdeckt in die Stallungen zu gelangen!»

«In die Stallungen? Wozu in die Stallungen?», fragte Yasid erstaunt.

Der Lärm des Feuers wurde immer bedrohlicher, der Rauch immer dichter, die Hitze immer unerträglicher.

Nasrin kniete sich eilig neben ihren Bruder. «Yasid, wir müssen nicht nur den brennenden *Harim*, sondern auch den *Bait* verlassen. Sonst töten uns die Soldaten! Oder wir sterben in den Flammen!»

«Aber warum?» Der Junge begann erneut zu schluchzen. Sein Mut war wieder dem Entsetzen gewichen und Angst übermannte ihn.

Bei Allah, er ist noch ein Kind, dachte Nasrin. Wie soll ich ihm erklären, was geschehen ist? Wie soll ich ihm erklären, dass Bassam Kadin das Haus al-Dir vernichten will und vor nichts zurückschrecken wird, um auch den letzten Zeugen zu beseitigen, der El Afdal oder Salah ad-Din über seine Untaten berichten könnte? Und was war mit ihrem Vater?

Welches Schicksal erwartete ihn? Lebte er noch? Oder war er bereits tot? Als wollte das Feuer ihre schlimmsten Befürchtungen bestätigen, donnerte wieder ein Teil des Gebälks auf den *Tarma*. Der Lärm war ohrenbetäubend.

Abuchar, der noch immer unentschlossen vor ihr stand, riss die Augen auf. «Emir, bitte! Kommt!»

Ohne seine Worte zu beachten, fasste Nasrin ihren Bruder an den Schultern. «Yasid», begann sie, «ich kann dir jetzt nicht erklären, was geschieht und warum die Stadtwachen unser Haus angreifen! Aber wir müssen es sofort verlassen! In den Stallungen werden wir vielleicht noch Jafar vorfinden und er wird uns helfen!»

«Und wenn er nicht mehr da ist?» Yasid schluchzte noch immer.

«Dann …» Nasrin stockte, als sich ein weiterer, brennender Holzpfeiler aus seiner Verankerung löste, herunterkrachte und das Geländer des *Tarma* mit sich riss. Nun war wirklich Eile geboten. «Dann können wir nur hoffen, dass der Christ noch da ist!»

Kaum hatte sie den Satz zu Ende gesprochen, packte Abuchar sie ungehalten am Arm und riss sie hoch. «Ihr wollt Euch diesem elenden *Kafir* anvertrauen?» In seinem Gesicht lag Bestürzung und er strafftc seinen mächtigen Körper. Seine Kraft war genauso roh und ungezügelt wie die von Bernhard und überraschte Nasrin. Wütend riss sie sich los.

«Misch dich nicht ein!», herrschte sie ihn an. «Und tu endlich, was ich dir befahl! Suche meine Schwester und Jaida und bring sie aus dem Haus! Für sie beide trägst du die gleiche Verantwortung wie für meinen Bruder und für mich!»

Abuchar starrte sie trotzig an und packte sie zum zweiten Mal am Arm. Diesmal noch härter. «Ich werde zuerst Euren Bruder und Euch hier rausbringen! Und wenn ich Euch dazu in Fesseln legen oder gar bewusstlos schlagen muss!» Er ballte drohend die Faust.

Nasrin schluckte ob seiner Entschlossenheit. Bisher hatte sie ihn immer als den sanftmütigen Wächter des *Harim* erlebt, der manchmal ein trauriges Lied anstimmte, doch der Angriff auf das Haus schien ihn nun in einen furchtlosen Kämpfer verwandelt zu haben.

«Los jetzt!» Grob zerrte er an ihr und stieß auch Yasid vor sich her, der sich beide Hände vors Gesicht hielt und heftig hustete. Auch Abuchar vermochte es nicht, einen weiteren Hustenanfall zu unterdrücken. Nasrins Augen tränten und brannten fast unerträglich. Die notdürftigen Gesichtsbinden schützen sie nicht wirklich vor dem beißenden Rauch.

Sie liefen los. Als sie endlich die Treppe erreicht hatten, blieb der Eunuch fluchend stehen, deutete mit dem Säbel auf die Stufen und fragte zornerfüllt: «War es das, was Ihr mit Eurem Gerede bezwecken wolltet? War es das?»

Nasrin erstarrte. Die Treppe war mit brennenden Holzstücken versperrt und verschüttet. Das Gebälk über ihnen ächzte bedrohlich und Flammen waberten wie ein rot glühendes Meer.

Abuchar blickte sich hoffnungslos um, nach einem Ausweg suchend. «Da kommen wir nicht weiter!», stöhnte er. «Es ist zu spät!» Er hustete wieder, riss sich die seidige Binde vom Gesicht, warf sie auf den Boden, würgte.

Nasrin rieb sich verzweifelt die Augen, versuchte so wenig vom Rauch einzuatmen, wie es nur ging. Sie fühlte sich schuldig. Sollten sie alle drei hier sterben, war es nur deswegen, weil sie Abuchar nicht gehorcht hatte! Allah möge ihr vergeben! Allah möge ihr helfen! Allah möge ihr einen rettenden Gedanken senden!

Der steinerne Gang!, entsann sie sich plötzlich. Der geheime Gang, der in den Garten führte! Das war ihre Rettung! Er befand sich hinter dem Badehaus der Frauen, in jenem Bereich des *Harim*, den selbst ein Eunuch nicht betreten durfte. Deswegen konnte Abuchar nichts von ihm wissen.

«Es ist noch nicht zu spät!», keuchte sie. «Kommt!» Sie fasste Yasid an der Hand und rannte los, ohne sich um sein leises Wimmern und um Abuchars Flüche zu kümmern.

Sie hasteten zurück, über den *Tarma*, vorbei am Badehaus. Der Duft edler Öle, der aus ihm aufstieg, vermochte den bedrohlichen Geruch nach Verbranntem nicht mehr zu überdecken. Nasrin zwang sich, geradeaus zu schauen. Sie wusste, der Anblick der Vernichtung würde ihr die letzten Kräfte rauben.

Doch plötzlich blieb sie stehen, legte entsetzt eine Hand vor den Mund, um nicht loszuschreien und drückte Yasid an sich. «Schau nicht hin! Schau nicht hin!», flüsterte sie voller Schmerz und versuchte, ihrem Bruder die Sicht zu versperren.

Unter einem herabgestürzten Balken lag, mit zerschmettertem Schädel, Jaida, in ihren Armen Jasmina. Die kleine Hand des toten Kindes lugte gespenstisch hervor.

Auch Abuchar, der sie nun eingeholt hat, blieb für einen Augenblick stehen, erschüttert über den Anblick der toten Frau und des Kindes.

Doch er fasste sich sofort wieder. «Herrin, Ihr könnt nichts mehr für sie tun! Ihr müsst jetzt Euer Leben und das Eures Bruders retten!»Er wies mit dem Kinn in Richtung Badehaus und Nasrin sah, dass das Feuer sich auch diesem Teil des Palastes gefährlich näherte. Die ersten Flammen loderten bereits hervor und schwarze Rauchschwaden stiegen auf. Sie warf einen letzten zögernden Blick auf ihre Stiefmutter und Jasmina.

«Es war Allahs Wille, sie beide zu sich zu nehmen», seufzte sie leise.

«Ja, das war es!», gab ihr Abuchar Recht. Er hob Yasid auf und folgte Nasrin durch den Säulengang.

Doch sie kamen nur langsam vorwärts, mussten immer wieder stehen bleiben, als sie ein verräterisches Knacken vernahmen. Das Gebälk brannte lichterloh, drohte, jeden Augenblick über ihnen zusammenzubrechen und Nasrin betete, sie mögen endlich den unterirdischen Gang erreichen.

Doch plötzlich merkte sie, dass Abuchar ihr nicht mehr folgte. Er setzte Yasid eilig ab und rief Nasrin etwas zu, doch sie konnte ihn nicht verstehen. Der Lärm des prasselnden Feuers, welches das Holz verzehrte, hat auch die Worte des Eunuchen geschluckt. Yasid drückte sich wieder an sie, ergriff mit kalten Fingern ihre Hand. In seinen kindlichen Augen stand Entsetzen, als er zum Gang zeigte. Nasrin schauderte: Sollte die hölzerne Stütze unter der brennenden Last nachgeben und ihnen auch diesen letzten Fluchtweg versperren, würden sie den Palast nicht mehr lebend verlassen. Das gleiche Schicksal würde sie alle ereilen wie Jaida und Jasmina. Sie sah sich nach Abuchar um, aber er war nicht mehr an ihrer Seite. Erst jetzt merkte sie, dass er bereits entschlossen auf den Gang zulief.

Nasrin stockte der Atem. Was tat er bloß? Wieso ließ er sie allein?

Der Eunuch erreichte nun fast den Eingang und blieb stehen. Er sah zu ihr und zu Yasid hinüber, dann streckte er die Arme in die Höhe, dem herabsinkenden Gebälk entgegen. Er bot sich als lebender Pfeiler an und stützte es mit den Schultern. Sein schweißbedecktes Gesicht verzog sich schmerzerfüllt, er biss sich auf die Lippen, stemmte sich mit aller Kraft gegen das brennende Holz und winkte Nasrin und Yasid zu.

Wieder krachte es und ein großes verkohltes Stück des Gebälks stürzte zu Boden. Yasid begann erneut zu weinen.

«Bitte, nicht! Nicht weinen!» Nasrin richtete seine Gesichtsbinde und fasste ihn fest an der Hand. «Wir müssen hier weg, sonst war alles umsonst!»

Ohne auf Yasids Antwort zu warten, lief sie geduckt los und zog ihn hinter sich her. Sie spürte, wie ihre Knie weich wurden, als sie sich unter dem Balkenwerk an dem Wächter vorbeidrängten und sie zwang sich, Abuchar nicht anzusehen, sein schmerzvolles Stöhnen nicht wahrzunehmen. Erst als sie den Gang erreichten, blieben sie stehen und wandten sich um.

Abuchar blickte zu ihnen, schien sie aber nicht mehr zu sehen. Das Feuer hatte ihn bereits erfasst. Sein Haar stand in Flammen und ein grauer Rauchschleier hüllte ihn ein. Er schrie verzweifelt auf, sank in die Knie und mit einem Lärm, der an ein Donnergrollen erinnerte, begrub ihn das Gebälk. Funken stoben auf und glühende Kohlestückchen flogen durch die Luft. Eines von ihnen fiel auf Nasrins Arm. Erschrocken fegte sie es weg, starrte verwirrt auf ihre verbrannte Haut, dann wieder dorthin, wo vor wenigen Augenblicken noch Abuchar gestanden hat.

Sie kam erst wieder zu sich, als Yasid an ihrem Kleid zupfte.

«Nasrin, Abuchar ist tot!», flüsterte er. «Komm jetzt! Komm, bitte!» Er weinte nicht mehr und in seinem Gesicht entdeckte sie eine unerwartete Stärke. Auf einmal schien er viel mehr Kraft zu haben als sie selbst. Eilig stiegen sie die steinernen Stufen hinab und blieben verunsichert vor dem dunklen Gang stehen.

Schwarze Rauchschwaden hingen in der Luft. Nasrin und Yasid schauten sich fragend an. Sie wussten beide: Ihre einzige Rettung war die Tür am anderen Ende des Tunnels, die in den Garten führte.

Yasid wollte losstürmen, doch Nasrin hielt ihn zurück. «Wir gehen zusammen! Und wir müssen vorsichtig sein! Vergiss die Soldaten nicht!»

Der ungläubige Ausdruck in seinem Gesicht verriet, dass er die Gefahr wirklich vergessen hatte. In seiner kindlichen Ungeduld wollte er nur eines: Endlich in den Garten gelangen!

Sie versuchten, den Atem anzuhalten, als sie losliefen, doch es nützte nichts. Bereits nach einigen Schritten mussten sie husten, taumelten, der Ohnmacht nahe, hin und her.

Das grausige Bild der toten Jaida und Jasmina flackerte vor Nasrins Augen auf. Und jenes von Hassan. Und neben dieses drängte sich nun auch das gutmütige Gesicht des Eunuchen. Abuchar, lieber, hilfsbereiter Abuchar, dachte sie, du hast uns das Leben gerettet. Und du würdest noch leben, wäre ich nicht so uneinsichtig gewesen. Wir müssen es schaffen, sonst war dein Tod umsonst!

Wie im Traum streckte sie die Hände nach Yasid aus, bekam seinen

Kaftan zu fassen, stieß ihren Bruder vorwärts, folgte ihm, stolperte, fiel hin, stand wieder auf, schnappte nach Luft, hörte Yasid husten und keuchen. Der Weg bis zur Tür erschien ihr unendlich.

Die frische Luft, die ihnen entgegenschlug, als sie endlich den Ausgang erreicht hatten, machte sie zuerst benommen. Nasrin fiel auf die Knie und zog Yasid zu sich. Sie lagen auf dem warmen Boden, versteckt hinter einer hohen Hecke.

Wie ein Baldachin hing der nächtliche Himmel über ihnen, übersät mit unzähligen Sternen. Ihr Glitzern verblasste jedoch im Schein der Flammen, die nun den ganzen Palast in ihrer Gewalt hatten.

Yasid richtete sich als Erster auf, stellte sich auf die Zehenspitzen, lugte hervor und lauschte. «Ich sehe niemanden», flüsterte er aufgeregt.

Nun erhob sich auch Nasrin und wagte über den Heckenrand in den Garten zu schauen, der taghell erleuchtet war. Die Zungen des Feuers leckten an den Bäumen und Büschen, die im heißen Wind flatterten. Jene entlang der Palastmauer waren verkohlt und versengt. Sie warfen gespenstische Schatten und glichen bösen *Dschins*.

«Wir müssen zum Stall! So schnell wie möglich! Die Soldaten sind weg!», drängte Nasrin und wagte nicht daran zu denken, was geschehen würde, sollte sie sich doch irren. Um zu den Stallungen zu gelangen, mussten sie den ganzen Innenhof durchqueren. Wie zwei schwarze Fliegen auf einem weißen Tuch würden sie den Angreifern auffallen, falls sich diese doch noch irgendwo versteckt hielten.

«Und wenn der Stall nicht mehr steht? Wenn niemand mehr dort ist? Weder Jafar noch der Christ?» Yasid schien der Mut wieder verlassen zu haben.

«Der Stall steht bestimmt noch! Und sie sind noch dort! Aber wir müssen uns beeilen!» Sie versuchte ein hoffnungsvolles Lächeln auf ihre Lippen zu zaubern, doch es gelang ihr nicht besonders und nur zögernd folgte ihr Yasid.

Sie eilten durch den Garten, eilten über den Hof und überall bot sich ihnen ein Bild des Grauens: Die leblosen Körper erschlagener oder erstochener Diener lagen gekrümmt gleich verendeten Bienen zwischen den Blumenbeeten und Hecken, beleuchtet von dem unheimlichen Licht der Flammen, die jetzt auch den *Harim* erreichten. Die Soldaten haben wirklich niemanden verschont; der *Bait* glich einem Schlachtfeld.

Nasrin taumelte, als ihr Blick auf eine Gestalt fiel, die sie unter einem Jasminstrauch entdeckte. Sofort erkannte sie das blutüberströmte Gesicht: Fatimah! Vorsichtig beugte sie sich zu der Dienerin und berührte ihre Schulter. Zuerst fast zärtlich, dann heftiger, gar wütend. Doch Fatimah bewegte sich nicht. Auch sie war tot.

Möge Allah ihr Frieden schenken, dachte Nasrin bedrückt, bevor sie von Yasid weggezerrt wurde.

«Wenn wir es nicht schaffen, werden wir auch bald neben ihr liegen», ermahnte er sie. So rannten sie weiter und blieben erst stehen, als sie den Torbogen, hinter dem die Stallungen lagen, erreichten.

Nasrin fasste Mut und spähte um die Ecke. Ihre Ungewissheit sollte endlich ein Ende haben.

«Allah sei Dank, der Stall brennt noch nicht!», seufzte sie erleichtert.

Vorsichtig traten sie aus dem Schatten des Torbogens hervor. Die Stallungen waren tatsächlich verschont geblieben. Obwohl auch hier keine Soldaten zu sehen waren, beschlich Nasrin erbarmungslose Furcht. Bestimmt würden sie auch noch diesen Teil des Palastes verwüsten und hier nach weiteren Opfern suchen.

Nachdem sie in die Stallgasse huschten und das nervöse Stampfen vereinzelter Pferde vernahmen, erfüllte sie Hoffnung. Sie schlichen an den trächtigen Stuten vorbei, auf das Strohlager des Christen zu. Ein einsames Lämpchen flackerte im Abendwind. Vor ihnen lag der verlassene Schlafplatz. Bernhard war verschwunden. Es gab keinen Zweifel, er hat den Überfall der Soldaten ausgenutzt und ist geflüchtet. Und auch Jafar war nirgendwo zu sehen.

Sie hatte es befürchtet. Trotzdem ergriff sie unendliche Enttäuschung. Eine Enttäuschung, wie man sie empfindet, wenn man nach einem tagelangen Marsch in der Wüste auf einen ausgetrockneten Brunnen stößt.

Sie waren wirklich allein.

Mit aller Kraft rang Nasrin um Fassung.

«Was hast du denn erwartet?», hörte sie Yasids vorwurfsvolle Stimme. «Hast du wirklich gedacht, er würde auf uns warten und uns helfen?»

Sie schwieg. Was sollte sie ihm antworten? Der Schmerz, zurückgelassen zu werden und das Gefühl des Verlorenseins waren zu groß. Und die Erkenntnis, sich in Bernhard getäuscht zu haben, noch größer. Sie fühlte sich so leer. Denn ja, das hatte sie wirklich gedacht. Das hatte sie erhofft, dass er auf sie warten würde! Bei Allah, das hätte er tun müssen! Er hätte ihnen helfen müssen!

Sie fuhr herum, als Yasid sie am Arm packte. »Nasrin, bei Allah, jetzt nimm dich zusammen! Wir müssen es nun selbst schaffen! Wir allein!

Der *Kafir* ist schon lange geflohen! Eine bessere Gelegenheit hat er nie gehabt!»

«Und wohin sollte er fliehen? Glaubst du etwa, er könnte unbehelligt durch Damaskus …»

«Nasrin, Damaskus ist groß! Er kann sich verkleiden, er kann untertauchen! Er spricht unsere Sprache!»

«Ich kann es trotzdem nicht glauben!» Wie eine schwere Last legte sich lähmende Trauer über sie. Yasid hatte wahrscheinlich recht. Aber vielleicht war Bernhard gar nicht geflohen, vielleicht war auch er getötet worden. Wie Abuchar. Wie Jafar. Wie all die anderen Bewohner des *Bait.* Und sie würde seinen toten Körper finden, wenn sie noch Zeit hätte, nach ihm zu suchen. Vielleicht … Sie fühlte sich elend. Kraftlos. Alles erschien ihr auf einmal so sinnlos und sie hätte sich am liebsten in eine Ecke gesetzt und geweint.

Bassam Kadins heimtückischer Plan war aufgegangen.

«Die Pferde! Genau, die Pferde!», murmelte Yasid, wandte sich um und sah sich voller Tatendrang in den Stallungen um. Im vorderen Teil waren die Zuchttiere, tragende Stuten und ihre Fohlen, untergebracht. Im hinteren mussten Hengste und eingerittene Pferde stehen. Jetzt benötigten sie nur noch Zaumzeug und Sättel.

«Die Sättel hat Jafar immer unter Verschluss gehalten», erinnerte sich Nasrin. Yasids Worte und sein Wille, endlich zu fliehen, schienen ihr wieder Mut zu machen.

«Dann können wir es vergessen! Es sei denn, du kannst auch ohne Sattel reiten!»

Nasrin verzog zweifelnd die Lippen. Es mussten Jahre her gewesen sein, seit sie das letzte Mal ohne Sattel geritten war. Aber man würde es nicht verlernen. Es war wie atmen, laufen, sprechen. So jedenfalls hatte es Jafar immer behauptet.

Sie nickte Yasid entschlossen zu. «Ich schaffe es! Holen wir die Hengste!»

Sie liefen sofort los, doch bereits nach den ersten Schritten blieben sie stehen. Ein Geräusch hinter ihren Rücken ließ sie erstarren: das Rasseln eines Kettenhemdes!

Langsam drehten sie sich um.

Im Stall stand ein Soldat der Stadtwache, in der Hand ein Krummschwert, dessen Klinge vom Blut seiner Opfer rot gefärbt war. Er blickte sie höhnisch an; der Blutrausch schien seine Augen getrübt zu haben.

Yasid stieß einen Schrei aus. Auch durch Nasrins Glieder kroch die Angst wie das Gift einer Schlange und lähmte sie. Nur ihr Herz schlug wild, angetrieben von unfassbarem Entsetzen. Bei Allah, jetzt würden sie sterben und niemand würde je erfahren, was wirklich geschehen war. Salah ad-Din nicht, ihr Vater nicht, Jamal nicht. Und auch Bernhard nicht …

Der Mann stierte sie lüstern an, ohne Yasid zu beachten und sie fühlte sich auf einmal nackt, schutzlos, ausgeliefert. Verzweifelt begann sie, nach ihrem *Khimaar* zu suchen, den sie irgendwo verloren hat, als ob der Schal sie vor dem Fremden schützen könnte. Ihre Gedanken überschlugen sich. Was macht es noch aus, dachte sie, dass ich unverschleiert vor ihm stehe? Kein Schleier kann mich jetzt noch retten! Plötzlich empfand sie eine tiefe Ruhe. Er würde sie töten, das wusste sie, aber sie spürte keine Furcht. Was mit ihr geschah, war ihr gleich, nur Yasid durfte nichts zustossen. Er war der letzte männliche Nachfahre aus dem Geschlecht al-Dir, in ihm würden all die weiterleben, die in dieser Nacht umgebracht wurden.

Der Soldat kam näher. Unter seinen Stiefeln knirschte es bedrohlich und Nasrin schien, dass auch sein Kettenhemd immer lauter rasselte. Ihre Gedanken wurden auf einmal leicht. Wenn sie schon sterben sollte, wollte sie dem Tod tapfer und würdig in die Augen blicken, so wie ihr Großvater und all die Großen des Hauses al-Dir es getan hatten.

Sie stellte sich mutig vor Yasid und begann andächtig flüsternd die *Fatihah*, den Eröffnungsvers des Korans, zu beten: «Im Namen Allahs, des barmherzigen Herrn der Barmherzigkeit. Lob sei Allah, dem Herrn allen Seins, dem barmherzigen Herrn der Barmherzigkeit, dem Herrn des Gerichtstages. Dir allein dienen wir und zu Dir allein kommen wir um Hilfe. Leite uns auf dem geraden Pfad, dem Pfad derer, die Du gesegnet hast, nicht derer, gegen die Missfallen besteht, noch derer, die irregehen!»

Ohne ihren Worten Beachtung zu schenken, trat der Soldat noch näher. Blankes Metall blitzte auf und ein unheimliches Surren zerriss die Stille, als er seinen Säbel hob und ihn hin und her schwang.

Nasrin wich einen Schritt zurück. Sie spürte, dass Yasid sich ängstlich an ihren Rücken drückte. Auch der Soldat bemerkte ihn und grinste.

Mit letzter Kraft straffte sich Nasrin. «Mach mit mir, was du willst, aber verschone meinen Bruder. Er ist noch ein Kind und hat dir nichts getan. Lass ihn gehen.»

Der Soldat blieb stehen, senkte seine Waffe und sein Grinsen wurde noch widerlicher. «Die Brut eines Verräters verdient es nicht, zu leben!» Er hob erneut den Säbel und holte aus. Zischend sauste die blutverschmierte Klinge nieder.

Der Hieb aber ging ins Leere; Nasrin duckte sich im letzten Augenblick. Doch sie stolperte, fiel rücklings auf den Boden und riss Yasid mit sich. Benommen sah sie auf, in das Gesicht des Fremden. In seinen Augen lag der fiebrige Glanz von Gier, Lust und Gewalt. Das Krummschwert in seinen Händen ragte über ihr auf.

Nasrin glaubte, jeden Augenblick ohnmächtig zu werden.

Der Soldat leckte sich die Lippen und steckte den Säbel in die Scheide. Yasid sprang auf und stellte sich ihm in den Weg, doch der Mann hob verachtend die Augenbrauen und schob den Jungen wie eine Puppe beiseite.

«Wage es nicht, näher zu kommen!», rief Yasid verzweifelt und in seiner kindlichen Stimme schwang unterdrücktes Schluchzen. «Ich bin der Sohn …»

Weiter kam er nicht. Ein mächtiger, erbarmungsloser Schlag traf ihn am Kopf; die Wucht schleuderte ihn beinahe durch den ganzen Stall. Yasid blieb regungslos im Stroh liegen.

Nasrin wollte aufschreien, doch ihre Stimme versagte. Fassungslos starrte sie auf ihren Bruder. Hatte er den Hieb überlebt? Oder ist er auch …

Es blieb ihr keine Zeit mehr, darüber nachzudenken. Der dunkle Schatten schob sich immer mehr über sie. Sie roch den Schweiß des Mannes, spürte seinen stinkenden Atem, als er sich zu ihr beugte und blickte in ein ekelerregendes Gesicht. Sie versuchte, rückwärts zu kriechen, fühlte den kalten Steinboden und das verstreute Stroh unter ihren Ellenbogen. Ihr Herz flackerte wie das Öllämpchen im Wind.

Ein Lämpchen, das bald erlöschen würde.

Die gierigen Hände des Mannes griffen nach ihren Brüsten. Er schob ihr Kleid nach oben. Nein!, schrie sie stumm, nein! Aber über ihre Lippen kam kein Laut. Sie versuchte, sich zu wehren. Sie schlug um sich, trat nach ihm, zerkratzte sein Gesicht. Umsonst. Mit eisernem Griff hielt der Mann sie fest, begann, ungeduldig an seinem Gürtel zu nesteln und seine Beinkleider abzustreifen. Mir roher Gewalt drückte er ihre Beine auseinander und voller Entsetzen spürte sie den schweren Leib, der sie fast zu erdrücken schien.

«Allah wird dich dafür strafen!», stieß sie endlich hervor, auf den Allmächtigen hoffend. Doch ihre Hoffnung glich dem flimmernden Trugbild einer Oase in der Wüste.

Nasrin würde sie nie erreichen. In dieser Nacht, in diesem Stall war niemand für sie da. Niemand, der ihr zu Hilfe eilen konnte.

Ihr Leben war vorbei. Nichts war ihr übrig geblieben. Nichts, nur ein brennender Palast, ermordete Diener und ein erschlagener Bruder.

Sie begann zu schluchzen und als sie das erregte Glied des Soldaten spürte, bitterlich zu weinen. Schwer atmend rieb er sich an ihr. Aus seinem Mund rann Speichel, seine Berührungen schienen ihr die Haut zu verbrennen.

Nasrin ersehnte den Tod. Er wäre ihre Erlösung, die Erlösung von dieser Schande.

Doch bevor der Soldat in sie eindringen konnte, sackte sein Körper über ihr zusammen. Seine Last raubte ihr beinahe den Atem.

Sie verlor die Besinnung und eine samtene Dunkelheit erlöste sie von Schmerz und Angst.

Sie hat die Oase erreicht.

24

«Dem Allmächtigen sei Dank!»

Wie im Traum hörte Nasrin eine Stimme, während sie spürte, wie kaltes Wasser über ihr Gesicht rann und ihre Lippen benetzte. Sie musste husten, als sie tief einatmete. Noch immer schmeckte ihr Gaumen nach Rauch, war ihre Kehle wie ausgedörrt.

Sie zwinkerte und nur zögernd öffnete sie die Augen. Über ihr schwebte ein Gesicht, verschwommen, mit unklaren Zügen, und sie vernahm das unruhige Scharren und Stampfen von Pferden.

Vorsichtig versuchte sie, sich aufzurichten, tastete um sich, stützte sich auf den Armen ab und hob den Kopf. Das Gesicht, das sich ihr zuneigte, erhielt nun vertraute Züge: Yasid.

«Nasrin!» Überglücklich schlang er seine Arme um sie und drückte sie an sich. «Wir leben!», wiederholte er immer wieder. «Wir leben!»

Nasrin seufzte auf.

Die Erinnerungen kehrten zurück: der brennende *Bait*, ihre Flucht, der Soldat der Stadtwache … Bestürzt sah sie sich um. Sein Körper lag neben ihr. Leblos. Angeekelt wich sie zurück und kroch an die Stallmauer.

Yasid setzte sich neben sie. «Hat er dir etwas angetan?», fragte er und klammerte sich wieder an ihren Hals.

Sie zog die Beine an, umschloss sie mit den Armen, versuchte, sich zu sammeln. Was geschah, nachdem sie ohnmächtig geworden war, verbarg sich hinter einem undurchdringlichen Schleier. Doch ihr Körper gehörte noch immer ihr. Im Namen des Propheten, sie war nicht entehrt worden. Besänftigend streichelte sie über den Kopf ihres Bruders. «Nein, es ist nichts geschehen!», erwiderte sie und spürte, dass sie vor Scham errötete.

Yasid drückte sich noch fester an sie, weinte und seine Tränen fielen auf ihren Hals.

Sie sog seinen Duft ein. Allah sei Dank, er ist unversehrt! Und er hat mir das Leben gerettet! Sie war stolz auf ihn und fühlte sich glücklich, auch wenn sich in ihre Freude eine tiefe Trauer mischte. Erst als sie aufsah, bemerkte sie den Schatten eines großen Mannes. Ungläubig starrte sie ihn an. Vor ihr stand Bernhard.

Sie war erleichtert, unfähig, ihren Blick von ihm abzuwenden: Er war dem Flammenmeer entronnen.

Auch seine Kleidung war schmutzig und angesengt, das Gesicht rußverschmiert, sein zerrissenes Hemd voll dunkler Blutspuren.

«Du bist doch hier?», flüsterte sie erstaunt. «Ich dachte, du wärst ...»

«Geflohen? Oder tot?», fuhr er dazwischen. «Was wäre Euch lieber?» Er kniete nieder und stellte einen Tränkeeimer ab. Flink prüfte er den Körper des toten Soldaten und zog mit einem regungslosen Gesicht einen Dolch aus dessen Rücken.

«Ihr könnt Euch glücklich schätzen, dass ich aufgetaucht bin», bemerkte er, ohne sie anzusehen und wog die Waffe in seiner Hand. Nasrin erschauderte. «Aber ich... Ich dachte ...» Verwirrt fuhr sie sich über die Stirn.

«Ich wollte dir helfen», begann ihr Bruder plötzlich mit zitternder Stimme, «beim großen Propheten, ich schwöre dir, dass ich dir helfen wollte!»

Sie ergriff sanft seine Arme und blickte ihn liebevoll an. «Das weiß ich! Das weiß ich! Ich weiß, dass du alles in deiner Macht Stehende getan hast. Wie ein großer Krieger. Ich bin stolz auf dich! Und Großvater wäre es auch!»

Der Junge schluckte. «Es war der *Kafir*, der den Soldaten erstochen hat.»

Bernhard wandte verstimmt den Kopf ab, als er dieses abschätzige Wort vernahm und erhob sich.

Auch Nasrin stand auf.

Erst jetzt bemerkte sie, dass ihr Kleid zerrissen war und mehr enthüllte, als sie bereit war, zu zeigen. Beschämt versuchte sie, es wieder so gut zu richten wie es ging.

Sie wandte sich Bernhard zu. «Was ist mit den anderen geschehen?», fragte sie leise, als ob sie die Antwort fürchtete.

Er sah sie verwundert an. «Das wisst Ihr doch! Ihr solltet Euch keine Gedanken mehr darüber machen! Ihr solltet jetzt an Euch denken!»

«Keine Gedanken mehr machen? Ich soll mir keine Gedanke über meine Familie machen?»

«Begreift Ihr denn nicht?» Er schüttelte den Kopf. «Beinahe hättet Ihr das Schicksal Eurer Familie geteilt! Ihr solltet Gott für das Glück, das Ihr hattet, danken!»

«Danken dafür, dass unser Haus nun in Asche liegt? Danken dafür, dass fast meine ganze Familie tot ist?»

«Nein, nicht dafür! Sondern dafür, dass Ihr und Euer Bruder noch lebt! Dafür solltet Ihr dem Allmächtigen danken!» Er begann, ungezügelt in seiner Sprache zu fluchen, ballte die Hände zu Fäusten und stapfte verärgert an den beiden Geschwistern vorbei zum hinteren Teil des Stalles, wo Suleymans Hengste und Reitpferde standen.

«Verflucht!», hörte sie ihn zornig rufen und lief ihm nach. «Jetzt verstehe ich, warum Jafar es so eilig hatte, das Haus zu verlassen!» Wütend trat er gegen die Wand. « Alle Hengste sind weg! Sie sind alle weg! All die Reitpferde! Der Überfall auf den Palast war geplant und Euer Stallmeister wusste davon!»

«Das glaube ich nicht!» Nasrin musterte ihn fassungslos, während Yasid sich an ihr vorbeidrängte und sich neben ihn stellte.

«Glaubt es oder glaubt es nicht! Wie sonst wohl sind die Stadtwachen in den Palast eingedrungen, wenn nicht durch dieses Tor? Nur drei Männer des Hauses besitzen den passenden Schlüssel, um es zu öffnen: Euer Vater, Euer Onkel und Jafar! Was meint Ihr, wer hat die Soldaten eingelassen?»

Bernhard deutete auf den Eingang und Nasrins Blicke folgten seiner Hand.

Das große Stalltor stand weit offen, die Dunkelheit der Straße gähnte ihnen entgegen.

«Jafar?» Sie wollte es noch immer nicht wahrhaben.

«Er wurde bestochen, ich habe es gesehen! Vergesst ihn, Ihr müsst Euch jetzt um Euer Schicksal sorgen und fliehen!», erklärte Bernhard sanfter, als er die Hoffnungslosigkeit in ihren Augen sah.

Nasrin schüttelte nachdenklich den Kopf. «Aber warum nur?» Sie musste husten, Schweißperlen bedeckten ihre Stirn.

«Dieser verfluchte Hund! Ich lasse ihm die Haut vom Rücken abziehen und ihm die Eingeweide bei lebendigem Leibe herausreißen, wenn ich ihn erwische!» Yasid versetzte einem leeren Eimer einen Tritt.

«Dazu müsst Ihr ihn erst einmal kriegen!» Bernhard lächelte bitter über den kindlichen Zorn. «Ohne Pferde wird das schwierig sein! Und vor allem: Zuerst solltet Ihr Euch in Sicherheit bringen! Mit oder ohne Pferde! Die Soldaten können jederzeit wieder auftauchen!»

Yasid nickte. «Die Stuten! Was ist mit den Stuten?»

Bernhard winkte ab. «Keine von ihnen ist zu reiten, denn keine ist es gewohnt, einen Sattel oder gar einen Reiter zu tragen! Ihr würdet Euch das Kreuz brechen! Falls Ihr es überhaupt schafft, aufzusteigen! Ihr müsst zu Fuss fliehen!»

Bernhard eilte an ihnen vorbei auf den toten Soldaten zu und hob hastig das Krummschwert, das neben ihm lag, auf. Dieses und seinen blutigen Dolch in der rechten Hand haltend, griff er mit der linken nach einer Pferdedecke und warf sie Nasrin zu.

«Werft Euch das über», befahl er, «so wird Euch niemand erkennen, wenn Ihr durch die Straßen geht!»

Nasrin hielt inne. «Aber wohin sollen wir gehen?»

Bernhard sah sie fassungslos an. «Soll das etwa heißen, Ihr habt niemanden, bei dem Ihr Zuflucht findet?»

Sie senkte den Kopf und dachte angestrengt nach: Jaidas Familie lebte in Medina, eine Tante in Aleppo. Aber in Damaskus – in Damaskus lebten keine Verwandte. Hier würde ihnen niemand helfen. Und Medina und Aleppo waren weit. Sie würden es niemals schaffen. Bassam Kadins Schergen waren bestimmt überall …

«Nein, in Damaskus haben wir keine Verwandte. Und Fremde werden uns nicht helfen», entgegnete sie beschämt und ihre Augen füllten sich mit Traurigkeit.

Auch Yasid wich verlegen dem Blick des Christen aus und kaute hilflos auf den Lippen. «Unser Vater war der Einzige, der uns in Damaskus geblieben ist», warf er mit bebender, erstickter Stimme ein.

«Mein Gott! Warum fluchst du mich so? Warum nur?» Bernhard verdrehte die Augen und sah Hilfe suchend zum Gebälk des Stalles hoch. Seufzend legte er seine Stirn in Falten. Sein Gesicht war von Wut gezeichnet, aber auch von Verzweiflung, Hoffnung, Mut und Verständnis. Er konnte die Kinder des Emirs nicht allein lassen. Nasrin hatte ihm oft beigestanden, ihm geholfen; jetzt waren die Zeit und die Gelegenheit gekommen, einen Teil seiner Schuld zu begleichen. Wenn Nasrin und Yasid erst einmal in Sicherheit waren, würde er aus Damaskus fliehen. Es war nicht mehr sein Krieg, nicht mehr seine Welt. Er wollte nach Hause. Wo dies auch immer war. Ein Entschluss, den er schon längst gefasst hatte. Ein Entschluss, den er diese Nacht in die Tat umgesetzt hätte, wäre ihm das Schicksal wohlgesinnt gewesen. Er war bereits dabei gewesen, sein Vorhaben durchzuführen, als aufgeregte Stimmen aus den Stallungen erklangen: Jafar befahl einem Stalljungen herrisch, zu verschwinden. Bernhard hatte beschlossen zu warten, bis beide Männer gegangen waren, um dann den *Bait* für immer zu verlassen. Doch es sollte alles anders kommen. Kaum war der Streit zwischen dem Stallmeister und dem Diener verklungen, ertönte ein Geräusch aus dem Garten, das er nur allzu gut kannte: das Rasseln von Kettenhemden. Und einige Augenblicke später hatte er die ersten Soldaten erblickt, die in den Palast eindrangen.

Bernhard sah in Nasrins angsterfülltes Gesicht.

«Es gibt einen Ort», begann er bedeutungsvoll, «Ihr werdet ihn nicht mögen, aber er ist Eure einzige Rettung.» Er deutete mit dem Kinn nach draußen.

Nasrin griff nach der Pferdedecke. «Wir folgen dir!», beschloss sie und hoffte, dass er in ihren Augen lesen konnte, was sie ihm wirklich sagen wollte, obwohl sie schwieg: «Ich vertraue dir. Ich glaube dir. Ich will bei dir sein.»

Sie hatten beinahe den Ausgang erreicht, als sie hinter sich eilige Schritte vernahmen. Stiefeltritte. Zwei Soldaten stürmten herein und begannen, die Stallungen zu durchsuchen. Sie hatten Nasrin und Yasid sofort entdeckt, während Bernhard mit einem Satz unbemerkt in die Dunkelheit zurückweichen konnte.

Die beiden Männer kamen gemächlich näher, überzeugt, leichte Beute machen zu können. Bernhard wartete. Als sie nahe genug waren, schnellte er hervor, stieß Nasrin und Yasid beiseite und noch bevor die

Soldaten ihre Waffen ziehen konnten, stach er einen von ihnen nieder. Der zweite stürmte los.

Klingen kreuzten sich, Metall klirrte, Funken stoben.

Bernhard focht aussergewöhnlich gewandt. Sicher führte er den Krummsäbel und mit kraftvollen, gezielten Hieben trieb er den Soldaten durch den Stall, wich geschickt seinen Angriffen aus, erlaubte ihm nicht, zurück zu Nasrin und Yasid zu gelangen. Er drängte ihn in eine Ecke und schließlich stieß er ihm das Schwert in die Brust.

Nasrin lief eiskalter Schauer über den Rücken, als sie sah, dass der Soldat tot zu Boden sank. Bernhard schien der Kampf kaum ermüdet zu haben, so, als wäre seine Kraft unerschöpflich und seine Kaltblütigkeit grenzenlos. Obwohl ein Sklave, war er doch ein Krieger aus dem Abendland, ein christlicher Ritter – und ein Barbar.

Die Waffe noch immer in der Hand, packte er Nasrin an der Schulter und schob sie nach vorne. «Schnell!», drängte er. «Es werden noch mehr kommen und ein zweites Mal wird es mir nicht gelingen, sie zu überraschen!»

Sie widersprach nicht. Schweigend warf sie sich die Pferdedecke über den Kopf und winkte Yasid zu sich.

Wieder musste sie an Jafar denken. Unfassbar, dass er den *Bait* so ehrlos verlassen und das Haus al-Dir so schmählich verraten haben sollte. Vielleicht irrte sich Bernhard doch und der Stallmeister war wirklich getötet worden.

Aber wäre dem so, hätten die Soldaten nicht die Stallungen angezündet und alle Pferde, auch die Stuten und Fohlen, gestohlen? Hätte Jafar gekämpft, hätte er sie und den *Bait* verteidigt, müsste nicht irgendwo seine Leiche liegen?

Verunsichert wandte sie sich nach Bernhard um.

Warum war er nicht schon längst geflohen? Alle hätten ihn für tot gehalten, von den herabstürzenden Trümmern des *Bait* erschlagen, vom Feuer verzehrt. Trotzdem war er geblieben, hatte sich seinem Schicksal nicht widersetzt, verhalf ihnen zur Flucht.

Nasrins Gedanken wurden jäh unterbrochen. Jemand rief nach ihr. Yasid!

Ihr Bruder stand regungslos da, von Jafar festgehalten, der ihm eine Säbelklinge an den Hals drückte. «Noch einen Schritt und er ist tot!», rief der Stallmeister drohend.

Bernhard stürmte vor, doch Nasrin deutete ihm an, stehen zu bleiben.

«Nein!», flehte sie. «Bei Allahs Barmherzigkeit und Güte, lass den Jungen los, er ist noch ein Kind!»

Jafar wich zurück, während er die Klinge noch dichter an Yasids Hals drückte. Die Augen ihres Bruders weiteten sich vor Angst und füllten sich mit stummen Tränen. Nasrin glaubte, das Metall an ihrer eigenen Kehle zu spüren.

Bernhard umfasste den Griff des Krummschwertes fester. Er wartete und lauerte.

«Du vergreifst dich an dem Sohn deines Emirs, an dem Sohn von Suleyman al-Dir!», rief Nasrin verzweifelt. «Wie kannst du nur, wie kannst du es nur wagen? Wir haben dir immer vertraut!» Sie begriff, dass es die falschen Worte gewesen waren, als Bernhard warnend den Kopf schüttelte.

«Er ist der Sohn eines Hochverräters und er soll das Schicksal seines Vaters als Erster teilen!», höhnte Jafar und drückte die Klinge noch fester an Yasids Kehle. Aus der kleinen Wunde tropfte Blut.

«Dann töte zuerst die älteste Tochter des Verräters!» Nasrin stockte, hielt sich die Hände vor den Mund.

Bernhard trat entschlossen näher. «Selbst du solltest soviel Ehre besitzen und dich nicht an wehrlosen Kindern vergreifen! Miss dich mit mir statt mit ihnen! Oder bist du dazu zu feige?»

«Ich warne dich, *Kafir*, keinen Schritt weiter!», befahl Jafar mit grimmiger Miene. «Sonst sind sie beide tot, der Junge und auch sie!»

Über Yasids verrußte Wangen glitten zwei Rinnsale silbrig glänzender Tränen und hinterließen dünne Striche auf der Haut. Hilfesuchend blickte er seine Schwester an.

«Lass den Jungen gehen, ich flehe dich an!», schluchzte Nasrin. «Würdest du deinen eigenen Sohn …»

Sie verstummte plötzlich, als sie sah, wie Yasid aus Jafars Armen glitt.

Mit aufgerissenen Augen starrte der Stallmeister sie an. Seine Hand, die den Säbel festhielt, sank kraftlos herab, die Waffe fiel klirrend zu Boden. Einen Wimpernschlag später stürzte Jafar nach vorne und prallte auf das Pflaster.

In seiner Stirn steckte ein Dolch und aus der Wunde kroch langsam dunkles Blut.

Nasrin wandte sich ungläubig um. Bernhard stand tief atmend da.

«Bist du wahnsinnig geworden? Du hättest meinen Bruder treffen können!», herrschte sie ihn an, fassungslos vor Furcht und Erstaunen.

«Aber ich habe nicht ihn getroffen! Glaubt Ihr, Jafar sei der Erste, den ich so getötet habe?» Bernhard sah sie ungerührt an, während Yasid auf sie zu taumelte. Er schwankte, griff sich an den Hals und bestaunte ungläubig sein eigenes Blut. Die eisige, knochige Hand des Todes berührte ihn und nur die Entschlossenheit des Christen holte ihn wieder in die Welt der Lebenden zurück.

Tränen traten in Nasrins Augen und sie wusste nicht, ob aus Wut oder Erleichterung. Der *Kafir* schien unbeirrbar seinem Schicksal zu folgen, gleich einem furchtlosen Ritter, der auf düsteren Wegen wandelte.

«Bei Christus, ja! Das hätte er! Er hätte sein Leben verlieren können! Aber nicht durch mich!», erwiderte Bernhard aufgebracht, sah sie feindseilig an und fügte warnend hinzu: «Hört mir gut zu, denn ich werde es nur einmal sagen und Ihr könnt entscheiden, wie es Euch beliebt! Ich werde jetzt gehen. Ich werde dieses Haus verlassen. Entweder vertraut Ihr mir und folgt mir und ich bringe Euch an einen sicheren Ort. Oder Ihr bleibt hier und werdet sterben.» Er wandte sich ab, lächelte Yasid, der sich wieder gefangen hat, aufmunternd an, trat entschlossen auf die vordere Pforte zu und spähte kurz auf die Strasse hinaus. Nur einen Augenblick später war er verschwunden.

Jetzt waren sie wirklich allein und Angst begann in Nasrin aufzulodern, gleich jenem Feuer, das Abuchar erfasst und verzehrt hatte. Sie wusste, dass sie die Grausamkeiten, die in dieser Dunkelheit geschahen, zurücklassen mussten. Ja, sie mussten jetzt fliehen. Zusammen mit Bernhard.

Hastig ergriff sie Yasids Hand und ohne sich nochmals umzudrehen, folgten die Geschwister dem Christen aus dem *Bait* in die Nacht. In ein unbekanntes Schicksal.

Ausgerechnet ein Kreuzfahrer war ihre einzige Hoffnung geworden.

25

Das blasse Gesicht einer Frau erschien in der aufgerissenen Tür. Ihre verschlafenen, dunklen Augen hellten sich erst auf, als sie den späten Besucher erkannte.

«Herr Jesus Christus, Bernhard! Du bist es wirklich!», flüsterte sie gerührt und hob mit einer Hand das flackernde Öllämpchen in die Höhe, während sie die andere auf den Mund legte. Doch die Freude wich rasch aus ihrem Gesicht, als sie auch Nasrin und Yasid wahrnahm.

Bernhard hatte die Kinder des Emirs auf verschlungenen, dunklen Wegen durch Damaskus geführt, immer weiter, immer tiefer in das Gewirr der Straßen und verwinkelten Gassen, über Plätze und Höfe, bis Nasrin nicht mehr wusste, wo sie waren. Er hat ihnen nicht verraten, wohin er sie brachte und nur allmählich erkannte Nasrin, wo sie sich befanden: Im Ostteil von Damaskus, in den verbotenen Stadtteilen, wo die *Nasranî* für sich hausten.

Beunruhigt fragte sie sich, ob er sie hier ihrem Schicksal überlassen würde.

«Ludivine, ich brauche eure Hilfe!», hörte sie ihn beschwörend sagen und das Beben in seiner Stimme entging ihr nicht.

Die zierliche Fremde musterte sie noch immer: Bernhard überrascht, Nasrin und Yasid misstrauisch. «Hast du dich endlich durchgerungen, dich nicht mehr länger in dein Schicksal zu fügen?» Sie seufzte auf. «Aber wie ich sehe, kommst du nicht allein!» Ihre letzten Worte klangen abweisend und kalt.

Nasrin blickte Bernhard verstohlen an. Er stützte sich mit beiden Händen am Türrahmen ab und sprach nun eindringlich auf die Frau ein, in jener warmen, fremden Sprache, die aus seinem Mund wie Gesang klang. Trotzdem verfinsterte sich ihre Miene je länger desto mehr.

Ludivine zählte kaum dreißig Sommer. Dunkle Locken lugten unter ihrer einfachen Kopfbedeckung hervor und wachsame Augen funkelten die Besucher an. Ihr Leib wölbte sich; sie musste bestimmt schon im achten Monat schwanger sein. Sie trug eine dunkelgrüne Tunika, darüber ein ärmelloses Gewand.

Nasrin war verwirrt und überrascht zugleich. Noch nie hatte sie jemanden eine solche Kleidung tragen sehen. Keine Muslimin würde sich je so kleiden.

«*No! Jehan que lui mesme se deffait!*», stieß Ludivine plötzlich hervor und schüttelte heftig den Kopf.

Bernhard antwortete ihr ebenso aufgebracht und zwischen den beiden schien ein erbitterter Streit zu entbrennen.

Yasid beugte sich zu Nasrin hinüber und fragte flüsternd: «Was hat das bloß zu bedeuten?»

«Ich vermute, sie will uns nicht helfen», erwiderte sie besorgt. Noch immer standen sie in dieser dunklen Gasse in einem Stadtteil, der ihr so fern war wie das Ende der Welt. Hierher verirrte sich kein Muslim und selbst die Stadtwachen mieden diese Gegend, obwohl seit der Belagerung von Akkon die Christen wieder vermehrt überwacht wurden.

Nasrin fuhr zusammen, als sie eine dritte Stimme vernahm. In der Tür erschien ein Mann. Er hatte genauso strahlend blaue Augen wie Bernhard, nur sein Haar war viel heller. Es leuchtete golden wie reifer Weizen und ihr fielen Fatimahs Worte ein: «Er sieht aus, als wäre er nicht bemalt.»

Aufmerksam blickte der Mann mit dem hellen Haar zunächst auf sie, dann auf Yasid und wandte sich schließlich mit ruhiger Stimme Bernhard zu. Auch er sprach französisch. Nach einigen Atemzügen nickte er ihnen zu und sagte – diesmal auf arabisch: «Tretet ein!»

Bernhard seufzte erleichtert und ließ sie vorangehen. Nasrin fühlte sich unbehaglich und auch Yasid betrat nur zögernd den einfachen, mit grob gezimmerten Holzmöbeln eingerichteten Raum, dessen Schlichtheit nichts gemein mit dem Palast des Emirs hatte. Mit einem Palast, den es gar nicht mehr gab …

Ludivine verschränkte verstimmt die Arme vor der Brust. In ihrem Gesicht lag offene Abneigung und aufgebracht warf sie ein: «Hast jetzt auch noch du den Verstand verloren, Jehan?» Sie sprach arabisch, als läge ihr daran, dass auch die unwillkommenen Besucher sie verstehen.

«Ludivine, laß uns einfach hören, was Bernhard noch zu erzählen hat», versuchte der Mann sie zu besänftigen und sah die unerwarteten Gäste verständnisheischend an. «Sie ist für gewöhnlich sehr gutmütig und freundlich, doch die Schwangerschaft und all diese unseligen Ereignisse kosten sie viel Kraft. Die Angst und…»

Sie erwiderte auf französisch und es klang noch feindseliger.

Ein eisiges Schweigen folgte, das erst durch Bernhards Worte gebrochen wurde. «Ludivine, Jehan, wie auch immer ihr euch entscheidet, ihr sollt jetzt alles erfahren, was geschehen ist! Und wenn wir auch nur eine Nacht hier bleiben können, werde ich für immer in eurer Schuld stehen!»

Jehan warf ihm einen erwartungsvollen Blick zu, während Ludivine, die Arme noch immer verschränkt, zu Boden starrte. Bernhard begann zu erzählen und beide hörten ihm zu.

«Versteht ihr, es gibt niemanden hier in Damaskus, bei dem sie Unterschlupf finden!», schloss er seine Ausführungen.

Jehan rieb sich versonnen das bartlose Kinn. Welch seltsame Sitte diese *Freng* doch haben, sich immer wieder ihrer Manneswürde zu entledigen, fiel Nasrin gerade jetzt ein und sie hätte geschmunzelt, wäre es nicht eine Nacht wie diese gewesen.

«Sie sind ganz allein.» Bernhard wollte nicht aufgeben.

Doch Ludivine war noch immer unversöhnlich. «Mag sein, aber es sind die Kinder eines Hochverräters! Und du schleppst sie in unser Haus! Du bist wirklich von Sinnen, Bernhard von Markward!», erwiderte sie zornig, ohne aufzusehen.

«Mein Vater ist kein Hochverräter!» Yasid trat empört einen Schritt nach vorne, doch Nasrin zog ihn sanft zurück.

«Nicht unser Vater beging Verrat! Verrat wurde an ihm und an unserem Haus begangen!», erwiderte sie.

Erst jetzt hob Ludivine den Kopf, doch sie schwieg.

Jehan nahm seine Hand vom Kinn, musterte Yasid und Nasrin, die sich einen Zipfel der Pferdedecke anstelle eines *Khimaar* vors Gesicht hielt und bemerkte schließlich: «Es ist für uns alle gefährlich geworden. Nicht nur für die hier lebenden Christen!»

«Habe ich euch nicht geraten, die Stadt zu verlassen, solange es noch ohne große Schwierigkeiten möglich war?» In Bernhards Stimme schwang Besorgnis, kein Vorwurf.

«Ja, das hast du! Hätten wir es getan, wärst du diese Nacht vor verschlossenen Türen gestanden.»Jehan legte bedeutungsvoll den Kopf zur Seite. «Außerdem, Ludivines Zustand ließ es nicht zu!»

«Es wird noch schwieriger werden, wenn Richard …» Bernhard hielt inne und fuhr auf französisch fort, nachdem er Nasrin kurz angesehen hatte. Sie verstand kein Wort, erhaschte nur einzelne Namen, erahnte Zusammenhänge. Akkon, Jerusalem. Löwenherz. Und noch ein Name fiel: Salah ad-Din. Bei Allah, hatte auch er sie im Stich gelassen? Sie wagte nicht, daran zu denken.

Yasid griff sich an den Hals. Die Wunde hat sich wieder geöffnet und blutete. Nasrin riss einen Streifen Stoff von ihrem Kleid ab und versuchte damit, die Blutung zu stoppen. Hinter ihrem Rücken wurden Ludivine, Jehan und Bernhard immer heftiger und lauter.

«Ich mag diesen Ort nicht», sagte Yasid leise und verängstigt. «Und ich mag diese Frau nicht. Wir müssen weg von hier.»

«Aber ich wüsste nicht, wohin. Und im Augenblick kann nur er uns helfen.»

«Aber sie sind Christen, der *Kafir* hat uns geradewegs in ein Nest Ungläubiger geführt. Allah wird uns das nie vergeben!»

«Hast du schon vergessen, dass er dir das Leben gerettet hat? Und auch meines! Auch wenn sie Ungläubige sind, so beten wir alle doch den gleichen Gott an!» Nasrin warf ihm einen mahnenden Blick zu und tupfte weiter die Wunde ab.

Yasid starrte sie ungläubig an. «Wenn Vater das hören würde!»

«Er würde genau das Gleiche sagen», widersprach sie entschieden. «Er hätte nicht gewollt…»

«Ist es schlimm?», unterbrach sie eine ruhige Stimme.

Erschrocken fuhr Nasrin herum.

Neben ihr stand Ludivine.

Ihre Augen glänzten warmherzig. Der anklagende, ablehnende Ausdruck war verschwunden.

«Allah war gütig, es hätte schlimmer sein können», erwiderte Nasrin, bemüht, sorglos zu klingen.

Ludivine kniete sich schwerfällig hin und betrachtete die Wunde. Yasid entzog sich zunächst ihrer Berührung, doch die Entschlossenheit der Christin ließ ihn rasch gehorchen. «Verzeiht mir meine harten Worte, es war nicht so gemeint», versuchte sie ihr Benehmen zu entschuldigen. «In den letzten Tagen ist soviel Unheil geschehen. Diese Angst, diese Ungewissheit. Niemand weiß mehr, wem man vertrauen kann und wem nicht.» Sie hob den Kopf und über die Schulter rief sie: «Jehan, wir brauchen Wasser! Hörst du? Geh und hol Wasser! Und sauberes Leinen zum Verbinden!»

Nasrin musterte sie überrascht an. Nie hätte sie es gewagt, einem Mann auf diese Weise zu befehlen. Und noch überraschter war sie, als Jehan gehorchte.

Ludivine besah wieder aufmerksam Yasids Hals. «Ja, es hätte wirklich schlimmer kommen können. Nur zwei Finger höher und dein Bruder wäre verblutet. Aber gereinigt und versorgt, wird die Wunde schnell heilen.»Sie schenkte Nasrin ein flüchtiges Lächeln.

Jehan kam auf sie zu, stellte vorsichtig eine Schale Wasser auf den Fußboden und reichte Ludivine ein Stück Leinen.

Sie blickten sich ungewöhnlich lange an und als er sich wieder aufrichtete, sagte er: «Es ist nicht viel, was wir euch anbieten können, aber hier seid ihr fürs Erste sicher. Ihr könnt bleiben! Seid unsere Gäste!»

«Eloise scheint ihn zu mögen.»

Nasrin, tief in Gedanken versunken, sah auf, als sich Ludivine umständlich neben sie setzte und einem blondhaarigen Mädchen nachblickte, das mit Yasid im kleinen Innenhof herumtollte.

«Meine Tochter muss ungefähr so alt sein wie dein Bruder!», fügte sie nach einer Weile hinzu und Nasrin nickte schweigend.

Seit zwei Tagen waren sie nun im Haus dieser Christenfamilie und langsam wurde aus gegenseitiger Ablehnung Neugier, verwandelte sich Hass in Offenheit und Nähe. Auch wenn Nasrin und Ludivine wussten, dass die Gastfreundschaft sie zu Zurückhaltung und Höflichkeit verpflichtete, so spürten beide, dass es unwichtig geworden war, aus welcher Welt sie kamen und welches ihre Vergangenheit war – die Schatten des Krieges, die das Land verdunkelten, erreichten alle: Gläubige, Ungläubige, Muslime, Christen. Der Tod war in diesen Tagen nicht wählerisch.

«Er ist zehn», erwiderte Nasrin kurz und lächelte schüchtern, als sie bemerkte, wie unbekümmert Yasid mit dem Mädchen spielte. Ein weiteres, ebenfalls blond gelocktes Mädchen rannte jetzt hinter den beiden her und die Kinder von Jehan und Ludivine erinnerten sie wieder an den *Bait*. Noch schien dieses Haus ein guter Ort zu sein, um aufzuwachsen, um zu spielen, um zu träumen. Ruhig und friedlich. Und sicher. Noch war es so …

«Eloise wird bald neun. Sie ist die Ältere. Sie ist immer so fröhlich. Sie ist mein Engel!» Ludivine bemühte sich, das Gespräch nicht versiegen zu lassen. Auch ihr fiel es nicht leicht, zu reden. Für gewöhnlich mied sie die Nähe der Muslime. Umso mehr überraschte sie die Erkenntnis, dass sie sich in Nasrins Gesellschaft wohl fühlte.

«Du hast wundervolle Kinder.» Nasrin lächelte wieder. Sie spürte das Vertrauen, das Ludivine ihr entgegenbrachte, gleich einem Windhauch, der ein zögerliches Feuer entfachte und sie wollte es erwidern. Vielleicht, weil sie eine Frau war. Vielleicht, weil da noch etwas war, das sie beide verband: Ohne ein Zuhause zu sein. Ludivine war eine Fremde in einem fremden Land und Nasrin jetzt eine Fremde in ihrem eigenen Land. Sie wusste nicht, was schlimmer war. Gerne wäre sie jetzt allein gewesen, um zu verstehen, was geschehen war, um ihre Gefühle zu bändigen, um die Kraft zu finden, wieder zu glauben und zu hoffen. Um zu weinen und den Schmerz, der nicht mehr enden wollte, zu vergessen.

«Dein Bruder ist sehr tapfer!» Ludivines Stimme holte Nasrin zurück in den kleinen Innenhof und sie entgegnete: «Ich glaube, er versucht, es seinem Vater gleichzutun. Auch er hatte es nie gezeigt ...», sie verbesserte sich rasch: «Auch er zeigt es nie, wenn ihn etwas bedrückt.» Wieder sprach sie von Suleyman so, als wäre er schon tot und ihre Augen begannen zu brennen.

«Habt ihr noch immer nichts von eurem Vater erfahren?», fragte Ludivine vorsichtig.

Nasrin senkte den Kopf. Sie musste ein Schluchzen unterdrücken, als sie entgegnete: «Ich habe Angst, dass ich ihn nie mehr sehen werde.»

Verstohlen wischte sie eine Träne ab und schreckte hoch, als sich eine Hand auf ihren Arm legte. Ludivine strich ihr mitfühlend eine Haarsträhne aus dem Gesicht. Ihre Augen strahlten, sie waren voller Güte und Trost. «Mein Mann und Bernhard werden versuchen, herauszufinden, was mit deinem Vater geschehen ist», erklärte sie beruhigend.

Nasrin seufzte. «Kennst du Bern'ard schon lange?», fragte sie plötzlich und presste im gleichen Moment die Lippen zusammen.

Ludivine hob die Augenbrauen. «Wieso fragst du?» Als Nasrin schwieg, lächelte sie ihr zu. «Vielleicht, weil du ihn magst?»

«Nein! Das heisst... Nur weil... nur weil er Yasid und mir das Leben gerettet hat.» Nasrin wandte sich verlegen ab.

Ludivine lächelte noch immer. «Wie auch immer. Ich kenne ihn erst seit einigen Wochen. Jehan dagegen», sie streichelte sanft und abwesend über ihren gewölbten Bauch, «Jehan dagegen kennt ihn beinahe sein halbes Leben. Vor Jahren kämpften sie gemeinsam an der Seite ihres deutschen Kaisers Friedrich.»

«Kaiser? Was ist ein Kaiser?», unterbrach Nasrin sie neugierig.

Ludivine runzelte die Stirn und dachte nach. «Ein Kaiser ist ein mächtiger Herrscher. So wie ein Sultan!»

Nasrin wurde wieder bewusst, wie wenig sie eigentlich wusste. Diese Christin hat in ihrem Leben, so schien es, bestimmt schon mehr erfahren und gesehen als sie es je tun würde.

«Jehan und Bernhard kennen sich seit jener Zeit, als sie am Hofe des Kaisers dienten», fuhr Ludivine fort. «Und Jehan hat, so erzählte er mir einmal, Bernhard das Leben gerettet, als dieser in einer Schlacht schwer verwundet wurde!»

Daher diese Narbe, fiel Nasrin ein, diese mächtige, schreckliche Narbe, die sich über seine Brust zieht.

Ludivines Blicke folgten dem Spiel der Kinder, die, noch immer nicht müde, einander hinterher jagten. «Seither sind sie vertraute Freunde. Doch eines Tages trennten sich ihre Wege: Jehan zog ins Heilige Land, während Bernhard in die Dienste des Herzogs von Schwaben trat!»

«Warum ist dein Mann hier geblieben?»

Ein Lächeln huschte über Ludivines Lippen. «Weil wir uns in Edessa kennenlernten. Deshalb.»

«In Edessa? Und was hat euch dann nach Damaskus geführt?»

Ludivines Lächeln schwand, ihre Miene versteinerte und ihr Blick wurde ausdruckslos. Sie sagte nur ein Wort und es klang, als hätte sie es ausgespuckt: «Hattin!»

Ein unbehagliches, quälendes Schweigen breitete sich plötzlich zwischen ihnen aus.

Hattin. Nasrin wusste um diese blutige Schlacht, um den Sieg über die Kreuzritter, der zum Ruhm Allahs errungen wurde, so wie die Muslime die Ereignisse schilderten.

«Jehan war dort und focht an der Seite von Guido, dem König von Jerusalem. Auch meinen Mann ereilte jenes Schicksal, das später Bernhard traf.» Ludivine fasste sich wieder und Nasrin war erstaunt, wie fehlerlos sie arabisch sprach. So, als hätte sie ihr ganzes Leben hier verbracht.

«Gehörte er zu den Rittern, die das Blutbad überlebten und von Salah ad-Din nach Damaskus gebracht wurden?», erkundigte sie sich bedrückt und nestelte am Saum der Tunika. Das grobe Leinen des einfachen Gewandes, das Ludivine ihr überlassen hat, da ihr eigenes Seidenkleid verschmutzt, angesengt und zerrissen war, juckte auf der Haut. Doch Nasrin ließ sich nichts anmerken.

Ludivine starrte abwesend auf die spielenden Kinder und es schien, als würde sie selbst die Qualen ihres Mannes erleiden. «Ich trug zu jener Zeit ein Mädchen unter meinem Herzen und war in Edessa geblieben. Als ich von dem Unheil in Hattin erfuhr, glaubte ich zunächst, dass auch Jehan gefallen war.» Sie hielt inne und bekreuzigte sich rasch, bevor sie weitersprach: «Als ich aber hörte, dass Salah ad-Din die noch lebenden Ritter nach Damaskus geschickt hatte und dort als Sklaven verkaufen wollte, schöpfte ich neue Hoffnung. Ich machte mich auf die Suche nach Jehan. Und Gott hat mich erhört, denn ich habe ihn gefunden. Es vergingen jedoch Monate, bis Salah ad-Din uns schließlich erlaubte, die Überlebenden freizukaufen. Sofern wir das Geld dafür aufbrachten.» Jetzt erst sah Ludivine Nasrin offen an. Nachdenklich, verletzt, aber auch stolz. «Der Preis war hoch», fuhr sie mit einem Seufzer fort, «aber wir zahlten ihn und opferten alles, was wir besaßen: unser Haus in Edessa, unser Geld, einfach alles. Hattin veränderte alles. Wohin sollten wir Christen nun gehen? Wir hatten nichts mehr, nur uns und unsere drei Kinder. Es spielte keine Rolle mehr, wo wir uns niederlassen würden. So blieben wir in Damaskus.»

Nasrin starrte zu Boden, beeindruckt und beschämt zugleich. Ludivine liebte ihren Mann so innig und aufrichtig, dass sie für ihn alles aufgegeben hatte – und sie würde es bestimmt wieder tun.

Und sie selbst? Wie viel würde sie für Jamal opfern, wie viel für ihn aufgeben? Sie musste sich zugestehen, dass es nicht viel wäre. Es würde nicht mal Yasids Hände füllen ... Sie schluckte leer und wusste nicht, ob sie entsetzt oder erfreut über ihr Empfinden sein sollte.

Sie blickte zu ihrem Bruder hinüber. Wie glücklich er hier zu sein schien – wenn auch nur für einige Tage. Noch immer tollte er mit Eloise herum, als wäre sie seine Schwester. Nasrin mochte es, ihnen zuzusehen; ihr Gelächter half ihr, die Leere, die sie erfüllte, mindestens für einige Momente zu vertreiben.

Sie wandte sich wieder Ludivine zu, als die Kinder lachend im Inneren des Hauses verschwanden. «Es ist sicher nicht einfach für euch, in Damaskus zu leben.»

Ludivine überhörte ihre hilflose Bemerkung, stattdessen stellte sie mit nüchterner Stimme fest: «Abgesehen von der Steuerlast, die uns Bassam Kadin auferlegt hat und dem Misstrauen, dass manche Muslime uns Christen entgegenbringen, ist es nicht schwieriger als in Edessa. Wir vermeiden es, wenn möglich, unseren Stadtteil zu verlassen. Und ihr vermeidet es, hierherzukommen. So ist es nun mal. Seit der Belagerung Akkons ist alles noch schlimmer geworden. Und es wird nichts ändern, solange der Sultan Krieg führt!»

«Diesen Krieg haben nicht wir begonnen», widersprach Nasrin scharf und schalt sich selbst wegen ihrer Überheblichkeit.

Ludivine nickte zustimmend. «Ja, ihr habt ihn wirklich nicht begonnen. Doch irgendwann spielt dies keine Rolle mehr. Für uns Frauen sollte es jedenfalls so sein. Denn Krieg bedeutet immer Leid und Trauer. Es sind Männer, die Kriege anzetteln. Und es sind Männer, die Kriege führen. Zu ihrem Ruhm, wegen ihres Stolzes und wegen ihrer Machtgier.» Sie strich sich erneut über ihren Bauch. «Doch das Leid tragen die Kinder, tragen wir Frauen. Den Männern die Ehre, den Frauen die Verzweiflung! So ist es schon immer gewesen. Und es ist gleich, welchem

Glauben wir anhängen, welchen Gott wir anbeten! Jehan hat es eingesehen und er wird nie wieder zum Schwert greifen! Er hat begriffen, dass der Krieg keine Sieger kennt, nur Verlierer.»

Nasrin fühlte sich verunsichert, als Ludivines eindringliche Blicke sie trafen. Sie hatte nie daran gedacht, den Krieg, der soviel Leid und Schmerz säte, so zu sehen. So, wie es die Frau eines Christen tat. Für sie war der Krieg gegen die Barbaren aus dem Norden heilig; er wurde ausgerufen, um die Ungläubigen zu vertreiben, um Allahs Land und seinen Glauben zu schützen.

«Du weißt viel darüber, wie mir scheint», bemerkte Nasrin ausweichend.

«Ich weiß es nicht nur, ich habe es selbst erfahren. Zuerst an der Seite meines Vaters und meiner Brüder, später an Jehans Seite. Im Gegensatz zu euch muslimischen Frauen folgen wir unseren Männern auf ihren Feldzügen. Sie kämpfen und wir pflegen sie. Sie sterben und wir weinen um sie. Das ist unser Schicksal. Das ist unsere Geschichte. Die Geschichte des Krieges.» Ludivine verstummte, sie wandte den Kopf zur Seite und fuhr sich mit der Hand über die Augen.

Auch Nasrin schwieg. Sie spürte die Bitterkeit dieser Worte, den Schmerz, den diese Erinnerungen in sich trugen.

Lange blickten sie beide in den Garten, der jetzt leer vor ihnen lag. Die Sonne stand schon tief und ein Wind trug lieblichen Jasminduft herüber.

Nasrin fühlte sich elend. Der Duft erinnerte sie an all das, was sie verloren hatte: Suleyman, Jasmina, Jaida, ihre Diener, den Garten und den Palast.

«Edessa, Hattin; das ist jetzt so lange her und du wolltest eigentlich nur wissen, woher ich Bernhard kenne.» Ludivine räusperte sich. «Jehan hatte ihn erst vor einigen Wochen wieder getroffen. Es war zu der Zeit, als El-Afdal alle arbeitsfähigen Christen zwang, die Stadtmauern auszubessern. An jenem Abend, als dieses schreckliche Gewitter über Damaskus tobte, brachte Jehan ihn mit nach Hause!»

Nasrin konnte sich kaum rühren. Sie erinnerte sich noch sehr gut an die Nacht: In jener Nacht war sie mit ihm zusammengestossen, in jener Nacht hielt er sie in seinen Armen. Deswegen also hatte er sich vor Jamal verstecken müssen: Weil er nicht rechtzeitig in den *Bait* zurückgekehrt war. Weil er Ludivine und Jehan getroffen hatte. Aber warum, warum kam er überhaupt noch zurück? Eine Vorahnung beschlich sie, die sie glücklich machte und doch erzittern ließ. Ein ungeheuerlicher Gedanke, bei dem ihr Herz raste.

«Seit jenem Abend haben Jehan und ich ihn nicht mehr gesehen, nichts mehr von ihm gehört. Wir dachten schon, er seit tot ...» Ludivine unterbrach sich selbst und schaute sie ungewöhnlich lange prüfend an.

Endlich wagte Nasrin, ihr die Frage zu stellen, die ihr fast den Atem raubte: «Aber wenn er bei euch war, warum ist er...»

Ludivine fiel ihr verwundert ins Wort. «Warum er nicht geblieben war? Das haben wir uns auch gefragt, nachdem er gegangen war. Freiwillig. Obwohl er genau wusste, welches Schicksal ihn erwartete, wenn ihn der Hauptmann der Stadtwache erwischen würde. Doch irgendwas trieb ihn fort von hier! Seit dem Augenblick, als ich dich das erste Mal sah, Nasrin, wusste ich, was es war! Und sag nicht, du ahnst es nicht!»

Nasrin faltete die Hände und drückte sie zusammen, bis ihre Knöchel schmerzten.

Allmächtiger Allah! Also ist es wahr!

Sie wusste genau, warum er zurückgekehrt war.

26

Die Tage vergingen und nach und nach erfuhr Nasrin mehr über Ludivine.

Nun in dem kleinen Garten sitzend, dachte sie darüber nach, dass die Christin eine besondere Frau mit einer besonderen Vergangenheit war.

Ihr Großvater, ein normannischer Edelmann, hatte es vorgezogen, sich in Edessa niederzulassen statt mit den Kreuzfahrern nach Jerusalem zu ziehen. Die Stadt war seit dem ersten Kreuzzug der Franken ein Herzogtum der christlichen Ritter. Hier nahm er eine Einheimische zur Frau, die ihm drei Söhne schenkte. Einer von ihnen, Warren, war Ludivines Vater. Avila, ihre Mutter, ebenfalls eine Normannin, ließ die Kinder in beiden Welten aufwachsen. Und so lernte Ludivine sehr bald die arabische Welt ihrer Großmutter und die christliche ihres Großvaters kennen. Sie erlernte auch beide Sprachen. Gesegnet mit einer ungewöhnlich hellen Haut, die sie von ihrer Mutter und einer dunklen Haarpracht, die sie vom Vater geerbt hatte, war sie lange unschlüssig, wohin sie nun gehören sollte und wollte. Welche Welt war ihr Zuhause – Edessa oder das Land der Vorfahren ihrer Mutter?

Doch dann kam jener Tag, an dem sich die Wege von Ludivine und Jehan kreuzten. Das *Kismet* nahm ihr die Entscheidung ab und führte sie nach Damaskus.

Sie haderten nicht mit ihrem Schicksal, sondern versuchten, das Beste aus ihrem Leben zu machen. Sie liebten sich noch immer, sie liebten ihre Kinder und Nasrin spürte, dass trotz all dem Leid, das ihnen widerfahren war, beide auch Yasid und sie in ihre Herzen geschlossen hatten. Sie hegten keinen Groll gegen die Kinder des Emirs. Ludivines anfängliche Ablehnung war verschwunden und an ihre Stelle traten Gastfreundschaft und eine Hilfsbereitschaft, die Nasrin nie erwartet hätte.

«... *Respit aient en paradis, et Dieu saulve le remenant. Respit aient en paradis, et Dieu saulve le remenant.*» Nasrin zog erschrocken einen Schal über den Kopf, als sie Jehans Stimme vernahm.

Es erschien ihr seltsam, dass es im Haus dieser *Nasranî* weder einen Bereich für die Gäste noch einen *Harim* gab, wo eine Frau für sich allein sein konnte. Auch wunderte sie sich, dass Jehan sich nur mit einer Frau begnügte und nicht mehrere hatte wie ihr Vater. Ludivines Erklärung, es sei Christen erlaubt, nur eine Frau zu heiraten und dieser das ganze Leben treu zu bleiben, verstand sie ebenfalls nicht. Welch ein seltsamer Glaube!, dachte sie und beobachtete interessiert Bernhard und Jehan, die eben den Garten betraten. Sie unterhielten sich aufgeregt. Wieder in der Sprache, die Bernhard einmal «französisch»genannt hat und die ihr so lieblich erschien. Enttäuscht seufzte sie auf. Wie gerne hätte sie verstanden, worüber sie sprachen!

Bernhard hat die Arme vor der Brust verschränkt und hörte Jehan schweigend zu. Manchmal nickte er – mal bestimmt, dann wieder abwesend. Irgendwann winkte Jehan ab und verschwand wieder im Haus.

Bernhard blieb zurück, in Gedanken versunken, die ihn fort zu tragen schienen. Er ging in die Hocke, fuhr mit der Hand über den staubigen Boden. Irgendetwas ging in ihm vor und Nasrin hätte nur allzu gerne gewusst, was es war. Erst jetzt entdeckte er sie, erhob sich langsam und trat mit besorgtem Gesicht auf sie zu. Doch dann huschte ein flüchtiges Lächeln über seine Lippen, als er sagte: «Euer Vater lebt noch!»

Nasrin sah ihn ungläubig an, als stünde ein *Dschin* vor ihr. «Woher weißt du das? Hast du ihn gesehen?»

Bernhard setzte sich neben sie. «Jehan hat es erfahren. Oder besser gesagt, er hat dafür bezahlt, um es zu erfahren. Aber es war unmöglich, herauszufinden, was der Wesir nun genau vorhat und ob er tatsächlich eine Anklage gegen ihn erhebt.»

Nasrins Magen zog sich zusammen. Sie fühlte sich plötzlich schwach, wollte sich einfach fallen lassen, sich an Bernhards Brust festhalten und ihren Gefühlen nachgeben. Da waren Trauer und Verzweiflung über ihren Vater. Aber da war noch etwas. Ein Gefühl, das immer deutlicher wurde, so, als würde sie endlich die Quelle eines Flusses erreicht haben. Klar und rein. Sie liebte diesen Christen. Bei Allah, das tat sie wirklich und es hatte keinen Zweck mehr, es zu leugnen.

Drückendes Schweigen hüllte sie ein, während die untergehende Sonne den kleinen Garten in eine friedliche Oase verwandelte und das warme Licht einen letzten, rötlichen Schimmer auf die Mauern hauchte.

Nasrin musterte Bernhard vorsichtig von der Seite, doch statt sich ihm anzuvertrauen, warf sie mit gespielter Gleichgültigkeit ein: «Ich merke, dass dich noch etwas beschäftigt.»

Er schwieg noch immer, antwortete nicht gleich. Erst nach einigen Atemzügen nickte er und sah sie an.

«Aber du willst es nicht sagen», schloss sie und senkte rasch ihre Lider, als sich ihre Blicke trafen.

«Ich werde nicht länger in Damaskus bleiben!», entgegnete er und sein Gesicht war plötzlich regungslos und finster.

«Was sagst du da?» Sie hob ungläubig den Kopf.

«Ich kann nicht länger hier bleiben. Aber seid unbesorgt, für Euch und Euren Bruder ändert sich nichts. Jehan hat mir versichert, Euch zu helfen. Und Ihr könnt weiterhin seine Gäste sein, bis sich alles wieder beruhigt hat. Aber ich werde gehen.» Er zögerte. «Ich hätte schon längst gehen sollen!»

«Hast du vergessen, dass solange Bassam Kadin in Damaskus herrscht, weder Yasid noch ich vor ihm sicher sind? Und auch Ludivine und Jehan nicht!»

«Wenn der Sultan zurückkehrt, wird…»

«…wird es vielleicht schon zu spät sein!» Nasrin erhob sich rasch, zornig und hilflos zugleich, unfähig ihre Gefühle zu bändigen, ihre Gedanken zu ordnen.

Auch Bernhard war aufgesprungen und wütend rief er: «Herrgott noch mal! Der Allmächtige straft mich mit Euch mehr als mit hundert Jamals! Was glaubt Ihr denn, kann ich gegen den Wesir und gegen all die

Stadtwachen schon ausrichten? Wie soll ich Eurem Vater helfen? Soll ich ihn etwa aus der Zitadelle befreien?»

«Warum nicht?», fragte sie trotzig. «Noch ist er dein Herr!»

«Mein Herr?» Bernhard lachte verächtlich auf. «Ihr wisst genau, dass er es nie gewesen war. Und jetzt wird niemand mehr über mich verfügen. Das Schicksal geht verschlungene Wege und solch einem folge ich jetzt. Er führt mich aus Damaskus fort! Und weder Ihr...» Er verstummte, hob den Kopf und lauschte.

Von der Straße her drang plötzlich Lärm über die mannshohen Mauern des Gartens. Stimmen. Rufe. Nasrin glaubte, sogar das Klirren von Schwertern zu vernehmen. Auch Bernhards Miene verdüsterte sich und besorgt sagte er: «Sie sind schon da!»

«Wer?» Bestürzt sah Nasrin sich um. Sie zitterte. Noch waren die Erinnerungen an den Überfall auf den *Bait* lebendig. All die schrecklichen Bilder waren noch immer da und sie wusste, sie würde sie nie vergessen.

Jehan stürmte aufgebracht in den Garten und rief: «Die Stadtwachen sind im Viertel!»

«Die Stadtwachen sind im Viertel?», wiederholte Nasrin fassungslos. «Aber sie wissen doch nicht, dass wir hier sind!»

«Nein, das wissen sie nicht und sie suchen auch nicht nach euch. Sie nennen es *Gaziya*. Wir nennen es eine Plünderung», versuchte Jehan sie zu beruhigen, doch Bernhard sah sie vorwurfsvoll an.

Beschämt wich sie seinem Blick aus. Sie wusste, dass die Stadtwachen von Zeit zu Zeit in den Vierteln der Juden und Christen solche *Gaziya* durchführten. Jamal hat ihr einmal davon erzählt. Er hat selbst Truppen dafür zusammengestellt und diese wie Allahs Plagen in die Stadtteile der Andersgläubigen geschickt.

Ein Schrei des Entsetzens, der über die Mauer kroch, ließ Nasrin zusammenfahren. Wie eifrig und rücksichtslos die Soldaten dabei vorgingen, hat Jamal ihr allerdings verschwiegen. Wie vieles andere auch!

«Seit einigen Wochen häufen sich diese *Gaziya*», erklärte Jehan.

«Vor allem seit der Belagerung Akkons», ergänzte Ludivine, die jetzt neben ihren Mann trat und mit abweisender Stimme hinzufügte: «Sie durchkämmen die Stadtteile, fordern Zins. Manchmal durchsuchen sie die Häuser und nehmen einfach alles mit, was ihnen wertvoll erscheint! So füllen sie das Schatzhaus des Statthalters und jenes des Wesirs. Gott sei Dank lassen sie die Bewohner dabei meist unbehelligt!»

«Und wenn wir uns weigern, jagen sie uns aus der Stadt. Eine milde

Strafe im Gegensatz zu dem, was sie uns sonst noch antun könnten.» Jehan drehte sich erschrocken um, als ein weiterer Schrei – diesmal ganz nah – zu hören war.

«Werden sie auch hierherkommen?» Auf Nasrins Stirn glänzten plötzlich Schweißperlen.

Ein unbeherrschtes Klopfen und barsche Rufe waren die Antwort und noch bevor Jehan die Tür öffnen konnte, ging diese krachend zu Bruch. Holz splitterte und das Rasseln von Kettenhemden und feste, eilige Stiefeltritte erfüllten das Haus.

Starr vor Furcht stand Nasrin da und bemerkte zuerst gar nicht, dass Bernhard neben sie trat. «Wenn wir Glück haben», sagte er leise, «suchen sie wirklich nur nach Geld!»

Yasid und die beiden Mädchen erschienen an der Schwelle. Eloise und ihre Schwester wirkten gefasst, Yasid hingegen verängstigt. Während sich die Mädchen um Ludivine scharten, steuerte der Junge hastig auf Nasrin zu.

Im selben Augenblick betraten vier Soldaten den Garten.

Wie versteinert blieb Yasid, nur einige Schritte von seiner Schwester entfernt, stehen. Sein Kinn zitterte und in seinen Augen standen Tränen. Die Erinnerungen haben auch ihn eingeholt. Nasrin streckte die Arme nach ihm aus, doch Bernhard hielt sie zurück. Stattdessen zog Ludivine den Jungen schützend zu sich.

Grimmig starrten die Soldaten die Bewohner an, ohne Bernhard und Nasrin zu beachten.

«Wir sind hier, um Steuern einzutreiben!», rief einer von ihnen. Er war ein gedrungener, rundlicher Mann, dessen Nase ein Furunkel zierte. Seine Augen flackerten unruhig.

«Bereits zum vierten Mal in diesem Jahr! Wann werdet ihr endlich genug haben?», stieß Jehan zerknirscht hervor. Ludivine sah ihn warnend an.

«Halte deine Zunge im Zaum, du Verfluchter!», erwiderte der Mann drohend. «Der Sultan benötigt Gelder für seine Armeen, um gegen euch verruchte Christen ziehen zu können! So ist es nur recht, wenn ihr euch selbst an eurer Niederlage beteiligt!» Er lachte auf und es klang wie das Bellen einer Hyäne.

Missmutig kniff Jehan die Augen zusammen, ohne sich zu rühren. «Gelder? Für den Sultan? Wohl eher für den Wesir!»

Sofort blitzten Klingen auf.

Nasrin zuckte zusammen.

Allmächtiger Allah, er würde sie noch alle ins Verderben ziehen, wenn er nicht endlich schwieg!

Jehan, unbeeindruckt, rührte sich nicht. Auch nicht, als ein Soldat vor ihn trat und zischte: «Du gibst uns jetzt, was du uns schuldest! Wenn nicht, werden wir es uns holen! Und nehmen noch etwas mehr mit!»

Nasrin hielt den Atem an. Auch wenn Bernhard dicht neben ihr stand und ihr ein Gefühl von Sicherheit verlieh, wusste sie, dass er diesmal nichts ausrichten konnte. Sie alle mussten den Stadtwachen gehorchen und sie gewähren lassen, denn diese würden ohne zu zögern jeden Befehl ihres Anführers befolgen.

«Also, was ist nun?», drängte der Soldat.

Jehan rührte sich noch immer nicht, die Hände zu Fäusten geballt. Ludivine nickte ihm kaum merklich zu und endlich steuerte er missmutig auf das Haus zu. Der Soldat folgte ihm.

«Und wer bist du?», wandte sich ein anderer an Ludivine.

«Seine Frau!», erwiderte sie scharf und hob stolz den Kopf.

«Und du? Was starrst du mich so an?» Der Mann ging in die Hocke und musterte Yasid neugierig.

Nasrin fuhr ein Stich durchs Herz. So heftig, dass er ihr fast die Besinnung raubte.

«Ihr seht doch, dass er Angst vor euch hat!»Ludivine stellte sich zwischen ihn und Yasid und drückte den Jungen fest an sich, als wäre er ihr eigener Sohn.

Misstrauisch musterte der Soldat zuerst sie, dann ihre beiden Töchter. «Er ist dein Sohn?»

Ludivine nickte. «Ja, er ist mein Sohn! Und er mag keine Soldaten!»

Ein hämisches Lächeln huschte über das Gesicht des Mannes. «Gut. So fürchtet er sich vor uns!», entgegnete er höhnisch.

«Ja, noch! Noch fürchtet er sich vor euch!», rief Jehan, der eben zurückkehrte, und warf dem Anführer einen kleinen Beutel zu. Geldstücke klirrten, als dieser ihn auffing und abwägend in der Hand hielt. «Ist das alles?»

«Mehr haben wir nicht!» Jehan stellte sich entschlossen vor ihn hin.

Der Mann zögerte kurz, steckte den Beutel schließlich ein und blickte sich um.

Nasrin spürte, wie sich Bernhards Körper straffte und der Arm, den er nun schützend um ihre Schulter legte, immer schwerer wurde.

Erst jetzt schien der Soldat sie bemerkt zu haben. Er legte den Kopf zur Seite und kniff die Augen zusammen. «Dich kenne ich doch!»

«Ich glaube nicht, dass wir uns kennen! Denn ich kenne dich nicht! Also kannst du mich auch nicht kennen!» Bernhard zog Nasrin noch näher an sich und griff mit einer Hand an den Gurt, dorthin, wo er den Dolch versteckt hielt.

Einen Wimpernschlag lang sah der Mann ihn mit zusammengekniffenen Augen an, dann winkte er gleichgültig ab. Er hatte bekommen, was er wollte.

«Hauptmann!», erscholl es plötzlich aus dem Haus. Der laute Ruf ließ sie alle herumfahren. Gleich darauf stürzte ein Soldat in den Garten.

Nasrins Herz stockte, als sie ihn erblickte und sie lehnte sich an Bernhard, drehte ihr Gesicht zur Seite.

«Was ist denn los, Riyad?», fragte der Hauptmann ungeduldig.

«Unruhen am *Bab Thuma*! Einige Christen weigern sich, ihre Steuern zu zahlen und greifen zu den Waffen!»

Ludivine und Jehan sahen sich besorgt an. Das Stadttor *Thuma* war nur wenige Straßenzüge entfernt.

«Sammle die Männer! Sie sollen sich am *Bab Thuma* einfinden! Aber vermeidet unnötiges Blutvergießen!», befahl der Hauptmann und ohne sich nochmals umzusehen, ging er.

Doch Riyad Ibn Abu Baha'uddin – von Bassam Kadin abgesetzt, vom Hauptmann zurückgelassen und in seiner Ehre gekränkt – rührte sich nicht. Allah, jag auch ihn fort, blende ihn, lass ihn sterben! Auf der Stelle! Aber lass nicht zu, dass er uns sieht!, flehte Nasrin, während ihr Herz bis zum Hals schlug. Er würde sie sofort erkennen. Und nicht nur sie, auch Yasid.

Vorsichtig, ganz vorsichtig wagte sie, aufzublicken.

Noch immer stand Riyad regungslos, mit grimmiger Miene, da.

Ihre Blicke trafen sich in dem Augenblick, als er sich umwandte, um endlich das Haus zu verlassen. Gleich einem Falken, der sich auf seine Beute stürzt, kehrte seine Erinnerung zurück und seine dunklen Augen weiteten sich. «Nasrin und Yasid al-Dir! Ihr lebt? Alle denken, Ihr seid tot!»

«Wir wären ja auch beinahe umgekommen!», erwiderte Nasrin verbittert.

Er schien nachzudenken, doch ihm blieb keine Zeit mehr, einen klaren Gedanken zu fassen. Alles ging so schnell, dass Nasrin nicht mehr wusste, was wirklich geschah. Ein Dolch blitzte auf und Bernhard drückte die Klinge an Riyads Kehle, noch bevor dieser nach den anderen Soldaten rufen konnte.

Ludivine schlug erschrocken die Hände überm Kopf zusammen. «Bernhard, bei Christus und seiner Heiligen Mutter, was tust du?»

«Ich versuche, euch zu retten!» Er hielt Riyad eisern fest.

«Nur ein Laut von mir und die ganze Stadtwache wird hier sein!», stieß dieser hervor und stöhnte auf, als Bernhard seinen Arm noch fester auf den Rücken bog. «So schnell wie ich dir die Kehle durchschneide, kannst du keinen Laut von dir geben!», zischte Bernhard.

«Allmächtiger!» Ludivine bekreuzigte sich und starrte Jehan an.

«Warte!» Nasrin trat vor und hob warnend die Hand. «Riyad Ibn Abu Baha›uddin, Ihr seid ein Mann der Ehre, Jamal treu ergeben! Und Ihr wisst, dass es falsch war, was mit meinem Vater geschah.»

Sein Blick war unsicher und ängstlich wie damals, als er im Palast erschien, um den Emir zu verhaften. «Ich befolgte nur den Befehl des Wesirs! Und wenn Ihr zulässt, dass mich dieser Ungläubige tötet, begeht Ihr Hochverrat, genau so wie Eurer Vater zuvor!»

«Der einzige Hochverräter in dieser Stadt ist Bassam Kadin! Er ist es, der Hochverrat begeht – gegen meinen Vater, gegen den Statthalter und auch gegen den Sultan!»

«Ihr habt Euch mit diesem verfluchten Christenpack…» Er brach ab und schluckte leer, als die Klinge von Bernhards Dolch seine Haut aufritzte, «Ihr habt Euch mit diesen Ungläubigen verbündet! Ihr seid Verräter! Ihr und Euer Bruder!»

Nasrin blickte ihn empört an. «Diese Ungläubigen haben uns geholfen, zu fliehen, als Bassam Kadin den Palast anzünden ließ!»

Riyad lachte auf. «Der Wesir hat Euren *Bait* nicht anzünden lassen! Das Feuer, das ausgebrochen war, hat die Häuser einer ganzen Straße vernichtet und viele getötet. Allah sei mein Zeuge! In Damaskus gab es schon immer Brände, beinahe jeden Tag!»

«Das ist nicht wahr! Die Stadtwachen sind in den *Bait* eingedrungen! Sie töteten meinen Onkel, einen *Alim*, danach die ganze Dienerschaft! Wenn nicht dieser Christ meinem Bruder und mir geholfen hätte, wären auch wir jetzt tot!»

«Ihr lügt! Kein Muslim würde es wagen, Hand an einen *Alim* zu legen! Er ist in den Flammen umgekommen!»

«Das ist er nicht! Und Ihr wisst es! Genauso wie Ihr wisst, dass Bassam Kadin Euch absetzen ließ, weil Ihr an seinen Befehlen gezweifelt habt und dadurch für seine Pläne gefährlich geworden seid!», entgegnete Nasrin und dachte: Du kannst dich glücklich schätzen, überhaupt noch zu leben!

Riyad schwieg, blickte an ihr vorbei. Endlich schien er einzulenken. «Was wollt Ihr von mir?»

«Nur Euer Schweigen! Erzählt niemanden, dass Ihr uns gesehen habt! Und auch diese Frau und diesen Mann kennt Ihr nicht und Ihr wisst auch nicht, wo sie wohnen!»

«Ihr verlangt, dass ich die Befehle des Sultans missachte?»

«Bassam Kadins Befehle sind nicht die des Sultans! Wenn Salah ad-Din von all dem erfährt, wird er dafür sorgen, dass sich die Reihen der Verräter lichten, so wahr der Prophet einen Bart trug! Ihr gehört nicht zu ihnen und Ihr wisst, dass ich die Wahrheit spreche! Verflucht, Riyad, wann wollt Ihr das endlich einsehen?»

«Wenn Ihr die Wahrheit sagt», erwiderte er, überrascht von Nasrin Wutausbruch, «so sollte Salah ad-Din es schnell erfahren. Sonst…»

«Was sonst?», fiel ihm Bernhard ungeduldig ins Wort.

Riyad zögerte. «Sonst wird der Emir am siebten *Shaaban* hingerichtet werden! Der *Qadi* hat heute Morgen das Urteil verkündet.»

Nasrin riss die Augen auf. «Was sagt Ihr da?» Verzweifelt sah sie zu Yasid, der sich jetzt von Ludivine losriss und zu ihr lief.

Angst schnürte Nasrin die Kehle zu und wie von fern hörte sie Bernhard sagen: «Das ist in weniger als zehn Tagen!»

Erneut ertönten Rufe aus dem Haus. «Riyad! Wo bleibst du denn? Der Hauptmann verlangt nach dir!» Ein hochgewachsener Soldat betrat den Garten und sah Riyad an. Zuerst verwundert, schließlich bestürzt. Dann zückte er den Säbel und rief: «Allmächtiger Allah! Wachen! Wachen, hierher!»

Blitzschnell stieß Bernhard Riyad mit aller Kraft auf den Soldaten. Ein Aufschrei erfüllte den Garten, als die Klinge des Mannes in Riyads Körper drang.

Jehan brüllte: «Großer Gott, Ludivine, bring die Kinder in Sicherheit! Schnell!»

Ohne zu zögern, packte sie die Mädchen, drängte sie zum Tor und bevor Nasrin Eloise daran hindern konnte, ergriff diese Yasids Hand und zog ihn mit sich. Gleich darauf waren sie alle im Haus verschwunden.

Wie angewurzelt stand der Soldat da, den entsetzten Blick auf Bernhard geheftet. Ohne den toten Riyad zu beachten, wich er einige Schritte zurück, drehte sich um und versuchte zu fliehen.

Doch bevor er den ersten Schritt tun konnte, bohrte sich die Klinge von Bernhards Dolch in seinen Nacken. Mit einem unterdrückten Schrei sank er zu Boden, blieb regungslos liegen.

Jehan stürmte herbei. «Bernhard, Nasrin, flieht! Ich muss zu Ludivine!»

Kaum waren seine Worte verklungen, näherten sich ihnen eilige Schritte.

Bernhard packte Nasrin am Arm. «Kommt!»

Sein Griff schmerzte. Sie versuchte, sich zu befreien. «Und Yasid? Ich muss zu Yasid! Ich kann nicht ohne ihn gehen!»

«Wenn Ihr ihn retten wollt, dann kommt mit mir! Bei Jehan und Ludivine ist er in Sicherheit! Und er ist ein tapferer Junge!»

Bernhard stieß sie vorwärts durch eine kleine Pforte, hinaus in die düstere Gasse. Sie schien leer zu sein, erfüllt von einer seltsamen Stille.

Bernhard drängte Nasrin unerbittlich weiter. Sie eilten los, hasteten davon, hetzten weiter, bogen in die nächste Gasse ein, als sie eine herrische Stimme vernahmen: «Los, verteilt euch und findet dieses Christenpack! Und bringt mir diesen *Kafir*! Lebendig!» Sie begannen zu rennen. Sie rannten und rannten, rannten um ihr Leben.

Nasrin fühlte nichts mehr, hörte nichts mehr, nur noch das Pochen ihres Herzens, das Echo ihrer Schritte, das Hämmern ihrer Füsse auf dem harten Boden. Wie durch einen Nebel flogen dunkle Fetzen und das verschwommene Aufblitzen der Lichter an ihr vorbei, die in der Luft tanzten, sie begleiteten, zurückfielen, wieder auftauchten.

Sie wusste nicht mehr, wo sie war. Sie nahm nur noch einen Schatten wahr, der sie mit sich riss. Bernhard. Sie folgten Straßen, Gassen, kreuzten Biegungen, überquerten Plätze, wichen Stimmen und Schritten aus, versteckten sich in Nischen, rannten scheinbar ziellos in eine Richtung, dann wieder in eine andere. Liefen im Kreis. Sie liefen, rannten, liefen, rannten.

Irgendwann, als sie in eine weitere dieser unzähligen, dunklen, verlassenen, unheimlichen Gassen einbogen, verlangsamte Bernhard seine Schritte und steuerte auf ein mächtiges, gemauertes Gebäude zu. In der Dunkelheit einer großen Pforte blieb er stehen. Er lauschte angestrengt und erst als er nur seinen Atem und den von Nasrin hörte, trat er vor.

Völlig atemlos lehnte sich Nasrin an die Pforte. Ihr Körper bebte, die

Beine schienen sie nicht mehr tragen zu wollen und sie war schweißgebadet. «Yasid!», rief sie. «Wo ist er?»

«Ich sagte schon, in Sicherheit! Ludivine kennt diesen Teil der Stadt. Und auch die hier lebenden Christen. Sie werden ihnen helfen. Seid versichert, Ihr werdet Euren Bruder wohlbehalten wiederfinden!»

«Und warum sind wir nicht zusammen geflohen?» Sie versuchte, Bernhards Gesicht in der Dunkelheit auszumachen. Vergeblich. Sie vernahm nur seine Stimme, die ihr wortkarg antwortete: «Wer getrennt flieht, schafft es eher, zu entkommen!»

Sie schwieg. Erst nach einer Weile fasste sie sich wieder. Doch die vernichtende Angst, die sich in ihr eingenistet hat, blieb. Denn die Ereignisse der vergangenen Tage und Wochen waren noch immer in ihren Gedanken und manchmal flammten einzelne Bilder auf, gleich den Feuerstößen, die den Palast heimgesucht hatten.

«Der Hauptmann erkannte dich,» bemerkte sie.

«Ja, das tat er. Und ich habe ihn erkannt. Er war es, der Euren Vater ermorden wollte!»

Wieder näherten sich Schritte und Rufe. Bernhard drückte Nasrin an die Pforte, in die undurchdringliche Dunkelheit, wo niemand sie bemerken konnte, und hielt sie fest.

Sie schloss die Augen und seit Tagen fühlte sie sich endlich wieder sicher und geborgen. Der hohle Klang der Pferdehufe, die über das Straßenpflaster jagten, die Fackeln, die schemenhaft funkelten, die hastigen Befehle – all das nahm sie gar nicht wahr.

Erst als die Stadtwachen an ihnen vorbei gezogen sind, löste Bernhard seine Hand langsam aus der ihren und sagte: «Jehan wird irgendwann auftauchen, wenn sich alles beruhigt hat. Wir müssen hier warten. Er wird Euch zu Eurem Bruder bringen!»

Nasrin runzelte die Stirn. «Warum nur mich?»

«Weil ich nicht mitkomme! Ich kann nicht länger in Damaskus bleiben», erwiderte er ungeduldig.

«Und warum nicht?»

«Ihr würdet es nicht verstehen, auch wenn ich es Euch erkläre!»

«Genau so wie ich es nicht verstehe, warum du Yasid und mir zu fliehen geholfen und uns so das Leben gerettet hast?»

«Ich glaube nicht, dass dies ein guter Ort und ein guter Augenblick ist, um zu streiten!»

«Verflucht noch mal, ich streite nicht, ich versuche nur, dich zu verstehen!» Ihre Stimme bebte und Nasrin war den Tränen nahe. Was sollte sie ohne ihn bloß tun? Die Angst, er würde sie verlassen und einem ungewissen Schicksal ausliefern, lähmte sie.

«Ich finde, Eure Wortwahl und Euer Tonfall schicken sich nicht für eine muslimische Frau. Und schon gar nicht für die Tochter eines Emirs.»

Nasrin stutzte. War es ihm ernst oder wollte er sich über sie nur lustig machen?

Trotzig schob sie das Kinn vor. «Und wie viele muslimische Frauen kennst du schon?»

«Eigentlich nur eine», erwiderte er kurz.

Sie schwiegen beide lange, warteten und lauschten in die Nacht.

Nasrin wusste nicht, ob sie sich darüber freuen sollte, dass Jehan sie bald abholen würde. Ja, er würde sie zu Yasid bringen. Aber es würde auch der Augenblick sein, in dem sie Bernhard zum letzten Mal sah – das wurde ihr nun schmerzlich bewusst.

«Du kannst nicht gehen», flüsterte sie plötzlich mit erstickter Stimme und dankte Allah, dass die Dunkelheit sie umhüllte und Bernhard die Tränen nicht sehen konnte, die über ihre Wangen rannen.

Sand knirschte unter seinen Füßen, als er nähertrat. «Ich muss Damaskus, nach all dem, was mir widerfahren ist, verlassen. Nennt mir einen einzigen Grund, warum ich noch bleiben sollte?»

Ich bin der Grund, wollte sie ihm antworten, ich bin es und du weißt es. Doch sie schaffte es nicht; die Angst vor seiner Antwort, die Verzweiflung und die Einsamkeit waren zu stark und mutlos erwiderte sie: «Weil du der Einzige bist, der meinem Vater noch helfen kann!»

«Eurem Vater helfen?» Bernhard lachte bitter, fasste sie so heftig an den Schultern, dass sie erschrak und hielt sie fest. «Seht mich an! Ihr habt selbst erlebt, wie grausam diese Welt ist und wie schwach die Menschen sein können! Ihr wisst, dass nicht alles in der Hand eines einzelnen Mannes liegt und so manches der Hilfe Gottes bedarf! Warum glaubt Ihr, dass ich allein die Zitadelle erstürmen, unzählige Soldaten besiegen und Euren Vater retten könnte? Man würde mich töten, bevor ich ihn überhaupt zu Gesicht bekäme. Mut ist eines, Verstand etwas anderes. Mutig sind nur Narren und Heilige und ich bin keiner von ihnen. Niemand wird mich dazu überreden, wieder in den Kerker zurückzukehren! Niemand! Weder Euer Vater noch Ihr! Die Wahrheit ist, dass ich in jener Nacht, als Euer Palast in Flammen aufging, fliehe wollte! Dass ich genau dann den Stall betrat, als der Soldat über Euch herfiel, war mein Schicksal. Ein Schicksal, das ich nie begreifen werde. Aber ich bin nicht zurückgekommen, um Euch zu helfen oder Euch zu retten! Ich bin auf der Flucht! Ich war es schon immer!»

«Du wolltest den Palast verlassen, du wolltest fliehen? Ich glaube nicht, was du da sagst...» Nasrin schluckte, stieß ihn von sich und sah ihn mit aufgerissenen Augen an. Sie spürte, wie ihre Kehle sich zuschnürte und noch mehr Tränen in ihre Augen traten. Allmächtiger Allah, wie konnte sie sich in ihm so täuschen! In ihrer Verzweiflung hat sie ihm blind vertraut und jetzt wurde sie von ihm verraten! Möge Allah alle Christen verdammen – vor allem diesen unglückseligen *Kafir*!

Betäubt vor Wut und Schmerz, wandte sie sich ab und lief auf die Straße. Wenn dieser mutlose, feige Christ ihr nicht helfen wollte, dann würde sie eben einen anderen Verbündeten finden müssen! Und einen anderen Weg – und wenn es ihr letzter wäre! Dieser Weg würde sie durch die Wüste nach Akkon führen und der Verbündete, so hoffte sie, Salah ad-Din heißen.

Nach wenigen Schritten drehte sie sich um und sah, dass Bernhard ihr nachlief. Als er sie erreichte, spie sie ihm voller Verachtung die Worte ins Gesicht: «Ich hatte geglaubt, du würdest meinen Vater ehren und ihm Dank entgegen bringen! Ich hatte geglaubt, du hättest verstanden, wie großmütig und ehrenvoll unser *Bait* ist! Ja, ich hatte geglaubt, für dich etwas zu empfinden! Dieses Herz hier schlug für dich!» Sie legte eine Hand auf ihre Brust. «Aber selbst Ludivine hat sich in dir getäuscht und sogar Jamal hatte recht, als er behauptete, dass alle *Nasranî* kalt, ehrlos, mutlos und feige seien! Alle, auch du!»

Bernhard versuchte, etwas einzuwenden, doch mit einem herrischen Handwink deutete sie ihm an, zu schweigen. «Verflucht sollst du sein, du und deine ganze Sippe! Ich werde einen Weg finden, um meinen Vater zu retten! Und sollte es mich mein Leben kosten, so werde ich sagen können, ich habe gekämpft.»

Nasrin wollte wieder loslaufen, doch seine kräftige Hand hielt sie fest.

«Selbst das Gift einer Schlange ist nicht so tödlich wie dein Starrsinn!», entgegnete er zornig. «Ich wollte nicht fliehen, weil ich mich davor fürchtete, was Salah ad-Din oder Jamal mir noch antun würden! Ich hatte andere Gründe. Gründe, die du nicht verstehen würdest! Aber Jesus selbst ist mein Zeuge: Läge es in meiner Hand, etwas zu tun, was dir, deinem

Bruder, deinem Vater wirklich hilft – ich täte es!» Er hielt sie noch immer fest, während sie versuchte, sich aus seinem Griff zu befreien. «Aber hast du schon daran gedacht, Nasrin, dass es keinem nützt, wenn ich allein in die Zitadelle eindringe und die Stadtwachen mich erschlagen? Ganz im Gegenteil, dein Vater wird dann nur noch schneller sterben!»

Wie aus einem Traum erwacht, sah sie ihn an. «Ich verlange von dir nicht, dass du in die Zitadelle eindringst, um meinen Vater zu befreien!»

«Was dann?»

Sie hielt inne, schaute ihm lange in die Augen, bevor sie mit zitternder Stimme flüsterte: «Ich bitte dich nur noch um eines!»

«Und das wäre?»

«Bring mich zu Salah ad-Din!»

Bernhard starrte sie an. «Was? Was sagst du da? Du weißt ja gar nicht, was du verlangst!»

Sie schüttelte heftig den Kopf. «Es ist die einzige Möglichkeit, meinen Vater und die Ehre des Hauses al-Dir zu retten! Nur Salah ad-Din kann Bassam Kadin aufhalten, aber er muss erfahren, was in Damaskus vor sich geht. Ich weiß, dass du diesen Löwenherz aufsuchen willst. Welches deine Gründe sind, kann ich nur erahnen. Du bist mir keine Rechenschaft schuldig. Dein Weg ist vorbestimmt und meiner ist es auch. Sie führen beide nach Akkon.»

«Akkon!», wiederholte Bernhard. Diese Stadt zwischen Meer und Wüste schien ihn wirklich nicht mehr loszulassen. Ein Mahnmal, eine Heimsuchung. Eine Wunde, die nie verheilen würde.

«Und wie stellst du dir das vor?», fragte er zweifelnd. «Dass ich vor Salah ad-Din trete und ihm alles erzähle? Seine Sarazenen würden mich niemals zu ihm vorlassen. Und selbst wenn ich es wie durch ein Wunder schaffe, er würde mir kein Wort glauben! Nicht mir, einem Ungläubigen, einem Christen, einem Mann, den er selbst zu einem Sklaven machte!»

«Selbst das verlange ich nicht von dir. Ich verlange von dir nur, mich nach Akkon zu bringen. Ich trete vor den Sultan! Mich wird er anhören, mir wird er glauben! Ich werde meinen Vater retten und Salah ad-Din wird diesen verräterischen Bassam Kadin bestrafen!»

«Du ahnst nicht, was es bedeutet, durch die Wüste zu reisen! Du wirst bei Tage der sengenden Hitze ausgesetzt und nachts der eisigen Kälte überlassen. Du wirst eine Welt vorfinden, in der hinter jedem Sandkorn, in jedem Tier der Tod lauert. Die Wüste, sie ist kein Paradies wie deine Stadt. Sie ist ein Ort der Qualen. Kein Wasser, keine Nahrung, nur Irrbilder, die dir den Verstand rauben. Und jeder Schritt kann dein letzter sein. Bist du wirklich dazu bereit? Glaubst du…»

Sie schnitt ihm mit einer Handbewegung das Wort ab. «Wenn du mir nicht helfen willst, so werde ich ohne dich gehen!» Mit einem heftigen Ruck entzog sie sich seinem Griff, doch Bernhard packte sie erneut am Arm. «Ich werde dich nicht in den sicheren Tod gehen lassen!»

«Seit wann sollte einen verfluchten Christen wie dich das kümmern?»

«Seit dieser verfluchte Christ verrückt genug ist, um eine dickköpfige Muslimin zu lieben!»

Nasrin erstarrte und ihre Miene versteinerte. Ungläubig blickte sie ihn an. Ihre Lippen zitterten immer heftiger. Sie begann zu weinen. Hemmungslos. Und während sie weinte, lächelte sie. Sie lächelte überglücklich, Tränen liefen über ihr Gesicht und ihre Augen leuchteten.

Er sah sie noch immer an, durchdringend, begehrend, als er sagte: «Allein der Himmel weiß, warum! Erst jetzt erkenne ich, dass ich für diese Liebe alles opfern würde! Meinen Eid, meine Freiheit, sogar mein Leben!» Bernhard beugte sich vor und umarmte sie fest. Er küsste ihre Tränen und Nasrin versank in dieser schützenden Geborgenheit.

27

Glitzernden Kristallen gleich standen die Sterne über dem *Bab al-Saghir*, einem der Stadttore Damaskus'. Es ragte düster auf, während der davor liegende Platz vom warmen Schein einzelner Fackeln erhellt wurde. Eine Katze huschte davon, auf der Suche nach Beute. Sonst war es still. Nur aus dem Gebäude, in dem sich Soldaten der Stadtwache aufhielten, drangen Gelächter und laute Stimmen.

Nasrin und Bernhard blieben stehen.

Es war nicht ungefährlich, durch die Stadt zu laufen, denn noch immer suchten die Soldaten nach ihnen, konnten ihnen an jeder Kreuzung auflauern.

Bernhard hatte bewusst die großen, bedeutenden Straßen gemieden und Nasrin durch verwinkelte Gassen zu diesem kleinen Stadttor geführt. Er kannte Damaskus so gut, als wäre er hier geboren, hier aufgewachsen und sie war bereit, sich von ihm überall hinführen zu lassen und ihm überall hin zu folgen. Seine Worte hatten ihr wieder Kraft, Mut und Vertrauen gegeben und sie wusste, sie würde mit ihm an ihrer Seite Tausend Wüsten durchqueren.

Ihr Herz glich einem blühenden Garten, erleuchtet von Sonnestrahlen, einem Feld, gespeist mit Leben spendendem Wasser aus einem Fluss. Es glich einem Falken, der immer höher stieg, über Städte, Länder und Meere kreiste, einem Schiff, das nach langer Irrfahrt am Horizont Land entdeckte. Sie fühlte sich leicht und befreit – trotz der Aufgabe, die sie noch erwartete, trotz all dem Schrecklichen, dass sie durchgestanden hat. Vielleicht war diese Liebe, nach all den Prüfungen, die ihr Allah auferlegt, der verdiente Lohn. Die Liebe eines Christen. Ausgerechnet die Liebe eines Ungläubigen. Wie groß, gnadenreich und unerklärbar waren doch die Taten ihres Schöpfers, dass er ihr diesen Kreuzfahrer gesandt hat. Und dass er sie so gemacht hat, wie sie war: eigensinnig, ungeduldig, aber auch mutig und hilfsbereit. Und schön. Eine Schönheit, die so herrlich duftete wie all die Gewürze auf dem *Suq* und so verlockend war wie Honig. Eine Schönheit, der sich Bernhard nicht entziehen konnte.

Ihre aufgewühlten Gedanken, die Gewissheit, geliebt zu werden, ließen sie alle Müdigkeit vergessen und sie wusste, sie würde es nach Akkon schaffen. Sie würde Salah ad-Din überzeugen, dass ihr Vater unschuldig war. Er würde ihn freisprechen und Bassam Kadin bestrafen.

Und dann würde sie auch Yasid wiedersehen. Yasid! Jehan hatte inzwischen bestimmt schon das Portal, ihren verabredeten Treffpunkt, erreicht und wartete nun vergeblich auf sie. Aber er würde bald herausfinden, dass Bernhard und Nasrin nicht verhaftet worden sind und annehmen, dass sie sich irgendwo in Damaskus versteckt hielten. Dass sie versuchten, nach Akkon zu gelangen, ahnte er wohl in seinen kühnsten Träumen nicht.

Nun standen sie vor dem *Bab al-Saghir*, von wo ihre Reise zu Salah ad-Din beginnen sollte, und horchten.

Als das Geklapper von Pferdehufen von den Wänden der Häuser widerhallte, drückten sie sich rasch in eine dunkle Nische. Vorsichtig lugten sie hinter dem Mauervorsprung hervor und bemerkten zwei Soldaten der Stadtwache, die zum Tor trabten und die Pferde vor dem Wachhaus zügelten. Lachend stiegen sie ab, während ein Junge herbeieilte. «Gib ihm genug zu fressen und reib ihn gut ab! Er war heute auf Christenjagd!», rief einer der Soldaten, warf dem Jungen übermütig die Zügel seines Hengstes zu und stimmte ein heiteres Gelächter an. Der zweite Soldat schlug ihm zustimmend auf die Schulter, während der Junge die Pferde in den Stall führte. Die Soldaten schlenderten in die Wachstube, die mit Stimmen und Lachen erfüllt war.

«Warte hier!», flüsterte Bernhard Nasrin zu. Gleich einem Geist schlich er lautlos über die Straße und verschwand ebenfalls im Stall.

Ihr schlug das Herz bis zum Hals und jeder Augenblick erschien ihr wie eine Ewigkeit. Warum sie ihm nicht gehorchte und ihm trotzdem vorsichtig nachschlich, wusste sie nicht. Vielleicht wollte sie ihn nicht wieder verlieren, jetzt wo sie ihn eben gewonnen hat. Sie wusste, es war töricht – aber sie konnte nicht anders.

Die Rufe und die lärmenden Stimmen der Wachen wurden lauter, und erschrocken blieb sie stehen. Sie unterhielten sich über die *Gaziya;* der erfolgreiche Tag und das Glücksspiel machten die Männer übermütig und sorglos.

Nasrin erreichte endlich den Stall, trat ebenfalls ein und erstarrte im nächsten Atemzug. Die Spitze eines Dolches lag auf ihrem Hals.

Allmächtiger Allah, sie war verloren.

Alles war verloren.

«Was tust du hier? Habe ich dich nicht gebeten, zu warten?» Es war Bernhard und erleichtert seufzte sie auf. Mit dem Dolch zeigte er auf das Stadttor. «Sonst ist unsere Reise zu Ende, bevor sie begonnen hat!»

Sie drehte sich langsam um und nickte. Im Schein eines Lämpchens entdeckte sie den Stalljungen, der zusammengekauert in einer Ecke lag. Er rührte sich nicht.

«Keine Sorge, er schläft nur», beruhigte er sie, als er ihren vorwurfsvollen Blick bemerkte.

«Was willst du hier?», flüsterte sie und deutete mit dem Kinn zur Seite. «Die Soldaten nebenan können uns jeden Augenblick entdecken.»

Bernhard sah sie mit einer Mischung aus Heiterkeit und Ernst an. «Wie weit würden wir wohl ohne Pferde kommen? Ohne sie werden wir Akkon nie erreichen und dein Vater wird schon längst tot sein! Oder wir werden es sein!»

Ertappt blickte sie sich um. Die Pferde, mit denen die zwei Soldaten angekommen waren, standen noch immer gesattelt und gezäumt da. Ein Gefühl der Furcht beschlich sie plötzlich. War sie wirklich stark genug? Von ihr hing das Schicksal ihres Vaters, des ganzen Hauses al-Dir ab! Sie musste es schaffen! Als sie Bernhard zusah, wie er eilig die Gurte der Pferde nachzog, zwei verwaiste Wasserschläuche aus Ziegenleder auffüllte und diese an den Sätteln befestigte, waren ihre Furcht und ihre Zweifel wie weggefegt.

Bernhard hob einige Decken auf, die achtlos im Stroh lagen, riss sie in Stücke und zerschnitt einige Hanfstricke in acht Teile.

«Was tust du da?», fragte Nasrin neugierig.

«Was glaubt du wohl, wie schnell uns die Wachen entdecken werden, wenn sie das Hufgeklapper hören? Auf diesen steinernen Straßen würde es so tönen, als würde jemand heftig eine Glocke schlagen!»Er kniete nieder und begann, die Hufe der Pferde mit den Stofffetzen umzuwickeln und diese mit den Stricken zu befestigen.

«So, das sollte halten, bis wir die Stadt hinter uns gelassen haben!» Bernhard erhob sich. «Nun müssen wir es nur noch schaffen, das Tor zu öffnen, ohne dass die Wachen es merken!»

Lautlos schlich er zum Tor, während Nasrin ihm mit den Pferden am Zügel vorsichtig folgte. Tatsächlich! Nichts war zu hören, die Stofffetzen schluckten jedes Geräusch.

Bernhard schob langsam den Riegel zur Seite. Als die rostigen Scharniere quietschten, hielte er inne. Mit großen Augen starrten sie einander an und Nasrins Herz stockte. Langsam drehten sie sich um und blickten zur Wachstube.

Doch nichts rührte sich. Nur das Gelächter der Stadtwachen war noch lauter geworden.

Nasrin beobachtete, wie Bernhard behutsam das Tor öffnete.

«Nun hoffe ich, dass die Tochter eines Emirs nicht nur mutig ist, sondern auch reiten kann», neckte er sie mit einem aufmunternden Lächeln, als er ihr die Zügel des Schimmels abnahm.

Sie lächelte zurück, schwang sich, ohne etwas zu erwidern, auf die Stute und trieb sie mit einem kräftigen Druck in die Seiten an. Das Tier stieg auf, wieherte und schon im nächsten Augenblick preschte es mit Nasrin durch das Tor davon.

Erleichtert stellte sie fest, dass sie ein Pferd noch immer spürte. Noch immer konnte sie reiten, auch wenn es seit dem letzten Mal schon lange her war.

Eilig schwang auch Bernhard sich in den Sattel und jagte ihr nach. Er hatte eben das Tor hinter sich gelassen, als er einen Aufschrei vernahm. Er wusste sofort: Man hatte ihre Flucht bemerkt! Wahrscheinlich war einer der Soldaten auf den Platz getreten, um sich zu erleichtern, hat das offene Tor und den Flüchtenden bemerkt und Alarm geschlagen. Es würde nicht lange dauern, bis die ganze Wache des *Bab al-Saghir* auf den Beinen war!

Bernhard gab dem Pferd gnadenlos die Sporen.

Der kühle, nächtliche Wind war ihr Begleiter.

Bernhard hat Nasrin bald eingeholt. «Unglaublich! Einfach unglaublich! Du reitest wie der Teufel!», lachte er sie an. Doch sein Lachen erstarb, als er sich nochmals umblickte. Im fahlen Mondlicht erkannte er die Silhouetten einiger Reiter. Es waren mindestens drei Soldaten, die ihnen nachhetzten. Der Wind trug die Stimmen der Verfolger, ihr Geschrei und ihre aufgeregten Befehle zu ihnen.

«Sie folgen uns!», schrie Bernhard gegen das dumpfe Trommeln der Pferdehufe an, doch Nasrin schien nichts zu hören. Die Zügel fest in der Hand, die Augen starr geradeaus gerichtet, trieb sie die Stute in gleichmäßigem Galopp an. Immer weiter in die Nacht hinein, hinein in die Wüste, fort von der Stadt, von den Soldaten und den grausamen Erinnerungen. Hin zu Salah ad-Din.

«Schneller, sonst wird das ein kurzer Ritt!», rief Bernhard besorgt, als er merkte, dass die Soldaten auf ihren frischeren Pferden immer schneller wurden.

Nasrin presste die Schenkel noch stärker in die Seiten der Stute, doch sie fiel trotzdem hinter Bernhard zurück. Sie atmete den aufgewirbelten Staub, roch die würzige Luft der Nacht. Der Wind zerrte an ihrem Schal und mit atemloser Hast donnerte sie über die ausgedörrte Steppe vor Damaskus.

Die Stadtmauern schrumpften, fielen rasch zurück. Trotzdem kam die Staubwolke, die im Mondschein leicht auszumachen war, bedrohlich näher. Es würde nicht mehr lange dauern, bis die Soldaten sie beide eingeholt haben.

Ihre Stute schnaubte immer heftiger und als das Pferd über einen Erdwall setzten wollte, kam es ins Straucheln. Mit einem dumpfen Aufprall stürzten sie beide in den Staub. Nasrin blieb zunächst benommen liegen, erst ein Stich in der rechten Schulter ließ sie hochfahren. Sand knirschte zwischen ihren Zähnen und mit schmerzverzerrtem Gesicht blickte sie sich hastig um.

Neben ihr lag das gestrauchelte Pferd und versuchte verzweifelt, aufzustehen. Doch es misslang: Einer seiner Vorderläufe war gebrochen.

Nasrin kroch verzweifelt auf das verletzte Tier zu, doch als sie das

Hufgetrampel der Verfolger vernahm, erhob sie sich. Gleich würden sie da sein und dann, allmächtiger Allah, war es um sie geschehen.

«Schnell! Steig auf!»Bernhard war umgekehrt, um sie zu holen und streckte ihr jetzt seine Hand entgegen, während der Hengst ungeduldig tänzelte und scheute. Im nächsten Augenblick schon saß sie im Sattel, klammerte sich an Bernhard und die wilde Flucht durch die Nacht ging weiter.

Nasrin schloss angstvoll die Augen. Obwohl ihre Schulter schmerzte, schien glücklicherweise nichts gebrochen zu sein. Sie drückte sich noch fester an Bernhard. Doch als sie plötzlich ein Zischen an ihrer Seite vernahm, schlug sie entsetzt die Augen auf. Wieder dieses Zischen, diesmal nur knapp an ihrem Ohr vorbei.

«Pfeile! Sie schießen mit Armbrüsten! Halte dich fest!» Unerbittlich trieb Bernhard den schnaubenden Hengst an und obwohl Hals und Flanke des Pferdes weiß vor Schweiß troffen, sammelte es nochmals all seine Kräfte, als müsste es dem Schlund der Hölle entkommen.

Wie lange sie so durch die Wüste jagten, wusste Nasrin nicht mehr.

Irgendwann verstummte alles: das Zischen der Pfeile, das Donnern der Hufe und auch das Schnauben der Pferde.

Ihre Verfolger mussten aufgegeben haben. Ohne Wasser und ohne Nahrung, so hofften sie wohl, würden die Flüchtenden hier draußen den Tod finden.

Und irgendwann spürte Nasrin nur noch den wogenden Rhythmus, der langsamer, sanfter wurde, spürte nur noch den nächtlichen Windhauch dieser syrischen Wüste auf ihrem Gesicht.

28

Sie ritten durch die Nacht, ohne zu ruhen.

Erst als ein goldiger Streifen am Horizont den neuen Tag ankündigte, zügelte Bernhard das Pferd. Es war am Ende seiner Kräfte und drohte, vor Erschöpfung zusammenzubrechen. Genau wie seine Reiter, brauchte der Schimmel eine Rast.

Nasrin öffnete langsam die Augen, als sie spürte, dass das Pferd stehen geblieben war. Sie hob den Kopf und blinzelte verschlafen in die ersten Sonnenstrahlen. Sie hatte sich kaum mehr wach halten können, war immer wieder eingenickt, hatte sich die ganze Zeit an Bernhard fest geklammert, ihr Gesicht an seinen Rücken gedrückt und gebetet.

Bernhard schwang sich vorsichtig aus dem Sattel und half Nasrin vom Pferd. «Wir haben noch einen langen, beschwerlichen Weg vor uns. Wir sollten ein wenig rasten.»

Sie konnte sich kaum noch auf den Beinen halten und war ihm dankbar, dass er sie zu einem Strauch trug und unter die ausgedörrten Äste legte. Jede Faser ihres Körpers schmerzte, sie trug einige Schürfwunden und Kratzer von dem anstrengenden Ritt und dem Sturz davon, aber sie war noch immer voller Mut und Zuversicht.

Bernhard setzte sich ächzend neben sie und Nasrin blinzelte verwirrt, als sie glaubte, ein unterdrücktes Stöhnen gehört zu haben. Irgendetwas stimmte mit ihm nicht: Schweißperlen glänzten auf seiner Stirn, als hätte er Fieber.

Nasrin strich sich müde über das Gesicht. Ihre Haut fühlte sich schmutzig an. Vorsichtig stützte sie sich auf die Ellenbogen. Ein leiser Aufschrei entfuhr ihr, als sie Blut auf Bernhards Hemd entdeckte. Der verräterische Fleck leuchtete unheilvoll im Licht des Morgenrots. Erst jetzt merkte sie, dass aus seiner linken Schulter der Schaft eines Pfeils ragte.

«Du bist verwundet!», rief sie heiser und alle Müdigkeit war mit einem Mal von ihr gewichen.

«Es ist nicht gefährlich! Mich hat nur einer dieser verdammten Pfeile erwischt, aber die Wunde schmerzt bei jeder Bewegung.» Vorsichtig versuchte er, den Pfeil herauszuziehen, doch es gelang ihm nicht und Hilfe suchend sah er Nasrin an. «Ich schaffe es nicht! Du musst es tun!»

«Nein, nein!», wehrte sie hastig ab. «Ich bin keine *Hakima*! Ich kann das nicht, ich habe so etwas noch nie getan! Ich kann nicht einmal zusehen!»

«Du kannst es! Es ist nicht so schwierig, wie du glaubst!» Er ergriff ihre rechte Hand und führte sie vorsichtig zum Pfeil, ohne seine Blicke von ihr abzuwenden. «Und jetzt zieh ihn heraus!»

Langsam ertasteten ihre Finger den Schaft; sie spürte das Blut, die Wunde und nur zögernd begann sie, mit angehaltenem Atem und pochendem Herzen, zu ziehen.

Bernhard krümmte sich vor Schmerz, fluchte und erschrocken wich Nasrin vor ihm zurück.

«Das brennt wie Höllenfeuer!», zischte er.

«Ich sagte doch, ich kann das nicht!», erwiderte sie entschuldigend.

«Und ich sage dir, du kannst es! Du kannst es, Nasrin, du kannst es!» Er rang nach Luft, griff wieder nach ihrer Hand und sah sie dabei ernst an. «Aber du musst kräftiger ziehen! Mit einem einzigen Ruck!»

Sie versuchte es erneut und ihre Hände zitterten noch mehr. Der Pfeil bewegte sich kaum, der Schaft drohte, zu brechen.

«Ich schaffe es nicht!», stöhnte sie verzweifelt.

Bernhard fasste sich wieder, sein Atem ging stoßweise. «Wenn du es nicht schaffst, entzündet sich die Wunde. Ich bekomme Fieber und werde nicht weiterreiten können. Und wir werden Akkon nie erreichen! Wir werden beide hier in der Wüste sterben! Du musst es schaffen, Nasrin!»

Sie zögerte und ihre Augen füllten sich mit Tränen. Endlich kniete sie sich wieder neben ihn, griff mit einer Hand nach dem Schaft und stützte sich mit der anderen an seinem Körper ab. Gebannt starrte sie auf die Wunde.

«Sieh mich an, nicht den Pfeil!», befahl er.

Sie nickte. «Auf drei!»

«Auf drei!», wiederholte Bernhard und biss die Zähne zusammen.

«Eins…», begann sie zu zählen.

Bernhard schrie im gleichen Augenblick auf. Nasrin hat den Pfeil mit einem Ruck bereits herausgezogen.

«Verflucht, ich dachte, auf drei!» Mit verzerrtem Gesicht sah er sie an, während sie zuerst den blutigen Pfeil, anschließend die Wunde betrachtete.

«Die Wunde muss gereinigt werden!», erklärte sie und versuchte, die aufsteigende Übelkeit zu unterdrücken.

«Wirklich?» Er klang noch immer verärgert, doch schließlich fügte er anerkennend hinzu: «Siehst du, du kannst es! Ich wusste es!»

Sie erhob sich schweigend und warf den Pfeil achtlos beiseite, als sie auf den erschöpften Hengst, der an den dürren Ästen des Strauches knabberte, zuging. Mit dem letzten Wasserschlauch – den anderen hat sie beim Sturz ihres Pferdes verloren – kehrte sie zurück und kniete sich wieder neben Bernhard hin.

Warnend sah er sie an. «Es ist noch weit, also sei sparsam! Wir haben schon jetzt nicht genügend Wasser!»

«Wenn ich die Wunde nicht reinige, wird genügend Wasser für mich da sein! Weil du keines mehr brauchen wirst!», erwiderte sie streng und zog das Hemd von seiner Schulter. «Und jetzt halte still!» Sie riss einen

Stofffetzen von ihrem Unterkleid ab. Während sie einige Tropfen darauf-träufelte, meinte sie: «Und du sagst, ich sei störrisch! Du bist es genau so!» Behutsam begann sie, das Blut abzuwaschen. «Und ich weiß genau, wie kostbar Wasser ist!»

Er schwieg, ließ sie gewähren, spürte ihre Hände, die ihn berührten. «Fast jedes unserer gemeinsamen Unternehmen hinterlässt eine Narbe auf meinem Körper – als eine unvergängliche Erinnerung», bemerkte er nach einer Weile neckisch. «Falls wir jemals gemeinsam alt werden, werden diese Narben unsere Geschichte erzählen.»

«Und ich dachte, so ein tapferer Ritter aus dem Christenland wie du erträgt alle Verletzungen ohne Klagen!», erwiderte sie scharfzüngig, während sie weiter die Wunde reinigte. Ihre Finger glitten langsam über seine Haut, umkreisten alte Narben, berührten verheilte Verletzungen, bis sie schließlich das mondsichelförmige Brandmal entdeckten und dort verharrten.

Bernhard rührte sich nicht und Nasrin hatte das Gefühl, er versteinerte unter ihrer Berührung.

«Die Verletzung ist nur einen Daumen tief und nicht so schlimm, wie ich zuerst dachte!», erklärte sie hastig, riss den nächsten Stoffstreifen von ihrem Unterkleid ab und begann, die Wunde zu verbinden. Als sie den Stoff verknotet hatte, hielt sie inne, ließ ihre Hand auf seiner Schulter ruhen, streckte ihre Finger aus und strich mit ihnen wieder vorsichtig über das Brandmal. Die Ränder der Mondsichel waren fast verheilt.

«Ich verstehe nicht, wie sie dir das antun konnten», flüsterte sie.

«Es gibt viel schlimmere Dinge, die Menschen sich gegenseitig antun, nur um ihre Macht zu beweisen. Oft vergessen sie dabei, dass sie dadurch nur ihre eigenen Schwächen preisgeben.» Er stockte, aber nach einer Weile hing er bitter an: «Ich habe den Hauptmann verflucht, als er das glühende Eisen ansetzte! Es war gnädig von ihm, mich danach nicht noch härter bestrafen zu lassen.»

«Jamal?»

«Jamal!» Bernhard zog das Hemd wieder über die Schulter, als friere er. Seine Augen glänzten sonderbar. Nasrin setzte sich neben ihn und ein seltsames Gefühl beschlich sie – Trauer und Neugierde zugleich. Sie konnte nur erahnen, was er schon alles erlebt hatte.

Seine Blicke schweiften über den Sand, über die Steine, über die verdorrten Sträucher, bis hin zum Horizont, wo die Sonne rasch höher stieg.

«Hast du schon viel von der Welt da draußen gesehen?», fragte sie und deutete über die Ebene.

Bernhard nahm eine Handvoll Sand und hielt sie ihr hin. «Wenn dieser Sand die Welt ist, dann glaube ich, habe ich davon nur ein einziges Sandkorn gesehen!» Mit einer breiten Handbewegung verstreute er den Sand, gleich einem Sämann, der Getreide sät. «Nein, ich habe noch nicht viel von dieser Welt gesehen. Aber ich habe dich gesehen!»

Sie spürte plötzlich, wie seine Hand ihr Gesicht berührte. Er sah sie an, so, als wäre er ihr in seinem Leben noch nie begegnet. Verzaubert, gebannt, angezogen von ihrer Schönheit. Auf seinen Lippen lag ein Lächeln; sie versuchte, es zu erwidern, doch es gelang ihr nicht.

Ihr wurde warm ums Herz, als er ihr zuflüsterte: «Hätte ich geahnt, dass ich dir begegne, hätte ich die ganze Welt bereist, nur um dich zu finden!»

Schweigend blickten sie einander an. Ein Band, gewoben aus Hoffnung und Liebe, schien sie zu verbinden, und das Schicksal flocht es immer enger um sie.

Vorsichtig streifte Bernhard den Schal von ihrem Kopf. Er glitt über ihre Schultern, über ihr langes dunkles Haar, über ihren Rücken. Sie ließ es geschehen, wagte kaum zu atmen, war wie von Opium betäubt, ertrank in seinen Augen und alles um sie herum begann zu schwinden – die Wüste, der Sand, der Himmel, einfach alles, als er ihr sanft übers Haar strich. Seine Hand zitterte. Sie waren sich so nah, dass ihre Wangen sich beinahe berührten. Sie konnte ihn riechen, sein Atem streichelte ihr Gesicht.

Fast schmerzhaft wurde ihr bewusst, dass sie nicht mehr von ihm weichen konnte. Und sollten sich ihre Wege auch je trennen, ihr Herz würde bei ihm bleiben.

Doch Bernhard wandte sich plötzlich ab, ballte die Hände zu Fäusten, als versuche er, einen Dämon zu bändigen, der ihn heimsuchte – eine Macht, eine Erinnerung, eine Stimme, die ihn ermahnte. Irgendwo tief in ihm. Er starrte abwesend nach Westen, in Richtung Akkon. Ohne Nasrin nochmals anzusehen, bemerkte er: «Wir müssen weiter, wir können nicht warten, bis die Nacht hereinbricht. Und wir müssen die nächste Oase schneller erreichen. Die Zeit ist knapp. Und das Wasser auch. Wenn alles gut geht, werden wir in zwei Tagen den Jordan überqueren und das Schlimmste überstanden haben.»

Seine unerwartet nüchternen, so gefühllos ausgesprochenen Worte schmerzten Nasrin. All seine Zärtlichkeit und Zuneigung schienen zu schwinden wie die von der Sonne vertriebene Morgenröte. Es kam ihr vor, als hätte man das Rad der Zeit zurückgedreht und sie würde wieder einem christlichen, namenlosen Sklaven gegenüberstehen. Wie damals empfand sie die gleiche lähmende Einsamkeit und fühlte sich gänzlich verloren.

«Und nachdem wir den Jordan überquert haben?», fragte sie verunsichert.

Bernhard mied es, sie anzublicken. «Vermutlich werden wir noch weitere zwei Tage brauchen, um nach Akkon zu gelangen.»

«Und wenn wir in Akkon sind? Was wird dann aus uns?»

Bernhard schwieg und sein Schweigen schmerzte sie mehr als alle verletzenden Worte. Es war bedrohlicher als jede erhobene Faust. Sie spürte, wie Tränen in ihr aufstiegen. «Warum tust du das? Warum stößt du mich zurück?»

«Es ist Zeit, weiterzureiten», erwiderte er und wollte aufstehen, doch Nasrin griff nach seiner Hand, hielt sie fest und ließ sie nicht los.

Erst jetzt blickte er sie an und sie hatte das Gefühl, wieder in seinen Augen zu ertrinken, doch diesmal nicht vor Glück, sondern aus unendlicher Verzweiflung.

«Warum machst du mir immer wieder Hoffnung, nur um sie schon im nächsten Augenblick zu vernichten? Warum spielst du mit meinen Gefühlen? Warum spielst du mit mir?», hörte sie sich sagen.

Er stand auf, ohne ihre Hand loszulassen. «Du irrst dich, ich spiele nicht mit dir. Ich habe versprochen, dich sicher nach Akkon zu bringen und ich werde dieses Versprechen erfüllen. Was uns dort erwartet, weiß ich nicht. Aber ich weiß, was uns erwartet, wenn wir unsere Gefühle zulassen – und du weißt es auch. Der Tod wird überall auf uns lauern wie er auf deinen Vater lauert.» Er hielt inne. Nasrins Lippen bebten und abweisend hob sie die Hände. Wie Stiche eines Dolches drangen seine Worte in ihr Herz, immer und immer wieder.

«Nasrin, ich fürchte mich davor, dich zu verlieren, aber unsere Wege müssen sich in Akkon trennen.»

«Du sagtest, du würdest alles opfern, um…»

«Das würde ich! Aber was ist, wenn all dies nicht genügen wird, um dich glücklich zu machen? Sobald ich dich zu Salah ad-Din gebracht habe, werden sie mich vielleicht töten. Ich würde es nicht ertragen, mit dem Gedanken sterben zu müssen, dich allein und traurig zurückzulassen.»

«Ich werde mein Leben lang traurig sein, wenn wir es nicht versuchen, diese wenigen Augenblicke des Glückes, die uns bleiben, fest zu halten … Ich werde ohne dich traurig und unglücklich sein. Erträgst du es, mit diesem Gedanken zu leben?» Sie wusste, dass sie ihm Unrecht tat, trotzdem konnte sie nicht anders.

Er zog seine Hand aus der ihren. «Es liegt ein langer Weg hinter mir und noch ein längerer vor mir. Noch bin ich nicht angekommen», erwiderte er.

Er griff schweigend nach dem Ziegenlederschlauch und schritt langsam auf das Pferd zu, das vor Erschöpfung kaum mehr stehen konnte. Nasrin sah ihm nach, sah, wie er dem Schimmel zu trinken gab, wie er seinen Hals streichelte. Ihre Gedanken überschlugen sich.

Der Jordan strömte träge vorbei und seine sanften Wellen glitzerten in der Sonne, als Nasrin, am Ufer kniend, den Ziegenlederschlauch wieder füllte.

Obwohl erst vor zwei Tagen in Damaskus dem Tod entronnen, erschien es ihr jetzt, als wären zwei Leben vergangen. In zwei weiteren Tagen würden sie Akkon erreichen. Wenn Allah ihnen wohlgesinnt war. Und wieder würden zwei Leben vergangen sein.

Ein Plätschern ließ sie den Kopf heben. Unweit von ihr schöpfte Bernhard mit den Händen Wasser und ließ es sich mit geschlossenen Augen über den Kopf und über das Gesicht rinnen. Immer und immer wieder, bis er sich schließlich langsam hinsetzte und sich durchs Haar fuhr, um die Strähnen, die ihm in die Stirn fielen, aus dem Gesicht zu streichen. Nasrin konnte erkennen, dass er etwas unter seinem Hemd hervorholte und es nun fest in der Hand hielt.

Er starrte über den Fluss, starrte auf die kleinen Wellen, die unermüdlich über die Steine am Ufer tanzten, sie bedeckten und wieder freigaben. Ihre Bewegungen schienen seine Gedanken fortzutragen, in die Ferne, in eine andere Zeit und brachten Bilder zurück, die schon längst vergessen waren.

Je länger sie ihn beobachtete, umso klarer wurde ihr: Sie liebte ihn. Wie fest er sie auch zurückwies, sie verletzte – sie liebte ihn. Auch wenn sie es mit aller Kraft zu verdrängen suchte, auch wenn ihr bewusst war, dass diese Gefühle für sie beide den Tod bedeuten würden.

Sie waren mehr als nur zwei Reisende, die das Schicksal zusammengeführt hat. Und sie war überzeugt, dass auch Bernhard so empfand. Auch wenn sie in den beiden vergangenen Tagen kaum mehr miteinander sprachen. Dieses Schweigen, diese erzwungene Unnahbarkeit – auch sie würden ihre Gefühle füreinander nicht für immer verbergen und bändigen können.

Vielleicht hatte Bernhard recht. Vielleicht war dies noch nicht das Ende ihres Weges. Vielleicht würde Allah ihnen noch weitere Prüfungen auferlegen. Die nächsten Tage würden es zeigen.

Sie fuhr sich mit der Hand über die Augen, um diese quälenden Gedanken zu vertreiben, die ihr Herz schwermachten. Nein, sie wollte nicht noch zwei weitere Tage schweigend durch die Wüste reiten und so tun, als wäre er nur ein einfacher Diener, ein unbeutender Sklave. Sie konnte es nicht mehr!

Sie nahm all ihren Mut zusammen, erhob sich, ging auf Bernhard zu und setzte sich neben ihn. «Geht es deiner Schulter schon besser?», erkundigte sie sich und versuchte, ihre Stimme möglichst unbeteiligt klingen zu lassen. «Vielleicht sollte ich mir die Wunde nochmals ansehen.»

Er sah sie kaum an und ebenso unbeteiligt antwortete er: «Das ist nicht nötig. Sie schmerzt noch, aber sie verheilt, wenn auch nur langsam.»

Nasrin presste die Lippen zusammen, um den Schmerz, den ihr seine Antwort bereitete, zu unterdrücken und zeigte auf seine geschlossene Faust. «Was ist das?»

Bernhard schwieg.

«Was ist das?», wiederholte sie. «Was versteckst du vor mir?»

Nur zaghaft öffnete er die Faust und streckte sie Nasrin entgegen. «Das Letzte, was von einem früheren Leben übrig geblieben ist.» Nachdenklich hielt er inne und verbesserte sich: «Was von meinem Leben übrig geblieben ist!»

Sie betrachtete neugierig den geheimnisvollen Gegenstand, der in seiner Hand lag: ein Schmuckstück. Ein kleines, silbernes Kreuz an einem Lederriemen. Das Sinnbild des Gottes der Christen. Seines Gottes.

Verwundert sah sie ihn an. «Wo hast du das her? Ich habe es noch nie gesehen!»

Bernhard hob den Kopf. «Eines der wenigen Dinge, die mir dein Hauptmann nicht nehmen konnte!»

«Er ist nicht mein Hauptmann!», verteidigte sie sich und wusste nicht, ob sie über seine Bemerkung nun wütend oder traurig sein sollte.

«Wenn du wieder in Damaskus bist und dein Vater frei ist, wirst du Jamals Frau werden. Und dann ist er dein Hauptmann.» Es klang nicht vorwurfsvoll, viel mehr traurig und Nasrin ahnte, wie schwer es ihm fiel, all seine Qualen in Worte zu fassen.

Eine Libelle tanzte vor ihnen rastlos in der Luft auf und ab und ließ sich schließlich auf einem Stein nieder. Nasrin beobachtete sie sehnsüchtig.

«Allah allein weiß, was die Zukunft bringt», entgegnete sie mit belegter Stimme. «Und was aus uns allen wird …» Sie brach ab, als die Libelle davonsurrte.

«Hast du das Kreuz von Ludivine?», fragte sie nach einer Weile.

Bernhards Gesicht verdüsterte sich, als hätte er geahnt, dass sie ihm diese Frage stellen würde und doch bereitete sie ihm Unbehagen. Er drehte das Kreuz, ließ es zwischen seine Finger gleiten und am Lederriemen herunterbaumeln, bevor er es wieder fest umschloss.

«Nein, ich habe es nicht von Ludivine.» Er holte tief Luft, bevor er weitersprach: «Eine andere Frau hatte es mir gegeben, vor langer Zeit. Es ist ein Wunder, dass ich es überhaupt noch habe. Hätte ich es nicht so gut versteckt, Jamal hätte es mir weggenommen. Wie so vieles zuvor. Und wie vieles, was er mir noch nehmen wird.» Er nahm den Stein, auf dem die Libelle zuvor gesessen hat und schleuderte ihn über das Wasser. Bereits nach dem ersten Aufsetzer versank er im Fluss.

«Eine andere Frau? Deine Frau?» Nasrin neigte misstrauisch den Kopf zur Seite.

Bernhard lächelte sie wehmütig an. «Ich habe keine Frau. Ich war nie verheiratet. Das Kreuz gehörte meiner Schwester. Sie hatte es mir einst geschenkt, weil sie glaubte, es würde mich beschützen!» Seine Blicke streiften liebevoll über ihr Gesicht. «Du erinnerst mich an sie. Ganz besonders, wenn du wütend bist!»

«Du hast eine Schwester? Erzähl mir von ihr!», forderte sie ihn auf. Manchmal kam er ihr wie ein Buch vor, das unzählige Geheimnisse barg und sie hoffte, das Schicksal würde eine Seite seines Lebens umblättern und sie mehr über ihn erfahren.

Bernhard drehte sich nach dem Pferd um, das schnaubend ans Ufer trat, nun gierig trank und mit dem Vorderhuf scharrte.

«Wie heißt sie?», drängte Nasrin.

«Agnes! Sie heißt Agnes.»

«Du vermisst sie! Und sie dich sicher auch.»

Bernhard nickte nachdenklich. «Ich vermisse sie», gab er mit ernster Stimme zu, «sie mich aber nicht. Sie kann mich nicht vermissen.»

«Wie das?»

«Weil sie ist tot!»

Die Stille, die folgte, war quälend.

«Sie ist tot?» Nasrin fasste sich endlich. Sie wusste nicht, wie sie ihn trösten sollte. Jasmina, Jaida, Hassan und all die Diener des *Bait* fielen ihr wieder ein. Ja, so war es: Alle Menschen auf dieser Welt erfuhren den Tod eines geliebten Menschen gleich schmerzvoll, egal, welcher Religion sie angehörten. Der Tod war nicht wählerisch, er unterschied nicht nach Glaube, Hautfarbe, Stand, nach Sprache, Herkunft oder Alter. Unersättlich in seiner Gier, nahm er jeden bereitwillig in sein Reich auf.

Nasrin nestelte an ihrem *Khimaar* und zeichnete mit dem Finger Linien und Kreise in den weichen Sand. «Das tut mir leid. Aber was war geschehen?»

«Sie hat sich selbst das Leben genommen!», stieß Bernhard bedrückt hervor. «Und dafür ist ihre Seele auf ewig in der Hölle verdammt! Und ich trage die Schuld daran!»

Nasrin ließ den *Khimaar* los. «Wie kannst du die Schuld daran tragen, wenn sich jemand das Leben nimmt?»

«Weil ich schuld daran bin, dass sie sich das Leben nahm», entgegnete er aufgebracht. Seine Lippen waren jetzt nur noch ein einziger schmaler Strich.

«Du? Aber…»

«Wir müssen weiter», entgegnete er, wandte sich ab und wollte sich erheben, doch sie hielt ihn zurück.

«Nein, Bern'ard. Ich will wissen, was damals geschehen war. Damit ich deinen Schmerz verstehen kann!»

«Vielleicht ein anderes Mal …»

«Und wenn es für uns kein anderes Mal geben wird?» Sie sah ihn flehend an.

Er zögerte.

«Es ist eine traurige Geschichte», bemerkte er. «Sie wird dir nicht gefallen.» Er wickelte den Lederriemen mit dem Kreuz so fest um die Hand, dass das Band auf seiner Haut rote Spuren hinterließ und begann zu erzählen: «Agnes – sie war damals nicht älter als du – liebte einen einfachen Knecht, der auf unserem Hof arbeitete. Ich wusste von ihrer Liebe, behielt dieses Geheimnis aber für mich, da ich ahnte, wie unser strenger Vater darüber denken würde. Doch die Hand des Teufels wies ihm den Weg zu den Liebenden: Eines Tages kehrte er unerwartet von der Jagd zurück, da sein Pferd lahmte. Er fand die beiden im Stall vor und rasend vor Zorn, ließ er den Knecht wie einen Dieb vor Agnes' Augen auspeitschen und jagte ihn danach davon. Meine Schwester flehte unseren Vater auf den Knien um Gnade an, doch auch ihr bitterliches Weinen hatte sein Herz nicht erweichen können. Wie eine gemeine Magd zerrte er sie über den Hof, sperrte sie ein und richtete eine Hochzeit mit einem seiner Getreuen aus. Der Mann, den sie heiraten sollte, war zweimal so alt wie sie.»

Er stockte, löste den Lederriemen und seine Finger begannen, wieder mit dem Kreuz zu spielen. «Am Abend vor der Hochzeit bat Agnes mich, ihr zur Flucht zu verhelfen. Sie sagte, sie würde alles auf sich nehmen und gar als einfache Magd auf einem fremden Hof, in einer fremden Stadt arbeiten. Und sie sagte auch, dass sie für ihre Liebe zu diesem Knecht eher in der Hölle schmoren wollte als diesen alten Mann, den sie hasste, zu heiraten! Doch ich half ihr nicht. Weil ich mich fürchtete. Und weil ich dachte, dass sie irgendwann verstehen und vergessen würde. Dass sie jenes Leben annehmen würde, das unser Vater für sie bestimmt hatte.»

Er brach ab und beschämt schloss er die Augen. Gleich einem Zauberspruch schienen seine Worte Geister geweckt zu haben, die ihn nun mit schrecklichen Erinnerungen heimsuchten. Erst als Nasrin seinen Arm berührte, fuhr er fort: «Am nächsten Morgen sollte die Trauung stattfinden. Alle warteten wir auf die Braut, doch sie erschien nicht. Wir suchten nach ihr und fanden sie in der Kammer, in die sie unser Vater eingesperrt hatte. Erhängt.» Bernhard tauchte seine Hand ins Wasser und fuhr sich mit ihr über das Gesicht, als hoffte er, so die Schuld, die er auf sich geladen hat, abzuwaschen. Er wandte Nasrin den Rücken zu und leise sagte er: «Sie trug das Hochzeitskleid unserer Mutter.»

Nasrin schwieg und wagte nicht, ihn anzusehen.

Doch er fasste sich wieder und fuhr düster fort: «Selbst im Tod gewährte unser Vater ihr keine Gnade. Er ließ Agnes einfach verscharren. Ohne Priester, ohne Kreuz. Nur ein Stein ohne Inschrift. Ich stand allein an ihrem schmucklosen Grab, nicht mal unsere Mägde und Knechte erschienen – aus Furcht vor meinem Vater. Gefühllos wie er war, kam er nicht zur Beerdigung seiner eigenen Tochter. Doch während die Totengräber begannen, Erde auf Agnes' Körper zu schütten, schwor ich, dass ich einen Weg finden würde, um ihrer Seele Frieden zu geben und meine Schuld an ihrem Unglück zu tilgen! Ich kehrte zu meinem Vater zurück, wir stritten, beschimpften uns, und bei Gott, ich hätte ihn beinahe umgebracht. Ich verachtete ihn für alles, was er getan hatte und er verfluchte mich und verstieß mich. Dafür, dass ich für meine Schwester, eine Selbstmörderin, Mitleid empfand. Für ihn war ich nicht länger sein Sohn. Seither habe ich ihn nicht mehr gesehen. Und ich weiß nicht, was aus ihm geworden ist.» Er verstummte. Das Kreuz glitt aus seiner Hand und fiel in den Sand.

Einige Augenblicke verstrichen, in denen Nasrin versuchte, seine Schilderung voller Qual und Bitterkeit zu fassen.

«Und niemand war da, um dir beizustehen? Auch deine Mutter nicht?», fragte sie erschüttert.

«Meine Mutter starb vor drei Jahren. Das Einzige, was ich tun konnte, war dafür zu sorgen, dass Agnes neben ihr begraben wurde.»

«Du hast deine Schwester sehr gemocht», begann Nasrin und Jasminas lächelndes Gesicht tauchte für einen kurzen Moment vor ihren Augen auf. «Aber glaubst du es? Glaubst du daran?»

«Woran?» Bernhard sah sie fragend an.

«Dass sie wegen ihre Liebe für immer verdammt sein wird.»

Sie erinnerte sich plötzlich an die Worte ihres Vaters: Nur Muslime konnten hoffen, nach ihrem Tod in das Paradies einzugehen; den Ungläubigen, die nicht die Lehren Allahs befolgten, war die Hölle vorbestimmt, ganz gleich, wie sie ihr Leben lebten. Jetzt, hier am Ufer des Jordans, erschien ihr all dies unglaublich. Himmel, Paradies, Hölle, ewige Verdammnis – welche dieser Welten erwarteten Gläubige wie Ungläubige nach ihrem Tod wirklich? Und warum sollte Gott Agnes in das Reich der Finsternis verbannen, nur weil sie eine tiefe Liebe zu einem Mann empfunden hatte?

Bernhard wischte sich hastig den Schweiß von der Stirn und starrte über den Fluss, als zöge über dessen Oberfläche seine Vergangenheit. «Würde ich nicht daran glauben, wäre ich nicht hier!», erwiderte er. «Es lag in meiner Hand, ihr zu helfen, aber ich tat es nicht und so habe ich das Leben meiner Schwester zerstört. Ihr Tod und die Schuld, die ich dafür zu tragen habe, lasten so schwer auf mir, dass ich geschworen hatte, dafür Sühne zu leisten. Als hätte der Allmächtige mich erhört, rief der Kaiser nur wenige Wochen später seine Männer auf, ihm ins Heilige Land zu folgen, um Jerusalem von den Ungläubigen zu befreien. Auch mein Herzog folgte diesem Aufruf und so brach ich als sein Getreuer mit dessen Heer auf. Selbst nachdem Friedrich im Fluss Saleph ertrank, kehrte ich nicht zurück wie viele unserer Ritter, sondern zog mit Tausend

Mann weiter, um vor Akkon zu kämpfen. Obwohl ich ahnte, dass wir nie siegen würden!»

«Du bist dennoch weitergezogen? Warum?» Nasrin verstand ihn nicht, doch sie spürte seinen Schmerz. Wie gern hätte sie ihm geholfen, seine Last zu tragen!

«Es war die Hoffnung auf Erlösung, die mich weitertrieb. Ein Priester versprach mir, dass jedem, der im Heiligen Land für Christus kämpfe und Jerusalem von den Heiden befreie, die Sünden seines Lebens vergeben würden. Und nicht nur seine eigenen Sünden, sondern auch die Sünden jener, die man liebt!» Seine Blicke waren jetzt leer. «So hatte ich gehofft, die Seele meiner Schwester zu retten. Aber der Allmächtige wählte ein anderes Schicksal für mich aus und ich sah ein, dass ich Agnes' Los nicht durch einen Krieg verändern konnte.»

Nasrin glaubte Zweifel in seiner Stimme zu vernehmen.

«Mein Vater glaubt, dass alle Christen für die Hölle bestimmt seien!», entgegnete sie leise, selbst verunsichert.

Bernhard lächelte bitter. «So, glaubt er das? Seltsam, das denken unsere Priester über euch! Wer mag wohl recht haben?» Er musterte sie eindringlich. «Und du, was glaubst du?»

Sie zuckte mit den Schultern. «Yasid las mir aus dem *Qur'an* vor; darin heißt es, dass Allah barmherzig und allverzeihend ist. Ja, daran glaube ich. Und ich glaube auch, dass er gütig ist und dass nur er allein in die Herzen der Menschen sieht. Nicht wir können beurteilen, die nur die Taten sehen! Ich glaube nicht, dass er deine Schwester in die Hölle verbannt hat. Nicht für eine Liebe, die er selbst ihr ins Herz legte! So grausam kann kein Gott sein!»

«Ich bete, dass du recht hast», entgegnete er hoffnungsvoll. «Mich machen deine Worte glücklich, aber deinem Vater würden sie nicht gefallen.»

«Ich weiß nicht einmal, ob ich ihn je wiedersehen werde!» Sie schluckte leer, als die Erinnerung an ihr eigenes Unglück sie übermannte und rasch senkte sie den Blick, um die Tränen zu verbergen, die ihr in die Augen traten. Bernhard lehnte sich bedächtig vor und flüsterte: «Ich schwöre dir, du wirst deinen Vater wieder sehen! Ich werde alles tun, damit du glücklich bist und damit dir nichts zustößt. Und sollte es mich mein Leben kosten!» Er nahm ihre Hand, legte das Kreuz hinein, umschloss es mit ihren Fingern und zog sie an sich. «Als meine Schwester es mir gab, musste ich ihr versprechen, es jener Frau zu schenken, der mein

Herz gehört», fuhr er fort und ergriff sanft ihr Kinn. Er zwang sie, ihn anzusehen. «Diese Frau bist du, Nasrin. Und ich glaube, Gott und Allah werden es verstehen.»

Er zog sie noch enger an sich, hielt sie fest, zögerte ein letztes Mal und küsste sie. Seine Hände gruben sich in ihr Haar und Nasrin schloss die Augen. Ihr war, als würde sie über das Wasser des Jordans davontreiben und allen Schmerz und alle Sorgen zurücklassen.

29

Die Zelte von Salah ad-Dins Feldlager zeichneten sich gegen den Himmel ab und einzelne Feuerstellen funkelten in der Abenddämmerung wie Quellen des Lebens. Die untergehende Sonne tauchte die Umgebung in warmes Licht; Wolkenfetzen, die an absonderliche Wesen, Tiere, Gesichter erinnerten, leuchteten purpurrot und widerspiegelten sich im Meer.

Davor ragten drohend die Stadtmauern von Akkon auf, der wichtigsten Hafenstadt Palästinas, dem Tor zum Heiligen Land. Über ihren Zinnen flatterten triumphierend die unzähligen Banner der Christen, während das Lager der Sarazenen von einer unheimlichen, seltsamen Stille erfüllt war, als trauere es um den Verlust der Stadt, als wäre es erstarrt.

Die Mondsicheln, die über einigen Zelten thronten, gaben Nasrin neue Hoffnung – endlich waren sie und Bernhard am Ziel angelangt. Allah war ihnen in den beiden letzten Tagen wohlgesinnt gewesen und so ritten sie auf den alten Karawanenwegen durch Palästina immer weiter nach Westen, bis sie schließlich das Meer und die Stadt erreichten.

Nun endlich waren die Gefahren und die Anstrengungen der Reise überwunden und beendet.

Nasrin war müde, erleichtert, bange und glücklich zugleich. Obwohl sie den letzten Tag ihrer Reise schweigend durch die Wüste geritten sind, waren sie sich nähergekommen. Näher, als es ihnen beiden lieb war, näher, als sie es zulassen durften. Nasrin fühlte sich trotzdem geborgen, auch wenn sie wusste, dass ihr Glück nur von kurzer Dauer sein würde. Noch herrschte Krieg, noch war ihr Vater nicht frei und noch standen sie nicht vor dem Sultan.

Sie sprachen nicht über ihre letzten gemeinsamen Stunden in der Wüste, als ob sie Angst hätten, die Gefühle und Erinnerungen könnten sie von ihrem Ziel ablenken. Aber Nasrin wusste, dass sie aus diesen Augenblicken mit Bernhard ihr Leben lang Kraft schöpfen würde – was auch geschah. Und sie hoffte, er täte es auch.

«Das Vertrauen von Salah ad-Dins Männer in Gott scheint unendlich zu sein, da sie es nicht für notwendig erachten, das Lager mit einer Palisade zu sichern», bemerkte Bernhard erstaunt, während er nochmals zurückblickte.

Die Wüste lag nun endlich hinter ihnen, trotzdem verspürte er Unbehagen und ungewollt flackerten Erinnerungen wieder auf. Es musste eine Ewigkeit her sein, als er mit den anderen Ritter der Christen genau hier vor Akkon stand. Und auch ihre Lager waren kaum befestigt gewesen, da aus der Wüste selbst kein Angriff zu erwarten war und so sämtliche Kräfte auf die Stadt ausgerichtet werden konnten.

Bernhard stieg langsam vom Pferd, half Nasrin aus dem Sattel und band die Zügel an einem in den Boden gerammten Pfahl fest. Niemand schien ihre Ankunft bemerkt zu haben.

«Salah ad-Dins Zelt befindet sich sehr wahrscheinlich in der Mitte des Lagers, es wird also nicht einfach werden, es unbemerkt zu erreichen.» Er fuhr sich mit den Fingern über seine von der Hitze aufgesprungenen Lippen. «Aber du musst zum Sultan gelangen, du musst ihn sprechen – was auch immer mit mir geschehen wird! Versprich mir, dass du dich nicht um mich kümmern wirst!»

Verstohlen sah sie ihn an. Seine Stimme klang wieder nüchtern und überlegt, so, wie er sich im *Bait* immer verhalten hat: wie ein herzloser Christ, wie ein fremder Ritter mit zwei Gesichtern. Aber auch ihr wurde bewusst, dass sie jetzt vorsichtig sein mussten. Nichts durfte sie ablenken. Jeder Schritt, jede Bewegung, jedes Wort konnten sie jetzt verraten. Vielleicht versuchte Bernhard auch nur, seine Gefühle, die er ihr am Ufer des Jordans offen zeigte, nun zu besänftigen und zu verbergen, denn sie beide wussten, dass hier in diesem Lager ihre gemeinsame Reise enden würde.

Als Nasrin einen weiteren Blick auf die Zeltstadt warf, die friedlich vor ihr lag, spürte sie, wie Unsicherheit sie erfasste und leise entgegnete sie: «Ich verspreche es dir, Bern'ard von Markward! Aber wie schaffe ich es, zu ihm zu gelangen?»

«Bleib an meiner Seite, ich werde vorausgehen. Sollten Soldaten unseren Weg kreuzen, werde ich versuchen, sie abzulenken. Geh einfach weiter, dreh dich nicht um, lass dich nicht aufhalten. Sonst war alles umsonst!»

Nasrin atmete tief durch, doch ihr Herz pochte immer schneller. «Ich bin die Tochter eines Emirs! Warum sollte man uns daran hindern?»

«Weil ich ein Christ bin. Und weil dies ein Heerlager ist. Hier leben und wachen Soldaten. Sie beschützen den Sultan und jeder Fremde, der hier auftaucht, ist für sie ein möglicher Meuchelmörder. Und dein Kleid…» Ein Lächeln huschte über sein Gesicht und Nasrin wusste, was er meinte: Nichts an ihr ließ mehr erkennen, dass sie die Tochter eines hohen muslimischen Würdenträgers war. Ihr einfaches Kleid zerschlissen und schmutzig, nur ein Schal bedeckte ihr Haar – jetzt glich sie einer einfachen Dienerin. Er hatte recht: Die Wachen würden ihr, falls sie aufgehalten wurden, kein Wort glauben.

Sein Lächeln schwand und Nasrin sah, wie sorgenvoll sein Blick plötzlich war. Seine Stimme klang bedrückt, beinahe entmutigend, als fürchte er etwas, das sie nicht einmal erahnen konnte. «Gehen wir, sonst werden wir noch entdeckt!»

«Und was ist mit dir?», fragte sie endlich. «Was wird aus dir?»

Bernhard zog entschlossen den Dolch hervor und sah sie unverhohlen an. «Ich werde dafür sorgen, dass du zum Sultan gelangst. Alles andere ist jetzt unwichtig!», erwiderte er und eilte gebückt voraus.

Allmählich verschluckte die Dämmerung das Lager; es herrschte ungewöhnliche Stille. Nur wenige Fackeln brannten und nur vereinzelt waren Wachen auszumachen, die wie vergessene Statuen vor den Zelten standen. Die meisten Muslime waren in ihr Abendgebet, das *Salât ul Maghrib*, versunken.

So gelang es Nasrin und Bernhard, schnell und unbehelligt immer tiefer in das Lager einzudringen. Schattengleich huschten sie zwischen den Zelten hindurch – Bernhard immer einen Schritt voraus. Sie blieben stehen, wenn sie Stimmen vernahmen, duckten sich und versteckten sich hinter einem Zelt, als ein Soldat ihren Weg kreuzte. Sie warteten und schlichen erst weiter, als das Klirren seines Kettenhemdes verklungen war.

Plötzlich verharrte Bernhard und hob warnend die Hand.

«Woher willst du wissen, wo Salah ad-Din ist?», fragte Nasrin flüsternd, als sie ihn eingeholt hat. Ihre Stimme zitterte vor Aufregung.

Schweigend deutete er mit seinem Dolch auf ein großes Zelt, das inmitten des Lagers stand. Sogar im schwachen Schein der Feuer konnte sie erkennen, dass es prächtiger und farbiger war als alle anderen. Die aufgerichteten Banner waren mit einem Adler und arabischen Zeichen bestickt. Auf dem spitzigen Dach thronte eindrucksvoll die Mondsichel, das Zeichen des Islam. Das musste das Zelt des Sultans sein! Sie betrachtete es gebannt, spürte, wie ihr Herz hämmerte und ihre Knie weich wurden. Sie war fast am Ziel!

Bernhard nahm sie bei der Hand und vorsichtig lösten sie sich aus dem Schatten. Sie eilten weiter im Schutz der Dunkelheit, schlichen an Pferden und Kamelen vorbei und Nasrin betete zu Allah, die Tiere mögen ruhig bleiben. Sollten die Pferde schnauben oder die Kamele schreien, würden die Wachen nachschauen und sie entdecken.

Nur noch wenige Schritte trennten sie vom größten Zelt. Sie schlichen so nahe heran wie nur möglich. Der Eingang zu der majestätischen Bleibe des Sultans wurde von zwei Soldaten bewacht. Sie stolzierten hin und her, die Hände auf dem Schaft ihrer Krummschwerter, bereit, sofort die Waffe zu ziehen. Nasrin, die neben Bernhard kauerte, glaubte den Atem der Männer zu spüren und presste beide Hände auf die Brust, als fürchtete sie, ihr pochendes Herz könne sie verraten. Sie zuckte zusammen, als Bernhard ihre Schulter berührte.

Seine Lippen formten lautlos ein Wort: «Dorthin!» Mit dem Kinn deutete er zu einer Stoffpalisade. Tief gebückt rannte er los und verschwand dahinter. Nasrin erhob sich und hielt die Luft an. Sie musste ihm folgen, aber würde sie es schaffen, ohne dass die Wachen sie bemerkten? Wie sollte sie … Sie konnte den Gedanken nicht mehr zu Ende denken. Ein Ruf ließ sie herumfahren.

«Was suchst du da?», bellte plötzlich eine kräftige Männerstimme.

Nasrin erstarrte. Nein, allmächtiger Allah, nein! Nicht jetzt, nicht so kurz vor dem Ziel!

«He, du Weib, bleib stehen!», dröhnte eine weitere Stimme und ein Soldat stürmte auf sie los.

Sie starrte ihn entsetzt an, unfähig, zu fliehen. Ihre Beine gehorchten ihr nicht mehr, ihre Knie wurden weich.

Doch bevor der Mann sie erreichen konnte, zerschnitt ein Zischen die Luft. Ein schmerzerfüllter Ausruf ertönte und der Soldat sank leblos zu Boden. In seiner Stirn steckte ein Dolch.

Bernhard sprang hervor, griff nach seiner Waffe und nach dem Schwert des Toten und riss Nasrin mit sich in die Dunkelheit.

«Du verfluchter Hund!», schrie ein zweiter Soldat und hetzte mit blankem Säbel hinter ihnen her. Erst jetzt lösten sich die Wachen von

Salah ad-Dins Zelt und rannten ebenfalls los. Es würde nicht mehr lange dauern, bis das ganze Lager Jagd auf sie machte und sie aufgriff – die Flüchtenden würden niemals entkommen, und das wussten beide – Jäger wie Gejagte.

Bernhard zog sie hinter ein Zelt. Sie verharrten in diesem unsicheren Versteck, warteten. Nasrin wusste, dass er sie um jeden Preis schützen wollte. Er führte sie, er wachte über sie und alles was sie tun konnte, war, zu Allah zu flehen und ihn bitten, in diesem Moment auch einem Christen beizustehen.

Ein Soldat stürmte an ihnen vorbei, ohne sie zu bemerken. Im gleichen Augenblick stürzte Bernhard hervor, packte ihn, drehte ihm den Arm auf den Rücken und hielt ihm den Dolch an die Kehle. Nasrin schlug die Hände vors Gesicht.

Fluchend versuchte der Mann, sich loszureißen. «Du verruchter Hund! Schon morgen werden wir dich den Geiern zum Fraß vorwerfen!»

Nasrin ließ langsam ihre Hände wieder sinken, als sie die Stimme erkannte und ihre Augen weiteten sich vor Entsetzen.

«Damit drohst du mir jedes Mal, ohne es wirklich zu tun, Jamal al-Aziz!», entgegnete Bernhard spöttisch. «Warum sollte ich es dir diesmal glauben?»

Die Wachen näherten sich ihnen; er verstärkte den Griff und befahl: «Sag deinen Männer, sie sollen zur Seite treten!»

«Niemals, du räudiger Köter! Niemals!»

«Sag es ihnen!»

«Und wenn du mir die Kehle durchschneidest, ich werde es nicht tun!»

Die Soldaten blieben unschlüssig stehen, wussten nicht, ob sie angreifen und so den Tod des Hauptmannes in Kauf nehmen oder ob sie auf Verstärkung warten sollten.

«Befiehl ihnen, aus dem Weg zu gehen!», wiederholte Bernhard ungeduldig und entriss Jamal gleichzeitig den Säbel.

«Tötet ihn! Tötet ihn!», zischte der Hauptmann hasserfüllt.

Die Wachen gehorchten endlich, richteten ihre Speere auf Bernhard und kamen vorsichtig näher.

Nasrin, die im Schatten des Zeltes stand, schien noch immer keiner bemerkt zu haben. Sie hätte jetzt weglaufen und zum Sultan vordringen können, wie Bernhard es ihr geraten hatte – alle Aufmerksamkeit war auf Jamal und auf den Christen gerichtet. Doch sie rührte sich nicht und schmerzlich wurde ihr bewusst, dass sie es nicht schaffen wurde, ihn zurückzulassen, ihn allein sterben zu lassen.

Sie trat aus der Dunkelheit und stellte sich neben Bernhard und den Hauptmann.

«Bevor Ihr ihn töten lässt, Jamal al-Aziz, sollten Eure Männer mich töten!», wandte sie sich an ihren Verlobten.

Die Wachen hielten erstaunt inne, als sie die Frau bemerkten und auch Bernhard sah Nasrin ungläubig an, beeindruckt von ihrem Mut.

Jamal drehte den Kopf zur Seite und starrte sie verwundert an. «Nasrin! Im Namen des Propheten, was habt Ihr hier verloren, in Begleitung dieses verfluchten *Nasranî*?»

«Diesem verfluchten *Nasranî* verdanke ich es, dass ich noch lebe! Dass ich hier bin! Und ich bin hier, um den Sultan zu sprechen!»

Der Hauptmann lachte höhnisch auf. «Salah ad-Din ist für niemanden zu sprechen! Und schon gar nicht für einen Christen!»

Doch Bernhard stieß ihn unbarmherzig vor sich her. «Ihr werdet uns jetzt zum Sultan bringen! Und ihr», er blickte die Soldaten feindselig an, «ihr geht aus dem Weg, wenn ihr nicht am Tode eures Hauptmanns schuldig sein wollt! Und hütet euch, mir zu folgen!»

Die Wachen gehorchten nur zögernd, traten beiseite und ließen Nasrin, Bernhard und seine Geisel passieren.

«Du bist tot, wenn du vor den Sultan trittst!», prophezeite Jamal bissig. Nur widerwillig ging er mit, blieb immer wieder stehen, versuchte, Zeit zu gewinnen.

«Sei gewiss, wenn es so weit ist, werden sich die Pforten der Hölle zuerst für dich öffnen!», erwiderte Bernhard und drängte Jamal in Salah ad-Dins Zelt.

Nasrin verhüllte hastig ihr Gesicht und folgte ihnen.

Zehn Männer, an einem Tisch über eine Karte gebeugt, hoben ihre Köpfe.

Zehn Augenpaare blickten voller Argwohn und Erstaunen auf die Eindringlinge.

Neun dieser zehn Männer zogen ihre Säbel und schützend stellten sie sich vor ihren Anführer Salah ad-Din.

Der Sultan selbst blieb am Tisch stehen; seine Hand ruhte auf dem Schwertgriff und kein Muskel zuckte in seinem Gesicht. Nichts schien diesen Herrscher und Krieger, der bereits unzählige Schlachten geführt hatte, mehr zu erschüttern. Nichts und niemand. Schon gar nicht diese beiden Männer und diese Frau, die nun unerwartet sein Zelt betreten haben.

Bernhard schob Jamal, die Klinge noch immer an seinen Hals haltend, vorwärts auf Salah ad-Din zu, während fünf weitere Männer ihnen entgegentraten.

«Sie werden dich töten, Christ», fauchte der Hauptmann triumphierend und in seinen Augen flammte unendlicher Hass auf. «Du wirst dieses Zelt nicht lebend verlassen!»

«Aber du wirst mich begleiten! Der Sultan kann bezeugen, dass ich einem Mann ohne Skrupel die Kehle durchschneide!», erwiderte Bernhard. «Und ich schwöre, bei dir werde ich weit weniger Bedenken haben als bei meinem Diener!»

Die Wächter kamen mit erhobenen Klingen näher, doch Salah ad-Din hob mahnend die Hand und befahl: «Beim großen Propheten, haltet ein! Heute ist schon genug Blut geflossen! Besudelt damit nicht auch noch mein Zelt!»

Die Männer ließen gehorsam ihre Säbel sinken, ohne sie jedoch in die Scheiden zurückzustecken. Feindselig starrten sie die Eindringlinge an, bereit, sie ohne Zögern hinzuschlachten. Und selbst Jamal würden sie nicht verschonen, der vergeblich versuchte, sich aus Bernhards Umklammerung zu winden.

«Töte mich, du Bastard einer Christenhure, dann reißen dich die Männer des Sultans in Stücke!», tobte er.

«Würde es nur um mich gehen, würde ich dir deinen Wunsch sofort erfüllen!»

«Ich bin bereit zu sterben!» Einem Opferlamm gleich, reckte Jamal den Hals. «Aber du, bist du…»

«Genug jetzt! Es ist genug! Ihr keift wie zänkische Weiber!», fuhr Salah ad-Din wütend dazwischen und blickte voller Ungeduld in die Runde.

Nasrin trat vorsichtig neben Bernhard und berührte seinen Arm. «Lass ihn los. Bitte. Du hast dein Versprechen erfüllt, mich…» Sie sprach nicht zu Ende.

Er sah sie stumm an. Schließlich senkte er zögernd den Säbel, ließ Jamal los und stieß ihn von sich. Der Hauptmann torkelte auf Ameer Kardal zu, fing sich, entriss einem Wächter ein Krummschwert und stellte sich auf.

Bernhard tat es ihm gleich, während Nasrin zurückwich.

Sie wusste, er war zu allem entschlossen und würde kämpfen. Wenn es sein musste, sogar einen aussichtslosen Kampf. Und er würde viele mit sich nehmen, wenn er vor den Schöpfer trat. Doch noch kämpfte er mit sich selbst. Schweißperlen traten auf seine Stirn und gleich einem Tier, das gehetzt und nun in die Enge getrieben worden war, wartete er auf den Angriff. Er sah sich um, suchte fieberhaft nach einem Fluchtweg. Doch der Eingang war von Soldaten versperrt und Salah ad-Dins Leibwächter haben ihn eingekreist.

«Ich sagte, genug!», rief der Sultan drohend.

Bernhard und Nasrin sahen sich an. Unendlich lange ruhten ihre Blicke hoffnungsvoll aufeinander. Dann warf Bernhard den Säbel verächtlich Jamal vor die Füße.

Im gleichen Augenblick stürzten sich vier Soldaten auf ihn. Er wehrte sich nicht und es fiel ihnen nicht schwer, ihn zu überwältigen. Und auch als einer der Männer ihm mit dem Knauf des Krummschwertes auf die verwundete Schulter schlug, ließ er es zu und sank, vom Schmerz erfasst, zu Boden. Nun war er das Opferlamm, bereit, sein Schicksal anzunehmen.

Plötzlich war es ungewöhnlich still. Ein Windstoß zerrte an den Zeltwänden, ließ die Öllämpchen auf dem Tisch unruhig flackern.

Salah ad-Din schritt bedächtig auf Nasrin zu, als hätte er sie erst jetzt bemerkt. Er blieb vor ihr stehen und sah sie eindringlich an. «Ich gewähre Euch gerne meine Gastfreundschaft. Doch verratet mir zuerst, wer Ihr seid und welches der Grund Eures unerwarteten Besuches ist.»

Alle Blicke ruhten nun auf ihr. Nun war sie wirklich am Ziel, nun musste sie ihre Worte geschickt wählen. Entschlossen trat sie vor und verbeugte sich tief. «Erhabener, mein Name ist Nasrin. Ich bin die Tochter des Emirs Suleyman Ibn Masud Talib Ibn Nusair Ibn Kardal Ibn Asadel Sharif aus dem ehrenwerten und alten Hause der al-Dir! Allah und der Prophet Mohammed sind meine Zeugen, dass es so ist! Solltet Ihr daran zweifeln, so fragt Jamal! Er ist mein Verlobter!»

Salah ad-Din hob verwundert die Augenbrauen und blickte den Hauptmann an, der nickte.

«Wir hatten die Ehre, Euch vor einiger Zeit in unserem Haus begrüßen zu dürfen!», fügte Nasrin hinzu.

«Ich glaube, mich an Euch zu erinnern. Nun, Tochter aus dem Haus al-Dir, ich hoffe, Ihr habt einen wichtigen Grund, mich aufzusuchen!»

Wieder verbeugte sie sich. «Ehrwürdiger Sultan, ich bin gekommen, um Eure Hilfe zu erbitten! Es geht um meinen Vater! Er…»

«Nasrin», fuhr Jamal dazwischen, «ich verbiete Euch…»

«Jamal al-Aziz, noch bin ich nicht Eure Frau! Noch könnt Ihr mir nichts verbieten!» Sie sah ihn wütend an und über das Gesicht des Hauptmanns legte sich Schmach.

Für einen kurzen Augenblick lächelte Salah ad-Din belustigt, doch seine Miene verfinsterte sich sofort wieder. «Meine Zeit ist kostbar und meine Geduld nicht grenzenlos. Also, was ist Euer Begehr, dass Ihr so unerwartet in mein Lager eindringt? Dazu noch in Begleitung dieses unwürdigen Hundes von einem Christen?»

«Dieser Unwürdige, *Hazrat*, hatte verhindert, dass alle Familienmitglieder des Hauses al-Dir getötet wurden! Er rettete meinem Bruder und mir das Leben! Und wenn Ihr mich jetzt anhört, hat er auch dazu beigetragen, das Leben meines Vaters zu retten!» Nasrin stellte sich vor Bernhard, als wolle sie ihn beschützen.

Ein Gemurmel hob an, Erstaunen zeichnete die Gesichtszüge der Umstehenden und Jamals Augen weiteten sich vor Überraschung. Salah ad-Din verharrte regungslos.

Aus den Reihen der Anwesenden löste sich ein jüngerer Mann und trat vor. Er trug feine Gewänder, war hochgewachsen und seine markante Nase und die wachen Augen sahen denen des Sultans zum Verwechseln ähnlich.

Nasrin erkannte El-Afdal, den ältesten Sohn des Herrschers.

«Was sagt Ihr da?», fragte er fassungslos.

«Erzählt, was vorgefallen ist!», forderte Salah ad-Din sie auf und sie begann, die Verhaftung ihres Vaters zu schildern. Sie berichtete über seinen angeblichen Verrat, über Bassam Kadins unwürdiges Verhalten, uber den Überfall auf den *Bait*, über die Flucht aus der Stadt und die Reise durch die Wüste.

Aufmerksam lauschte Salah ad-Din ihren Worten, nachdenklich seinen Bart kraulend. Nur ein gelegentliches Zucken um seine Mundwinkel und das Funkeln in seinen Augen ließen erkennen, wie aufgebracht er war.

Nasrin standen Tränen in den Augen, als sie zu Ende erzählt hat. Die Erinnerungen haben vernarbte Wunden aufgerissen und sie schmerzten mehr als zuvor und sie wusste, dass dieser Schmerz niemals vergehen würde.

Salah ad-Din ließ seine Hand sinken. «Euer Vater befindet sich also noch immer in der Zitadelle?»

«Und er soll am siebten *Shaaban* hingerichtet werden. So hat es der *Qadi* vor wenigen Tagen verkündet, *Bey*!» Nasrins Stimme zitterte und von Verzweiflung übermannt, sank sie vor dem Herrscher in die Knie. «Helft mir, erhabener Sultan und rettet meinen Vater! Er ist unschuldig! Es gibt keinen treueren Diener in Damaskus als ihn! Er steht mit seinem Leben und seiner Ehre hinter Euch und würde weder Euch noch Eurer Familie schaden. Bei Allah und seinem großen Propheten, helft ihm, bevor es zu spät ist!»

Der Sultan blickte sie nachdenklich an. Im Zelt herrschte angespannte Stille, keiner der Männer rührte sich. Eine Ewigkeit schien zu vergehen, bis sich Salah ad-Din schließlich vorbeugte und befahl: «Steht auf, Nasrin al-Dir! Euer Mut und Euer Glaube haben bewiesen, dass Ihr eine gottgefällige Muslimin seid! Ich habe Eure Klage gehört und ich werde Gerechtigkeit walten lassen!» Er streckte ihr seine Hand hin und Nasrin erhob sich langsam.

Der Sultan wandte sich an El-Afdal und alle Freundlichkeit war aus seiner Stimme gewichen, als er sagte: «Der *Qadi* ist Bassam Kadins Vetter und Bassam Kadin ist Euer Wesir! Ihr werdet noch heute Nacht mit einem Teil jener Männer, die Ihr aus Aleppo mitgebracht habt, nach Damaskus aufbrechen! Ihr werdet Bassam Kadin, seinen treulosen Vetter und alle Schuldigen bestrafen! Vierteilt diese Bastarde, kocht sie in siedendem Öl oder mauert sie lebend in die Stadtmauern ein! Tilgt dieses Geschwür von Allahs Welt!»

El-Afdal verneigte sich vor seinem Vater und mit fester Stimme erwiderte er: «Das werde ich gewiss, mein Sultan. Er hat nicht nur Euch, sondern auch mich verraten und meine Ehre befleckt!» Mit einem Kopfnicken forderte er seine Soldaten auf, ihm zu folgen und eilig verließen sie das Zelt.

Als sie gegangen waren, wandte sich Salah ad-Din kopfschüttelnd Bernhard zu. «Und du, Christ, du überrascht mich immer wieder und ich frage mich, wie oft Allah es noch zulässt, dass unsere Wege sich kreuzen. Was soll ich mit dir nun machen?» Er begann, vor ihm auf und ab zu gehen. «Sag, was hat dich zurückgehalten? Warum bist du nicht geflohen, wie ich es von einem verfluchten Ungläubigen erwartet hätte?»

Bernhard senkte den Blick nicht, sondern sah dem Herrscher unverwandt ins Gesicht, als er antwortete: «Weil es mein Schicksal ist, das Schicksal eines verfluchten Christen. Es führte mich hierher und zeigte mir, dass Suleyman al-Dir ein ehrenwerter Mann ist. Weder er noch sein

Sohn noch», er zögerte, bevor er fortfuhr, «noch seine Tochter haben es verdient, so zu leiden. Wenn auch die letzten Monate meines Lebens die schmerzvollsten waren, so durfte ich doch erfahren, wie viel Ehre und Großmut ein muslimischer Emir besitzt!»

Salah ad-Dins Gesichtszüge hellten sich auf, sie verrieten Genugtuung. Auch Nasrin blickte Bernhard erleichtert an; seine Worte und seine Nähe machten ihr Mut. Bald würde ihr Vater frei sein! Bald würde sie Yasid wieder sehen! Und Bernhard, so war sie überzeugt, würde die Gnade des Sultans erfahren. Und vielleicht ...

Salah ad-Din trat an den Tisch und beugte sich über die Karte. Als er sich wieder umdrehte, war seine Miene ernst. Seine besorgten Blicke ruhten ungewöhnlich lange auf den Anwesenden und Nasrins Hoffnung schwand. Etwas Schlimmes musste geschehen sein. Das bedächtige Schweigen des Sultans ließ Ungutes erahnen.

«Du kommst zu einem sehr ungünstigen Zeitpunkt, Bernhard von Markward», begann er endlich und trat wieder in die Mitte des Zeltes. «Du redest von Ehre und Großmut. Doch genau heute hat sich der Löwenherz wahrlich unehrenhaft verhalten. Ruchlos und schändlich. Ja, Bernhard von Markward, du kommst an einem Tag der Schande.»

Bernhard sah den Sultan verständnislos an und Nasrin bemerkte, dass in den Gesichtern der Soldaten offene Ablehnung und Hass lagen.

«Wir hatten mit ihm verhandelt, waren bereit gewesen, auf all seine Forderungen einzugehen. Schließlich vereinbarten wir ein beträchtliches Lösegeld. Gestern schickte ich ihm einen Großteil der Gelder, übergab ihm viele Gefangene und versprach, ihm das Kreuz, das ihr Christen anbetet, zurückzugeben. Aber wie, glaubst du, hat dein König es mir vergolten?» Salah ad-Din musterte ihn voller Wut und Empörung.

Bernhard, noch immer auf den Knien liegend, wich seinem Blick nicht aus. «Er ist nicht mein König, er war es nicht und er wird es nie sein. Ich weiß nicht, was er getan hat. Aber ich lese Hass in Euren Augen.»

Nur schwer konnte sich der Sultan beherrschen, als er erwiderte: «Ja, du liest richtig, Bernhard von Markward! Er, der große Löwenherz, ließ alle Geiseln enthaupten. Alle! Männer, Frauen Kinder! Alle! Gnadenlos!»

Bernhards Miene war zu Stein erstarrt, doch Nasrin hat gelernt, die Sprache seiner Augen zu verstehen und so seine Gefühle zu ergründen. Und sie entdeckte Scham und Entsetzen, Scham und Fassungslosigkeit.

«Und was glaubst du, wie groß nun der Hass meiner Männer auf die

Nasranî sein muss, wie grenzenlos ihr Zorn?», donnerte Salah ad-Dins Stimme durch das Zelt.

Bernhard schwieg, vergebens nach den richtigen Worten suchend. Der Sultan trat wieder an den Tisch, starrte auf die Karte, als würden dort die Bilder der grausamen Tat lebendig. Ohne sich umzudrehen, begann er zu berichten: «In den frühen Morgenstunden führten die Christenritter die armen Seelen zum Strand und richteten sie dort hin. Nackt, um ihren beschämenden Triumph noch ehrloser zu gestalten! Das Blut der Opfer färbte den Sand rot und der rote Sand färbte das Meer und es werden Hundert Jahre vergehen, bis der Himmel nicht mehr über das vergossene Blut weint und der Sand von der Schande, welche die Christenritter über die Unseren brachten, reingewaschen wird.»

Der Sultan hielt inne, drehte sich um und wandte sich Nasrin zu: «Was glaubt Ihr, soll ich also an einem solchen Tag mit einem Christen in meinem Lager tun? Sagt mir, was soll ich tun?»

Sie senkte fassungslos den Kopf. Nur ein Gedanke beherrschte sie: Der Sultan durfte Bernhard nicht für die Taten anderer bestrafen.

«Erhabener», begann sie leise, «auch ich empfinde tiefste Trauer um die Opfer und fühle Hass gegen die feigen Mörder. Ja, er ist ein Christ, ein *Kafir*. Aber ihn trifft keine Schuld. Obwohl er hätte fliehen können, ist er geblieben und hat mir, einer Muslimin, selbstlos das Leben gerettet, hat mich und meinen Bruder nicht dem Schicksal überlassen. Dafür opferte er nicht nur seine Freiheit, sondern beinahe auch sein Leben!»

Qualvolle Augenblicke vergingen, bis der Sultan ihr erwiderte: «Weise Worte, Nasrin al-Dir! Ich sehe, Ihr habt viel von Eurem Vater gelernt. Nur, womit soll ich ein Leben aufwiegen? Mit einem anderen Leben? Eines für dreitausend? Dreitausend für dreitausend?» Salah ad-Din griff sich nachdenklich an das Kinn, während er Bernhard anblickte. «Bei unserer letzten Begegnung habe ich geschworen, dass du der Erste sein würdest, der meine Rache zu spüren bekäme. Doch mir ist bewusst, dass dein Tod keinen der dreitausend Männer, Frauen und Kinder wieder lebendig macht. Aber meine Männer verlangen ihn von mir.»

Bernhards regungsloses Gesicht verriet nicht, was er wirklich fühlte, als er, ohne aufzusehen, erwiderte: «Tut mit mir, was Euch beliebt, aber helft, in Gottes Namen, dem Emir.» Er sah Nasrin an. «Und seiner Tochter! Selbst wenn ich den Hass Eurer Männer zu spüren bekomme!»

«Erbarmt Euch, ehrwürdiger Sultan!», fuhr Nasrin dazwischen, trat vor Salah ad-Din und öffnete bittend die Arme. «Er hat nichts Unehrenhaftes getan! Ohne ihn wäre ich bereits tot, ohne ihn hättet Ihr niemals von der Ehrlosigkeit Bassam Kadins erfahren! Ohne ihn wärt Ihr eines Tages nach Damaskus zurückgekehrt und hättet nur die Lügen des Wesirs, nicht aber die Wahrheit vernommen. *Bey*, dieser Mann hier hat den Tod nicht verdient!» Sie kämpfte mit den Tränen und wagte es nicht, Bernhard anzusehen.

«Nasrin, es ist genug!», mischte sich Jamal empört ein, doch Salah ad-Din brachte ihn mit einem gebieterischen Handwink zum Schweigen.

«Sie ist eine gottgefällige Muslimin, Jamal al-Aziz. Sie hat das Recht, Anklage zu erheben.» Der Sultan hob die Augenbrauen und faltete bedächtig die Hände. Er schien nachzudenken. «Euer Vater hat Euch nicht nur Verständnis, sondern auch Mut gelehrt», bemerkte er. Seine Blicke streiften Nasrin und blieben an Bernhard hängen. «Diese Frau hat recht. Obwohl du ein *Kafir* bist, hast du Ehre bewiesen. Nun sollst du erfahren, wie gnädig ich bin. Daher schenke ich dir dein Leben! Aber ich kann dich nicht in diesem Lager behalten. Da Jamal auch bald nach Damaskus aufbrechen wird, um die Verräter in seinen Reihen ausfindig zu machen und zu bestrafen, wird er dich mitnehmen!»

Bei den letzten Worten des Sultans wandelten sich Nasrins Erleichterung und Dankbarkeit in Verzweiflung. Unfähig, sich zu rühren, stieß sie tonlos hervor: «Nein!»

Auch Bernhard sah den Sultan ungläubig an, sprang auf, riss sich von den Soldaten los und rief: «Tötet mich lieber gleich jetzt, Ehrwürdiger, als mich dem Hauptmann zu übergeben!»

Jamal stürzte hervor, hob das Krummschwert und richtete die Spitze auf Bernhards Hals. «Wenn du es willst, kann dies gleich geschehen!»

«Jamal al Aziz!», donnerte Salah ad-Din aufgebracht. «Bändigt Euren Übermut! Dieser Mann hat Eurer zukünftigen Frau das Leben gerettet! Zeigt mindestens Achtung, wenn Ihr schon keine Dankbarkeit empfindet!»

Der Hauptmann gehorchte nur widerstrebend, senkte sein Schwert und musterte Bernhard, der bebend dastand, abschätzig. Nasrin wandte sich angewidert ab, zog beschämt den Schal tiefer in die Stirn, um ihre Abscheu zu verbergen. Wieder spürte sie diesen schmerzlichen Stich im Herzen, als der Sultan ihre Vermählung erwähnte.

«Was soll nun mit ihm geschehen?», fragte einer der Soldaten, die Bernhard festhielten, ungeduldig.

«Bringt ihn in einem Zelt unter! Und behandelt ihn gut!», befahl Salah ad-Din. Er kehrte zum Tisch zurück. Seine Hand strich langsam über die Karte. «Irgendwann, irgendwann vielleicht wird er sich als nützlich erweisen.»

30

Selbst in einem Feldlager verzichtete Salah ad-Din nicht auf gewisse Annehmlichkeiten. So hatte er auch einige bildhübsche Sklavinnen mitgenommen. Für sie wurde ein Bereich eingerichtet, zu welchem nur er Zutritt hatte. Und zu ihnen hat er auch Nasrin geschickt, damit sie wieder zur Ruhe kam und sich von den Anstrengungen der letzten Zeit erholte.

Zwei Tage weilte sie nun schon in diesem Zeltlager und der Sultan wollte sie erst wieder nach Damaskus schicken, wenn El-Afdal ihren Vater befreit und Bassam Kadin gerichtet hat. Nasrin hätte Salah ad-Din am liebsten gebeten, gleich mit seinem Sohn nach Damaskus zurückkehren zu dürfen, doch der Herrscher entschied, dass sie erst einige Tage später die Reise antreten sollte.

Rastlos und untätig lag sie nun auf einem kostbaren Diwan, den man eher in einem Palast vorzufinden erwartete als hier in einem Feldlager zwischen Wüste und Meer. Nachdem sie ausgiebig gebadet und sich vom Schmutz und Staub befreit hat, kleideten Salah ad-Dins Dienerinnen sie ein und sie roch den süßen Duft der Mandeln, der sich in ihren Gewändern und ihrem Haar verfangen hat. Die seidenen Kleider, die sie nun wieder trug, fühlten sich, im Gegensatz zu den groben Gewändern der letzten Tage, leicht wie Federn an und ihr Körper gaukelte ihr gar vor, nackt zu sein.

Nun würde doch noch alles gut werden, dachte Nasrin, als ihre Blicke zum Zeltdach wanderten, wo Sonnenstrahlen durch die orientalischen Muster drangen und alles in ein zauberhaftes, samtiges Licht tauchten. Ja, fast alles würde gut werden. Fast alles. Denn ununterbrochen musste sie an Bernhard denken und sie fragte sich, wie es ihm wohl erging. Sie wusste, dass er irgendwo in diesem Lager gefangen gehalten wurde, in irgendeinem Zelt untergebracht worden war. So nah und doch in unerreichbarer Ferne. Ihre gemeinsame Zeit schien unwiederbringlich verloren zu sein.

Dabei waren erst zwei Tage vergangen. Zwei Tage, allmächtiger Allah, die ihr wie zwei Monate erschienen! Aber nicht nur Bernhards Schicksal trieb sie um, auch das ihres Vaters. Würde El-Afdal rechtzeitig in Damaskus eintreffen, um die Hinrichtung zu verhindern? Würde er es schaffen? Und was war mit Yasid? Sie musste lächeln, als sie jetzt an ihn dachte. Ludivine sorgte bestimmt gut für ihn und er würde mit seinen Streichen wohl alle verrückt machen. Wie sie ihn vermisste!

Erst Stimmen, die plötzlich aus dem Vorzelt in den *Harim* drangen, holten sie in die Wirklichkeit zurück. Langsam erhob sie sich und schritt über die schweren Teppiche auf den Gang zu. Sie glaubte, Salah ad-Din zu hören.

Vorsichtig wagte sie einen Blick in das Vorzelt. Tatsächlich, dort stand er und verabschiedete sich eben von zwei seiner Sklavinnen. Er trug nicht mehr die kostbare Kleidung eines Sultans, sondern die prächtige Rüstung eines mächtigen Feldherrn.

«Ich hoffe, Ihr habt Euch etwas erholt!» Salah ad-Din hat sie trotz ihrer Vorsicht bemerkt und wandte sich plötzlich um.

Von seinen Sklavinnen argwöhnisch gemustert, zog sie rasch den *Khimaar* über die Stirn und einen Zipfel davon vors Gesicht. «Ja, Erhabener, das habe ich», erwiderte sie. «Und es beschämt mich, weil ich Euch dafür erst jetzt meinen Dank aussprechen kann.»

Salah ad-Din ließ sich von den Frauen einen reich verzierten, sorgsam getriebenen Helm und ein Paar Handschuhe reichen und forderte sie mit einem Kopfnicken auf, ihn mit der Emirtochter allein zu lassen. Schweigend gehorchten sie und zogen sich zurück.

«Ich habe Euch zu danken, denn ohne Euren Mut hätte ich von all diesen verräterischen Ereignissen in Damaskus wohl nie erfahren!», erklärte er. Er legte den Helm neben seinen Säbel und Dolch auf den Tisch. «Leider haben mich noch keine Neuigkeiten erreicht, daher kann ich Euch nicht sagen, ob Euer Vater schon frei ist», fuhr er fort. «Aber ich werde es Euch wissen lassen. Seid solange meiner Gastfreundschaft gewiss! Es wird Euch an nichts fehlen und hier seid Ihr sicher.» Er gürtete sich den Säbel um, steckte den Dolch in sein Bauchband, streifte sich die Handschuhe über und ergriff den Helm. Dann sah er sie nachdenklich an. «In wenigen Tagen werde ich das Lager hier abbrechen und Euch zusammen mit den anderen Frauen nach Syrien bringen lassen. Leider werdet Ihr auf die Gesellschaft Eures Verlobten Jamal al-Aziz verzichten müssen. Ich brauche jeden fähigen, kampferprobten Mann an meiner Seite!»

«Also steht eine Schlacht bevor», folgerte sie bedrückt. Die Tatsache, sie würde ohne die Begleitung von Jamal reisen müssen, bereitete ihr weniger Sorgen als das bevorstehende kriegerische Ereignis.

Der Sultan verzog die Lippen zu einem schmalen Strich und nickte. «Der verfluchte Löwenherz hat Akkon verlassen und zieht jetzt nach Jerusalem!»

«Nach Jerusalem?», wiederholte Nasrin ungläubig.

Er lächelte sie ermutigend an, als er ihre Angst bemerkte. «Seid unbesorgt, ich werde mit all meiner Kraft versuchen, das zu verhindern! Und solange Allah auf meiner Seite steht, wird mir dies auch gelingen!»

Entschlossen setzte er den Helm auf und wandte sich zum Gehen.

«Verzeiht, Erhabener!», hielt ihn Nasrin mit aufgeregter Stimme zurück.

Der Sultan blieb stehen und drehte sich verwundert um.

Nasrin holte tief Luft. «Ich weiß, Ihr seid in großer Eile, aber da ist noch etwas, was ich Euch fragen wollte.» Sie senkte den Blick und hoffte, nicht den gefürchteten Zorn des Sultans auf sich zu ziehen.

«Nun, dann fragt, denn ich bin mehr als nur in Eile!» Salah ad-Din trat einen Schritt auf sie zu.

Sie empfand Unbehagen und ihr Herz schlug schneller. Vor ihr stand der mächtigste Herrscher der arabischen Welt, der dabei war, Jerusalem und Damaskus vor der Eroberung des Löwenherz zu retten und sie, Nasrin al-Dir, hielt ihn auf. Doch sie musste die Gelegenheit, mit ihm allein sprechen zu können, jetzt nützen. Denn für sie war es wichtiger als Jerusalem. Wichtiger als Damaskus. Viel wichtiger als alles andere.

«Der Christ! Es geht um den Christen!», stieß sie aufgeregt hervor, ohne ihn anzusehen.

Salah ad-Din neigte den Kopf zur Seite. «Ihr meint diesen *Nasranî*?»

«Ja, Bern'ard. Bern'ard von Markward. Wie geht es ihm?»

«Ich habe ihn seit dem Tag, an dem Ihr mit ihm mein Zelt betratet, nicht mehr gesehen. Aber Ihr habt mein Wort darauf, dass er wohl auf ist!» Er wandte sich um und schritt auf den Ausgang des Zeltes zu.

«Verzeiht, *Bey!*» Nasrin lief ihm nach und blieb stehen, als er sich wieder umdrehte. Nun entdeckte sie Missmut in seinem Gesicht.

«Was ist denn noch, Kind?», fragte er ungeduldig.

Nasrin presste die Lippen zusammen. Sie fühlte sich wirklich wie ein kleines Mädchen, das ihren Vater um etwas anbettelte. «Ich würde ihn gerne sehen …»

«Ihr würdet was?», fragte der Sultan verwundert, als hätte er sie nicht richtig verstanden.

«Ich würde ihn gerne sehen», wiederholte Nasrin mit fester Stimme. «Ich weiß, es schickt sich nicht, aber ich möchte Euch bitten, mir zu erlauben, ihn sehen zu dürfen.»

Der Sultan lachte. Seine Gereiztheit schien sich in Erheiterung zu verwandeln. «Es schickt sich wahrlich nicht! Vor allem nicht für die Tochter eines Emirs! Eines sehr angesehenen Emirs noch dazu! Ihr vergesst, dass dieser Christ ein Feind ist. Allah muss wohl seine Hand über Euch gehalten haben, als Ihr mit ihm allein diese vier Tage und Nächte durch Syrien und Palästina gereist wart!»

«Ehrwürdiger Sultan, vergebt mir, aber Ihr vergesst, dass ich es ohne diesen Christen nicht geschafft hätte! Er wurde auf unserer Flucht aus Damaskus verwundet und alles, was ich will, ist zu sehen, wie es ihm geht. Das schulde ich ihm als Dank. Der Allmächtige hat seine Hand nicht nur über mich, sondern auch über ihn gehalten. Und Allah sei mein Zeuge: Der Christ hatte sich keinen einzigen Augenblick unehrenhaft verhalten.» Sie senkte rasch die Lider und ebenso rasch fügte sie hinzu: «Außerdem ist er Euer Geschenk an meinen Vater. Da mein Vater nicht hier ist und somit nicht über ihn bestimmen kann, kann ich es als seine Tochter!»

Salah ad-Din sah sie lange an, während er die Finger einer Hand spreizte und mit der anderen den Handschuh noch fester anzog. «Auch wenn Eure Beweggründe edel sind, kann ich Euch nicht erlauben, ihn zu sehen!»

«Herr! Ich …»

«Nasrin al-Dir, meine Geduld ist erschöpft!», herrschte er sie an.

«So nennt mir den wahren Grund, warum ich ihn nicht sehen kann!»

«Das hier ist Akkon, nicht Damaskus! Das hier ist ein Heerlager, kein Palast!»

«Und deswegen verbietet Ihr mir, den Christen zu sehen?»

«Hat Euer Vater Euch schon gesagt, dass Ihr störrischer seid als ein Esel?» Salah ad-Din konnte seinen Missmut kaum mehr bändigen. «Allah straft den Mann, der Euch eines Tages zur Frau nimmt, ungehorsam, wie Ihr seid!»

In Nasrins Gesicht schoss Röte. Für einige Augenblicke hatte sie vergessen, welch mächtiger Herrscher vor ihr stand, doch nun besann sie sich und senkte beschämt die Lider. «Ich bin nicht ungehorsam. Ich frage nur nach dem Grund, warum Ihr mir verbietet, den Sklaven meines Vaters zu sehen.»

Salah ad-Din richtete drohend seine Hand auf sie. «Wenn Ihr meine Tochter wärt, würdet Ihr nun meinen Unmut über Euer Verhalten zu spüren bekommen!»

«Erhabener, es liegt mir fern, Euren Zorn auf mich zu laden. Ich verlange nicht mehr, als den Mann sehen zu dürfen, dem ich mein Leben zu verdanken habe!»

«Verflucht noch mal, Nasrin al-Dir! Ihr scheint zu vergessen, dass nicht weit von uns der Löwenherz mit seinen Rittern nach Jerusalem aufbricht! Ihr seid Gast hier, aber dieser *Nasranî* ist ein Gefangener. Ich kann ihn nicht so behandeln wie ich Euch behandle. Jeder einzelne meiner Männer», der Sultan deutete zum Ausgang des Zeltes, «jeder einzelne von ihnen verspürt einen gerechten, unendlichen Hass auf die christlichen Ritter und keiner von ihnen würde auch nur einen Herzschlag zögern, um diesen Bernhard von Markward zu töten! So habe ich befohlen, dass niemand ihn ohne meine Erlaubnis aufsuchen darf! Selbst meine engsten Vertrauten nicht, die keinen Atemzug daran denken, meine Befehle so anzuzweifeln wie Ihr es wagt!»

Ein Windstoß ließ das Zeltdach blähen, zerrte an den Stoffvorhängen. Laute, unverständliche Rufe waren jetzt zu hören, vermischt mit dem Gewieher von Pferden und dem Geklirr von Waffen. Die Truppen schienen sich zu sammeln.

Salah ad-Din rückte seine Rüstung zurecht und begann missmutig und ungeduldig, auf und ab zu laufen. «Wie sollte ich meinen Männern erklären, dass ich einer jungen Frau, einer jungen Muslimin erlaube, einen wie ihn aufzusuchen? Dankt mir, Nasrin al-Dir, für meine Gnade, dankt mir, dass er überhaupt noch lebt!»

«Wie sollte ich Eure Großmut und Gnade vergessen, erhabener Herrscher!», erwiderte sie und verneigte sich hastig. Gleich einem eben gefangenen Fisch, den sie nicht festhalten konnte, entglitt ihre Hoffnung. Lange würde der Sultan ihr nicht mehr zuhören und sie wunderte sich, dass er es überhaupt noch tat. Die Furchen, die sich von den Nasenflügeln zu den Mundwinkeln zogen, erschienen ihr noch tiefer, als er fortsetzte: «Ich frage mich, was ich mit ihm tun werde, sollte der Löwenherz es schaffen, Jerusalem zu erobern.»

«Ihr dürft ihn nicht töten lassen, erhabener Sultan!», fuhr Nasrin mit erstickter Stimme dazwischen, den Tränen nahe. Wie konnte sie den Sultan nur überzeugen? Wie konnte sie ihn nur dazu bringen, ihrem Wunsch nachzukommen? Bernhards Schicksal würde, wenn Salah ad-Din dieses Zelt verließ, besiegelt sein. Und sie würde an seinem Tod schuld sein. Am Tod jenes Mannes, der ihr half, das Leben ihres Vaters zu retten. Am Tod jenes Mannes, den sie liebte.

«Was ich darf oder nicht, entscheide immer noch ich, Nasrin al-Dir!» Salah ad-Dins Faust donnerte auf den Tisch. Unter dem Schlag fiel ein getriebener Silberkelch klirrend um. «Ich habe so viele Schachtfelder gesehen und ich weiß nicht, wie viele Feinde ich getötet habe, wie viele ich befahl, zu töten. Vor weniger als fünf Jahren ließ ich vor Hattin ein ganzes Heer Ungläubiger erschlagen, damit sie den Gläubigen und mir niemals mehr schaden würden. Nun zieht dieser Löwenherz gegen Jerusalem. Wie es also scheint, war dies noch immer zu wenig. Dieser *Nasranî* wäre nur ein Christ mehr, der sterben würde.» Salah ad-Din sah sie streng an, zog seine Brauen zusammen, sodass sich eine tiefe Falte beinahe bis zum Helmrand hinaufzog. «Jeder Christ ist in einer solchen Zeit eine Gefahr. Er stand vor Akkon, er kämpfte gegen meine Männer. Und er versteht zu kämpfen. Wäre er ein Muslim, er wäre einer meiner besten und tapfersten Krieger. Doch noch immer ist er ein feindlicher Ritter und ich darf nicht zulassen, dass er uns noch mehr schadet!»

«Warum sollte er Euch schaden? Vergesst nicht, dass er meinem Vater zweimal das Leben gerettet hat! Und nicht nur ihm! Dafür wäre er beinahe in einen ehrlosen Tod gegangen, den Jamal al-Aziz für ihn vorgesehen hat!» Nasrin trat entschlossen auf Salah ad-Din zu. In ihren Adern loderte ein Feuer so stark, dass sie bereit war, jedem die Stirn zu bieten, gleich, welche Folgen es für sie haben würde.

Doch der Sultan wandte sich bereits ab und es war, als hätte er ihre letzten Worte gar nicht mehr gehört. In einem einzigen Augenblick erschien ihr alles umsonst und alles, wofür sie gekämpft und gelitten hat, schwand, löste sich auf.

Ein erneuter Windstoß zerrte am Zelt; Salah ad-Dins Kettenhemd rasselte unheilvoll bei jedem seiner Schritte, als er sich entfernte und der reichverzierte Säbelknauf an seiner Seite blitzte auf.

Sie musste ihn zurückhalten, sie musste ihn zwingen, zu bleiben und verzweifelt und lauter als beabsichtigt rief sie ihm nach: «Dieser *Nasranî* ist ehrenhafter und mutiger als mancher gläubige Muslim!»

Salah ad-Din blieb plötzlich stehen, drehte langsam den Kopf und blickte sie über die Schulter an. «Und wen meint Ihr damit außer Bassam Kadin und seinen Verrätern?»

Nasrin atmete tief durch. Nun war sie zu weit gegangen, nun konnte sie nicht mehr zurück. «Erhabener, ich habe mit eigenen Augen gesehen, wie ehrlos der Hauptmann der Stadtwache mit dem Christen verfuhr», erwiderte sie und war erstaunt, wie leicht es ihr fiel.

Salah ad-Din fuhr herum. «Mässigt Euch! Jamal al-Aziz wird Euer Gatte!»

«Ein Gatte, den ich nicht gewählt habe!» Jetzt hob sie trotzig den Kopf in der Gewissheit, nun alles gewonnen oder verloren zu haben.

Der Sultan sah sie noch immer eindringlich an, doch sie hielt seinem Blick stand. Da war etwas, das ihn scheinbar innehalten ließ und irgendwo tief in seinem Inneren, so war sie überzeugt, haben ihre Worte ihn getroffen. Er schien zu überlegen, abzuwägen und sie hoffte, jene Schale dieser Waage, die mit Hoffnung gefüllt war, würde schwerer sein.

Der Lärm vor dem Zelt wurde lauter, bedrohlicher, die Stimmen aufgeregter und es schien, als würden Pferdehufe den Boden erzittern lassen.

Salah ad-Din schritt hastig auf den Ausgang zu, hielt jedoch noch einmal inne und drehte sich um. «Gleich, welchem Vergehen sich Jamal schuldig gemacht hat, Ihr werdet ihm dafür Strafe genug sein! Eure Hartnäckigkeit ist so beeindruckend wie Eure Schönheit! Nun gut, für Eure Ehrlichkeit, für Euren Mut und Euren Glauben sollt Ihr belohnt werden! So will ich Euch erlauben, diesen Christen noch einmal zu sehen. Aber ich warne Euch!» Seine dunklen Augen blitzten gefährlich auf. «Ich bin Salah ad-Din Yusuf bin Ayyub al-Malik an-Nasir! Also zügelt Euren Tonfall, fordert mich nie mehr heraus und zweifelt nie mehr an meinen Entscheidungen! Sonst werdet Ihr meinen Zorn kennenlernen!»

Sein Umhang bauschte sich, als er sich abwandte und endlich das Zelt verließ.

Für einen Augenblick hat sie den Zorn des Sultans, gleich einem Windhauch, gespürt.

Sie wagte nicht, sich vorzustellen, wie heftig ein Sturm sein würde.

31

Salah ad-Din war mit seinem Heer bereits aufgebrochen, zog die Küste entlang, um den Löwenherz aufzuhalten und nun endlich, an diesem Abend, konnte Nasrin in Begleitung eines Vertrauten des Sultans Bernhard aufsuchen.

Drei Tage fieberte sie dieser Begegnung entgegen, sehnte sie herbei. Erst jetzt, kurz vor ihrer Abreise, durfte sie ihn sehen. So hat es der Herrscher bestimmt. Danach würde sie, zusammen mit Salah ad-Dins Sklavinnen, Akkon verlassen und nach Damaskus zurückkehren. Es war schon beinahe alles für den Aufbruch vorbereitet. Die Karawane sollte nachts die Wüste durchqueren, um den Reitern, den Kamelen und den Lasttieren die beschwerliche Reise zu erleichtern.

Die Dämmerung setzte bereits ein, als Nasrin, in einen schweren Umhang gehüllt, ihrem Begleiter durch die mittlerweile fast verlassene Zeltstadt folgte. Ein Großteil des Lagers war schon geräumt; am nächsten Tag würden auch die Übrigen aufbrechen und ihre Stellungen vor Akkon ganz aufgeben.

Verstohlen musterte sie den Mann, der ihr vorausschritt. Sie kannte ihn. Zusammen mit Salah ad-Din hatte er das Haus ihres Vaters aufgesucht und war nicht von der Seite des Sultans gewichen. Er hatte kein Wort gesprochen und auch jetzt schwieg er. Vielleicht war er gar stumm, aber eigentlich war sie froh darüber, keine Fragen beantworten zu müssen. Sie wusste wohl, dass es ihm missfiel, sie durch ein Heerlager zu führen, nur um einen verfluchten *Nasranî* aufzusuchen.

Nasrin hüllte sich enger in den dunklen *Jilbab*, denn der kühle Abendwind, der über die Küste strich, ließ sie frösteln. Frische, würzige Seeluft, die nach Salz, Fisch und Algen roch, stieg ihr in die Nase. Die Dunkelheit legte sich immer schneller auf das Lager, die Karawane würde sich bald sammeln und Nasrin blieb nicht mehr viel Zeit, um mit Bernhard ein letztes Mal zu sprechen.

Als sie das Lager schon beinahe hinter sich gelassen haben, blieb ihr Begleiter endlich stehen. Mit einer Hand zeigte er stumm auf ein unscheinbares Zelt, vor dem eine einzige Fackel brannte.

Sie waren angekommen.

Gewissensbisse plagten Nasrin, als sie auf den Eingang zuging. Plötzlich beschlich sie Angst. Eine Angst, die tiefer war als all jene Ängste, die bisher erlitten hatte. Die Angst zu wissen, dass sie ihn an diesem Abend das letzte Mal sehen würde. Die lähmende Angst des endgültigen Abschieds.

Nur langsam wagte sie, das Zelt zu betreten. Einem dunklen Schatten gleich, folgte ihr der Soldat.

Dämmerlicht hüllte sie ein. Nur ein einziges Lämpchen brannte; sein Licht schaffte es kaum, das Innere des Zeltes wirklich zu erhellen. Nasrin erkannte nur unzähligen Unrat, aber von Bernhard fehlte jede Spur.

«Selbst dieser Umhang kann nicht verbergen, dass Ihr es seid.» Eine Stimme ließ sie erschrocken herumwirbeln. Sie kniff die Augen zusammen und allmählich entdeckte sie ihn: Bernhard saß auf dem Boden in einer düsteren Ecke, an einen Tragepfosten des Zeltes gefesselt.

Der Soldat, der noch immer stumm am Eingang stand, verschränkte seine Arme vor der Brust und runzelte die Stirn. Auch er hat ihn nun bemerkt.

Nasrin wandte sich ihm zu. «Hat dich der Sultan als meinen Bewacher mitgeschickt, weil er befürchtet, dass mir der *Nasranî* etwas antun könnte? Oder glaubt er sogar, ich könnte ihm etwas antun?» Sie musste mit Bernhard allein sein und war fest entschlossen, den Soldaten um jeden Preis loszuwerden.

Der Mann hob verwundert eine Augenbraue, doch er schwieg weiter.

«Es warten sicher noch andere Aufgaben auf dich! Also geh!», befahl Nasrin. «Sollte er es wagen, sich an mir zu vergreifen, wirst du mich schon schreien hören!» Sie winkte ihn gebieterisch hinaus und hoffte innig, er würde ihr gehorchen.

Der Soldat zögerte noch kurz, musterte Bernhard missmutig, doch schließlich verließ er stumm das Zelt. Nasrin hörte, wie sich seine Schritte entfernten.

Bernhard lächelte sie schwach an. «Mir scheint, es ist dein Schicksal, mich immer als Gefangenen anzutreffen.»

«Und es beschämt mich, dass ich diesmal daran schuld bin. Ich bin der Grund deiner Gefangenschaft.» Sie nahm das Öllämpchen, trat auf ihn zu und kniete neben ihn. Er blinzelte in das flatternde Licht und Nasrin bemerkte erleichtert, dass Salah ad-Din Wort gehalten hat: Bernhard war unverletzt, niemand hat ihn angerührt.

«Was hast du erwartet? Dass mich der Sultan ziehen lässt, nachdem ich dich zu ihm gebracht habe?»

Nasrin hob den *Hijab*, ließ ihn über ihre Schultern gleiten und sah ihn lange an. «Vielleicht. Vielleicht auch nicht. Ich kann es dir nicht sagen. Ich weiß nicht, was ich erwartet habe.»

«Wenn der Sultan dir erlaubt, mich zu besuchen, hat das nichts Gutes zu bedeuten!»

«Ich weiß, und genau darum bin ich hier! Nun ist es Zeit, meine Schuld dir gegenüber zu begleichen.» Sie suchte fieberhaft in ihrem Gewand nach etwas. Das kostbare Geschmeide um ihren Hals und ihre Armreifen klirrten bei jeder Bewegung leise. «Aber es war nicht leicht, Salah ad-Din zu überreden, dich sehen zu dürfen.»

«Ich bin sicher, er hatte nicht mit deinem Starrsinn gerechnet!»

«Das hat er wirklich nicht! Aber ich musste dich sehen, ich…» Sie hielt inne, schenkte ihm ein Lächeln, das sogleich wieder versiegte. Endlich hatte sie gefunden wonach sie suchte und zog einen Dolch hervor. Bernhards Augen weiteten sich, doch bevor er etwas einwerfen konnte, begann sie, ihn von seinen Fesseln zu befreien.

«Der Sultan ist nicht mehr im Lager», erklärte sie aufgeregt, mit erstickter Stimme, während sie die Stricke durchtrennte. «Er ist vor drei Tagen aufgebrochen und folgt dem Löwenherz, der nach Jerusalem zieht.»

«Der Löwenherz zieht nach Jerusalem? Warum erzählst du mir das?»

Ein letzter Schnitt und Bernhard war frei. Er rieb sich die Gelenke und warf einen besorgten Blick zum Ausgang.

«Weil Salah ad-Din dich töten wird, wenn dieser Löwenherz Jerusalem erreicht.» Es fiel ihr schwer, diese Worte auszusprechen. Ihr Herz begann heftig zu schlagen. Sie hatte geahnt, dass es schwer sein würde, ihn gehen zu lassen. Doch das der Schmerz so quälend wird, hatte sie nicht angenommen. Mit hängenden Schultern kniete sie vor ihm und fuhr hastig, ohne einmal abzubrechen, fort: «Nur noch wenige Soldaten halten sich im Lager auf und auch sie werden dem Sultan morgen folgen. Das Lager ist kaum mehr bewacht, selbst vor diesem Zelt stehen keine Wachen. Eine bessere Gelegenheit zu fliehen als heute Nacht, gibt es nicht! Morgen wird es zu spät sein!» Tränen glänzten in ihren Augen, als sie Bernhard den Dolch hinhielt. «Das ist das Einzige, was ich für dich tun kann. Verglichen mit dem, was ich dir zu verdanken habe, ist es weniger als ein Sandkorn in der Wüste.»

Bernhard sah sie an und das plötzlich fehlerhafte Arabisch seiner Antwort verriet, wie aufgewühlt er war. «Nein, du irrst! Du hast für mich weit mehr gewagt, als du dir selbst zugestehst! Und selbst wenn du es nicht getan hättest, wäre ich für dich geblieben! Du bist die mutigste und schönste Frau, der ich je begegnet bin. Ich werde dich mein Leben lang nicht vergessen.»

Nasrin biss sich auf die Lippen. Eine Träne lief über ihr Gesicht und Bernhard fing sie mit seinem Daumen auf. Er legte seine Hand auf ihre Wange; sie schmiegte sich an ihn, ließ diese Berührung zu, die ihr Halt zu geben schien. Doch gleichzeitig wurde ihr bewusst, dass es für sie keinen anderen Weg als einen Abschied für immer gab und sie flüsterte ergriffen: «Was bedeutet uns dies jetzt noch? Nichts!»

Er nahm seine Hand von ihrer Wange und griff nach dem Dolch. «Nein, alles! Es ist alles! Und mein Herz weigert sich, dich zu verlassen.»

«Allmächtiger Allah!» Nasrin riss angstvoll die Augen auf. «Du musst fliehen! Du selbst hast gesagt, dass sich unsere Wege in Akkon trennen werden. Jetzt ist es soweit und ich bitte dich, ich flehe dich an, zu gehen. Wenn du bleibst, wird man dich töten!»

«Ich bin dem Tod schon zu oft begegnet und bin es leid, vor ihm davonzulaufen. Eines Tages wird mich mein Schicksal...» Bernhards Worte erstarben, als Nasrin rasch zwei Finger auf seine Lippen legte.

Durch einen feinen Schleier aus Tränen sah sie ihn an, schüttelte kaum merklich den Kopf. «Der Tod wartet hier auf dich. Oder vor Jerusalem. Oder vor Damaskus. Weil es so ist, bitte ich dich, fliehe dorthin, wo er dich nicht finden kann. Lebe wenigstens jetzt und fliehe meinetwegen. Tu es für mich.»

Bernhard schluckte leer.

Die Stille, die sie umgab, war voller Frieden und nur der Küstenwind, der leise pfeifend durch die Ritzen des Zeltes fuhr, war zu hören.

«Und was wird aus dir?», fragte er und seine Stimme versagte beinahe.

Zitternd zog sie ihre Finger zurück. «Ich werde noch heute Abend nach Damaskus aufbrechen. Und sollte mir das Schicksal gnädig sein, werde ich meinen Vater lebend wieder sehen.»

Er lächelte bitter. «Dein Mund spricht über deinen Vater. Doch deine Augen erzählen etwas anderes, nein, sie schreien es heraus und ihre Schreie sind lauter als der Lärm einer jeden Schlacht! Du weißt genau, was sie erzählen und es schmerzt mich bitter: Ja, du wirst deinen Vater wieder sehen, aber du wirst auch mit Jamal vermählt werden!» Er stockte, und in diesem Augenblick wusste er wohl selbst nicht, was in ihm stärker war: die Wut und der Hass oder die Traurigkeit. Er schüttelte den Kopf. «Das ertrage ich nicht! Dann hat Jamal einen größeren Sieg über mich errungen als er es je in einem Kampf gekonnt hätte. Und die Schmerzen dieser Niederlage werden größer sein als jede seiner Demütigungen!»

«Nicht wir bestimmen unseren Weg, sondern Allah. Jamal ist es vorbestimmt, Salah ad-Din zu folgen! Nur die Sterne wissen, wohin dieser Weg ihn führen wird und wo er endet. Und ich kann nicht mehr, als zu versuchen, aus meinem Schicksal das Beste zu machen», flüsterte Nasrin kraftlos, den Tränen nahe.

Bernhard umschloss ihre Hände und zog sie an sich. «Ich kann dir nicht viel bieten, Nasrin», begann er. «Ich war über zwei Jahre fern meiner Heimat, mein Herzog ist tot, mein Vater hat mich verstoßen und ich besitze kein Land! Ich habe nichts, dennoch bitte ich dich: Komm mit mir! Und wir werden ein neues Leben beginnen! Irgendwohin, in einer neuen Welt!»

Sie wich langsam zurück und mit großen, verweinten Augen sah sie ihn an. «In einer neuen Welt? Nein, das kann ich nicht! Dies hier ist meine Welt. Ich rang so lange mit mir, wehrte mich so gegen meine Liebe zu dir! Doch mein Herz war stärker als mein Verstand. Aber ich würde es mir nie verzeihen, durch meine Flucht meinen Vater zu entehren! Nein, Bern'ard, das kannst du von mir nicht verlangen!»

Enttäuscht ließ er ihre Hände los, blickte an ihr vorbei in die Dunkelheit und schwieg. Bezwungen, besiegt vom Leben. Irgendwann, nach einer endlos scheinenden Stille, sagte er: «Du hast recht, das kann ich von dir nicht verlangen. Ich selbst habe erfahren, was es heißt, von jenen getrennt zu sein, die man liebt. Doch ich bete dafür, dass sich das Rad des Schicksal so dreht, dass wir uns wiedersehen.»

«Bete nicht dafür! Weder Allah noch dein Christus können ein solches Wunder erwirken. Und sollte es auch geschehen, Bern'ard, werde ich die Frau eines anderen sein, so wie mein Vater es wünscht.» Sie unterbrach sich selbst, beugte sich vorsichtig vor. Sie spürte wieder dieses Verlangen, gegen das sie nicht mehr ankämpfte, nicht mehr ankämpfen konnte und auch nicht wollte. Sie nahm sein Gesicht in ihre Hände und Bernhard sah sie an, wich nicht zurück. Sie konnte seine Lippen schon beinahe fühlen und schloss die Augen.

Zuerst nur zaghaft, küsste sie ihn, schmeckte ihn, roch ihn, so wie in der Wüste.

Doch dieses Gefühl jetzt war stärker, war inniger. Und auch Bernhard wehrte sich nicht länger gegen seine Gefühle. Er legte behutsam seine Hände um sie, drückte sie an sich, fester und enger, umschlang sie mit beiden Armen, als befürchtete er, sie könne vor ihm fliehen. Der Kuss, der sie beide aneinanderband, sollte ihr letzter sein.

Verzweifelt verbarg Bernhard das Gesicht in ihrem Haar.

Nasrin seufzte auf, lehnte sich zurück und stieß ihn sanft von sich. Er sah sie an und noch einmal berührte sie seine Wangen, lächelte ihm zu, doch dann trübten Tränen ihre Blicke.

«Es ist zu spät, zu spät», hauchte sie. «Ich muss jetzt gehen. Ich…»

Doch Bernhard hielt sie fest.

«Lass mich, bitte», flehte sie.

«Ich werde dich finden und wenn ich mein ganzes Leben nach dir suche! Aber ich werde dich finden!», erwiderte er mit einem traurigen Lächeln und erst jetzt ließ er sie los.

Sie erhob sich, warf sich den *Hijab* über und zog den *Khimaar* tiefer in die Stirn, damit Bernhard ihre Tränen nicht sehen konnte.

Ihr Herz fühlte sich so schwer an wie ein Mühlstein, der sie in einen Brunnen zog.

In einen Brunnen, der so tief war, dass er alles Wasser dieser Meere zu fassen schien. Sie spürte, wie sie sank, immer tiefer und immer schneller und das Licht über ihr schwand und schwand und die Dunkelheit wurde immer größer, immer bedrohlicher.

Den letzten Blick, den sie wagte, ihm zuzuwerfen, brannte sich in ihre Seele ein.

Auch Bernhard hat sich erhoben, verneigte sich vor ihr, als wäre sie eine Königin und noch einmal sprach er jene Worte, die sie schon einmal so berührten: «*Bien être de vie, grant dame*!»

Sie wusste, sie würde sie nie vergessen. Verzweifelt stürmte sie aus dem Zelt, hinaus in die Nacht.

Ihr schweigsamer Begleiter war verschwunden, war wahrscheinlich schon lange zum Lager zurückgekehrt, um letzte Vorkehrungen für die Abreise der Karawane zu treffen und so lief Nasrin bedrückt los. Aber sie wusste nicht, wohin. Sie wusste nicht, ob es der richtige Weg war, den sie eingeschlagen hat. In die Wüste, zur Stadt, zum Meer – es spielte keine Rolle mehr, es war ihr gleich. Tränen rannen über ihr Gesicht und sie brannten sich in ihr Herz ein. In dieser Nacht verlor sie das Kostbarste, das sie je besessen hatte.

Nur schemenhaft nahm sie die einzelnen Lagerfeuer wahr, versuchte diese zu umgehen, während sie stumm ihre Tränen trocknete. Sie musste jetzt stark sein, sie durfte nicht mehr an Bernhard denken und eigentlich sollte sie sich freuen, bald wieder ihren Vater umarmen zu können.

Doch plötzlich blieb sie verwundert stehen, sah sich um und suchte nach Salah ad-Dins Zelt. Das Lager war groß, größer, als sie es in Erinnerung hatte. Eine seltsame Unruhe stieg in ihr auf und ihr wurde bewusst: Sie hatte sich verlaufen.

«So allein hier?»

Nasrin zuckte zusammen, als sie die durchdringende Stimme eines Mannes vernahm, dessen Umrisse neben einem Zelt kaum auszumachen waren. Sie wandte sich erschrocken ab und lief los. Doch der Unbekannte folgte ihr. Sie lief, so schnell sie konnte, blickte sich immer wieder um und wünschte sich nun, ihr stummer Begleiter wäre bei ihr. Schließlich blieb sie doch stehen. Der Verfolger war verschwunden.

Erleichtert atmete sie auf, wollte ihren verrutschten *Khimaar* richten, als eine Hand sie am Arm packte. Nasrin schrie auf.

Der Unbekannte hielt sie mit eisernem Griff fest und die gleiche Stimme von vorhin mahnte: «Ihr solltet hier nicht allein unterwegs sein! Ein Feldlager in der Nacht ist kein sicherer Ort für eine Frau, Nasrin al-Dir!»

Als sie den Mann erkannte, erschlaffte ihre Gegenwehr; sie drehte sich um und alle Angst war von ihr gewichen, als sie entschlossen erwiderte: «Und warum nicht? Sollte ich mich etwa vor Euch fürchten, Jamal al-Aziz?»

Der Hauptmann spitzte verärgert die Lippen und zerrte sie zur Seite. «Nein, vor mir nicht! Aber Ihr begebt Euch in Gefahr, wenn Ihr die Nähe eines verfluchten Christen sucht!»

Nasrin zuckte unmerklich zusammen und sie konnte ihre Aufregung kaum unterdrücken. Was wusste Jamal? War er ihr gefolgt? Hatte er mitbekommen, dass sie Bernhard befreite und er eben in diesen Augenblicken zu fliehen versuchte? Nein, Allmächtiger, lass nicht zu, dass er etwas erfährt!

«Und Ihr entgeht der Gefahr, wenn Ihr Frauen in der Dunkelheit auflauert statt an der Seite des Sultans gegen die Christen zu kämpfen», entgegnete sie barsch und zupfte ihren *Khimaar* zurecht.

Jamal lachte spöttisch auf. «Ich werde bald an Salah ad-Dins Seite sein! Er hat mir aufgetragen, morgen mit dem restlichen Heer nach Arsuf aufzubrechen. Zusammen mit diesem verdammten *Kafir*! Obwohl ich ihn gleich hier und jetzt enthaupten könnte!»

Erleichtert atmete Nasrin auf: Er war ihr also nicht gefolgt, sie begegneten sich hier nur zufällig.

Sie fasste wieder Mut und verächtlich bemerkte sie: «Der Löwenherz zieht auf Jerusalem zu! Scheinbar vertraut der Sultan Euch so wenig, dass er Euch nach Arsuf schickt!»

Jamals Griff wurde noch fester, er zerrte an ihrem Arm und zischte wütend: «Haltet Eure Zunge im Zaum! Vergesst nicht, Ihr seid so gut wie meine Frau! Und ich schwöre Euch bei Allah, dass Ihr mir eine gute Frau werdet! Dafür werde ich schon sorgen!»

Sie versuchte, sich aus seiner Umklammerung zu lösen, versuchte, den Schmerz zu unterdrücken, den er ihr zufügte. «Noch bin ich nicht Eure Frau», stieß sie hervor, «aber auch ich schwöre bei Allah: Sobald ich wieder zu meinem Vater zurückgekehrt bin, werde ich ihm über Euch berichten!»

«So, werdet Ihr das?» Jamal lächelte unbeeindruckt, ließ sie endlich los und verschränkte die Arme vor seiner Brust. Seine Stimme klang kalt, berechnend und verächtlich, als er fortfuhr: «Ihr vergesst nur, dass auch ich gewisse Dinge über Euch zu berichten habe! Dinge, die Eurem Vater noch weniger gefallen werden! Und ich bin überzeugt, er wird diese Schande so schnell und so gründlich wie nur möglich ausmerzen!» Er sah sie gerissen an, einem Schakal gleich.

«Ich weiß nicht, wovon Ihr sprecht!», erwiderte sie feindselig.

«Ihr wisst nicht, wovon ich spreche?» Er lächelte noch immer und begann, langsam um Nasrin herumzugehen. Dabei musterte er sie so, als würde er eine Sklavin auf einem Markt begutachten, die er zu kaufen beabsichtigte. «Habt Ihr Eurem Vater gegenüber schon erwähnt, dass Ihr den *Bait* heimlich verlassen habt, um einen nutzlosen *Kafir* in der Zitadelle aufzusuchen? Aber nicht, um ihm etwas Essen zu kaufen?»

Sie stockte. Ihre Gedanken überschlugen sich, glichen einem Boot, auf hoher See von riesigen Wellen hin und hergeworfen, hoffnungslos dahintreibend. Sie ahnte die Gefahr und mit zu Schlitzen verengten Augen sah sie Jamal an, als er vor ihr stehen blieb.

Er schien erraten zu haben, was sie dachte,und ein Leuchten huschte über sein Gesicht, als er antwortete: «Ah, ich sehe, Ihr habt die ehrenhafte Lüge, die ich Eurem Vater auftischte, dankbar angenommen! Aber vielleicht würde er, großherzig wie er ist, diese Wahrheit sogar noch verstehen. Doch was würde er wohl dazu sagen, wenn er erfährt, dass seine Tochter vier Tage und Nächte allein mit eben diesem Christen durch die

Wüste gereist ist? Vier lange Tage und Nächte … Wer weiß, was in dieser Zeit alles geschehen ist, welche Schande…»

«Jamal, Ihr redet wirres Zeug!», unterbrach sie ihn wütend. «Ihr wisst genau, hätte ich es nicht getan, wäre das Schicksal meines Vaters besiegelt gewesen! Diese Reise schadet weder meinem Ansehen noch dem meines Vaters! Wenn Ihr mir nicht vertraut, steht es Euch frei, die Verlobung zu lösen!»

«Seid unbesorgt, ich vertraue Euch.» Er hob besänftigend eine Hand und fuhr geheimnisvoll fort: «Und ich weiß, dass ich Euch immer vertrauen kann.»

Nasrin starrte an ihm vorbei in die Dunkelheit, versuchte, unbeteiligt zu wirken. Was wusste er wirklich? Was wusste er noch?

Der Hauptmann trat näher. «Nun, wie viele Lügen erträgt wohl ein Vater von seiner Tochter? Denn da ist noch etwas, dass Eurem Vater nicht gefallen würde.» Er fuhr sich mit der Zunge über die Zähne und schmatzte. «Eine ehrenwerte Emirtochter, in Begleitung einer missratenen Bettlerin, die sie schon einmal in Bedrängnis gebracht hat. Eine ehrenwerte Emirtochter, die sich Einlass in die Zitadelle erkauft, um einen Mörder zu besuchen.»

«Er ist kein Mörder», entgegnete Nasrin bestimmt und wandte sich angewidert ab. Ihr wurde heiß und kalt zugleich, ein Zittern erfasste ihren ganzen Körper. Je länger er auf sie einsprach, umso klarer wurde ihr: Jamal wusste mehr, als ihr lieb war. Mehr als ihr Vater je erfahren durfte. Er wollte sie gefügig machen, sie dazu zwingen, dass sie schwieg, dass sie nichts über ihn verriet. Er wollte, dass sie ihm gehorchte. Und es schien ihm zu gelingen und unsicher zog sich Nasrin den *Khimaar* noch tiefer in die Stirn.

«Oh doch, genau das ist er! Ein Mörder wie alle Christenritter! Eurem gottgefälligen Vater würde es das Herz brechen, wenn ich ihm erzähle, wie oft seine Tochter heimlich diesen nutzlosen *Kafir* besucht hatte! Besuche, die Eure Ehre beschmutzen. Und das Ansehen des Hauses al-Dir. Seid gewiss, der Emir wird mir glauben! So wie Ihr Euch, seit seinem Eintreffen, für diesen *Nasranî* eingesetzt habt!»

Nasrins Herz flackerte wie eine Flamme im Wind, die verzweifelt gegen jeden Zug ankämpfte, um nicht zu verlöschen. Ihre Gedanken marterten ihren Verstand und sie fragte sich, wer sie verraten hatte, woher Jamal all dies wusste.

Fatimah!, blitzte es ihr durch den Kopf. Fatimah…

Nochmals fasste sie Mut und mit fester Stimme erwiderte sie: «Ihr seid gefährlicher als eine Giftschlange, Jamal al-Aziz! Aber die Dinge, die Ihr gehört habt und von denen Ihr zu wissen glaubt, was sie bedeuten, sind nichts weiter als Vermutungen!»

«Vermutungen?», wiederholte Jamal scheinbar gelangweilt und begann zum zweiten Mal, um sie herumzuschreiten, ohne sie aus den Augen zu lassen. «Vermutungen? Ich denke, die Halskette und der Edelstein, die ich einem meiner Soldaten abgenommen hatte, sind keine Vermutungen. Es ist jener Schmuck, den ich Eurem Vater zurückgegeben habe und den er, so nehme ich an, Euch überreicht hat. Ihr müsst wahrlich eine hohe Meinung von diesem ungläubigen Sklaven haben, da Ihr ihn nicht nur zu schützen versucht, sondern noch weitere Schmuckstücke verschwendet. Aber nicht nur an ihn», er hielt inne, «auch an andere ...»

Diesmal schwieg sie und sie spürte, wie die Schlinge sich immer enger um sie zog, wie er, gleich einer Spinne, ein Netz wob, aus dem es kein Entrinnen mehr gab. Sie fühlte sich verloren, ohne Hoffnung auf Rettung.

«Was meint Ihr damit?», fragte sie vorsichtig, als er neben ihr stehen blieb und sie eingehend musterte.

Jamal lächelte triumphierend. «Ich meine eine weitere Halskette, die ich bei Eurer ehemaligen Dienerin entdeckte. Sie hatte mir auf den Propheten geschworen, diese sei ein Geschenk von Euch.»

Fassungslos sah sie ihn an. «Was habt Ihr Asiya angetan?»

Sein Lächeln gefror, als er erwiderte: «Nichts. Noch nichts. Als ich ihr gut zugeredet hatte, sang sie mir ein Lied, wie ein kleiner Vogel. Ein Lied der Wahrheit. Danach flehte sie mich an, sie gehen zu lassen. Und ich ließ sie gehen. Obwohl sie eine Strafe verdient hätte.» Er machte eine bedeutende Pause und Nasrin lief eine Gänsehaut über den Rücken, als sie seine stechenden Blicke wahrnahm. Wie gelähmt stand sie da, unfähig, ihm zu widersprechen. Bei Allah, er wusste alles!

Und er schien jedes Wort, das er aussprach, zu genießen, als er fortfuhr: «Sie erzählte mir, dass Ihr in jener Nacht, als ihr Sohn starb, bei ihr wart! Aber nicht allein, wie Euer Vater glaubt! Ihr hattet einen Begleiter! Einen christlichen Sklaven!» Seine Stimme wurde wieder lauter. «Ihr hattet diesen verfluchten *Nasranî* bei Euch!»

Nasrin schloss die Augen, die bitterlich brannten. Er wusste wirklich alles! Und Asiya hatte keine andere Wahl gehabt, als ihr Schweigen zu brechen.

Er wusste, dass er gesiegt hatte.

Er wusste, dass sie ihm ausgeliefert war. Trotzdem hörte er nicht auf, sie zu quälen, ihr zu drohen. «Asiya ließ ich gehen – allerdings ohne Schmuck …» Jamals Hand fuhr unter seinen Brustharnisch und Nasrins Herz trommelte wie der Hufschlag eines galoppierenden Pferdes. Was wollte er ihr noch antun?

Als er seine Hand wieder hervorzog, leuchteten, im Schein einer einzelnen Fackel, die Edelsteine einer Kette auf.

«Ich wollte sie Euch zu unserer Vermählung schenken. Aber ich finde, diese Nacht mit ihren glitzernden Sternen, unser unerwartetes Aufeinandertreffen; sie sind genau dafür geschaffen.» Er trat auf sie zu und legte ihr das Geschmeide um. Dabei flüsterte er ihr ins Ohr: «Ich schenke Euch diese Kette, sagen wir, zur Erneuerung unseres Bündnisses!»

Sie spürte seinen Atem und sie hasste ihn und nur widerwillig ließ sie sich das Schmuckstück anlegen. Jeder einzelne der Edelsteine erschien ihr wie ein glühendes Kohlenstück, das auf ihrer Haut brannte. Wie ein Gewicht, das sie in die Knie zwang.

Länger als nötig berührte er ihr Haar, ihren Hals, streichelte ihre zarte Haut. Du bist mein, du gehörst mir allein, sprachen seine Berührungen und ihr ekelte davor. Am liebsten hätte sie ihm ins Gesicht gespuckt, wäre davon gerannt.

Jamal trat einige Schritte zurück, musterte sie begehrend und meinte lächelnd: «Nun, ich wusste, dass dieser Schmuck einer Prinzessin besser steht als einer Bettlerin. Und Ihr seid eine Prinzessin. Meine …»

Hastig griff Nasrin nach der Kette, riss sie sich vom Hals, warf sie Jamal vor die Füße und erwiderte verzweifelt: «Mein Vater hatte mir diesen Schmuck einst geschenkt! Ihn aus Euren Händen zu erhalten, ist mehr, als ich zu ertragen vermag! Sagt endlich, was Ihr von mir wollt, Jamal al-Aziz! Was verlangt Ihr von mir? Warum droht Ihr mir?»

«Ich Euch drohen?» Der Hauptmann hob erstaunt die Augenbrauen, so, als ob er nicht verstehen würde, was sie meinte. Er zögerte, dachte nach und seine Stimme klang nun gefährlich, einer Warnung gleich: «Ich verlange, dass Ihr meine Frau werdet! Und ich verlange noch mehr: Dass Ihr schweigt!» Er streckte seine Hand aus und nochmals fuhr er liebkosend über ihr Haar. «Wenn Ihr schweigt, schweige auch ich …»

Nasrin drehte angewidert den Kopf zur Seite. Er hatte sie durchschaut. Ja, sie hätte ihrem Vater alles über Jamal erzählt. Ja, sie hätte ihn gebeten, die Verlobung mit dem Hauptmann aufzulösen. Und sie wusste, sie hätte es geschafft! Denn nur wenn eine Frau einverstanden war, durfte sie verheiratet werden. Jamal hatte es geahnt und so versuchte er alles, um diese nicht wieder gutzumachende Schmach zu verhindern: Ein hochangesehener Emir, der die Verlobung seiner Tochter mit ihm, dem Sohn aus dem Hause al-Aziz auflöste – ganz Damaskus hätte es erfahren, ganz Damaskus hätte über ihn gelacht. Eine Schande, mit der er nicht hätte leben können.

Doch jetzt hielt er alle Trümpfe in der Hand und er würde sie gnadenlos ausspielen, er würde seine Drohungen wahrmachen und dem Emir alles erzählen. Sie hatte so gegen ihre Gefühle gekämpft und am Ende doch mit ihrer Liebe zu Bernhard ihren Vater und die ganze Familie entehrt. Nun begriff sie, was Bernhard durchmachte, nun wusste sie, wie recht er hatte: Nasrin zu heiraten, würde Jamals größter Sieg werden. Größer als Hattin, als Kerak, größer als…

Tränen traten in ihre Augen. Es gab keinen Ausweg mehr. Jamal hatte gewonnen.

«Nun, Nasrin aus dem alten und ehrenwerten Haus al-Dir, wie habt Ihr Euch entschieden?» Er wartete, seinen Sieg auskostend.

Sie zögerte, versuchte, sich zu fassen. «Wenn Ihr aus dem Krieg zurückkehrt», entgegnete sie mit bebender Stimme, «werde ich als Eure Braut auf Euch warten!»

Dann rannte sie davon, in die Dunkelheit hinein, bevor Jamal ihre bitteren Tränen sehen konnte. Sie rannte immer weiter. Sie rannte, bis sie schließlich das Meer erreicht hatte.

Ein kühler Wind zerrte an ihrem Haar; Wellen rollten einlullend und friedlich über den Strand.

Nur sie, das wusste sie, sie würde nie mehr Frieden finden.

32

Träge schaukelte die Karawane seit zwei Tagen durch die Steinwüste Syriens und folgte den alten *Wadis* von Oase zu Oase in Richtung Norden. Da auch die christlichen Ritter durch Palästina zogen, mussten die Reisenden vorsichtig sein, um unbehelligt und wohlbehalten nach Damaskus zu gelangen. Und da auch Frauen mitreisten, machten sie häufiger Rast.

Die Morgensonne kroch rasch über den Himmel, als Nasrin sich in die Kissen der verdeckten Sänfte zurücklehnte, die auf dem Rücken eines Kamels festgezurrt war. Der gleichmäßige Gang des Tieres machte die Emirtochter müde und schläfrig. Immer wieder fiel sie in einen kurzen, unruhigen Schlaf, um sich danach noch elender und erschöpfter zu fühlen als zuvor. Sie war froh, das Lager vor Akkon hinter sich gelassen zu haben. Den Ort, wo sie alles verloren hatte: ihre Liebe und ihre Freiheit. Seither schien es ihr, als würde sie in einer fremden Welt leben. Und es spielte keine Rolle mehr, wohin diese Reise führte, die Erlebnisse von Akkon würden sie immer wieder einholen.

Nichts würde ihr mehr helfen, den Schmerz zu lindern, den sie empfand, wenn sie an Bernhard dachte. Akkon würde für sie immer eine Mahnung, ein Brandmal bleiben. Jedes Mal ist sie aus ihren wirren Träumen schweißbedeckt erwacht, weil Jamal sich in diese geschlichen hat. Sein gemeines Grinsen, seine hinterlistigen Blicke, seine drohenden Worte. Sie wusste, mit ihrem Versprechen, ihn zu heiraten, hat sie ihr Schicksal besiegelt.

Sie griff nach dem Schmuckstück, das sie unter ihrem Kleid verbarg, nach jenem silbernen Kreuz, das Bernhard ihr am Jordan schenkte. Es war das Einzige, was ihr von ihm blieb und sie hielt es fest, streichelte mit den Fingern darüber, als könne es sie beschützen und vor weiterem Unglück bewahren.

Besorgt seufzte sie auf. Jamal hat bestimmt, bald nachdem sie das Feldlager verlassen hatte, erfahren, dass Bernhard geflohen war. Nun betete sie innig, die Suche nach ihm bliebe erfolglos. Sie wollte gar nicht daran denken, wie Jamal mit ihm umginge, wenn er seiner habhaft wurde. Und auch nicht daran, was Jamal mit ihr machen würde, sollte er erfahren, dass sie es gewesen war, die Bernhard zur Flucht verholfen hatte.

Doch auf einmal wich alle Angst von ihr. Was mit ihr geschehe, war ihr plötzlich gleichgültig. Wie Jamal auch nun mit ihr verfahren würde – ihre Ehe würde eine viel schlimmere Qual sein. Eine Folter, als durchwandle sie die Hölle auf Erden. Und nur der Tod würde … Bitter presste sie die Lippen zusammen und erinnerte sich an all das, was Bernhard ihr an den Ufern des Jordans schweren Herzens über seine Schwester anvertraut hatte. Es war seltsam, aber jetzt verstand sie Agnes. Würde sie selbst auch so weit gehen?

Die Stimme des Karawanenführers riss Nasrin aus den trüben Gedanken und bedrückt ließ sie das Kreuz sinken. Das gleichmäßige Schaukeln hörte plötzlich auf, laute Stimmen ertönten; das Schnauben galoppierender Pferde, die näher kamen. Unruhe breitete sich aus.

Nasrin schob vorsichtig den Vorhang, der Hitze und fremde Blicke abwehren sollte, ein wenig zurück und mit in Falten gelegter Stirn beobachtete sie das Geschehen.

Neben ihrem Kamel stand Aisha, eine schüchterne Dienerin aus Salah ad-Dins Feldlager. Ihre geweiteten Augen verrieten, dass sie es gerade noch geschafft hat, dem vorbeipreschenden Reiter rechtzeitig auszuweichen.

Sie hatte die gleich hell schimmernde Haut wie Nasrin, war aber jünger. Vermutlich stammte auch sie, wie die Mutter der Emirtochter, aus den nördlichen Gebieten unweit Konstantinopels. Ihr in der Sonne schimmerndes Haar war pechschwarz und fiel in dichten Flechten über ihren Rücken. Als Sklavin trug sie keinen *Khimaar*, sondern hatte sich nur einen einfachen Schal übergeworfen, um sich vor der sengenden Sonne zu schützen.

«Aisha, warum halten wir an?»

Die Dienerin fuhr erschrocken herum, sah schüchtern zu Nasrin hoch, zuckte mit den Schultern. «Ich... ich weiß nicht. Ab... aber der Hauptmann ist... so... soeben an mir vorbeigaloppiert, als... als... als wäre der Teufel hinter ihm her!» Sie stotterte wie immer, wenn sie aufgeregt oder unsicher war.

Nasrin blickte zum Himmel. Die Sonne erreichte schon beinahe den Zenit. Bald würde die größte Hitze des Tages über sie hereinbrechen und eine Weiterreise unerträglich und qualvoll machen. Sie würden wohl an dem Brunnen rasten, der vor ihnen lag, bis die Nacht hereinbrach und sie ihren Weg fortsetzen konnten.

Unweit von ihnen hüpfte eine Schar Vögel umher, die sich über etwas hermachten. Nasrin betrachtete sie abwesend und erst als sie genauer hinsah, erkannte sie Raben und Geier, die an einem Kadaver pickten. Sie schauderte, als sie das Gerippe eines verendeten Kamels im Sand entdeckte.

Aisha stand noch immer neben dem Kamel. Auch ihr war das Skelett nicht entgangen. Nasrin bemerkte, wie sich die Sklavin voller Unbehagen abwandte und schweigend das Haar zu einem Zopf zu flechten begann. Das Dutzend Kamele hingegen blickte, so schien es ihr, hochmütig über die Weite der Wüste, unbeeindruckt vom traurigen Schicksal ihres Artgenossen. Einige der Lasttiere, vollbeladen mit Kisten und kostbaren

Teppichen, ließen sich grunzend nieder. Da Salah ad-Din nichts vor den Toren Akkons zurücklassen wollte, waren sie schwer bepackt. Die anderen trugen Sänften, in denen die Frauen des Sultans saßen. Ihnen folgten Soldaten, Diener, Mägde und Kameltreiber.

Wieder preschte einer der Soldaten Salah ad-Dins an ihnen vorbei und wieder drückte sich Aisha an die Flanke des Kamels, um nicht umgerissen zu werden.

Der Mann gesellte sich zu den anderen Reitern, die sich an der Spitze der Karawane versammelt haben. Einer von ihnen unterhielt sich mit einem Beduinen, der am Brunnen ein einfaches Zelt, das einem Sonnensegel ähnelte, aufgeschlagen hat und nun rastete. Sein Kamel kauerte neben ihm. Ohne sich zu erheben, deutete der Beduine mit der Hand in Richtung Horizont. Seiner Bewegung folgend, wandten die Soldaten die Köpfe und ihre Helme blitzten auf.

Der Anführer wechselte mit ihm einen Gruß, wendete sein Pferd und trabte zurück. Erst jetzt erkannte ihn Nasrin: Es war Yusuf Ibn Ameer Kardal, der jüngste Sohn des Generals. Sie zog den *Khimaar* vors Gesicht und bevor er an ihr vorbeiritt, rief sie ihm zu, anzuhalten.

Er zügelte sein Pferd. Aisha wich gehorsam zurück, als er näher kam und trat hinter das Kamel.

«Braucht Ihr etwas?», fragte Yusuf freundlich. Er hatte die gutmütigen Gesichtszüge seines Vaters geerbt, nicht aber dessen füllige Statur.

«Sagt, was ist geschehen?», erkundigte sich Nasrin.

Yusuf wies mit dem Kinn zur Spitze der Karawane. «Wir wollten hier rasten, aber der Brunnen ist versiegt!»

«Versiegt?» Nasrin schirmte ihre Augen mit der Hand ab und sah besorgt in die Richtung, in die er deutete. Erst jetzt erkannte sie den Mann, der sich mit dem Beduinen unterhielt und verzog missmutig die Lippen: Am Brunnen stand Salah ad-Dins schweigsamer Begleiter.

Yusufs Pferd begann zu tänzeln, als es eine Eidechse, die an ihm vorbeihuschte, wohl mit einer Schlange verwechselte. Der Hauptmann ließ das Tier einige Male um seine eigene Hinterhand wenden, bis es sich wieder beruhigt hat, erst dann entgegnete er: «Der Beduine sagt, dass der Brunnen schon immer wenig Wasser hatte. Doch durch die Hitze der letzten Monate ist er gänzlich versiegt. Selbst für das Kamel des Mannes ist kein Tropfen mehr da.»

Nasrin sah rasch auf die Überreste des verendeten Kamels. Als hätten die Geier und Raben ihre Blicke gespürt, stoben sie kreischend auf.

Unbehaglich fragte sie: «Was werden wir jetzt ohne Wasser machen?»

Yusuf starrte zum Himmel, wo weitere Vögel ihre Kreise zogen. «Wir werden trotzdem hier rasten und bis zum Sonnenuntergang warten. Der Beduine erwähnte zwar eine kleine Oase, nur eine Tagesreise von hier entfernt, doch das bedeutet einen Umweg, außerdem würden wir die Karawane, die Waren nach Damaskus bringt, verpassen. Wir sollten morgen auf sie treffen.» Er seufzte unzufrieden und strich dem Pferd beruhigend über die Mähne, da es zu scharren begann, als würde es Gefahr wittern. «Wir können jetzt nicht weiterziehen, da die Lasttiere erschöpft sind. Auch sie brauchen eine Rast. Aber seid unbesorgt, für Euch und Salah ad-Dins Frauen sind genügend Wasservorräte da! Die Kamele brauchen vorerst kein Wasser, sondern nur Ruhe und die übrigen Mitreisenden werden genügsam sein!»

«Wenn die anderen Durst leiden, werde ich auch nicht trinken!», erwiderte Nasrin bestimmt, als sie Aishas angstvollen Blick bemerkt hat.

Yusuf Ibn Ameer Kardal nickte ihr missbilligend zu. «Wie Ihr meint! Sobald wir auf die Handelskarawane treffen, haben wir nichts mehr zu befürchten. Sie führt genug Wasservorräte mit sich.» Er machte eine Pause und lächelte sie vielsagend an. «Seid versichert, ich werde Euch wohlbehalten nach Damaskus zurückbringen! So wie ich es Jamal al-Aziz versprochen habe! Und wie ich…»

Er brach plötzlich ab, drehte den Kopf und kniff die Augen zusammen. Von der Spitze der Karawane waren hektische Stimmen zu vernehmen. Die Soldaten am Brunnen sahen sich unruhig nach allen Richtungen um. Aisha verschmolz beinahe mit dem Kamel, während Nasrin neugierig den Hals reckte, um zu sehen, was vor sich ging.

Der Beduine erhob sich nun langsam und zeigte mit der Hand zum Horizont. Er rief etwas, doch Nasrin konnte ihn nicht verstehen. Im gleichen Augenblick entdeckte Yusuf, der mit angespannter Miene in die Ferne spähte, den Grund der plötzlichen Unruhe: eine Staubwolke. Vom Wind zu einer langgezogenen Fahne verzerrt, kam sie stetig näher.

Yusufs Pferd begann wieder zu tänzeln.

Nasrin beschlich ein ungutes Gefühl und vorsichtig fragte sie: «Ist das vielleicht schon die Karawane?»

Der Hauptmann schüttelte den Kopf. «Die Karawane, auf die wir treffen sollten, ist viel größer. Sie kann unmöglich so schnell vorangekommen sein!» Nachdenklich hielt er inne, bevor er beruhigend hinzufügte: «Vermutlich sind es Reisende, die ebenfalls hier rasten wollen!»

Eine unheilvolle Stille breitete sich aus.

Auch einige von Salah ad-Dins Frauen wagten einen vorsichtigen Blick aus ihren Sänften.

Gebannt sahen alle zu der Staubwolke. Sie verharrten, warteten und selbst die Kamele, die neugierig ihre Köpfe gereckt hatten, hielten inne.

Ein plötzlicher Ruf des Entsetzens ließ sie alle erstarren: «*Nasranî*! Christenritter!»

Nasrins Herz raste und erschreckt blickte sie zum Horizont.

Im gleißenden Licht der Mittagssonne spiegelten sich Waffen, Helme und Rüstungen wider und Banner wurden sichtbar: weiße Banner, mit roten Kreuzen bestickt. Mit den Kreuzen der Christen.

Und sie kamen unaufhaltsam näher.

Auch Aisha sah sich verängstigt um, während Yusuf die Augenbrauen zusammenzog. Sein Pferd bäumte sich auf und nur mit Mühe konnte er es wieder bändigen. «Kreuzfahrer! *Nasranî*!», zischte er verächtlich und erinnerte Nasrin plötzlich an Jamal.

«Christen?» Nasrin wagte kaum, dieses Wort auszusprechen. «Aber…»

«Warten wir ab! Noch gibt es keinen Grund zur Sorge!», versuchte er sie zu beruhigen, auch wenn seine Miene Sorge verriet. «Auch wenn Krieg herrscht, so halten sich die meisten Kreuzritter an die Abmachung, Karawanen unbehelligt zu lassen. Vermutlich ziehen sie weiter, wenn sie merken, dass der Brunnen versiegt ist! Ihr aber bleibt vorerst hier!»

Er wollte seinem Pferd die Sporen geben, doch Nasrin hielt ihn zurück: «Was habt Ihr vor, Hauptmann?»

«Wir werden ihnen entgegenreiten und ihnen mitteilen, dass der Brunnen kein Wasser hat! Vielleicht ziehen sie gleich weiter und kommen gar nicht erst hierher!»

«Aber was nützt uns dies?» Sie sah ihn noch immer verständnislos und fragend an.

Yusuf versuchte, sein unruhiges Pferd zu zügeln, während er mit besorgter Stimme erklärte: «Wenn sie hierher kommen und unsere Karawane sehen, schöpfen sie vielleicht Verdacht!»

«Verdacht schöpfen? Welchen Verdacht?»

Die Augen des Hauptmanns blitzten auf. «Allah möge uns davor bewahren, dass sie merken, wer wir wirklich sind! Wir sind keine gewöhnliche Handelskarawane, Salah ad-Dins Frauen reisen mit uns! Gäbe es einen besseren Unterpfand? Wohl kaum!»

Nasrin nickte und Angst schnürte ihr die Kehle zu. Wie konnte sie es vergessen? Betreten starrte sie auf den sandigen Boden.

«Bleibt also hier!», befahl Yusuf nachdrücklich. «Wir versuchen, sie zu überzeugen, weiterzuziehen!» Ohne Nasrin nochmals anzusehen, preschte er davon und verschwand in einer von den Hufen seines Pferdes aufgewirbelten Wolke aus Sand. Der Staub legte sich wie ein feiner Schleier über Nasrin und Aisha.

Bald hat der Hauptmann die Soldaten an der Spitze der Karawane erreicht, wählte fünf von ihnen aus und gemeinsam ritten sie den Kreuzfahrern entgegen.

«Glaubt Ihr, diese *Nasranî* werden uns angreifen?» Aisha trat hinter dem Kamel hervor. Sie zitterte und starrte bänglich zu der Staubwolke hinüber, die nun stillzustehen schien.

«Gla… gla… glaubt Ihr es?», stotterte die Dienerin aufgeregt und ihre Blicke flogen zwischen den beiden aufeinander zustrebenden Reitern und Nasrin hin und her.

«Du hast gehört, was der Hauptmann gesagt hat! Sie werden sich bestimmt an das Abkommen halten und uns unbehelligt lassen!» Nasrin bemühte sich, beschwichtigend zu klingen und so auch ihre eigene Furcht beiseite zu schieben. Doch es gelang ihr nicht. Ihre Anspannung wuchs und sie fröstelte, als sie sah, wie einige Kreuzfahrer sich vom Heer lösten und auf Yusuf und seine Soldaten zuritten.

«Aber vor Akkon haben sie sich nicht daran gehalten!», widersprach Aisha und ihre Stimme zitterte wie ein Grashalm im Sturm. «Ich weiß, was sie dort den Gläubigen angetan hatten! Und das, obwohl sie Salah ad-Din versprochen hatten, sie freizulassen! Ich fürchte mich so sehr vor diesen *Freng*, Herrin! Was ist, wenn sie wirklich angreifen?»

Nasrin atmete tief durch. Was sollte sie ihr antworten? Obwohl sie von Bernhard viel über diese *Nasranî* erfahren hatte und sie ihre Sitten nun besser kannte als vorher, beschlich auch sie Angst. Diese tiefe, ewige Angst vor den Christenrittern, den Ungläubigen, den Barbaren.

Trotzdem beteuerte sie mit schlecht gespielter Sorglosigkeit: «Aisha, uns wird nichts geschehen! Ich glaube nicht, dass sie uns angreifen. Warum sonst würden sie sich mit dem Hauptmann treffen?»

Inzwischen hatten Salah ad-Dins Krieger ihre Pferde gezügelt, während die Christenritter sich ihnen weiter im Galopp näherten. Bald mussten sie aufeinander treffen …

Die Spannung wurde unerträglich.

Nasrin zwang sich zur Ruhe. «Warum sollten sie uns angreifen? Wir sind keine Gefahr für die *Nasranî*. Glaube mir, obwohl viele von ihnen grausam sind, so gibt es unter ihnen auch ehrenvolle!» Die letzten Worte waren ihr unbeabsichtigt entschlüpft. Sie meinte nur einen. Einen Einzigen. Und dieser – Bernhard von Markward – war ehrenvoll! Die Erinnerungen überfielen sie wieder und machten sie trübsinnig.

«Ihr sprecht so, als würdet Ihr sie kennen!» Aisha beobachtete sie aufmerksam.

Nasrin stieg schweigend vom Kamel. Nun musterte sie die Dienerin eindringlich.

In Aishas Augen schimmerte plötzlich keine Schüchternheit mehr, sondern eine ungewohnte Klarheit, als sie bemerkte: «Ich habe gehört, Ihr seid ganz allein mit einem Christen von Damaskus nach Akkon gereist. Ist das wahr?»

Nasrin schwieg und blickte angestrengt in die Wüste. Auch die Christenritter verlangsamten nun und näherten sich im Schritt den Soldaten des Sultans. Würde es Yusuf Ibn Ameer Kardal gelingen, die *Nasranî* zu überzeugen, weiterzureiten? Sie zog den *Khimaar* tiefer in die Stirn, als fürchtete sie, die Fremden könnten ihr Gesicht auf diese Entfernung sehen und umgriff ihre Oberarme, als fröstele es sie.

«Ist das wahr?», wiederholte Aisha ihre Frage neugierig und kaute verlegen an ihrer Unterlippe.

Nasrin nickte und sanfter als gewollt, entgegnete sie: «Ja, das bin ich!»

«Und dieser Barbar, dieser *Kafir* – er hat Euch nichts getan?»

«Hätte er mir etwas angetan, könntest du mir jetzt diese dumme Frage stellen?», zischte sie aufgebracht.

Aisha schluckte leer. «Und was sagt Jamal al-Aziz dazu?»

«Das geht dich nichts an!» Nasrin sah sie drohend an. «Und jetzt geh und hilf den anderen, statt mich mit deinem unnützen Geplapper zu ärgern, sonst…»

Ein erneuter Aufschrei unterbrach sie. Jäh fuhren sie beide herum und blickten ungläubig in die Richtung, aus welcher er kam. Sie erstarrten. Ein Schwert blitzte im Sonnenlicht auf und fast gleichzeitig stürzte ein Reiter Salah ad-Dins in den Sand. Von einem Augenblick auf den anderen geriet alles in Bewegung. Die Schreie wurden lauter, mischten sich mit dem Wiehern der Pferde und Klirren der Waffen.

Die Soldaten des Sultans, die am Brunnen zurückgeblieben waren, riefen sich Befehle zu, stiegen auf die Pferde und ritten los, während zwischen den Christenrittern und Salah ad-Dins Reitern ein heftiges Gefecht entbrannte.

Entsetzt bemerkte Nasrin, wie die mächtige Staubwolke plötzlich näher kam, sich auf sie zu bewegte. Zuerst nur langsam, dann immer schneller. Immer mehr Waffen und Rüstungen leuchteten auf, unheildrohend, todbringend, während über ihnen die Banner mit den roten Kreuzen flatterten.

Der Boden unter Nasrins Füßen begann zu beben, erschüttert von den Hufschlägen unzähliger, schwer gepanzerter Pferde, der Lärm schwoll an, gleich einem Donnergrollen, das über die Ebene rollte.

Ihr Herz pochte. Neben ihr rief Aisha mit weit aufgerissenen Augen: «Allah möge uns beistehen! Die *Nasranî* greifen an!» Dann raffte die Dienerin das Kleid und rannte schreiend davon.

Wie vor einer Flutwelle fliehend, stürzten, hasteten, stolperten Frauen, Knechte, Diener und Karawanenführer hilflos in die Wüste hinein. In eine Wüste, in der sie kein Schutz, sondern der Tod mit seinen ausgedörrten Armen freudig erwartete. Gebete wurden ausgestoßen, Befehle gebellt, Angstschreie blieben in der Luft hängen, wurden schließlich vom Donnern der nahenden Pferdehufe verschluckt. Einige der Karawanenführer lösten eilig die Gurte ihrer Kamele, ließen die kostbaren Truhen und Teppiche achtlos zu Boden fallen und versuchten, sich auf den Rücken der Lasttiere zu schwingen und so zu entkommen. Umsonst – vom Lärm aufgeschreckt, galoppierten die Kamele laut grunzend davon und verschwanden in der flimmernden Wüste.

Nasrin, unfähig sich zu rühren, unfähig, einen klaren Gedanken zu fassen, schloss die Augen, innig hoffend, es sei alles nur ein Traum. Ein Traum, aus dem sie erwachen würde, sobald sie die Augen wieder öffnete.

Doch es war kein Traum.

Es waren Kreuzritter.

Während einige von ihnen noch immer mit den Soldaten Salah ad-Dins kämpften, hielten die anderen mit gezogenen, mächtigen Schwertern auf die Karawane zu, bereit, gleich einem Sturm, sie alle hinwegzufegen. Das Klirren von Waffen, Rüstungen und Pferdegeschirr, das Trommeln der Hufe brandete heran, kam näher.

Und jetzt waren sie da, brachen über die Flüchtenden herein, mähten die wenigen, die sich ihnen mutig mit Krummschwert oder Pfeil und

Bogen entgegenstellten, nieder, überrannten sie und ließen blutüberströmte, entstellte Körper im Wüstenstaub zurück.

«Lauft!», rief jemand mit schriller Stimme und endlich wandte sich auch Nasrin ab und lief los, begleitet von den furchtbaren Schreien der Sterbenden und Flüchtenden, vorbei an aufgeschreckten Kamelen, die, so schien es fast, mit ihr um die Wette rannten. Vor einem konnte sie sich gerade noch retten; sie kauerte eilig nieder, schlug die Arme über dem Kopf zusammen, während das Tier einfach über sie hinwegsprang.

Nasrin erhob sich wieder hastig, rannte weiter, einfach weiter. Wohin, wusste sie nicht. Wem sie folgen sollte, wusste sie nicht. Ihre Füße trugen sie wie von selbst über den staubigen Boden der Wüste. Sie rannte und wagte nur kurz, zurückzublicken.

Das Bild, das sich ihr bot, raubte ihr die letzte Hoffnung. Es war eine schauerliche, ungleiche Schlacht, die nur einen Sieger kannte: die gnadenlosen und kampferprobten Christenritter, die in ihren Rüstungen, hoch zu Pferd, beinahe unverwundbar waren. Einige mutige Karawanenführer, Sklaven und Knechte versuchten, sie aufzuhalten, doch auch sie wurden niedergestreckt. Ihre Schreie gellten durch die Wüste, gesellten sich zu den Hilferufen der Frauen, der Dienerinnen und der Sterbenden und verfolgten Nasrin.

Als sie den Kopf wieder umwandte, wurde sie niedergerissen: Sie war über einen der Äste, die der Beduine zum Bau seines Zeltes benutzte, gestolpert und stürzte hin. Ein Teil der Zeltwand brach über ihr zusammen und Nasrin blieb atemlos liegen. Vorsichtig zog sie das linke Bein an und berührte ihren Knöchel. Er schmerzte fürchterlich, war blutig geschlagen und vermutlich auch noch verstaucht.

Mit zusammengebissenen Zähnen versuchte sie, sich wieder zu erheben, als sie einen fliehenden Schatten über den Rest der Zeltwand huschen sah. Ein zweiter jagte ihm nach, hatte ihn beinahe eingeholt. Ein erstickter Schrei folgte und der erste Schatten stürzte durch die zerrissene Zeltwand zu Boden. Es war eine Frau. Es war Aisha. Verzweifelt versuchte sie, sich irgendwo festzuhalten, schrie, flehte, fluchte, als sich ein Ritter über sie beugte und sie gewaltsam auf den Rücken drehte.

Nasrin stockte der Atem und ihr Schmerz war verflogen.

Aisha wehrte sich lautstark, doch der Ritter war zu stark: Mit einem mächtigen Hieb ins Gesicht schlug er sie besinnungslos; ihr Kopf fiel zur Seite, ihr Körper erschlaffte.

Wie in einem Traum tastete Nasrin um sich und ergriff einen der Äste, die das Zelt gestützt hatten. Vorsichtig kroch sie vorwärts. Sie wollte gerade zu einem Schlag ausholen, als der Ritter aufblickte. Sie erstarrte. Und sie wusste, sie würde nichts gegen ihn ausrichten können. Aber wenn sie schon sterben musste, dann nicht ohne sich gewehrt zu haben. Sie – eine Enkelin von Masud Talib! Ihren eigenen Schmerz unterdrückend, erhob sie sich schreiend und schlug dem Ritter mit einem Hieb den Helm vom Kopf. Der Mann taumelte zur Seite, fasste sich aber wieder.

Bevor er sich auf sie stürzen konnte, schlug Nasrin ein zweites Mal zu. Noch fester, noch genauer. Und diesmal traf sie ihn an der Schläfe. Ein dritter Schlag folgte, ein vierter. Sie hörte nicht auf, auf ihn einzuschlagen. Blut spritzte auf, lief über sein Gesicht, tropfte auf seinen Waffenrock. Endlich sank er zu Boden, blieb regungslos liegen und mit leeren Augen starrte er sie an.

Ihr wurde übel. Langsam setzte sie sich hin, griff sich benommen an die Stirn, die vor Angst und Hitze schweißbedeckt war und schüttelte verzweifelt den Kopf. Bei Allah, sie hatte einen Christenritter getötet! Angewidert warf sie den Ast auf den toten Körper und begann hemmungslos zu schluchzen.

Aisha lag noch immer bewusstlos neben ihr. Bei ihrem Anblick fasste sich Nasrin wieder, kniete neben die Dienerin, packte sie an den Schultern, schüttelte sie, schlug ihr ins Gesicht. «Steh auf, Aisha! Steh endlich auf!», befahl sie zornig und schlug noch einmal zu, als die Sklavin nicht zur Besinnung kam. «Steh endlich auf, sage ich!», wiederholte sie und blickte sich erschrocken um.

Erneut waren Schreie zu hören und hastige Schritte kamen näher und wieder huschten Schatten an ihnen vorbei. Und wieder folgte ihnen Schwertgeklirr. Und das unheilvolle Rasseln der Kettenhemden.

«Mach schon, wach auf!», drängte die Emirtochter unerbittlich. Endlich schlug Aisha die Augen auf, blinzelte sie verwirrt an. Ihre Nase blutete stark.

«Wir müssen schnell weg!» Nasrin erhob sich, doch ein heftiger Stich in ihrem linken Knöchel ließ sie zusammenzucken. Sie schloss kurz die Augen, schüttelte den Kopf, hoffend, den Schmerz so verbannen zu können. Hastig zog sie die benommene Dienerin hoch und drängte sie zum Zelt hinaus. Sich an den Händen haltend, liefen sie humpelnd in die Wüste hinein. Doch so sehr sie sich auch bemühten, dem Kampflärm und den Schreien zu entkommen, schienen diese sie zu verfolgen.

Aisha stolperte plötzlich über einen Stein und beide Frauen stürzten.

Nasrin schrie auf. Ihr Fuß schmerzte immer stärker, ihr verschlug es den Atem und für einen Wimpernschlag hat sie vergessen, wo sie war. Erst die fremd klingenden Rufe, die sich ihnen näherten und die verzweifelt wimmernde Aisha, die versuchte, sie mitzuziehen, ließen sie in die Wirklichkeit zurückkehren, in die glühende Wüste Syriens.

Nasrin rappelte sich wieder auf, doch im gleichen Augenblick fiel sie erneut hin. Der Schmerz ließ sie beinahe die Besinnung verlieren.

«Lauf, lauf, so schnell du kannst! Flieh!», stieß sie hervor. Wenn sie es schon nicht schaffen würde, so sollte sich wenigstens Aisha retten.

Die Dienerin stand unschlüssig da, zögerte, blickte sich um. «Aber…»

«Ich habe dir gesagt, du sollst laufen!», herrschte Nasrin sie an.

Irgendwo hinter ihnen klagte eine Frau. Ihre Schreie gingen durch Mark und Bein, bis sie schließlich schlagartig verstummten – einer der Kreuzritter musste sie niedergestreckt haben. Aisha zuckte zusammen und erst jetzt rannte sie los.

Nasrin, den Tränen nahe, fasste sich wieder an den Knöchel. Er fühlte sich wie ein Klumpen an. Verzweifelt schlug sie die Hände vors Gesicht.

Sie wusste, sie musste wieder all ihren Verstand zusammennehmen, um klar denken zu können. Sie biss die Zähne zusammen, erhob sich schwerfällig und als sie endlich wieder stand, zwang sie sich, loszulaufen. Aber es war mehr ein Hinken als ein Laufen, ein qualvolles Humpeln.

Als sie feste Schritte vernahm, blickte sie über die Schulter und ihr Herz hämmerte. Ein Christenritter folgte ihr langsam. Er ließ sich Zeit, als er bemerkte, dass sie verletzt war. Sie würde sein nächstes Opfer werden. Und ein leichtes dazu.

Voller Furcht hastete sie hinkend davon, doch ihr Fuß schmerzte bei jedem Aufsetzen. Es war aussichtslos. Sie würde niemals vor ihm fliehen können.

Noch ehe sie darüber nachdenken konnte, was nun mit ihr geschehen würde, ließ sie ein Aufprall zurücktaumeln. Sie spürte, wie eine Hand sie packte und eisern festhielt.

Vor ihr stand ein weiterer Kreuzritter. Er schien aus dem Nichts aufgetaucht zu sein; sie musste ihn in ihrem Schmerz und in ihrer Angst übersehen haben und war geradewegs in seine Arme gelaufen.

Nasrin bäumte sich auf, doch er ließ sie nicht los. So kräftig wie sie nur konnte, schlug sie auf ihn ein, vergaß gar den Schmerz. Umsonst. Er schien ihre Schläge nicht mal zu spüren, ihre Hilflosigkeit schien ihn zu erheitern.

Entsetzt blickte sie in sein Gesicht. Eine unförmige Narbe schlängelte sich über seine Wange, die grauen Augen glänzten vor Gier, seine Haut war schweißbedeckt und mit Blutspritzern besprenkelt. Wieder wollte Nasrin zuschlagen, doch nun hatte auch ihr Verfolger sie eingeholt und riss sie zu sich herum, während der Narbengesichtige sie an den Oberarmen festhielt.

Die Miene des anderen war düster, sein Haar so hell wie jenes von Jehan. Er konnte kaum älter als Bernhard sein. Auch er hatte blaue Augen, doch sie verströmten eine eisige Kälte. Gelähmt vor Furcht, wagte Nasrin kaum zu atmen, wagte nicht mehr, sich zu wehren.

Er trat vor sie hin und mit einem Ruck zerriss er ihr Kleid bis zu den Brüsten. Doch plötzlich hielt er inne, runzelte seine Stirn und in seinem Gesicht lagen Erstaunen und Verblüffung. Fragend sah er sie an.

Nasrin verharrte regungslos.

Der Ritter starrte sie noch immer an und erst jetzt begriff sie, was ihn verwirrte: das Kreuz, das sie um den Hals trug. Es glänzte, funkelte, strahlte auf ihrer Brust.

Langsam griff er danach, legte es sich auf die schmutzigen Fingerkuppen und betrachtete es aufmerksam. Er schien nachzudenken und seine Augen hatten den kalten Glanz verloren. Plötzlich ließ er das Kreuz los, als hätte er sich die Finger verbrannt und wandte sich an den Narbengesichtigen.

Nasrin zitterte, der Bewusstlosigkeit nah, während die beiden sich angeregt unterhielten. Sie verstand ihre Sprache nicht, doch sie glaubte, die gleichen Laute zu erkennen, die sie bei Bernhard und Jehan vernommen hatte.

Die Männer schienen zu streiten und das Gesicht des Blondhaarigen verzerrte sich, als er auf das Kreuz deutete, wieder danach griff und es gleich wieder losließ.

Der Narbenwangigе zischte etwas, dachte einen Augenblick lang nach, stieß Nasrin schließlich von sich und schritt davon.

Zitternd zog sie das zerrissene Kleid zusammen, hielt es an der Brust fest, während der Blondhaarige sie mit zu Schlitzen verengten Augen nochmals musterte. Endlich wandte auch er sich ab und folgte grimmig dem anderen, ohne sich noch einmal umzudrehen.

Sie ließen Nasrin einfach zurück und sie wusste nicht, wie ihr geschehen war, wusste nicht, ob es Wirklichkeit oder ein Traum war, als sich der Himmel vor ihren Augen zu verfinstern begann.

Übelkeit stieg in ihr auf und ihre Knie wurden weich. Angst und Ohnmacht erfassten sie: Der Horizont begann zu schwanken, kippte, der Himmel schien sich aufzulösen, stürzte auf die Erde herab, während die davoneilenden Ritter sich in unförmige Schatten verwandelten.

Der Sand glitt unter ihren Füßen davon. Eine erlösende Dunkelheit umhüllte sie.

Nasrin taumelte und sank stumm zu Boden, doch den Aufprall nahm sie nicht mehr wahr.

Genau so wie die riesige Staubwolke nicht, die sich vor die Sonne schob.

33

«Herrin! Herrin, wacht auf!»

Eine aufgeregte Stimme rief nach ihr, doch Nasrin vernahm ihren Klang nur wie durch einen Nebel. Beklemmung schnürte ihr die Kehle zu und auf ihrer Brust schien eine unerklärliche Last zu liegen.

«Herrin!», rief die Stimme erneut. «Herrin!»

Zögernd öffnete Nasrin die Augen, wusste nicht, ob sie lebte oder tot war. Noch immer benommen, erkannte sie nur allmählich, dass der Schatten, der vor ihr kniete, Aisha war. Die Dienerin lächelte sie erleichtert an.

«Allah sei Dank, Ihr seid unversehrt!», rief nun eine andere Stimme. Sie gehörte Yusuf Ibn Ameer Kardal.

Mühselig stützte sich Nasrin auf den Ellenbogen ab und schüttelte den Kopf. Staub und Sand rieselten von ihrem Haar und auch ihr Gesicht fühlte sich verschmutzt und rau an, als sie es berührte. Sie blickte sich um, wollte aufstehen, als sie schmerzhaft zusammenzuckte.

«Seid Ihr verletzt?» Der Hauptmann kauerte besorgt neben ihr nieder und betrachtete ihren Knöchel, der in allen Farben des Regenbogens schimmerte. Als sie jedoch beschämt ihr Bein bedeckte, zog er verständnisvoll die Hand zurück.

«Nein, es ist nicht schlimm, vermutlich nur ein Verstauchung!», wehrte sie verlegen ab. Erst jetzt bemerkte sie, dass auch Yusuf verletzt war. Er presste die rechte Hand auf seinen linken Arm, zwischen seinen Fingern quoll Blut hervor. Es musste ein mächtiger Hieb gewesen sein, der ihm diese Wunde zufügte, denn sie zog sich über den ganzen Unterarm und schien tief zu sein. Auch in seinem Gesicht bemerkte Nasrin Kratzer.

«Was ist geschehen?», fragte sie beunruhigt.

«Das weiß nur Allah allein! Aber er war jemand von uns besonders wohlgesinnt, da er die ganze Karawane beschützt hatte!», entgegnete der Hauptmann nachdenklich, während er sich neben Nasrin setzte. Auch er war über und über mit Staub bedeckt.

Nasrin runzelte die Stirn und sah Aisha fragend an, doch diese wandte sich ab. Sie schien sich zu schämen, da sie vor den Christenrittern geflohen war und die Emirtochter allein zurückließ.

«Nun denn, erzählt, was geschehen ist!» Nasrin strich sich erneut über die staubbedeckte Stirn und wollte nach dem *Khimaar* greifen, um ihr Haar zu bedecken. Doch der Schleier war nicht da. Sie musste ihn während der Flucht verloren haben. Aisha bemerkte die Unruhe der Emirtochter, nahm ihren Schal ab und reichte ihn ihr.

«Ich werde nach Eurem *Khimaar* suchen, Herrin», schlug sie vor und ohne Nasrins Antwort abzuwarten, lief sie davon.

«Wir dachten schon, die Kreuzfahrer würden uns alle niedermachen», erklärte Yusuf, seine Hand noch immer auf die Wunde drückend.

Nasrin wollte sich gerade den Schal über das Haar legen, als sie innehielt und entschlossen nach dem Arm des Hauptmanns griff. Obwohl sich Yusuf zunächst dagegen wehrte, begann sie, seine Wunde mit dem Stück Tuch zu verbinden.

«Ich erinnere mich nur noch an den Überfall», erwiderte sie, verschwieg aber ihre seltsame Begegnung mit den Rittern.

«Die *Nasranî* hatten uns schon beinahe besiegt, da plötzlich verfinsterte sich der Himmel, als würde…» Er brach ab, als sie mit einem Ruck einen Knoten band.

«Wo habt Ihr denn das gelernt?», fragte er überrascht.

«Glaubt Ihr, ich würde nur Teppiche knüpfen?», antwortete sie kühn, ohne aufzuschauen. «Und jetzt erzählt weiter!»

Yusuf blickte lange in die Wüste. «Die Christen überrannten unsere Karawane und ein ungleiches Gefecht entbrannte. Viele von uns fielen oder wurden verwundet. Da verfinsterte sich plötzlich der Himmel, als wäre Allah zornig geworden! Als hätte er all seinen Hass auf die *Nasranî* in diesen Wind gelegt!»Er atmete tief durch, sah Nasrin zu, wie sie einen letzten Knoten band und die blutverschmierten Hände an ihrem Kleid abwischte.

«Es ging alles so unglaublich schnell», fuhr der Hauptmann fort, «so schnell, als wäre die Sonne einfach vom Himmel gefallen! Mit einem Schlag herrschte eine unheimliche Finsternis und die Christen erstarrten vor Furcht. Und als hätte Allah unsere Not gesehen, fegte im nächsten Augenblick ein Sandsturm über uns hinweg. Eilig ritten die Christen davon, wohl wissend, gegen ihn nicht ankämpfen zu können.» Yusuf stockte, noch immer in die Wüste blickend, die jetzt friedlich und in Sonnenlicht getaucht vor ihnen lag. «Allah muss jemand besonders wohlgesinnt sein», wiederholte er geheimnisvoll, «dass er ihn mit einem solchen Wunder beschützt hat!»

«Das war kein Wunder, Hauptmann!», widersprach Nasrin, um ihr Unbehagen zu verbergen. «Sandstürme tauchen auf und Sandstürme verschwinden. Als Kind der Wüste müsstet Ihr das wissen!»

Yusuf nickte. «Ja, das weiß ich. Aber Ihr hättet ihn sehen müssen. Es war kein gewöhnlicher Sandsturm. Er kam im richtigen Augenblick. Er kam, als wir schon alle… Ich sage Euch, es war ein Wunder!»

Nasrin presste die Lippen zusammen. Vielleicht hatte er recht. Vielleicht war es ein Wunder gewesen. Hatte Allah ihn gesandt oder hatte ihn vielleicht das Kreuz heraufbeschworen? Und was war mit den beiden Rittern, die von ihr abließen, als sie Bernhards Geschenk bemerkten?

Das Kreuz!

Nasrin durchfuhr es plötzlich siedend heiß. Sie fuhr sich hastig über den Hals. Das Lederband war noch immer da, doch als sie ohnmächtig geworden war und zu Boden stürzte, verrutschte der kleine Anhänger und lag nun auf ihrem Rücken. Allah sei Dank! Eilig zog sie das zerrissene Kleid zusammen, um ihre Brust zu bedecken. Ehrlos und nackt kam sie sich jetzt vor, doch Yusuf Ibn Ameer Kardal schien sich nicht darum zu kümmern. Stattdessen erkundigte er sich, sie nachdenklich musternd: «Stimmt es, das Ihr mit diesem *Kafir* ganz allein durch die Wüste geritten seid?»

Sie schwieg zunächst und erst nach einer Weile fragte sie: «Wie hoch sind Eure Verluste?» Sie hoffte, den Hauptmann dadurch ablenken zu können.

Yusuf verzog bitter den Mund. «Drei meiner Männer sind gefallen, einige von ihnen schwer verwundet. Aber Allah sei Dank, Euch und Salah ad-Dins Frauen ist kein Leid zugefügt worden! Ich könnte sonst nie mehr vor den Sultan treten; sein Zorn würde mich treffen wie der Sandsturm die Christen.»

Endlich war Aisha zurückgekehrt, in der Hand den *Khimaar* der Herrin. Nasrin nahm ihn ihr gleich ab, warf sich diesen über, bedeckte das Haar und die Brust und verhüllte auch ihr Gesicht.

«Ich werde mir die Verwundeten ansehen!», bot sie an.

Der Hauptmann sah auf den Verband, der die Blutung tatsächlich gestillt hat. Er räusperte sich: «Ich glaube nicht, dass dies nötig sein wird. Und ich glaube auch nicht, dass die Männer dies wollen.»

Nasrin seufzte und schüttelte kaum merklich den Kopf, ohne aufzusehen. Die Männer lehnten ihre Hilfe nicht deswegen ab, weil sie keine *Hakima* war, sondern deswegen, weil sie eine Frau war, das wusste sie. Vor nicht allzu langer Zeit hatte ein Christ weniger Bedenken gehabt. Bei diesem Gedanken erfasste sie Bitterkeit und sie schluckte, um ihren Unmut zu verbergen. Sie versuchte, aufzustehen, doch die Schmerzen im Knöchel erinnerten sie wieder an die Verletzung. Es waren Schmerzen, die vergehen, Verletzungen, die verheilen würden. Andere hingegen blieben …

«Denkt Ihr, die Kreuzfahrer werden zurückkehren?», fragte sie und sah, wie bei diesen Worten alle Farbe aus Aishas Gesicht wich.

«Nein, ich denke nicht», zerstreute Yusuf ihre Ängste. «Sie sind kopflos geflohen, Allahs Zorn hat sie in alle Himmelsrichtungen verstreut. Er hat sie besiegt…»

Ein fernes Klirren unterbrach ihn und ließ sie alle vor Schreck herumfahren. Der Hauptmann erhob sich rasch, kniff die Augen zusammen und sogleich hellte sich seine Miene auf: Es war nicht das Klirren eines Kettenhemdes.

Rufe erschallten.

Auch Nasrin stand mit Aishas Hilfe nun schwerfällig auf. Die Sonne blendete sie zwar, doch sie konnte trotzdem am Horizont etwas ausmachen.

Kamele. Viele Kamele. Ein langer Zug von Kamelen schaukelte gemächlich auf den Brunnen zu, begleitet vom Klingeln des Schmuckes, mit dem die Lasttiere verziert waren.

Yusuf Ibn Ameer Kardal drehte sich erleichtert zu Nasrin und Aisha um. «Scheinbar hat der Sandsturm nicht nur die Christen vertrieben, sondern auch die Karawane, mit der wir zusammentreffen sollten, zu uns geleitet! Jetzt kann uns nichts mehr zustoßen! Und in drei Tagen werden wir in Damaskus sein! In Damaskus!» Nochmals lächelte er Nasrin zu. «Ich sagte doch, ein Wunder!»

Dann lief der Sohn des Generals auf die Karawane zu.

Nasrins Hand glitt unter den *Khimaar* und umschloss zitternd das Kreuz. Ja, ein Wunder. Wieder hatte Bernhard ihr das Leben gerettet.

34

Bernhard starrte über das Meer, das von der untergehenden Sonne in glutrotes Licht getaucht war und so unheilvoll schimmerte, als wäre es blutgetränkt. In seiner rechten Hand wog er einen Stein, den er irgendwo am Ufer aufgehoben und dem die Laune der Natur eine ungewöhnliche Form gegeben hat: die Form einer Mondsichel. In Bernhard weckte der Stein schmerzhafte Erinnerungen an Nasrin, an Akkon, an seine Flucht.

Noch lange, nachdem Nasrin gegangen war, hatte er in jenem Zelt gewartet, konnte sich nicht entscheiden, ob er Akkon nun wirklich verlassen oder ihr nachreisen sollte. Schließlich schlich er durch das beinahe leere Feldlager, stahl eines der Pferde und entkam im Dunkel der Nacht. Sein Ziel war Arsuf, wo Richard Löwenherz sein Heer versammelt hatte, um von dort weiter auf Jerusalem vorzustossen. Um das Heer nicht zu verpassen, hatte er das Pferd so angetrieben, dass es noch vor den Toren der Stadt erschöpft zusammenbrach.

Der König selbst war erst an diesem Morgen mit seinen Männern in Arsuf eingetroffen. Wie Bernhard erfuhr, hatte er sich mit Salah ad-Din schon einige Scharmützel geliefert, die unbedeutend, aber dennoch kraftraubend gewesen waren. Wie es schien, würde nun Arsuf die endgültige Entscheidung bringen. Christliche Ritter der unterschiedlichsten Orden, darunter jene der Templer und Johanniter, strömten von überall herbei, als wäre Arsuf eine Pilgerstätte geworden. Sie alle wollten dem Löwenherz folgen und die Heilige Stadt von der Herrschaft der Ungläubigen befreien und wieder in die Hand Christus' und seiner Kreuzritter legen.

Auch für Bernhard war dies einst einer der Gründe gewesen, ins Heilige Land zu ziehen, doch nun war es ein anderer, der ihn hierher geführt hat. Nun fühlte er sich gestrandet wie das verwelkte Blatt zu seinen Füßen, das von den Wellen eines unerklärlichen Schicksals an dieses Ufer gespült worden war. Er war hierher gekommen, weil er hoffte, auf jemanden zu treffen, der ihm genauso verhasst war wie sein eigener Vater. Hier harrte er auf Jamal al-Aziz, um noch eine Schuld zu sühnen. Eine Schuld Nasrin gegenüber. Wieder war sie es gewesen, die ihm geholfen hatte. Er fragte sich, wie es ihr wohl ging, wo sie war und als er den Stein in der Hand fest umschloss, bedrängten ihn gleichzeitig zwei Gefühle. Beide waren grenzenlos, beide waren gleich stark und beide waren untrennbar miteinander verbunden: Hass und Liebe. Hass auf Jamal und Liebe zu Nasrin. Er liebte die Frau, die den verhassten Hauptmann heiraten sollte.

Hier in Arsuf hoffte Bernhard, die Möglichkeit zu bekommen, ihr Schicksal abzuwenden. Und er hoffte, hier auch die Seele seiner Schwester retten zu können. Vielleicht würde Gott endlich ein Einsehen haben, vielleicht würde hier vor Arsuf, durch seinen Kampf und durch sein Leiden, Agnes' Verdammnis ein Ende haben und sie endlich in das Paradies eintreten.

Nachdenklich wandte er den Blick vom Meer ab, öffnete die Hand, betrachtete den Stein, ließ ihn einige Male auf seiner Handfläche auf und ab hüpfen. Ein letztes Mal fiel der Stein in seine Hand zurück, dann schleuderte er ihn ins Wasser. Mit einem zischenden Geräusch versank er in den Wellen. Bernhard drehte sich um und folgte dem beschwerlichen, steilen Pfad, der sich über die Klippen zur Stadt hinaufwand, wo auch die Festung stand. Der Weg, schmal und gefährlich, wurde nur von einigen mutigen Fischerjungen benutzt.

Auf der Kuppe blieb er nochmals stehen und sah auf die Ebene hinaus, die langsam in der Dämmerung versank. Am Horizont waren die Lichter einiger Lagerfeuer auszumachen; im Abendwind loderten sie auf, schienen zu tanzen und zu schweben.

Dort war auch Salah ad-Din, der sich mit seinen Kriegern für die Schlacht bereit machte und dort musste auch Jamal al-Aziz sein. Verbittert ballte Bernhard die Fäuste. Noch würde er sich gedulden müssen. Aber nicht mehr allzu lange. Schon morgen würden die beiden Heere aufeinandertreffen, schon morgen würde die Entscheidung fallen und sich zeigen, ob der Allmächtige den Kreuzfahrern oder den Muslimen wohlgesinnt war. Ob Richard auf Jerusalem vorstoßen konnte oder ob der unbesiegbare Salah ad-Din ihn vernichtete. Doch er, Bernhard, würde nicht für Gott, Jesus oder Richard in die Schlacht ziehen. Er würde für Nasrin, er würde um Nasrin kämpfen.

Schwermütig rollten die Wellen heran, donnerte die Brandung an die Küste und der Wind trug würzige Seeluft die Klippen hinauf. Die Augen geschlossen, sog Bernhard sie ein letztes Mal gierig ein. Dann ging er weiter und erreichte bald die Zelte der Kreuzritter, die vor Arsuf aufgeschlagen worden waren. Die Stadt, deren Mauern vom Licht der untergehenden Sonne rot glühten, hatte längst nicht mehr alle eintreffenden Ritter aufnehmen können.

Gedankenversunken lief er an unzähligen Zeltreihen vorbei, ohne die fragenden und argwöhnischen Blicke der Soldaten zu beachten, lief ziellos durch das Lager. Doch plötzlich blieb er stehen. Vor einem Zelt, das in der Nähe einer hölzernen Palisade stand, welche die Stadtmauer umgab und sie zusätzlich vor Angriffen schützen sollte, hielt sich eine Gruppe Männer auf. Ihr Gespräch ließ Bernhard aufhorchen. Vorsichtig blickte er sie über die Schulter hinweg an.

Zwei Ritter, einige Soldaten und Söldner, die den Kreuzfahrern wie Ratten folgten und meist nur auf Beute aus waren, lauschten neugierig der Erzählung eines Ritters, über dessen rechte Wange sich eine Narbe zog. Ständig rieb er an ihr, als hätte er die Krätze, während er, auf die Lichtpunkte am Horizont zeigend, höhnisch erklärte: «Macht euch wegen morgen keine Gedanken! Die Heiden können nicht kämpfen und dieser Salah ad-Din zittert schon jetzt wie ein feiges Weib! Warum sonst schlägt er dort ein Lager auf und wartet bis Tagesanbruch? Ich sage euch, er hat Angst!»

Die Umstehenden lachten laut und hämisch auf. Nur ein Ritter – er trug einen weißen Waffenrock, der mit einem roten Kreuz bestickt war – hob mahnend die Hand. «Der Morgen ist bekanntlich klüger als der Abend. Ihr solltet den Sultan nicht unterschätzen. Angeblich verfügt er über fünfundfünfzigtausend Männer, wir aber haben gerade mal über vierzigtausend!»

«Mit Richard als unserem Anführer, was kann uns da schon geschehen?», spottete der Narbenwangige übermütig. Sein Französisch klang holprig. «Sagt, was? Er hat Salah ad-Din schon in Akkon gezeigt, wie er mit Heiden umspringt!»

«Wie mir scheint, habt Ihr Salah ad-Din und seine Krieger noch nie kämpfen gesehen!», erwiderte der Ritter, wechselte wissende Blicke mit einem Mann an seiner Seite, der den selben Waffenrock trug und fügte tadelnd hinzu: «Unterschätzt nie einen Feind! Wenn uns jemand zum Sieg verhilft, dann nur einer: Gott!» Ohne ein weiteres Wort zu verlieren, entfernten sich die beiden Ritter und waren bald in einem Gewirr aus Zelten, Soldaten und Pferden untergetaucht.

«Templer!», zischte der Narbenwangige verächtlich. «Sie beten zuviel und sind so überheblich wie eitel! Als wir in der Wüste auf diese verfluchte Karawane gestoßen waren, hätten sie mit den Sarazenen wohl am liebsten Tee getrunken! Aber wir haben die Angelegenheit auf unsere Art gelöst! Nicht wahr, Geoffrey?» Er lachte auf, während ein Blondhaariger, die Arme vor der Brust verschränkt, nur schweigend nickte.

«Ihr habt eine Karawane angegriffen?», erkundigte sich einer der Soldaten ungläubig.

Der Narbenwangige nickte. «Vor einigen Tagen. Wäre nicht so plötzlich ein Sandsturm aufgekommen, hätten wir die ganze Karawane niedergemacht! Und wäre mein kleiner Bruder hier nicht so edel gewesen, hätte ich mich noch mit einer teuflisch schönen Muslimin vergnügt!»

«Sie war keine Muslimin, sie war Christin!», verteidigte sich Geoffrey und ließ die Arme sinken.

Der Narbenwangige winkte ab. «Pechschwarzes Haar, dunkle Augen, in denen man ertrinken konnte, Lippen, die... Ich sage euch, sie war eine Muslimin!»

«Warum trug sie dann ein Kreuz?»Der Blondhaarige deutete an seinen Hals.

Die Lippen des Narbenwangigen verzogen sich zu einem schmierigen Grinsen. «Was weiß ich? Vielleicht hat sie es irgendwo gefunden! Du kannst mir glauben, ich hätte schon herausgefunden, woher sie es hat und was sie ist! Aber du musstest dich ja einmischen! Hätte ich bloß nicht auf dich gehört! Es war ein Jammer, sie gehen zu lassen! Die Heidenweiber sollen im Bett mit ihrem Feuer nicht geizen! Ich hätte gerne mal...»

«Ihr habt tatsächlich eine Karawane angegriffen?», unterbrach ihn Bernhard. Er hatte ihnen schweigend zugehört und trat nun näher. Die Männer drehten sich verwundert um und musterten ihn misstrauisch.

«Es war keine richtige Karawane!», erwiderte Geoffrey, der Blondhaarige, während der Narbenwangige Bernhard drohend anstarrte. «Keine Karawane wird von Soldaten begleitet! Sie hatten irgendetwas zu verbergen, warum sonst hätten sie sich dagegen gewehrt, dass wir uns dem Brunnen nähern?»

«Ihr habt gesagt, es wären Frauen dabei gewesen!», bemerkte Bernhard mit fester Stimme.

Geoffrey zuckte gleichgültig mit den Schultern. «Und was geht dich das an?»

«Wenn Frauen dabei waren, war es eine Reisekarawane! Ihr habt gewöhnliche Reisende überfallen!» Bernhards Miene verfinsterte sich.

«Mir scheint, das gefällt dir nicht!», warf der Narbenwangige feindselig ein. «Mir scheint auch, dass du einfach nicht verstehen willst! Soldaten begleiteten diese Karawane! Verstehst du, Soldaten!»

«Soldaten!», wiederholte nun auch Geoffrey, jede Silbe betonend und stellte sich herausfordernd vor Bernhard. «Also, sag endlich, was geht dich das an? Bist du gar einer, der hier herumspioniert und…» Er sprach nicht mehr zu Ende. Bernhard hat ihn wutentbrannt am Kragen gepackt, stieß ihn nun mit voller Wucht gegen die hölzerne Palisade und hielt ihn fest. «Seit wann gelten die Abkommen zwischen Moslems und Christen, eine Karawane unbehelligt zu lassen, nicht mehr?», fauchte er ihn an, während er mit der Rechten seinen Hals umschloss.

«Ich sagte doch schon, es war keine gewöhnliche Karawane!», stieß Geoffrey hervor und rang nach Atem. Verzweifelt versuchte er, sich aus dem Griff zu befreien, doch seine Stimme wurde immer leiser, klang beinahe wie ein Röcheln. «Wir dachten, die Soldaten würden uns daran hindern, zu dem Brunnen zu gelangen! Wir dachten, sie würden uns der Wüste überlassen, wo wir verdurstet wären!»

«Und was war nun mit dem Brunnen?»

Geoffrey verdrehte die Augen und erwiderte heiser: «Wir wissen es nicht! Als wir den Brunnen erreichten, machten wir alles nieder, was sich bewegte. Und ehe wir nachsehen konnten, fegte ein Sandsturm über uns hinweg! Wie eine riesige Welle aus Sand rollte er auf uns zu. Wir Ritter sprengten davon, um ihm zu entkommen, die Fußsoldaten, orientierungslos geworden, zerstreuten sich in alle Himmelsrichtungen!»

«Und die Karawane?» Bernhard drückte gnadenlos zu. Immer fester.

«Als der Sturm vorüber war, dachte niemand mehr an diese verfluchte Karawane!» Geoffrey japste, schnappte nach Luft. Erst jetzt stürzten sich drei Soldaten auf Bernhard, packten ihn und zerrten ihn von Geoffrey weg. Mit beiden Händen griff dieser sich an den Hals, hustete, rang nach Atem, löste sich von der Palisade, torkelte einige Schritte auf die Straße zu, beugte sich vornüber und schnappte nach Luft.

«Ihr hattet kein Recht, die Karawane anzugreifen!», rief Bernhard und bäumte sich auf, um sich aus dem Griff der Männer zu befreien. Ein unerwarteter Faustschlag traf ihn mitten ins Gesicht, er schüttelte den Kopf, spürte Blut, das aus seiner geplatzten Lippe rann.

Der Narbenwangige blickte ihn wütend an, kniff argwöhnisch die Augen zusammen und zischte: «Verdammt, was kümmert dich diese Karawane? Bist wohl ein verfluchter Heidenfreund?»

«Das bin ich nicht!» Bernhard ballte die Fäuste. «Aber eine harmlose Karawane zu überfallen ist feige!»

«Hört, hört! Eine harmlose Karawane!», wiederholte der Narbenwangige laut lachend. «Wie harmlos ist eine Karawane, wenn Krieger sie begleiten?»

«Harmlos genug, wenn die Soldaten dazu da sind, die mitreisenden Frauen vor den Blicken Fremder zu schützen!»

«Was interessiert es mich, was die Heiden schützen wollen! Frauen oder der Teufel weiß was! Wer bist du, dass du dich einmischt? Vielleicht bist du mehr als nur ein Heidenfreund! Vielleicht hat mein Bruder recht und du bist wirklich ein Spitzel dieser Heiden! Ihr Verbündeter! Oder noch schlimmer: Du bist selbst einer!»

Als wären seine letzten Worte ein Befehl, gleich einem verabredeten Zeichen, traten auch die übrigen Männer bedrohlich näher, umringten Bernhard mit düsteren, unheilvollen Gesichtern und manche Hand lag bereits auf dem Schaft des Schwertes.

«Ja, vielleicht bist du nur nach Arsuf gekommen, um uns auszukundschaften!», sinnierte der Narbenwangige. Nun zog auch er langsam das Schwert aus der Scheide und betrachtete nachdenklich die blanke Klinge. «Nun, in einem solchen Fall sollte ich dich gleich hier erschlagen – oder noch besser: Dich aufhängen, wie es sich für einen Verräter gehört!»

«Genau! Aufhängen!», stimmten die Umstehenden zu. Auch sie zogen jetzt ihre Schwerter.

«Ich gehöre nicht zu ihnen!», verteidigte sich Bernhard. Aus den Augenwinkeln bemerkte er einen Knappen, der genüsslich einen Strick in den Händen hielt.

«Du kannst erzählen, was du willst!», zischte der Narbenwangige. «Morgen wirst du niemanden mehr etwas erzählen können! Denn morgen vor Sonnenaufgang, wenn Richard Salah ad-Din angreift, wirst du schon tot sein! Vielleicht kann dein abgetrennter Kopf dem Sultan noch etwas erzählen!» Er lachte auf und hob sein Schwert.

Bernhard versuchte wieder, sich loszureißen, doch es war aussichtslos. Schwer atmend erwiderte er: «Ich bin nicht mit ihnen verbündet! Ich bin aus dem selben Grund hier wie ihr alle: um zu kämpfen! Aber ich greife keine harmlose Karawane an! Und auch nicht Betende vor Sonnenaufgang!»

«Umso besser, wenn sie beten! Wer betet, trägt kein Waffe! So gelingt es uns, das Heidenpack ohne größere Verluste zu vertreiben!»Der Narbenwangige lachte listig und setzte die Spitze seines Schwertes auf Bernhards Brust. «Aber du, du wirst keine Gelegenheit mehr haben, dein Heidengebet zu sprechen!»

«Verfluchter Bastard, ich sagte dir schon, dass ich nicht zu ihnen gehöre!» Bernhard bäumte sich erneut auf, dabei zerriss einer der Männer sein Hemd.

«Alle gestehen alles, alle glauben alles und alle erzählen alles, wenn der Tod sie erwartet! So wie du sie verteidigst, gehörst du zu ihnen!», erwiderte der Narbenwangige unbeeindruckt und klopfte mit der Spitze seines Schwertes zweimal auf Bernhards Brust, bevor er zustoßen wollte.

«Ein Heide soll ich sein? Dann frage ich dich: Wärst du ein Verbündeter derer, die dir so etwas antun?» Er richtete seine Blicke auf die Schulter, drehte sich, so gut es ging, zur Seite, damit alle das Brandmal sehen konnten.

Geoffrey trat näher, betrachtete es argwöhnisch, während die Umstehenden verblüfft innehielten und aufregt raunten: «Unglaublich! Ein Halbmond! Eine Mondsichel! Das Zeichen der Heiden!»

Der Narbenwangige ließ das Schwert sinken, wollte etwas erwidern, doch eine mächtige, dunkle Stimme ließ alle herumfahren.

«Warum kümmert es Euch, wann wir angreifen?» Ein Reiter, umgeben von Begleitern, saß auf einem kräftigen, braunen Hengst. Er trug einen edel gearbeiteten Waffenrock; ein gepflegter Bart und wache Augen zierten sein entschlossenes, eindrucksvolles Gesicht.

Niemand hatte die kleine Schar Ritter beachtet, die, auf ihrem Weg nach Arsuf, die Pferde gezügelt hatten, als sie den Streit am Straßenrand bemerkten.

«Die morgige Schlacht wird euch genug fordern! Also spart eure Kräfte und lasst den Mann los!», befahl der Ritter gebieterisch. Nur widerwillig gehorchten die Soldaten. Bernhard drehte sich langsam um und zog das Hemd über die Schulter.

«Nun», fuhr der Reiter fort, «wenn Ihr ein solches Zeichen tragt, so müsste Euer Hass groß genug sein, um Rache und Vergeltung zu üben! Also sagt, warum es Euch kümmert, wann wir angreifen?»

Bernhard musterte ihn eindringlich und als er das Wappen auf dem Waffenrock erkannte, entgegnete er: «Niemand sollte von seinem Gebet abgehalten werden. Erst recht nicht, wenn er vielleicht schon bald vor dem Richterstuhl des Allmächtigen stehen wird. Auch ein englischer König sollte dies respektieren!»

Ein aufgeregtes Murmeln erhob sich und nun verneigten sich alle vor Richard Löwenherz. Wie so oft, mischte sich der König unbemerkt unter Ritter und Soldaten, um ihre Gefühle, Erwartungen und Sorgen kennenzulernen.

Neugierig lehnte er sich über den Sattelwulst. «Ein Heide könnt Ihr wirklich nicht sein, sonst wüsstet Ihr nicht, wer ich bin! Aber Ihr seid, wie mir scheint, auch keiner meiner Männer und auch kein Kreuzfahrer! Nun, es ist nicht höflich von Euch, mir zu verschweigen, wer Ihr seid. Ich möchte wissen, wem ich das Leben gerettet habe.»

«Ich bin Bernhard von Markward, der dem Herzog von Schwaben Treue geschworen hat. Ein Gefangener Salah ad-Dins und ein Sklave des Emirs Suleyman al-Dir. Aus Akkon geflohen. Nun bin ich hier, um zu kämpfen.»

Richard umfasste die Zügel, als sein Pferd unruhig wurde und musterte Bernhard neugierig. Im Licht der Abenddämmerung schien es, als ob der Löwe im Wappen des Königs lebendig wäre. «Ihr seht nicht aus wie ein Edelmann! Nicht wie ein englischer und auch nicht wie ein französischer! Aber Ihr sprecht wie ein Ritter! Wenn Ihr dem Herzog von Schwaben gedient habt, wart Ihr einer jener, die vor einem Jahr vor Akkon kämpften. Es wird erzählt, dass die wenigen, die den Mut hatten, weiterzuziehen, alle tot seien!»

Bernhard nickte bitter. «Bei Jesus Christus und allen Heiligen, das sind sie!»

«Ihr aber lebt!»

«Ja, ich lebe. Warum, das weiß nur Gott.»

«Ihr müsst Schreckliches durchgemacht haben. Warum also stört es Euch, wenn ich Salah ad-Din vor Sonnenaufgang angreife? Er verfügt über zehntausend Mann mehr als ich. Ihn zu überraschen, würde diesen Nachteil wettmachen. Warum sollte ich es nicht tun?»

«Weil es schmählich ist. Weil es unehrenhaft ist.» Bernhard zögerte, überlegte und fügte schließlich hinzu: «Und weil es feige ist. So feige wie der Überfall auf eine friedliche Karawane!»

Die Umstehenden hielten verwundert inne. In ihren Gesichtern zeichnete sich Anspannung. Sie waren bereit, sich sofort auf Bernhard zu stürzen.

Mit einem raschen Wink gebot Richard Einhalt. «Ein Kreuzritter, der ein Gewissen hat, ist selten in diesen Tagen!» Obwohl in seinem Stolz verletzt, nickte er anerkennend. Dennoch lag in seiner Stimme ein lauernder, spöttischer Unterton, als er fragte: «Aber verdienen unsere Feinde Milde? Sollten wir ihnen gegenüber ein Gewissen haben?»

Bernhards Miene verfinsterte sich. «Ja! Das sollten wir! Und vielleicht sollte ich Euch von meinem etwas abgeben! Es scheint, Ihr hattet keines, als Ihr vor Akkon dreitausend Geiseln abschlachten ließt!»

Im Gesicht des Königs zuckte kein Muskel. «Es waren Heiden!»

«Es waren aber auch Frauen und Kinder dabei!», erwiderte Bernhard aufgebracht. «Und nicht nur Salah ad-Din hat es gesehen, sondern auch Gott!»

«Gott weiß, dass Salah ad-Din mich mit seinen Verhandlungen in die Irre leiten wollte! Ich gab ihm die Zeit, ich gab ihm die Möglichkeit, die Geiseln freizukaufen! Er hatte es in seiner Hand!» Richard ballte seine Faust und zum ersten Mal wurde seine Stimme lauter, zeigte seine Miene eine Regung. «Bernhard von Markward, ich bin der König von England und nicht irgendein lausiger Kameltreiber auf irgendeinem lärmenden Bazar, mit dem man feilschen kann!»

«Salah ad-Din hatte alles versucht, um die Gelder aufzutreiben», widersprach Bernhard trotzig. «Er war von Anfang an bereit, das vereinbarte Lösegeld zu zahlen! Doch einige seiner Untergebenen hintergingen ihn schändlich!»

Über das Gesicht des Königs huschte ein Schatten, er schüttelte kaum merklich den Kopf und regungslos, mit kalten Augen, sagte er: «Wenn dem so ist, dann haben sie die Geiseln auf dem Gewissen! Aber nicht ich!»

Eine seltsame Stille folgte und unendlich lange, so schien es, starrten die beiden ungleichen Männer einander an.

Pferde scharrten, Lagerfeuer prasselten, irgendwo hämmerte ein Schmied, Stimmen drangen von den Zelten herüber. Ungeduldig warteten die Ritter und Soldaten, warteten auf ein Machtwort Richards.

Verbittert blickte Bernhard zu Boden, versuchte, seine aufgewühlten Gedanken zu besänftigen. «Man nennt Euch Löwenherz», begann er, diesmal besonnen und überlegt die Worte wählend. «Wenn Ihr das Herz eines Löwen in Euch trägt, so beweist morgen Euren Feinden, dass Ihr ein großer und weiser König seid und Ehre besitzt. Und ein Gewissen. Und dann werdet Ihr Euch dieses Namens würdig erweisen!»

«Wie kannst du es wagen, den König zu beleidigen?» Aus dem Gefolge sprengte ein Ritter hervor, zog empört das Schwert und richtete dessen Klinge auf Bernhards Brust.

Richard hob Einhalt gebietend die Hand. Nur seine angespannten Wangenmuskeln verrieten, wie ungehalten er wirklich war. «Ihr seid unverschämt und vorlaut dazu. Fast bereue ich es, Euch vor diesen Männern hier gerettet zu haben. Aber Ihr sagt, was Ihr denkt und dafür bewundere ich Euch. Auch wenn es schmerzlich ist, so habt Ihr mich daran erinnert, meinen Zorn zu bändigen. Doch vergesst nicht, Ihr tadelt Eure Waffen- und Glaubensbrüder. Und Ihr macht sie Euch nicht zu Freunden, wenn Ihr deren Taten als ehrlos und feige bezeichnet. Ich frage mich also», er lehnte sich vor, «auf wessen Seite Ihr wirklich kämpft.»

Diesmal war die Stille beklemmend, gefährlich, und Bernhard spürte, wie die Männer um ihn herum unruhig wurden, sich zusammenrotteten, murrten.

«Also, Bernhard von Markward, Getreuer des Herzogs von Schwaben! Auf wessen Seite kämpft Ihr?», wiederholte der König ungeduldig. «Auf meiner oder auf der meiner Feinde?»

Bernhard sah ihn an und entgegnete entschlossen: «Von jeher kämpfte ich auf der Seite Gottes! Und daran wird sich nichts ändern!»

Richard sah ihn beeindruckt an und lächelte. «Ich hoffe, Ihr könnt mit einer Waffe so gut umgehen wie mit Worten! Ich bin überzeugt, dass wir uns noch einmal begegnen werden!» Er wendete sein Pferd, wollte ihm die Sporen geben, um weiter zum Stadttor zu ziehen. Doch nochmals zügelte er den Hengst, wandte sich halb im Sattel um, blickte über das Meer aus Zelten, über die rastenden Ritter und Soldaten und sagte nachdenklich: «Gebt dem Mann Schwert und Rüstung! Wenn er schon für Gott kämpft, so kann er ebenso gut auch für uns kämpfen!» Seine Augen waren zu Schlitzen verengt, als er sich an Bernhard wandte: «So sollen sie beten! Wir greifen nach Sonnenaufgang an! Wenn Euer Gewissen so rein ist, wird Gott uns zum Sieg verhelfen!»

35

Auf dem Rücken ihres Kamels schaukelte Nasrin auf das Stadttor *Bab al-Faradsch* zu. Nun endlich hat die Karawane ihr Ziel erreicht und war, trotz den Beschwerlichkeiten der letzten Tage, heil vor Damaskus angekommen.

Schon von fern waren die Zinnen der Stadtmauer und die Türme der alten Zitadelle zu sehen, die neben dem *Bab al-Faradsch* aufragte. Doch ihr Anblick ließ Nasrin nicht hoffen, sondern erschaudern. Wieder musste sie an den düsteren Kerker denken, in dem ihr Vater vielleicht noch immer gefangen war oder – noch schlimmer – in dem er den Tod gefunden hatte. Sie fragte sich, welch schlimme Streiche das Schicksal ihr noch spielen würde. War El-Afdal rechtzeitig in Damaskus eingetroffen, um die drohende Hinrichtung des Emirs zu verhindern? Ein seltsames Gefühl beschlich sie und ließ sie nicht mehr los.

Neugierig lehnte sich Nasrin vor, hob den Vorhang der Sänfte hoch und lugte vorsichtig hinaus, als die Karawane vor dem Tor anhielt. Erst jetzt erkannte sie ihre wirkliche Größe. Ihr Ende war kaum auszumachen. Irgendwo im Dunst des Wüstenstaubes erahnte Nasrin das letzte Kamel, voll beladen mit edlen Waren und Gewürzen, die auf den Märkten der Stadt sicherlich einen beachtlichen Preis erzielen würden.

Von der Spitze der Karawane vernahm sie jetzt Rufe und entdeckte unter den Soldaten Salah ad-Dins, die den Angriff überlebt hatten, Yusuf Ibn Ameer Kardal, der sein Pferd am Zügel führte. Er hob neugierig den Kopf, als er einen anderen Soldaten bemerkte, der im Galopp auf ihn zuritt. Verärgert runzelte Nasrin die Stirn, als der Reiter nur einige Schritte vor Yusuf das Ross so grob zügelte, dass seine Hinterläufe beinahe einknickten.

Der Hauptmann und der Soldat unterhielten sich kurz, dann drehte sich Yusuf um und blickte in Nasrins Richtung. Rasch lehnte sie sich wieder zurück und hoffte, er hatte nicht bemerkt, dass sie ihn schon eine ganze Weile beobachtete. Ihr entging der aufgeregte Ausdruck in seinem Gesicht nicht und sie fragte sich, warum er so bestürzt war.

Sie wollte gerade den Vorhang wieder schließen, als sie einen Jungen, kaum älter als Yasid, bemerkte, der wohl zur Handelskarawane gehörte und nun von der Spitze zurückrannte. Sein weiter Kaftan flatterte um seinen dünnen Körper wie Flügel.

«Junge! Warte!», rief Nasrin ihm nach und augenblicklich blieb er stehen, suchte nach der Stimme, die ihn gerufen hat. Als er Nasrin entdeckte, trat er näher.

Sie lächelte ihn an. «Warum reiten wir nicht weiter in die Stadt?»

Der Junge sah sie erschrocken an, als sei sie ein Geist oder gar ein böser *Dschin*, der ihm erschien.

Erst jetzt fiel ihr ein, dass sie vergessen hat, ihr Gesicht mit dem *Khimaar* zu verhüllen. Allmächtiger, dachte sie, du bist doch noch ein Kind! Erbost sah sie ihn an und wiederholte ihre Frage, diesmal fordernder: «Warum halten wir an?»

Der Junge zuckte mit den Schultern. «Weil wir nicht durch das *Bab al-Faradsch* nach Damaskus einziehen können!»

Nasrin reckte den Hals und suchte nach dem Grund, der die Reisenden daran hindern sollte, doch sie konnte nichts erkennen.

«Und warum nicht?», hakte sie nach.

Der Junge kratzte sich mit seinen schmutzigen Fingern am Kopf. «Weil halb Damaskus sich vor dem *Bab* versammelt hat. Ein Hochverräter soll heute hingerichtet werden! Ein hoher Würdenträger! Niemand will sich das entgehen lassen!»

Siedendheiß überkam es Nasrin bei seinen Worten und obwohl ihr die Mittagshitze den Schweiß auf die Stirn trieb, war ihr jetzt eiskalt. Hatte El-Afdal es doch nicht rechtzeitig nach Damaskus geschafft? War auch er auf Christenritter gestoßen und hatte weniger Glück gehabt als ihre Karawane? Schaudernd erinnerte sie sich an das Unglück und im gleichen Augenblick überfiel sie tiefe Verzweiflung. Vielleicht waren El-Afdal und alle seine Begleiter im Kampf mit den Kreuzfahrern gefallen. Schwer atmend griff sie sich an die Stirn.

«Fühlt Ihr Euch nicht wohl?», fragte der Junge und sah sie besorgt an, als er ihr aschfahles Gesicht bemerkte.

«Weißt du vielleicht, wer hingerichtet werden soll?» Nasrin fasste sich wieder.

Der Junge schüttelte den Kopf. «Ich sagte doch, ein hoher Würdenträger! Wegen Hochverrats! Er wird wohl gevierteilt!»

Ein Karawanenführer pfiff und der Junge zuckte zusammen. «Ich muss jetzt wieder an die Arbeit!» Er rannte los, bevor sie ihn zurückhalten konnte.

Nasrin sah ihm nach und rang mit sich selbst. Mit ihrer Furcht und ihrer Verzweiflung. Angestrengt überlegte sie, welcher Tag heute war.

Welcher Tag? Allmächtiger, welcher Tag war es? War heute der siebte *Shaaban*?

Sie erstarrte. Ja, es war der siebte *Shaaban*. Der Tag, an dem ihr Vater, der ehrenwerte Emir Suleyman al-Dir hingerichtet werden sollte! Über ihren Rücken lief kalter Schweiß, sie fror, ihre Zähne klapperten, obwohl ihr Gesicht glühte. Nein, das durfte nicht sein! Das durfte Allah nicht zulassen! All die Anstrengungen der letzten Tage durften nicht umsonst gewesen sein!

Sie spürte, wie das Blut in ihren Schläfen hämmerte und es ihr bei jedem Herzschlag den Atem raubte. Sie sah wieder zu Yusuf Ibn Ameer Kardal, der noch immer mit dem Soldaten sprach. Als hätten die Männer ihre Blicke gespürt, wandten sie sich ihr zu. Erschrocken ließ sie den Vorhang fallen und sank in die Kissen zurück. Sie war den Tränen nahe, schlug die Hände vors Gesicht und ertrank in der Dunkelheit. Sollte wirklich alles vergebens gewesen sein?

Stimmen drangen zu ihr.

«Wir werden nicht warten, sondern durch das *Bab al-Salam* in die Stadt gelangen!», hörte sie einen der Karawanenführer rufen und kam wieder zu sich.

Ihr Herz raste noch immer und obwohl sie vor Verzweiflung keinen klaren Gedanken fassen konnte, eines wusste sie: Wenn ihr Vater schon sterben sollte, so wollte sie ihn wenigstens noch ein letztes Mal sehen.

Vorsichtig schob sie den Vorhang wieder beiseite.

Um den Hauptmann hatten sich noch mehr Soldaten versammelt. Sie redeten aufgeregt miteinander und schienen Nasrin inzwischen vergessen zu haben.

Sie dachte einen Moment lang nach: Von Yusuf Ibn Ameer Kardal konnte sie keine Hilfe erwarten. Er würde ihr ganz bestimmt verbieten, allein in die Stadt zu gehen und würde sie nicht mehr aus den Augen lassen. Doch gekleidet in ein prachtvolles, edles Seidenkleid und behängt mit kostbarem Schmuck, würde es ihr nicht gelingen, unbemerkt an ihm vorbei zu schlüpfen und nach Damaskus zu gelangen.

Jeder würde in ihr sofort die Tochter eines Emirs vermuten.

Allmächtiger, was sollte sie nur tun? Und wieder war ihr Allah wohlgesinnt: Aisha näherte sich ihr.

Ohne zu zögern, stieg Nasrin aus der Sänfte und glitt vom Kamel. Sie biss die Zähne zusammen, als ein stechender Schmerz durch ihren Knöchel fuhr. Vorsichtig sah sie sich um. Der Hauptmann und seine

Männer standen noch immer an der Spitze der Karawane, ihr den Rücken zugewandt.

Nasrin ballte die Hände zu Fäusten und so schnell es ging, schlich sie hinkend davon, um sich hinter dem Kamel zu verstecken.

«Aisha!», rief sie der Dienerin nach, die gerade an ihr vorbeilaufen wollte.

Die Sklavin blieb stehen, blickte zur Sänfte hoch, zuckte mit den Schultern, ging langsam um das Tier herum und blieb mit geöffnetem Mund stehen, als sie die Emirtochter entdeckte.

Nasrin packte sie rasch am Handgelenk und zog sie zu sich.

«He… He… Herrin!», stotterte Aisha. «Was macht Ihr…»

Mit einem Handwink schnitt Nasrin ihr das Wort ab. «Ich brauche deine Sachen, Aisha!»

«Wa... wa… was?»

«Wir müssen unsere Sachen tauschen!»

Aisha schüttelte den Kopf. «Ab… aber das geht nicht!»

«Natürlich geht das!», fauchte Nasrin, die sich kaum noch beherrschen konnte. Sie atmete tief durch und zwang sich zur Ruhe. «Aisha, ich brauche deine Hilfe! Ich muss nach Damaskus! Unerkannt und ohne dass jemand merkt, dass ich verschwunden bin!»

Aisha schüttelte erneut den Kopf. «Ihr könnt so etwas nicht tun! Ihr seid die Tochter eines Emirs! Geht Ihr ohne Begleitung nach Damaskus … Wer weiß, was Euch alles zustossen könnte, wer weiß, was alles… Und ich…»

«Darum brauche ich deine Sachen!», unterbrach Nasrin sie entschlossen. «Wenn man mich für eine einfache Dienerin hält, wird mich keiner behelligen! Und keiner wird Verdacht schöpfen!»

Aishas Augen weiteten sich vor Furcht. «Ich kann das nicht, Herrin, der Hauptmann…»

«Der wird überhaupt nichts merken! Du fährst statt meiner nach Damaskus!»

«Ich soll… ich soll als…», stotterte Aisha wieder. «Das kann ich nicht, das darf ich nicht! Was ist nur in Euch gefahren? Wenn Ihr in die Stadt gehen wollt, so seid Ihr doch kurz vor Eurem Ziel!»

Nasrin schluckte. Ihre Augen füllten sich mit Tränen. All ihre Kraft drohte sie zu verlassen, eine unheimlich Stille breitete sich in ihr aus und auch der Lärm der Karawane schien hinter einer mächtigen Mauer zu verschwinden.

«Ich habe dir in der Wüste geholfen, jetzt hilf du mir!», flüsterte sie, stockte und sah die Dienerin flehend an, bevor sie hinzufügte: «Bitte!»

Aisha blickte beschämt zu Boden. «Herrin, ich bin nur eine einfache Sklavin. Sie werden es merken, sie werden merken, dass ich nicht die Tochter eines Emirs bin und Ihr wisst, was dann mit mir geschieht. Verlangt das nicht von mir!»

«Sie werden gar nichts merken!», widersprach ihr Nasrin. «Wenn du meine Sachen trägst, dein Gesicht mit dem *Khimaar* verhüllst und schweigst, wirst du niemandem auffallen. Nur bis zum Abend, Aisha, und sollte doch jemand etwas merken, so nehme ich alles auf mich! Ich sage, ich habe es dir befohlen. Ich schwöre dir auf den Propheten, dass dir nichts geschieht und ich die Strafe für uns beide trage!»

Aisha sah sie lange schweigend an. Verunsichert und verängstigt kaute sie an ihren Lippen, sich dessen bewusst, dass sie in Nasrins Schuld stand. Der Emirtochter verdankte sie ihr Leben. Sie verstand Nasrins Verzweiflung, verstand ihren Schmerz.

«Ihr braucht nicht zu schwören», entgegnete sie und obwohl selbst vor Furcht erstarrt, begann sie, das Überkleid aufzuschnüren.

Als einfache Sklavin verkleidet, schlich Nasrin an Kamelen und Karren vorbei, hinunter zu den Ufern des Flusses *Barada.* Niemand beachtete sie. Trotzdem duckte sie sich und blieb für einen Augenblick stehen, als sie bemerkte, dass die Karawane aufbrach, um durch das *Bab al-Salam* in Damaskus einzuziehen. Nasrin blickte den Reisenden nach und wandte rasch den Kopf ab, als Yusuf Ibn Ameer Kardal sich auf sein Pferd schwang, ihm die Sporen gab und an ihr vorbeigaloppierte.

Sie wagte, kaum zu atmen, doch er beachtete sie nicht einmal. Erleichtert sah Nasrin ihm nach, sah, wie sich auch ihr Kamel mit einem Grunzen und einer Sklavin auf dem Rücken, die sich als Emirtochter ausgab, in Bewegung setzte.

Nasrin wusste nicht, was der Tag noch bringen würde, doch sie hoffte, sie würde das Versprechen, das sie Aisha gegeben hatte, halten können.

Rasch wandte sie sich ab und den Strom der Massen zum *Bab al-Faradsch* folgend, tauchte sie in der Menge unter.

Von ihren Gefühlen hin und her gerissen, lief sie weiter. Ein einziger Gedanke kreiste in ihrem Kopf. Hat Allah das Haus al-Dir verlassen, weil sie einen Christen liebte? War das ihre Schuld? War das die Strafe, die ihr der Allmächtige auferlegt hatte?

Der Menschenstrom zog sie mit und sie fühlte sich wie ein Blatt, dass von der Strömung des Flusses zu der Zitadelle getrieben wurde. Die Gesichter der Menschen kamen ihr wie Fratzen der Dämonen vor. Ihre beißenden Spottworte verletzten sie wie die Schläge einer Peitsche.

«Verfluchter Verräter!», riefen sie.

«Ihn zu vierteilen ist zu wenig!»

«Kocht ihn in siedendem Öl!», forderten andere.

Nasrin ließ sich willenlos weitertreiben, irgendwohin. Selbst wenn sie es gewollt hätte, sie konnte jetzt nicht mehr umkehren.

Sie kam dem großen Platz vor der Zitadelle immer näher und schmerzhafte Erinnerungen holten sie wieder ein: Hier war sie schon einmal gewesen. Damals, vor langer Zeit, als sie Bernhard im Kerker aufgesucht hatte. Damals war der Platz leer, dunkel und düster gewesen. Es schien ihr eine Ewigkeit her zu sein. Der Christ! Bernhard! Wie sehr sehnte sie sich nun nach ihm, nach seiner Nähe, nach seinen tröstenden Worten, nach seiner Umarmung, die ihr Hoffnung gaben. Hoffnung, die nun erstarb.

Alles schien vergebens gewesen zu sein. Alles, worum sie sich bemüht hatte. Alles, wofür sie gekämpft hatte. Alles, was sie aufgegeben hatte. Alles!

Nun glich der Platz einem Hornissennest. Die Massen hatten sich hier versammelt, als würde bald der Prophet zu ihnen sprechen. Das Summen und Dröhnen unzähliger Stimmen schmerzte in den Ohren und Nasrin erinnerte sich plötzlich daran, dass ihr Vater oft über seine Reise nach Mekka erzählt hatte, wo die Gläubigen die *Kabbah* umrundeten, dicht aneinandergepresst.

Doch dies war kein geweihter Ort. Und es waren keine Pilger, die sich hier drängten, um an der hölzernen Empore einen Platz zu ergattern. Sie wurde errichtet, damit alle etwas sehen konnten. Die Menge schob sich nach vorne und nahm Nasrin mit sich. Streit um die vordersten Plätze entbrannte, die Menschen stießen sich beiseite, schrien sich an – der Höhepunkt des Tages nahte heran.

Grenzenlose Verzweiflung bemächtigte sich Nasrin. Sie presste die Hände auf die Brust, um den dumpfen Schmerz zu unterdrücken und es schauderte sie, als die Umstehenden den Schergen mit einem ohrenbetäubenden Getöse begrüßten. Er schritt über die Empore, prüfte sein Henkerswerkzeug und blickte grimmig in die Runde. Nicht mehr lange, und das Urteil würde vollstreckt werden.

Nasrin konnte die Tränen nicht mehr zurückhalten.

«Verschwinde, Sklavin! Du hast hier nichts zu suchen, dein Platz ist dort hinten!» Ein Mann packte sie grob am Arm und versetzte ihr einen Stoß.

Widerstandslos ließ es Nasrin zu, nickte verwirrt und verängstigt und gehorchte. Zitternd bahnte sie sich den Weg durch die Menge. Sie konnte nicht zusehen. Sie konnte nicht zusehen, wie ihr Vater hingerichtet würde, ehrlos wie ein gemeiner Dieb, weil sie versagt hatte.

Ihr Atem stockte und sie wünschte, zu sterben. Ein Abgrund tat sich in ihrer Seele auf, ein Abgrund, einem Höllenschlund gleich. Sie wollte wegrennen, davonlaufen. Aber wohin? Wohin bloß?

Sie erreichte das Ende des Platzes und blieb mit hängenden Schultern unschlüssig stehen. Sie fühlte sich allein und verlassen, so wie noch nie zuvor.

Von fern drangen Stimmen zu ihr und eine schien sogar ihren Namen zu rufen: «Nasrin? Nasrin!»

Mit dem Handrücken wusch sie sich die Tränen aus den Augen. Das kann nicht sein!, dachte sie. Das ist nur eine Einbildung, so wie eine Fata Morgana, welche die Karawanen ins Verderben führt. Ich fantasiere nur! Keiner weiß, dass ich da bin! Keiner hier kennt mich! Vielleicht verfalle ich einem Wahn …

«Nasrin!», rief wieder jemand. «Nasrin!»

Nun drehte sie sich um und blickte in die Richtung, wo sie den Rufenden vermutete. Nur einige Schritte von ihr entfernt, machte sie eine Gestalt aus. Eine Gestalt, die sie nie mehr zu sehen glaubte: einen Jungen.

Nasrin versteinerte.

«Yasid», hauchte sie. «Yasid! Yasid!», schrie sie.

Sie rannte los. Drängte sich zwischen den Menschen hindurch, stieß mit ihnen zusammen, stolperte und rannte weiter.

Und immer wieder rief sie seinen Namen: «Yasid! Yasid!»

Als sie ihn endlich erreichte, fiel sie vor ihm auf die Knie, umarmte ihn, streichelte ihn, hielt ihn an seinen schmächtigen Schultern fest und konnte noch immer nicht glauben, dass er es war. «Geht es dir gut, Yasid? Ist dir nichts geschehen?», fragte sie unter Tränen und ihre Stimme versagte, war nur noch ein Flüstern.

«Mir fehlt nichts, wirklich, mir geht es gut! Aber du, Nasrin! Wir dachten, du wärst tot!», sprudelte es aus Yasid heraus und er schlang seine

Arme um ihren Hals. «Du siehst so anders aus, so...» Er biss sich auf die Lippen und lächelte sie verlegen an.

Nasrin lächelte zurück, drückte ihn an sich, überglücklich, ihn wieder zu sehen.

«Ludivine und Jehan haben sich um mich gekümmert», fuhr Yasid fort und gestikulierte, als wolle er jedes Wort, das er sagte, nochmals unterstreichen. «Wir hatten Zuflucht bei anderen Christen gefunden, aber um dich und um den *Kafir* haben wir uns Sorgen gemacht! Als Jehan ohne dich zurückkehrte, dachten wir, ihr seid von den Stadtwachen gefasst worden oder gar tot! Jehan hat ganz Damaskus nach dir abgesucht und auch die anderen Christen versuchten, etwas in Erfahrung zu bringen, aber keiner wusste Bescheid. Bis Ludivine auf dem Markt ein Gespräch von zwei Soldaten belauschte. Sie erzählten von zwei Christen, die in der Nacht der *Gaziya* durch das *Bab al-Shagri* flohen. Die Soldaten gaben die Verfolgung auf, überzeugt davon, dass die Flüchtenden in der Wüste nicht überleben würden. Wir wussten gleich, dass ihr diese zwei sein musstet!»

Nasrin schluckte, nickte betrübt und zog sich den Schal wieder über den Kopf. «Es hätte nicht viel gefehlt und unsere Flucht hätte tödlich geendet. Und wäre uns Allah nicht beigestanden ...»

«Und der *Kafir*? Der Christ?», fragte Yasid neugierig und sah sich um, nach Bernhard suchend.

Nasrin schüttelte traurig den Kopf. «Er ist fort! Er wird nicht mehr zurückkommen. Unsere Wege trennten sich in Akkon. Aber das ist unwichtig. Alles war umsonst. Ich habe es nicht geschafft, Vater...» Vom Weinkrampf geschüttelt, versagte ihr die Stimme.

Yasid sah sie fragend an. «Nasrin, was ist denn los? Warum weinst du so? Bist du nicht glücklich, mich wieder zu sehen?» Er streichelte mit seiner kleinen Hand zärtlich über ihre Wange.

«Ich bin so unendlich glücklich, dich zu sehen, Yasid», schluchzte sie, «aber Vater... Unser Vater...»

«Was ist mit Vater? Was ist geschehen? Er war doch gerade noch hier!» Nun war auch Yasid den Tränen nahe.

«Was? Was sagst du da?» Nasrin ließ ihren Bruder los und sprang auf.

«Er war gerade noch da», erklärte Yasid und sah sich besorgt um. «Vater war da und...»

«Euer Vater ist da!», unterbrach ihn eine Stimme, die Nasrin vor Glück trunken machte. Sie wagte kaum, sich umzudrehen. Wenn das nur ein Traum war, wollte sie ihn endlos träumen, wollte aus ihm gar nicht erwachen.

«Nasrin!» Die Stimme kam näher.

Endlich fasste sie allen Mut, wandte sich um und glaubte sich im gleichen Augenblick einer Ohnmacht nahe. Es war kein Traum, es war kein Trugbild: Vor ihr stand wirklich ihr Vater.

Nasrin weinte und lachte zugleich. «Vater!», flüsterte sie mit bebenden Lippen.

Alle Last und alle Verzweiflung fielen von ihr ab. Sie sah ihn liebevoll an, unfähig, sich zu rühren, doch dann stürmte sie auf ihn zu, warf sich in seine Arme und nach all der langen Zeit der Angst, nach all den Tränen der Verzweiflung weinte sie nun vor Freude und Glück.

«Ich dachte, ich sei zu spät gekommen!» Sie drückte ihr Gesicht an Suleymans Brust. «Ich dachte, alles sei umsonst gewesen!»

Ihr Vater strich ihr sanft übers Haar. «Auch ich hatte die Hoffnung schon aufgegeben, dich je wiederzusehen. Aber Allah hat uns alle gerettet!»

«Aber wie?»

Suleyman nahm ihr tränenüberströmtes Gesicht in beide Hände und sah sie lange, warmherzig an, als hätte er sie noch nie gesehen. «El-Afdal kam vor zwei Tagen in Damaskus an», erklärte er ruhig. «Er hatte sofort den *Qadi* aufgesucht und meine Freilassung gefordert. Er drohte ihm, ihn würde das gleiche Schicksal ereilen wie seinen verräterischen Vetter, sollte er dem Befehl des Sultans nicht nachkommen. Aus Angst vor Salah ad-Din ließ mich der *Qadi* sofort frei. Danach befahl er, Bassam Kadins *Bait* zu stürmen und den Wesir zu verhaften.» Er stockte, als er merkte, dass sie noch immer weinte und wusch ihr mit dem Daumen die Tränen von den Wangen. «Heute erhält Bassam Kadin den gerechten Lohn für seinen Verrat, Nasrin. Und das verdanken wir nur dir und deinem Mut!» Er lächelte sie dankbar an.

Beschämt senkte sie den Blick. Sie konnte Suleyman nicht ansehen. «Bitte sei nicht zornig, Vater!», begann sie schüchtern und suchte nach den richtigen Worten. «Aber das war…»

«Worüber soll ich zornig sein?», unterbrach er sie. «Über deinen Mut? Über deine Furchtlosigkeit? Darüber, dass du all die Schwierigkeiten auf dich genommen hast, um zu Salah ad-Din zu gelangen?» Er sah ihr tief in die Augen. «Ich wäre ein schlechter Vater, wenn ich meiner Tochter wegen eines solchen Mutes zürnen würde. Einer Tochter, die das Herz einer Löwin hat!»

«Es war nicht nur mein Mut, Vater. Wäre Bern'ard nicht gewesen, hätte ich nicht gewusst, was ich machen soll, wohin ich gehen soll, wie ich zum Sultan gelangen soll.»

«Bern'ard?» Suleyman runzelte die Stirn.

«Der Christ», erklärte Nasrin und klang auf einmal wieder traurig.

«Du nennst diesen Ungläubigen bei seinem Namen?»

«Er heißt Bern'ard von Markward, Vater, und verzeih mir, wenn ich ihn ‚mein Retter' nenne», entgegnete sie leise und verbesserte sich gleich: «Unser Retter.»

Suleyman hob besorgt die Augenbrauen. «Nasrin, du bist Jamal al-Aziz versprochen und…»

«Keinen Wimpernschlag lang habe ich dies vergessen», fiel sie ihm ins Wort, «und keinen Wimpernschlag lang hat sich der Christ unehrenhaft mir gegenüber benommen. Nichts ist während unserer Reise geschehen, was dich zwingen sollte, dein und mein Versprechen dem Hauptmann gegenüber zu lösen.»

Der Emir musterte sie nachdenklich. «Allah hat gesehen, was auf dieser Reise geschehen ist und was nicht, Nasrin», bemerkte er schließlich. «Er hilft denen, die gerecht und reinen Herzens sind. Und er hat euch sicher nach Akkon geführt. Du brauchst nichts zu erklären!»

Sie sah ihn lange dankbar an und auch in Suleymans gutmütigen Gesichtszügen lag unendliche Erleichterung.

«Das *Kismet* war unserem *Bait* nicht wohlgesinnt», sagte er und in seinen Augen lag ein strahlender Glanz, «aber trotzdem danke ich Allah dafür, dass er meinen Sohn und meine Tochter behütet hat!»

Nasrin schwieg, legte den Kopf wieder auf die Brust ihres Vaters und für einige kurze Augenblicke glaubte sie sich wieder in der Zeit zurück, als ihr *Bait* noch stand und sie so glücklich war. Sie glaubte gar, den Duft des Jasmins zu riechen, den Gesang der Vögel im Garten, die Stimme der Dienerschaft im Haus und das Gekicher der Sklavinnen zu hören. Als Unruhe auf der Empore aufkam, hob sie wieder den Blick und wandte sich um. Mit einem Mal wurde sie in die Wirklichkeit zurückgebracht. Sie war nicht im *Bait*, sie stand noch immer vor der Zitadelle.

Schaulustige drängten nach vorne, als die Stadtwachen zehn an den Händen gefesselte Männer zum Henkersblock zerrten.

«Das sind die Verräter, die unser Haus niederbrannten!», erzürnte sich Yasid und Nasrin sah ihn zitternd an.

Spottrufe ertönten, laute Flüche erfüllten den Platz. Der Henker schärfte sein mächtiges Schwert, während die Verurteilten wie Vieh auf die Schlachtbank getrieben wurden. Man befahl ihnen, niederzuknien und sie gehorchten. Nur einer der verräterischen Stadtwachen wehrte sich, blieb erhobenen Hauptes stehen, bis der Henker ihm in die Kniekehle trat und er endlich auf die Knie fiel.

Nasrin erkannte den Verurteilen sofort und sah ihren Vater an. Doch in Suleymans Gesicht regte sich nichts beim Anblick des Mannes, der versucht hatte, ihn zu ermorden – des von Bassam Kadin eingesetzten Hauptmanns.

Die Rufe verstummten plötzlich und eine unheimliche Stille breitete sich aus, sogar die Gefangenen wandten sich um.

Mit starrer Miene trat Bassam Kadin die Stufen zum Schafott hinauf, als wäre all dies nur ein Spiel. Er sollte als letzter hingerichtet werden, er sollte all die anderen vor ihm sterben sehen, ehe er selbst vor das Tor der Hölle trat. Trotzdem zeigte er keine Reue und benahm sich, als sei er noch immer der Wesir von Damaskus.

«Vierteilt ihn!», rief plötzlich eine einzelne Stimme und zerriss das bleierne, spannungsgeladene Schweigen. «Vierteilt ihn!»

«Reißt ihn in Stücke!», keifte ein Anderer und immer mehrere stimmten mit ein, forderten den Tod des Wesirs. Der Lärm schwoll wieder an. Nasrin schauderte bei dem Gedanken, dieses Los hätte beinahe ihren Vater ereilt.

Als hätte Suleyman ihre Gedanken gelesen, wandte er sich ihr zu und meinte besorgt: «Das ist nichts für deine schönen Augen, Tochter. Belaste deine Erinnerungen nicht mit diesem Anblick. Geh, bitte, sieh es dir nicht an! Warte auf mich und Yasid am *Bab al-Salam.*»

Nasrin zögerte. Um keine Preis wollte sie ihren Vater verlassen. Sie fürchtete noch immer, ihn wieder zu verlieren, doch schließlich gehorchte sie und verließ den Platz.

Als sie in eine der unzähligen Straßen einbog, die von der Zitadelle wegführten, erscholl ein unglaublicher Jubel und sie wusste, dass der erste Verräter geköpft wurde. Schon bald würde der nächste hingerichtet werden.

Sie drehte sich nicht um, blieb nicht stehen, lief weiter, irrte durch die Straßen, fort von der Zitadelle, fort von den lärmenden Menschen. Auch fort von ihrem Vater und Yasid.

Wie lange sie durch die Straßen lief, wusste sie nicht. Sie merkte auch nicht, dass sie den Weg zum *Bab al-Salaam* verfehlte und nun an der prächtigen Umayyaden Moschee vorbei schritt. Immer weiter und weiter irrte sie durch Damaskus. Ihre Füße trugen sie einfach fort, lenkten ihre Schritte.

Die Straßen waren wie leergefegt. Alle Einwohner der Stadt schienen sich am Richtplatz versammelt zu haben und Nasrin war froh, sich das abscheuliche Schauspiel, das dort stattfand, nicht ansehen zu müssen. Obwohl sie unendlichen Hass gegen Bassam Kadin hegte, fühlte sie sich nicht erleichtert, ihn schon bald tot zu wissen. Ihr Glück darüber, dass sie ihren Vater und Yasid wieder gefunden hatte, wurde vom Gefühl einer endlosen Leere getrübt. Denn ein Teil von ihr war vor Akkon gestorben. Bassam Kadin hat ihr fast alles geraubt, ihre Familie, ihr Heim, ihre Liebe und ihre Freiheit. Sein Tod konnte den unendlichen Schmerz, den er ihr zugefügt hat, nicht sühnen.

Nasrin blieb stehen und blickte sich verwundert um. Wie von selbst haben sie ihre Füße durch die Straßen von Damaskus getragen, zu dem einzigen Ort, den sie sogar dann finden würde, wenn ihr Allah das Augenlicht nähme – zum *Bait al-Dir.*

Für einen kurzen Moment glaubte sie gar, den prächtigen Palast von einst zu sehen. Doch das Bild, das sich ihr in Wirklichkeit bot, drohte ihr das Herz zu zerreißen. Vor ihr ragten nur noch die vom Feuer geschwärzten Mauern auf – die Ruinen des ehrenwerten alten Hauses, die Trümmer ihres vorherigen Lebens.

Obwohl sie die Straße so oft gesehen hatte, kam sie ihr nun fremd vor. Das Feuer, gefräßig und unersättlich, hatte beinahe alle umstehenden Häuser vernichtet. Um seinen gemeinen Anschlag auf den *Bait al-Dir* durchführen zu können, hatte Bassam Kadin den Tod der unschuldigen Bewohner in Kauf genommen.

Kaum ein Stein lag noch auf dem anderen, beinahe alles war eingestürzt. Nur die Stallungen waren fast unversehrt geblieben.

Nasrin näherte sich ihnen. Das mächtige, mit Eisen beschlagene Tor war aus den Angeln gehoben worden und versperrte den Eingang. Nur ein schmaler Spalt, gerade einmal breit genug für eine schlanke Frau, war frei.

Sie stockte, als sie Geräusche vernahm. Langsam trat sie auf das Tor zu und von Furcht und Neugier zugleich angetrieben, lugte sie vorsichtig durch den Spalt. Waren da vielleicht noch immer Plünderer am Werk? Oder hat sich jemand in den Ruinen des Palastes eingenistet?

Obwohl sie sich fürchtete, schlüpfte Nasrin durch den Spalt.

Mildes Dämmerlicht umfing sie, als sie die leeren Stallungen betrat. Die Stille war unheimlich. Kein Schnauben der Pferde mehr, kein Wiehern der Stuten, kein Stampfen der Rosse.

Einige Dachziegel fehlten. Durch die Lücken fielen vereinzelte Sonnenstrahlen und tänzelten über den Boden, auf dem nun Stroh lag. Nasrin blickte zum Tor. Vielleicht sollte sie wieder gehen, was suchte sie noch hier? Alles war vernichtet worden, alles verloren, alles verwüstet und das Wenige, was vielleicht den Flammen nicht zum Opfer gefallen war, war sicher schon längst gestohlen und auf den Märkten verkauft worden.

Dennoch schlich sie weiter, zum hinteren Teil des Stalles, dorthin, wo einst die prächtigen Stuten des Emirs standen. Auch hier war es leer und still und sie blieb stehen, als sie an einem Unterstand vorbeiging, in dem sich unzähliger Unrat auftürmte. Wehmütig blickte sie auf die leere Stelle und Erinnerungen wurden wach. Erinnerungen an einen Ungläubigen, an einen Barbaren, den man zu ihnen gebracht hatte und den sie zuerst so sehr gefürchtet hatte. Hier hatte er gehaust, hier hatte er ihr das Herz gestohlen und hier hatte er sie davor bewahrt, entehrt zu werden. Bern'ard! Wo mochte er wohl sein? Wie ging es ihm? Was tat er gerade jetzt? Sie umgriff ihre Oberarme, als sei ihr plötzlich kalt.

Verzweifelt wandte sie sich ab und fuhr erschrocken herum. Da war es wieder, dieses Geräusch. Diesmal lauter, deutlicher. Nun war sie überzeugt, dass sie nicht allein war und die Angst schnürte ihr die Kehle zu. Sie musste zum hinteren Tor gelangen, das in den inneren Bereich des *Bait* führte, in den Innenhof und den inneren Garten, der ihr so vertraut gewesen war. Mit angehaltenem Atem schlich sie langsam weiter.

Das Tor stand weit offen und das gleißende Licht der Mittagssonne floss über die steinernen Pflaster, legte sich über die verlassenen Pferdestände. Je weiter sie ging, desto deutlicher drang ein anderer Geruch als jener von kaltem Rauch und verbranntem Holz zu ihr: der unverkennbare Duft, den die Sandelholzsäckchen verströmten, die noch immer im Gebälk hingen. Wehmut beschlich Nasrin und sie musste sich zwingen, weiterzulaufen.

Sie blinzelte, als sie endlich ins Freie trat. Das grelle Tageslicht blendete sie und sie rieb sich mit beiden Händen die Augen

Der Anblick, der sich ihr bot, verschlug ihr den Atem: Der einst so friedliche und so liebevoll gepflegte Garten des *Bait* war verwüstet. Die Palmen, die Beete, die Blumen, die Sträucher und sogar die Brunnen – alles war vernichtet worden. Wie die gefräßigen Flammen loderten die grausamen Bilder der Zerstörung in ihrem Gedächtnis wieder auf: die Diener, die kopflos durch das Haus rannten, das Feuer zu löschen versuchten und Opfer der Soldaten wurden. Sie hörte ihre Schreie, ihre verzweifelten Hilferufe und sie sah Fatimah leblos auf dem Boden liegen. Plötzlich kam es ihr vor, als sei all dies erst gestern geschehen und sie zitterte wieder am ganzen Körper, so wie damals. Alle waren tot. Alle, die ihr lieb waren.

Ihre Blicke wanderten durch den Innenhof in der Hoffnung, irgendwo doch noch eine Spur des verlorenen Paradieses zu finden. Doch nichts erinnerte mehr an die sorglose, glückliche Zeit, die sie mal hier verbrachte. Stattdessen entdeckte sie plötzlich etwas anderes und sie stockte: eine Gestalt, in alten Lumpen gehüllt, die durch den Garten huschte, als könnte sie sich nicht entschließen, wohin sie gehen sollte.

Nasrin versteinerte. Verzweifelt sah sie sich nach einem Versteck um und duckte sich schließlich hinter einer Hecke. Der Unbekannte kam näher, war nur noch zwei, drei Schritte von ihr entfernt. Gleich würde er sie entdecken. Er musste bereits ihr Herz schlagen hören, so laut hämmert es in ihrer Brust!

Nasrin schloss die Augen. Als sie sie wieder öffnete, stand die Gestalt, ihr den Rücken zugewandt, zum Greifen nah, vor ihr. Der Umhang, in den sie vorher noch verhüllt war, rutschte ihr vom Kopf auf die Schultern und Nasrin erkannte, dass es eine Frau war.

«Was machst du hier?», rief sie der Fremden zu.

Die Frau zuckte erschrocken zusammen und rannte los.

Nasrin eilte ihr hinterher. Niemand sollte den edlen *Bait* al-Dir nach all dem Unglück auch noch entehren! Niemand! Und erst recht keine gemeine Diebin!

«Bleib stehen!», forderte Nasrin die Flüchtende auf. Sie hatte sie beinahe eingeholt, griff nach ihrem flatternden Umhang, verfehlte ihn aber. Schließlich bekam sie ihre Hand zu fassen, riss die Fremde entschlossen herum und stockte. «Asiya!»

Asiya sah sie mit verweinten Augen an, schien sie zunächst gar nicht wahrzunehmen. Ihr Gesicht war vor Furcht verzerrt. Erst nach einer Weile schluchzte sie los. «Naia, Herrin! Ich habe Allah angefleht, dass Ihr noch lebt und dass ich Euch hier in Eurem Haus noch finde! Es ist alles meine Schuld! Es ist alles meine Schuld! Alles!» Verzweifelt fiel sie auf die Knie, verbarg das Gesicht in den Händen.

Nasrin fasste sich wieder, kauerte sich neben sie, strich ihr behutsam über die mageren Schultern. «Was redest du da? Und was machst du hier?»

«Ich habe Allah angefleht, dass Ihr noch lebt, glaubt mir!», wiederholte Asiya, anstatt ihre Fragen zu beantworten. «Alles ist nur meine Schuld!»

Nasrin schüttelte den Kopf. «Wovon redest du nur? Nichts ist deine Schuld!»

Asiya sah beschämt auf. «Doch, es ist meine Schuld! Weil ich nicht geschwiegen hatte, als der Hauptmann Euren Schmuck bei mir fand und mir drohte, mich einzusperren, wenn ich ihm nicht sage, woher ich das Geschmeide habe!» Die Tränen erstickten beinahe ihre Stimme. «Ich habe ihm alles erzählt, ich habe alles verraten! Vergebt mir, Herrin, vergebt mir!» Entmutigt sank sie in Nasrins Schoß.

Nasrin seufzte, streichelte ihr sanft über den Rücken. «Asiya, was du Jamal auch gesagt hast, es hat nichts mit dem Unglück zu tun, das uns alle ereilte! Alles musste so kommen, wie es kam. Gleich, was nun geschieht, du bist nicht schuld», versuchte Nasrin sie zu beruhigen und ihre eigenen Tränen zurückzuhalten. «Wir müssen unser *Kismet* annehmen. Es war uns allen vorbestimmt, dass unser Leben sich ändern wird.»

Schluchzend hob Asiya den Kopf, wagte kaum, Nasrin anzublicken. «Heißt dass, Ihr und der Hauptmann werdet nun nicht heiraten?»

Nasrin presste die Lippen zusammen. Nun war sie es, die den Blicken der Dienerin auswich. Sie erinnerte sich daran, was Bernhard ihr in der Wüste prophezeit hatte. Jetzt, da ihr Vater gerettet war und Jamal eines Tages nach Damaskus zurückkommt, würde sie ihr Versprechen einlösen müssen.

«Doch», flüsterte sie mit erstickter Stimme. «Wenn er aus dem Krieg zurückkehrt, werde ich seine Frau! Daran hat sich nichts geändert.»

Eine lange bleierne Stille legte sich über sie und über den *Bait*. Asiya durchbrach sie mit Tränen in den Augen: «Wenn es so ist, dann möge Euch Allah beistehen!»

36

Obwohl es erst Vormittag war, brannte die Sonne bereits unbarmherzig auf die Ebene von Arsuf und heizte sie wie einen Glutofen auf. Die unzähligen Helme, Rüstungen und Waffen funkelten und glänzten in ihrem gleißenden Licht. Sie glichen einem Meer aus Metall, in dessen Wellen sich die Sonnenstrahlen spiegelten.

Richard Löwenherz hatte Wort gehalten und gewartet, bis die Muslime ihr Gebet beendet hatten. Nun standen sich die beiden mächtigen Heere gegenüber, bereit, Tod und Verderben in die Reihen des Feindes zu säen.

Bernhard, den Fußtruppen zugeteilt, umfasste entschlossen den Griff des Schwertes. Er beachtete die Priester nicht, die, Kreuze schlagend und Gebete murmelnd, an den beinahe endlosen Reihen von Rittern und Soldaten vorbeizogen, um jene, die auf dem Schlachtfeld fallen würden, zu segnen und ihnen schon jetzt die Sünden zu vergeben. Er blickte sich um und zu seiner linken Seite, in einem Wald aus flatternden Bannern und Fahnen, entdeckte er Richard Löwenherz, in voller Rüstung und mit entschlossenen Gesichtszügen. Neben dem König warteten seine engsten Getreuen und die schwer gepanzerten englischen und normannischen Ritter – in ihrer Mitte die gefürchteten Bogen- und Armbrustschützen – auf den Beginn der Schlacht.

Ungeduld und Anspannung lagen über der Ebene, waren fast greifbar.

Salah ad-Dins Truppen setzten sich als Erste langsam in Bewegung, vorerst nur als ein dunkler Streifen am Horizont wahrnehmbar. Anfangs kaum merklich, aber immer spürbarer, begann der Boden zu zittern, wurde das Trommeln von Pferdehufen lauter und heftiger. So heftig, dass kleine Steine zu Bernhards Füßen über den Staub wanderten, als würde eine unsichtbare und doch mächtige Kraft sie bewegen.

Während der Soldat neben ihm schwer atmend auf die Angreifer starrte, umschloss Bernhard das Schwert noch fester, hob kampfbereit den Schild. Er dachte an Nasrin, hoffte und betete, sein Wunsch möge in Erfüllung gehen: Er, er suchte nur nach einem einzigen, er wollte nur einen einzigen Mann treffen. Einen einzigen: Jamal al-Aziz. Auch wenn beinahe einhunderttausend Mann einander hier vor Arsuf gegenüberstanden und gleich aufeinanderprallen würden.

Das Donnern der Hufe wurde nun immer lauter, die jetzt rasch näher kommende Staubwolke immer bedrohlicher. Schnell rückten die Sarazenen vor und schon bald schienen sie förmlich über die Ebene zu fliegen. Es war Salah ad-Dins leichte Reiterei und auch wenn sie kaum gepanzert war, so durfte sie nicht unterschätzt werden: Wendig, gefürchtet wegen ihrer Geschicklichkeit, mit Pfeil und Bogen oder der Armbrust umzugehen, konnte kaum einer ihren tödlichen Geschossen ausweichen.

Bernhard schluckte unmerklich, als er bemerkte, mit welcher Entschlossenheit sie auf die Reihen der Templer zuhielten, die zusammen mit den Johannitern die rechte Flanke des christlichen Heeres bildeten.

Noch wartete Richard ab, ließ die Reiter der Sarazenen herankommen, die jetzt ihre ersten Pfeile abschossen. Ein gefährliches, unheimliches Surren erfüllte die Luft. Bernhard duckte sich, den Schild über sich haltend. Im gleichen Augenblick prasselten, wie ein Hagelschlag, die Pfeile herab. Der Mann neben ihm fiel zu Boden. Soldaten schrien auf, sanken verwundet oder gar tot in den Staub, während andere sich hastig bekreuzigten und wieder in Stellung gingen.

Bernhard runzelte die Stirn. Worauf wartete Richard bloß? Unruhe ergriff die Reihen des Christenheeres, Anspannung und Angst zeichneten die Gesichtszüge. Wieder schwirrten Pfeile durch die Luft, wieder stürzten Männer zu Boden. Pferde wurden unruhig, wieherten, begannen zu scharren.

Richard zog sein Schwert aus der Scheide und endlich gab er das Zeichen zum Gegenangriff. Die Templer preschten los, trieben ihre schweren Rosse an, stürzten sich mit Glaubenseifer in die Schlacht und bald wurde das Zischen der Pfeile vom Klirren der Schwerter abgelöst.

Jetzt schickte Salah ad-Din die Fußtruppen los; sie sollten die leichte Reiterei unterstützen, die schwere hielt der Sultan noch zurück. Bernhard erschien die Schlacht wie ein Schachspiel mit lebendigen Figuren auf einem unsichtbaren Brett ohne Felder. Einer tat den ersten Zug, der andere überlegte, tat seinen Zug. Die Fußtruppen waren Salah ad-Dins Bauern. Nun schickte Richard Ritter weiterer christlicher Orden und einen Teil seiner Fußtruppen in die Schlacht. Sie, seine Türme, Läufer, Pferde oder Bauern, sollten in diesem Spiel die Templer unterstützen.

Auch Bernhards Einheit setzte sich in Bewegung, geriet in den Sog der Schlacht, in den Sog schreiender, rennender, reitender, vorwärts stürmender Krieger und so stürzte sich auch der Ritter, der einst dem Herzog von Schwaben die Treue geschworen hatte, ins Gefecht, von einem einzigen Ziel angetrieben.

Pferde, Ritter, Reiter, Fußsoldaten prallten aufeinander, verkeilten sich; Helme, Waffen, Schilder, Rüstungen klirrten, Schlachtrufe hallten über die Ebene. Erde spritzte hoch, Blut tropfte auf Waffenröcke, tränkte den Sand; Staub erfüllte die Luft, verhüllte die Heere und ihre Krieger, machte sie zu Schatten, die aufeinander einstachen, einschlugen, sich durchbohrten, Köpfe und Glieder abtrennten. Klingen hämmerten aufeinander, spalteten Helme, Lanzen brachen, Morgensterne krachten auf Rüstungen, schlugen Körper zu Brei, verbogen Schilder. Pferde stolperten, gepanzerte Ritter stürzten nieder, Soldaten wurden zertrampelt.

Und sie blieben liegen. Verwundet, ohnmächtig, tot. Blutüberströmt. Mit traurigen Gesichtern, mit lächelnden. Mit überraschten, schmerzverzerrten. Mit verwirrten. Mit entstellten Gesichtern, die keine Gesichter mehr waren.

Sarazenensäbel kreuzten sich mit Christenschwertern.

Es war ein war einziges Ringen, Kämpfen, Töten, Sterben.

Ein einziges Schreien, Rufen, Stöhnen und Weinen.

Und Bernhard wusste, es hatte alles erst begonnen.

Mit hasserfüllter Miene und mit erhobenem Krummschwert hielt bereits ein Reiter genau auf ihn zu. Bernhard rührte sich nicht, wartete ab, nahm das Getümmel und den Lärm um sich nicht wahr. Er wartete noch immer, während der Sarazene in gestrecktem Galopp näher kam. Erst im letzten Augenblick, als der Angreifer auf seiner Höhe war, riss Bernhard den Schild hoch und wehrte den todbringenden Hieb ab. Die Klinge glitt mit einem kratzenden Geräusch über das Metall. Die Wucht des Schlages ließ ihn taumeln, doch er fasste sich wieder und suchte nach dem Reiter, der bereits das Pferd zügelte und rasch wendete.

Plötzlich schwoll der Lärm unheimlich an, machte beinahe taub, vermischte sich mit dem Aufschrei aus Tausenden von Kehlen: Salah ad-Dins Fußtruppen ergossen sich in die Schlacht, blieben in den Knäueln Kämpfender hängen, verschmolzen mit dem christlichen Heer.

Bernhard wirbelte herum, als ein Soldat auf ihn zustürmte. Ein kurzer, erbitterter Kampf entbrannte; der Krieger wehrte sich tapfer und focht geschickt. Aus den Augenwinkeln sah Bernhard den Reiter näherkommen, das Krummschwert zu einem Schlag erhoben. Im letzten Augenblick konnte er seinem Hieb ausweichen und gleichzeitig den Angriff des Fußsoldaten abwehren. Trotzdem traf die Klinge seines Schwertes

Bernhards Handrücken. Der Schmerz brannte wie Feuer und die Waffe entglitt ihm. Als sähe der Allmächtige seine Not, eilte ein christlicher Söldner Bernhard zu Hilfe und mit einem gezielten Hieb streckte er den Soldaten nieder.

Währenddessen wendete der Reiter erneut. Sein Pferd wieherte unheilvoll.

Schwer atmend unterdrückte Bernhard den Schmerz. Er wusste, ohne Waffe würde er diesen Kampf nicht überstehen. Doch sein Schwert lag irgendwo im Staub und er hatte keine Zeit, es zu suchen. Er musste den Reiter überlisten. Rasch sah er zum wolkenfreien Himmel, warf dem Sarazenen einen prüfenden Blick zu, schätzte die Entfernung zwischen sich und ihm und rannte, den Schild in der Rechten, auf ihn los.

Der Reiter schwang sein Krummschwert über dem Kopf und trieb das Pferd an. Schnell kam er Bernhard näher.

Nur noch wenige Schritte trennten die beiden.

Nur noch ein Schritt – Bernhard riss den Schild in die Höhe. Metall blitzte auf und von der Sonne geblendet, scheute das Pferd, wandte sich zur Seite, stieg und stürzte zu Boden. Unter seinem mächtigen Körper wirbelte Staub auf.

Mit einem Sprung war Bernhard bei dem Sarazenen und schlug zu. Immer und immer wieder. Begleitet von einem grässlichen Aufschrei, spritzte Blut auf Bernhards Gesicht und die Rüstung. Der Reiter rührte sich nicht mehr.

Verzweifelt mühte sich das Pferd ab, aufzustehen. Bernhard entriss dem Toten das Schwert, ergriff die Zügel, zerrte das Tier hoch, schwang sich auf dessen Rücken und sah sich hastig um.

Ihn schauderte und Grauen erfüllte ihn: Die Ebene von Arsuf war ein einziges Schlachtfeld, glich einem wogenden Meer aus Kämpfenden und Sterbenden. Wellen aus Reitern und Fußsoldaten schlugen hin und her, hoben sich, fielen nieder, brandeten gegeneinander, stürzten in sich zusammen. Einzelne Banner der Christen und der Muslime, wie hoch aus dem Wasser aufragende Inseln, trieben davon, wurden weggeschwemmt, sanken, richteten sich wieder auf, gingen unter. Für immer.

Unzählige Tote und Verwundete bedeckten bereits den staubigen Boden, tränkten ihn mit Blut, doch noch immer lieferten sich Ritter, Soldaten und Söldner ein erbittertes Gefecht.

Der ohrenbetäubende Schlachtenlärm kroch von der Ebene über die Klippen zum Ufer, wo der Wind ihn und die Schreie der Kämpfenden und Sterbenden, verzerrt und unmenschlich klingend, über das Meer hinwegtrug.

Noch immer brannte die Sonne, als würde sie das unbeschreibliche Töten und Morden nicht beeindrucken, unbarmherzig vom Himmel und die bleierne Hitze legte sich wie ein riesiges, unsichtbares, stinkendes Leichentuch über die Landschaft.

Wieder spürte Bernhard einen brennenden Schmerz in seiner Hand, als er das Schwert des Sarazenen fester umschloss und an den Zügeln des Pferdes riss. Doch er beachtete ihn nicht. Er dachte an Nasrin. Und an Jamal. Er wusste, er würde ihn dort finden, wo Salah ad-Din war. Dort, wo die schwere Reiterei des Sultans kämpfte. Dort, an der östlichen Flanke des feindlichen Heeres, auf der anderen Seite des Schlachtfeldes.

Die beiden Herrscher dürstete es nach mehr und so tat Salah ad-Din seinen nächsten Zug, um das blutige Schachspiel fortzusetzen: Er schickte die schwere Reiterei in die Schlacht, worauf Richard, ohne zu zögern, gleich seine englischen und normannischen Ritter entsandte.

Doch je länger je mehr glich das Gefecht einem wirren Durcheinander: Die Reihen hatten sich aufgelöst, Ritter fochten nun neben einfachen Soldaten, Söldner machten sich über vom Pferd gestürzte Sarazenen her, Bogen- und Armbrustschützen verschossen wahllos ihre Pfeile – in diesem Getümmel fand ein Hieb, ein Stoß, ein Schlag, ob mit Schwert, Speer oder Schild, immer ein Opfer.

Aber plötzlich schien der Allmächtige selbst den entscheidenden Zug getan zu haben und mit einen einzigen Handwink die lebendigen Figuren vom Schachfeld zu fegen: Löwenherz' Ritter hatten Salah ad-Dins Truppen völlig eingekreist; die leichte Reiterei des Sultans war aufgerieben worden und auch seine Fußsoldaten schafften es kaum mehr, ihre Stellungen zu halten. Und als ein erschreckter Ruf durch ihre Reihen hallte, begannen sie, sich zurückzuziehen. Aber Richards Ritter folgten ihnen, hieben auf sie ein, mähten sie nieder wie reife Ähren. Wie es auch Bernhard auf seinem Ritt zur östlichen Flanke tat.

Dort stellte sich ihm ein mutiger Reiter entgegen, doch ihr Kampf war nur kurz: Von Wut und Rachegedanken getrieben, wechselte Bernhard die Klinge geschickt in die linke Hand und schlug seinem Gegner mit einem Hieb den Schwertarm ab. Der Sarazene hielt sich schreiend den blutenden Stummel und Bernhard wollte eben zum tödlichen Schlag ausholen, als er erstarrte und langsam, während sein Pferd wild tänzelte, das Krummschwert sinken ließ.

Gott hatte sein Gebet, sein Flehen erhört.

Er hatte ihn gefunden: Dort, an der Seite eines Soldaten, focht Jamal al-Aziz gegen einen normannischen Ritter. Ein bitteres Lächeln umspielte Bernhards Lippen.

Es war soweit.

Der Augenblick war gekommen, auf den er so lange gewartet und in seinen Träumen erhofft hatte. Er ließ den verletzten Sarazenen zurück, wollte dem Pferd die Sporen geben, als er erneut inne hielt.

Noch ein Krieger erregte seine Aufmerksamkeit. Er trug eine Rüstung, die Bernhard schon einmal gesehen hatte, damals, an dem Tag, als sein Schicksal sich für immer veränderte. Es war eine kostbare, prächtige Rüstung und er würde sie nie mehr vergessen. Es war die Rüstung eines Sultans.

Obwohl Allah den Sarazenen an diesem Tag nicht wohlgesinnt war, hat sich Salah ad-Din selbst in das Schlachtgetümmel gestürzt und Bernhard konnte nicht anders, als ihn dafür zu bewundern: In den vordersten Reihen kämpfend, neben seinen Getreuen, gewandt, mutig und entschlossen, war er ein Herrscher, der die Leiden seiner Männer teilte und bereit war, mit ihnen in den Tod zu gehen.

Ob die drei Soldaten, die ihn nun gleichzeitig angriffen, wohl ahnten, wer er war? Verbissen presste Bernhard die Lippen zusammen und sah zu Jamal hinüber. Er und sein Soldat fochten noch immer gegen den Normannen, der sich mutig und erbittert verteidigte und es gar schaffte, dem Hauptmann einen schmerzhaften Hieb zu versetzen. Jamal schrie auf, wandte sich vor Schmerz und für einen Augenblick erstarrte er. Er schien erst jetzt zu bemerken, wie sehr der Sultan bedrängt wurde. Das Gesicht des Hauptmanns wurde aschfahl und seine Augen verrieten, dass er begriff, dass die Schlacht verloren war.

Bernhard riss die Zügel herum, gab dem Pferd die Sporen, um auf Jamal zuzustürmen, als ein Schrei ihn zurückhielt. Nicht weit von ihm befahl Richard seinen Armbrustschützen, vorzurücken. Ihre Pfeile streckten einen der Reiter Salah ad-Dins nieder. Nun war der Sultan, der sich noch immer gegen die Soldaten wehrte, beinahe schutzlos: Alle seine Getreuen waren in erbitterte Kämpfe verwickelt, lagen verwundet am Boden oder waren schon tot. Und jetzt stürmte noch ein christlicher Söldner vor und stieß Salah ad-Dins Pferd die Lanze in die Brust. Wiehernd bäumte es sich auf, verlor das Gleichgewicht, fiel, zusammen mit dem Reiter, in den Staub und blieb regungslos liegen. Doch ehe sich der Angreifer auf den

Sultan stürzen konnte, stellte sich ein Sarazene schützend vor den Herrscher und hieb dem Söldner den Kopf ab.

Bernhard blickte erneut zu Jamal, der nun allein gegen den Normannen kämpfte. Jetzt ist es endlich so weit, dachte er aufgeregt und erleichtert zugleich. Jetzt, Nasrin, jetzt werde ich meine Rechnung mit dem Hauptmann begleichen und dein Schicksal abwenden.

Doch dann, aus den Augenwinkeln, nahm er eine Bewegung wahr. Als er sich umdrehte, bemerkte er einen Schützen, der seinen Bogen spannte und, so schien es Bernhard, besonders sorgfältig den Pfeil auflegte. Hastig sah er sich um, neugierig, wem das Geschoss wohl galt. Es war Salah ad-Din, auf den der Krieger zielte.

Bernhards Herz hämmerte.

Die beiden Männer, die ihm unendliches Leid zugefügt hatten, waren in diesem einzigen Augenblick nur wenige Schritte von ihm entfernt: Der Sultan, der sich endlich erhoben hat und versuchte, auf ein herrenloses Pferd zu steigen und Jamal, der von dem Normannen gnadenlos zurückgetrieben wurde.

Gehetzt blickte Bernhard von einem zum anderen. Salah ad-Din oder Jamal al-Aziz. Der Sultan oder der Hauptmann. Würde er Salah ad-Din bezwingen, hätte er die ganze Schlacht entschieden. Würde er Jamal stellen, hätte er Nasrins Schicksal entschieden.

Seine Gedanken überschlugen sich. Der Sultan oder der Hauptmann? Der Sultan oder der Hauptmann? Der eine Feind oder der andere? Welcher von beiden?

Jamal nahm ihm die Entscheidung ab: Mit einem schnellen, unerwarteten Hieb durchstieß der Hauptmann die Rüstung des Normannen und verschwand im Getümmel der Kämpfenden.

Bernhard verzog grimmig die Lippen, riss sein Pferd herum, gab ihm die Sporen und sprengte auf den Sultan zu.

37

«Du weißt doch, dass du gegen mich nicht gewinnen kannst!», neckte Nasrin Yasid warnend, als er hastig begann, die Figuren auf dem Schachbrett aufzustellen.

«Du wirst schon sehen!», erwiderte er voller Vorfreude. «Jehan hat mir einige geschickte Züge beigebracht, außerdem habe ich ihn schon mehrmals geschlagen!»

Nasrin lächelte verschmitzt. Dieser Jehan musste ein lausiger Spieler sein, wenn ihn schon ein Anfänger wie Yasid besiegte, dachte sie und blickte schweigend und verträumt aus dem Fenster in den Garten.

Doch vor ihr lag nicht mehr der so innig geliebte Garten des *Bait* al-Dir, sondern ein anderer, ein fremder. Und sie befand sich in einem fremden Palast mit fremden Zimmern. Und hier führte sie, so schien es ihr, ein fremdes Leben. Ihr früheres war, wie das alte Anwesen und wie so vieles, durch die Flammen ausgelöscht worden.

Den neuen Palast der Familie al-Dir ließ Salah ad-Din einst für sich selbst errichten, schenkte ihn dann aber, als Zeichen seiner Dankbarkeit, dem Emir. Die neue Residenz war kleiner, besaß weniger Treppen, Gänge, dunkle Nischen, weniger verwinkelte Ecken und geheime Wege; trotzdem hatte sich Nasrin, zu Yasids Erheiterung, einmal beinahe verlaufen. Wenn auch die Räume hell, geräumig und reich ausgestattet waren, erschienen sie ihr – vor allem der *Harim* – wie ein Käfig. Ein paradiesischer Käfig, aber eben doch ein Käfig. Schon im Feldlager vor Akkon hatte sie erfahren, wie streng Salah ad Din seine Frauen behandelte und abschirmte.

Nun waren über drei Monate seit den unglücklichen Ereignissen vergangen.

Bassam Kadin war tot, dennoch war die Vergangenheit in Nasrins Erinnerungen nicht verblasst. Ihr Vater hatte ihr erzählt, dass der ruchlose Wesir gestand, die eingetriebenen Steuern der Christen tatsächlich zurückbehalten und nicht, wie er vorgab, für die Befreiung der Geiseln in Akkon an Salah ad-Din gesandt zu haben. Dadurch hatte er nicht nur sich selbst bereichert und den Sultan verraten, sondern auch die Schuld am Tod der Gläubigen auf sich geladen.

Das Urteil war schnell gefällt. Und obwohl Nasrin der Hinrichtung des bisher hoch angesehenen Wesirs auf dem großen Platz vor der Zitadelle nicht beiwohnen durfte, erfuhr sie dank Yasids losem Mundwerk jede Kleinigkeit: Bassam Kadin wurde zuerst gesteinigt, dann gevierteilt und seine Überreste schließlich verbrannt, der *Qadi* hingegen geblendet und mit seiner ganzen Familie aus Damaskus verbannt. Sein Verbrechen war es gewesen, den Verlockungen des Wesirs erlegen und sich an dessen Machenschaft beteiligt zu haben.

Auch die übrigen Verräter der Stadtwache, die den Palast des Emirs in Brand gesteckt hatten, wurden schließlich gefasst und fünfunddreißig von ihnen zur Abschreckung geköpft.

So waren diese Hinrichtungen und ihre Hintergründe in den nächsten Wochen das Gespräch in den Bazars, in den *Hammams*, in den Teehäusern. Gar vor den Moscheen wurde getuschelt und zahlreiche Vermutungen und Gerüchte machten die Runde. Doch eines war sicher und alle waren davon überzeugt: Bassam Kadin würde für immer ein gewissenloser Verräter bleiben. In diesem Leben wie in einem anderen.

«Fertig!» Yasid klatschte in die Hände, als er die Figuren, alle aus fein gearbeitetem Alabaster und wertvollem Jade, aufgestellt hat. Dieses Schachspiel war ein Geschenk Salah ad-Dins an Nasrin, als ihr in Akkon die Ehre zuteil wurde, einmal gegen den Sultan spielen zu dürfen. Erheiterung und Stolz erfüllten sie zugleich, als sie daran dachte, wie sie ihn besiegt hatte.

«Du machst den ersten Zug!», entschied Yasid großzügig und sah Nasrin erwartungsvoll an.

Sie musterte ihn argwöhnisch. Er war älter geworden, reifer und wie es ihr schien, auch selbstbewusster. Und nachdenklicher. Die Tage der Angst und der Gefahren haben ihm seine Kindlichkeit genommen.

Nasrin eröffnete die Partie, Yasid rückte einen Bauern ein Feld nach vorn, Nasrin tat es ihm gleich. Es wird ein langweiliges Spiel werden, dachte sie, bis er einen ungewöhnlichen Zug machte.

«Das hat dir Jehan gezeigt, nicht wahr?», fragte sie überrascht.

Yasid lächelte verschmitzt, ohne etwas zu sagen.

Bisher hat Nasrin nur halbherzig gespielt, nun aber rückte sie als Köder den Springer vor, doch ihr Bruder durchschaute ihre List.

«Er hat dich wirklich gelehrt, zu spielen», bemerkte sie neidlos und dachte an Jehan und Ludivine. Sie war ihnen auf ewig dankbar und wieder wurde ihr bewusst, dass trotz den Erlebnissen in der Wüste nicht alle Christen Barbaren waren, sondern auch sie Ehre besaßen. Während sie mit Bernhard nach Akkon ritt, hatten die beiden Yasid bei sich aufgenommen und sich so um ihn gekümmert, als wäre er ihr eigener Sohn. Erst als sie von der Verhaftung Bassam Kadins erfahren hatten, brachten sie ihn zum Emir zurück.

«Ja, wir haben uns die Zeit oft mit dem Schachspiel vertrieben», erklärte Yasid, während er über den nächsten Zug nachdachte. «Ich habe auch gegen Ludivine gespielt. Und weißt du, was?» Er blickte auf, beugte sich vor und flüsterte ihr verschwörerisch zu: «Stell dir vor, Ludivine spielt weit besser als Jehan! Das wäre so, als würdest du gegen Vater gewinnen!»

«Wirklich? Unglaublich!» Nasrin hob mit gespielter Fassungslosigkeit eine Augenbraue und tat so, als hätte er ihr gerade etwas Ungeheuerliches erzählt. Insgeheim lächelte sie.

Yasid tat einen weiteren, aus lauter Aufregung aber unüberlegten Zug und vergab dadurch all seine Chancen. Es würde nicht mehr lange dauern, bis Nasrin die Partie gewinnen würde. Sie wollte ihn aber glauben lassen, er wäre viel besser geworden und tat absichtlich einen ungeschickten Zug.

Yasids Gesicht strahlte.

Unerwartet betrat jetzt der Emir das Zimmer und sah erstaunt und stirnrunzelnd zugleich auf, als er seine Kinder bemerkte. Scheinbar hat ihn das Schreiben, das er in der Hand hielt und im Gehen durchlas, so abgelenkt. «Ihr seid hier?»

«Ja, Vater. Hier ist es angenehm, hell und nicht so kalt», erklärte Nasrin und musterte ihn unauffällig. Durch die Ereignisse der letzten Monate war er sichtlich gealtert und wirkte manchmal fast wie ein Greis. In seinem Haar wie in seinem Bart verdrängte ein Weiß das Grauschwarz; die Falten in seinem Gesicht waren zahlreicher, tiefer geworden, die Wangen eingefallen. In seinem edlen Bauchband prangte ein neuer Dolch. Auch wenn sein Schaft mit viel kostbareren Edelstein geschmückt war als der des alten Familienerbstückes der al-Dir, erschien er Suleyman weniger wertvoll.

Schwerfällig ließ sich der Emir auf dem Diwan nieder und begann, das Schreiben erneut durchzulesen.

«Schachmatt!», rief Nasrin triumphierend.

Yasid rollte ungläubig die Augen. «Du hast gemogelt!»

«Wie soll man bei einem Schachspiel mogeln?»

Er überlegte kurz, nickte und begann dann eilig, die Figuren wieder aufzustellen. «Nun gut, ein weiteres Spiel!»

«Ich glaube, es ist jetzt Zeit, sich wieder den Lehren des *Qur'an* zu widmen!», mischte sich der Emir ein, ohne vom Schreiben aufzusehen.

Yasid hielt inne. «Bitte, Vater, bitte, noch ein Spiel! Ein einziges!», bettelte er und blickte ihn treuherzig an.

Doch Suleyman duldete keinen Widerspruch. «Du warst lange genug dem Unterricht fern! Vergiss nicht, es ist eine Ehre, die…»

«…Schriften des Propheten studieren zu dürfen!», vollendete Yasid den Satz, erhob sich und verließ, unter den tadelnden Blicken des Vaters, mit einem missmutigen Gesichtsausdruck das Zimmer.

Nasrin nahm die bereits aufgestellten Figuren wieder vom Brett und legte sie, zusammen mit den übrigen, in eine Schatulle, während der Emir verstimmt die Stirn runzelte.

«Schlechte Nachrichten?», fragte sie vorsichtig, da sie nicht neugierig wirken wollte.

«Ein Schreiben des Sultans.»

«Der Sultan hat dir eine Nachricht zukommen lassen?» Nasrin war erstaunt. Seit Wochen haben sie nichts mehr von Salah ad-Din gehört.

Suleyman nickte.

«Und was schreibt er?»

Der Emir legte die Schriftstücke beiseite und sah Nasrin lange und nachdenklich an. «In der Ebene von Arsuf traf Salah ad-Din in einer großen Schlacht auf den Löwenherz. Doch Allah stand unseren Kriegern nicht bei und so erlitt die Armee des Sultans eine schwere Niederlage.»

«Salah ad-Din besiegt?», flüsterte sie und setzte sich mit aufgerissenen Augen neben ihren Vater. «Und was wird aus Jerusalem?»

Er nahm ihre Hand und hielt sie fest. «Nur unter der Bedingung, dass der Sultan bereit sein würde, zu verhandeln, bot der Löwenherz einen Waffenstillstand an. Was den englischen König so kurz vor Jerusalem dazu bewog, davon steht hier nichts.»

Nasrin schluckte, fühlte sich leer und eine ungeahnte Hoffnungslosigkeit stieg in ihr auf.

Suleyman hob das Schriftstück und seine Blicke flogen förmlich über die Zeilen. «Salah ad-Din nahm den Waffenstillstand an und verhandelte mit dem Löwenherz. Sie trafen eine Vereinbarung: So bleibt ein Teil der Küste Palästinas in der Hand der christlichen Ritter und darf von uns nicht angegriffen werden. Dafür erheben die Franken keinen Anspruch auf Jerusalem noch stürmen sie die Stadt. Ihre einzige Bedingung: Die Heiligtümer der Christen müssen allen Pilgern frei zugänglich sein!»

Nasrin sah ihn überrascht an. «Aber warum? Warum wagen sie nach ihrem Sieg keinen Vorstoß auf Jerusalem? Was denkst du, Vater? Ist es eine List?»

«Das weiß Allah allein, was in den Köpfen der Christen vorgeht! Ja, dieser Löwenherz hätte siegen können, ja, er hätte Jerusalem erobern können. Keiner ahnt, warum er es sich so kurz vor dem Ziel anders überlegte!» Suleyman zuckte mit den Schultern und ließ ihre Hand los.

Nasrin starrte auf den Boden, wo Licht und Schatten ein Gewirr aus Linien, Muster und Flächen zeichneten.

Wieder schlich er wie ein ungerufener *Dschin* in ihre Gedanken und sie wusste nicht, ob sie sich freuen oder wütend sein sollte: Bernhard. Immer wieder versuchte sie zu vergessen, versuchte vor den Erinnerungen zu fliehen. Doch das Schreiben des Sultan ließ sie alle wieder lebendig werden.

«Mehr verrät Salah ad-Din leider nicht», fügte der Emir seufzend hinzu. «Er erwähnt mit keinem Wort, ob der Krieg nun vorbei ist. Ob er dem Löwenherz folgt. Oder ob er nach Damaskus zurückkehrt. Nun, vielleicht hat sich die Lage vor Jerusalem wieder verändert; dieses Schreiben hier ist immerhin schon einige Tage alt.»

Nasrin nickte zustimmend. Sie wusste selbst, auch ein schneller Reiter benötigte mindestens drei Tage, um von Palästina nach Syrien zu gelangen. Drei Tage, in denen so viel geschehen konnte. Viel zu viel.

«Was mich aber noch mehr wundert», begann Suleyman, «ist, dass der Sultan nichts über Jamal schreibt. Ob er noch lebt, ob er verwundet ist, oder…» Er zögerte, sah wieder auf, sah Nasrin genau in die Augen und sagte: «Oder ob er gefallen ist.»

Jamal – der Name traf sie wie ein Stich mitten ins Herz, war wie ein Dorn in ihrem Fleisch, der bei jeder Bewegung schmerzte. Auch den Hauptmann hat sie versucht, aus ihren Gedanken zu verdrängen. Genau wie das Versprechen, das sie ihm gegeben hatte. Wie seine Drohung, ihrem Vater alles zu erzählen. Noch wusste der Emir nichts von ihrem Streit vor Akkon, aber sie spürte, wie ihr Schweigen sie immer mehr belastete. Manchmal schien es ihr, als würden diese Erinnerung und diese Angst ihr den Atem rauben, sie nicht mehr klar denken lassen. Sie konnte einen Seufzer nicht unterdrücken.

Suleyman musterte sie eindringlich, als er ihre besorgte Miene bemerkte und auf seiner Stirn bildeten sich noch tiefere Falten. «Ich weiß, dass dich das bekümmert.»

Sie schwieg, wandte den Kopf zur Seite.

«Nasrin, sieh mich an», bat er sanft und ergriff ihr Kinn mit Daumen und Zeigefinger. «Sieh mich an.»

Sie gehorchte, doch als sich ihre Blicke trafen, senkte sie verlegen die Lider.

«Ich wusste nicht, dass dir Jamal so viel bedeutet! Oder irre ich mich?»

Sie schwieg und voller Sorge fuhr Suleyman fort: «Dank deiner Entschlossenheit lebe ich noch und die Wahrheit hat den Weg zum Licht gefunden!»

«Vater, es war nicht Entschlossenheit!», entgegnete sie endlich, doch ihre Stimme versagte beinahe. «Es war Verzweiflung. Ich war verzweifelt.» Nasrin schluckte leer und traurig fügte sie hinzu, von den schrecklichen Erinnerungen überwältigt: «Jaida, Jasmina und Hassan, ihnen konnte ich nicht helfen!»

Seufzend drückte Suleymann sie an seine Brust und die Wärme und die Geborgenheit, die sie ergriff, linderten ihre Schmerzen. «Quäl dich nicht, meine Tochter», erwiderte er tröstend, «niemand hätte ihnen helfen können. Die Elenden, die ihren schändlichen Tod auf dem Gewissen haben, bezahlten mit ihrem Leben! Und mit dem Heil ihrer Seelen!» Er drückte sie behutsam von sich und musterte sie besorgt. «Doch ich merke auch, du trauerst nicht nur um unsere Familie und es zerreißt mir das Herz, dich so zu sehen.» Er machte eine Pause, als er bemerkte, dass in ihren Augen Tränen glitzerten. «Vielleicht ist die Ehe mit Jamal wirklich nicht dein Wunsch, aber ich dachte, es wäre das Beste für dich, um zu vergessen. Nun habe ich meine Zweifel und so frage ich dich: Willst du ihn überhaupt heiraten?»

Wieder wandte sie sich ab und die Tränen, die sie zu unterdrücken versuchte, brannten bitter.

Nein, niemals werde ich ihn heiraten, selbst wenn es meinen Tod bedeuten würde, wollte sie herausschreien. Aber das Versprechen, das sie Jamal gegeben hat, band sie auf ewig an ihn. Nie würde sie ihrem Vater davon erzählen können. Sie wusste, es würde ihm das Herz brechen, sollte ihm Jamal verraten, was sie für immer verschweigen wollte. Stumm weinte sie vor sich hin.

«Nasrin», sagte Suleyman mit kummervoller Miene, sah sie mitfühlend an und wusch eine Träne von ihrer Wange, «Nasrin, wenn du Jamal nicht heiraten willst, wenn du mit ihm unglücklich bist, so werde ich dich nicht dazu zwingen und eure Verlobung auflösen.»

«Nein!», entfuhr es ihr entsetzt. «Nein, Vater, nein! Ich will … Ja, ich will Jamals Frau werden!»

Suleyman runzelte ungläubig die Stirn. Hat er sich wirklich so getäuscht? Hatte ihr Kummer wirklich einen anderen Grund? Viel war in letzter Zeit geschehen und nicht nur er hat sich verändert, auch seine Tochter schien nun endlich erwachsen geworden zu sein. Seine Zweifel zerstreuten sich gänzlich, als Nasrin ein zaghaftes Lächeln auf ihre Lippen zauberte.

«Welch wundervolle Tochter ich doch habe!», rief er, drückte ihre Hände und erwiderte ihr Lächeln. «Meine Prinzessin, meine Blume …»

Nasrin lächelte noch immer, doch als sie das Gesicht abwandte, versteinerten dessen Züge, erstarb ihr Lächeln.

Deine Prinzessin, Vater, ist die Gefangene einer Lüge, dachte sie verbittert. Deine Blume wird bald welken, austrocknen und absterben.

Bei Allah, warum hatte der narbenwangige Kreuzritter sie bloß verschont?

38

Im Zimmer wurde es merklich kühler, als sich die Sonne gegen Westen neigte.

Nasrin fröstelte und sie zog den Umhang über. Ihre Finger wurden langsam klamm, ungelenkig und es fiel ihr schwer, die Fäden des Gebetsteppichs, der ein Geschenk für ihren Vater werden sollte, gleichmäßig miteinander zu verknoten. Der, den sie bereits im *Bait* al-Dir begonnen hatte zu knüpfen, war, wie alles andere, ein Opfer der Flammen geworden. Nun saß sie über einem neuen und malte sich schon jetzt aus, wie prächtig und farbig er aussehen würde. Viel prächtiger und farbiger als der alte Gebetsteppich ihres Vaters.

«Herrin?»

Nasrin hob den Kopf und sah sich um.

An der Tür stand, schüchtern und mit warmem Blick, ihre neue Dienerin Aisha.

Sie war ein Geschenk El-Afdals. Ein Geschenk, das sie gerne angenommen hat. Salah ad-Dins ältester Sohn fand, es wäre so gerecht, da Nasrin ihr beim Überfall der Christenritter ja das Leben rettete. Und manchmal glaubte Nasrin, in den Augen von Aisha einen zaghaften Schimmer von Dankbarkeit zu entdecken. Seit der Rückkehr nach Damaskus und dem Wiedersehen mit ihrem Vater war sie ihr eine treue Dienerin geworden. Weit gewissenhafter und ehrlicher als Fatimah, auch wenn Nasrin diese irgendwie doch vermisste.

Nasrin seufzte. «Was ist denn?»

Aisha stand noch immer an der Tür. «Der… der Emir hat mir… mir aufgetragen, Euch zu holen!», stotterte sie aufgeregt.

«Und warum kommt er nicht selbst?» Nasrin stutzte. Diese ungewohnte Förmlichkeit ihres Vaters machte sie nachdenklich. Für gewöhnlich suchte er sie in den vergangenen Wochen immer selbst auf, wenn er sie sprechen wollte. Vielleicht tat er es deswegen, weil es noch nicht genug Diener in ihrem neuen Zuhause gab. Vielleicht aber auch deswegen, weil er keine Diener nach ihr schicken wollte.

Etwas musste geschehen sein. Etwas Wichtiges.

«Hoher Besuch ist gekommen», erklärte Aisha zaghaft und bemühte sich, nicht zu stottern.

Nasrin strich sich stirnrunzelnd eine Strähne aus dem Gesicht hinter ihr Ohr. «Und wer ist es?», hakte sie ungeduldig nach.

«Der Sultan! Der Sultan ist im *Bait!*»

Nasrin starrte Aisha entgeistert an. Warum verlangte der Emir nach ihr, wenn der Sultan im Palast war? Ihr Herz stockte und eine dunkle Vorahnung stieg in ihr auf. Wenn Salah ad-Din in Damaskus weilte, konnte dies nur bedeuten, dass der Krieg gegen diesen Löwenherz vorbei war. Aber es bedeutete auch, dass nicht nur der Sultan, sondern auch Jamal zurückgekehrt war. Ein Gedanke, der sie mehr als alles andere lähmte. Nun war der Augenblick gekommen, vor dem sie sich so gefürchtet hat und den sie trotzdem in Gegenwart ihres Vaters vor einigen Wochen herbeisehnte. Der Augenblick, vor dem sie fliehen wollte und es doch nicht schaffte. Jetzt war es zu spät. Die Vergangenheit hat sie eingeholt.

Aisha stand noch immer, bewegungslos wie eine Statue, an der Tür. Es schien ihr sichtlich unbehaglich zu sein, ihrer Herrin diese Nachricht überbringen zu müssen und sie wartete nun gehorsam, bis Nasrin ihr erlaubte, zu gehen.

Seufzend legte die Emirtochter das Messer, mit welchem sie die Fäden abschnitt, zur Seite und erhob sich. «Aisha, du kannst gehen», befahl sie betrübt, «ich werde dich heute nicht mehr brauchen!»

Die Dienerin verneigte sich erleichtert und verließ das Zimmer. Nasrin sah ihr noch immer grübelnd nach, als sich die Tür hinter ihr schon lange schloss.

Unruhe erfasste sie, strömte durch ihren ganzen Körper, machte sie schwach und wehrlos. Sie wusste jetzt, dass das Schicksal sich niemals ändern würde. Nicht durch die Hand eines Menschen. Sie schluckte, ihr wurde immer schwerer ums Herz und besorgt betrachtete sie ihre Kleider. Die feinen Gewänder, die sie trug, hätten sie an jedem anderen Tag erfreut. Doch an diesem erschienen sie ihr wie Trauerkleider.

Hastig legte sie sich ihren *Khimaar* um und eilte los. Es hatte keinen Sinn mehr, die unangenehme Begegnung hinauszuzögern. Es gab kein Entkommen. Und sie wollte ihren Vater nicht verärgern. Erst recht nicht, wenn der Sultan ihnen die Ehre eines Besuches erwies und auf ihr Erscheinen wartete.

Als sie den großen Empfangssaal, der weit prächtiger war als jener des alten *Bait*, erreicht hatte, blieb sie stehen. Sie atmete tief durch, überprüfte nochmals, ob der *Khimaar* richtig saß, nahm ihren ganzen Mut zusammen und öffnete leise die Tür.

Auf den kostbaren Diwans aus erlesenstem Damast saß der Emir mit seinem hohen Gast und drei seiner Begleiter. Weitere und ein Fremder standen wachsam daneben.

Nasrin stutzte. Sie kannte sie fast alle, erinnerte sich an fast alle, doch Jamal konnte sie unter ihnen nicht ausmachen.

«Nein, Erhabener», erklärte Suleyman gerade, als sie den Saal betrat, «ich werde den *Bait* al-Dir nicht mehr errichten lassen, denn ich befürchte, sein Aufbau wird länger dauern als das, was Allah mir an Leben noch schenkt. Mein Sohn Yasid soll über das Schicksal des alten Palastes entscheiden und ihn wieder aufbauen, wenn es sein Wunsch ist.»

Salah ad-Din nickte. «Ich verstehe, Emir! So seid Ihr und Eure Familie weiterhin meine Gäste in diesem bescheidenen Haus. So lange, wie es Euch beliebt.»

«Eure Großzügigkeit beschämt mich!», entgegnete Suleyman und verneigte sich ergeben. Als er Nasrin an der Tür bemerkte, hob er die Arme und rief erfreut: «Ah, meine Perle, meine Prinzessin! Komm! Komm näher!»

Sie senkte rasch den Kopf; ihr war unbehaglich und sie spürte die Blicke der Männer, die sie musterten, als sie näher trat. Obwohl der *Khimaar* ihr Gesicht und ihr Haar verhüllte, fühlte sie sich nackt. Sie wusste, fast alle im Saal Anwesenden kannten ihr anderes Gesicht. Kein züchtig verhülltes. Ein aufbrausendes, wildes.

«Ja, Nasrin al-Dir, tretet näher!» Salah ad-Din richtete sich auf und als hätte er ihre Gedanken gelesen, fügte er, verschmitzt lächelnd, hinzu: «Als wir uns das letzte Mal trafen, wart Ihr, so glaube ich mich zu erinnern, nicht so schüchtern! Und wie ich vernommen habe, sollt

Ihr während des Überfalls auf Eure Karawane weit beherzter gewesen sein als jetzt!»

Nasrin fühlte, wie seine Worte ihr die Schamesröte ins Gesicht trieben. Hastig verneigte sie sich, um dem Sultan ihre Ehrerbietung zu zeigen und erwiderte: «Erhabener, Euch wohlbehalten wieder zu sehen, bereitet mir große Freude und bringt meiner Seele Frieden!»

Salah ad-Din nickte wohlwollend und griff nach einem Glas, während der Emir seiner Tochter neben ihm einen Platz anbot. Folgsam setzte sie sich, ohne aufzusehen und versuchte, ihre Anspannung zu unterdrücken, indem sie verstohlen mit dem Saum ihres Kleides spielte.

«Auch der Sultan ist beeindruckt von deinem Mut», begann Suleyman stolz, «er dankt Allah dafür, dass er dir ein solch tapferes Herz schenkte, um ihm und mir zu helfen!»

«Euer Wohlwollen, *Bey*, ehrt mich zutiefst!», wandte sich Nasrin an Salah ad-Din, sah diesmal auf und bedachte ihn mit einem dankbaren Blick.

Wie es schien, hatte er ihrem Vater nichts über ihre Begegnung in seinem Zeltlager vor Akkon verraten. Akkon! Wieder musste sie an ihre beschwerliche Reise durch die Wüste, an Bernhards Flucht, an den Angriff der Christenritter denken.

«Wahrlich, auch ich kann Allah für eine solche Tochter nur danken!», pflichtete Suleyman dem Sultan voller Stolz bei.

«Ja, Allah war es auch, der sie auf ihrer Reise nach Damaskus selbst vor den Christenrittern beschützte!» Der Sultan musterte Nasrin plötzlich streng. In seinem kostbaren, mit feinen Goldfäden durchwirkten Kaftan wirkte er erhabener denn je. Ihr wurde unbehaglich und Unruhe nistete sich in ihr ein. Sie griff sich an den Hals. Das kleine, silberne Kreuz war nicht mehr da. Nach ihrer Ankunft in Damaskus hatte sie es abgenommen und sicher versteckt.

«Ich denke, es ist Zeit, Eure Tochter zu vermählen», fügte der Sultan mit seltsamer Stimme hinzu. «Sie ist schon über achtzehn. Sie sollte einen Mann haben, der für sie sorgt. Sie sollte Kinder haben.»

Nasrin senkte beunruhigt den Kopf. Was wollte er damit sagen? Was steckte hinter seinen Worten, hinter seinen Andeutungen? Warum kümmerte sich nun auch er um ihre Heirat? Ihr Herz begann heftiger zu schlagen.

«Natürlich, *Bey*», stimmte Suleyman zu. «Sobald Jamal al-Aziz zurückgekehrt ist, wird es so weit sein.»Er hielt inne, überlegte und ein wenig irritiert fügte er hinzu: «Nun, ich hatte eigentlich gehofft, er würde mit Euch nach Damaskus zurückkehren!»

Noch nie war Nasrin so dankbar um ihren *Khimaar*. Jetzt konnte sie sich hinter ihm verstecken und niemand im Saal bemerkte ihre Furcht, ihre Ablehnung, ihre Ungeduld, ihre Aufregung. Ja, wo war Jamal? Warum war er nicht zusammen mit dem Sultan im Palast erschienen?

Salah ad-Din beugte sich vor, kreiste wählerisch mit einem Zeigefinger über die Leckerbissen der angebotenen *Mezze* und griff, gleich einem Habicht, der sich auf seine Beute stürzt, nach einem Pistazienküchlein. «Emir, genau wegen Jamal al-Aziz bin ich hier. Genau wegen ihm. Eure Tochter», er blickte nachdenklich auf die Süßigkeit, «Eure Tochter wird Jamal al-Aziz nicht heiraten können.»

«Beim großen Propheten!», stieß Suleyman bestürzt hervor, schluckte und sah ihn ungläubig an. »Was soll das heißen? Was ist geschehen?»

Nasrin riss die Augen auf. Ihr Atem ging schneller. In ihren Ohren klangen die Worte des Sultans wie Donnerschläge. Was war Jamal wohl zugestoßen?

«Ihr wollt damit doch nicht sagen, dass Jamal al-Aziz an Eurer Seite gefallen ist?» Der Emir blickte seine Tochter voller Sorge an. Welch ein Fluch, welch ein Unglück, wenn es wirklich so war! Zuerst Hussein und nun Jamal! Ewig würde Nasrin mit diesem schrecklichen Mal leben müssen.

Doch Salah ad-Din biss ungerührt in das Küchlein, kaute, schluckte und räusperte sich. «Allah sei mein Zeuge, aber wäre es so gewesen, der Weg zu Euch wäre mir weit leichter gefallen!» Er leckte sich genüsslich die Krümel von den Fingern. Doch der entzückte Gesichtsausdruck schwand, als er erklärte: «Es beschämt mich zutiefst, Euch von Jamals Treulosigkeit und Feigheit berichten zu müssen!»

Nasrin stockte das Herz vor Schreck. Sie sah vorsichtig auf und musterte den Sultan lange. Warum überbrachte er selbst eine solche Nachricht, warum war es nicht irgendein Bote? Was war denn geschehen?

«Jamal! Treulos? Feige?», wiederholte Suleyman fassungslos und schüttelte den Kopf. «Das kann nicht sein, Erhabener! Das muss ein Irrtum sein! Jamal ist ein Sohn aus dem Hause al-Aziz! Ich kannte seinen Vater Harun Nasser gut – möge Allahs Wohlwollen auf ihn fallen! Er war ein ehrenvoller, weiser und gelehrter Mann, gesegnet mit Mut und mit Entschlossenheit!»

«Umso beschämender ist das Verhalten seines Sohnes!», erwiderte Salah ad-Din kalt. Sein Blick streifte Nasrin, die schweigsam und unruhig an ihrer Unterlippe nagte. Würde ausgerechnet ein Machtwort des Sultans sie befreien? Ihre Hände begannen zu zittern.

«*Bey!* Eure Vorwürfe bestürzen mich und ich kann sie nicht glauben!», ereiferte sich Suleyman aufgebracht. «So erzählt doch, was geschehen ist!»

Unmut versteinerte Salah ad-Dins Miene. Er lehnte sich zurück und schwieg.

«Emir, es bestürzt nicht nur Euch, sondern auch uns alle!», hob einer der Begleiter des Sultans an und beugte sich vor. Er hatte ein edles Gesicht mit gütigen Zügen, nur seine Augen verrieten eisernen Willen und Tatkraft. Es war Tahir Yasar, der Befehlshaber über das Heerlager vor Akkon und einer der Berater Salah ad-Dins.

«Und was habt Ihr ihm vorzuwerfen, Tahir Yasar?» Suleyman schien langsam die Geduld zu verlieren.

Tahir Yasar legte die Kuppen seiner Zeigefinger aufeinander und tippte mit ihnen an seine Nasenspitze. «Was ich ihm vorzuwerfen habe? Jamal al-Aziz bewies in der Ebene von Arsuf gegen den Löwenherz weniger Mut und Ehre als der einfachste Soldat dieser Christenritter.» Er räusperte sich, bevor er weiter erzählte: «Als die Schlacht eigentlich schon entschieden war und viele unserer tapferen Männer blutüberströmt im Sterben lagen, zog es Jamal vor, wie ein räudiger Hund vor dem Feind – und vielleicht auch vor dem Tod – zu fliehen!»

Salah ad-Din nickte zustimmend. «Ich habe es mit eigenen Augen gesehen, wie er seinem Pferd die Sporen gab und floh, während ich um mein Leben kämpfte und beinahe erschlagen wurde! Er floh, statt mir beizustehen! Mir, Salah ad-Din!» Zornig blickte er in die Runde, ballte seine Fäuste. Erst als er sich wieder beruhigt hat, fügte er geheimnisvoll hinzu: «Doch Allah in seiner Güte schickte mir einen Helfer!»

Suleyman, bleich im Gesicht, in seiner Ehre verletzt, starrte noch immer fassungslos vor sich hin und murmelte: «Jamal! Wie konnte er nur so etwas tun? Und ihm wollte ich meine Tochter anvertrauen! Welch eine Schande! Er hat nicht nur sich selbst, nicht nur Euch entehrt, sondern auch mich und meine Familie! Wie konnte er nur?»

Nasrin versuchte, das Zittern, das ihren ganzen Leib erfasste, zu unterdrücken, versuchte die Tränen der Freude und der Erleichterung zurückzuhalten. War sie jetzt frei? War sie nun endlich erlöst von all den Albträumen, den Drohungen Jamals? Sie stutzte, als sie sah, wie Salah ad-Din einem seiner Männer etwas zuflüsterte. Es war der wortkarge Begleiter, der sie durch das Zeltlager zu Bernhard geführt hatte. Er verneigte sich und verschwand. Ihr wurde flau im Magen.

Der Sultan zuckte mit den Schultern. Seine Miene war finster. «Allah allein weiß, warum er floh! Einige meiner Männer suchen nach ihm, doch dieser treulose Verräter ist verschwunden, als hätte die Hölle ihn bereits verschlungen! Ich hoffe, dass seine Gedärme schon längst Fraß für Aasgeier und Ratten geworden sind!»

«Mit seinem Verhalten hat er nicht nur die Ehre meines Hauses verletzt, sondern auch die meiner Tochter! Denn sie ist», Suleyman zögerte, verbesserte sich rasch, «sie war seine Verlobte!»

Sie war seine Verlobte!, hörte Nasrin die Worte ihres Vaters in ihrem Kopf widerhallen und aufgeregt sah sie ihn an. Bestürzt schüttelte er noch immer den Kopf. Seine Bestürzung war ihre Freude geworden, seine Enttäuschung ihr Glück.

«Ihr habt recht! Sie *war* seine Verlobte! Und er hat ihre Ehre verletzt! Und um diese wieder herzustellen, finde ich…» Salah ad-Din überlegte, schwieg geheimnisvoll und fügte schließlich hinzu: «…solltet Ihr rasch einen anderen Bräutigam für sie finden!»

«Einen anderen Bräutigam finden? Ich dachte, eine Verbindung mit dem Haus al-Aziz wäre das Beste, was ich meiner Tochter bieten könnte!» Suleyman sah ihn verblüfft und ratlos zugleich, fast hilflos, an, während Nasrin innerlich zusammenzuckte. Kaum war sie Jamal entkommen, sollte sie schon an den Nächsten vergeben werden, ohne dass sich jemand um ihre Gefühle scherte. Weiterverkauft wie ein Stück Vieh! Ein Stück Vieh, über dessen Preis noch gefeilscht wurde. Ein Stück Vieh, das gewonnen werden konnte, wenn der richtige Preis dafür bezahlt wurde.

Empört darüber, bemerkte sie erst jetzt, dass Salah ad-Dins Begleiter wieder zurückgekehrt war. Der Sultan nickte ihm zu, während ein seltsames Funkeln über sein Gesicht huschte und schickte ihn wieder weg. Oder war es nur das flackernde Licht eines Öllämpchens gewesen?

«Auch wenn Jamal al-Aziz' Verhalten mehr als beschämend war, so seid froh, dass es vor der Vermählung geschah. Eurer Tochter blieb so erspart, mit einem Verräter und Feigling verheiratet zu sein!» Salah ad-Din musterte den Emir, der betreten schwieg, voller Genugtuung. Dann sah er Nasrin scharf und vorwurfsvoll an und sie glaubte, ihr Herz würde stillstehen, als er sagte: «Aber nicht nur Jamal war geflohen!»

Als wären diese Worte ein vereinbartes Zeichen, kehrte Salah ad-Dins schweigsamer Schatten wieder zurück. Aber er war nicht allein. Ein hochgewachsener Mann folgte ihm.

Nasrin beachtete die Eintretenden nicht. Erst als sie aus den Augenwinkeln eine Bewegung wahrnahm, wandte sie sich ihnen zu und im gleichen Moment lief es ihr heiß und kalt den Rücken hinunter. Ihr wurde schwindlig, ihre Gedanken kreisten immer schneller, entfachten ein Gewitter der Gefühle in ihr, flogen wie Falken einem der Männer entgegen.

Mit aufgerissenen Augen, ungläubig, starrte sie ihn an. Er war es: Bernhard.

Ich bete dafür, dass sich das Rad des Schicksal so dreht, dass wir uns wieder sehen!, erinnerte sie sich an seine Worte, die er ihr im Zelt vor Akkon zugeflüstert hatte. Bei Allah, wie innig musste er gebetet haben! Ihre Augen füllten sich mit Tränen und hastig senkte sie, voller Sehnsucht und überglücklich, den Kopf. Ihr Herz pochte, ihre Lippen bebten. Er lebte. Wie er es auch geschafft hat. Aber er lebte. Ein Wunder.

Über Suleymans Gesicht huschten Verwunderung, Verwirrung, Ablehnung, als auch er den Christen bemerkte. Misstrauisch wandte er sich an Salah ad-Din: «Er lebt und ist nach Damaskus zurückgekehrt?»

Der Sultan genoss die Augenblicke der Verwirrung. Er lächelte. «Wie Ihr seht, ja. Obwohl es mir eigentlich nicht leicht fällt, einen Christen in meiner Nähe zu dulden, habe ich doch meine Gründe, dies zu tun.»

Nasrin konnte ihre Blicke von Bernhard nicht abwenden. Er trug jene einfache Kleidung, die sie schon von Jehan und Ludivine kannte. Er war unverletzt und stolz wie immer.

Und er lebt! Er ist zurückgekehrt!, hämmerte es in ihr. Und auch wenn er sie nicht ansah, regungslos dastand und so tat, als hätte er sie nicht bemerkt, wusste sie es, spürte sie es: Er hatte nur Augen für sie.

Salah ad-Din erhob sich. «Als ich hörte», begann er, langsam um Bernhard herumschreitend, «dass dieser *Kafir* hier aus meinem Lager geflohen war, schwor ich beim Barte des Propheten, ihn zu töten, würde ich ihm jemals wieder begegnen. Und Allah hat es tatsächlich so gefügt, dass sich unsere Wege in Arsuf erneut kreuzten.»

Die wissende Miene des Sultans ließ Nasrin erstarren, als er sich plötzlich umdrehte und sie ansah. «Er schloss sich, wie ich es von einem verdammten Christen auch erwartet hatte, dem Heer des Löwenherz an. Und er kämpfte mit einer Tapferkeit und Beherztheit, die zweimal so groß war wie jene, die ich von Jamal erwartet hätte.» Bernhard straffte sich, als Salah ad-Din ihn nachdrücklich musterte. Er war viel größer als der Herrscher, dennoch wirkte dieser neben ihm nicht unterlegen. Der Sultan fuhr fort, um Bernhard herumzuschreiten, während er weitererzählte: «Auch ich kämpfte, an der Spitze meines Heeres. Die Schlacht war so schrecklich wie das Toben eines Sturmes, sie war so riesig, dass es irgendwann unmöglich war, Freund und Feind zu unterscheiden. Unser ganzes Heer wurde aufgerieben, ich und meine Wachen von mehreren Soldaten bedrängt und so befahl ich den Rückzug. Doch in diesem Kampfgetümmel wartete bereits der Tod auf mich: Ein Bogenschütze zielte auf mich.» Er streckte den Arm aus, ahmte die Bewegung des Soldaten nach. «Noch bevor der Pfeil mich erreichte, stürmte ein weiterer Christenritter auf mich zu. Aber er wollte mich nicht töten! Nein, bei Allah, er rettete mir das Leben! Mit seinem Schild fing er den Pfeil, der für mich bestimmt war, ab. Mit seinem Schild …» Nachdenklich hielt Salah ad-Din inne und drehte sich plötzlich zu Suleyman um. «Ihr könnt Euch wohl denken, wer mir das Leben rettete?»

Die Stille, die folgte, war greifbar.

Der Emir sah Bernhard nur schweigend an.

Nasrin senkte erneut ihre Lider, als Salah ad Dins Blicke wieder auf sie fielen. Sie konnte es nicht fassen: Nicht nur dass sie Jamal nicht heiraten musste, nicht nur dass Bernhard zurückgekehrt war, nein, er hatte dem Sultan auch noch das Leben gerettet! Welch ein glücklicher Tag! Ihr wurde leicht ums Herz und sie spürte, sie würde fliegen können, wenn sie jetzt ihre Arme ausbreitete.

Salah ad-Din nickte. «Ja, dieser Christ hier war es! Ich kenne nicht viele von ihnen, die so selbstlos und ehrenvoll handeln. Wie ich nun selbst erfahren habe, gibt es also solche. Nun, ich konnte gerade noch verhindern, dass meine Männer, die sich auf den Christen gestürzt hatten, ihn töteten. Sie hatten nicht mitbekommen, was wirklich geschehen war. Nur Allah weiß, warum er mein Schicksal so lenkt, dass ausgerechnet jener Mann mir das Leben rettet, dem ich geschworen habe, ihm seines zu nehmen!» Er unterbrach sich selbst, strich sich über den Bart. Nasrin hatte ihn noch nie so nachdenklich gesehen.

«So hält Allah in seiner unermesslichen Güte seine schützende Hand selbst über einen Christen», stellte Suleyman erstaunt fest.

«Und es scheint ihm auch zu gefallen, dass er das Schicksal dieses Christen immer wieder in meine Hände legt!», erwiderte Salah ad-Din lächelnd.

Bernhard stand noch immer da, regungslos, schweigend und Nasrin fragte sich, wie der Sultan wohl über sein Schicksal entscheiden würde.

«Als die Schlacht verloren und viele der Gläubigen gefallen waren, ließ ich ihn zu mir bringen. Aber wie konnte ich einen Mann, der mir eben das Leben rettete, nun töten, obwohl ich es geschworen hatte? Was also sollte ich mit ihm tun?» Er hob fragend die Hände und ein saphirbesetzter Ring an seiner Hand blitzte auf. «Ich will nicht erklären, warum ich meinen Entschluss änderte, aber auch ein Sultan kann wankelmütig sein, wenn es Allah gefällt!»

Suleyman und Nasrin sahen ihn erwartungsvoll an.

«Der Löwenherz ließ es zu, dass wir uns zurückziehen konnten. Und er bot einen Waffenstillstand an, er wollte verhandeln. Nur spreche ich nicht normannisch, der Löwenherz nicht arabisch. Welch glückliche Fügung also: Dieser Christ beherrscht beide Sprachen vortrefflich! So ließ ich ihn selbst entscheiden, entweder als Übersetzer mitzukommen oder auszuharren, bis ich von den Verhandlungen zurückkehrte und es mir, was sein Schicksal betraf, vielleicht anders überlegte.»

Nasrin bemerkte, wie Bernhard ungeduldig schluckte. Er schien auf etwas zu warten.

«Meine Absicht war wohl gewagt, aber letztendlich richtig. Bei den Verhandlungen erwies sich dieser Christ als große Hilfe und bot dem englischen König mit seiner spitzen Zunge die Stirn. Auch wenn ich kein Wort verstand, so erschien es mir irgendwie, als hätten sich sie schon einmal getroffen. Wie auch immer», Salah ad-Din begann wieder, die Arme auf dem Rücken verschränkt, auf und ab zu gehen, «schließlich handelten wir einen Waffenstillstand aus und schlossen ein Abkommen. So versicherte ich dem Löwenherz, christliche Pilger unbehindert und ohne dass sie Abgaben leisten müssen, nach Jerusalem ziehen zu lassen, keine Vergeltung für die Gläubigen in Akkon zu fordern und alle Christen unbehelligt zu lassen. Im Gegenzug versicherte dieser Löwenherz, alle kriegerischen Handlungen seiner Christenritter zu unterbinden und nicht nach Jerusalem zu ziehen. Und er versprach auch, dass Jerusalem in unserer Hand bleiben würde. Es fiel mir zunächst nicht leicht, auf diese Bedingungen einzugehen, aber ich danke Allah, dass ich es doch getan hatte. Denn nach der Niederlage vor Arsuf hätte der Löwenherz ohne große Gegenwehr Jerusalem erobern können. Und ich, ich wollte nicht die Schuld am Blutvergiessen unzähliger Unschuldiger tragen! Als wir uns trennten, zog der Löwenherz, wie er es versprochen hatte, aus

Palästina ab, um seine Streitigkeiten mit diesem Phillip von Frankreich zu klären.»

Suleyman runzelte die Stirn. «Und er wollte den *Nasranî* nicht mit sich nehmen?»

Salah ad-Dins Augen funkelten. «Ihr werdet es nicht glauben, aber der *Nasranî* selbst wollte es nicht.»

«Und warum wollte er nicht?»

«Ihr werdet den Grund bald erfahren.» Der Sultan lächelte verschwörerisch.

«Ihr hättet ihn doch einfach ziehen lassen können? Warum also bringt Ihr ihn nach Damaskus zurück?»

«Habt Ihr es schon vergessen? Ich hatte ihn Euch geschenkt! Und er ist, nach unserem Recht, noch immer Euer Sklave!» Salah ad-Din hob die Schultern und es schien, als ob es ihn belustigen würde. «Ich bringe Euch also nur Euer Eigentum zurück! Einen Sklaven, der zu fliehen versuchte. Er gehört Euch, Ihr könnt über ihn bestimmen und entscheiden, was mit ihm geschehen soll.»

Suleyman blickte sich unschlüssig um, überlegte. Er schien nicht glücklich zu sein, ein Geschenk, dass er sich nie gewünscht hatte, wieder zurückzubekommen.

Erst jetzt rührte sich Bernhard; seine Wangenknochen umspielte ein Zucken und zeigte, wie sehr ihm die Worte des Sultans missfielen. Er ballte die Hände zu Fäusten.

Salah ad-Din merkte auf. «Ich lese in deinen Augen, dass du Zweifel hast, ob deine Tat in Arsuf richtig war! Dass es dir nun fast leid tut, mein Leben gerettet zu haben!»

«Nicht erst seit Arsuf!», erwiderte Bernhard missmutig. «Und wenn ich ehrlich bin, frage ich mich, warum ich damals in Akkon den Dolch mit Absicht an Euch vorbeiwarf. Ihr wisst genau, ich hätte Euch nicht verfehlt.»

«Ich weiß, du hättest mich nicht verfehlt!», wiederholte Salah ad-Din. Ein anerkennendes Lächeln umspielte seine Lippen. «Deine Zunge ist schärfer als ein Schwert. Es wäre wahrlich eine Schande, diese zu verlieren. Sie ist ehrlich und mutig genug, um deine wahren Gedanken zu verraten! Und dies gefällt mir weit mehr als all die Heuchlerei, der ich zu oft begegne!»

Diesmal schwieg Bernhard. Auch wenn er aufgebracht war, etwas schien ihn zurückzuhalten.

«Nun, Emir, was werdet Ihr mit ihm tun? Er gehört Euch. Wie entscheidet sich ein weiser, gerechter, an Erfahrungen reicher Mann?»

Suleyman seufzte, stand auf und verneigte sich vor dem Sultan. «Wir alle – ich, mein Sohn und meine Tochter und auch Ihr – verdanken diesem Christen das Leben. Allahs Wege und seine Ziele sind selbst für die größten Gelehrten weder zu deuten noch zu verstehen. Weshalb ausgerechnet ein Christ in unserem *Kismet* eine solche Rolle spielt, weiß allein der einzig wahre Gott. Als gläubiger Muslim ist es meine Pflicht, einem Sklaven die Freiheit zu schenken! Und wenn sie einer verdient hat, dann dieser hier!»

«Eure Entscheidung ist wahrlich weise und gerecht, Emir! Wenn es Euer Wille ist, so soll es so sein! Aber auch ich habe versprochen, ihm für seinen Mut und seine Tapferkeit einen Wunsch zu erfüllen. Allerdings kann ich dies nicht so einfach tun.» Wieder sah Salah ad-Din Nasrin an und sie biss sich auf die Lippen, so fest, dass aus einer kleinen Wunde Blut trat.

Ihr Herz hämmerte. Worauf spielte Salah ad-Din an, was würde er noch erzählen? Selbst der leiseste Windhauch, der durch den Empfangssaal wehte, ließ sie jetzt frieren.

«Es ist eine unmögliche Bitte, die dieser Christ vorbrachte. Ich hätte jeden anderen, der gewagt hätte, sie zu äußern, dafür bestraft», erklärte der Sultan. «Aber er hat nicht nur mir das Leben gerettet, sondern mich auch gelehrt, dass selbst ein *Kafir* ehrenvoll handeln kann. Und leider musste ich auch erfahren, wie wenig Ehre manchmal ein muslimischer Hauptmann besitzt!»

Suleyman runzelte die Stirn. «Eure Worte sind wahr, Erhabener! Dieser Christ hat wahrlich Mut und Ehre bewiesen! Aber warum könnt Ihr ihm diesen Wunsch nicht erfüllen? Er ist jetzt frei, er verdient es, dass Ihr Euer Versprechen hält!»

«Mein Versprechen müsst Ihr erfüllen!»

«Wie das? Ich verstehe nicht… Warum soll ich ein Versprechen…»

«Warum? Weil er Eure Tochter zur Frau will!»

Der Emir erstarrte.

Nasrin schloss die Augen und sank in die Kissen des Diwans.

«Was will er? Meine Tochter?», hauchte Suleyman zunächst ungläubig, dann brauste er auf, verwarf die Hände. «Das ist unmöglich! Ich bin ein Nachfahre der Kalifen des großen Mohammed! Ich widme mein ganzes Leben den Lehren Allahs! Meine Tochter ist eine gläubige Muslimin! Wie kann ich sie einem Ungläubigen überlassen? Nein, niemals! Unmöglich!»

«So habe auch ich ihm geantwortet!», versuchte der Sultan ihn zu beruhigen. «Aber er schwor mir auf seinen Gott und seine Ehre, niemals die Ehre Eurer Tochter und Eures Hauses zu verletzen. Guter Suleyman, auch wenn es Euch schwer fällt, es einzusehen, aber er hat dies öfters bewiesen als Jamal al-Aziz!»

Der Emir, noch immer aufgebracht, erinnerte sich an ihren Streit, an sein Angebot an Bernhard, er solle sich zum Islam bekennen. Eine Erinnerung, die noch immer schmerzte. Niedergeschlagen trat er zurück, setzte sich auf die Kissen und starrte auf den Boden. Er erkannte die Wahrheit in Salah ad-Dins Worten, aber noch wollte er sie nicht glauben. Seine Welt hatte Risse bekommen, war in Aufruhr geraten. Ein Christ, der einem Sultan das Leben rettete. Ein muslimischer Hauptmann, der zum Verräter wurde. Ein Christ, der seine Tochter heiraten wollte. Er rang mit sich, rieb sich die Hände.

Nasrin wagte nicht, ihn anzusehen. Wagte nicht, Bernhard anzusehen.

Der Sultan blickte in die Runde, mit einem herrischen Handwink befahl er seinen Begleitern, den Saal zu verlassen. Wortlos gehorchten sie.

«Ich verstehe Eure Bedenken!», beschwor Salah ad-Din den Emir, als sie allein waren. «Und wenn es um meine Tochter ginge, wäre es mir ebenso bange. Doch wie schwer es mir auch fällt, es auszusprechen, aber dieser Christ achtet Euch und Eure Tochter mehr als Jamal es je getan hat. Wir alle schulden ihm Dank! Nach alldem, was geschehen ist, schwöre ich Euch, hätte ich nicht gezögert, ihm eine meiner Töchter zu geben, hätte er eine von ihnen erwählt! Aber er liebt nur eine Frau! Er liebt Eure Tochter, Nasrin al-Dir! Und schon vor Akkon ahnte ich, dass Eure Tochter genau so fühlt!»

Suleyman blickte Nasrin bestürzt an. «Ist das wahr, Nasrin? Ist es so, wie der Sultan erzählt?»

Sie zitterte am ganzen Leib und all die Last, die sie seit so langer Zeit mit sich trug, die sie versuchte so lange zu verbergen, fiel von ihr und befreit, aber doch zögernd, nickte sie und eine Träne lief über ihre Wange, als sie flüsternd erwiderte: «Ja, Vater, alles, was der Sultan sagt, ist wahr.»

«Und du, Unglücksseliger? Was ist mit dir?», wandte sich Suleyman herrisch Bernhard zu.

Dieser verneigte sich, sah Nasrin jetzt erstmals an und erwiderte ernst:

«In meinem Herzen brennt eine Liebe zu Eurer Tochter, die niemand auslöschen kann!»

Der Emir ballte die Hände zu Fäusten, er konnte es noch immer nicht fassen. Kopfschüttelnd lehnte er sich in die Kissen zurück und schloss kurz die Augen.

Salah ad-Din räusperte sich. «Allah allein säte die Liebe in ihre Herzen! Ihr wisst, die Liebe zwischen Mann und Frau ist eines seiner größten Geschenke an die Gläubigen! Warum hätte er wohl sonst seine Hand über diesen Christen gehalten? Warum hätte er es so gefügt, dass er immer da war? Für mich, für Euch? Für Eure Tochter? Emir, erfüllt ihm diesen Wunsch!»

Suleyman zögerte noch immer. Lange. Er spürte, wie die Anwesenden ihn musterten:

Salah ad-Din erwartungsvoll.

Bernhard regungslos.

Nasrin hoffnungsvoll.

Der Emir erhob sich aus den Kissen, sah seine Tochter nochmals voller Sorge an und seufzte auf, als ihre bittenden Blicke ihn trafen und sein verhärtetes Herz erweichten.

«Obwohl es mir nicht leicht fällt, werde ich dir die Hand meiner Tochter geben, wenn es Allahs Wille ist», willigte er schließlich ein. «Aber du musst mir auf den Gott, den du anbetest, schwören, dass du von meiner Tochter niemals verlangen wirst, deinen Glauben anzunehmen und damit ihre Seele zu verdammen!»

Bernhard trat erleichtert auf den Emir zu und deutete eine Verbeugung an. «Ich schwöre Euch bei meiner Ehre und dem Gott, den wir beide anbeten, dass ich von Eurer Tochter niemals verlangen werde, meinen Glauben anzunehmen. Ich schwöre Euch auch, niemals die Ehre Eures Hauses zu verletzen oder die Ehre Eurer Tochter zu beschmutzen. Sollte ich diesen Schwur je brechen, so soll Gott mich strafen oder der Sultan mich erschlagen.»

Salah ad-Din lächelte zufrieden, während Suleyman zunächst freudlos nickte und dann drohend entgegnete: «Solltest du deinen Eid verletzen, dann schwöre ich dir, wird nicht der Sultan dich erschlagen, sondern mein Zorn dich ereilen!»

Bernhard nickte schweigend, aber erleichtert.

Der Emir streckte seiner Tochter die Hand entgegen und unsicher erhob sich Nasrin.

Sie glaubte sich in einem Traum und fürchtete zu erwachen, würde sie sich rühren.

Auch der Sultan wirkte zufrieden und froh darüber, das Versprechen, das er Bernhard gab, eingelöst und diese Angelegenheit nun endlich geregelt zu haben. «Und damit Ihr nichts zu befürchten habt, Emir», wandte er sich an Suleyman, «werde ich darüber wachen, dass dieser Christ auch sein Wort hält.» Er musterte Bernhard. «Du bist jetzt frei und seit dem Tod deines Herzogs und deines Kaisers an keinen Eid mehr gebunden. Daher biete ich dir an», er zögerte, «in meine Dienste zu treten. Als Übersetzer und Berater. Damit ich die Stadtteile der Christen besser verwalten kann. Und vielleicht werde ich Euch Ungläubige, dank deiner Hilfe, eines Tages besser verstehen.»

Bernhard sah Salah ad-Din überrascht an. Überrascht über dieses Angebot, über diese unerwartete Ehre. Er zögerte, überlegte und zum ersten Mal schienen selbst ihm die Worte zu fehlen. «Sultan, Euer Vertrauen ehrt mich, aber ich kann diese Ehre nicht annehmen, selbst wenn ich kein Christ wäre!»

«Ich verlange von dir ja nicht, dass du mein Wesir wirst!», zerstreute Salah ad-Din seine Zweifel. Ungeduld zeichnete seine Gesichtszüge. «Nun, Bernhard von Markward, willst du in meine Dienste treten? Es ist eine Entscheidung als freier Mann!»

«Ein Christ, der einem Sultan dient?», fragte Bernhard plötzlich, obwohl er wusste, dass es eine unverzeihliche Beleidigung wäre, das Angebot abzulehnen.

Salah ad-Din lächelte. «Nein, ein Christ, der einem Sultan hilft, zu verstehen …» Er stellte sich vor Bernhard hin und befahl: «Und jetzt knie nieder!» Er musste sich der Treue dieses Christenritter vergewissern und ihn auch wie einen schwören lassen.

Bernhard gehorchte, kniete nieder und faltete seine Hände.

Salah ad-Din umschloss sie mit den seinen, dem Akt des Schwurs der Christenritter folgend und mit mächtiger Stimme rief er feierlich: «So schwört mir, Bernhard von Markward, bei Eurer Ehre, mir treu zu dienen, mir zur Seite zu stehen, wenn ich nach Euch rufe, mich zu schützen und die Gläubigen vor allen Feinden zu bewahren, solange mein Leben währt!»

Bernhard zögerte, dachte nach und erwiderte schließlich: «Bei meiner Ehre schwöre ich Euch, Euch zu dienen, zur Seite zu stehen, wenn Ihr nach mir ruft, Euch mit meinem Schwert und meinem Leben zu schützen und die Gläubigen in Gott vor allen Feinden zu bewahren, solange ich meine Waffe nicht gegen die Brüder meines Glaubens erheben muss!»

«Ihr feilscht und widersprecht, selbst wenn Ihr schwört!», bemerkte Salah ad-Din zornig und scherzend zugleich. «So verleihe ich Euch den Titel eines Übersetzers! Und jetzt erhebt Euch, Bernhard von Markward!»

Er stand auf. Irgendwie war er sich nicht sicher, was eben geschehen war. Noch vor einiger Zeit geschlagen, gemartert, fast verdurstet und ohne Hoffnung, war er jetzt in den Kreis des Sultans getreten, stand plötzlich als Berater auf jener Seite, die er so gnadenlos bekämpft und verflucht hatte. Er konnte es nicht fassen. Genau so wenig wie das Glück, die Frau durch seine Liebe gewonnen zu haben, die ihm so unerreichbar schien.

«Nun, Emir, seid Ihr beruhigt?»Salah ad-Din sah Suleyman neugierig an.

«Eure Weißheit gereicht Allah zu Ehren!», erwiderte er ausweichend und verneigte sich. Was sollte er gegen eine Heirat schon einwenden, die selbst der Sultan guthieß? Gegen eine Liebe, die der Allmächtige beschlossen hatte?

Nasrin senkte rasch die Lider, als sich Salah ad-Din plötzlich ihr zuwandte. «Nun, Nasrin al-Dir, nun wird also ein Christ und nicht ein gottesfürchtiger Muslim Euren Starrsinn zu spüren bekommen! Ob ich ihn beneiden soll, weiß ich nicht, aber ich erspare so einem meiner Söhne, Euch zu ertragen! Aber Eure Schönheit, Eure Liebe und Euer Mut werden diesen Christen für alles entschädigen.» Er lächelte gütig.

Nasrin hatte ihn noch nie in solch einer heiteren Laune gesehen. Wie konnte sie ihm danken? Dafür, dass er sich für Bernhard einsetzte. Dafür, dass er ihren Vater von ihrer Liebe zu Bernhard überzeugte.

«Möge der Prophet mich je davor bewahren, Euch nochmals zu erzürnen! Ich stehe in Eurer Schuld, edler und großer Sultan!», entgegnete sie dankbar, mit strahlenden Augen.

Salah ad-Din musterte sie und Bernhard verschwörerisch, drehte sich schließlich um und verließ ohne ein weiteres Wort den Saal.

Die Steine der Hoffnung, des Bangens, des Verlangens, der Sehnsucht, des Verstehens – sie fügten sich nun zusammen, sie bildeten eine Brücke. Die Brücke der Liebe.

Nur Suleyman zögerte, sie zu betreten.

39

Aisha schrie auf und ließ das Tablett fallen. Klirrend prallten die Gläser mit den kühlen Getränken auf den Fußboden, zerbarsten in unzählige Scherben.

Bernhard hat unerwartet das Zimmer betreten und sie erschrocken. Noch immer fürchtete sie sich vor diesem hochgewachsenen Christen, diesem Ungläubigen, diesem Barbaren, mit welchem ihre Herrin vermählt war.

Verstimmt merkte Nasrin auf, hielt mit dem Teppichknüpfen inne und seufzte. Obwohl Aisha schon seit Monaten mit ihnen in diesem Haus lebte, konnte sie ihre Furcht vor Bernhard einfach nicht überwinden und schon gar nicht verbergen. Einerseits verstand Nasrin sie, wenn sie an die Ereignisse in der Wüste dachte, andererseits musste die Dienerin endlich einsehen, dass es auch andere Christen gab – verständnisvolle, rücksichtsvolle.

«Verzeiht!», stammelte Aisha verlegen und wagte den Hausherrn nicht anzublicken. Sie kniete eilig nieder, um die Scherben einzusammeln. Gleichzeitig versuchte sie, mit dem Saum ihres Kleides die Steinfliesen aufzuwischen.

Bernhard musterte sie nachdenklich, während er auf Nasrin zutrat, die sich jetzt schwerfällig aus den Kissen erhob. Sie drückte das schmerzende Kreuz durch und spürte, wie das Ungeborene gegen ihren Bauch trat. Trotzdem lächelte sie. Es war ein starkes Kind, das in ihr heranwuchs. Ein starkes und störrisches. Genau wie sie. Genau wie Bernhard.

«Aisha, wann lernst du endlich, dich zu beherrschen?», schalt Nasrin ihre Dienerin, die darauf noch hastiger und beschämt den feuchten Fussboden trocken rieb.

Bernhard sah sie noch immer regungslos an, verzog schließlich die Lippen und bemerkte seufzend: «Sie fürchtet sich noch immer.»

«Sei ihr nicht böse, Bern'ard. Vergiss nicht, auch ich fürchtete mich lange vor dir!» Nasrin lächelte ihn an. «Nur allzu verständlich nach alldem, was ihr in der Wüste zugestoßen ist. Aber irgendwann wird sie sich an dich gewöhnen!»

Er nickte, noch immer nachdenklich. «Ich bin ihr nicht böse. Ja, irgendwann wird sie sich an mich gewöhnen. Aber nur, weil ihr keine andere Wahl bleibt.»

Am ganzen Leib zitternd, bemühte sich Aisha noch mehr, schrubbte noch emsiger den Boden, als sie spürte, wie Bernhard sie ansah.

Nasrin versuchte, in seinem Gesicht eine Regung auszumachen, doch da war nichts.

«Warum ist sie deine Sklavin?», fragte er plötzlich geheimnisvoll und wandte sich ihr zu.

«Warum? Weil El-Afdal sie mir geschenkt hat!», entgegnete Nasrin schulterzuckend.

«Ja, sie ist sein Geschenk und du kannst über ihr Schicksal entscheiden. Ich aber habe dir versprochen, nie über dich zu bestimmen. Trotzdem bitte ich dich: Lass sie frei!»

Nun blickte Aisha auf, verwundert, als hätte sie nicht richtig verstanden. Sie musterte zuerst den Christen, dann ihre Herrin.

Nasrin runzelte die Stirn. «Frei lassen? Aber warum? Was soll sie schon mit der Freiheit anfangen? Aisha besitzt nichts, sie ist seit ihrer Geburt eine Sklavin! Für sie ändert sich nichts, ob sie frei ist oder nicht!»

«Doch! Es ändert sich eben schon etwas, Nasrin!», erwiderte Bernhard bestimmt und seine Augen funkelten. Er schluckte zunächst leer und fuhr fort: «In den letzten zwei Jahren habe ich gelernt, dass kein Mensch einen anderen besitzen und über dessen Schicksal bestimmen sollte! Jeder soll frei über sein Leben, über seinen Glauben und auch über seine Liebe entscheiden können!»

Verwundert richtete Aisha sich nun auf, ließ den feuchten Zipfel ihres Kleides los und trocknete sich ihre Hände daran. Zum ersten Mal sah sie Bernhard wirklich an.

«Wer frei ist», fuhr er fort, «kann selbst entscheiden, ob er gehen will oder nicht. Warum sollte jemand in meiner Nähe bleiben, der sich vor mir fürchtet? Warum sollte ich ihn dazu zwingen? Warum sollte ich meinen Willen durchsetzen?»

Nasrin presste die Lippen zusammen und musterte ihre Dienerin schweigend. Sie dachte einen Augenblick nach und befahl ihr dann: «Aisha, lass uns allein!»

Eilig verneigte sich die Sklavin, wagte noch einen schüchternen Blick auf den Hausherrn und huschte hinaus.

Bernhard sah ihr nach.

Als die Tür hinter ihr zufiel, trat Nasrin zu ihm und nahm seinen Kopf in ihre Hände. Seit Monaten hat sie Bernhard nicht mehr so betrübt, so niedergeschlagen gesehen.

«Was ist mit dir?», fragte sie und suchte in seinem Gesicht nach einer Antwort, doch seine Miene blieb undurchdringlich.

Bernhard schwieg, kniete vor ihr nieder, legte seine Hände um sie, zog sie an sich und drückte seine Wange gegen ihren gewölbten Leib. Sie strich ihm zärtlich über das Haar.

Er dachte lange nach, bis er endlich antwortete: «Du weißt nicht, wie es ist, unfrei zu sein, Nasrin. Du hast dein Leben lang Diener befehligt und sie gehorchten dir. Auch wenn du sie gut behandelt hast, so hast du doch über sie bestimmt, über ihr Schicksal entschieden. Du hast nie erfahren, was es bedeutet, aber ich habe am eigenen Leibe gespürt, was es heißt, ein Sklave zu sein. Und ich habe mir geschworen, dies keinem anzutun.»

«Da irrst du dich!», entgegnete Nasrin heftiger als gewollt und zog ihre Hand zurück. «Ich weiß sehr wohl, was es heißt, wenn ein anderer über dich bestimmt. Du vergisst, ich wurde zweimal verlobt, ohne gefragt zu werden. Auch ich wurde verkauft und obwohl die *Mahr* mir gehörte, konnte nicht ich über mich bestimmen!»

Er hob seinen Kopf und sah sie ernst an. «Wenn du das weißt, warum gibst du Aisha nicht frei? Du wirst sehen: Wenn sie selbst entscheiden kann, ob sie dir weiterhin dienen will, wird sie es mit Freude und eifriger tun! Und sie wird vielleicht weniger Angst vor mir haben!»

Verstimmt starrte Nasrin zur Tür. Sie hatte nie darüber nachgedacht, ob sie der Dienerin die Freiheit schenken sollte. Es war ihr auch nicht eingefallen, als Fatimah noch lebte. Dabei hatte ihr Vater oft gesagt, es sei die Pflicht eines Muslims, Sklaven freizulassen. Aber wohin sollte Aisha schon gehen? Sie war eine einfache Dienerin, sie hatte keine Familie.

Nasrin schwieg einen Moment und lenkte schließlich ein: «Ich werde darüber nachdenken!»

Bernhard lächelte sie an, küsste ihren gewölbten Bauch und drückte nochmals sanft seinen Kopf dagegen.

«Ein Soldat der Palastwache war soeben hier!», begann er unvermittelt, als ob er sich gerade erst daran erinnert hätte, warum er zu ihr kam.

«Ein Soldat?» Nasrins dunkle Augen wurden ernst.

«Salah ad-Din ruft mich nach Jerusalem!»

Die Verwunderung wich aus ihrem Gesicht, verwandelte sich in Nachdenklichkeit.

Seit sie mit Bernhard vermählt war, hatte der Sultan nicht ein einziges Mal nach ihm verlangt.

«Ich dachte, er sei krank!», bemerkte sie und ein seltsames Gefühl beschlich sie.

Bernhard nickte und seine Stimme klang betrübt. «Ja, er ist krank. Und genau darum schickt er mich nach Jerusalem. Es gibt Streitigkeiten darüber, wer welche Heiligtümer beanspruchen darf. Heiligtümer, die von allen – Christen, Muslimen, Juden – gleichermaßen verehrt werden. Salah ad-Din will, dass ich in seinem Namen schlichte.» Er zog einen Ring hervor, der für gewöhnlich die Hand des Sultans zierte und betrachtete ihn versonnen.

«Er schickt dich als seinen Stellvertreter!» Nasrin nahm Bernhard den Ring ab und drehte ihn nachdenklich zwischen den Fingern. Sie hatte ihn schon zwei Mal gesehen: In jener Nacht, als ein Bote die Nachricht vom Fall Akkons überbrachte und in Akkon selbst. Nun hielt sie ihn in der Hand. Der Saphir funkelte warm und strahlte wie Bernhards Augen.

«Nein, er schickt einen Christen, der für einen muslimischen Sultan spricht!», verbesserte Bernhard sie.

Nasrin gab ihm den Ring zurück. «Es ist eine große Ehre!»

«Oder kühle Berechnung!», erwiderte er seufzend, küsste sie noch einmal und stand auf. Er trat an den kleinen Tisch, auf dem eine Schale voll frischer Feigen stand, griff nach einer Frucht und sah sie nachdenklich an.

Nasrins Blick ruhte fragend auf ihm. «Berechnung? Ich glaube nicht, Bern'ard. Er verfolgt damit sicher keine bösen Absichten. Wäre Salah ad-Din nicht krank, würde er bestimmt selbst nach Jerusalem aufbrechen!»

«Er könnte genauso gut seinen Sohn schicken!», widersprach Bernhard und Nasrin entdeckte Verstimmung auf seinem Gesicht.

«El-Afdal hat sich noch nie um solche Angelegenheiten gekümmert. Dabei geht es doch auch um die Belange der Christen!», entgegnete sie schnell.

Bernhard legte die Feige in die Schale zurück. «Vielleicht ist jetzt an der Zeit für ihn, sich nun um die Belange anderer zu kümmern! Jetzt, da sein Vater im Sterben liegt.»

«Was sagst du da?»

Eine seltsame Bitterkeit lag in Bernhard Stimme, als er betroffen antwortete: «Salah ad-Din ist schwer krank. Es gehen Gerüchte um, er würde den kommenden Frühling nicht überleben.»

Nasrin trat auf ihn zu, kaum fähig, einen klaren Gedanken zu fassen.

Salah ad-Din hatte als mächtiger Herrscher das Land und die Stämme geeint und klug, gerecht und weise regiert. Aber schon vor Monaten hatte er die Regierungsangelegenheiten seinen Söhnen übertragen und sein Reich geteilt.

«Er schickt mich nach Jerusalem, weil er hofft, dass ich den Frieden wieder herstellen kann, wenn ich in seinem Namen spreche!» Bernhard schien Nasrins Gedanken zu lesen. «Seit Salah ad-Din dort herrscht», fuhr er weiter, «leben Muslime und Christen friedlich nebeneinander. Die Streitigkeiten sind ein schlechtes Omen! Ich fürchte, der Sultan wird wirklich sterben und El-Afdal wird nicht so klug regieren wie er!»

«Es soll nicht unsere Sorge sein!»

«Es wird es aber!» Bernhard fuhr sich sorgenvoll über das Gesicht. «Nasrin, wir leben hier nur darum so unbehelligt, weil wir unter Salah ad-Dins Schutz stehen! Ich weiß nicht, ob El-Afdal das Werk seines Vaters fortsetzt! Salah ad-Din ist ein großer und weiser Herrscher, aber wenn er stirbt, sterben wahrscheinlich seine Ideen mit ihm. El-Afdal wird nie die Größe besitzen wie der Sultan!»

Nasrin schluckte. «Einzig und allein Allah wird darüber entscheiden und nicht wir!»Sie griff unter ihr Kleid, berührte das kleine Schmuckstück, das ihr in der Wüste das Leben gerettet hatte. Sie nahm das Kreuz ab und betrachtete es nachdenklich: «Und nicht Salah ad-Din schickt dich nach Jerusalem, sondern ein anderer!»

Sie legte Bernhard das Kreuz auf die Handfläche und schloss seine Finger darum, so wie er es damals in der Wüste getan hatte. Sie seufzte, als sie sagte: «Gott lenkt unser aller Geschicke und kein anderer! Es war dein Ziel, nach Jerusalem zu gehen, um der Seele deiner Schwester Frieden zu schenken. Du hast selbst gesagt, du hättest erkannt, dass du ihr Los nicht zu verändern vermagst, indem du kämpfst.» Sie deutete mit dem Kinn auf seine zu einer Faust geschlossenen Hand. «Allah ist gütig und hat Verständnis für sie, ebenso wie er es für uns hat. Nimm es mit und vollende das, was dich ins Heilige Land geführt hat. Vergrabe das Kreuz an dem für euch Christen heiligsten Ort in Jerusalem. Das ist der Weg, die Seele deiner Schwester zu erlösen!»

Bernhard öffnete langsam die Hand und sah das Kreuz nachdenklich an.

Für einen Augenblick schien es heller zu glänzen als gewöhnlich.

Tiefe Dankbarkeit erfüllte ihn, er nahm Nasrin fest in die Arme und küsste sie liebevoll.

40

Verschlafen rieb sich Nasrin die Augen. Ein klirrendes Geräusch hatte sie aus dem Schlaf gerissen. Sie atmete tief durch und sah zum Fenster, durch welches silbernes Mondlicht in das Zimmer flutete. Seufzend blickte sie auf den Platz neben sich, dorthin, wo für gewöhnlich Bernhard schlief. Aber nur kalte Leere schlug ihr entgegen. Erst vor einigen Tagen hatte er Damaskus verlassen, doch ihr erschien es, als hätten sie sich seit Wochen nicht mehr gesehen und sie vermisste ihn unendlich.

Als sie vor zwei Tagen ihren Vater besuchte, erfuhr sie von ihm, dass El-Afdal alle Emire und Regenten in seinen Palast bestellte und sie einen Treueid schwören ließ. Wenn er schon dies forderte, musste es sehr schlecht um Salah ad-Din stehen. Bernhards Bedenken fielen ihr ein und nun fragte auch sie sich, was auf sie zukommen würde, wenn El-Afdal erst einmal in Damaskus herrschte.

Wieder klirrte es.

Sie zog einen Umhang über und zündete ein zweites Öllämpchen an. Was trieb Aisha noch so spät in der Nacht? Wollte sie etwa das ganze Haus aufwecken? Nasrin schlüpfte in ihre Sandalen und schlurfte an die Tür, um nachzusehen.

Es war kein kleines Haus, das Bernhard erworben hat, aber es war auch kein Palast. Doch sie konnten sich einige Diener leisten, die Nasrin viele Arbeiten abnahmen. Und was Aisha betraf, so hatte Bernhard recht. Nachdem er sie gebeten hatte, der Sklavin die Freiheit zu schenken, tat es Nasrin bereits am nächsten Tag. Seither war Aisha wirklich eine ihrer fleißigsten Bediensteten und arbeitete häufig bis spät in die Nacht.

Verschlafen öffnete Nasrin die Tür und erschrak, als sie einen großen Schatten bemerkte. Entsetzt trat sie einen Schritt zurück und erst als sie sich wieder gefasst hat, sagte sie: «Bern'ard, bist du von allen guten Geistern verlassen, so durch das Haus zu schleichen? Du hast mich zu Tode erschreckt!»

Der Schatten löste sich wortlos aus der Dunkelheit und trat über die Schwelle. Verstört ließ Nasrin ihn gewähren. Sie hat sich getäuscht. Es war nicht Bernhard.

«Dein Mann wird nicht so schnell kommen!», höhnte eine ihr bekannte Stimme.

Nasrin erstarrte. «Jamal!»

Er wirkte abstoßend, seine Kleider waren schmutzig, abgetragen, sein Turban schäbig. Er bot einen jämmerlichen Anblick und hatte nichts mehr gemein mit der glanzvollen Erscheinung jenes Hauptmannes der Stadtwache von früher.

Seine Augen funkelten kalt und bedrohlich und er betrachtete Nasrin prüfend. «Dir scheint das Leben einer Christenhure gut zu bekommen!»

Nasrin wich noch weiter zurück, bis sie gegen ihr Bett stieß. «Ich bin immer noch Muslimin, auch wenn mein Mann ein Christ ist!»

Jamal spuckte verächtlich aus. «Ja, ein ehrloser, verfluchter *Kafir*!»

«Er ist ehrenvoller als du! Ich weiß, was in Arsuf geschehen ist!», entgegnete Nasrin entschlossen und spähte zur Tür.

Doch Jamal versperrte ihr den Weg. «Schweig, Weib! Du solltest meine Frau werden und den Ruhm meines Hauses mehren!» Er lächelte boshaft, seine Zähne blitzten auf und Nasrin erinnerten sie an die Reißzähne eines Wolfes. Im flackernden Licht des Lämpchens wirkte er dämonisch.

Er ging auf sie zu.

«Du hast das Ansehen deines Hauses besudelt und das Andenken deines Vaters und deines Bruders befleckt! Der *Bait* al-Aziz gehörte einst zu den angesehensten Häusern, bevor du ihn entehrt hast! Dein eigener Bruder würde dich erschlagen, wenn…»

Jamal packte sie grob und sein Griff ließ sie zusammenfahren. Wie die Klauen eines Greifvogels gruben sich seine Nägel in ihren Arm. «Halte deine Zunge im Zaum, du treuloses Weib!» Er starrte sie verachtend an. «Du ziehst jetzt wohl bald die Bastarde eines Christen auf!»

«Verschwinde aus meinem Haus, Jamal, wenn du noch einen Funken von Ehrgefühl im Leibe hast!», herrschte sie ihn an und versuchte sich loszureissen. Erfolglos.

«Nicht ohne dich!», fauchte er und zerrte an ihrem Arm. Der Schmerz, den er ihr zufügte, raubte ihr beinahe den Atem. Gequält schrie sie auf, doch im nächsten Augenblick holte sie aus und schlug ihm mit ihrer freien Hand ins Gesicht.

Jamal riss überrascht die Augen auf, schüttelte kurz den Kopf, ließ Nasrin jedoch nicht los. Stattdessen schlug auch er zu. So fest, dass sie herumwirbelte, aufs Bett stürzte und benommen auf dem Bauch liegen blieb.

«Du missratene Schlange! Das wirst du kein zweites Mal wagen!», knurrte er und packte sie am Nacken. Erbarmungslos drückte er ihr Gesicht in die Kissen, bis sie glaubte, ersticken zu müssen. Doch dann riss er sie wieder hoch. Sie schnappte nach Luft, der stechende Schmerz in ihrer Brust war unerträglich. Verzweifelt versuchte sie, sich aus seinem Griff zu lösen, schlug um sich und zerkratzte seinen Arm.

Jamal fluchte. Mit einem Ruck riss er sie herum, hielt ihre Hände fest und kramte einen Lederriemen hervor.

Wie sehr sie sich auch wehrte, Jamal war zu stark: Geschickt band er ihre Hände zusammen und je mehr sie versuchte, sich zu befreien, desto mehr schnitt der Riemen in ihre Haut ein.

Bohrender Schmerz setzte in ihren Schläfen ein und das Blut stockte ihr in den Adern, als sie einen Säbel an seiner Seite aufblitzen sah. Ihr wurde bewusst, dass er nicht zögern würde, ihn zu benützen.

«Jamal», begann sie eindringlich und wehrte sich nicht mehr, «das bist nicht mehr du selbst. Ich flehe dich an, lass mich frei und verlasse dieses Haus!»

Doch er lachte nur verächtlich, riss sie hoch und zerrte sie zur Tür. Obwohl sie wusste, dass die Diener solch einen erfahrenen Soldaten wie Jamal nicht bezwingen konnten, versuchte sie, um Hilfe zu rufen. Aber Jamal drückte seine Hand auf ihren Mund, zog sie an sich heran und flüsterte ihr hämisch ins Ohr: «Ihr wollt doch nicht etwa Eure Diener wecken?»

Nasrin schluckte ängstlich. Jamal drängte sie durch das schlafende Haus. Noch immer hatte sie niemand bemerkt. Und niemand würde erfahren, dass Jamal sie entführt hatte.

Sie nahm ihren ganzen Mut zusammen und rammte ihm mit aller Kraft den Ellbogen in den Magen. Doch schon im nächsten Augenblick spürte sie das kalte Metall der Säbelklinge auf ihrem Hals.

«Das solltest du besser bleiben lassen, wenn dir dein Leben lieb ist!», zischte er. Endlich erreichten sie die Tür, die in den Garten führte und Jamal schob Nasrin hinaus.

Eine seltsame Stille empfing sie. Mondlicht hing in den Baumkronen, ergoss sich über die Beete. Nichts rührte sich.

Heftig atmend und gelähmt vor Furcht bei dem Gedanken, dass sie Jamal ausgeliefert und er zu allem entschlossen war, an ihr seine Rache zu üben, ließ sich Nasrin durch den Garten weiterzerren, auf das kleine Tor zu. Sie waren nur noch wenige Schritte davon entfernt, als das Haupttor geöffnet wurde.

Jamal fuhr herum.

Regungslos stand eine hochgewachsene Gestalt im Torrahmen.

Bern'ard!, durchzuckte es Nasrin und für einen Wimpernschlag kehrten ihr Mut und ihre Kraft zurück. Sie zerrte Jamals Hand von ihrem Mund und rief ihrem Mann zu.

Bernhard stutzte, sah sich um und als er Nasrin und Jamal entdeckte, zog er entschlossen sein Schwert und eilte auf sie zu.

«Lass sie los!», rief er und trat Jamal entgegen.

«Geh mir aus dem Weg, du verfluchter Hund!», fauchte dieser. «Sonst wirst zusehen müssen, wie du nicht nur deine Frau, sondern auch euren Bastard verlierst!»

Nasrin bemerkte, wie über Bernhards Gesicht ein Schatten flog und ein furchtsames Funkeln in seinen Augen aufleuchtete, das sie noch nie gesehen hatte.

Er überlegte kurz. «Lass sie gehen», sagte er schließlich, senkte sein Schwert und hob besänftigend die Hand. «Es geht dir nicht um sie, du wolltest von jeher nur mein Leben. Vergreife dich also nicht an einer wehrlosen Frau!»

Als wäre sie ein lebender Schild, stellte sich Jamal hinter Nasrin. Er bedrohte sie noch immer mit dem Säbel, während er mit der anderen Hand gierig über ihre Brüste fuhr. Stumm vor Verzweiflung und Scham, begann sie zu weinen.

«Ich hole mir nun, was mir zusteht und was du, Hund, mir gestohlen hast!», stieß Jamal hervor.

«Ich habe dir nichts gestohlen. Nicht diese Frau und auch nicht deine Ehre! Dass du beide verloren hast, daran ist nur deine Feigheit schuld. Keiner hätte dir dein Recht verwehrt, hättest du vor Arsuf tapfer gekämpft!»

«Ich sage dir, geh mir aus dem Weg!», zischte Jamal erneut und drückte die Klinge seines Schwertes noch fester an Nasrins Hals.

Bernhard ließ sein Schwert los und klirrend fiel es zu Boden. «Lass sie gehen, Jamal und nimm Rache an mir!»

«Glaubst du, ich weiß nicht, wie ich mich am besten an dir rächen kann?» Er grinste Bernhard höhnisch an. «Ich bin nicht blind, *Kafir*, ich weiß, wie ich dir mehr Qual bereiten kann als du je erlitten hattest: Ich werde dir das nehmen, was dir am liebsten ist. Ich werde dir die Frau nehmen, die du liebst! Du hast das Leben meines Bruders nicht verschont, nun verschone ich das ihre nicht!»

Bernhard rührte sich nicht, starrte ihn an.

Jamal grinste noch immer. Er drückte Nasrin noch fester an sich.

Halb wahnsinnig vor Furcht, bäumte sie sich auf, drehte den Kopf zur Seite und biss ihm in die Hand, so fest es ging. Sie schmeckte sein Blut und hörte ihn aufschreien.

Ein wuchtiger Schlag folgte und benommen ging sie zu Boden.

«Du verdammtes Miststück!», fluchte er und wollte nach ihr treten, doch Nasrin rollte zur Seite.

Blitzschnell hob Bernhard sein Schwert auf, stürzte sich auf Jamal. Ihre Klingen kreuzten sich und ein erbitterter Kampf entbrannte. All ihr Hass und all ihre Wut, welche die beiden Männer so lange zurückgehalten hatten, brachen nun, gleich einem Gewitter, aus ihnen hervor. Wie hungrige Schakale, die sich um ein Stück Fleisch zanken, bewegten sich die Todfeinde im Kreis. Der Lärm der Klingen, die aufeinander schlugen, hallte in den Ohren, erfüllte den Garten und hat die Diener geweckt. Sie standen nun da und verfolgten ängstlich den Kampf.

Nasrin erhob sich schwerfällig, taumelte zur Seite, in die Arme von Aisha, die herbeigeeilt war.

«Herrin, Ihr seid verletzt!», stammelte die Dienerin entsetzt.

Doch Nasrin schüttelte bloß stumm den Kopf. Ihre Blicke flogen zu den Kämpfenden und innig flehte sie: Allah, steh Bern'ard bei!

Und Allah erhörte ihr Flehen.

Mit einem geschickten Schlag entwaffnete Bernhard Jamal und setzte ihm die Spitze des Schwertes an den Hals. Jamal erstarrte und wich zurück, bis er mit seinem Rücken gegen den Stamm einer Palme stieß. Obwohl er besiegt war, sah er seinen Gegner hochmütig an.

«Verschwinde aus Damaskus und lass dich hier nie mehr blicken!», forderte Bernhard ihn auf.

«Töte mich, du verdammter Bastard einer Christenhure!», zischte Jamal. «Los, töte mich endlich! Das ist es doch, was du immer wolltest!»

Bernhard musterte ihn triumphierend und einen Herzschlag lang glaubte Nasrin, er würde Jamals Aufforderung nachkommen. Er hob das Schwert, holte aus, zögerte und ließ es langsam wieder sinken. «Du bist es nicht wert, Jamal al-Aziz, dass ich meine Hände mit deinem Blut beflecke!»

«Du zögertest aber nicht, deine Hände mit dem Blut meines Bruders zu beflecken, als du ihn ermordet hattest! Töte mich, denn solange ich lebe, werde ich auf Rache sinnen! Das schwöre ich!»

«Ich habe niemanden ermordet!», entgegnete Bernhard und seine Stimme zitterte vor Wut.

«Ruchlos niedergestochen hast du ihn, als er in Akkon gegen euch verdammte Christen kämpfte!»

«Du hast recht, ich habe gegen deinen Bruder vor Akkon gekämpft!» Bernhard lehnte sich vor und die Spitze seines Schwertes ritzte die Haut auf Jamals Hals auf. «Es war mir eine Ehre, gegen einen Mann anzutreten, der tapfer und mutig war und sich nicht scheute, sich mir in einem offenen Kampf zu stellen. Er wäre beschämt und betrübt, zu erfahren, wie wenig Würde dagegen du hast!» Bernhard zog die Klinge zurück. «Ich habe es gesehen, Jamal, ich habe gesehen, wie du in der Ebene von Arsuf feige die Flucht ergriffen hattest und nicht bereit warst, deinem Sultan zu helfen! Du bist es nicht wert, so ehrenvoll zu sterben wie dein Bruder. Verschwinde jetzt, oder ich lasse die Stadtwachen rufen und dein Ende wird noch ehrloser werden als es jetzt schon ist!»

Mit einem finsteren Blick wandte er sich ab, um nach Nasrin zu sehen.

Im gleichen Moment zog Jamal einen Dolch hervor.

Nasrin, die, noch immer von Aisha gestützt, an einer Palme lehnte, bemerkte das Aufblitzen der Klinge im Mondlicht als erste. Ihr entsetzter Schrei ließ Bernhard herumfahren und dem tödlichen Stoß ausweichen. Trotzdem verletzte ihn Jamal am Arm.

Zornig hob Bernhard das Schwert, fuhr herum und ein kräftiger Hieb traf Jamal.

Eine lähmende Stille trat ein. Der Rumpf des Hauptmanns sank zusammen, schlug dumpf auf, während der Kopf über den Boden rollte, die toten Augen weit aufgerissen, vor Nasrins Füße.

Wippend blieb die blutige Klinge im Stamm eines Baumes stecken.

Die Nacht füllte sich mit dem Raunen der Dienerschaft.

Bernhard würdigte den Toten keines Blickes mehr. Er ging auf Nasrin zu, die sich von Aisha losriss und ihm entgegeneilte.

«Sieh nicht hin!», bat er sie, als er sie sanft in die Arme nahm.

Mit dem Handrücken wusch sie sich das Blut von den Lippen, die Augen trotz Bernhards Bitte starr auf Jamals toten Körper gerichtet.

Bernhard streichelte ihr übers Haar. Erst jetzt bemerkte sie die Wunde an seinem Arm und erschrocken rief sie: «Du bist verletzt!»

«Es ist nur ein Kratzer, nicht mehr!», beruhigte er sie.

Er drückte ihren Kopf an seine Brust und ein zarter Kuss auf die Stirn ließ sie die Augen schließen. Die Anspannung gab nach und erst jetzt wurde ihr bewusst, in welcher Gefahr sie sich befunden hatte, der sie nur knapp entronnen war. Die Gefühle übermannten sie und Nasrin begann erneut zu weinen.

Sie bebte am ganzen Leib, hielt sich an Bernhard fest, als sei er ihr Anker und fühlte, dass auch er zitterte. Endlich hob er sie auf und trug sie durch den in weiches Mondlicht getauchten Garten ins Haus.

«Versprich mir, mich nie mehr allein zu lassen», flüsterte sie Bernhard heiser zu, als er sie in das Schlafzimmer trug und behutsam auf das Bett legte.

Nasrin sah ihn hoffnungsvoll an, als er sich neben sie legte und ihr sanft über das Gesicht strich. Seine blauen Augen strahlten heller denn je und er lächelte ihr zu. «Ja, das verspreche ich dir. Ich lasse dich nie mehr allein, solange mein Herz in meiner Brust schlägt.»

Dann küsste er sie und ließ sie alle Sorgen vergessen.

EPILOG

«*Allahu akhbar… Allahu akbar…!*

Die Rufe des Muezzins vom Minarett der Umayyaden – Moschee schwebten über die Dächer von Damaskus und erfüllten die Morgendämmerung mit einer seltsamen Wehmut und tiefer Gläubigkeit.

Bernhard stand gedankenverloren am Fenster und blickte in den Garten, dessen Baumwipfel sanft im Wind wogen. Er konnte die Stadt, die langsam erwachte, mit ihren Farben und Geräuschen riechen. Er mochte, nach all dem Lärm der unzähligen Schlachten, diese Augenblicke der Stille.

Und er war glücklich. Er hatte die Seele seiner Schwester gerettet. Er hatte das Herz jener Frau gewonnen, die ihm half, in dieser Welt auf dem Pfad der Dunkelheit und der Hoffnungslosigkeit zum Licht zu gelangen.

Erste Sonnenstrahlen berührten die Spitzen des Minaretts, der Türme und Kuppeln, schienen, zunächst nur langsam, dann immer schneller, die Bauten zu erfassen. Das Licht zog den Schleier, den die Nacht ausgebreitet hatte, sachte weg und die Stadt aus Sandstein begann zu leuchten. Rot. Rosa. Beige. Braun.

«*Allahu akhbar…*» Die letzten Lobpreisungen verklangen.

«Es ist noch früh. Warum bist du schon wach?»

Er spürte Nasrins Atem und eine sanfte Berührung auf seiner Schulter. Sie trat an seine Seite und lehnte sich an ihn.

«Es ist diese Stille, dieser Frieden, der mich aufgeweckt hat. Wie seltsam, der Lärm der Schlachten ließ mich schlafen …», entgegnete er nachdenklich.

Sie sah ihn besorgt an. «Dich bedrückt etwas.»

Schweigend starrte er über das Dächermeer in die Ferne, ohne sie anzusehen.

«Du vermisst dein Zuhause, nicht wahr?»

«Du bist mein Zuhause.» Jetzt lächelte er sie liebevoll an. Ein sanfter Wind ließ die Blätter der Palmen und Blumen im Garten rauschen, strich durch das Zimmer.

«Dies ist ein wunderschönes Land», bemerkte Bernhard. «Ein wunderschönes und hart geprüftes Land. Es ist deines und meines, Nasrin.» Er umarmte sie und zog sie näher an sich.

Die Sonnenstrahlen fluteten jetzt in den Garten.

Vögel stiegen auf, immer höher, flogen davon, zum Himmel hinauf. Von dort mussten sich die Gärten von Damaskus wie grüne Farbtupfer ausnehmen.

Wie Oasen in einem Meer aus Stein.

Wie grüne, funkelnde, lockende Lichter, Smaragden gleich.

Smaragde auf einem Teppich aus Sand und Stein.

POST SCRIPTUM

Historische Romane zu schreiben, ist nicht leicht und umso schwerer, wenn man versucht, eine Geschichte zu erzählen, die sich zwischen den Fronten zweier Kulturen abspielt.

Ganz besonders beim Roman «Die Gärten von Damaskus» stieß ich auf Hindernisse, die ich nicht erahnen konnte, als ich anfangs 2001 mit den Recherchen zu diesem Buch begann, bevor ich überhaupt das erste Wort zu Papier gebracht hatte.

Damals wusste ich noch nicht, dass aktuelle Geschehnisse einem Roman kurz vor seiner Vollendung den Todesstoß versetzen könnten. Der 11. September 2001 hätte beinahe den Schlussstrich unter den Roman «Die Gärten von Damaskus» gesetzt. Wochenlang ließ ich das Manuskript liegen, war mir lange Zeit nicht mehr sicher, ob ich es überhaupt beenden sollte. Doch Anfang 2002 tat ich es doch. Ich möchte an dieser Stelle mit allem Nachdruck betonen, dass der Roman «Die Gärten von Damaskus» nicht als ein Werturteil über die eine oder andere Religion zu verstehen ist.

Die Kreuzzüge gehören zu den dunkelsten Kapiteln der Menschheit. Auch über sie wurde aus der subjektiven Sicht der Geschichtsschreiber berichtet. Dass sich die Sichtweisen der Christen und der Muslime grundsätzlich unterschieden, lag in der Natur der Dinge.

Ich zog Quellen beider Kulturen heran und stieß dabei auf Interessantes, Abscheuliches und Überraschendes. All dies ließ ich in den Roman einfließen, bemüht, die Waage im Gleichgewicht zu halten. Über beide Seiten gab es Gutes wie Schlechtes zu berichten. Dieser Roman sollte nicht die Kriege beschreiben oder einen der beiden religiösen wie kulturellen Wege als den besseren darstellen, sondern über die Liebe zwischen zwei Menschen erzählen, die an die Zwänge ihrer eigenen Kultur gebunden waren.

Daher ließen mich oft nicht nur die geschichtlichen Hintergründe verzweifeln, sondern beim Lesen der wichtigsten Quelle – des Korans – stieß ich auch auf andere Hürden. Obwohl ich mich beim Schreiben möglichst genau an die Gebote und Empfehlungen des Korans hielt, nahm ich mir dennoch die schriftstellerische Freiheit heraus, die Geschichte so zu beenden, wie es – dessen bin ich mir bewusst – in Wirklichkeit nicht möglich wäre: Ich ließ eine Muslimin einen Christen heiraten.

Es ist mir absolut klar, dass es nach dem Islam einer muslimischen Frau nicht erlaubt ist, einen Andersgläubigen zu ehelichen und es liegt mir fern, diese Tatsache zu werten. In diesem Roman bemühte ich mich, die Unterschiede zwischen den beiden Kulturen von allen Seiten zu beleuchten. So soll diese Hochzeit ein Zeichen sein, dass Liebe auch über den Glauben hinweg ihren Weg findet und durch sie Feinde zu Freunden werden können. Aus diesem Grunde möge man mir verzeihen, dass ich ein solches Ende wählte und nicht den einen oder anderen Charakter vor die Wahl stellte, zu konvertieren. Hätte ich mich für ein anderes Ende entschieden, wäre dieses Buch nie geschrieben worden.

Cornelia Kempf, 2006

DANKSAGUNGEN

Nur selten wird ein Roman ohne die Unterstützung von Familie, von Freunden, Gönnern und Bekannten geschrieben. Dies gilt insbesondere für «Die Gärten von Damaskus», einen Roman, den ich während einer Zeit schrieb, die zu den schwierigsten meines Lebens gehörte. Ohne den Rückhalt Vieler hätte ich dieses Manuskript niemals beendet. Daher gebührt mein Dank vor allem jenen, die mir in diesen schwierigen Jahren, die hinter mir liegen, zur Seite standen und an der Verwirklichung dieses Projektes nie gezweifelt hatten. Es würde den Rahmen dieser Danksagung sprengen, sie alle einzeln aufzuzählen, aber die wichtigsten in meinem Leben seien hier erwähnt:

Meine Eltern Heinz und Beatrix Kempf, die mir zur Seite standen, auch wenn es manchmal eng wurde.

Meine Schwestern Petra Kempf und Dagmar Pick mit ihrer Familie, bei denen ich immer wieder Rückhalt fand.

Meine Freunde und treuesten Fans Birgitt und Oliver Streng und Wolfgang Eberle, die meinen chronischen Zeitmangel und meine Launen auch heute noch geduldig ertragen.

Aber auch andere halfen mir auf ihre Weise. Auf diesem Weg möchte ich mich bei ihnen für ihre aufmunternden Worte und für ihre Unterstützung in allen Lebenslagen – in schweren wie in weniger schweren – bedanken. Zu diesem ganz besonderen Kreis wichtiger Personen gehören:

Meine Freundin Laura, die mir im privaten Bereich – auch in den schwersten Zeiten – beistand und ihr Mann Jürgen Afflerbach, der mir insbesondere beruflich den Rücken stärkte.

Franz Ditsch, da ich den erfrischenden Gesprächen mit ihm zugegebenermaßen sogar die eine oder andere Idee verdanke.

Und Ales Diessner, ein ehemaliger Kollege, der mir sogar heute noch meine manchmal etwas bissige Art nachsieht.

Auch Alex Ross und seinem Team von *Writemovies.com* in Los Angeles sei an dieser Stelle gedankt, da diese bereits 2002 an den Erfolg des Romans glaubten und die Geschichte mit einem dritten Platz in ihrem Wettbewerb ehrten.

Ein besonderer Dank gilt auch der Stadtbücherei Königsbrunn, die mit wundervoll organisierten Lesungen erheblich zum Erfolg meiner Werke beitrug. Insbesondere Frau Christa König und ihr freundliches Team haben mit ihrem Engagement alle Lesungen zu einem unvergesslichen Ereignis werden lassen.

Dank gebührt auch der Stadt Königsbrunn, die mir mit dem Anerkennungspreis zum Kulturpreis 2005 eine ganz besondere Freude machte.

Wiederum kommt ein großer Dank meinem Lektor Ruben Mullis zu, der für den nötigen Feinschliff sorgte und der sicher manchmal durch die Eigenheiten und die Sturheit der Autorin an den Rand der Verzweiflung gebracht wurde.

Auch meiner Verlegerin Dr. Katarina Graf Mullis möchte ich danken, die mir bei allen Unstimmigkeiten zur Seite stand.

Noch vielen anderen möchte ich danken. All jenen, die ich nicht namentlich erwähne, sei an dieser Stelle gedankt.

Cornelia Kempf, 2006

GLOSSAR

Ab insidiis daboli libera me Domine	lat. Von des Teufels Hinterhalt befreie mich, Herr.
Alim	arab. Gelehrter, Bewahrer des Glaubens
An-nil	arab.-port. Anilin: der Farbstoff der Indigopflanze
Bait, el-Bait	arab. das Haus: In arabischen Ländern wird damit nicht nur ein Haus, sondern oft auch das Geschlecht einer Familie bezeichnet (z.B. *Bait* al-Aziz).
Bey	arab. Anrede für eine sehr hohe Persönlichkeit: «Hoher, erhabener Herr»
Bien être de vie, grant dame	altfrz. Lebewohl, große Herrin
Bunchum	Der heilkundige türkische Philosoph Ibn-Sina (Avicenna) erwähnt das Heilmittel *Bunchum*, das aus Jemen kam, das erste Mal zu Beginn des 11. Jahrhunderts. Avicenna kannte bereits zu diesem Zeitpunkt den Kaffee, der ungefähr 500 Jahre später als *Bunc* (Bohne) bekannt wurde.
Con dure departie me convendra faire pour le meillour ki onques fust amee ne servie	altfrz. Welch schweren Abschied muss ich nehmen von der besten Dame, der ich je gedient habe.

Dafan	arab. die Beerdigung
Djihad (auch der *Dshihad)*	heiliger Krieg der Muslime zur Verteidigung und Ausbreitung des Islams
Domine, exaudi orationem meam et clamor ad te veniat	lat. Herr, höre mein Gebet und mein Hilferuf komme vor dich. (Pslam 102,2)
Farflough	altdt. verflucht
Freng	Muslimische Geschichtsschreiber bezeichneten die meisten christlichen Kreuzfahrer als *Freng.* Diese Bezeichnung geht auf «Franken» zurück.
Fatihah	arab. die Eröffnende: Sure 1 des Korans, das «Vaterunser» des Islams
Filastin	ehem. Bezeichnung für Palästina
Haec me consolata est in humilitate mea, quia eloquinum tuum vivcafit me	lat. Das ist mein Trost in meinem Elend, dass deine Verheißung mich am Leben hält. (Psalm 119,50)
Hafis (auch *Hafiz)*	arab. Gelehrter, der jeden Vers des Korans auswendig kann
Hakim	arab. Gelehrter, Heiler, Arzt
Harim	arab. das Verbotene: Von Frauen bewohnter Teil des islam. Hauses.
Hazrat	arab. Ehrenbezeichnung: «Hoher Herr, Erhabener»

Hedschra	arab. Übersiedlung Mohammeds von Mekka nach Medina; Beginn der islamischen Zeitrechnung (622 n. Chr.)
Ibn	arab. «Sohn des …» z.B. Suleymann *Ibn* Masud Talib *Ibn* Nusair (Suleyman, Sohn des Masud Talib, Sohn des Nusair). Je länger der Name, desto einflussreicher und geschätzter die Person.
Imam	arab. Ehrentitel islamischer Gelehrter; Vorsteher der Moschee
Kadi (auch *Qadi)*	arab. Gericht; Richter
Kafan	arab. Totengewänder
Kafir	arab. Nichtmuslim, ein Gottgläubiger, der aber nicht an die Gesandtschaft Mohammeds glaubt
Kalif	arab. Nachfolger. Da Mohammed nach seinem Tod keinen Erben hinterlassen hatte, wurden Nachfolger – die Kalifen – ernannt, die den Glauben bewahren sollten.
Kalima Shahaadat	arab. das Glaubensbekenntnis der Muslime
Khimaar	arab. Ein schalähnliches Tuch, das von den Frauen über den Kopf getragen und auch als Schleier vors Gesicht gezogen wird.
Kismet	arab. Schicksal
Jilbab	arab. Obergewand, Überwurf. Eine Art Mantel, der auch den Kopf bedecken und die ganze Gestalt verhüllen kann.

Lorikion — vom lat. *Lorica.* Kettenhemd, Panzerung der Ritter. Das *Lorikion* war eine byzantinische Form des Kettenhemdes.

Mahr — arab. Brautgeld, wird vom Bräutigam an die Braut gezahlt, nicht zu verwechseln mit Mitgift.

Maschrabiya — arab. orientalische, kunstvolle Holzschnitzereien, verzieren die Fensterläden

Masdschid — arab. Moschee

Mua'hdhdin — arab. Muezzin, Gebetsrufer im Islam

Mufti — Rechtsgelehrter, bewandert im Koran und Lehrer der Heiligen Schrift

Mullah — arab. geistlicher Gelehrter vom niedrigsten Rang

Naiz — arab. Monatsblutung der Frau

Nasranî — arab. Nazarener, Christ

Niqab — arab. eine weitere Form des Schleiers

Pitha — arab. traditionelles Fladenbrot in den arabischen Ländern

Qawah — arab. Bezeichnung der Araber für Kaffee

Qur'an — arab. das oft zu Lesende: Heilige Schrift des Islams, von Gott selbst Mohammed diktiert; 114 Suren, dem Umfang (von der längsten bis zur kürzesten) nach geordnet.

Rajab	arab. der siebte Monat im islamischen Kalender
Respit aient en paradis, et Dieu saulve le remenant!	altfrz. Sie mögen ruhn im Paradies, die Übrigen errette Gott!
Safar	arab. der zweite Monat im islamischen Kalender
Salah ad-Din	kurdischer Sultan; sein eigentlicher Name lautet Salah ad-Din Yusuf bin Ayyub al-Malik an-Nasir. Die Kreuzfahrer nannten ihn Saladin.
Sâlat	arab. Pflicht, täglich fünfmal zu beten (morgens, mittags, nachmittags, abends, nachts), nach Mekka gewandt, wenn möglich in Gemeinschaft mit anderen Gläubigen. *Salât ul Maghrib* – Abendgebet *Salât ul Fajr* – Gebet am Morgen *Janaasa Salât* – das Gebet für die Toten *Salât ul Dschum'a* – Freitagsgebet, das wichtigste Gebet der Muslime
Seldschuken	gefürchteter, turkmenischer Reiterstamm aus der heutigen Türkei
Shabaan	arab. der achte Monat im islamischen Kalender
Shafaat	arab. Fürbitte
Shahid	arab. islamischer Märtyrer

Shirk	arab. jemand oder etwas neben Gott teilhaben lassen
Statue servo tuo eloquinum tuum in timore tuo	lat. Erfülle deinem Knecht deine Verheißung, die denen gilt, die dich fürchten! (Psalm 119,38)
Sure	arab. Kapitel im Koran: Die erste *Sure* ist *Fatihah,* vergleichbar mit dem christlichen «Vaterunser».
*Talar (*auch *Tarar)*	arab. Wohnraum im Haus, auf drei Seiten geschlossen, zum Garten hin offen
Tarma	arab. balkonähnlicher Rundgang im *Bait*
*Zul'Hidscha (*auch *Dhul Hidscha)*	arab. der zwölfte Monat im islamischen Kalender

Die Geschichte von Nasrin und Bernhard geht weiter.
Der Fortsetzungsroman von
«Die Gärten von Damaskus»
unter dem Titel
«Die Schwerter des Himmels»
ist in Vorbereitung.

Salah ad-Din ist tot.

Damit beginnt für die in Damaskus lebenden Christen eine Zeit neuer, schwerer Prüfungen. Auch Nasrin und Bernhard ist das Glück nicht hold. Als die Stadtteile der Christen überfallen werden, muss sich Nasrin zwischen ihrem Mann und ihrer Familie entscheiden. Das Schicksal nimmt ihr diese schwere Aufgabe ab; das junge Ehepaar flieht ins Bernhards Heimat.

Doch auch dort sind sie vor Anfeindungen und Gefahren nicht sicher. Nicht nur Nasrin wird in der christlichen Welt ihr Glaube beinahe zum Verhängnis, sondern auch Bernhard. Und dann holt ihn die Vergangenheit ein …

LESEPROBE

1

Damaskus – Rajab 589 (Juli 1193 a. D.)

«Wenn das Paradies seine Unschuld verliert, ist es an der Zeit zu gehen!» Jehans Stimme riss Bernhard aus den Gedanken. Er nahm die Daumen und Zeigefinger, die er auf die Augen gedrückt hat, um in der Trost spendenden Dunkelheit zu versinken, weg.

Er seufzte, denn all seine Sorgen waren mit einem Schlag wieder zurückgekehrt und drückten ihn wie einen Fels zu Boden. Und als er spürte, wie die Hand seines Freundes langsam von seiner Schulter glitt, glaubte er auch noch die letzte Stütze verloren zu haben, die ihm bis jetzt geholfen hat, die schweren Lasten zu tragen.

Bernhard schwieg, antwortete nicht, stand wie eine reglose Statue auf dem *Tarma* seines Hauses und blickte in den Garten hinunter, wo Nasrin auf einer steinernen Bank saß und sich mit Ludivine unterhielt.

Nur zögernd trat er einen Schritt vor, umgriff mit den Händen die hölzerne Brüstung, als müsse er sich daran festhalten und glaubte, seine Frau noch nie so schön gesehen zu haben. Ihr Leib wölbte sich nun deutlich unter ihrem Gewand, auf ihren Lippen lag ein sanftes Lächeln und doch konnte er sich an diesem Anblick nicht erfreuen, sondern empfand nur noch größere und bedrückendere Besorgnis.

«Für Christen war es nie leicht, in Damaskus zu leben.» Jehan trat wieder neben ihn und nachdenklich fuhr er fort: «Jetzt, da Salah ad-Din tot ist, wird es noch schwerer werden! Wir beide wissen, dass El-Afdal ein unfähiger Statthalter war! Und jetzt ist er ein noch unfähigerer Sultan! Bald werden seine Brüder nach der Macht und der Stadt greifen und wenn sich schon Muslime befeinden, was soll dann erst aus uns werden?» Er stockte und holte tief Luft, als würden ihn dunkle Vorahnungen übermannen, ehe er bedrückt weitersprach: «Wir beide haben genügend Fehden erlebt, um zu wissen, was auf die Stadt zukommt! Schlimme Zeiten werden für die hier lebenden Christen anbrechen und ich bin des Krieges müde, Bernhard. Daher habe ich beschlossen, mit meiner Familie Damaskus zu verlassen, noch bevor der nächste Krieg beginnt! Ihr solltet mit uns ziehen!»

«Und wohin, Jehan? Wohin?», stieß Bernhard wütend hervor und seine Miene verdunkelte sich. «Wohin, denkst du, könnten wir gehen?» Er drehte sich um, lehnte sich mit dem Rücken gegen eine der Stützen, die den *Tarma* trugen und verschränkte seine Arme abweisend vor der Brust. Besonnener hing er an: «Ich bin Christ, meine Frau Muslimin, auf der ganzen Welt gibt es keinen einzigen Ort, an dem wir in Frieden leben können! Oder denkst du, dass wir in diesen Tagen in Syrien irgendwo sicher sind?»

«In Syrien nicht!» Jehan schüttelte entschieden den Kopf. «Ludivine und ich werden auch nicht hier bleiben, wir werden zurückkehren! In die Heimat!»

«Heimat!», wiederholte Bernhard verächtlich, verzog voller Bitterkeit die Lippen und sah über die Schulter in den Garten, der wie ein friedliches Paradies vor ihnen lag und sich nun in eine heimtückische Falle zu verwandeln schien. «Vor Jahren habe ich diese schon verloren!»

«Das mag sein,» entgegnete Jehan nachdenklich. «Aber in Damaskus könnt ihr unmöglich bleiben! Du weißt so gut wie ich, dass eure Ehe nur dank Salah ad-Din vor Anfeindungen geschützt war. Jetzt, da er nicht mehr am Leben ist wer soll euch jetzt schützen?» Er deutete mit dem Kinn zu Nasrin. «Ihr alter Vater etwa, der Emir?»

Schweigend sah Bernhard in den Garten. Nasrin schien ihr hitziges Gespräch bemerkt zu haben und hob den Kopf. Ihm stockte der Atem; er war froh, dass sie sich auf französisch unterhielten und zwang sich, seine Frau anzulächeln. Doch es war nur ein aufgesetztes, ein gequältes Lächeln.

«Der Emir ist alt!», fuhr Jehan hinter ihm aufgebracht fort und Bernhard merkte, wie Nasrin die Stirn runzelte. «El-Afdal hat die meisten Berater, die Salah ad-Din treu dienten, entlassen. Und irgendwann wird es auch den Emir treffen!»

«Hör auf, in meinem Haus so unheilvoll zu reden!», zischte Bernhard und sah Jehan empört an. «Woher willst du wissen, was die Zukunft bringt? Das weiß nur der Allmächtige allein!»

Die bedrückende Stille, die folgte, legte sich wie ein schweres Tuch über die beiden Männer und Bernhard bereute, Jehan so scharf getadelt zu haben. Erst nach einer Weile entgegnete dieser gekränkt und doch einlenkend: «Du hast recht! Nur der Allmächtige allein weiß das. Aber welcher, Bernhard? Dein Gott oder der Nasrins?»

Bernhard atmete schwer. Die letzten Wochen seit Salah ad-Dins Tod waren nicht leicht gewesen. Nicht für die Christen und am wenigsten für ihn. Kaum ein Morgen verging, an dem er nicht mit schweißbedeckter Stirn und mit dem Gedanken erwachte, das Schicksal würde sich gegen sie wenden und das kurze Glück, welches ihnen in Damaskus vergönnt war, zerstören. Er fühlte sich wie ein winziges Samenkorn, das zwischen zwei mächtige Mühlsteine geraten war. Und Bitterkeit erfasste ihn, als er Jehan so reden hörte. Jehan, der die Wahrheit aussprach, die so gewiss war wie die Dunkelheit, die sich schon bald über die Stadt legen würde. Nur er, er wollte sie nicht sehen.

«Ich ahnte, dass es eines Tages geschehen würde», begann Bernhard versöhnlich und sah seinem Freund fest in die Augen. «Und doch hoffte ich, es geschieht nicht so bald! Doch wir alle werden vom Schicksal ereilt – immer und immer wieder.»

«Es hat dich schon längst ereilt, mein Freund und es liegt nun an dir, die richtige Entscheidung zu treffen! Wie sie auch ausfallen mag, sie wird schmerzlich sein. Schmerzlicher als alle Entscheidungen, welche du in dem Jahr getroffen, das hinter dir liegt. Das weißt du!»

Bernhard wandte sich wieder ab, strich sich mit der Hand über die Stirn, die sich trotz der Hitze des Tages kalt anfühlte. «Wir erwarten ein Kind und ich werde eine Entscheidung erst treffen, wenn es geboren ist!»

Jehan musterte ihn nachdenklich, bevor er eindringlich fragte: «Und was soll aus eurem Kind werden, Bernhard? Hast du darüber auch schon nachgedacht? Was soll aus ihm werden? In welchem Glauben soll es erzogen werden? Als Christ oder Muslim?» Er hielt inne, schien zu überlegen, ob er aussprechen sollte, was ihn umtrieb.

Ein bedrückendes, unerträglich langes Schweigen folgt, schließlich neigte Jehan stumm den Kopf zur Seite und wandte sich ab. Seine Schritte klangen hohl, als er über die Holzbohlen des *Tarma* schritt. Auf der ersten Stufe der Treppe, die in den Garten führte, blieb er stehen, verharrte einen Moment, sah Bernhard nochmals an und meinte: «Du hast mich einmal darum gebeten, dich an etwas zu erinnern, wenn du nicht mehr weiter weißt. Ich hatte Gott angefleht, dass nicht ausgerechnet ich es aussprechen muss. Doch wie es scheint, hat Er mein Flehen nicht erhört und jetzt, in diesem Augenblick, hat mich das Schicksal ereilt!» Jehans Wangenmuskeln spannten sich und unwillig stieß er hervor: «Vergiss nicht: Der Regen wäscht das Blut ab, nicht aber die Schande!»

Dann wandte er sich ab und stieg eilig die Stufen hinunter. Bernhard blieb unschlüssig zurück, verzog grimmig die Lippen und fuhr sich mit den Händen übers Gesicht. Jehans Worte – die gleichen hatte ihm vor Jahren schon ein anderer ins Gesicht gespuckt – hallten wie Donnerschläge in seinem Kopf wider.

Immer und immer wieder: «Der Regen wäscht das Blut ab, nicht aber die Schande! Der Regen wäscht das Blut ab, nicht aber die Schande... nicht aber die Schande... nicht aber die Schande ...»